W0065192

Sana Krasikov

Die Heimkehrer

Sana Krasikov

Die Heimkehrer

Roman

Deutsch von Silvia Morawetz

Luchterhand

Die Originalausgabe erschien 2017 unter dem Titel *The Patriots*
bei Spiegel & Grau, einem Imprint von Random House,
einem Verlag von Penguin Random House LLC, New York.

 Dieses Buch ist auch als E-Book erhältlich.

Verlagsgruppe Random House FSC® N001967

1. Auflage
Copyright © der Originalausgabe 2017 Sana Krasikov
Copyright © der deutschsprachigen Ausgabe 2018 Luchterhand
Literaturverlag in der Verlagsgruppe Random House GmbH,
Neumarkter Straße 28, 81673 München
Es konnten nicht alle Rechteinhaber ausfindig gemacht werden.
Berechtigte Ansprüche mögen bitte dem Verlag gemeldet werden.
Umschlaggestaltung: buxdesign | München
Covermotiv: © Hulton-Deutsch Collection/ CORBIS/Corbis
via Getty Images
Satz: Uhl + Massopust, Aalen
Druck und Einband: GGP Media GmbH, Pößneck
Printed in Germany
ISBN: 978-3-630-87308-4

www.luchterhand-literaturverlag.de
facebook.com/luchterhandverlag

Für T. Friedman

Inhalt

7

Buch III

Buch IV

Buch V

Buch VI

9

Prolog

An einem Sonntag im August erschienen ein Junge und ein einarmiger Mann auf dem Bahnsteig des Saratower Bahnhofs. Der Zug, auf den sie warteten, sollte um sechs einlaufen. Zu dieser späten Stunde wurde es langsam kühler. Die Sonne sank, ihr Licht wurde dunkler, und ihre letzten Strahlen färbten den von den Schuhen dahineilender Reisender aufgewirbelten Staub golden. Der durch das Gewühl vorausgehende Mann zog eine selbstgedrehte Zigarette aus der Tasche seines Jacketts und klemmte sie sich zwischen die Zähne. Mit seiner einen Hand zog er ein Streichholz aus der Schachtel, entzündete es und beugte sich über die Flamme. Beim ersten Zug an seiner Zigarette vergewisserte er sich mit einem Blick über die Schulter, dass der Junge nicht von der Menge verschluckt worden war.

Den ganzen Sommer hindurch herrschte auf den Bahnhöfen ein Ansturm, wie es ihn seit dem Krieg nicht mehr gegeben hatte. Um den Gestank der öffentlichen Toiletten zu bekämpfen, streuten die Reinigungskräfte Bleiche in die Latrinengruben. Der Mann verbot dem Jungen, so eine Einrichtung allein aufzusuchen, da dort *urki* herumlungerten, die einem für das Geld, das man in der Unterwäsche bei sich trug, die Kehle durchschnitten. Zwei Jahre zuvor war eine Welle des Verbrechens auf die Städte zugerollt, denn als Erstes hatte man die Taschendiebe und die Prostituierten, die Mörder, Diebe und Onanisten begnadigt und aus den Gefängnissen entlassen. Erst jetzt, drei Jahre nachdem der Tyrann abgekratzt war, kamen die anderen frei – die Achtundfünfziger, die Konterrevolutionäre und Volksfeinde –, deren Zahl so lächerlich groß war, dass die Herrschenden mit ihrer dauernden Furcht vor Chaos nicht alle auf einmal entließen.

Sie kamen aus Workuta, aus Petschora und Inta, aus Kolyma, Kengir und Perm. Kamen in diesem Sommer mit den Zügen, die nach Süden fuhren, trieben heran wie Baumstämme auf einem geschwollenen Fluss, ganze Wälder von Menschen, gefällt, zusammengebunden und gestapelt und im steigenden Wasser der Strömung überlassen. Ein Winterschlag, in erschreckendem Tempo davongetragen.

Ein Signal ertönte von der Lokomotive an der Spitze des Zugs. Beim Klicken und Umspringen der Gleise wurden die letzten Samoware befüllt. Als das zweite Tuten kam, hätte der Junge es am liebsten nicht gehört, schalt sich aber gleich für seinen feigen Wunsch. Die ganze Woche über war es ihm nicht gelungen, ihr Bild im Kopf heraufzubeschwören. Und nun, als er sich darauf vorbereitete, seine Mutter unter den Fremden zu erkennen, die dem Waggon entströmten, erfasste ihn Verzweiflung. »Wagen neun«, sagte der Mann und ließ den Jungen vorausgehen.

Sein Haar, frisch geschnitten, fiel ihm in einem Pony über die Stirn, mit dem er jünger aussah als die dreizehn, die er war. Seine Kleider waren nicht neu, aber gebügelt und gestärkt.

Eine Frau stieg aus dem Zug, ihr Mund erstarrt in flehentlichem Lächeln. Ihre olivgrüne Wattejacke erinnerte den Jungen an die des Bauern, der die Kartoffeln zu seinem Waisenhaus geliefert hatte. Ihr dicker Pullover hing über einem Kleid mit schlampigem Saum. Der Koffer, den sie auf den Bahnsteig stellte, war aus Pappe, mit Metallecken verstärkt und so klein, dass er außer ein paar Blättern Papier nichts enthalten konnte. Bei dem Licht, das ihr Gesicht erhellte, als sie ihn erkannte, spürte er einen Anflug von Übelkeit in der Kehle.

Sie war älter, natürlich, ihr Gesicht blass und aufgedunsen. Die feinen Züge von früher wirkten völlig anders durch den seltsamen kurzen Haarschnitt, zwei taubengraue Streifen, an der Seite gescheitelt. Nur die Augen, die mit ihrem Blau unter schweren Lidern immer der markante Mittelpunkt ihres Gesichts gewesen waren, kamen ihm verstörend bekannt vor.

Der Mann gab ihm einen Schubs.

Die Frau ging in die Hocke und legte die Hände um Julians Gesicht. »Lass mich dich anschauen, mein süßer Junge.« Er erfasste den Sinn ihrer Worte im letzten Moment. Sie hatte sie auf Englisch gesagt – eine Sprache, die er sieben Jahre lang nicht gehört und nicht gesprochen hatte. Wie um ihn zu necken, sagte sie: »Du erkennst mich wohl nicht?«

»Doch, natürlich, Mama!«, antwortete er auf Russisch.

»Ist schon gut. Ich bin alt und hässlich geworden, nicht?«

Darauf wusste er nichts zu antworten und sagte deshalb in einem Ton, der ganz unecht klang: »Lass mich deinen Koffer tragen, Mama!«

Der Zug fuhr ab. Himmelsfetzen blitzten zwischen den Waggons auf. Wo war ihr Haar geblieben? Die langen dicken Locken, in die er sein kleines Gesicht gedrückt, die er sich jahrelang im Schlaf vorgestellt, das Einzige, was er von ihr im Gedächtnis behalten hatte; dieser Verlust fühlte sich an wie Verrat. Er hielt ihren Koffer, als sie auf Mark Pawlowitsch zuging, den Direktor des Kinderheims, und seine eine Hand mit beiden ergriff. Sie dankte ihm für alles, was er in diesen Jahren für ihren Sohn getan hatte. Jetzt, wo sie zum Russischen zurückgekehrt war, staunte Julian: Ihre überraschend laute und klare Stimme war mit einem schweren amerikanischen Akzent behaftet.

Wie konnte es sein, dass er das vergessen hatte?

»Wir lassen ihn nur ungern gehen«, sagte der Direktor. »Julik war uns eine echte Hilfe.« Er warf einen Blick auf den ausfahrenden Zug. »Sie werden selber sehen, was für ein feiner Junge er ist. Ein ausgezeichneter Arbeiter.«

»Ganz bestimmt«, sagte sie und legte Julian die Hand auf die Schulter. Sein Körper versteifte sich unwillkürlich. Er musste nun seine Schule verlassen, auf die Spiele hinter dem Kuhstall verzichten, von seinen Freunden Abschied nehmen, von seinem ganzen Leben. Bei der Vorstellung, künftig bei dieser Frau wohnen zu müssen, hätte er in zornige Tränen ausbrechen können. Der Direktor, der seine Gedanken zu lesen schien, sagte jedoch: »Ich hoffe, Sie haben nichts dagegen, dass wir ihn noch eine Weile bei uns behalten…« Es war weniger eine Frage als ein Versprechen, sich um ihn zu kümmern, bis sie wieder auf die Beine gekommen war. Schon zuvor war alles in die Wege geleitet worden. So verfuhr man mit allen Kindern von Häftlingen.

In die Augen seiner Mutter trat ein Ausdruck von bitterer Dankbarkeit, doch sie sah weiter Julian an und vergewisserte sich, dass er einverstanden war. Es gab ihm einen Stich vor Scham. Sie besaß gar nicht die Mittel, ihn mitzunehmen, das war klar. Mark Pawlowitsch fragte sie, ob sie über Nacht bleiben wolle, doch sie sagte, sie werde auf den Nachtzug nach Moskau warten. Dort wollte sie ihr Leben ordnen – die Rehabilitationsdokumente beantragen, sich nach Arbeit umsehen und ein Zimmer suchen, in dem sie beide wohnen konnten. »Bis Dezember sollte das erledigt sein«, sagte sie mit einem bemühten, leicht rasselnden Lachen. »Dann feiern wir zusammen Neujahr. Wäre das nicht schön?«

Jahrelang hatte er geübt, was er sagen konnte, wenn sie wieder zusammen waren. (*Setz dich, Mama, ruh dich aus, ich kümmere mich um dich.*) Nun kam er sich vor wie ein Wehrdienstpflichtiger, der um die Einberufung herumgekommen war.

»Was sind schon ein paar Monate mehr nach der langen Zeit?«, sagte sie. Und mit diesen Worten trat seine Mutter – das Phantom seiner erschöpften Phantasie – neu in sein Leben.

Buch I

New York, 1934

1.

Qualitative Sprünge

Die eigene Familie unglücklich zu machen war der Preis, den man bezahlte, um sich nicht selbst unglücklich zu machen. Florence hielt sich an dieses Credo, stand die quälenden letzten sechs Wochen damit durch und war umso überraschter, als sie auf dem Oberdeck der *Bremen* spürte, wie ihre Zuversicht schwand. Sie spähte auf die Menschenmenge am Kai. Die Maisonne entbot dem Hafen ihren Gruß und tauchte alles in einen blendenden Schein. Es roch nach Kohle und verfaultem Fisch. Kleine grüne Wellen liefen vom Rumpf des Schiffs zurück an den Pier, wo ihre Eltern und ihr kleiner Bruder eingekeilt zwischen Fremden standen. Florence hätte ihnen gern etwas zugerufen, wusste aber, dass ihre Stimme das Geschrei der Möwen und das Fagott der gewaltigen Schiffssirene nicht übertönt hätte.

Erst als sie sich das Ticket gekauft hatte, sagte Florence ihren Eltern, dass sie fortging. Dann machte sie sich auf den Ausbruch des familiären Vulkans gefasst.

»Cleveland war wohl nicht genug!« Das Gebrüll ihres Vaters erschütterte das Wohnzimmer in Flatbush. »*Russland!* Du willst in ein Land, in dem sie Leute totschießen, weil sie ihr eigenes Korn essen?«

Sie wehrte sich: »Niemand, der dorthin gefahren ist, hat jemals berichtet, dass er so etwas gesehen hat.«

Er sah ihre Mutter an. »Nicht berichtet! Die werden hinters Licht geführt, Florie. So wie du.«

»Sicher, und in den Fabriken verbrennen sie bloß Stroh, damit Rauch aus den Schornsteinen aufsteigt?«

»Meinst du, ich wäre so dumm, dass ich nicht wüsste, was für einem verlogenen Land mein eigener Vater den Rücken gekehrt hat? Ein junger Mensch wie du und bereit, sich anwerben zu lassen ...«

»Mich hat niemand angeworben!«

Doch in seinen Augen funkelte ein irrsinniges Misstrauen. »Zeig mir deinen Parteiausweis!«

»Ich hab keinen!«, schrie sie mit tränenerstickter Stimme. »Um Himmels willen, ich bin keine Kommunistin!«

»Warum dann, Florie? Sag mir nur, *warum*. Was ist das für ein Wahnsinn, wenn ein Mädchen seine Familie verlassen will, sein Zuhause, die Menschen, die es lieben. Ans andere Ende der Welt!«

Sie konnte ihm nicht die Wahrheit sagen. Konnte es ihm nicht zeigen, das Foto des Mannes mit den dunklen Augen und den Wangen eines Apachen, das in ihrer Kommode ganz hinten lag. Lieber sollten sie sie für eine Kommunistin halten als für eine *nafka*. »Ich geh doch nicht für immer, Papa!«, sagte sie, schon heiser vom Schreien.

»Dann sag uns, für wie lange?«

»Das kann ich dir nicht sagen. Für ein Jahr, vielleicht mehr.«

»Und noch ein Jahr deines Lebens wegwerfen?«

»Ich möchte mein Leben *leben*.«

»Dann geh doch! Ich hab genug von dir«, sagte ihr Vater. »Möge der Tag nie kommen, an dem du den Schmerz fühlst, den wir jetzt fühlen.«

Trotz ihrer Drohungen hatten Florences Eltern sie zum

Schiff gebracht. Ihre Mutter gab Florence ihren Pelzmantel, damit sie den schneereichen russischen Winter überstand. Ihr Vater hatte ihr einen Reisekoffer gekauft. Sie standen dabei, als ein Schauermann ihn in den Frachtraum des Schiffs warf, wo er neben all der anderen Fracht – riesigen Kisten und Fässern, verchromten Automobilen, Klavieren – auf Streichholzschachtelformat schrumpfte. Ihr Bruder Sidney hatte ihr seinen geliebten Pfadfinderkompass gegeben, dessen abgeschrägte kalte Kanten sich Florence nun mit lustvollem Schmerz in das weiche Fleisch ihres Daumens drückten. Florence hatte ihn erst nach dem Besteigen des Schiffs in ihrer Handtasche gefunden. Am liebsten wäre sie noch einmal von Bord gegangen und hätte ihn Sidney zurückgegeben, dessen biberglattes, glänzendes Haar zwischen den Menschenleibern auf dem Kai manchmal noch aufblitzte. Aber es war zu spät, die Passagiere der dritten Klasse kamen an Bord und blockierten mit sperrigen Bündeln die Gangway: Dänen, Polen, Deutsche, stämmig in ihren Wintermänteln und Gummistiefeln. Ihre amerikanischen Kinder im Schlepptau, kehrten sie als Arbeitsuchende in ihre Heimatländer zurück. Beim Anblick der an Bord drängenden Menschen meinte Florence auf einmal einen alten Film über Ellis Island zu sehen, der durch die Wirtschaftskrise auf Rücklauf gesprungen war: Massen von Einwanderern, die aufs Schiff zurückkehren, durch das riesige Menschenlagerhaus rückwärtsgetrieben werden, von Lady Liberty winkend verabschiedet.

Ein Streit an Deck unterbrach ihren Tagtraum. Jemand forderte lautstark, einen Brutkasten für Geflügel mit an Bord nehmen zu dürfen, statt ihn im Frachtraum zu lassen. Mitten in dem hitzigen Wortgefecht krähte ein Hahn gegen das dritte Tuten der Schiffssirene an. Ein Pole nutzte den Tumult prompt und machte mit einer Sammelbüchse die Runde. Als er eine großgewachsene junge Frau in einem grünen Schneiderkostüm erblickte und Florence fälschlicherweise für eine wohlhabende Dame hielt, wandte er sich an sie und hielt mit starkem Akzent eine Rede über mittellose Deportierte. Beim Klatschen der Taue und den vom Ufer herangetragenen Echos war die Geschichte nicht zu verstehen. Florence meinte, sie hätte ihren Namen rufen hören – die Stimme ihres Vaters eine von den Windböen erzeugte Halluzination. Sie öffnete ihre Handtasche und gab dem Mann einen Penny.

Wenn es nach ihr ginge, hätte das Schiff endlich ablegen können, doch noch einmal hatte Unruhe die Menge ergriffen. Eine junge Frau von vielleicht achtzehn hatte ihre Brille auf der Gangway verloren, tastete hilflos herum und unterbrach ihre Suche nur, um sich verärgert vor denen zu rechtfertigen, die hinter ihr warten mussten. An der Miene der Kurzsichtigen erkannte Florence die wilde Gegenwehr eines Menschen, der gelernt hatte, sich trotz seiner Unbeholfenheit tapfer zu behaupten, einer jungen Frau, die es gewohnt war, fehl am Platz zu sein. Am meisten jedoch verblüffte Florence ihr Aussehen: Die junge Frau hätte sie selbst sein können – jünger, kleiner und rundlicher, aber sonst fast familiär ähnlich. Sie war ebenso blass, ihre Locken, nur minimal dunkler als Florences, hatten die starke Naturkrause, die sie ihrem Haar mit Glättungsmitteln und Kämmen ausgetrieben hatte. Vom Boot wurde der jungen Frau jemand zu Hilfe geschickt, und bald fand sich ihre Brille zwischen den Planken der Gangway. Ein letztes Signal der Schiffssirene machte der Unruhe ein Ende. Die Schornsteine spien Ruß aus, die Motoren der Schleppschiffe sprangen an. Unmerklich zuerst, glitt die *Bremen* rückwärts hinaus in den Hudson.

Ein Schwarm von Möwen mit schwarzen Flügelspitzen kreiste um das Schiff, das das Wasser aufwühlte und teilte. Allmählich wich die Menschenmenge auf dem Pier und mit ihr Florences Familie zurück. Nur die Möwen blieben da. Sie folgten der *Bremen*, stiegen auf und ab in einem Windkanal, der das Schiff und alle, die sich darauf befanden, auf einen Kurs zu lenken schien, der unumkehrbar hinausführte auf die weite, unheilvolle See.

Am nächsten Morgen standen der Sonne keine Gebäude und keine Bäume mehr im Weg. Die Kühle des Ozeans trieb Florence Schauer über die Arme, als sie sich auf einem Liegestuhl im gebogten Schatten eines Vordachs niederließ. Sie setzte ihre runde Sonnenbrille auf und begann in dem Buch zu lesen, das sie für die Reise eingepackt hatte: *Rote Tugend. Menschliche Beziehungen im Neuen Russland* von Ella Winter. Bei Winters Stil hatte Florence Mühe, über Seite zwei hinauszukommen. Und es warb noch eine menschliche Beziehung um ihre Aufmerksamkeit: In der ersten Klasse flanierte eine sehr große Madam mit eingefallenen Wangen und dem sehnigen Körper eines Windhunds am Arm eines wesentlich jüngeren Gentleman mit wesentlich dunklerer Haut über das Oberdeck. Der Mann trug das Haar zurückgegelt wie Valentino. Er hielt sich kerzengerade wie ein Militär, sogar dann noch, als seine Begleiterin ihm die Schulter tätschelte und ihm mit den Lippen übers Ohr strich.

»Und, was hältst du von ihr?«

Florence blickte auf und hatte die junge Frau vom Vortag vor sich. Die Schildpattbrille ruhte nun fest auf dem kurzen Nasenrücken. Auf dem lockigen Haar saß eine Stoff-Baskenmütze gefährlich schräg.

»Wie bitte?«

»Ella Winter. Ihr Buch. Noch eine Möchtegern-Margaret-Mead, wenn du mich fragst.«

Florence runzelte die Stirn und schaute kurz auf den Umschlag.

»Dürfte eine herbe Enttäuschung für sie gewesen sein, als sie feststellte, dass ihre Russen keine analphabetischen Wilden sind wie die Samoaner«, fuhr die junge Frau ohne weitere Vorrede fort.

»Hast du es gelesen?«, sagte Florence misstrauisch.

»In dem Auszug im *American Magazine* stand schon alles, was ich wissen muss. Die drucken jede oberflächliche Pseudowissenschaft, solange sie aus der Feder von Mrs. Lincoln Steffens stammt. *Dir* gefällt es wohl?«

Es war weniger eine Frage als eine prophylaktische Abwertung ihres Geschmacks, und das, befand Florence, verdiente keine Antwort. Das Buch war in der Tat frappierend öde. Doch mit ihrer aggressiven Plattheit nötigte die seltsame junge Frau sie nun dazu, es zu verteidigen. »Und weil Dorothy Thompson Mrs. Sinclair Lewis ist, liest du sie wohl auch nicht?«

»Was ist denn das für ein schiefer Vergleich?« Die junge Frau ließ sich in den Liegestuhl neben Florence plumpsen. »Thompson ist die Königin des Pressekorps. Winter ist bloß eine Suffragette mehr, allerdings zwanzig Jahre zu spät geboren.«

In den Augen der jungen Frau – blau wie Florences eigene – funkelte ein Widerspruchsgeist, den Florence umso ärgerlicher fand, als sie früher selbst eine gehörige Portion davon besessen hatte. Wenn sie sich auf eine Unterhaltung mit diesem Wesen einließ, kämen wieder Züge von ihr zum Vorschein, die sie mühsam überwunden hatte. An der Highschool und am College hatte sie zwar gute Noten bekommen, insgeheim aber gewusst, dass die von ihr bewunderten Pädagogen sie umgekehrt nicht bewunderten. Ihr Geschichtslehrer hatte sie vor anderen Studenten einmal als die Sorte Mädchen angepriesen, »die mit einem Baseballschläger eine Eiche zu Fall bringt«. Florence wand sich vor Pein bei der Erinnerung daran, wie blind und taub sie für dieses zweischneidige Lob gewesen war.

»Wieso Suffragette?«, fragte sie nun betont beiläufig.

»Eine Frau aus der Arbeiterklasse hat ihrem Mann zur Seite zu stehen, nicht anderen Frauen aus anderen Klassen. Das ist bei Marx Grundwissen, falls *sie* sich überhaupt ernsthaft mit ihm befasst hat.«

»Wenn du dich ernsthaft mit *ihr* befasst hättest, wüsstest du, dass sie Marx insofern zustimmt, als das, wie er sagt, nur für Gesellschaften gilt, in denen die Klassen bereits überwunden sind. Außerdem lese ich sie nicht wegen der Theorien.«

»Ich wusste es! Du fährst nach Russland, genau wie ich.« Das Mädchen streckte die Hand aus. »Essie Frank.«

»Florence Fein.«

Im Nu prasselte ein ganzer Hagel von Fragen auf Florence nieder. In welcher Klasse reiste sie auf dem Schiff? Woher kam sie? Wo war sie zur Schule gegangen? Wo wollte sie nach ihrer Ankunft in Moskau wohnen?

»Im Intourist Hotel?« Essie war entsetzt. »Da wirst du übers Ohr gehauen. Ausländern knöpfen sie da immer zu viel ab.« Essie wollte offenbar in einem Arbeiterwohnheim des Fremdspracheninstituts wohnen, an dem sie bereits eine Stelle in Aussicht hatte.

»Ich bleibe nur so lange in Moskau, bis ich eine Fahrkarte nach Magnitogorsk bekomme«, sagte Florence und hoffte, dass das geheimnisvoll klang und Essie auch von weiteren Fragen abhielt. Die *Bremen* hielt in Kopenhagen, Danzig und Libau, und Florence musste erst noch jemanden auftreiben, der wie sie in Lettland ausstieg und mit dem Zug nach Moskau weiterreiste. Ihren Äußerungen nach hatte Essie ihre Reise gründlicher vorbereitet und zusätzliche Passfotos und Gegenstände mitgenommen, die sie zum Tauschen oder als Geschenke verwenden konnte. Ihre

Umsicht kam Florence wie eine Kritik an ihrem Vertrauen auf die Zukunft vor.

»Nach Magnitogorsk, bis in den Ural!«, sagte Essie, entweder beeindruckt von Florences Mut oder verblüfft von ihrer Tollkühnheit. »Hast du da eine Stelle oder so was?«

Florence war sich nicht sicher, was sie antworten sollte. Sie wusste selbst nicht genau, was für einen Traum sie da verfolgte: den des Sowjetmenschen oder den eines sowjetischen Mannes mit dunklen Augen.

In dem Moment erschien ein Trupp von Passagieren vom Zwischendeck auf dem Sonnendeck. Einer der Männer winkte Essie zu.

»Ist das da drüben deine Gruppe?«, sagte Florence.

Essie wirkte verlegen. »Nein, nein, ich gehöre eigentlich nicht dazu …« Eben war sie noch in Florences Privatsphäre eingedrungen, doch ihre eigene schien Essie jetzt eifersüchtig zu schützen. »Die hatten noch einen Platz frei, da hab ich auf die Schnelle ein billiges Ticket bekommen … die steigen alle in Danzig aus.«

»Oh.« Florence richtete den Blick wieder auf das Paar aus der ersten Klasse. Die Windhündin im Seidenschlafanzug reckte in verzücktem Lachen den langen Oberkörper, während der braungebrannte Buhle mit dem Plastron ihre Taille umfasste, als wolle er verhindern, dass sie auch noch mit dem Hintern wackelte. »Als würden sie für Fotografen posieren«, sagte Florence.

»Dabei ist sie doch gerade auf der Flucht vor der Presse«, sagte Essie unerwartet.

»Du weißt, wer sie ist?«

»Das weiß doch jeder auf dem Schiff. Mary Woolford, die Unternehmenserbin, und er ist ihr neuer Alfonse, ein argentinischer Polospieler von legendärer Tüchtigkeit. Nun guck doch nicht so schockiert, für einen Amerikaner ist seine Haut viel zu dunkel. Für sie ist er Ehemann *número tres*.«

26

Aber Florence war schockiert, wenngleich nicht über den Teint des neuen Gatten, sondern über Essies intime Kenntnis des Schiffsklatschs. »Sieh mal, sie hat ihm gerade wieder das Hemd glattgestrichen.«

»Hoffentlich kriegt er keinen Fettfleck, sie war ja eben noch mit der Hand in seinem Haar«, schoss Essie zurück.

»Iih!«, entfuhr es beiden, und sie verschluckten sich fast vor Lachen.

»Du kennst ja das Sprichwort«, sagte Essie, »*von hinten gut erhalten, von vorne lauter Falten.*«

»Tja, er kann halt gut mit Alten«, sagte Florence, worauf beide, hochrot im Gesicht, bei einem neuen Lachanfall auf ihren Stühlen zusammensackten. Essie setzte die Brille ab und wischte sich über die Augen, und Florence wehrte sich heftig gegen das Gefühl, dass diese Essie sie doch für sich eingenommen hatte, auch wenn ihre Grübchen aussahen wie mit dem Bohrer ins Gesicht gedreht.

»Nicht hinsehen jetzt«, sagte Essie und packte Florence am Handgelenk, »aber gleich kommen zwei College-Knaben angewalzt.«

Beim Blick über die Schulter erkannte Florence zwei junge Männer in Zopfpullovern, die schon seit dem Frühstück das Deck umkreisten. »Wohl eher Mittelschule«, sagte sie und streckte – jeder Zentimeter Sonne mehr war kostbar – die Beine weiter nach vorn, damit die jungen Männer gute Sicht darauf hatten. Die zwei wechselten unter sich leise ein paar Worte, bevor sie die Frauen ansprachen.

»Wir wollen uns nicht aufdrängen, Mädchen«, sagte der Kleinere der beiden, der ein fröhliches Gesicht und große Ohren hatte, »aber mein Freund hier ist überzeugt, dass du Norma Shearer sein musst.«

Es war nicht das erste Mal, dass ein Mann diesen Vergleich zog. An guten Tagen sah Florence die Ähnlichkeit im Spiegel selber: an den tiefliegenden blaugrauen Augen, an dem von anderen schon mal »königlich« genannten Adlerprofil – Züge, die irgendwo zwischen Unschuld und Hochmut changierten. »Wenn du willst, bin ich sogar Al Jolson für dich, Schatz«, sagte sie, »sofern du eine Lucky für mich hast. Wie du siehst, haben wir nichts mehr zu rauchen.« Von der Seeluft beflügelt, klang ihr Flirten sehr routiniert.

Der junge Mann stülpte die Taschen nach außen. »Leider, Miss Shearer, keine Glimmstängel vor dem Turnier, Befehl des Trainers. Wir könnten euch aber ein paar Wüstenschiffe aus dem Restaurant heranschaffen …«

Das taten sie auch. Sie stellten sich als Jack und Brian vor und erzählten, dass sie mit dem Tennisklub von New Haven nach Deutschland fuhren, eingeladen vom Tennisklub Rot-Weiß. Mit dem Fingernagel öffnete Florence das Päckchen Camel, das die beiden gekauft hatten, und teilte sich eine Zigarette mit Essie.

»Russland! Ihr geht ja wirklich aufs Ganze«, sagte Brian, als sie ihm ihr Reiseziel genannt hatten. »Auf zum Bau des roten Paradieses?«

»In der Tat«, erwiderte Essie gänzlich unkokett.

Die jungen Männer warfen ihr einen verdutzten Blick zu und wandten sich wieder an Florence. Ganz gleich, wann Essie den Mund aufmachte, man sah deutlich, bemerkte Florence, dass sie die Aufmerksamkeit eines Mannes nicht halten konnte. Kurz danach mussten sich die Jungs zum Training verabschieden (irgendwo im Labyrinth des Schiffs befand sich ein echter Tennisplatz), fragten die Mädchen aber noch, ob sie sich nach dem Abendessen auf einen Drink mit ihrer Mannschaft treffen wollten. »Wenn es nicht nach unserer Schlafenszeit ist«, sagte Florence und winkte ihnen mit der Zigarette zwischen den Fingern zum Abschied.

Nachdem die Glocke am Abend zum zweiten Mal zum Essen geläutet hatte, trafen sich Florence und Essie in dem mit Teppich ausgelegten Korridor vor der Kronprinzen-Lounge. Ein Blick auf Essies Rock und Schuhe, und Florence sagte: »Komm mit.«

Essie sah sich vor der unteren Koje in Florences Kabine mit unverhohlenem Neid um. »Das hast du alles für dich allein?«

»Die Tickets zweiter Klasse sind in der Regel nicht ausverkauft. Was hast du für eine Schuhgröße?«

»Sechsunddreißigeinhalb. Uns quetschen sie zu acht in einen Raum, genau genommen sind wir aber zu neunt, weil auch noch ein vierjähriges Kind dabei ist, und die anderen sind alle Sozialdemokraten und debattieren die ganze Nacht auf Polnisch. Man kann kein Auge zutun.«

»Ich hab Größe achtunddreißig. Wir müssen die Zehen ausstopfen. Hier, probier mal, ob das passt.« Florence warf ihr ein locker fallendes Kleid mit Kimonoärmeln zu.

»Was stimmt denn nicht mit den Schuhen, die ich anhab?«

»Nichts, wenn dir egal ist, ob man den linken vom rechten unterscheiden kann, so klobig, wie die sind.« Sie warf einen kritischen Blick auf das Kleid und sagte: »Wir müssen es in der Taille einhalten«, obwohl Essie keine nennenswerte Taille besaß.

»Das Schwierige sind meine Haare«, sagte Essie verzagt. »Von dem vielen Salz in der Luft sehen sie aus wie ein Vogelnest. Wenn ich deine Locken hätte...«

»Kannst du haben. Du musst sie bloß um die Brennschere wickeln. Zeig ich dir hinterher«, sagte sie. »Wir sind spät dran.«

Die Tennisspieler aus New Haven, ein halbes Dutzend etwa, saßen an einem der hohen Tische in Barnähe. Alle miteinander strahlten sie etwas einschüchternd Gesundes aus. Essies und Florences Ankunft weckte, abgesehen von Brian, der gut gelaunt noch zwei Stühle heranzog, kein sonderliches Interesse. »Zwei Joe Rickeys hierher, bitte«, sagte er und tippte an sein Glas. »Angeblich ist ihnen der Gin ausgegangen, deshalb trinken wir ihn mit Bourbon.«

»Drei Rickeys«, verbesserte der eins achtzig große Rotbackige neben Florence.

»Du hast schon so viel intus, dass du damit das Deck wischen kannst, Kip«, sagte jemand. Das focht Kip nicht an, und er gab dem Kellner ein Zeichen.

»Der Davis Cup ist inzwischen ausgeufert, meine Meinung«, sagte ein junger Mann namens Leslie. »Niemand hört mehr seinen eigenen Namen, sondern nur noch ›Vorteil USA‹, oder ›Frankreich vier, England zwei‹. Man trägt das Schicksal des ganzen Landes auf den Schultern.«

Florence hatte nicht die leiseste Ahnung, wovon die Rede war, und war froh, als Brian fragte, ob sie beide wirklich nach Russland fuhren. »Wir sehen wohl nicht so aus?«, fragte sie zurück.

Kip warf ihnen einen gelangweilten Blick zu und sagte: »Die Franzmänner merken anscheinend nicht, dass es ernst wird.«

»Die Deutschen schon«, entgegnete Leslie, »das kann ich dir versprechen. Und sie haben Hitler, der ihnen dauernd ihre körperliche Überlegenheit einbläst.«

»Solange sie von Cramm haben, können sie den Cup locker gewinnen. Ein Spitzenpferd, mehr braucht man nicht.«

»Welcher ist denn von Cramm?«, sagte Essie, die sich spät in das Gespräch einschaltete, aber die Männer unterhielten sich weiter.

»Falls von Cramm antritt.«

»Warum sollte er denn nicht?«

»Er und Hitler sind nicht gerade dicke Freunde. Voriges Jahr hat Cramm den Herrn Führer einen Anstreicher genannt.«

»Ich hab gehört, Ribbentrop wollte ihn überreden, für die Deutschen an den Start zu gehen, aber von Cramm hat gesagt, er soll sich zum Teufel scheren.«

»Zu aristokratisch für die, was?«

»Nein, er ist sauer, weil sie seinen Freund Daniel Prenn aus der Mannschaft rausgeschmissen haben.«

In Essies Augen trat ein zorniges Funkeln. »Es ist empörend«, sagte sie, »wie sie überall jüdische Sportler ausschließen.«

»Ohne Prenn schaden die sich nur selbst«, sagte Brian.

»Prenn spielt schon gut«, räumte Kip ein, »aber niemand ist unersetzlich.«

Florence suchte noch nach einer schlauen Erwiderung, aber Essie kam ihr zuvor. »Es ist mir einfach unbegreiflich«, fuhr sie fort, »wieso Deutschland die Olympiade überhaupt ausrichten darf, wenn sie die jüdischen Spieler nicht starten lassen ...«

»Einfach *unbegreiflich* ...«, äffte Kip sie hämisch nach. »Prenn kann doch für wen anders spielen, wenn es ihm nicht passt.«

»Die Briten schnappen ihn sich.«

»Oder die Russkies. Der ist doch selber einer, nicht?«

»Man sollte Deutschland von den Spielen ausschließen«, erklärte Essie.

»Dir gefällt wohl seine Politik nicht. Tja, und ich mag die Bolschies und ihre Politik nicht«, sagte ein Junge mit spitzer Nase und Bürstenschnitt. »Schmeißen wir *die* doch raus. Und die Ziegenschnüffler-Griechen gleich mit, wenn wir schon mal dabei sind?«

Essie schluckte den Köder und stürzte sich in den Kampf gegen solche Intoleranz, es hörte ihr nur niemand zu. Sogar für Florence sah sie aus wie der Schnauzer unter Dobermännern. »Deine Freundin ist wie ein Fisch auf dem Trockenen ...«, flüsterte Brian Florence zu. Florence schämte sich, weil sie schwieg – und es zuließ, dass diese *schkotzim* Essie verspotteten.

»Kommt, Jungs, keine Politik heute Abend«, bat jemand. »Soll sich das Olympische Komitee darum kümmern.«

»Hat es schon«, sagte Kip. »Brundage hat gesagt, das ganze Gerede über die jüdischen Sportler sei purer Blödsinn.«

»Und Komitees regeln die Dinge doch immer aufs Beste.« Florence ergriff die sich bietende Gelegenheit. Sie trank den letzten Rest ihres Cocktails aus. Ihr kalter Blick fiel auf Kip. »Es ist kein Blödsinn, wenn die halbe Welt sich für einen Boykott ausspricht.«

»Nicht die halbe Welt, bloß ein paar Juden und Kommunisten, die uns in einen neuen Krieg treiben wollen. Gute Nacht allerseits«, sagte er und erhob sich zu seiner vollen arischen Länge.

»Auf Wiedersehen!«, rief Florence ihm auf Deutsch nach und griff nach Essies Hand, bevor ihre neue Freundin noch mehr Öl ins Feuer gießen konnte.

»Und so was gilt heute als loyale Patrioten, Florence! Fahnenschwenkende amerikanische Erste-Klasse-Heuchler. Die haben das Sagen, und deswegen bin ich fertig mit den feinen Vereinigten Staaten von Amerika.«

Essie schniefte hörbar vor Zorn. Sie hatte seit dem Betreten von Florences Kabine pausenlos geredet.

»Mir brauchst du das nicht zu sagen«, versicherte Florence ihr vergnügt. Warum gab Essies Entrüstung ihr so viel Auftrieb? Dann kam sie darauf, dass sie zum ersten Mal seit der Trennung von ihrer Familie und dem Besteigen des Schiffs absolut sicher war, die richtige Entscheidung getroffen zu haben. Amerika hatte ihr nichts zu bieten.

»Blasierte Schweine, die den Rüssel in ihre schicken Getränke und den Kopf in den Sand stecken… Pharisäer, die den Faschisten schöntun, während sie gegen ganz Europa aufrüsten«, fuhr Essie fort. »Es sind genau diese Leute, die als Erste *meine* Eltern als Verräter beschimpfen würden.«

»Nicht weinen, Essie, oder wenigstens vorher mein Kleid ausziehen.«

»Entschuldige«, sagte Essie und wischte sich die tropfende Nase mit dem bloßen Arm ab. Sie zog Florences Kleid aus, und dabei kamen die Träger ihres vergilbten Büstenhalters und ihr Schlüpfer zum Vorschein. »Ach, sieh mich an«, sagte sie weinend. »Ich konnte mir nicht mal neue Schlüpfer und einen anständigen Hüfthalter leisten. Wenn meine Mutter noch leben würde, wäre sie mit mir einkaufen gegangen, aber meinen Vater wollte ich nicht um das Geld bitten. Ach, Florence, er hat mich nicht mal zum Schiff gebracht. Und das Schlimmste ist, daran bin ich selber schuld. Weil ich ihm gesagt habe, er soll nicht kommen. Ich dachte nicht, dass er auf mich hört… Mach nicht so ein Gesicht!«

»Tu ich nicht.«

»Ich dachte, er kommt trotzdem. Aber ich hab ihm so viele hässliche Dinge an den Kopf geworfen. Grässliches Zeug… Wir hätten nämlich alle zusammen auf dem Schiff sein sollen, weißt du. Mein Papa, Lilly, meine kleine Schwester, und meine Mutter… Du wirst mich für ein Ungeheuer halten, wenn ich dir das erzähle.«

»Schätzchen, nein.« Florence hob Essies alte Kleider vom Boden auf und setzte sich neben sie. »Was immer es war, es liegt jetzt hinter uns.«

2.

Agnosie

Ich wurde den längsten Teil meines Lebens Julik genannt, höre heute allerdings auf Julian. Obwohl ich an den
schwarzen Ufern der Wolga zur Welt kam, gibt meine Geburtsurkunde als Nationalität zweifelsfrei »amerikanisch«
an. Diese Ehre verdanke ich Florence Fein, meiner Mutter, die es damals wohl für gescheiter hielt, mich als Yankee
und nicht als Jid eintragen zu lassen. (Sie konnte für ihre
eigene Herkunft beides in Anspruch nehmen.) 1943, in der
entscheidenden Phase des Kampfs gegen die faschistischen
Eindringlinge, als der Sieg noch längst nicht sicher war,
mag für sie dieselbe Logik den Ausschlag gegeben haben,
die dafür sorgte, dass die männlichen Juden meiner Generation mit intakter Vorhaut durchs Leben gingen. Denk-
bar allerdings auch, dass nicht die vorrückenden Nazis
Florence nervös machten, sondern ihre sowjetischen Genossen.

Wer zum Teufel soll das wissen?

Ich habe meine Mutter nie nach dem Grund für ihre
Entscheidung gefragt, und ich bezweifle, dass sie mir eine
ehrliche Antwort gegeben hätte. Bestimmte Dinge zu verschweigen und auszulassen war eine eherne Regel bei ihr
und ist es ja bei vielen, die trotz unerwiderter Liebe an

einer guten Sache festhalten, auch wenn sie aussichtslos ist. »Amerikanisch« taugte als Tarnung für »Jude« freilich so viel wie ein Pullover für einen Chihuahua. In einem wichtigen Punkt jedoch beeinflusste die Nationalität mein Leben: Sie gab meinem Gefühl, abseits zu stehen, eine klare Kontur (eine souveräne Grenze, könnte man sagen). Heute ist das vielleicht nichts Besonderes, wo einem Kind nichts Schlimmeres widerfahren kann, als ganz gewöhnlich zu sein. Zu meiner Zeit aber war ein bescheidenes, unauffälliges Dasein noch ein nützliches Gut und mein Amerikanertum ergo der Portweinfleck, der mich zum Monstrum und zum Aristokraten machte. Sogar im staatlichen Kinderheim, wo ich panische Angst davor hatte, dass die anderen Jungen von meinem Defekt erfuhren, nährte ich einen bitteren Stolz auf meine heimliche Verbindung zu dem großen avocadogrün kolorierten Teil auf der Landkarte, über den unsere Lehrer mit so viel inbrünstigem Abscheu sprachen.

Erst als ich 1979 tatsächlich amerikanischen Boden betrat, wurde aus mir schlagartig ein sowjetischer Simpel. Die Mischung aus Höflichkeit und Konfusion auf den Mienen meiner Gönner sagte mir, dass das Englisch, das ich seit meiner Kindheit sprach (größtenteils still im Kopf), für sie so verständlich war wie Mandarin. Ich bilde mir ein, dass ich es in meinen drei Jahrzehnten als amerikanischer Staatsbürger in der Zurückgewinnung des elterlichen Erbes weit gebracht habe. Ich trinke mein Bier mit Eis. Ich putze mir jeden Abend die Zähne mit Zahnseide. Ich gebe mindestens fünfzehn Prozent Trinkgeld. Die Herkunft meines Akzents ist nun nicht mehr lokalisierbar. Wenn ich gelegentlich wieder nach Russland reisen muss, stelle ich erfreut fest, dass meine ehemaligen Landsleute mich zuerst und vor allem an meinem blauen Pass erkennen.

Warum ich wieder dorthin reise? Die einfachste Antwort

lautet, dass ich nun in einer Branche tätig bin, die mehr für die Förderung von Kooperation und Freundschaft zwischen unseren beiden ruhmreichen Nationen geleistet hat als Jahrzehnte von internationalen Friedensgesprächen und Atomsperrverträgen. Ich spreche von Big Oil. Seit gut vier Jahren bin ich nun Angestellter eines Öl- und Gasunternehmens, von denen es ein halbes Dutzend gibt und deren Büros in Washington, D.C., die Hauptstadt unserer Nation in einem engen Halbkreis (oder einer Schlinge, sagen manche) umschließen. Mein eigentliches Fachgebiet sind Eisbrecher – jene tausend Tonnen schweren Megalosaurier, die sich durch Gletscher fressen, damit Sie und ich uns den Tank mit dem Bodensatz aus paläozoischen Friedhöfen füllen können. Nachdem nun mehrere solche Friedhöfe in der russischen Arktis entdeckt worden sind, mangelt es mir nicht an Arbeit. Alle paar Monate packe ich meinen Rimowa und besteige die Nachtmaschine nach Moskau. Am Morgen gehe ich in Scheremetjewo unter dem wortlosen Blick einer Matrone durch den Zoll, die mit erlesener Verachtung erst mir ins Gesicht und dann auf das Verbrecherfoto in meinem Pass schaut und mir in Erinnerung ruft, dass ich in Russland, genau wie alle Angehörigen aller anderen Nationen, ein Niemand bin. Für diese erfrischende Demütigung werde ich großzügig entschädigt.

Aber falls es den Anschein hat, als flöge ich allein wegen des Geldes zurück: Dem ist nicht so. Am meisten zählt für mich, dass ich meinen Sohn Lenny sehen kann, der seit neun Jahren nun auch sein Glück in Moskau sucht. Im wahrsten Sinn des Wortes. Ein paar Dinge, die Lenny mir nicht erzählt hat, weiß ich zufällig trotzdem. Meinen Sohn zu überzeugen, dass er die Verluste in Moskau abschreiben und nach Hause kommen soll, hat sich als noch schwieriger erwiesen, als vor dreißig Jahren meine Mutter herauszuholen. Wanderlust und Eigensinn sind homologe

Züge in unserer Familie. Würde Florence noch leben, sie wäre beeindruckt von der Sturheit, die ihr Enkel an den Tag legt. Sie ließ sich damals ebenso wenig umstimmen, ein Meisterstück von würdevoller Meuterei und so imposant wie Gandhis Hungerstreik. Als wir uns 1978 auf die Ausreise vorbereiteten, kam es für sie nicht in Frage, mit dem Rest der Familie zu emigrieren, sie nahm das Wort »Amerika« nicht mal in den Mund. Erst als sie am eigenen Leib erfuhr, was Hinfälligkeit heißen konnte, brachte sie das Thema schüchtern und probeweise zur Sprache. »Habt ihr immer noch vor, ... *dorthin* zu gehen?«, so drückte sie es aus. *Dorthin.* Vor zwei Jahren las ich von einem neurologischen Folgeschaden, der bei manchen Schlaganfallopfern auftritt: Ein von dieser Erkrankung Betroffener kann zwar die Bestandteile einer Glühlampe – Glühfaden, Draht, Glas – korrekt benennen, kann Form und Eigenschaften beschreiben, sie aber für alles Gold in Arabien weder einschrauben noch einschalten. Der offizielle Name dieser Krankheit lautet »Agnosie«, altgriechisch für »Nichtwissen«. Es handelt sich nicht um eine Störung der Sinnesorgane, auch das Gedächtnis ist nicht beeinträchtigt. Der Betreffende hat schlicht die Fähigkeit verloren, zu erkennen, was er sieht. Ich habe mich oft gefragt, ob Mama ein Opfer dieser Störung geworden war.

Ich wäre vielleicht weniger hart mit meiner Mutter ins Gericht gegangen, wenn sie einfach eine gewöhnliche Russin mit der nationaltypischen Form des Stockholm-Syndroms gewesen wäre, das man Patriotismus nennt. Aber das war sie nicht. Sie war Amerikanerin, wie ich jetzt Amerikaner bin. Sogar mehr als ich, denn sie war in den von Ulmen gesäumten Straßen von Flatbush aufgewachsen, hatte an der Erasmus Hall Highschool über die Föderalistenartikel diskutiert und an einem der ersten gemischten Colleges in Brooklyn Mathematik studiert, hatte im

Radio Roosevelts Kamingesprächen gelauscht und auf der Leinwand im Paramount gesehen, wie James Cagney Jean Harlow küsste. Und auch wenn sie vorschützte, all das vergessen zu haben, konnte ich nie glauben, dass sich so eine Jugend in New York aus dem Gedächtnis waschen ließ wie ein paar Farbspritzer von der Wand. Sie hat einmal gewusst, das behaupte ich bis heute, wie Freiheit schmeckt.

Nonquota Immigration Visa 60
See 4
Quota No.

Dated . New York

Issued in 1932
(Name)

3.
_____

Brooklyn

Sie hätte alles getan, um aus Flatbush herauszukommen,
wäre überallhin gegangen für ein sinnvolles und erfülltes
Leben, das es jenseits der Grenzen von Brooklyn geben
musste – einem Gebiet, das wie Irland oder Polen zu einer
Existenz im Schatten einer überlegenen Macht verdammt
war.

Als Zweitbeste ihrer Klasse hatte sie es sich an der
Erasmus Hall zum Ziel gesetzt, an ein angesehenes privates
Frauencollege zu kommen, wo sie vier Jahre mit Gleichge-
sinnten verbringen würde, die ebenso wissbegierig und un-
konventionell waren wie sie. Dass Florence geglaubt hatte,
ihr Vater würde dieses Vorhaben finanzieren, sagte weniger über ihre Selbstachtung als über Solomon Feins Gabe,
die Familie gegen bestimmte offensichtliche finanzielle Realitäten abzuschirmen. Daher brauchte Florence fast ihr
ganzes erstes Jahr am Hunter College, bis sie ihre Enttäuschung überwunden hatte. Im Oktober ihres zweiten Studienjahrs brach die Börse zusammen, und ihre Unzufriedenheit wich dem Erstaunen über den glücklichen Zufall,
kostenfrei am College studieren zu können. Im Jahr darauf gab es eine neue unerwartete Wende: Der Brooklyner
Ableger von Hunter fusionierte mit dem City College von

New York und wurde als Brooklyn College ausgegliedert, der erste beiden Geschlechtern offenstehende staatliche Campus von New York. Der Name »Campus« war, wie Florence feststellte, allerdings übertrieben; da das College noch nicht über eigene Gebäude verfügte, wurden Räume in fünf verschiedenen Bürogebäuden in dem unruhigen Geschäftsviertel rings um Borough Hall angemietet. Während sie den Hindernisparcours der Fulton Street mit ihren Straßenbahnen absolvierte, entdeckte Florence schon bald die Cafés und Cafeterias in Brooklyns Mitte, in die Anwälte aus nahegelegenen Gerichten auf ein Corned-Beef-Sandwich ebenso hereinschauten wie Gruppen von kraushaarigen Studenten, die vielleicht nicht gerade das geistige Zentrum der Studentenbewegung bildeten, aber doch dazugehörten. Florence hatte nicht einmal gewusst, dass es eine Studentenbewegung gab. Aber hier war sie, ihre Vertreter debattierten über Lenin versus Marx, Stalin versus Trotzki oder schrien sich vielmehr, Brotscheiben schwenkend, über die langen Holztische hinweg an. Anfangs schüchterten die jungen Leute von der New Utrecht High Florence ein, hatten sie doch William Fosters Pamphlet *Strike Strategy* gelesen, wussten, wie man ein Komitee einrichtet, eine Flugschrift druckt, einen Streik auf die Beine stellt. Hatten es sogar schon getan! Während die Jungen und Mädchen an der Erasmus in Gemeinschaftskunde die Lincoln-Douglas-Debatten nachspielten, protestierte die Jugend aus Bensonhurst mit Milchboykotts gegen die hohen Preise für das Mittagessen an ihrer Highschool.

Es kam ihr verrückt vor, dass sie jemals die Absicht gehabt hatte, an ein College zu gehen, an dem die Mädchen sich aufführten wie in einem Pensionat und die Lehrer ihre Moral und ihr Betragen in die richtigen Bahnen zu lenken versuchten. Am Brooklyn College waren die Mädchen genauso kämpferisch wie die Jungen, schnitten sich die Haare ab, trugen sackartige Kleider und Sandalen ohne Strümpfe, gingen von Tür zu Tür und plädierten vor irischen Hausfrauen für Geburtenkontrolle. Sie betraten auch anderweitig Neuland, wohin zu folgen Florence noch vor sich hatte. Mit dem Segen ihrer Schutzheiligen Emma Goldman wollten sie ihre Unschuld lieber großzügig herschenken, als die lässlichere Sünde zu begehen und ihre Jungfräulichkeit unter dem heuchlerischen Gesetz des Kapitalismus zu verkaufen.

Jede Woche schaute Florence am Schwarzen Brett des Campus vorbei und las die Stellenangebote. Da wurde zum Beispiel eine »Stundenweise Beschäftigung für Studenten mit Hauptfach Naturwissenschaften« offeriert, doch wenn sie, die im Hauptfach Mathematik studierte, sich erkundigte, hatte die Arbeit nichts mit Physik, Chemie oder Astronomie zu tun, sondern bestand darin, Mülltonnen wegzubringen oder Schneematsch aus einer Lobby zu fegen. Die Verwaltung wandte sich nur deshalb an Hauptfachstudenten, damit sich nicht das ganze College bewarb.

Nach ihrem Abschluss erfuhr sie von einem Professor, für den sie gelegentlich Sekretariatsarbeiten erledigte, von einer Arbeit bei Amtorg. Ein Büro der American Trading Organisation im Norden von Manhattan, sagte er, suche eine Sekretärin mit Zahlenverständnis. »Ein bisschen Russisch können Sie doch auch, nicht? Könnte hilfreich sein.«

Es war Florences Vater, der darauf gedrungen hatte, dass sie Mathematik studierte, mit der Begründung, dass die Versicherungswirtschaft selbst bei schwersten ökonomischen Stürmen auf ebenem Kiel segelte. Florence war sich jedoch ziemlich sicher, dass die Arbeit, um die es dem Professor ging, nichts mit der Lebensversicherungsgesellschaft gemein hatte, bei der ihr Vater als Statistiker beschäftigt war.

»Die Sowjetische Handelsvertretung?« Sie erinnerte sich dunkel daran, in der Zeitung etwas gelesen zu haben. Sie fungiere praktisch als Botschaft, weil Amerika die bolschewistische Regierung nicht offiziell anerkannte. »Sind das dort nicht alles ... Spione?«, sagte sie zweifelnd.

Der Professor, ein grauhaariger Progressiver, der nach Tabak und Menthol roch, gab sich Mühe, seine Enttäuschung nicht offen zu zeigen. »Ich hätte nicht gedacht, dass Sie die Boulevardpresse lesen, Florie. Jedenfalls arbeiten dort in der Vertragsabteilung fast nur Amerikaner«, sagte er beschwichtigend. »Und wenn es Sie nervös macht, ob Sie vielleicht einen Parteiausweis vorlegen sollen, keine Bange. Wer als Amerikaner bei Amtorg angestellt ist, darf kein aktiver Kommunist sein. Diplomatische Beziehungen sind ein sehr heikles Gebiet. Hauptsächlich arbeiten sie Import-Export-Verträge für Firmen aus, die Waren an die Russen verkaufen – Traktoren, Autos, Fertigungsanlagen und so weiter.«

»Ich dachte, wir machen mit den Bolschewiken keine Geschäfte.«

Wieder bedachte der Professor sie mit einem säuerlichen Lächeln. »Während der Napoleonischen Kriege pendelten Schiffe zwischen England und Frankreich und transportierten Waren über den Ärmelkanal. Und das, obwohl die beiden Nationen sich schwere Kämpfe lieferten. Befinden wir uns im Krieg mit den Russen?«

Die Sowjetische Handelsvertretung – unter Amtorg bekannt – hatte in der eleganten Fifth Avenue Quartier bezogen und operierte unter der Rechtsfiktion eines Privatunternehmens des Staates New York. In diplomatischen Kreisen war es Allgemeingut, dass die Amerikaner, die dort wichtige Posten bekleideten, so auch Florences Vorgesetzter Scoop Epstein, ihre Anweisungen direkt aus Moskau erhielten. Falls das zutraf, hätte Florence es den Reden allerdings nicht entnehmen können, die Scoop im Finanzdistrikt vor Managern amerikanischer Import-Export-Firmen hielt. Scoop referierte nicht über das Weltproletariat, sondern über das »gesteigerte sowjetische Interesse an amerikanischer Technik und Tüchtigkeit«. Er erzählte den amerikanischen Geschäftsleuten von den Millionen russischer Bauern, die zwar noch nie von Rykow oder Bucharin gehört hatten, aber alle den Namen Henry Ford kannten. Florence war nicht entgangen, dass die amerikanische Regierung der UdSSR die offizielle Anerkennung zwar nach wie vor verweigerte, amerikanische Unternehmen ihren finanzkräftigen neuen bolschewistischen Kunden aber nur zu gern Stahl und Drehbänke lieferten, Wälzlager, Betonstahl und Traktoren, während die heimische Kundschaft nach wie vor knapp bei Kasse war.

Bei Amtorg war sie nicht mehr als eine Sekretärin, fand die eintönige Arbeit wegen ihrer Nähe zu den Schaltstellen der Macht aber trotzdem äußerst reizvoll. Selbst bescheidene Verrichtungen kamen ihr imposant vor. Den Entwurf eines Vertrags über die Lieferung von 9000 Tonnen Stahl in den Ural zu korrigieren war sinnvoller und von größerer Tragweite als das zornige Geschrei von hundert Cafeteriakommunisten. Es konnte sein, dass sie in nur einer Woche einen Auftrag der russischen AMO-Fabrik zur Lieferung von Kaltprägepressen im Umfang von hunderttausend Dollar an die Toledo Machine and Tool Company und einen weiteren über Mehrspindeldrehmaschinen an die Greenlee Company in Rockford, Illinois, vergab oder bei der Hamilton Foundry and Machine Company in Ohio anrief und Gespräche über ein Abkommen zur technischen Unterstützung der Russen bei der Fertigung von zweihunderttausend Chassis für das neue Modell des SIS-Automobils anbahnte.

Nun, da sie aus dem Dunstkreis der College-Speisesäle herausgetreten war, konnte sie sich eingestehen, wie wenig ihr die donnernde Rhetorik gefallen hatte. Das dauernde Geschwätz über die Zerschlagung des bürgerlichen Staatswesens beleidigte ihre Werte von Disziplin und harter Arbeit. Es erschien ihr sinnlos, etwas Altes stürzen zu wollen, wenn man dazu beitragen konnte, etwas Neues aufzubauen. In der pragmatischen Gelassenheit, die trotz des hektischen Alltags in dem Büro herrschte, entdeckte sie eine Welt, die ihre lädierte Haut abstreifte und ihr, Florence, Einlass in ein inneres Heiligtum gewährte – einen Raum, in dem das monotone Summen und Surren der Schreibmaschinen und Telefaxgeräte dem gedämpften Murmeln eines Herzens glich, das Blut durch ein System starker Adern pumpte.

Scoop Epstein, ein rundlicher Junge in den Fünfzigern mit weichen Zügen, vereinte in sich vieles: Er war großzügig und verschlagen, prahlte mit seinen Verbindungen, war vernarrt in seine junge Assistentin und nahm Florence manchmal zu Besprechungen mit Geldgebern aus Manhattan oder Fabrikanten aus Indiana mit. Vor dem ersten gemeinsamen Mittagessen in der Wall Street war er jedoch ohne Umschweife auf ihre Beine zu sprechen gekommen. »Wir müssen etwas anderes zum Anziehen für Sie auftreiben. Wollstrümpfe gehen nicht.«

»Aber es ist noch Winter!«, protestierte sie.

»Tatsächlich? Hab ich gar nicht gemerkt. Sie haben sehr schöne Beine, Florence, warum sie verstecken? Darf ich ganz offen zu Ihnen sein? Wollstrümpfe sind was für Nonnen und für Marktfrauen. Es schadet nicht, wenn Sie sich hübsch machen.« Da Scoops offene Worte weniger nach Anmache als vielmehr wie der vertrauliche Rat eines Mentors klangen, folgte Florence ihm an diesem Vormittag von der Fifth zu einem ihm persönlich bekannten Großhändler in der Seventh Avenue, der sich als sein Vetter erwies. Auf einem Schemel stehend, hob Florence die Arme, während der andere, stillere Epstein ihr ein Maßband um die Taille legte, sie mit energischen Fingern unter dem Busen und über den schmalen Hüften abtastete und ihr steife Stoffe an den Leib drückte. Zu ihrer neuen Garderobe gehörten ein Filzjackett mit Samtpaspeln und ein Bleistiftrock mit hoher Taille, eine Bluse aus cremefarbenem Seidenkrepp und eine zweite in apricotfarbenem Satin. Der Preis für diese Kleider, die sie mit starkem Nachlass erwarb, wurde ihr vom Gehalt abgezogen. Der Anblick der neuen Florence im Spiegel verschaffte ihr das irritierende Vergnügen, schließlich ihr wahres Ich zu sehen.

»Sehr schön«, versicherte Scoop ihr.

»Ha! Die würden mich ans Kreuz nageln, wenn ich so auf dem Campus erschiene.«

»Die Leute, mit denen wir uns verabreden, wollen nicht mit Mother Jones zu Mittag essen.«

»Ich komme mir vor wie ein Bankerliebchen«, sagte sie in einem ärgerlichen Anflug von Selbstbewunderung und drehte sich so zur Seite, dass ihr Spiegelbild noch schmeichelhafter wirkte.

»Florie, Kind, wenn Sie Ihre politische Einstellung schon unbedingt am Revers tragen wollen, kommen Sie mit einem schickeren Revers weiter.«

Zu Hause sagte ihre Mutter aber: »Du glaubst wohl, mit den Sachen wärst du etwas Besonderes? Damit bist du so gewöhnlich wie Dreck.« Ihre Eltern wussten, für wen sie arbeitete, und billigten es nicht. Weil ihr älterer Bruder Harry jedoch arbeitslos war und gerade Vater wurde, konnten sie ihr schlecht raten, die Stelle wieder aufzugeben. Erst am Abend hörte sie, wie ihr Vater ihrer Mutter Vorhaltungen machte; schließlich war es Zelda, die *seine* Florie zum Brotverdienen in die Welt getrieben hatte, hinaus in die Arbeitswelt mit all ihren moralischen Gefahren. Und warum? Litten sie etwa Hunger? Er war von Anfang an dagegen gewesen. Florence gegenüber drückte er sich vorsichtiger aus. »Florie, wozu brauchst du diese Leute? Es sind Schlangen. Ein Mädchen mit deinem Verstand. Du konntest schon lesen und schreiben, da warst du noch keine fünf«, rief er ihr in Erinnerung. »Und denk mal an die erste Klasse, als alle Eltern in die Schule kamen und den Kindern beim Gedichtvortrag zusahen, da konntest du deins auswendig und die anderen auch alle. Die anderen Kinder vergaßen ihre Zeilen, und du hast flüsternd vorgesagt. Hast ganze Strophen auswendig gelernt.« Er bot ihr Hilfe bei der Suche nach einer Stelle in seiner Firma an. Aber in solchen Zeiten und nachdem Metropolitan Life gerade ein Viertel seiner Angestellten entlassen hatte, wurde eine junge Frau – sogar eine mit abgeschlossenem Mathematikstudium – bestenfalls zum Kaffeeholen und Diktateaufnehmen eingesetzt. Und so ärgerte sie letztlich der Hohn ihrer Mutter weniger als das permanente Lob ihres Vaters, der sie in seiner Sturheit für etwas Besonderes hielt.

Florences kleines Gehalt reichte nicht aus, um das Leck zu stopfen, das die veränderten Verhältnisse in den Damm der Beverly Road gerissen hatten. Eines Abends riss das Geräusch von Geschirr, das im Esszimmer gestapelt wurde, Florence in der Küche aus ihrer Lektüre. Sie hatte schon bei dem zornigen Scheppern innegehalten, das die Handgriffe ihrer Mutter begleitete, deutlich verstand sie aber erst die erhobene Stimme ihres Vaters. »Du hast es ihr noch nicht gesagt?«

»Du hast gesagt, nach Rosch Haschana.«

»Und nach Rosch Haschana kommt Jom Kippur und danach…«

»Ja, Sol, in den Wochen brauche ich Hilfe. Glaubst du

denn, deine Tochter wird für deine vielen Verwandten kochen?«

»In Ordnung, aber wir müssen der Frau *jetzt* Bescheid sagen. Das gehört sich so.«

Das Geschepper hörte auf. »Ich weiß nicht, was ich davon halten soll, Sol.«

»Früher hatten wir kein Hausmädchen, und es ging auch. Jetzt, wo ihre Kinder groß sind, kommt sie eh nur noch dreimal die Woche.«

Florence legte den Apfel weg, den sie aß. Die Erwähnung Sissys – ihrer alten Kinderfrau, die sie praktisch großgezogen hatte und die sie, es war erst ein paar Monate her, während des Bodenwischens bereitwillig abgehört hatte, als sie ihren Text für die *Dido*-Aufführung am College memorierte – machte ihr das Schlucken zur Qual.

»Ich bin keine zwanzig mehr«, sagte ihre Mutter nun auf der anderen Seite der Küchentür. »Du kannst nicht erwarten, dass ich auf die Knie gehe und diese Treppen scheuere.«

»Florie kann helfen.«

»Florence? Die kann keinen Lappen auswringen. Wenn du nicht immer dagegen gewesen wärst, dass sie mal einen Finger im Haushalt rührt. Aber so, bewahre: ›Stör Florie nicht, sie liest. Lass das Kind lernen.‹«

»Na, meinetwegen«, sagte ihr Vater begütigend, »wenn du auf Sissy nicht verzichten willst, können wir den Beitrag an die Synagoge lassen.«

»Bist du verrückt geworden?«

»Wir gehen doch kaum hin.«

»Sidney hat im April seine Bar Mizwa.«

»Die kann er auch im Gemeindezentrum haben. Und dort hat der Rabbi nicht drei Assistenten, die ihm die Reden schreiben, während er Golf spielen geht.«

»Wie undankbar sieht das denn aus, Sol, nachdem Kantor Kleiner sich so lange bemüht hat, damit Sidney weniger stottert?«

Vonseiten Sols folgte nun Schweigen – ein Schweigen, dem Florence den Groll ihres Vaters über institutionalisierte Religionen im Allgemeinen und die noble Gemeinde von Midwood im Besonderen anhörte. Als Versicherungsmathematiker, der seine Jahre damit zugebracht hatte, die bedeutsamsten Ereignisse im Leben von Menschen – Geburt, Eheschließung, Kinder, Unfälle, Krankheiten und, ganz zuletzt, den Tod – tabellarisch zu ordnen, glaubte Sol an den Gott Abrahams nicht mehr, als er an einen Gott glaubte, der beim Blackjack die Karten gab. Aber auch ein atheistischer Jude war schließlich Jude, und so antwortete er: »Nur bis April, Zelda.«

Zelda entließ Sissy kurz vor den Weihnachtsfeiertagen. Sie gab Florence einen Schuhkarton, gefüllt mit Kleinigkeiten, die Sissy zurückgelassen hatte, und bat sie, ihn mit der Post zu schicken. Der Karton war schockierend leicht und enthielt nur wenig: zwei Haarkämme aus Bakelit, eine Taschenbibel, versehen mit dem Stempel »Aktiver Dienst« des Jahres 1914, und ein Kopftuch aus Crêpe de Chine. Vielleicht hielt das Einsiedlerische, das diese Gegenstände ausstrahlten, oder der Bergamottegeruch von Sissys Haaröl, der dem Kopftuch noch anhaftete – der Geruch von Florences eben erst zu Ende gegangener Kindheit –, sie davon ab, die Schachtel sofort zurückzuschicken. Doch als sie die verwaisten Gegenstände nun in den Händen hielt, fühlte sie sich zu ihrer Überraschung so schuldig, dass es ihr fast den Atem nahm. Ihre Eltern waren außer Haus und besuchten Harry in Riverdale, und Sidney machte sich gerade für seine Haftorah-Stunde fertig. Seinen Kragen richtend, rannte er Florence von einem Zimmer ins andere nach und erzählte ihr von der neuen Spielerliste bei den Cardinals. »Die hätten Grimes nicht an die Cubs verkaufen dürfen«, lamentierte er mit der Schlaumeierei des Amateurs. Er glaubte fest daran, dass die Yankees, die seine geliebten Dodgers vernichtend geschlagen hatten, dafür bezahlen mussten. Die Cardinals waren das einzige Team der Football-Liga, das gegen die Yanks eine Chance hatte, verfolgten aber eine schlechte Strategie. »Von den kleineren Teams holen sie sich die Altgedienten und aus den Klubs die Alten. Ein paar leichte Siege kriegen sie dadurch schon, aber so baut man keine Mannschaft auf.« Er trottete hinter Florence die Treppe hinunter, sein Haar glatt wie eine Maishülse am Kopf anliegend. Sonst fand sie Sidneys pausenloses Geplapper recht amüsant; Sprechen und Denken waren für ihn nicht zwei voneinander getrennte Tätigkeiten, sondern ein und derselbe Vorgang. Heute Vormittag aber klang sein Schwatzen in ihren Ohren wie ein Nebelhorn. Sie schob Sissys Päckchen in ihre Büchertasche und zog den Riemen fest.

»Wo gehst du hin?«

»Ich bring die Sachen für Sissy auf die Post.«

»Wieso kann sie die nicht selber mitnehmen, wenn sie wiederkommt?«

Florence drehte sich zu ihm um, bevor sie weitersprach. Hatte ihre Mutter es ihm nicht gesagt? »Wo hast du gesteckt, Sidney? Sie kommt nicht wieder.«

»Was soll das heißen, sie kommt nicht wieder …?«

»Mom hat sie rausgeschmissen. Was glaubst du denn, wo sie die letzten Tage war?«

»Ich dachte, sie hat Ferien, so wie wir.«

»Ferien?« Florence kramte in ihrer Tasche nach dem Zettel mit der Adresse in Harlem.

»Hat sie was angestellt und Mom damit geärgert?«

»Musst du dich nicht für die Hebräisch-Schule fertigmachen?«

Aber er ließ nicht locker. »Hat sie etwas gestohlen?«

»Nein, Blödmann. Warum sagst du so was?«

»Ich weiß nicht. Warum hat Mom sie rausgeschmissen?«

»Weil wir uns im Moment keine Haushaltshilfe leisten können, *capisci*? Oder hast du es nicht mitgekriegt? Harry ist arbeitslos, und wir müssen noch das ganze Jahr lang Beiträge an die Synagoge bezahlen, damit du für zehn Minuten vor allen Leuten stehen und dich durch drei Thoraverse durchstottern kannst.«

Die Bestürzung auf seinem Gesicht übertraf alles von ihr Erwartete. Das Grünbraun seiner Augen zerbrach wie das Glas eines Arzneifläschchens. »Ich ka-kann doch nichts daf-f-für. Ich will d-das nicht m-mal.«

Er schrie sie nun fast an.

»Zu spät, Lemming. Du wirst zum Manne gemacht, ob es dir passt oder nicht, auch wenn wir hier alle das ganze Jahr Zwiebeln essen müssen.«

Vielleicht war es gemein, Sidney die Nachricht so zu überbringen, aber er verdiente die Wahrheit. »Ich muss heute arbeiten, ich bin zum Abendessen wieder da«, sagte sie und legte ihm liebevoll, wie sie hoffte, die behandschuhten Hände auf den Kopf. Er rührte sich nicht, und so blieb ihr nichts übrig, als ihn stehen zu lassen wie eine umgekippte Puppe und in den kalten Februarmorgen hinauszutreten.

Sie schloss die Tür zum Büro ihres Chefs auf und rechnete damit, allein zu sein, doch Scoop saß an seinem Schreibtisch und blätterte den neuen *Daily Worker* durch.

»Sie sind schon zurück!«

»Sieht so aus.«

Er war die ganze Woche unterwegs gewesen, war mit dem Pullman durch den Mittleren Westen gereist und hatte Geschäfte mit Stahlerzeugern gemakelt. Er räumte die

Wildlederhandschuhe von der Schreibtischecke und sagte: »Wissen Sie, was ich an Amerika liebe?« Zum Deckenventilator hinauflächelnd, zitierte er Whitman: »Ich bin weiträumig, enthalte Vielheit!« Sie hatten gerade irgendwo in Ohio auf einem Bahnhof gehalten, erzählte er Florence, als eine Frau und ein Kind aus einem Zeltlager jenseits der Gleise kamen. Die Frau führte den Jungen behutsam über die Schwellen, damit er sich hinhocken und sein Geschäft verrichten konnte. Dann hob sie nach kurzem Blick auf den Waggon das Kleid und hockte sich daneben, kehrte den Reisenden frech ihr knochiges Gesäß zu. Florence hörte Scoops Schilderung das Frohlocken über die Verachtung an, die sein geliebtes Amerika so überreich auf sich gezogen hatte.

Er schob den *Daily Worker* beiseite und legte die Fingerspitzen aneinander. »Florence, ich mache Ihnen einen Vorschlag.« Eine Gruppe sowjetischer Ingenieure kam für acht Wochen nach Cleveland, um sich bei der Maschinenbaufirma McKee und Co. in der Errichtung von Stahlwerken schulen zu lassen. Die russische Delegation sollte Mitte Juni eintreffen. Die Männer benötigten einen Dolmetscher und Vermittler. »Wir wissen beide, dass Sie genug davon haben, bloß Sekretärin zu sein.«

»Sie bitten mich, nach Cleveland zu fahren?«

»Sie würden einen neuen Titel erhalten, Kindchen.« Er hielt die Hände so, als umfassten sie ein Türschild. »Handelsberaterin.«

»Aber Scoop, ich kenne mich mit Stahlwerken nicht aus. Und mein Russisch ist auch nur so lala.«

»Ein paar von denen sprechen Englisch. Und die brauchen keinen weiteren Ingenieur, sondern jemanden, der ihnen im praktischen Alltag des amerikanischen Lebens zur Seite steht. Der aufpasst, dass sie nicht in Schwierigkeiten geraten.«

Sie fragte sich, wie sie verhindern sollte, dass eine Gruppe erwachsener Russen in Schwierigkeiten geriet, wollte aber Scoops Glauben an sie nicht ins Wanken bringen. Also sagte sie: »Wo soll ich denn da wohnen?«

»Wir stellen Ihnen eine Unterkunft zur Verfügung.«

»Eine Wohnung?«

»Sicher, wenn Sie das möchten.«

»Ich bin nicht sicher, ob meine Eltern damit einverstanden sind. So weit weg wohnen und alles.«

Scoop hob die Hände. »Florie, wir wissen beide, dass es die Handelsvertretung nicht ewig geben wird. Es ist nur eine Frage der Zeit, bis in Washington eine richtige Botschaft eröffnet. Roosevelt ist nicht Hoover. Er weiß, dass die Bolschewiken nicht wieder weggehen. Und eine kluge junge Frau mit praktischen Erfahrungen in der Diplomatie…«, seine Augenbrauen hoben sich vielsagend, »…könnte ein Pluspunkt sein. Sie wäre ein echter Anwärter auf eine Stelle in einer Botschaft.«

Wie sollte sie das nur ihren Eltern beibringen, überlegte Florence, während sie mit der Hochbahn nach Brooklyn fuhr. Selbst wenn sie ihr abnahmen, dass Anstandsdame für sechs Männer aus dem Ausland eine zulässige Beschäftigung für eine junge Frau von dreiundzwanzig war, selbst wenn es ihr gelang, den politischen Aspekt der Arbeit durch ein paar Auslassungen zu bemänteln, und sie darauf verwies, dass sie lediglich Buchhalterin war, würden Sol und Zelda mit Sicherheit selber für ihre Unterbringung sorgen wollen. Sie würden sämtliche Mitglieder der Synagoge von Midwood abtelefonieren, bis eine Familie mit anständigen Verwandten in Cleveland gefunden war, die ihr ein Gästezimmer zur Verfügung stellten und *in loco parentis* auf sie aufpassten. Aber was blieb ihr übrig? Ein Gehaltsscheck allein sicherte einer jungen Frau nicht die Unabhängigkeit.

Der Himmel über den Ulmen färbte sich bereits lila, als sie in Flatbush ankam. Sie betrat das Haus durch die Küchentür. Aus dem Esszimmer drangen die Stimmen ihrer Eltern, und sie wappnete sich für den Vortrag ihres Anliegens zum Thema Cleveland. Es war aber noch jemand mit im Raum – eine bekannte Stimme sprach laut und in belehrendem Ton: »Wir sehen ein, dass manche Jungen dieses Alters noch *unvernünftig* auf sensiblere Stoffe in der Thora reagieren – die Gesetze, die sich mit der körperlichen Sauberkeit beschäftigen, mit den Absonderungen und so weiter und so fort ...«

Florence schob die Tür einen Spaltbreit auf. Rabbi Soffer saß am Tisch und umschloss Sidneys magere Schulter mit seiner Pranke. »Späße haben ihren Platz, wir erwarten von den Jungen aber auch, eine gewisse Reife zu entwickeln, vor allem in Anbetracht dieser wichtigen Vorbereitung auf den Eintritt ins Erwachsenenalter.«

»Was genau hat er denn im Unterricht gesagt?«, fragte ihr Vater behutsam. »Sidney?«

Der Beschuldigte schwieg.

»Schmuel?«, sagte der Rabbi, der Sidney mit seinem hebräischen Namen ansprach. Er hatte den Jungen zwar vor Gericht gezerrt, gerierte sich nun aber als sein Anwalt, der Sidney nahebringen wollte, es werde alles gut, wenn er nur Reue zeigte. Aber Sidney verweigerte die Aussage.

»Eine koschere Frau, hat er zu den anderen gesagt, ist eine, die drei Stunden wartet, wenn der Metzger fort ist, bevor sie, ähm« – der Rabbi räusperte sich –, »in Beziehung zu dem Milchmann tritt.«

Ein prustender Lacher entrang sich der Nase ihres Vaters. »Keine Ahnung, wo er das aufgeschnappt hat, Rabbi.«

»Es spielt keine Rolle, ob er das auf der Straße gehört hat oder zu Hause ...«

»Zu Hause bestimmt nicht«, sagte Zelda spitz.

»Rabbi, er ist normalerweise ein guter, respektvoller Junge«, sagte Sol. »Ich weiß nicht, was da in ihn gefahren ist.«

Es schmerzte Florence, dass ihrem Bruder der Prozess gemacht wurde. Das lose Mundwerk des Kleinen kannte sie selber nur zu gut, sie wusste aber auch, dass Sidney eigentlich klug genug war, seine Witze außerhalb der Hörweite seiner Lehrer zu machen. Sie stieg unbemerkt auf Zehenspitzen die Treppe hinauf zu ihrem Zimmer. Bald darauf eskortierten ihre Eltern den Rabbi unter mehrfachen Entschuldigungen zur Tür. Kaum war die zu, brach der Sturm mit voller Wucht über Sidney herein.

Florence ging still zu ihrem Bett, legte sich hin und schloss fest die Augen, um das laute Gebrüll von unten möglichst auszublenden. Als sie eine halbe Stunde später hochschrak, stand ihre Mutter vor ihrem Bett. »Hast du Sidney gesagt, es sei seine Schuld, dass wir Sissy entlassen haben?«

Florence setzte sich auf.

»Hast du Sidney gesagt, wir müssen wegen seiner Bar-Mizwa-Stunden das ganze Jahr Zwiebeln essen?«

Mit ihren kleinen blauen Augen und den dünnen Lippen sah Zelda nicht nur im Augenblick so aus, als wäre sie Enttäuschung gewohnt.

»Ich hab gemeint, wir müssen den Gürtel enger schnallen. Das hat Daddy selbst gesagt.«

»Was du *gemeint* hast, weiß ich nicht. Ich weiß nur, dass dieses Kind dir jedes Wort glaubt. Er macht, was du sagst, und jetzt legt er es deinetwegen darauf an, aus der Hebräisch-Schule hinausgeworfen zu werden.«

»Ich hab ihn nicht angestiftet!« Aber sie konnte sich nicht verteidigen, ohne feige zu wirken. »Kann ich mit ihm reden?«

»Untersteh dich! Weißt du, was Sidney am meisten zu schaffen macht?«

Florence schwieg.

»Dass er dich verpetzt hat.« Der Ausdruck starker Missbilligung, mit dem ihre Mutter hinausging, sollte Florence offenbar sagen, sogar die Anhänglichkeit ihres Bruders sei ein Beweis für ihren Egoismus.

Wo, überlegte Florence, mochte Sissy jetzt sein – die Frau, die sie praktisch großgezogen hatte? War sie egoistisch, wenn sie neben der Familie auch an andere dachte?

Die Tür klappte mit einem entschiedenen Geräusch zu, und Florence spürte, dass sie ebenfalls eine Entscheidung getroffen hatte. Sie wollte nicht erst fragen. Gar nicht erst bitten. Nicht mit Vernunft oder Bettelei etwas abtrotzen. Am nächsten Morgen erlaubte sie Scoop, für sie die Fahrkarte nach Cleveland zu kaufen.

4.

Graphomanen

»Zukunft tanken« – das ist unser Slogan und hängt direkt über der Tür, durch die ich jeden Morgen unsere Lobby betrete, eine gigantische Halle aus schwarzem und weißem Marmor, die am Empfang vorbei bis zur hinteren Wand mit einer Weltkarte führt, auf der blaue und rote blinkende Punkte zeigen, wo sich die gut dreihundert Öltanker von Continental Oil, die aus allen Häfen der Welt auslaufen, gerade befinden. Diese atemberaubende Lobby habe ich meinem alten Freund Jascha Gendler als Erstes vorgeführt, als er mich in D.C. besucht hat. Im Nachhinein betrachtet, war das ein Fehler.

Seit einem halben Jahrzehnt hatten Jascha und ich uns nicht mehr gesehen. Er war aus Haifa gekommen, eine Reise, die er alle paar Jahre machte, um seinen erwachsenen Sohn in Bethesda zu besuchen. »Komm in die Stadt, ich zeig dir, wo ich arbeite«, sagte ich, als er anrief. Wenn einer den wilden Schlingerkurs nachvollziehen konnte, in dem mein Leben bisher verlaufen war, dann Jascha, der einzige Lebende, der meinen Kindernamen – Julka – nicht nur kennt, sondern ihn auch bei jeder Gelegenheit wiederholen zu müssen glaubt. Mit sechs und sieben hatten wir im Flur unserer Kommunalwohnung, auf Eichendielen, die von

Seifenlauge verdorben waren, Jacks und *noshiki* gespielt. Als meine Eltern 1945 mit mir, einem zahnenden Kleinkind, von Kuibyschew nach Moskau umzogen, war die Wohnung (deren ursprüngliche Besitzer den Bolschewiken 1922 entwischten) in so viele Einheiten aufgeteilt worden, dass insgesamt sieben Familien in schismatischer Harmonie darin lebten. Zu der Zeit saß meine Mutter schon elf Jahre im sowjetischen Whirlpool, lange genug, würde ich meinen, um die bürgerlichen Sitten ihres heimatlichen Brooklyn abzulegen und sich an das Gefurze und Gebrüll ihrer Nachbarn zu gewöhnen, die Wäsche mit der Hand in der kollektiven Badewanne zu waschen und trockene Lebensmittel im Schrank einzuschließen. Aber wo Florence eine Fremde war, war ich ein Eingeborener – und wie Jascha ein Produkt des *kommunalka* genannten Gipfels der Evolution. Westliche Gelehrte sagen unseren sowjetischen Gemeinschaftswohnungen nach, es habe dort keine Privatsphäre gegeben. Das stimmt nicht. Kann es einen besseren Beweis für die Existenz eines privaten Reichs geben als das Gewirr von sieben separaten Klingeln an der Eingangstür? Als sieben separate Petroleumkocher in einer Küche? Sieben separate Toilettensitze aus Holz, und jeder Mieter klemmte sich seinen gewissenhaft unter den Arm, wenn er zu der einen Gemeinschaftstoilette marschierte?

Das waren die guten Zeiten, bevor unsere Probleme wirklich anfingen. Bevor Menschen verschwanden.

Als ich Jascha das nächste Mal wiedersah, war es 1962, und wir begannen beide mit dem Studium an der Universität. Wir hatten einen Kurs mit dem Titel Grundlagen der Kybernetik belegt, unterrichtet von einem in die Jahre gekommenen rothaarigen Asthmatiker, den man Anfang der fünfziger Jahre hinausgeworfen hatte, weil er in Computerwissenschaften forschte, auf einem Gebiet, das Stalin als die käufliche Hure des Imperialismus geächtet hatte. Zehn

Jahre später fiel jemandem ganz weit oben auf, dass unser Land im Wettlauf mit den Amerikanern weit abgeschlagen zurücklag; man holte den in Ungnade gefallenen Professor aus der Versenkung (er mischte Harze in einer Fabrik für Industriefarben) und stellte ihn wieder als Dozenten für genau das Fach ein, dessentwegen er zuvor entlassen worden war. Vorsicht war für den schmächtigen Mann ein Fremdwort, was sich bereits an seinem ersten Unterrichtstag daran zeigte, dass er seinen vollen Namen an die Tafel schrieb: Arnold Pejsachowitsch Lubarski. »Die meisten Menschen sprechen mich mit Arnold Petrowitsch an«, sagte er und wandte sich zu uns um. »Sie können es mit der Anrede halten, wie Sie wollen.« Das ungeheuerliche »Pejsachowitsch« stand bis zum Ende der Vorlesung an der Tafel, ein Vatername, der nicht bloß jüdisch, sondern so frech und todesmutig der eines Jid war, dass ich unweigerlich den Hals reckte und einen Blick auf die Gesichter hinter mir warf. Lubarski hätte sich ebenso gut als Ben-Gurion persönlich vorstellen können, der uns jetzt eine Vorlesung über Zionismus hielt. Beim Blick nach hinten sah ich in die Augen des verdutzten Jascha Gendler, womöglich des einzigen anderen Juden im Raum, dem es gelungen war, die Hürde der geheimen Quoten an der Universität zu überspringen.

Außer Lubarski wagte es kein Professor an der Universität, sich über etwas lustig zu machen, wozu der Staat sein Placet gegeben hatte. Eines Nachmittags unterbrach er seine eigene Vorlesung und nahm den Text eines beliebten Schlagers unter die Lupe: »›Ich liebe dich, Leben, und hoffe, das beruht auf Gegenseitigkeit‹… Kann mir jemand sagen, was um alles in der Welt das bedeuten soll?« Er setzte die Brille ab und forschte in unseren ängstlichen Gesichtern. Jedes Mal, wenn Jascha und ich in seine Vorlesungen gingen, betraten wir ein Universum, dessen ebene Geometrie mit den schiefen Realitäten unseres Alltags nichts gemein hatte. Mit jedem Theorem und jeder gekrümmten Kurve schien Lubarski uns zu sagen: »Ihr jungen Leute, welchen Sinn haben ›Gesetze‹, wenn sie von denselben Funktionären verletzt werden, die sie machen? Was sind sie im Vergleich zu den ewigen, unabänderlichen Gesetzen von Newton, Pascal, Bernoulli und Einstein?«

Jascha und ich haben unseren kleinen rothaarigen Professor niemals vergessen. Lubarski emigrierte nach Israel und starb wenige Jahre später. Das war die Sorte Neuigkeiten, bei der Jascha stets die Nase vorn hatte und von der er mir bei unserem jährlichen Silvestertelefonat getreulich berichtete. So gesehen ähnelte er mehr einem Verwandten als einem Freund, unsere Beziehung beruhte auf einer gemeinsamen Geschichte. Manchmal sahen wir uns jahrelang nicht, aber wenn wir uns dann trafen, sagte Jascha: »Weißt du noch, die Silvesterparty, als dein Vater Kostüme für die Kinder machte? Wir gingen beide als Krähen – er machte uns Mützen mit Schnäbeln aus Pappe. Es war das Jahr des Ochsen, und alle hängten sich das Bild eines Stiers an die Tür.« Und dadurch fiel es auch mir wieder ein.

Die technische Revolution kam für aufgeweckte Kinder wie Jascha und mich gerade rechtzeitig. Zwar von Grund auf unpolitisch, betrachteten wir uns damals dennoch als loyale Sowjetbürger und wählten technische Berufe, die uns als relativ immun gegen Propaganda, aber unbestreitbar nützlich für die Gesellschaft erschienen. Wir grinsten über die Losungen, waren aber genauso idealistisch und selbstverliebt wie jene erste Generation von Revolutionären. Statt an Barrikaden glaubten wir an Satellitenträger, und statt Märschen hatten wir Teilchenbeschleuniger.

Unser Wiedersehen in D.C. führte mir jedoch wieder vor Augen, dass ich meinen Idealismus längst abgestreift hatte, wohingegen der von Jascha alles andere überdeckte wie Entenmuscheln an einem gestrandeten Schiff.

»Tja, das hast du immer gewollt, nicht?« Jascha gähnte und gab sich betont desinteressiert an dem Pünktchen-Spektakel in der Lobby von Continental und dem Blick auf die National Mall durch mein Bürofenster. »Eine ganz große Karriere. Deswegen bist du ja weggegangen.«

Aus dem Jungen, der früher dünn war wie ein Telefonmast, war ein Telefonmast mit Plauze geworden. Er hatte das schüttere graue Haar zu lang werden lassen und kämmte es sich nun mit den Fingern wie eine Schmalzlocke über die hohe Stirn zurück.

»Warum ich *weggegangen* bin?«, wollte ich klarstellen.

»Sicher. Sie haben dich nicht promovieren lassen, und da hast du gesagt: ›Für mich gibt's hier nichts mehr zu tun, Zeit zu packen und nach Ah-merika zu gehen.‹«

»Früher oder später wäre ich sowieso gegangen. Sind wir alle.«

»Aha, du willst mir weismachen, wenn sie dir den schicken Doktortitel gegeben hätten, wärst du nicht mit Freuden geblieben und hättest Schiffe für sie gebaut? Mann, was glaubst du, für wen du die Schiffe jetzt baust? Wen machst du reich? Dieselben Mistkerle, die rote Telefone auf ihren Schreibtischen hatten.«

»Verstehe«, sagte ich. »Du bist aus den richtigen Gründen gegangen und ich aus den falschen.«

»Hey, ich hatte meinen Ausreiseantrag schon gestellt, da war das Wort ›Refusenik‹ noch gar nicht erfunden. Ich gebe nicht an. Mir geht es um Prinzipien. Als sie mich schließlich ziehen ließen, hatte ich sechs Jahre als Hausmeister gearbeitet und nicht als Physiker. Ein Vögelchen zwitschert etwas, und auf einmal wirst du aus der Uni rausgeworfen und darfst nur noch Treppenhäuser putzen. Aber eins sage ich dir: In all den Jahren bin ich meinen Überzeugungen

nie untreu geworden. Ich hab meine Aktivitäten nie aufgegeben, wie die es von mir verlangt haben.«

Jascha spielte zu gern auf seine »Aktivitäten« als Dissi-
dent an, die sich meines Wissens darin erschöpften, dass
er ein paarmal zu Hebräischstunden gegangen war, die im
Untergrund abgehalten wurden, weil er dort Frauen kennenlernen konnte. Weit über das Aleph-Bet war er nicht
hinausgekommen, weder beim Hebräisch noch bei den
Frauen. »Jascha, ist es meine Schuld«, sagte ich, »dass du
dich ›aus Prinzip‹ fürs Auswandern in ein Land entschieden hast, das sich eines eurosozialistischen Lebensstils mit
monatelangen Ferien und erzwungener Arbeitslosigkeit erfreut? Wenn du Karriere in der Forschung hättest machen
wollen, hättest du das tun können. Da weitermachen, wo
du aufgehört hast.«

»Ja, klar, mit den jungen Leuten, die jedes Jahr in Scha-
ren das Technion abschließen.«

Im Luft- und Raumfahrtmuseum wurde Jascha lebhafter. Nach seiner erzwungenen Frühpensionierung hatte
er genug Zeit, sich über die Politik des israelischen Parla-
ments zu ereifern und noch einmal diverse Theoreme in
Angriff zu nehmen, deren Beweis er als junger Physiker
zur Seite gelegt hatte. Er schreibe außerdem, teilte er mir
mit, an einem »populärwissenschaftlichen Buch« über das
Leben großer Mathematiker. Derzeit arbeite er an einem
Kapitel über Niels Henrik Abel, einen Norweger, der mit
neunzehn Jahren die Gruppentheorie ausgearbeitet hatte,
jedoch schon mit sechsundzwanzig, bettelarm und von
der Akademie abgelehnt, an Lungentuberkulose gestorben
war.

Als wir in dem exklusiven Restaurant ankamen, das ich
mit Bedacht für unser Mittagessen ausgewählt hatte, verbreitete sich Jascha immer noch über dieses unbesungene
Genie. Dann aber wechselte er abrupt das Thema und kam

von den verkannten Toten zu den überschätzten Lebenden.

»Schlage ich vor ein paar Wochen die *Westi* auf, unsere russische Zeitung«, sagte er, »wird da ein Buch besprochen. Aus irgendeiner Samisdat-Presse, der Verfassername sagt mir aber was. Erinnerst du dich an unsere Wohnungsnachbarn, die Wainers? Zwei Töchter, Dita und Marina ...«

Eine vage Erinnerung an blaue Haarschleifen und weiße Schürzen stieg mir auf. »Die Familie, bei der mal drei Wochen ukrainische Verwandte zu Besuch waren?«

»Genau die. Der Vater mit dem herabhängenden Schnurrbart. Dita emigrierte nach Israel, und vor zwei Jahren hat sie die ›Memoiren‹ ihres Vaters geschrieben. Eine Ungenauigkeit nach der anderen. Lassen wir die kleinen mal weg. Sie schreibt, meine Mutter ist nie verhaftet worden, ergo müsse sie die Informantin in unserer *kommunalka* gewesen sein. Kannst du dir vorstellen, so einen Schluss zu ziehen? Sehr wissenschaftlich. Ich wollte gleich zum Hörer greifen und den Verleger anrufen.«

»Wozu soll das gut sein?«

»Wozu? Um zu fragen, wie diese Dita darauf gekommen ist! Und, übrigens, *meshdu protschim*, falls es wirklich einen Informanten gab, war es vermutlich Wainer selbst. Oder Flora Solomonowna.«

Von da an hörte ich Jascha nicht mehr zu. Die Restaurantgeräusche klangen in meinen Ohren wie das Tosen eines Ozeans. Flora Solomonowna. Florence. Meine Mutter. Jascha schwadronierte aufgebracht weiter, fuchtelte mit einem Pomme frite herum. Er hatte wohl vergessen, wer sein Zuhörer war. »Was redest du?«, fiel ich ihm ins Wort. »Du behauptest, *meine Mutter* war die Informantin in der Wohnung?«

Zögernd biss Jascha von seinem Kartoffelstäbchen ab. An dem mir bekannten Zucken seines Mundwinkels merkte ich, dass es kein Versehen war. Er hatte es mit voller Absicht gesagt. In seinem Ton schwang Bedauern mit, sogar Verständnis. »Schau, ich war nicht dabei. Meine Mutter war zuletzt geistig nicht mehr auf der Höhe. Ich weiß nicht, wer recht hat und wer unrecht – und es ist mir auch egal. Aber so etwas zu Papier zu bringen! Das hat mich doch getroffen.«

»Komm schon, Jascha. Ich hab es dir nicht aus der Nase gezogen. Du hast damit angefangen, jetzt bring es bitte zu Ende. Was hat sie gesagt?«

»Wer, Mama?«

Ich schwieg.

Er strich sich das ungepflegte Haar zurück. »Flora hat immer zu ihr gesagt ... als der Schlamassel mit den Verhaftungen in der Wohnung anfing. Flora sagte zu ihr: ›Rosa, wenn du abgeholt wirst, können sie deinen Jungen zu Verwandten schicken. Wenn es mir passiert, wo kann Julik hin? Zu meinen Verwandten in Amerika werden sie ihn weiß Gott nicht schicken. Was soll dann aus ihm werden?‹ Mama sagte, Flora war zu allem bereit. Sie wäre bis zum Äußersten gegangen.«

»Das klingt schon schlüssiger.« Etwas Kaltes und Strenges ergriff Besitz von mir. »Ein Plausch am Petroleumkocher.«

Jascha wich meinem Blick aus und verschlang seine Rinderbrust wie ein Schwertschlucker, auch wenn ihm das jetzt offenbar Schwierigkeiten bereitete. »Sie hat manches gesagt. Was spielt das heute noch für eine Rolle? Du könntest das sicher in Erfahrung bringen, wenn du wolltest.« Zufriedenheit machte sich in seinem verlegenen Grinsen breit. »Die haben die Archive wieder geöffnet. Hast du mir nicht erzählt, du wolltest immer schon die geheimen Akten über deine Mutter lesen?«

Ich sah ihn an. Dieser Mensch vergaß niemals etwas, das

stand fest. Es stimmte: Ich hatte mich ihm gegenüber einmal beklagt, dass ich es versäumt hatte, mir die Dossiers über meine Eltern zu beschaffen. Das war irgendwann nach 1992 gewesen, als Jelzin angeordnet hatte, jedem Zugang zu den alten Archiven des KGB zu gewähren, der einen Verwandten hatte, welcher unter Stalin verhaftet, ermordet oder in die Verbannung geschickt worden war. Wenige Jahre nach dieser Order wurde der Zugang zu den Akten allerdings ohne Vorankündigung oder Erklärung, wie das bei uns Russen Brauch ist, wieder eingeschränkt.

Jascha tunkte Sauce von seinem Teller auf. »Du hast es doch bestimmt gelesen. Stand in allen Zeitungen.«

»Ich hab nicht viel Zeit zum Lesen gehabt«, sagte ich.

»Natürlich.« Endlich sah er sich doch mal um, der Blick, mit dem er die Aussicht aufnahm, besagte: *Verstehe schon, von nichts kommt nichts.* »Tja, falls du noch interessiert bist, solltest du dich bald darum kümmern. Man weiß nie, die stufen vielleicht schon morgen alles wieder als geheim ein. So ist das eben – ein paar Jahre sogenannte Freiheit, und dann ziehen sie die Schrauben wieder an.«

Ich lächelte. »Ich überleg's mir.« Gab mit zwei erhobenen Fingern das Zeichen für die Rechnung.

»Lieber eine Kerze anzünden als über Finsternis klagen, richtig?«, sagte Jascha mit einem angedeuteten Achselzucken. »Erst recht, wenn du aus beruflichen Gründen sowieso hinfährst.«

»Ich hab unterwegs immer einen straffen Terminplan«, sagte ich.

Er aß den nächsten Bissen Rindfleisch. »Ach, ich bin mir sicher, dafür findest du Zeit.«

In der Nacht konnte ich nicht schlafen. Die vielen Gegenargumente, die ich Jascha nicht ins Gesicht gesagt hatte, gingen mir durch den Kopf. Meine Mutter, die »bis zum

Äußersten gegangen« wäre, um ihr Kind zu retten? Machte er Witze? Meiner Mutter fehlte jeglicher Instinkt für das Zusammenhalten der Familie, das war die Tragödie ihres Lebens. Ich musste an ein Gespräch an unserem kleinen Küchentisch in Moskau denken. Wir hatten in Erinnerungen an meine ehemalige Babysitterin Awdotja Grigorijewna geschwelgt, die alte Frau, die auf unserem Flur wohnte und mich gernhatte. Mama und ich lachten über die merkwürdige Art, in der Tantchen Dunja das o rollte, als Florence plötzlich sagte: »Ihre Familie stammte aus einem der Dörfer an der Wolga, irgendwo außerhalb von Gorki. Sie wollte uns helfen, bot uns an, eine Zeitlang bei ihren Verwandten zu bleiben und unterzutauchen, nachdem Papa verhaftet worden war.«

»Und warum sind wir nicht gefahren?«, sagte ich.

Doch meine Mutter lachte über meine Bestürzung. »Was hätte ich in einem Dorf gemacht? Zwiebeln aus der Erde klauben? Kartoffeln anbauen?«

»Und was hast du in Moskau Großartiges gemacht? Briefe an den Genossen Stalin schreiben? Mich vor Morgengrauen aus dem Haus zerren, damit du einen besseren Platz in der Schlange vor dem Gefängnis ergatterst?«

»Ich wollte deinen Vater nicht im Stich lassen. Ich musste herausfinden, was mit ihm geschehen war.«

»Das wusstest du doch. Du hast die Aufmerksamkeit bloß auf dich gelenkt.«

Bei diesen Worten nahm ihr Gesicht den verständnislosen Ausdruck an, hinter dem sie sich bei Kritik gern verschanzte. »Ich hätte ihn nicht alleinlassen können«, sagte sie gereizt.

»Und was war mit mir, Mama? Hast du mal daran gedacht, was aus mir geworden wäre, wenn sie dich abgeholt hätten?«

Sie kaute eine Weile, bevor sie darauf antwortete. Dann

sagte sie: »Ja, das hab ich. Dein Vater und ich haben darüber gesprochen.« Das kam überraschend. »Ganz gleich, was einem von uns geschah, dass den Kindern etwas Schlimmes zustieß, würden sie hier nicht zulassen, das wussten wir. Für die Kinder hat man immer gesorgt.«

Nun musste ich lachen. Gesorgt, und ob! Es war ein Wunder, dass meine vom Staat eingesetzten Fürsorger mir mit sechs nicht den Arm vom Schultergelenk befreiten.

»Ganz gleich, was euch geschah, Mama?«

»Ja, ganz gleich, was uns geschehen mochte, für die Kinder hat das Land immer gesorgt«, wiederholte sie wie ein Roboter.

»Ach, Mama«, sagte ich, »es war doch nicht zwangsläufig! Kapierst du das nicht? Euch *musste* nichts geschehen, niemandem, nicht zwangsläufig.«

Wieder wurde der Vorhang der Realitätsverweigerung vorgezogen. Der verwirrte Ausdruck trat in ihre Augen und signalisierte, dass die Verständigung unterbrochen war.

Die Liste der Themen, die meine Mutter mit ihrem berühmten Schweigen behandelte, war weder durch Vorlieben noch durch Logik begrenzt. Dass sie über die Jahre im Arbeitslager nicht ins Detail gehen wollte, konnte ich nachvollziehen. Doch auch später, in den Siebzigern, sprach sie fast nie über unsere Familie in Amerika, obwohl wir regelmäßig Pakete bekamen, vollgestopft mit Pullovern, Levi's-Jeans, Instantkaffee und Turnschuhen. Und noch später, in Brooklyn, wollte sie partout nicht, dass ich das Namensschild an der Wechselsprechanlage im Vestibül ihrer Sozialwohnung austauschte. Acht Jahre lang klingelte ich weiter an der Wohnung einer verstorbenen »Marquita Muñiz«. Wenn ich Florence fragte, wozu das Versteckspielen gut sein sollte, sagte sie nur: »Wer mich unbedingt finden will, weiß, wo ich bin.«

Mit ihrer Schmallippigkeit hatte ich mich schon lange

abgefunden. Warum also machte es mich nach dem Mittagessen mit Jascha Gendler nervös, dass es womöglich Dinge über meine Mutter gab – beschämende, grässliche Dinge –, von denen andere wussten oder zu wissen meinten, ich aber nicht? Wieder und wieder ging ich unser Gespräch durch und fühlte mich mies wegen der Gleichgültigkeit, die ich Jascha gegenüber zur Schau gestellt hatte. »Greif in die Scheiße, und du stinkst« – das war bei unappetitlichen Anspielungen seit jeher mein Motto. Ich glaubte keine Sekunde, dass Florence Freunde und Nachbarn der sowjetischen Geheimpolizei verraten hatte. Und doch quälte mich der falsche Eindruck, den ich mit meiner Maske amüsierten Schweigens auf Jascha gemacht haben musste.

Deshalb stieg ich um Mitternacht mit einem Glas Rémy in der Hand und nur in Schlafanzughose die acht Stufen zu meinem Büro unterm Dach hinauf und bootete meinen Dell. Ich öffnete die Dachluke über mir und ließ mit der seidigen Nachtluft die sehnsüchtigen Sommerschreie der Katzen und Waschbären herein.

Ich rief einen Browser auf und tippte auf Russisch »Repressionen«, »Stalin«, »FSB« und »Archive« ins Suchfeld. In 0,45 Sekunden lieferte die Suchmaschine 48535 Einträge. Die meisten Links führten zu Artikeln oder wissenschaftlichen Texten, es gab aber auch persönliche Beiträge: unpublizierte Geschichten, Gedichte und Schilderungen über Brüder, Väter und Onkel, die Stalins Terror verschlungen hatte. Das Internet demonstrierte unwiderleglich, dass sich die Graphomanie, laut Dostojewski ein Faible aller Russen, zu einer ebenso ansteckenden wie unheilbaren Krankheit ausgewachsen hatte. Ich erschauerte bei dem Gedanken, mich bei den Landsleuten einzureihen, die es ewig in die Vergangenheit zog.

Als ich die Recherche auf Nachrichten neueren Datums eingrenzte, fand ich das Gesuchte – Artikel verschiedener

67

führender Zeitungen über die von der russischen Regierung erst vor wenigen Monaten angekündigte Maßnahme: Der FSB hatte Millionen von Dokumenten über Opfer von Repressionen freigegeben. Angehörige konnten jetzt Auskunft über diejenigen fordern, die in Gefängnissen hingerichtet oder in Lager deportiert worden waren.

Dieses Fenster war mir 1992 entgangen. Nichts lag mir zu der Zeit ferner, als wieder *dorthin* zu reisen. Ich musste arbeiten und mich um die gesundheitlichen Beschwerden meiner Mutter kümmern. Und sie, da war ich mir sicher, hatte nicht den Wunsch, noch einmal Kapitel ihres Lebens aufzuschlagen, die sie so sorgfältig aus ihrem Gedächtnis gestrichen hatte. Jetzt fragte ich mich, ob ich es aus Furcht, Mama zu nahe zu treten, unterlassen hatte, das Thema anzusprechen. Unsere Beziehung war ohnehin belastet genug. Jener Sommer war für mich getrübt durch die Erinnerung an unseren letzten Streit, an den ich jetzt voller Pein zurückdachte. Meine Mutter hatte einen Schlaganfall erlitten, war tagelang rechtsseitig gelähmt gewesen. Allmählich erlangte sie ihr Sprechvermögen und ihre Beweglichkeit zurück. Aber allein leben konnte sie in Zukunft nicht mehr, ausgeschlossen. Mit mulmigem Gefühl brachten Luzia und ich sie in einem Heim in der Nähe unter. Sie lebte fast ein Jahr in der Einrichtung, als sie am Bein operiert wurde. Ein paar Tage nach ihrer Entlassung aus dem Krankenhaus besuchte ich Mama im Pflegeheim und entdeckte, dass sie sich an den Rückseiten der Beine und am Rücken wundgelegen hatte. Die sogenannten Pflegekräfte hatten es offensichtlich versäumt, sie fristgerecht zu baden und Salbe auf ihre Wunden aufzutragen. Erzürnt beschimpfte ich die diensthabende Schwester – eine anmaßende Person, die, als ich auf die angeschmutzte Bettwäsche zeigte, steif und fest behauptete, meine Mutter sei richtig und »nach korrektem Vorgehen« versorgt worden.

Ich teilte der Frau mit, nur ein Minderbemittelter erkenne nicht, dass meine Mutter ernsthafte Beschwerden habe, und verlangte den diensthabenden Arzt zu sprechen. Daraufhin stürmte die Schwester hinaus, vielleicht um ihren Vorgesetzten zu suchen, aber wohl eher, um sich über mich zu beschweren, während sie eine Zigarette paffte oder was immer sie tat, anstatt sich um ihre Patienten zu kümmern.

Das alles ist aber nur die Kulisse für den entscheidenden Teil der Geschichte. Während ich der Schwester die Leviten las, redete Florence, die in ihrem Metallbett lag, ständig dazwischen und beteuerte, sie komme doch »sehr gut zurecht«. Warum ich mich echauffierte, wollte sie wissen, wenn mit ihr doch »alles in bester Ordnung« war (obwohl sie mir gegenüber zehn Minuten zuvor das genaue Gegenteil behauptet hatte)? Es bestehe »kein Grund, Schwierigkeiten zu machen«, sagte sie immer wieder zu mir und lächelte die idiotische Pflegerin matt an.

Sie wollte gut Wetter machen, solange die Schwester in Hörweite war, das verstand ich ja, doch sie verteidigte ihre Vernachlässigung auch noch, als die Frau bereits hinausgestürmt war. »Die wissen schon, was sie tun.«

»Wenn sie es wüssten«, sagte ich, »wärst du nicht am Rücken überall wund.«

Als hörte sie mich nicht, sagte sie: »Die kümmern sich auf ihre Weise darum. Sie wissen es am besten.«

Die wissen, was sie tun. *Die* wissen es am besten. Diese Leier hatte ich mein ganzes Leben lang von ihr gehört. *Herrgott noch mal, dachte ich, du bist zweiundachtzig Jahre alt. Du lebst jetzt seit dreizehn Jahren in einem freien Land. Wieso musst du dich zwanghaft jedem grausamen und gleichgültigen Herrscher fügen, der dir gerade im Nacken sitzt?*

Tatsächlich aber sagte ich: »Es reicht, Mama. Ich übernehme jetzt das Reden.«

Wir blieben bis zum Tag ihres Todes, kein Jahr später, in diesem Dissens gefangen. Und weil meine Mutter ihr Schweigen mit ins Grab genommen hat, googelte ich jetzt nach den Namen von Aktivisten, die in den Zeitungsberichten angeführt wurden, und gelangte ans Ziel meiner Recherche: eine Webseite namens MEMORIAL, offenbar eine russische Organisation, die sich der Rehabilitierung der Opfer stalinistischer Unterdrückung widmete. Die Webseite wirkte verlassen, war ein Gulag toter Links, von denen sich viele, wie die von der Seite vertretenen Opfer, selbst »in Rehabilitierung« befanden. Doch unten stand der Name des Seitenbetreibers, schlicht als Jewgeni@ memo.ru angegeben. Eine volle Minute lang ließ ich unschlüssig den Cursor über der Adresse stehen. Stellte mir Jaschas hämische Miene vor. Seine Aufforderung war ein Stachel im Fleisch. Wovor hatte ich Angst?

Ich doppelklickte auf den Link und verfasste eine kurze E-Mail mit der Frage, wohin und an wen ich meine Anfrage zu den Dokumenten über meine Eltern richten sollte. Der Seite nach zu urteilen brauchte ich mit einer Antwort nicht zu rechnen. Ich drückte auf *Senden* und schloss das Fenster. Jetzt konnte Jascha zufrieden sein. .

Nur ich war es nicht. Wenn es Geheimnisse aufzudecken gab, kannte ich nur einen Menschen, der sie preisgeben konnte. Und ein Besuch bei ihm war überfällig.

Wörter wie »Senioren« oder »Heim« wären einem beim Avalon nicht in den Sinn gekommen. Der Empfangsbereich mit den Farnen und Palmen in Pflanzkübeln, mit den ausladenden Sesseln und den geschnitzten Beistelltischchen, auf denen exotische Kunstwerke aus Eisen standen, und mit dem Steinwayflügel in einer Ecke ähnelte dem Warteraum einer amerikanischen Botschaft in entlegenen Landen. Die in Mokassins und Bermudashorts umherschlur-

fenden Bewohner sahen aus wie Feriengäste. Auf meinem
Weg hinaus zur Veranda warf ich einen Blick auf den Kalender, wo zwischen den wöchentlichen Betätigungen auch
so denkwürdige Ereignisse vermerkt waren wie:

AMELIA EARHART ÜBER DEM PAZIFIK VER-
SCHOLLEN, 1937 * Eisbecher an Sonntagen 14 Uhr *
DAS BIKINI-DEBÜT IN PARIS, 1946 * MARC
CHAGALL GEBOREN, 1887 * Morgengymnastik
10:30 * Gehirnjogging * MILTON BERLE GEBOREN,
1908 * Karibikparty mit Gary Lovett * JOHN DIL-
LINGER VOM FBI IN CHICAGO ERSCHOS-
SEN, 1934 * Spanisch für Anfänger 16:00 * Poker-
runde 14.00 * JFK JR. ÜBER MARTHA'S VINEYARD
ABGESTÜRZT, 1999 * Shabbos Service * 10:30
Klatsch & Tratsch

Auf der mit Ziegeln gepflasterten Terrasse setzte ich mich
auf einen gestreiften Polsterstuhl, legte den Kopf in den
Nacken und saugte die Sonne auf. Es dauerte nicht lange,
und mein Onkel Sidney erschien, barfuß in Espadrilles,
ein *Wall Street Journal* unter dem Arm. Seine Bewegungen
waren steifer geworden. »Julian, mein Junge, schön, dich
zu sehen. Setz dich doch wieder.«
    »Was macht der Darm, Onkel Sid?«, sagte ich.
    »Dem geht's gut. Der Doktor sagt, ich habe den längs-
ten Darm, den er bei einem Mann meiner Größe je gesehen
hat. Eine Meile lang, die Kischkeskette. Ich hab noch viel,
was sie wegschneiden können, wenn es mal wieder nötig
ist.«
    Er ließ mich vom Haken. Ich schämte mich schrecklich,
weil ich ihn nicht früher besucht hatte. Obwohl er leichthin davon sprach, waren die körperlichen Anzeichen der
kürzlich überstandenen Operation und der Chemo nicht

zu übersehen. Die leichte Khakihose kaschierte seine dünnen Streichholzbeine zwar ganz gut, das Polohemd konnte dasselbe für seine dünnen Arme und Handgelenke und für die scharf sich abzeichnenden Schultern aber nicht leisten. Harry, der andere Bruder meiner Mutter, war vor unserer Ankunft in Amerika gestorben; seine Kinder lebten jetzt in Kalifornien. Sidney war der Einzige, der sich noch an Mama erinnerte.

»Du fühlst dich also gut?«, sagte ich.

»Das steht auf einem anderen Blatt.«

»Sieht so aus, als hätte man hier zu tun wie auf einer Kreuzfahrt. Spanischunterricht. Brettspiele.«

»Diesen Kindergartenkram lass ich links liegen.«

»Ist Poker dein Fall?«

»Gin Rommé. Das spiel ich mit jedem. Was möchtest du zu Mittag essen?«, sagte er, als eine Angestellte erschien. »Bring ihm eine Tasse Kaffee, Deborah«, wies Sidney sie an. »Mit Sahne, und Hering. Magst du Hering? Gut. Für mich ein Eiweißomelett und einen Kaffee, schwarz.«

Deborah, die eine Schürze trug, lächelte und ging mit unseren unaufgeschlagenen Speisekarten weg.

»Wie geht's Judy?«, sagte ich.

»Meine Tochter und ihr Mann sind in Myanmar. Voriges Frühjahr war es die Türkei. Jedes Jahr ein noch exotischeres Reiseziel. Das mittlere New Jersey ist denen für eine Reise nicht weit genug. Aber weißt du, was sie hier jetzt haben?«, sagte er, fast kregel geworden. »Computerlehrer. Zweimal die Woche. Sie bringen uns bei, wie wir unsern Enkeln E-Mails schreiben, weil ja kein Mensch mehr zum Telefon greifen kann. Und ich – ich fang jetzt an, meine Aktien am Computer zu kaufen und zu verkaufen – bloß *a bissele*.«

»Ich wusste gar nicht, dass du noch an der Börse spekulierst.«

»Ich spekuliere nicht. Ich les die Zeitungen, seh mir die Zahlen an, und ich verlass mich nur auf mich selber.« Beim Thema Börse wurde Sidney immer lebendig. »Vorige Woche«, fügte er eilig hinzu, »hat mein Makler angerufen und gesagt, er hätte einen Tipp für mich. Ich zu ihm: ›Jeff, Sie kennen mich jetzt seit zwanzig Jahren. Sie wissen, wie ich heiße und wo ich wohne. Der Tag, an dem Sie anfangen, mir Ratschläge zu geben, ist der Tag, von dem an Sie nicht mehr mein Makler sind.«

Ich liebte Sids entwaffnende Schroffheit, seit ich meinen Onkel 1959, noch in Moskau, kennengelernt hatte. Ich war fünfzehn; er neununddreißig und eine elegante Erscheinung, als er im grauen Flanellanzug, mit Hut und glänzenden Budapestern im Sokolniki-Park auf meine Mutter und mich zugeschritten kam. Als leitender Angestellter bei Dow hatte er sich in dem Jahr ein Visum als Delegierter zur Landesausstellung beschaffen können, einer gigantischen Handels- und Technikmesse, die in Moskau und in New York stattfand und mit der Eisenhower und Chruschtschow einen Ego-Wettbewerb austrugen. Meine erste Erinnerung an ihn ist noch in den Kodak-Farben jener Zeit abgespeichert, daneben Panoramabilder von amerikanischen Häusern und Automobilen, von »Modellküchen«, den Wasch-Trocken-Kombinationen von morgen und anderen Wundern der Haustechnik, die uns Sowjets die Menschenfreundlichkeit unserer Rivalen nahebringen sollten. Zwanzig Jahre später sah ich ihn am JFK-Flughafen wieder, bei unserer Ankunft in Amerika. Es war Sidney, der mit seiner inzwischen verstorbenen Frau Stella meine Familie an jenem kalten ersten Abend in New York mit dem beruhigenden Hinweis begrüßt hatte, Amerika sei bloß eine Arbeitskolonie mit besserem Essen. Und es war Sidney, der Luzia und mir bei einer ersten nächtlichen Rundfahrt das luxuriöse Manhattan gezeigt und zu mir gesagt hatte:

73

»Du wirst hier gut zurechtkommen, Julian, wenn du dir die Sinne nicht von Neid zukleistern lässt.« Wir hatten auf Anhieb eine gemeinsame Sprache gefunden, und alles, was mir bei meiner Mutter fehlte, entdeckte ich schließlich bei Sidney. Wie ich war er kein fanatischer Kämpfer für Gerechtigkeit. Nach der Entlassung aus der Armee hatte er von seinem als GI verdienten Geld ein Masterstudium in chemischer Verfahrenstechnik an der Northwestern University absolviert und die nächsten vierzig Jahre damit verbracht, den amerikanischen Traum, dem seine Schwester den Rücken gekehrt hatte, pragmatisch anzunehmen.

»Sich nur auf sich selber verlassen, das ist gut. Wahrscheinlich hast du deswegen auch nie Geld verloren«, sagte ich nun.

»O doch, hab ich. Aber nie so viel, dass es unser Ruin gewesen wäre. Ich bin kein Hasardeur. Ich bin während der Depression aufgewachsen, da haben sich Leute von Gebäuden gestürzt.«

»Das ist Florence auch«, sagte ich. »Sie hat offenbar andere Schlüsse daraus gezogen.«

Sidney nahm sich einen Moment Zeit zum Überlegen und zuckte schließlich die Achseln. »Ich war noch ein Kind. Florie, die war schon älter. Die Menschen, die diese Zeit miterlebt haben, waren wie Überlebende nach einem Krieg. Und deine Mutter hatte immer feine Antennen für all die Ungerechtigkeiten. Jeden Abend gab es am Tisch Streit zwischen ihr und unserem Vater. Am Sabbat mussten wir versprechen, beim Essen nicht über Politik zu reden.«

»Worüber habt ihr denn gesprochen?«

»Ich entsinne mich, dass sie einmal über die Bergarbeiter im Harlan County stritten, die bei einem Streik von der Polizei zusammengeschlagen worden waren. Dad sagte: ›Kein Mensch findet in der heutigen Zeit Arbeit, und die streiken!‹ Tja, Florie war schlagfertig, sie sagte: ›Wenn sie bei der Arbeit hungern müssen, können sie beim Hungern auch streiken.‹ Irgendwas in der Art war jeden Abend.«

»Klingt wie eine Parole, die sie irgendwo aufgeschnappt hat«, sagte ich.

»Ja, vielleicht«, sagte Sidney nachsichtig. »Sie hat aber daran geglaubt. Einmal kam sie mit blauen Flecken übersät von einer Demonstration nach Hause. Sie behauptete, sie hätte sich gegen einen Polizisten gewehrt, der sie festhielt. Hätte ihm die Handtasche auf den Kopf gehauen. Wir waren bloß froh, dass sie nicht im Gefängnis gelandet war.«

»Apropos Polizei, Onkel Sid«, sagte ich. »Ich hab überlegt, ob sie je mit der Polizei in Russland aneinandergeraten war. Mit der Geheimpolizei, meine ich. Die haben ja Register über Auslandsamerikaner geführt.«

»Wie kommst du darauf?«, fragte Sidney, dem die Missbilligung eine Furche zwischen die Brauen trieb.

»Reine Neugier. Hat sie dir gegenüber mal so was erwähnt?«

»Du meinst, als sie sie in diesen Kerker gesteckt haben?«

»Oder ... vorher.« Ich zögerte. »Hat sie mal gesagt, dass sie vom NKWD schikaniert wurde oder, ich weiß nicht ...« Ich wollte »angeworben« sagen, brachte es aber nicht über die Lippen. »... unter Druck gesetzt«, sagte ich schließlich.

Wieder bekam Sidneys Mund diesen verschlossenen Zug des Missfallens. »Nein, nein. Florie hatte vor nichts Angst«, sagte er.

Er hatte meine Frage anscheinend missverstanden, und ich glaubte, ich hätte meine Chance vertan. Noch einmal auf das heikle Thema zurückzukommen schien unmöglich.

»Ganz gleich, womit sie sich befasst hat oder mit wem, sie war immer hundertprozentig bei der Sache«, sagte Sid. »In der Familie sagten alle, die Arbeit bei der Handelsmission habe sie verkorkst, die vielen Russen, mit denen sie dort in Kontakt kam. Und dass sie einen Geliebten hatte, dem sie in das Land gefolgt ist. Damals war so was kein Klacks, weißt du. Nicht wie heute, wo eine junge Frau mit jedem x-beliebigen Mann ins Bett hüpft, als wär's ein Feld bei Himmel und Hölle. Alles ganz offen, wie in einem Schaufenster bei Macy's. Über freie Liebe und so wurde zu meiner Zeit auch debattiert. Aber ich meine, unter anständigen Leuten. Unter ordentlichen jungen Frauen. Es war *a schandeh un a charpeh*. Du verstehst, was das heißt?«

Ich nickte bedächtig.

»Eine Schmach und eine Schande. Ein *Pah-sor*!«

»*Posor*«, korrigierte ich.

Das Jiddisch, das Sidney und meine Mutter in ihrer Kindheit und Jugend in Brooklyn aufgeschnappt hatten, war so stark mit Russisch vermischt, vermutlich weil ihre Großeltern litauische Juden gewesen waren, dass Sid beides manchmal verwechselte.

»Sie musste dem Zug immer voraus sein, deine Mutter. Und weißt du, was mit Leuten passiert, die dem Zug voraus sind?« Abermals richtete er den Blick fest auf mich. »Sie werden überfahren!«

Drum herumzureden war Onkel Sidneys Sache nicht.

»Bist du dir sicher, dass sie nicht selber Kommunistin war?«

»Aber ja! Schau – die Leute, die sie kannte, waren in der Beziehung alle ein bisschen spinnert. Die strichen sich im Kalender neben Weihnachten und Neujahr auch die Geburtstage von Sacco und Vanzetti an. Aber, nein, eine Kommunistin war sie nicht. Nur ruhelos. Sie wollte etwas *Großes* aus ihrem Leben machen. Sie verkehrte ständig mit wichtigen Leuten, Politikern und so. Einmal ist sie Senator Borah begegnet – hohes Tier, Leiter des Komitees für Außenhandelsbeziehungen im Senat. Weißt du, was der über sie gesagt hat?«

»Was?«

»›Es sind Frauen wie Florence Fein, die die Welt am Laufen halten.‹ Wie findest du das?«

Ich gab mich beeindruckt. Die Geschichte hatte ich schon gehört.

Sidney verzog das Gesicht. »Eh«, sagte er mit einer lässigen Handbewegung. »Diese Narren liegen jetzt alle unter der Erde.«

5.

Gefährliche Liebschaft

In Cleveland schlug ihr beim Aussteigen aus dem Zug eine Wand aus fast vierzig Grad Hitze entgegen. Die Sonne hatte das Getreide versengt und die Gärten verdorren lassen. Es roch nach Zement und zerquetschten Tomaten. Die Florence versprochene Wohnung erwies sich als Untermieterzimmer mit Zugang über die erhöhte Veranda hinter dem Haus eines im Ruhestand befindlichen Ehepaars namens Shulte. Für ihre Ankunft war nichts hergerichtet worden. Bereits nach drei Tagen lockerte sich die Fassung ihres Duschkopfs und fiel mit einer Kaskade aus Rost, vermischt mit einem kläglichen Rinnsal Wasser, herab. Es war acht Uhr morgens, und sie kam zu spät zur Arbeit.

In ihrem feuchten Hausmantel marschierte Florence nach vorn zur Eingangstür der Shultes. Auf ihr lautes Klopfen hin tat sich nichts. Durch die Tür vernahm sie die rasselnde Stimme von Pater Coughlin, der im Radio den jüdischen Bolschewismus geißelte. Florence atmete zur Beruhigung tief durch und klopfte energischer. Kurz darauf öffnete Alva Shulte die Tür und präsentierte Florence ein verkniffenes, abweisendes Lächeln.

»Ist Mr. Shulte zu Hause? Die Dusche ist kaputt, und es ist wieder kein Wasserdruck da.« Florence versuchte einen

Blick in den düsteren Flur zu erhaschen, doch der breite Rücken ihrer Vermieterin versperrte ihr die Sicht. »Ich muss in zwanzig Minuten auf Arbeit sein.«

Alva Shulte machte keine Anstalten, ihren Mann zu rufen. Sie musterte weiter Florence und rief schließlich, ohne sich umzuwenden, über die Schulter: »Mr. Shulte, wir haben ein Wasserproblem!«

»Ich hol Werkzeug, Mrs. Shulte!«, schallte es aus dem düsteren Innern des Hauses. Die Frauen warteten, Alva mit einem merkwürdig schiefen Lächeln, so als rechne sie halb damit, dass Florence sie ausraubte. Schließlich trat Mr. Shulte ins Licht, seinen Werkzeugkasten in der Hand. »Ob ich viel ausrichten kann, wenn die halbe Nachbarschaft das Wasser laufen lässt?«, sagte er, während Florence hinter ihm die Treppe zu ihrer Unterkunft hinaufstieg. »Die Feuersirene jault schon den ganzen Morgen, und wenn die Feuerwehr mit ihrem Schlauch kommt, hat niemand mehr Druck auf seiner Leitung.«

Alva war ihnen gefolgt, stand nun da und behielt Florence in dem kleinen, grün getünchten Raum im Blick, während Dwayne Shulte durch den Flur ging, um die Dusche zu reparieren. »Sind Sie da bei McKee Sekretärin?«

»Nicht ganz.« Florence spähte durch den Flur. Sollte die alte Wachtel in ihrer Neugier schmoren.

»Dwayne sagte, Sie machen Buchhaltung.«

Florence sah die Frau an. »Genau genommen bin ich Handelsberaterin. Für eine Gruppe von ausländischen Geschäftskunden.« Sie merkte selbst, wie idiotisch sich das anhörte. Vor wem prahlte sie?

»Handelsberaterin«, wiederholte Alva. »Großer Gott. Klingt schrecklich wichtig.«

Florence zuckte die Achseln. »Es bedeutet bloß, dass ich zwischengeschaltet bin. So was wie ein Vermittler.«

»Das Wort ist mir bekannt, Kind. Ich wusste nicht, dass

sie jungen Dingern heute so pompöse Titel verpassen, wenn viele unserer Jungs keine Arbeit haben.«

Dwayne Shulte kam aus dem Bad geschlurft und wischte sich die Hand an der Hose ab. »Ich hab den Einfüllstutzen enger gemacht, damit mehr Druck drauf ist, aber zu lange würde ich die Dusche jetzt nicht laufen lassen.« Beim Blick auf Florences Gesicht und ihr Haar trübten seine Augen sich ein, es war offensichtlich, dass sie das Wasser zum Haarewaschen benötigte. Er war enttäuscht, aber aus anderen Gründen als seine Frau, dass man ihnen keinen Mann als Mieter geschickt hatte.

Im Konferenzraum im fünften Stock des McKee-Gebäudes drang die Sonne des mittleren Westens durch die Jalousien und warf Zellenfensterstreifen auf den Eichentisch. In New York hatten die Schluchten der Wolkenkratzer zumindest ein wenig Schutz vor der Sommerhitze geboten. Die Verhandlungen zwischen den Russen und den Ingenieuren von McKee stockten. Die Sowjets behaupteten, die von McKee gezeichneten Pläne für ihr Walzwerk in Magnitogorsk seien unbrauchbar. Moskau genehmige keinen Bau, für den so viel Stahl und Beton benötigt wurde.

»Moment, das haben wir doch vor drei Monaten bereits alles ausgearbeitet«, sagte Kyle Clement, der Grübchen-Mann aus Minnesota. »Sie sagten, Sie wollten eine Anlage wie die in Gary, und so eine haben wir Ihnen gegeben.«

»Sie haben uns eine ›für Magnitostroi modifizierte‹ Anlage versprochen«, sagte ein Russe namens Fjodor Simin.

»Einen modifizierten *Geschossplan*, keinen Plan für einen Bau aus Holz und Ziegel!«

»Ziegel und Holz haben wir in Magnitogorsk schon. Wenn wir Eisen hätten, bräuchten wir kein Walzwerk, ja?«

Über ihren Stenoblock gebeugt, bemühte sich Florence,

dem hitzigen Hin und Her zu folgen. Sie hätte dafür sorgen sollen, dass beide Seiten miteinander auskamen, scheiterte aber grandios an der Aufgabe. Die Männer von McKee, die den Russen nicht trauten und einen Rechtsstreit fürchteten, bestanden darauf, dass sie jedes gesprochene Wort festhielt.

»Noch einmal kurz und bündig: Wir setzen das Ansehen dieses Unternehmens nicht mit einem Bauwerk aufs Spiel, das zusammenbricht, noch bevor der letzte Stein gemauert ist«, sagte ein verkniffener Ingenieur namens Knut Anderson. »Sie können Ihren Leuten in Moskau gleich telegraphieren und mitteilen, dass wir keinen Zentimeter auf diesen Bauplänen ändern. Wir müssen uns an unsere Bauvorschriften halten.«

Die Sowjets auf der anderen Tischseite flüsterten so hektisch untereinander, dass Florence die Worte nicht verstand. Sie hatte gehofft, ihr Russisch zu verbessern, als sie hier ankam, war in ihrer Rolle als Übersetzerin meist aber überflüssig, weil zwei Delegierte ganz passabel Englisch sprachen. Diese beiden – Simin und ein kräftiger, gebräunter Ingenieur namens Sergej Sokolow – parierten die amerikanischen Einwände mit gelangweiltem Lächeln. Ein Ventilator verrührte das Schweigen, das sich wie Staub über den Raum zu legen drohte und bereits gute elf Sekunden dauerte, als Florence sich beeilte, es zu füllen. »Meine Herren, ich bin mir sicher, wir können zu einer Einigung gelangen, die beide Seiten zufriedenstellt.«

Sergej Sokolow verdrehte die Augen, vermutlich wegen ihrer Verwendung des bürgerlichen Ausdrucks »meine Herren«. Er rutschte auf dem Stuhl herum, als ob es der Sattel eines Motorrads wäre. »Ihre Bauvorschriften«, sagte er und schoss ein zynisches Grinsen in Richtung der Amerikaner ab, »sehen viele Stahleinlagen vor, die wir nicht benötigen. Diese Vorschriften wurden von den Kapitänen

Ihrer Stahlindustrie verfasst, um mehr Profit herauszuschlagen, aus keinem anderen Grund.«

Knut Anderson zog den Bleistift aus seiner Tasche und klopfte auf die unverwüstliche Tischplatte. »Wir haben Ihnen dieses Modell der Anlage bereits vor drei Wochen vorgeführt, und Sie haben nichts beanstandet. Wenn Sie weniger verkatert zur Arbeit kämen...«

»Und wenn man uns nicht über den Tisch zöge für die Profite von Stahlerzeugern...«

»Über den Tisch zöge – das ist lachhaft!«, protestierte Clement.

»Andererseits, in Sowjetrussland, wo überall Vollbeschäftigung herrscht«, nahm Anderson den Faden auf, »kann vielleicht jeder angesäuselt zur Arbeit erscheinen.«

»Bitte, konzentrieren wir uns doch auf das Naheliegende«, bat Florence. Beide Seiten des Tisches übergingen sie.

»Sie können den Vertrag gern aufkündigen«, sagte Clement.

Wieder schaute Sokolow belustigt. »Ja, aber gebrochen hätten Sie ihn.«

Bei McKee hatte man sie an einen Schreibtisch mit eigenem Telefon in der Personalabteilung gesetzt, direkt neben einen unerklärlich jovialen Personaldirektor namens Claude. Sie wartete darauf, dass Claude Feierabend machte, damit sie Scoop in New York anrufen konnte.

»Haben Sie's schon gehört, Florence? Ziegelsteinstraße bei Frankfurt vor wenigen Stunden explodiert«, sagte Claude fröhlich.

»Schlimm«, sagte sie, ohne hinzuhören.

»Wegen der Hitze, heißt es. Ein Lastwagen mit Geflügel ist vier Meter weit geflogen. Hühnerkäfige überall.«

»Wie schade.«

»Nicht für die Hennen, die freigekommen sind. Für die ist es der Unabhängigkeitstag. Sagen Sie, fahren Sie am Unabhängigkeitstag zum Jahrmarkt in Buford?«

»Ich hab hier noch viel zu tun, Claude. Ich geb mir Mühe.«

»Gut, dann schönen Vierten für Sie, Florence.«

»Für Sie auch, Claude.«

»Werd ich haben.«

Als sie sicher war, dass Claude weg war, rief sie ihren Chef an.

»Scoop, haben Sie einen Moment?«

»Für Sie immer, Florie! Wie läuft's denn in den High Plains?«

Unten flickten mit Staub bedeckte schwitzende Männer die Straße.

»Ich komme mit diesen Leuten nicht voran, Scoop. Die Sowjets wollen die Pläne ändern. Sie behaupten, McKee will ihnen mehr Stahlträger aufschwatzen, als sie benötigen. Und jetzt drohen beide Seiten damit, den Vertrag aufzukündigen.«

Dämpfe aus geschmolzenem Teer und heißem Split vermengten sich in ihrem Kopf zu einem betäubenden Bukett.

»Ver*dammich*!« Sie wollte das Fenster zuschieben und hätte sich beinahe die Finger eingeklemmt.

»Brr, ruhig, Florence. Niemand wird einen Vertrag aufkündigen. Die Sowjets verhandeln nur hart.«

»Aber die von McKee sagen, sie wären nicht dafür bezahlt worden, die Arbeit doppelt zu machen.«

»Vergessen Sie McKee. Der Vertrag der Sowjets läuft mit Burlington Steel in Pennsylvania. McKee ist bloß als Auftragnehmer von Burlington da.«

»Ich verstehe nicht …«

»Moskau will keine sechstausend Tonnen Stahl bei Burlington ordern, wenn sie den größten Teil davon in der

Nähe billiger bekommen, in Deutschland zum Beispiel. Sie haben zugesichert, bei Burlington zu kaufen, wenn McKee ihnen die Baupläne zeichnet, und vermutlich bekommt McKee für jeden Meter Stahl, den sie in den Zeichnungen unterbringen, von Burlington etwas extra bezahlt.«

»Das stand so nicht im Vertrag … und ist auch nicht in Ordnung.«

»Ordnung ist, wenn die Putzfrau da war. Das eigentliche Problem ist, dass den Sowjets das Geld ausgeht.«

»Wie kann das sein?«

»Ihr Getreideexport ist gesunken. Ich vermute, sie hatten ein paar schlechte Ernten nacheinander.«

Nichts von alledem beseitigte Florences Unruhe. »Was soll ich denn jetzt tun, Scoop?«

»Hören Sie – McKee kann bestimmt noch ein bisschen runtergehen, sie wollen aber nicht die Hand beißen, die sie füttert. Bringen Sie sie dazu, ein paar Kompromisse zu machen. McKee will den Auftrag schließlich nicht ganz verlieren.«

Florence bekam einen Kloß im Hals bei Scoops Vorschlag, auf Überredung zu setzen. Das war noch nie ihre starke Seite gewesen. Sie hatte keine Ahnung, mit welchen Worten sie die hartnäckigen Männer von McKee zum Nachgeben bewegen konnte. »Es ist nur … ich weiß manchmal gar nicht, was ich hier eigentlich soll.«

»Sie passen auf, dass unsere sowjetischen Freunde nicht störrisch werden. Halten Sie sie auf Trab. Hatten Sie heute nicht vor, sie abends auf irgendeinen Jahrmarkt auszuführen?«

»Der Markt zum vierten Juli. Ein paar Tupfer Lokalkolorit, um sie bei der Stange zu halten.«

»Richtig. Sehr gut. Sie gehen jetzt nach Hause, machen sich hübsch und dann zeigen Sie unseren Freunden ein Stück vom eigentlichen Amerika.«

Sie hängte auf und machte kurz die Augen zu. Bei geschlossenem Fenster hörte sie Claudes Radio, das leise auf seinem Schreibtisch spielte. Er hatte vergessen, es auszuschalten. Von ihrem Fensterplatz klang es, als ob im Radio zwei Sender gleichzeitig liefen und Nachrichtengeplapper, Werbung, Foxtrott-Musik und Störungen einander abwechselten. Florence betrachtete die körperlich schwer arbeitenden verschwitzten Männer auf der Straße. Bis zu ihrer Ankunft in Cleveland hatte sie noch nie über »Männer« als solche nachgedacht. Doch beim Anblick der muskulösen Polen und Slowenier hatte sie gleich die Stimme ihrer Mutter im Ohr, die raunend davor warnte, wenn ein allein lebendes Mädchen »Gefallen an dieser Art zu leben« fand. Zelda, die keine Christin war, hätte es nicht »Gefallen an der Sünde« genannt, aber brennende, schwefelige Sünde war ja wohl genau der abschüssige Weg, den sie in Gedanken eingeschlagen hatte. Sie sah noch den breit grinsenden Sergej Sokolow vor sich, der lässig verkehrt herum auf seinem Stuhl saß. Ihr Hirn hatte sich wie das Radio zwischen zwei Sendern verklemmt – auf der einen Frequenz wurden nüchterne Nachrichten verlesen, aber drehte man nur ein kleines bisschen den Kopf, hörte man dubiosen, wunderbaren Jazz.

Die vier Ingenieure und sie selbst fanden kaum Platz in dem alten Buick, an dessen Steuer ein kleiner Mann saß, den die anderen »Kotik« nannten. Er war der Anführer dieser bunt zusammengewürfelten Gesellschaft und zog ein ernstes Gesicht, entweder wegen des anstrengenden Fahrens oder der Wichtigkeit seiner Position. Florence musste sich im Fond zwischen den pickligen Fjodor Simin und den breitschultrigen Sokolow quetschen, der mit einem großen Strohhut auf dem Kopf erschienen war, wahrscheinlich aus dem Besitz der »Missus«, die ihnen in Tremont einen Bungalow vermietet hatte. Auf seinem Schädel nahm sich der Hut lächerlich aus, so als erschiene Paul Bunyan in einem Seidenhemd. Als Sokolow sie beim Schauen ertappte, kniff er verschwörerisch die Augen zusammen und missdeutete ihr Befremden als Bewunderung. Und nachdem sie Sergej schon am Nachmittag taxiert hatte, wurde Florence rot, zumal sie auf keinen Fall mit dem Knie an seines stoßen wollte, und drückte sich stattdessen enger an Fjodor, der wie eine Brauerei von hinten roch.

Sie ließen das Auto außerhalb des Jahrmarktgeländes stehen und schlängelten sich zwischen verbeulten Lastwagen und Anhängern durch bis zum Eingang. In diesem von extremer Trockenheit geplagten Jahr nahm nur eine Handvoll Städte aus dem Cuyahoga County an der Veranstaltung teil. Dennoch boten Hausfrauen Rhabarberkuchen und Marmeladen feil, und in der Luft lag das mörderische Geschrei von Jungs, die Schweinegrunzen übten. Eine willkommene Kühle senkte sich allmählich über den Platz, und der Kuhfladengeruch des Viehs wich einem würzigen abendlichen Duft von Klee. Unter den freundlichen und aufmerksamen Fremden konnte sie sich sogar ein wenig an sich selbst freuen – an ihrer Größe, der Frische und dem Sitz des Baumwollkleids, dem ungebärdigen Haar, das sie an den Schläfen festgesteckt hatte. Sie hatte befürchtet, die Russen würden den Jahrmarkt kitschig finden, aber sogar der sonst nie lächelnde Kotik lachte herzhaft, als er bei den Wettbewerben an den Sägen und mit den Traktoren zusah.

Erst als sie die Männer zu einem Miniatur-Rodeo am anderen Ende des Geländes führte, merkte sie, dass ihr nur noch zwei folgten und nicht mehr vier. »Wo sind die anderen?«, sagte sie in Panik.

»Keine Angst«, sagte Sergej hinter ihr. »Die sind auf Erkundungstour.«

»Wir müssen sie suchen.«

»Ach wo. Die finden uns schon«, sagte Fjodor.

Sergej setzte den Strohhut ab und wischte sich den Schweiß von der niedrigen Stirn. Sein Gesicht hätte als das eines beschränkten Menschen durchgehen können, wären seine dunklen Augen nicht so wach gewesen. Es konnte, dachte Florence plötzlich, das Gesicht eines Kriminellen oder eines Dichters sein, und sie konnte es nur einen kurzen Moment offen anschauen, ohne verlegen zu werden. Der flachsblonde Fjodor neben ihm setzte sich auf eine umgedrehte Kiste und zog seinen fusseligen Tabak hervor. Mechanisch die Zigarette drehend, beobachtete er ein paar junge Viehtreiber auf dem Gelände. »Cowboys – wie im Film«, sagte er. »Das ist das *echte* Amerika.«

»Wohl kaum«, sagte Florence gegen ihren Willen. »Eher ein Reklamezirkus.«

»Ein Reklamewas...?«

»Zirkus.«

»Ich mag den amerikanischen Zirkus nicht.« Das kam von Sergej. »Wir waren in einer Vorstellung von Barnum & Bailey. Da fehlt jegliche« – er rieb Daumen und Zeigefinger, so als brächte er das Wort damit hervor – »*Kunst.*«

»So schön wie Ihr Zirkus ist er bestimmt nicht«, sagte Florence. »Sie haben eine längere Tradition.«

»Ich spreche nicht von den Akrobaten. Warum wollt ihr Amerikaner euch abgetriebene Föten ansehen?«

Zum ersten Mal gestattete sie sich, ihn voll anzuschauen. »Wie bitte?«

»Das verkrüppelte Mädelchen mit dem apfelgroßen Kopf, das tanzt, als ob es auf einer Geburtstagsfeier wäre.«

»Oh – Sie meinen die Kuriositätenschau?«

»Das finden Leute unterhaltsam? Oder dass sich ein Schwarzer in einem Käfig kratzt wie ein Affe? Er stammt gar nicht aus Afrika.«

»Großer Gott, diese Zurschaustellung ist einfach nur grässlich. Und *das* hat man Ihnen gezeigt? Tja, das ist Ohio.«

»Sie sind nicht aus Ohio.«

»Nein. Ich bin aus New York.«

»New York – hoho!«, sagte Sergej mit gehörigem Respekt. »In New York hat man uns herumgeführt, als wir vom Schiff kamen – die ersten drei Tage. Hoho! Über den Köpfen lärmen die Züge den ganzen Tag. Als rollten sie auf den Gebäuden entlang.«

»Was haben Sie in New York noch gesehen?«

Sergej besprach sich mit Fjodor. »Aquarium? Rockefeller Center.«

»Radio City Music Hall«, steuerte Fjodor bei.

Sie hätten die ganze Liste der Sehenswürdigkeiten aufgesagt, wenn sie nicht eingegriffen hätte. »Der übliche Touristenplunder.« Eine Stille trat ein, und sie überlegte nervös, ob es unangebracht zynisch geklungen hatte.

»Es gefällt Ihnen nicht in New York?«, sagte Sergej schließlich.

»Das habe ich nicht gesagt. Es ist eine großartige Stadt, aber man hat Ihnen den Kinderkram vorgeführt. Und hätte Ihnen Greenwich Village zeigen können. Oder Sie zum Hafen bringen.«

»Cleveland ist halt nicht New York.« Die gelangweilte Ruhe, mit der Sergej dieses arrogante Bonmot äußerte, brachte sie zum Lachen. Sergej hob in clownesker Überraschung die auffälligen Brauen.

»Na ja, stimmt schon«, sagte sie. »Es ist nur… Sie klangen gerade wie jemand *aus* New York.«

Sergej nahm ihr Lachen wohl als Ermutigung, denn seine nächste Frage lautete: »Sie haben einen jungen Mann in New York?«

»Ich habe keinen ›jungen Mann‹.«

»Einen alten?«

»Bitte?«

»Warum sind Sie fortgelaufen nach Cleveland?«

Sie sah ihn konsterniert an. »Ich bin nicht *fortgelaufen.* Ich habe einen Auftrag übernommen. Genau wie Sie.« Er war offenbar noch skeptisch. »Für ein Stück Brot«, sagte sie und wechselte, damit er sie auch wirklich verstand, ins Russische: »*Sarabotat na kuska chleba.*«

Das amüsierte Sergej. »*Na kusok chleba*«, korrigierte er und tätschelte ihr den Kopf.

Fjodor beäugte sie mit mehr Misstrauen. »Woher können Sie Russisch?«

»Die Mutter meines Vaters stammte aus Litauen. Und lebte für russische Romane. Sie hat mir aus *Eugen Onegin* vorgelesen, als ich krank war und das Bett hüten musste.«

Fjodor blickte sie forschend an. Wie, überlegte sie, machte sie ihm begreiflich, dass sie die Männer nicht ausspionierte? »Außerdem habe ich einen Kurs an der Universität besucht. Ich verstehe mehr, als ich sprechen kann. Ich würde mich gern verbessern.«

Fjodor warf den Stummel seiner Zigarette auf den trockenen Boden und erhob sich von seiner Kiste. Er war offenbar so weit überzeugt, dass er Sergej zuzwinkerte und auf Russisch sagte: »Bei ihr müssen wir auf der Hut sein.«

Sergej sah Florence an. »Von mir aus gern. Sie sprechen in Ihrer Sprache mit uns, und wir sprechen in unserer mit Ihnen. Und wenn das nicht klappt, wechseln wir ins Französische.«

Nach dem Feuerwerk fuhren sie durch die Dunkelheit, bis Cleveland mit seinen Lichtern am Horizont der Fernstraße aufleuchtete wie die Glut am Ende einer langen Zigarette. Fjodor und Sergej hatten den Ausflug so sehr genossen, dass sie Florence für den kommenden Sonntag einluden; sie wollten am See angeln und den Fisch anschließend räuchern. Während sie mit der Straßenbahn hügelaufwärts fuhr, sah Florence die verlassenen Hochöfen und Stahlwerke am Fluss, Symbole einer einst starken Stadt. Der Bungalow der Männer war der letzte in einem Straßenzug ausgedienter Häuser, in denen früher die Stahlarbeiter mit ihren Familien gewohnt hatten. Bei ihrer Ankunft saß Sergej auf einer Bank auf der überdachten Veranda und schuppte über dem *Plain Dealer* von diesem Tag eine Forelle. Ein paar Schritte weiter schürte Fjodor in dem kleinen Hof ein Feuer in einem provisorischen Räucherofen, den er aus einer Mülltonne und einem Kaminrost zusammengebaut hatte.

»Auf Ihre Gesundheit«, sagte Sergej und schenkte ihr eine trübe Flüssigkeit aus einem Milchkrug ein.

Sie war nicht darauf gefasst, dass es ihr beim Schlucken fast die Kehle verbrannte. »Wo haben Sie das denn her? Das schmeckt wie verfaultes Brot.«

»Von unseren neuen ukrainischen Freunden von der West Side«, sagte Sergej.

»Und woher kennen Sie diese Freunde?«

»Aus der Kirche«, antwortete Fjodor von seinem Posten am Kübelgrill.

»Ihre Freunde haben Sie übers Ohr gehauen. Hätten Sie vielleicht Cola zum Nachspülen?«

»Die Vermieterin hat keine im Haus.«

»Auch kein Salz«, sagte Fjodor.

»Ich hab auf dem Herweg ein paar Straßen weiter einen Lebensmittelladen gesehen«, sagte Florence. »Ich geh einkaufen.«

Sergej wischte sein Messer ab und ließ den restlichen Fisch in einen Wassereimer fallen. »Ich begleite Sie.«

Sie schritten schnell aus, durchquerten den kleinen Park in Lakeside. Es war fünf Uhr nachmittags, aber die Sonne brannte noch vom Himmel. Florence roch ihren scharfen

Schweiß durch das Leinenkleid hindurch. »Wie hält man nur diese Hitze aus? Mich macht die ganz kaputt«, sagte sie und bemühte sich, einen Schritt vor Sergej zu bleiben, damit er sie nicht roch.

»Wenn Sie wollen – kommen Sie mit mir und Fjodor zum See?«

»So ein Gewühl ist das Letzte, was ich brauchen kann«, erwiderte sie keuchend.

»Ihr junger Mann in New York, ist der verheiratet?«, sagte Sergej unvermittelt. Im Schatten der Kolonnade eines Gerichtsgebäudes, gegen das sich die anderen Häuser zwergenhaft ausnahmen, blieb Florence stehen.

»Wofür halten Sie mich?«

»Für eine Frau aus New York. New York ist Jazzmusik.« Er deutete einen Hüpfer an. »Ein Flapper Girl wie Louise Brooks?«

»Louise Brooks? Hat man Ihnen das über amerikanische Frauen erzählt – wir sind alle feige und von Erotik besessen?«

Er nickte. »Ja.«

»Dann sind Sie auf dem falschen Dampfer«, erwiderte sie und setzte sich wieder in Bewegung. Sie wollte den Spaß nicht, den ihr dieses Gespräch bereitete. Die ganze Woche über waren Gedanken an Sergej an den Rändern ihres Bewusstseins aufgetaucht, als warteten sie darauf, von der Zentrale zur Kenntnis genommen zu werden. Nun gingen sie im gleichen Schritt nebeneinanderher, seine Hand ungezwungen dicht neben ihr, und sie vergaß ihre festen Vorsätze bei seiner Verwegenheit.

»Stimmt aber nicht...«, sagte er versonnen. »Das weiß ich jetzt. Bei uns sagen sie, amerikanische Frauen sind Kartoffeln ohne Salz. Die jungen Frauen ziehen sich an wie Großmütter. Nicht interessant wie in Russland. Die Frauen hier sind... früde.«

»Was? Prüde?«

»Prü-de, genau!«, sagte er und zog das Wort in die Länge.

»Eben waren wir noch Vamps, und nun sind wir prüde.«

»Ja.«

»Was denn nun?«

»*Beides*. Entweder Sie machen zu viel aus Sex, oder Sie sagen: ›Das ist billig!‹ In Russland ist es einfacher. Wir sagen: Sex ist so unwichtig wie das Glas Wasser, das man trinkt, wenn man Durst hat.«

Wenn er jemand anders gewesen wäre, hätte sie ihn womöglich geohrfeigt. Sagte stattdessen aber: »Ach ja? Wie schön für die männlichen Bolschewiken.«

»Aber das hat eine Frau gesagt. Alexandra Kollontai. Sie hat mit vielen Männern geschlafen«, sagte er und hielt ihr charmant die Tür zu dem Lebensmittelladen auf.

Florence sah über die Schulter hinweg zu den zwei Männern neben dem Eingang, die Tabaksaft aus den Mundwinkeln versprühten.

»Sch. So können Sie hier nicht sprechen.«

»Warum? Kollontai hat darüber mit *Lenin* gesprochen.«

»Kann ja sein, dass bei Ihnen Staatsführer darüber sprechen«, sagte sie flüsternd, »wir aber nicht. Einmal Salz, bitte«, sagte sie und lächelte den Händler hinter der Verkaufstheke sittsam an. Der Mann griff bedächtig nach seiner Treppenleiter und begann den Aufstieg zu dem Regal mit dem Trockengut.

»Weil in Ihrem Land alles Kom-meerz ist«, sagte Sergej laut flüsternd. »Der Kommerz und die bürgerliche Moral machen Sex zu etwas ›Dekadentem‹. Dabei ist er bloß Ausdruck eines gesunden jugendlichen Geists.«

Er lächelte treuherzig, genoss es, bei ihr Anstoß zu erregen.

Der Lebensmittelhändler schüttelte kaum merklich den

Kopf, so als fände er solche ordinären Reden eher lästig als empörend. »Möchten Sie jodhaltiges?«, sagte er.

»Ja, Sir. Und zwei Cola, bitte«, erwiderte Florence formvollendet. Als sie wieder draußen waren, sah sie den noch immer lächelnden Sergej an. »Ich bin nicht so bürgerlich, wie Sie glauben.«

»Ich wusste es. Sie haben einen Mann in New York.«

»Was, wenn ja?«

»Aber Sie haben ihn nicht geheiratet.«

»Ich verachte die Institution der Ehe«, sagte sie mit unglaubwürdiger Schärfe.

»Hoho – gleich die Institution!« Es war eindrucksvoll, wie gut Sergej den Beeindruckten gab.

»Die meisten Frauen heiraten doch aus Berechnung und nicht aus Liebe. Es ist pure Heuchelei. Außerdem ist es reiner Wahnsinn, in diesen Zeiten zu heiraten, wenn das ganze Land vor die Hunde geht.«

»Sie sind an Männern also nicht interessiert?«

»Was? Ja, ich meine, nein.« Ihr Geh- und Gesprächstempo erzeugte langsam eine gewisse Benommenheit. »Ich finde nur, ich sollte meine Kraft lieber für ein anderes… kein so kleines Ziel einsetzen.«

»Was ist denn ›kein so kleines Ziel‹ – Ihr Vergnügen?«

»Vergnügen? Großer Gott, Sergej, für einen Hedonisten hatte ich Sie nun wirklich nicht gehalten.«

»Ich Hedonist, warum? Hedonisten leben ausschließlich für ihr Vergnügen. In Russland leben wir auch für andere Dinge. Deshalb ist Sex nicht so wichtig.«

»Ja – ich vergaß –, es ist wie ein Glas Wasser trinken.«

Er warf ihr einen traurigen Blick zu, der besagte: *Sie verspotten mich, gute Frau.* »Ich bin wie Sie«, sagte er. »Ich lebe, um zu arbeiten. Um etwas aufzubauen. Ich bin überzeugt, wenn man das Verlangen nicht stillt, ist das so, als schütte man Sägemehl ins Getriebe seines Hirns.«

Schauer rannen ihr übers Fleisch. Allein mit der heißen Sonne ließ sich die Röte ihrer Wangen nicht erklären. »Gesprochen wie ein Ingenieur«, sagte sie und beschleunigte ihren Schritt, damit seine Bemerkung nicht zu viel Gewicht erhielt.

»Gesprochen wie ein Mensch«, sagte Sergej.

Sie trank ihre Cola auf der Schaukel auf der Veranda, während Sergej den Fisch ausnahm. Unter der Kiefer stocherte Fjodor mit einem Ast in den Kohlen seines provisorischen Räucherofens. »Wissen Sie, was mir an den Europäern gefällt?«, sagte Florence und reckte die Zehen. »Dass ein Mann für eine Frau kocht – und ebenso gut.«

»Hörst du das?«, sagte Fjodor. »Wir sind Europäer.«

»Der da kann kochen und nähen und ein Pferd kastrieren«, sagte Sergej auf Russisch. »Ein Kosake.«

»Nicht wie der da«, sagte Fjodor, so als reagiere er auf eine Beleidigung.

»Ein wahrer Kriegsheld«, sagte Sergej.

»Ich frage mich, ob wir hier so etwas einmal erleben werden«, sagte Florence. »Ich meine, einen Bürgerkrieg, wie ihr ihn hattet.«

»Amerika hat einen Bürgerkrieg geführt und damit die Sklaverei beendet«, sagte Fjodor. »Nach demselben Gesetz der Geschichte wird die kapitalistische Ordnung der Lohnsklaverei abgeschafft werden.«

Florence sah aus den Augenwinkeln zu Sergej hinüber, doch der sagte nichts und ging hinein, um sich die Hände zu waschen.

»Unsere Kommunisten sind aber nicht wie eure Kommunisten. In New York gehen sie ständig auf die Straße und demonstrieren, aber ihre Forderungen sind lächerlich. Mieten senken! Kostenlosen Strom und Lebensmittel für die Armen! Sie fordern, dass Hausbesitzer ihre freien

Wohnungen für die Unterbringung von Obdachlosen zur Verfügung stellen. Sie fordern sogar, dass die Arbeitslosenunterstützung von der Kommunistischen Partei verteilt wird statt vom Arbeitsministerium. Sie könnten auch gleich noch Champagner und Kuchen fordern.«

»Über ›eure‹ Kommunisten weiß ich nichts. Ich weiß nur, was das wissenschaftliche Gesetz der Geschichte ist«, sagte Fjodor.

»Wenn dieser traurige Haufen uns die Revolution bringen will, müssen wir wohl noch hundert Jahre warten«, sagte Florence. Von der Coca-Cola und dem trüben Schnaps rann ihr eine wohlige Wärme durch die Adern. Sie konnte ihren Rededrang nicht zügeln. »Mich fuchst, dass wir in diesem Land so tun, als stünde alles zum Besten. ›Bald geht es wieder aufwärts!‹«, sagte sie, es war die Schlagzeile der mit Fisch beschmierten Tageszeitung, die vor Sergejs Füßen gelegen hatte. »Und jetzt jubeln alle Mr. Roosevelt zu. Gelobt sei er! Er hat das Gesetz über die Hilfe für die Landwirtschaft unterzeichnet. Er bringt die Amerikaner wieder in Arbeit! Aber welche Amerikaner, sagt mir das. Nicht die Frauen. Niemand spricht von den Frauen, die ihre Arbeit wegen der von ihm unterzeichneten Gesetze gegen den Nepotismus *verloren* haben. Wenn dein Ehemann bei der Regierung arbeitet und du auch, kannst du dir deine Arbeit abschminken. Ein Ehepartner muss gehen, aber glaubt ihr vielleicht, jemand entlässt die Männer? Nein. Die Frauen, die setzt man vor die Tür. Denn wenn eine Frau in diesem Land arbeitet, gilt sie als unamerikanisch. Als Raffzahn.«

Ihr war bewusst, dass Sergej hinter der Fliegengittertür zuhörte. Sie hob die Stimme. »Es ist die ganze verdammte Einstellung hier. Die berühmte Mrs. Gompers, Witwe des Vorsitzenden der größten Gewerkschaft, die sich überhaupt einmal um Arbeiterrecht gekümmert hat – diese

Närrin in Seidenstrümpfen hat den Nerv, Frauen zu sagen: Ein Heim, wie klein es auch sei, ist groß genug, den Geist und die Zeit einer Frau auszufüllen. Und das von einer der sogenannten *progressiven* Frauen in unserem Land – der heldenhaften First Lady der AFL.« Sie konnte ihre Zunge nicht im Zaum halten. Es war ein köstliches Vergnügen, den eigenen Überzeugungen freien Lauf zu lassen, nichts zurückzuhalten. Sie kippte den letzten Schwarzgebrannten mit Cola hinunter und fuhr fort: »Sogar meine Vermieterin sagt zu mir: ›Kindchen, es kann nicht richtig sein, dass eine junge Frau arbeitet, wenn so viele von unseren Männern ihre Familien ernähren müssen.‹ Und sieht mich an, als ob *ich* der Grund dafür wäre, dass die prächtigen Männer von Cleveland ihren Lebensunterhalt nicht bestreiten können.«

»Aber der sind Sie doch«, sagte Sergej und kam wieder heraus auf die Veranda.

»Warum denn?«

»Weil Frauen für weniger Geld arbeiten. Und wenn eure Bosse die Löhne kürzen, behalten sie die Frauen. Männer müssen dann ebenfalls niedrigere Löhne hinnehmen, wenn sie weiter Arbeit haben wollen. Darüber hat schon Marx geschrieben. Wenn die Löhne auf eurem ›freien Markt‹ festgelegt werden, sind Männer und Frauen natürliche Feinde.« Sergej verkündete diese selbstverständlichen Wahrheiten ohne innere Beteiligung, so als sage er Bauvorschriften auf.

»Wenn Sie unbedingt arbeiten wollen, kommen Sie nach Russland«, sagte Fjodor. »Wir finden in null Komma nichts Arbeit für Sie. Unsere Frauen sind echte Arbeitspferde – Sie sollten mal sehen, wie die Kies schaufeln oder Farbe an Häuser patschen. Wir führen sie der Produktion zu und entziehen sie der Reproduktion.«

»Er meint«, sagte Sergej, »dass eine Frau mit Ihrer Tatkraft geachtet werden würde und nicht gedemütigt.«

»Du brauchst nicht zu übersetzen, Casanova«, erwiderte Fjodor. »Ich weiß, was ich gemeint habe. Schluss jetzt, Kinder, unser Fisch ist fertig.« Er legte die letzte Forelle auf ein Holzbrett, setzte sich auf eine Verandastufe und stürzte sein zweites Glas Schnaps hinunter. »Warum will eine Frau wie Sie unbedingt arbeiten? Ich kenne Frauen in Ihrem Alter, die sind schon zweimal geschieden.«

»Lass sie in Ruhe«, sagte Sergej.

»Warum? Sie wird doch wohl einen Mann finden können.«

»Nicht jede Frau findet einen Fjodor«, sagte Florence und lächelte Sergej zu.

»Meine Frau kann sich nicht beklagen«, gab Fjodor zurück. »Sie wohnt in unserer Ingenieursiedlung in Magnitogorsk und tut keinen Handschlag. Den halben Vormittag verbringt sie damit, sich hübsch zu machen, und am Nachmittag kommandiert sie das Hausmädchen herum.«

Florence nahm sich ein Stück Fisch. »Die Glückliche.«

»Werden Sie nicht frech. Sie kann wirklich von Glück sagen. Sie lebt wie eine Herzogin in einem englischen Landhaus, dafür hab ich gesorgt.«

»In einem englischen Landhaus in der leeren russischen Steppe«, stichelte Sergej.

»Hör sich einer diesen Snob an. Und Spross der ehemaligen Ausbeuterklasse!«

»Du bist vollkommen betrunken, Fjodor.«

»Aber immer, klar doch.« Er sagte, an Florence gewandt: »Fragen Sie diesen Ausbeuter doch mal, warum er so gut Englisch kann.«

»Der hört nicht auf zu plappern. Verschwatzt sein ganzes Leben.«

»Ich weiß, wovon ich rede«, sagte Fjodor und wandte sich verdrossen ab. »Aber ich möchte dieses Gespräch vor unserem weiblichen Gast nicht fortsetzen.« Er schenkte sich noch mal ein und hob sein Glas. »Trinken wir auf die Frauen. Wenn sie uns lieben, verzeihen sie uns sogar unsere Verbrechen. Wenn nicht, rechnen sie uns nicht mal unsere Tugenden an.«

Florence hob ihr fast leeres Glas. »Darauf trinke ich.«

Fjodor schmatzte mit den Lippen und sah wieder Sergej an. »Du weißt, wer das gesagt hat, Gymnasiumsknäblein?«

»Ich habe nicht die leiseste Ahnung.«

»Honoré de Balzac!« Fjodor spitzte, Französisch mimend, die Lippen.

»Genug jetzt von deinem Getue, Fjodor. Warum spielst du uns nicht schon längst was?«

Fjodor leerte sein Glas und ging hinein. Im bernsteingelben Licht sah Florence durch die Verandatür, wie er eine Gitarre von der Wand hob. Er trug sie auf die Veranda hinaus, setzte sich und stimmte die Saiten. Und zupfte dann eine sanfte, melancholische Melodie. Am klagenden Kratzen seiner Stimme erkannte sie ab und zu ein paar Worte eines Liebeslieds.

Sergej hatte sich auf den Dielenbrettern zu ihren Füßen niedergelassen. »Verstehen Sie, was er singt?«

Sie schüttelte den Kopf.

Über die Musik hinweg sagte er leise: »Liebste, lass mich nicht im Stich, weil sonst das Herz mir bricht. Ihr Schwäne am Himmel, ihr feinen, ihr wart nicht schuld daran, dass wir weinen.«

Fjodor hatte beim Spielen die Augen geschlossen, und die Grashüpfer zirpten immer lauter zu seinem Gesang, so als fürchteten sie, übertroffen zu werden. Motten umkreisten die Verandalaterne und warfen groteske Schatten. Florences Blick ruhte auf Sergejs Haupt. In dem schwachen Licht sah sein Haar aus wie gebündeltes Heu. Das Verlangen, es zu kämmen, war fast unwiderstehlich, es kribbelte ihr in den Fingern.

»Ich hab mein altes Wams angelegt«, übersetzte Sergej leise. »Mein Schatz, wo bist du hin?« Er umfasste Florences bloße Fessel mit Daumen und Zeigefinger, schloss sie lächelnd und öffnete sie wieder, so als finde er ihre Schmalheit verwunderlich. Und Florence ließ es geschehen. So lauschten sie Fjodors Lied über unerwiderte Liebe.

6.

Stahl

An eine Flasche Schwarzgebrannten zu kommen war für die meisten Clevelander noch nie ein Problem. Von den ersten Tagen der Prohibition an waren Kisten mit hochwertigem Schnaps in Kajütbooten über den Lake Erie aus Kanada herangeschafft und überall am Huron abgeladen worden. Von dort wurden sie mit Lastwagen an Kellerbars und Flüsterkneipen in der ganzen Stadt ausgeliefert. In so einem schummerigen Etablissement sagte Fjodor, von einem Hünen, einem Hiesigen polnischer Abstammung soeben dazu aufgefordert, die Ellbogen vom Tresen zu nehmen, laut hörbar in seiner Muttersprache zu Sergej: »Das polnische Mufflon riecht wie ein Abzugsrohr.« Woraufhin das Mufflon Fjodor einen rabiaten Genickschlag verpasste, die Strafe für alle Unterdrückung, die die Polen seit dem gescheiterten Novemberaufstand von 1831 unter russischer Herrschaft zu erdulden hatten. Es gelang dem nach vorn taumelnden Fjodor, dem nächsten Hieb auszuweichen und seinerseits einen zu landen – seinen ersten und letzten, bevor der Pole ihn mit einem Uppercut am Kinn traf, diesmal im Gedenken an den gescheiterten Januaraufstand von 1864. Die letzte verabfolgte Strafe (die Vergeltung für den verheerenden polnisch-sowjetischen Krieg von 1919) war ein Schlag, der so tief ging, dass er Fjodor im Unterleib traf und ihn förmlich aushob. Kurz darauf nahte die Befreiung in Gestalt eines Rausschmeißers – eines Affen im Anzug, der Fjodor die Ellbogen an die Seiten presste und ihn mit der nachgeschickten Ermahnung auf die Straße setzte, das nächste Mal werde sein roter Arsch an einem Fleischerhaken baumeln.

Es war schon nach Mitternacht, als Florence die beiden am Fliegengitter kratzenden Männer an ihrer Hintertür bemerkte. Sie schaltete das Verandalicht ein und fand einen blutverschmierten Fjodor vor, um einen unglücklichen Sergej gewunden. Florence fasste sich ins Gesicht, auf dem fest das Eiklar lag, das sie für die Nacht eingerieben hatte, und zog ihren Hausmantel enger um sich. »Mein Gott, was ist passiert?«

»Lassen Sie uns rein.« Fjodors schwere Schuhe stießen an die Schwelle, als Sergej ihn hereinschleppte. Blut war unter Fjodors Nase getrocknet. Sein Auge war geschwollen und verfärbte sich rötlich lila.

»Sie können hier nicht bleiben«, sagte sie. »Meine Vermieter werden wach …«

»Es sind noch zwei Kilometer bis zu unserem Haus. Allein kann ich ihn nicht tragen.«

Fjodor in der Mitte, stolperten sie eine unbeleuchtete Straße entlang. Der zwischen Wolken dahinziehende Mond spiegelte sich auf den Fassaden öffentlicher Gebäude. Aus den Seitengassen drangen Fäkalgerüche. »Die Kavallerie ist da!«, schrie Fjodor, die Arme um beider Schultern gelegt. »Du hast unsere levantinische Schönheit geholt, damit sie mal sieht, was für Trunkenbolde und Gauner wir sind?«

»Das sieht sie schon an dir, dafür braucht sie mich nicht. Halten Sie ihn am Arm fest«, befahl Sergej.

»Dieses Pferdchen frisst dir aus der Hand.«

»Sie versteht, was du daherschwätzt, du Narr.«

Im Schatten einer düster aussehenden Lagerhalle erkannte man einen Güterbahnhof.

»Umso besser.« Fjodor wandte Florence das Gesicht zu und bedachte sie mit einem betrunkenen Grinsen. »Ihr Intellektuellenweiber, da liebt ihr angeblich bloß die echten Proletarier, die richtigen Arbeiter – und dann geht ihr hin und macht Hochstaplern wie dem da schöne Augen. Diesem Karrieristen.« Fjodors Nägel gruben sich ins Fleisch ihrer Schulter, während sie ihn mit sich schleiften. »Schau's dir an, meine Kleine«, lallte er, sein Atem wie Petroleum. »Wir Russen betrinken uns, wir singen Lieder, wir weinen wie die Kinder. Während ihr Juden ständig bloß herumtüftelt, wie ihr den nächsten Rubel machen könnt.«

»Es gibt jede Menge armer Juden«, murmelte Florence.

»Aber reich werden wollen sie alle. Oder mächtig – sieh dir Litwinow an. Oder Kamenew, Sinowjew, die ganzen hohen Tiere.«

»Ein blaues Auge hast du heute schon, Fjodor«, mahnte Sergej. »Möchtest du noch eines?«

»Was denn – beleidige ich etwa ihre Ehre? Wer sagt denn, dass ich Juden nicht mag? Ich kannte in Leningrad mal ein jüdisches Mädchen, vor der Revolution. Sie durfte nicht in der Stadt wohnen, wegen der Quoten. Also hat sie sich einen gelben Pass besorgt« – er sah Florence an –, »das ist das, was die Prostituierten hatten, damit sie über die Brücke gehen und ihre Arbeit machen konnten. Stell dir das mal vor! Sich als Prostituierte ausgeben, damit sie an der Universität studieren konnte! Ihr Juden – wenn es eine Möglichkeit gibt, ihr findet sie. Warum fragst du sie nicht, ob sie uns aushilft, Serjoscha?«

»Wenn du fragen willst, frag.«

»Wieso ich? Ich bin's doch nicht, für den sie Augen hat. Wir kommen mit leeren Taschen nach Hause, und der ganze Plan ist gescheitert. Und wessen Köpfe rollen dann?«

»Das ist doch nicht ihr Problem.«

»Was schadet es denn zu fragen – *sie* findet eine Möglichkeit.«

Nachdem Sergej Fjodor die groben Schuhe von den Füßen gezogen, ihn aus der Hose gepellt und auf die durchgelegene Matratze im Schlafzimmer gebreitet hatte, kam er zurück ins Hauptzimmer, wo Florence wartend am Tisch saß, die flachen Hände zwischen den Knien.

»Geht es ihm gut?«

»Morgen weiß er nichts mehr davon.«

Sie schob die Hände langsam auf den Tisch und erhob sich abrupt.

»Ich bring Sie nach Hause«, offerierte Sergej.

»Ich komm schon zurecht.«

»Sie können nicht allein gehen.«

»Wie konnten Sie mit ihm in so einer Kneipe landen?«

Sergej sah sie wortlos an.

»Sie können von Glück sagen, dass er nicht am Grund des Flusses liegt. Sie können von Glück sagen, dass die Polizei ihn nicht aufgelesen hat. Haben Sie sich mal überlegt, was das für ein Alptraum wäre – wenn schon nicht für Sie, dann für mich?« Und da er weiter schweigen zu wollen schien, legte sie nach. »Sie befinden sich nicht in *Ihrem* Land – verstehen Sie? Ein paar Opfer müssen Sie schon bringen.«

»Gut, ich kauf ein Schaf, das schlachte ich morgen.«

»Was?«

»Sie sagten: Opfer.«

»Ist das alles für Sie ein Scherz?«

Er hieb mit der Faust auf den Tisch. »Was wollen Sie von mir denn hören?« Er stand auf und ging zu den Küchenschränken, wo er in ein paar Schubladen kramte, bis er das Gesuchte fand: die zusammengefalteten gelben Bogen eines Briefs. Er warf ihn auf den Tisch und sank wieder auf seinem Stuhl zusammen.

»Fjodors Frau – sie hat ihn verlassen. Den Brief hat er heute bekommen: Sie schreibt, sie will nicht mehr in Magnitogorsk leben. Unzivilisiert. Schmutzig. Keine Kultur. Sie ist wieder nach Leningrad gezogen und lebt mit seinem Freund zusammen.«

Florence hob die Blätter an und versuchte die feine kleine Handschrift zu entziffern. Sie warf Sergej einen Blick zu. »Fürchten Sie, auch so einen Brief zu bekommen?«

Er saß wieder wie auf dem Motorradsattel, die Knie weit auseinander. »Ich bin nicht verheiratet. Das wissen Sie.«

»Ich weiß nicht viel von Ihnen.«

»Ich war verheiratet. Jetzt bin ich's nicht. Es war nur ein Jahr. Wir haben es versucht. Und wieder beendet.« Die Erklärung klang teilnahmslos.

»Einfach so.«

»Scheidung, Heirat – da, wo ich herkomme, ist das nicht kompliziert.«

Sie hielt den Brief hoch. »Dort ist wohl vieles nicht so kompliziert.«

»Nein«, sagte er gelangweilt. »Nur das.«

In ihrem Wortwechsel hallte schwach ihr früheres Gespräch wider. Von der anderen Seite der Schlafzimmertür drangen Stöhnlaute und ein trockener Husten. »Ich muss gehen«, sagte sie. Doch er hielt sie am Handgelenk fest.

Der bedingungslose Drang, zu *arbeiten, von Nutzen zu sein, der Sinnlosigkeit zu entkommen* – vielleicht kündete das nur von einem noch tieferen Wunsch, aufgezehrt zu werden. Ausgelöscht. Vielleicht rührten die Lust, gegen eine Wand gepresst zu werden, den Kopf am lockigen Haar ins Genick gezerrt zu bekommen, bis man nur noch flach keuchte, vielleicht rührten diese und andere Befriedigungen aus demselben Wunsch nach Vernichtung, der die Seele nach einer Sache suchen ließ, die es wert war, vollkommen in ihr aufzugehen. Die mannigfaltigen Wonnen, wenn man aufgehoben und auf ein Sofabett geworfen, wenn man mit wundem Rücken in die kratzigen Fasern gedrückt wurde, während ein Mann dir die Fäuste nach hinten bog und seine Erektion dir an den Schenkel stieß und die staubigen Reste deiner Gedanken mit einer derb über deine Brustwarze streichenden Zunge abwusch – vielleicht entsprang all das einer ursprünglichen Sehnsucht nach kompletter *Hingabe*.

Das Gesicht Sergejs, das über ihr schwebte, war todernst. Keine Scherze jetzt. Nichts mehr von der verqueren, tölpelhaften Aufregung des Fremden. Wie ein Mann, der schon seit Jahren ihr Geliebter war, erhob er Anspruch auf ihren Körper. Als er kam, brach ihm auf dem Rücken der Schweiß aus. Aber schon im gleichen Augenblick war er von ihr herunter, denn sogar in diesem Anfall von Leidenschaft besaß er Voraussicht oder Erfahrung genug, um sein Glied herauszuziehen und sich auf den Boden zu rollen. Dort lag er in seiner prachtvollen Nacktheit einige Minuten lang, während sich Florence der Länge nach auf den Kissen ausstreckte und den Kopf zurücksinken ließ. Unerwartet drang das morgendliche Gelärm von Vögeln an ihr Ohr. Das Wundsein zwischen ihren Schenkeln verschaffte ihr eine merkwürdige Erfüllung, wenngleich genau genommen nicht Lust. Sie fasste sich zwischen die Schenkel, und der metallische Fleck an ihren Fingerspitzen bestätigte ihr den Verlust ihrer Unschuld. Sergej lag auf dem Boden, die Augen noch immer geschlossen. Er hatte offenbar nichts gemerkt. Ihr Kopf hämmerte vor fehlendem Schlaf, sie hatte Eiklarkrümel in den Haaren, ihr Atem stank höchstwahrscheinlich, und sie zitterte wie bei einer Erkältung. Und doch hatte sie sich noch nie so leicht gefühlt, so begehrt, so sicher in sich ruhend, so beseelt und verängstigt vom Wissen um ihre Freiheit. Trotz ihrer Bewunderung für Emma Goldman hatte sie mit Jungen ihres Alters bisher nie mehr als geknutscht. Erst fünfhundert Meilen von zu Hause entfernt hatte sie das hier geschehen lassen können. Sie wollte den Verlust ihrer überlangen Kindheit mit einer gewissen Feierlichkeit betrachten, außer Vogelgezwitscher kam ihr aber nichts in den Sinn.

Schräg über sich sah Florence durch das Fenster, wie sich das erste fahle Prärielicht am Himmel ausbreitete. Sie stand auf und fand ihren Schlüpfer, ausgeleiert und aus Baumwolle, für den sie sich plötzlich schämte. Sie betrachtete seinen Brustkorb, das Heben und Senken des dunklen Haars auf seinem Bauch und das dickere Haar um den beeindruckenden, nun aber harmlosen Penis, den Sergej, seine Augen geschlossen, freimütig zur Schau stellte. Sie hatte den überwältigenden Drang, ihn zu umfassen, seine Realität mit einer Berührung ihrer Finger zu prüfen.

Ihre Hand war noch keinen Zentimeter über seinen Bauch hinaus, als Sergej ein Auge aufschlug. Er linste wie ein lächelnder Zyklop zu ihr herauf, erhob sich dann abrupt und gab ihr einen Kuss zwischen die Schlüsselbeine.

»Dein Geruch – was ist das?«

Sie zögerte. »Ich weiß nicht. Eier? Ich sollte gehen.«

»Warum?«, sagte er und fuhr ihr mit seiner stacheligen Wange am Brustbein entlang.

»Ich möchte nicht, dass er mich hier findet.«

»Keine Sorge. Der schläft bis Mittag.«

Flink streifte sie sich das Kleid über den Kopf und die Arme. »Was hat Fjodor gestern Abend so aufgeregt?«

Sergej hatte seine Hose gefunden und zog sie an, ohne vorher einen Gedanken an Unterwäsche zu verschwenden. »Die Hälfte von dem, was er sagt, glaubt er selber nicht, und die andere Hälfte hat er später wieder vergessen.«

»Ich meine, über das Heimfahren mit leeren Taschen.«

Sergej atmete bedächtig ein und knöpfte sich die Hose zu. »McKee will an den Plänen für das Walzwerk nach wie vor nichts ändern. Wir können aber Klauseln nicht zustimmen, nach denen wir sämtlichen Stahl kaufen müssen, den sie für nötig halten. Sie behaupten, für die von uns gewünschten Änderungen sei die Zeit zu knapp.«

»Dauert das wirklich so lange?«

»Bei denen vielleicht. Ich und Fjodor, wir würden das in drei Wochen schaffen – wenn wir die Originalpläne hätten und danach arbeiten könnten.«

»Dann sollten sie euch das tun lassen. Sie beschweren sich, dass ihr herumsitzt und gar nichts tut.«

Sergej sah sie mit nachsichtigem Lächeln an. »Flora, du reizendes Kind. Es genügt nicht, Zeichnungen zu haben. Wir benötigen auch Handbücher.«

»Was für Handbücher?«

»Die mit den technischen Details – von Stärke, Dichte, Materialeigenschaften.« Er seufzte. »Für die Umformung.«

»Bei McKee im fünften Stock steht eine ganze Bibliothek mit technischen Handbüchern.«

Sergej seufzte noch einmal, so als dringe das Gemeinte nicht durch. »Aber wer lässt *uns* in den fünften Stock?«

»Die Unterlagen sind doch nicht geheim. Bittet einfach um Erlaubnis.«

»Um Entschuldigung zu bitten ist einfacher als um eine Erlaubnis. Finde ich zumindest, Florence.«

»Was sagst du da?«

Er fasste sich an die Schläfe. »Ich hätte nicht davon anfangen sollen.«

Der nüchterne, vernünftige Teil ihres Gehirns sagte ihr, die Sache nicht weiterzuverfolgen. Sergej knöpfte sich das Hemd über der breiten Brust zu.

»Warte«, sagte sie. »Erzähl.«

Sergej rieb sich nachdenklich das Kinn. »Sie wollen

ihren Auftrag bei Burlington Steel nicht verlieren. Sie wollen nicht zugeben, dass die Fabrikanlage mit günstigerem Material gebaut werden kann. Es gibt nur eine Möglichkeit, ihrem Argument den Zahn zu ziehen, nämlich ihnen zu zeigen: Doch, es geht!« Er war am obersten Hemdknopf angekommen. »Du siehst, in welcher Klemme wir stecken.«

Die Klemme, soweit Florence es überblickte, bestand darin, dass die Russen ihr Land unbedingt industrialisieren mussten, McKee und Burlington sich aber zusammengetan hatten, um die Kosten aufzublähen und den Russen ihre letzte Kopeke abzupressen. »Das ist euch gegenüber aber nicht fair«, sagte sie.

»Geschäft ist Geschäft, wie es so schön heißt, nicht?«, sagte Sergej achselzuckend.

»Ich könnte dir doch die Handbücher besorgen«, hörte sie sich sagen.

Er sah überrascht zu ihr auf, fast liebevoll. »Das würdest du wirklich tun?« Mit einem Mal wirkte er verunsichert. »Nein, das kann ich nicht von dir verlangen...« Doch in seinen flehentlich blickenden Augen sah sie bereits die freudige Mischung aus Dankbarkeit und Bewunderung, die ein Teil von ihr offenbar brauchte wie Sauerstoff.

»Wir werden vorsichtig sein müssen«, sagte sie.

7.

Abfahrt

Als Einzelkind im vorrevolutionären Petersburg aufgewachsen, hatte Sergej Sokolow sich selbst nie als Angehörigen des Proletariats gesehen. Sein Vater Arkadi, Sohn eines
Werkzeugmachers, hatte es bei den Petrograder Metall-
werken zum Vorarbeiter gebracht und die Pläne für die Ra-
teau-Turbinen und die Heizkessel für die Vulkan-Zerstörer
modifiziert, die die Fabrik in Lizenzen für die Franzosen
und die Deutschen fertigte. Sergejs Mutter Jelena war eine
bei den Damen der Gesellschaft sehr gefragte Schneiderin. Zusammen brachten die Sokolows genug Geld nach
Hause, um Sergej in einer der führenden Knabenschulen
der Stadt anzumelden: dem Zweiten Petrograder Gymnasium, unweit der Isaakskathedrale gelegen. Seine Schul-
kameraden waren die Kinder von Behördenangestellten,
Ärzten, Kaufleuten, Geistlichen und einigen wenigen Angehörigen des niederen Adels, und man erwartete von
Sergej, dass er den Aufstieg seines Vaters fortsetzte, Ingenieur wurde und in leitender Funktion in einer der vielen
Fabriken arbeitete, die wie Backsteinschatten rings um die
Marmorkolonnaden der Stadt emporwuchsen. Als Sergej
in die sechste Klasse ging, war Arkadi in den Fünfzigern,
besaß ein eigenes Büro in der Werkhalle, legte die Arbeits-

zeiten und Gehälter der Beschäftigten fest und wartete auf die Gelegenheit, sich auf dem in Familienbesitz befindlichen Grundstück außerhalb der Stadt zur Ruhe zu setzen. Dann kam die Revolution, und Arkadis Traum vom Umzug aufs Land hatte sich erledigt. Die Metallwerke wurden verstaatlicht, das Grundstück der Sokolows wurde von der Regierung beschlagnahmt und ein Sanatorium für Werktätige dort errichtet, und die Sokolows selbst mussten es schweigend erdulden, dass ihre Fünfzimmerwohnung aufgeteilt und mit lauten, ungebildeten Arbeitern vollgestopft wurde, die ihnen prompt die Böden und das Mobiliar ruinierten.

Für den jungen Sergej, dessen Klasse durch die plötzliche Emigration vieler Mitschüler stark geschrumpft war, bot die Revolution eine gemischte Perspektive. Er hatte die Kretins erlebt, die durch sie an die Macht gespült wurden, hatte die Klagen seines Vaters über die neue Metallarbeitergewerkschaft ertragen, in der nicht mehr fähige Handwerker wie er selbst den Ton angaben, sondern ungebildete Deppen; er hatte mitangesehen, wie seine Mutter litt, wenn ihre neuen »Nachbarn« schlammige Stiefel auf ihre Brokatstühle warfen. Gleichzeitig begeisterte er sich für Russlands neue industrielle Vorhaben: die Errichtung von Stahlwerken in Sibirien und von Ölraffinerien am Kaspischen Meer, die Ansiedlung von Fabriken in Zarizyn, das bald in Stalingrad umbenannt wurde. Als Junge, der von Maschinen fasziniert war, teilte er die Liebe der Bolschewiken zu allem, was groß war. Der Verdruss seiner Eltern tat dem Staunen des Jungen über die großen Dämme, mit denen breite Flüsse gestaut wurden, keinen Abbruch, über phantastische Maschinen, die so kompliziert waren, dass er sich nicht vorstellen konnte, wie menschliche Hände sie gebaut und wie menschlicher Geist sie ersonnen haben konnte. Um einen Platz in der neuen Ordnung und inmitten der aufstrebenden jungen Ingenieure zu finden, musste er sich der Jugendorganisation der Partei anschließen: dem Komsomol. Doch das war am Petrograder, bald darauf Leningrader Polytechnikum alles andere als einfach.

Die erste Säuberung unter der Studentenschaft fand schon kurz nach seinem Eintritt in die Hochschule statt. Sergej wurde in einen Raum gerufen und von einer mürrischen Troika befragt, zu der auch der Sekretär der Parteigruppe gehörte, ein Mensch mit weibischen Zügen, der in der Lederjacke eines Arbeiters dasaß. Man fragte ihn nach seinem Vater und seiner Mutter aus, nach Großeltern und Onkeln und nach ehemaligen Klassenkameraden am Gymnasium. Wenn der Vater Vormann in einer zaristischen Fabrik gewesen war, bestanden nun Zweifel, ob die Sokolows echte Proletarier oder »Elemente der feindlichen Klasse« waren. Sergej bemühte sich, höflich und direkt auf alles zu antworten, seine Furcht zu verbergen und sich die Beleidigung nicht anmerken zu lassen. Sein Vater, ein einfacher Mann, sagte er, habe sich aufgrund seines Könnens von der Werkhalle bis auf die unterste Sprosse der Fabrikleitung emporgearbeitet; er selbst habe vor dem Eintritt ins Polytechnikum ein Jahr lang in derselben Fabrik gearbeitet, in einer Werkstatt. Am Ende der Säuberungswelle waren alle Studenten aus bürgerlichen Familien relegiert worden. Er war verschont geblieben, nur knapp allerdings. Von dem Augenblick an war ihm klar, dass er härter arbeiten musste als die anderen, um sein Studium unbeschadet durchzustehen. Seine ersten beiden Versuche, in den Komsomol einzutreten, waren erfolglos geblieben. Erst in seinem vorletzten Jahr am Polytechnikum bekam er wieder Gelegenheit dazu, unterstützt von einer jungen Frau – einer schnell entflammbaren Blondine namens Olga, einer Komsomol-Organisatorin, mit der er sich eingelassen hatte. Von seiner eindrucksvollen Größe und Zurückhaltung eingenommen, hatte sie ihn partout erobern wollen. Ihm war das nicht lange verborgen geblieben, denn im Gegensatz zu den großen, schlanken Schönheiten, die in seiner Nähe immer Hemmungen hatten, ließen sich die Kampflustigen durch seine Statur stets dazu provozieren, ihn bezwingen zu wollen wie Alpinisten.

Es war das Jahr, in dem die Regierung mit der Kollektivierung der Landwirtschaft begonnen hatte, und Olga sagte, sie würde ihm helfen, im Herbst in den Komsomol aufgenommen zu werden, wenn er im Sommer mit ihrer Brigade »gesellschaftlich nützliche Arbeit« leistete. In dem Juni tauschte er seine Kniehose gegen einen Overall und fuhr mit einer Studentenbrigade in die Stadt Tichwin, um die Bauern in den umliegenden Dörfern zu unterrichten.

In vielen Dörfern, die zum Zusammenschluss gezwungen worden waren, hatten die Bauern ihr Vieh bereits geschlachtet, damit sie es nicht an das Kollektiv abzuliefern brauchten. Sergej hatte noch nie einen Markt gesehen, auf dem es so viel Fleisch gab. Rinder- und Schweinehälften zogen scharenweise Fliegen an. In dem Dorf Lugini lebten wohlhabende Bauern, die der Kolchose nicht beitreten wollten. In einer Kirche, deren Turm man die Spitze abgeschlagen hatte, zeigten die jungen Kommunisten den Bauern Bilder von drallen Frauen auf Weizenfeldern, gefüllte Körbe auf den Schultern, und von den glänzenden Traktoren und Mähdreschern, die sie bekämen, wenn sie in die Kolchose eintraten. »Erst gebt uns die Maschinen, dann denken wir darüber nach, ob wir bei eurer Genossenschaft mitmachen«, hatte ein grauhaariger Bauer gesagt und prompt Lacher der Umstehenden geerntet.

»Der alte Kulak hält sich für sehr schlau«, sagte Olga hinterher.

»Wie kommst du darauf, dass er ein Kulak ist?«, fragte Sergej verwundert. »Er beschäftigt doch keine Leute –

seine drei kräftigen Söhne, die helfen ihm, seinen Boden zu bestellen.«

»Sei doch nicht naiv, Serjoscha. Niemand ist so erfolgreich, wenn er das Land mit den eigenen Händen bewirtschaftet. Der Mann ist ein Kulak, wir finden schon noch jemanden, der das bestätigen wird.«

In der Woche darauf fand eine Versammlung der regionalen Parteigruppe statt, auf der ein magerer, halb betrunkener Bauer erschien und angab, der Alte habe ihn in der Erntezeit eingestellt; außerdem sei dieser Bauer ein Spekulant, denn er kaufe anderen Dorfbewohnern ihre Schweineborsten ab und fertige Haarbürsten daraus, die er mit Gewinn in der Stadt verkaufe. Die ganze Sache war eine Farce. Olga hatte ihm den Text praktisch eingetrichtert; Sergej vermutete, dass sie den Mann mit ein paar Flaschen Wodka bestochen hatte. Er hatte ihr bei der Sitzung nicht widersprochen, sondern erst hinterher unter vier Augen protestiert. »Viele Bauern handeln nebenher mit etwas. Es ist nicht die Wahrheit, ihn einen Spekulanten zu nennen.«

»Du bist so ein Dummerchen, Serjoscha. Was auf unseren Versammlungen protokolliert wird, *ist* die Wahrheit.« Der Querulant würde das gesamte Dorf vergiften. Sergejs Bedürfnis, ihn zu verteidigen, zeige nur, dass er kein »richtiges Klassenbewusstsein« besitze, nur intellektuellen Idealismus – die Feigheit der Bourgeoisie. »Du möchtest einen Komsomol-Ausweis, hast aber Angst davor, den Sozialismus aufzubauen«, sagte Olga. Sergej bekam nie heraus, was aus dem älteren Bauern geworden war, der in der Versammlung aufgestanden war. Höchstwahrscheinlich waren sein Haus und sein Land beschlagnahmt und er samt seinen drei Söhnen nach Sibirien verfrachtet worden.

In dem Sommer hatte er begriffen, wie die Revolution tatsächlich gemacht wurde.

Daher war es seltsam, dass er so viele Jahre später und

so weit weg von zu Hause wieder an Olga dachte. Irgendetwas an Florence erinnerte ihn an sie. Keine physische Ähnlichkeit – auch wenn beide seinem Typ entsprachen: Frauen, die den Mund aufmachten und wussten, wie sie in einem Kleid gut aussehen konnten. Beiden gemeinsam war eine gewisse Impulsivität, wie bei kleinen Mädchen, die sich häusliche Pflichten so schnell wie möglich vom Hals schaffen wollten. Im Gegensatz zu ihm selbst, der jedes Wort und jede Handlung sorgfältig abwägte, handelten sie erst und dachten anschließend nach. Florence hatte ihm geholfen, die Ingenieure von McKee zu überlisten. Und was hatte sie davon gehabt? Seines Wissens nichts. Und jetzt, da ihre Vermieter verreist waren und Verwandte besuchten, hatte sie sich deren Chevrolet genommen, ohne auch nur daran zu denken, vorher nach dem Ölstand zu sehen oder eine Straßenkarte einzupacken.

Sie waren frühmorgens aufgebrochen, um der rasch aufkommenden Hitze zu entgehen, einen Krug Wasser auf der Rückbank und eine Flasche Gin auf dem Sitz zwischen ihnen, von der sie schon mindestens ein Viertel vernichtet hatte.

»Weißt du, was mir überhaupt nicht fehlen wird, wenn ich von hier weggehe«, sagte sie, als sie aus der Stadt hinausfuhren. Kurze Löckchen flatterten ihr im Fahrtwind des holpernden Wagens um die Ohren. »Die grässlichen Predigten, die sich die Shits dauernd im Radio anhören.« Die ›Shits‹ war der Name, mit dem sie die Shultes – Dwayne und Alva – inzwischen bedachte, in deren vorübergehend in Besitz genommenem Auto sie hier herumkurvten. »Dass das Radio bei denen ständig läuft, ist schon schlimm genug, aber wenn dieser Pater Coughlin mit seinen Ausfällen gegen die Neger und die ›jüdischen Verschwörer‹ kommt, drehen sie es auf volle Lautstärke, damit ich es oben ja höre. Und wenn nicht Coughlin, dann der ›Reverend‹ Smith.

Immer mit Ehrentitel, diese komischen Käuze, die Männer Gottes, die uns ständig erzählen, wegen wem wir leiden. Immer irgendjemandem die Schuld zuschieben, bloß nicht das ganze manipulierte kapitalistische System in Frage stellen, das die USA sind. Auf keinen Fall!«

Als Reaktion hatte er die Hand auf ihrem bloßen Bein dahin gelegt, wo der Chiffon hochgeschlagen war. Für ein zeitiges Mittagessen hielten sie an einem Bauernstand am Straßenrand an, wo auf einem mit Kreide beschriebenen Schild Pfirsiche und Eier angeboten wurden. Florence war mittlerweise schon so angetrunken, dass er sie überreden musste, die Pfirsiche zu nehmen und auf die Eier zu verzichten. Und dann verkündete sie, sie wolle sich die Landschaft ansehen, weshalb sie mit dem Wagen auf eine durch Bauernland führende sandige Straße einbogen. Der nächste Fehler.

Die Hitze wurde allmählich drückend. Je weiter sie sich von Cleveland entfernten, desto brauner und staubiger wurde die zerfurchte Landschaft. Verdorrtes Unkraut bog sich von der Asphaltdecke weg, Getreide lag nach den Gewittern vor ein paar Tagen platt auf der Erde. Florence blickte in die Ferne, wo flache Wolken dicht über Stoppelfeldern lagen, und sagte: »Ich hab gehört, vorigen Winter hat hier alles gerochen wie eine Kaffeerösterei.«

»Kaffee – warum?«

»Weil sie mit Getreide geheizt haben statt mit Kohle.« Sie schaute ihn an, die Augen glasig vom Trinken. »Kannst du dir das vorstellen?«

Er hatte keine Lust, es sich vorzustellen. Er war nicht in der Stimmung für eine weitere Debatte über den Widersinn »des ganzen kapitalistischen Systems« oder für eine neue Tirade über die amerikanische Lebensweise mit ihren unerwünschten Waren und unerwünschten Menschen.

Für die ihm noch bleibende Zeit wünschte er sich nur,

die großartige Natur eines Landes aufzusaugen, das er mit Sicherheit nicht noch einmal sah. Eigentlich hatte es ihn überrascht, dass man ihm in Anbetracht seiner Herkunft aus einer keineswegs makellosen Klasse überhaupt ein Reisevisum gegeben hatte. Das zeigte, über wie wenig Fachleute sie verfügten – Personen, die eine Schraube von einer Glühlampe unterscheiden konnten und ein anständiges Russisch sprachen oder gar auf Englisch Gespräche führen konnten. Wo waren die? Nicht mehr da. Im Exil. Erschossen. Wer war noch übrig? *Narod* – die Meute, kitschig »das Volk« geheißen, in dessen Namen all die heldenhafte Arbeit geleistet wurde. Er bezweifelte, dass er von diesem Volk großen Dank erhielt, wenn er seine Pflicht erfüllt hatte, und wollte deswegen jetzt nur die Beschaffenheit des Ledersitzes genießen und das polierte Holz des Lenkrads unter seinen Fingern spüren, das sich so leicht drehte. Er gestattete sich, kurz zu überlegen, wie es wäre, ein eigenes Auto zu besitzen. Die Ingenieure bei McKee fuhren alle die neuesten Ford-Modelle und wohnten in eigenen Häusern. Sie waren als Ingenieure nicht besser als er. Es stimmte, dass die Krise des Kapitalismus das Land geschwächt hatte, aber mit ein paar Dollar in der Tasche war man immer noch ein freier Mensch. Lebte er hier, er käme gut zurecht, das wusste er, genau wie diese Männer gut zurechtkamen. Er erwog kurz, sich abzusetzen, aber das war keine Option. Sie würden seine Eltern in Leningrad verhaften und sie auf eine unvorstellbar grausame Weise bestrafen. Er schaute aus dem Augenwinkel zu Florence auf dem Beifahrersitz hinüber. Ihre Augen waren geschlossen, wie vor Schmerz. Ihre Haut war gerötet – ob von der Hitze oder vom Gin, wusste er nicht zu sagen.

Die Sonne lastete auf ihrem Haupt, schwer wie ein Kanaldeckel. Noch eine Woche, dann kehrte Sergej nach Hause zurück, und sie fuhr wieder nach New York. Sie wünschte sich von ihm wenigstens ein kleines Zeichen des Bedauerns, sie verlassen zu müssen. Sie schlug die Augen auf und schaute zur Frontscheibe hinaus. Sie waren in einer anderen Stadt, fast genau wie die vorige, nur noch leerer: eine einzige Straße mit einem braun nachgedunkelten Kirchturm, verwaiste Ladenzeilen, in deren eingestaubten Fenstern orange Nehi- und Coke-Reklame baumelte. Florence dachte ebenfalls an die Männer bei McKee. Unwahrscheinlich, dass einer von denen sie mit Sergej gesehen hatte. Auch wenn das jetzt keine Rolle spielte. Ihr Ärger über sich und über Sergej gewann allmählich einen McKee-ähnlichen Beigeschmack. Der »Raub«, den sie und Sergej sich ausgedacht hatten, um an die Handbücher zu kommen, die Pläne abzuändern und zu demonstrieren, dass die Fabrikanlage in Magnitogorsk tatsächlich auch mit preiswerteren Materialien errichtet werden konnte, hatte fast fehlerfrei geklappt. Sie hatten McKees Argumenten, in Fjodors Worten, »den Zahn gezogen«. »Ich hoffe, Sie sind mit sich zufrieden«, mehr hatte Knut Anderson danach nicht zu Florence gesagt. Clement hatte nur den Kopf geschüttelt. Die amerikanischen Ingenieure konnten sich denken, dass nur sie den Russen geholfen haben konnte, und hielten Florence fortan für entweder über die Maßen hinterhältig oder unvorstellbar dumm. Ihre Überzeugung, dass sie ein ungerechtes Spielfeld lediglich begradigt hatte, linderte die Pein, die sie bei dem Wissen empfand, dass die Amerikaner sie hinter ihrem Rücken als Überläuferin ansahen. Die hämischen Blicke zu übersehen war schon schwerer. Die Männer von McKee gingen davon aus, dass sie mit einem der Russen schlief, was sie wurmte, und noch mehr regte es sie auf, dass sie mit ihrer Vermutung recht hatten. Seit Wochen schon meinte sie in Cleveland moralisch zu ersticken. Sergej sollte ihre Verzweiflung wettmachen, das Opfer wettmachen, das sie um seinetwillen gebracht hatte – aber wie sollte er das tun? Liebe gehörte zu den Dingen, für die es kein Rezept gab, falls das zwischen ihnen überhaupt Liebe genannt werden durfte. Die Dinge, die sie einander im Dunkeln sagten, waren ja ebenfalls Teil des Spiels. »Könntest du dir das vorstellen, wir zwei zusammen – wenn du nicht dort drüben und ich nicht hier lebte?« »Ja, warum nicht?« »Oh, aber dann wärst du nicht der, der du bist. Du wärst jemand anders, und ich auch.« Erstaunlich, wie dieser Unsinn sie erregen konnte. In letzter Zeit hatte sie hinterher sogar geweint und sich von ihm mit Küssen trösten lassen; all dieses Theater schien irgendwie notwendig, um dem einen Sinn zu verleihen, was sonst eine ziemlich miese Sache gewesen wäre.

Fast den ganzen Sommer hatten sie nicht darüber gesprochen, was sie da eigentlich taten. Ihr Körper, stellte sich jedoch heraus, benötigte keinerlei Hilfe beim Verstehen seiner Gelüste. Es kam vor, dass sie schon schlief, aber beim leisesten Kratzen von Sergejs Finger an ihrer Fliegengittertür spätabends sofort hellwach war. Oder dass ihr Körper bei seinem bloßen Anblick im Licht des Hintereingangs die Schwere der Sehnsucht einfach abschüttelte, die er den ganzen Tag unterdrückt hatte, und leicht wurde. Sergej bedrängte sie nie. Es kam vor, dass sie sich küssten, bis ihr Kinn wund und ihre Lippen taub waren, bis sie sich vor Verlangen nicht mehr regen konnte. Sie verstand jetzt, was die Leute, auch ihre Mutter, meinten, wenn sie davon sprachen, dass Frauen sich auf jemanden »eingelassen« hatten. Zu lieben war offenbar nicht anders möglich als auf gefährliche Weise, dem Herzen gerecht zu werden ging offenbar nicht, ohne sich zu verbiegen.

Die Straße war schmaler geworden, und sie mussten langsamer fahren. Nach einigen Drehungen der Räder war regelmäßig ein stotterndes Klopfen im Motor zu hören.

Rechter Hand tauchte wieder ein Friedhof auf, diesmal mit Trauerweiden. Hinter seiner hübschen weiß getünchten Mauer waren mehrere Picknicktische in einer langen Schlange aufgestellt. Florence zeigte auf das Schild. »Kommet her zu mir alle, die ihr mühselig und beladen seid; ich will euch erquicken.«

»Die betreiben da draußen bestimmt eine Suppenküche.«

»Die Missus, die an uns vermietet hat, kocht ebenfalls Suppe für ihre Kirche. Eine nette Frau.«

»Gott segne Amerika. Suppenküchen, so weit das Auge reicht.«

»Warum bist du so garstig?«, sagte er. »Reich mir mal die Karte.« Die Wegweiser ergaben für ihn keinen Sinn. Er suchte nach einem Hinweis darauf, wie sie wieder zur Fernstraße zurückkamen.

»Ich bin nicht garstig.« Sie breitete die flatternde Karte zwischen ihnen aus. »Ich sage nur, dass Philanthropie für manche in diesem Land eine Möglichkeit ist, ihre Sünden zu verringern. Morgan, Rockefeller – die werfen nur ein paar Pennys an die Leute zurück, die sie ausgeplündert haben.« Sie war eine Xanthippe, das wusste sie, und verdarb jedes Vergnügen, das ihnen in ihrer gemeinsamen Zeit noch blieb.

»Ich habe nicht von Rockefeller gesprochen. Sondern von alten Damen, die Suppe kochen«, erwiderte er ungeduldig. Er nahm die Karte und betrachtete das Netzwerk ihrer blauen Adern.

»Die Karte hilft dir nicht. Die ist von Ohio, und wir sind vor zwanzig Minuten über die Grenze nach Indiana gefahren.«

»Warum hast du mir das nicht gesagt!«

»Hast du das Schild nicht gesehen?«

Sergej schloss die Augen.

»Ist doch alles gut«, sagte sie und wollte beruhigend

klingen. »Wir sind nur ein Stück über dem Rand hier. Es ist genau, wie Fjodor gesagt hat: Es sind dieselben Menschen, sie verteidigen ihre Interessen bloß mit Waffen ...«

»Fjodor? Wirklich? Auf den hörst du?«

Ihre Augen funkelten vor Zorn und Beschämung. »Was ist denn falsch daran?«

»Nichts. Ich fände es nur besser, wenn du mit dem ewigen Gequatsche aufhören und auf die Karte sehen würdest«, sagte er, die Stimme heiser vor Verärgerung.

Sie wandte das Gesicht ab und wollte die Tränen hinunterschlucken, die ihr die Kehle abschnürten. Der Automotor ächzte lauter, als sie einen Anstieg erklommen. Sergej trat aufs Gaspedal, aber der Chevrolet fuhr nur schwergängig weiter, während die Hinterreifen mit erschreckendem Quietschen Erde und Steinchen aufwirbelten. »Was ist?«, sagte sie. Sergej biss die Zähne zusammen und schaltete herunter. Der Wagen machte einen heftigen Satz nach vorn. Die Motorhaube qualmte. Er trat auf die Bremse und schaltete die Zündung aus. »*Tschjort!*«, murmelte er. Stieg aus und schaute blicklos unter die Haube. »Du fährst«, befahl er plötzlich.

Er schaltete auf Leerlauf und Florence rutschte auf den Fahrersitz hinüber. Sie stellte den Fuß auf das Gaspedal, und Sergej schob von hinten. Der Chevy tat einen Satz und blieb hämmernd und stotternd wieder stehen. Am Feldrand pickten Krähen in den Stoppeln. Florence fühlte sich schwach und ausgedörrt von der Hitze. Verderben legte sich auf alles. Sie blickte sich nach Anzeichen von menschlichem Leben um, sah aber nur die ferne Silhouette einer Scheune vor tiefhängenden Wolken. Sergej fluchte noch lauter und trat gegen einen Reifen. »Jetzt gehen wir zu Fuß«, verkündete er. Er nahm seine Jacke und den Wasserkrug vom Rücksitz. Er enthielt nur noch einige Tropfen, und die ließ er Florence trinken. Beim Aussteigen entdeckte sie ausgelaufenes Öl unter der Karosserie, eine Spur aus schwarzen Tropfen, so weit das Auge reichte.

»Wir verlieren schon die ganze Zeit Öl?«, schrie sie und humpelte ihm hinterher. »Wieso hast du das nicht gemerkt?«

Er wandte sich zu ihr um, seine Miene versteinert. »*Du* möchtest mich anschreien?«

Sie trottete fußlahm weiter. Das Feld und der Maschendraht längs der Straße begannen sich zu drehen. »Wo führst du uns hin? Du weißt doch gar nicht, wo dieser Weg hingeht!« Eine Woge der Benommenheit überkam sie. Die Sonne im Westen raubte ihr die Sicht. Im Dunst des aufgewirbelten Staubs sank sie auf die Knie.

»Steh auf, Flora.«

»Nein«, wimmerte sie.

»Hoch!«

Sie schüttelte den Kopf.

»Ich gehe.«

»Geh! Hau ab!« Die Bedürftigkeit, die ihr Ton verrriet, war ihr zuwider. »Geh wieder nach Russland. Na los!«

Sergej wandte sich um und sah Florence lange an. Sie ließ die Augen zufallen und öffnete sie wieder. Sergej hockte neben ihr. »Hier endet es also? Auf einem Maisfeld?«

Ihr war schlecht. Schlecht davon, dass sie ihm Trost abnötigte. Dass ihr Fleisch so schwach war. Schlecht vom Jammern. Von ihrem Bedürfnis, dass er ihr die feuchten abendlichen Stunden in ihrem Bett mit gleicher Wortmünze vergelten sollte.

»Verzeih mir.« Sie wischte sich die Seite ihres nassen Gesichts mit dem Arm ab. »So sollst du mich nicht in Erinnerung behalten – als dumme Amerikanerin.«

Er runzelte verständnisvoll die Stirn. »Dumm? Du bist das Gegenteil von dumm, Flora. Was hätte ich ohne dich sonst hier gemacht?« Er sah sie nun mit tieferem Ernst an.

»Du nimmst nur zu viel Anteil am Unrecht auf der Welt. Du empfindest es zu stark«, sagte er eindringlich. »Es ist Wahnsinn, sich innerlich wegen Dingen zu verzehren, die man nicht ändern kann.«

Idiotischerweise fühlte sie sich fast geschmeichelt von seinen Worten – seiner vielleicht falschen Annahme, ihr Herz und ihr großer Gerechtigkeitssinn umfassten die ganze Welt.

»Also, was ist, dass du nicht gehen kannst?« Er strich ihr über die Wange und schob eine Locke zur Seite. »Das bisschen Staub? Das bisschen Hitze? Das bisschen Gin?« Er streckte ihr die Hand entgegen.

Sie ließ sich von ihm hochziehen. Das Licht am Horizont war nun malzbraun. Eine dunkle, von hinten beleuchtete Gestalt kam ihnen auf der unbefestigten Straße entgegen, ein Mann in Jeans und mit Hut. Im schräg einfallenden Licht der Abendsonne sah es aus, als umgebe ihn ein Heiligenschein.

Das Gehöft des Farmers lag nur eine Meile weiter südlich, und schon bald kam er mit seinem Lastwagen und einer Abschleppkette für den Chevy wieder.

Florence saß auf den Stufen zur Veranda des Bauernhauses, einen eingewickelten Klumpen Eis unter die Achsel geklemmt. Sie hatte, wie das Auto, einen Sonnenstich, kam von dem Eis und dem Zuckerwasser, das sie schlückchenweise trank, langsam wieder zu sich. Sergej und der Farmer arbeiteten auf dem rötlich braunen Feld am Motor des Wagens. Ruß klebte unter einem Ventil und hatte das Leck erzeugt. Florence sah zu, wie Sergej den Rußniederschlag von den Zylindern kratzte. Er zog sein Hemd aus und breitete es zum Schutz vor dem Staub vorsichtig über die Zylinder. Das bernsteingelbe Licht verlieh den angespannten Muskeln seines Rückens eine tiefe Bräune und dem Haar auf seiner Brust und seinem Bauch einen goldenen Schimmer. Florence reagierte nie mit Gleichmut auf seinen Körper.

Wolkenschatten glitten über die Erde. Ein Vogel flog über Florence hinweg, zog eine dunkle Spur. Sie hörte das Geplauder des Farmers, der Sergej Werkzeug anreichte. Er erzählte Sergej, wie sich das Leben seit dem Krieg verändert hatte. Früher halfen die Leute sich gegenseitig aus und liehen einem, dessen Ernte schlecht ausgefallen war, Mais. »Ein Handschlag war der Schuldschein. Das genügte.« Als der Farmer den Hut absetzte, kam ein kahl werdender Kopf mit kurzem Stoppelhaar zum Vorschein. »Jetzt läuft alles nur noch über die Bank, und du musst wegen eines Sacks Saatgut zwanzig Seiten Papier unterschreiben.« Sergej beugte sich über die offene Motorhaube und brachte den Farmer mit etwas Gemurmeltem zum Lachen. Sogar hier fand er eine gemeinsame Sprache mit den Menschen. Warum fiel es ihm so leicht, fragte sie sich, und ihr so schwer? Lag es daran, dass er aus einem Land kam, in dem Gleichheit gelebt und nicht nur beschworen wurde?

Ein trübes Bächlein wand sich weiter vorn durch das Grundstück. Sie fühlte sich genau wie dieses Rinnsal – namenlos. Eine Zeile aus *Middlemarch* kam ihr in den Sinn: »Ihre reiche Natur verströmte sich wie jener Fluss, dessen Kraft Kyros brach, in Kanälen, die keinen großen Namen auf Erden hatten.« Mit sechzehn hatte sie diesen Satz in ihrem Tagebuch notiert, bewegt von der schmerzlichen Tragik eines mächtigen Stroms, der seine Energie in namenlosen Flüssen versickern lassen musste. Schon mit sechzehn hegte sie den Gedanken, sie sei zu Großem bestimmt. Hatte sie da bereits verstanden, dass Eliot schlicht die Tragödie des Frauseins betrauerte? Wenn ja, glaubte sie, Florence, felsenfest daran, dass sie ihr erspart bliebe. Ringsherum schnitten sich Frauen die Haare ab, kürzten die Säume ihrer Röcke, schrieben sich an Universitäten ein, pusteten jede Menge muffige viktorianische Vorschriften mit Zigarettenrauch weg. Weiblicher Ungehorsam war in Mode, und sie war zu jung gewesen, das wusste sie heute, um zu begreifen, dass er mehr als eine Mode auch nicht war. Sie hatte eine Äußerlichkeit für die Sache genommen, eine Zeiterscheinung für Fortschritt. Amerika hatte sich überhaupt nicht verändert. Das Versprechen, das man, als sie sechzehn war, wie eine Mohrrübe vor ihr geschwenkt hatte – ein junges Mädchen mit freiem Geist konnte zu einer freien Frau heranwachsen –, war in den Jahren, in denen sie tatsächlich zur Frau geworden war, so langsam fortgezogen worden, dass sie sein Verschwinden kaum bemerkt hatte.

Sergejs Jackett lag auf ihrem Schoß, darin seine Dokumente. Er hatte sie gebeten, es zu halten, und nun schob Florence die Hand in das kühle Taschenfutter und zog seinen Pass hervor. Er war schwerer, als sie erwartet hatte. Sie schlug das Büchlein auf und klappte den seidenpapierdünnen »Auslandspass« auf, der an einer Seite angeheftet war. Ein Porträt von ihm, ernst und blass, klebte unten auf dem Blatt. Ein Teil seines Gesichts war mit einem von drei identischen lila Stempeln bedeckt, die in verschiedenen Druckstärken auf die Seite aufgetragen worden waren. Das Papier fühlte sich kühl und spröde an. Hier war er – der Garant seiner Mobilität. Seinen Pass in der Hand, kam sie sich plötzlich eingesperrt vor. Sie schob ihn in die Tasche zurück. Auf dem Feld ließ Sergej den Motor ein paar Umdrehungen im Leerlauf machen. Er wurde mit dem Geräusch einer Artilleriesalve wieder lebendig. Sergej stieg aus und kam auf sie zugeschritten, wischte sich die verschmierten Hände an einem Lappen ab. »Prinzessin«, verkündete er, »Ihre Kutsche steht bereit.«

Eine Woche später fuhr Florence nach Hause, während der Pass, den sie in den Händen gehalten hatte, seinen Besitzer auf einem Dampfschiff nach Europa begleitete. An der finnischen Grenze blätterte ein sowjetischer Beamter ihn aufmerksam durch, den Glanz von Behäbigkeit und Feindseligkeit auf der Brille. Sergej wurde in einen kleinen Verhörraum geführt und zu seiner Reise befragt. Seine Antworten spielten keine Rolle. Nichts von dem, was er sagte, konnte den Schatten des Verdachts zerstreuen, den der Dienst an seinem Land ihm eingetragen hatte. Es war der Preis, den er, lebenslang, für seinen amerikanischen Sommer zu zahlen hatte. Auf dem Tisch zwischen Sergej und dem Vernehmer lagen seine Mitbringsel: ein Satz feiner Zeichengeräte, ein Rasierapparat von Gillette, Manschettenknöpfe aus Horn, Kölnischwasser. Man hatte sie ohne Federlesens aus seinem prall gefüllten Koffer gezogen. In Amerika hatten ihn die Artikel mit ihrem Versprechen von Eleganz und Qualität gelockt, auf dem Tisch jedoch waren die Gegenstände mit Schande bedeckt, ein Beweis für seine Gier nach dem Prunk einer dekadenten Nation. Der Zollbeamte ließ Sergej dafür unterschreiben. »Da fehlt etwas«, sagte Sergej plötzlich. Es war eine geschnitzte Acrylharz-Brosche, über die er kein Wort verloren hätte, wäre sie nicht ein Geschenk für seine Mutter gewesen. »Reichen Sie eine Beschwerde ein«, erwiderte der Zöllner, in dessen Augen der Spott funkelte.

Wolken begannen zu stürmen, als sein Zug die Grenze nach Russland überquerte. Es war Ende September, die innige Wärme des Sommers von einem kalten Regenschauer ausgelöscht. Sergej schloss die Augen. Der Donner am Himmel war wie das Geräusch einer riesigen Tür, die hinter ihm zufiel.

Im März, als auf die halb ausgeschachteten Berge von Magnitogorsk immer noch Schnee fiel, erhielt Sergej einen Brief von Florence. Völlig überraschend war das nicht. Er hatte ihr an die Adresse der Sowjetischen Handelsvertretung in New York zuerst geschrieben und seinen Gruß so abgeschickt, dass er kurz vor Neujahr eintraf. Sergej hatte gemerkt, dass Florence ihm doch fehlte oder zumindest ihr Clevelander Sommer, seine Hitze und Unbekümmertheit, Florences Leichtsinn und ihre Freimütigkeit. In Magnitogorsk lief es nicht gut; der Bau des Walzwerks wurde durch Verzögerungen und Bruchschäden erschwert, da die neue Betriebsleitung Sparmaßnahmen angeordnet hatte, um Moskaus unrealistische Normen zu erfüllen. Er hatte den Fehler begangen, das offen anzusprechen, und war mit den falschen Leuten aneinandergeraten. Davon erzählte er Florence in seinem Brief nichts.

Der Umschlag, den sie auf ihrem Schreibtisch bei Amtorg vorfand, war so dünn wie Zigarettenpapier, und als sie ihn öffnete, fiel eine Fotografie heraus. Es war Sergej – eine kleine Gestalt vor einem großen Backsteingebäude. Er trug ein weißes Unterhemd, in eine Arbeitshose mit hohem Bund gesteckt, und schirmte die Augen vor der starken Sonne Zentralrusslands ab. Er wünschte ihr ein glückliches neues Jahr und hoffte, sein Brief wäre noch vor 1934 da. Mit dem Bau des Stahlwerks gehe es zügig voran. Er wolle ihr für die Hilfe bei der Planung danken, für alles, was sie für ihn getan hatte als seine Fremdenführerin und als ein Muster an Freundlichkeit in einem fremden Land, ganz besonders aber dafür, dass er seinen Sommer in Amerika dank ihr niemals vergessen werde. Er habe gerade einen Roman »Eures großen amerikanischen Schrifstellers Jack London« ausgelesen. *An der weißen Grenze* hieß er, und Frona Welse, die Heldin des Buchs, habe ihn an Florence erinnert. Eine »tapfere, natürliche Frau«, so schilderte er entweder Frona oder Florence oder beide. Er verstehe jetzt, was für ein Glück er hatte, dass die Wendungen des

Schicksals sie im Leben zusammengeführt hatten, wenn auch nur für kurze Zeit. Es mache ihn sehr glücklich, an diese Wochen zu denken.

Beim Lesen seiner Zeilen wurde Florence von dem seltsamen Impuls erfasst, die Beine immer wieder anders übereinanderzuschlagen. Die intuitive Reaktion ihres Körpers auf die Worte auf dem Papier – allein schon auf die Rundungen von Sergejs kyrillischer Schrift – war wie ein Schleifenstromimpuls. Mit seiner Stimme im Kopf stieg die Erinnerung an jeden Kuss, jede Berührung dieses Sommers in ihr auf. War das freie Verströmen seiner Gefühle eine Folge ihrer Übersetzung?, überlegte sie. Waren die unverkennbaren romantischen Beiklänge auf Russisch normal? Sie überflog den Rest der Seiten. Mit einer heldenhaft klingenden Begeisterung, die ihr ein wenig untypisch vorkam, beschrieb Sergej die mächtigen Hochöfen und Fabriken, die aus der Steppe in die Höhe wuchsen. »Wie weit wir schon gekommen sind! Und wie viel Arbeit noch zu tun ist!« Das Bild, schrieb er, zeige nicht das volle Ausmaß dessen, was sie bisher geleistet hatten. Sie würde es sich eines Tages selbst ansehen müssen, mit eigenen Augen.

Mit einem Flattern im Bauch las Florence die letzte Zeile noch einmal. War das eine Einladung?

Im Laufe der nächsten Wochen bemühte sie sich, eine Antwort zu formulieren. Sie wurde dem großzügigen Geist von Sergejs Brief einfach nicht gerecht. Ihr Liebeskummer und ihre Verzweiflung kamen ihr jedes Mal in die Quere, wenn sie denselben ungezwungen romantischen Ton anschlagen wollte. Sie hätte ihm gern ihr ganzes bedrücktes Herz ausgeschüttet, wollte aber sein Bild von ihr als Jack Londons prachtvolle und tapfere Heldin nicht beschädigen. Es war Ende Januar, als sie auf ihrer Reiseschreibmaschine schließlich etwas zustande brachte.

23. Januar 1934

Lieber Sergej,

*Dein Brief traf hier ein wie ein vom Himmel gefallener
Diamant. Es hat mich gefreut, das frohlockende und
unbekümmerte Gesicht wiederzusehen, das mir aus
Cleveland noch so gut in Erinnerung ist. Das alles
kommt mir nun vor wie ein Traum. Wenn ich Schnee
sah, der auf abgefallenem Laub lag, oder den Regen
roch, habe ich mich manchmal gefragt, ob es ein Traum
war. Vielleicht liegt es nur daran, dass ich seit meiner
Rückkehr oft das Gefühl habe, der wahre und wichtige
Teil meines Lebens finde woanders statt.*
*Du hast vielleicht in der Zeitung gelesen, dass unser
Präsident die verhassten Prohibitionsgesetze aufgehoben hat. Unser Neujahr war also fröhlicher als das
vorige. Abgesehen davon hat sich wenig verändert –
ich will Dich nicht damit langweilen. Es heißt, mit
Roosevelt werde es besser. Das mag sein, mir geht es
aber nicht schnell genug. Du hast oft gesagt, ich müsste
das majestätische Magnitogorsk mit eigenen Augen
sehen. Ich glaube, das sollte ich.*

Das hatte sie nicht schreiben wollen, aber kaum hatte sie
die Worte zu Papier gebracht, wusste sie, dass sie wahr
waren.

*Ich fürchte, wenn ich bleibe, reihe ich mich bei den
Gleichgültigen ein oder, noch schlimmer, bei den wortreich Klagenden. Der Gedanke erschreckt mich mehr als
alles andere. Wie immer ich diese neue Sehnsucht in mir
nennen soll – die Welt aus erster Hand kennenzuler-
nen –, sie ist schließlich erwacht. Jetzt, da ich nach*

reiflicher Überlegung den Entschluss gefasst habe, mir die Sowjetunion mit eigenen Augen anzusehen, sollte es nicht zu schwierig sein, über die Amtorg-Verbindung an ein Visum zu kommen. Ich hoffe, im Frühjahr abreisen zu können.

Vielleicht sehen Du und ich uns ja doch wieder.

Deine Flora

8.

Ankunft

Florence war in ihrem Brief nicht ganz aufrichtig gewesen: Den Entschluss, ihre Arbeit aufzugeben und ihr Land zu verlassen, hatte sie nicht aus freien Stücken gefasst. Die Nachricht von ihrer Pflichtverletzung war Florence von Cleveland nach New York vorausgeeilt. Scoop hatte Verständnis, wollte ihr aber nicht helfen. »Sie haben ein gutes Herz, Florence, Sie haben getan, was Sie in dem Moment richtig fanden, anständig.« Die erste Regel der Diplomatie, rief er ihr ins Gedächtnis, lautete jedoch nicht, das Richtige zu sagen oder zu tun, sondern nicht das Falsche zu sagen und zu tun.

»Aber ich dachte, Sie wollten, dass ich den Russen helfe«, hatte sie erwidert, ihr Ton hilfloser als nötig.

»Sie sollten«, stellte er klar, »den Herren von McKee und den Jungs aus Magnitogorsk helfen, einen Kompromiss zu finden.«

Scoop hätte das Problem dadurch gelöst, schoss Florence durch den Kopf, dass er Männer wie Clement und Knut Anderson zu einem Schwatz bei Schweinebraten und selbstgebrautem Bier eingeladen hätte – die Art männlicher Staatskunst, die jemand wie sie, der unnachgiebig war, abwiegelnd, eine junge Frau von der Ostküste, nicht hinbekam. Brächte sie das Scoop gegenüber zur Sprache, würde sie nur noch jämmerlicher klingen. Schon jetzt schmerzte die Enttäuschung in der Stimme ihres Chefs sie mehr als jeder Tadel.

Amtorg schloss in absehbarer Zeit seine Tore. Roosevelt hatte die Sowjetunion trotz der Proteste im Kongress diplomatisch anerkannt. Wie Scoop es vorausgesagt hatte, wurde schon bald ein Konsulat in Washington eingerichtet, so dass der Handel nicht mehr über ein kompliziertes Netz von Amtorg-Angestellten und -Unterhändlern abgewickelt zu werden brauchte. Scoop hatte bei einer Gruppe von Exportmanagern angeheuert, in deren Auftrag er bei Roosevelts neuen Leuten als Lobbyist für niedrige Tarife und freien Handel werben sollte. »Der alte Schlittenhund zieht, scheint's, allein voran«, sagte er ihr. Davon, sie in der neuen Botschaft unterzubringen, war keine Rede mehr.

»Ich kann nach Neujahr mal ein paar alte Freunde anrufen«, sagte er ihr, als sie ihn am Telefon in Washington erreichte.

Florence erinnerte ihn nicht daran, dass er das bereits zweimal versprochen hatte.

»Ich überlege allmählich, ob ich in Russland vielleicht eher eine Arbeit fände«, sagte sie in der Erwartung, Scoop werde ihr widersprechen.

Er sagte jedoch: »Könnte sein. In Moskau wimmelt es von Amerikanern.«

»Das neue Paris«, sagte sie in einem Ton zwischen Wehmut und Bitterkeit.

»Besser als Paris, wenn Sie sie dazu bringen, Sie in Dollar zu bezahlen. Sie müssen hart verhandeln – sagen Sie, dass Sie nur gesetzliche Zahlungsmittel akzeptieren.« Und wieder war seine Stimme wie ein Segel gebläht von gutgemeinten Ratschlägen, die ihn nichts kosteten.

Auf der *Bremen* ließ Florence Essie gegenüber diese Details ihrer Misserfolge im Wesentlichen unerwähnt und sagte nur, sie fahre nach Magnitogorsk, um den Mann wiederzusehen, der ihr die Augen für die Möglichkeiten in Russland geöffnet habe.

»Weiß er, dass du kommst?«

»Ich habe ihm geschrieben, aber vor meiner Abfahrt nicht wieder von ihm gehört.«

»Mh. Die Post ist in dem Teil des Landes manchmal sehr unzuverlässig. Du solltest vorher telegraphieren.« Sie waren schon im Nachthemd. Essie hatte ihren ärmlichen Koffer in Florences Kabine in der zweiten Klasse gebracht. Florence tat Essies praktischen Vorschlag mit einer Handbewegung ab, aber dieser einfache Tipp weckte aus unerfindlichen Gründen mehr Furcht in ihr als die Vorstellung, einen Zug zu besteigen und damit tausendsechshundert Kilometer weit in den Ural zu fahren. »Magnitogorsk ist ein kleiner Weiher«, sagte sie zu Essie. »Er möchte bestimmt nicht, dass ich mit einem Telegramm Aufmerksamkeit auf ihn lenke. Wenn ich erst mal da bin, finde ich ihn schon.«

»Ja, so geht es natürlich auch«, erwiderte Essie mit beunruhigender Freundlichkeit.

In den Wochen der Überfahrt erzählte Essie Florence ihre Geschichte. Während Florence in die Midwood-Synagoge zur Sonntagsschule gegangen war, hatte Essie ihre Samstagvormittage beim Arbeterring in der Bronx verbracht und sich mit dem Leben der Patriarchen Marx und Trotzki beschäftigt. In der modrigen, nach Druckerschwärze riechenden Wohnung der Franks wurden nur der siebte November (der Jahrestag der Oktoberrevolution) und der erste Mai (der Internationale Tag der Arbeiter) gefeiert; dann begleiteten Essie und ihre kleine Schwester ihre

Eltern, wenn sie auf die Straße gingen und aus vollem Halse »Die Internationale« schmetterten, zusammen mit anderen Jungsozialisten, in deren Organisation Essie mit elf eingetreten war. Die Sommer verbrachten sie im Camp Kinderland in Massachusetts, dem »Ferienlager mit Gewissen«. Getreu dem sowjetischen Vorbild übernahmen die Lagerkinder den Part des halbautonomen Proletariats, ihre erwachsenen Betreuer hingegen die Führungsrolle der Partei.

Während des Schuljahrs ging es allerdings anders zu. »Ich dachte immer, es sei nicht schlimm, weißt du, dass ich arm bin, keine schicken Kleider habe und dass die anderen Kinder mir Kaugummi ins Haar kleben, weil ich den Treueeid nicht mitsprechen will«, sagte Essie. »Und dass sie mich als Bastard beschimpften, weil meine Eltern erst richtig geheiratet haben, als ich sechs war. Das hat mir nicht viel ausgemacht, denn ich wusste, dass meine Eltern mehr Mumm und mehr Prinzipien im kleinen Finger hatten als diese Pisser im ganzen Leib.«

Max Franks Arbeitgeber sahen das offenbar anders: Nachdem er in mehreren Fabriken »wegen seiner tadellosen Überzeugungen« gefeuert worden war und die Hoffnung verloren hatte, dass in den Vereinigten Staaten jemals eine Arbeiterregierung an die Macht kam, fasste er den Entschluss, ihre Ersparnisse zusammenzukratzen und mit seiner Familie nach Russland auszuwandern. Sie waren alle darauf eingestellt, den Schritt zu vollziehen, da erkrankte Essies Mutter an einer harmlosen Zahnentzündung, die rasch auf ihr Herz übergriff. Die Reise wurde verschoben, und das Geld ging für »doofe Ärzte« und später für die Einäscherung drauf. Das Vorhaben war aber nicht gestrichen, und Max gab vor, schon wieder für ihre Reise zu sparen.

Ein Jahr verging. Dann noch eines. Essie arbeitete in

einer Fabrik, die Hundehalsbänder herstellte, und lernte in der Abendschule Russisch. Eines Tages schlief sie an der Anlage ein und hätte sich unter einer Lederstanze fast den Daumen abgequetscht. Sie kam ganz hysterisch nach Hause, weil der Boss ihr wegen der Blockierung der Maschine den Lohn gekürzt hatte, und wollte wissen, wann die Familie nach Russland aufbrach.

»Und da sagt mein Vater zu mir: Essie, ich wollte warten, bis du bereit bist, das zu hören, aber ich sag's dir jetzt einfach – ich werde wieder heiraten. Ich: Wen denn? Und er: Melmy Skolnik aus dem dritten Stock. Das war schon ein Schlag, Florence. Sie ist nicht mal sieben Jahre älter als ich! Ein richtiges Hausmütterchen, mischt sich überall ein. Es fing damit an, dass sie uns ständig Essen brachte, als meine Mutter krank wurde, mit den Tränen kämpfte wie eine Betschwester.

Ich sag zu ihm: Und unser Traum, über den du und Mama immer gesprochen habt, was ist damit? Sagt er: *Nit mit scheltn un nit mit lachn ken men di welt ibermachn* – man kann die Welt nicht ändern, weder mit Fluchen noch mit Lachen, Essie. Und zuckt dabei so die Achseln. Warum bis ans Ende der Welt gehen? Lass uns hier das Beste draus machen, sagt er. Hat noch den Nerv, ›Du weißt doch. Lilly braucht eine Mutter‹ zu sagen, wo ich diejenige bin, die sich die ganze Zeit um sie gekümmert hat!

Ich also zu ihm, zum Teufel mit dir. Ich fahre. Ich hatte bereits das Visum, brauchte bloß noch mein Ticket. Bevor ich ging, sagte ich noch, ich wusste schon immer, dass meine Mutter die Prinzipien und den Mumm hatte und nicht er. Er ist nur mitgetrottet, genauso wie er sich jetzt an diese *tsatske* hängt. Einen dümmeren Schwächling hat die Welt noch nicht gesehen. Oh, ich hab ihm viele schreckliche Sachen an den Kopf geworfen, Florence. Ich sagte, er solle sich nicht die Mühe machen und mich bringen, und er ließ den Kopf hängen wie ein kleines Kind und sagte, er würde meine Wünsche respektieren. Aber ich wollte gar nicht, dass er sie respektiert, ich wollte, dass er kämpft, Florence, dass er *um mich* kämpft.«

Florence saß da und nickte aufmerksam. Essies Tränen und ihr Elend hatten den angenehmen Effekt, Florence milde und heiter zu stimmen. »Er weiß bestimmt, dass du ihn liebst, und Lilly auch.« Sie schloss ihre Freundin in die Arme und atmete einen Hauch des säuerlichen Körpergeruchs ein, der von Essies Kummer zeugte. Und dann hatte sie plötzlich wieder dasselbe Gefühl wie tags zuvor – dass es falsch gewesen war, ihre Familie zu verlassen, die um sie gekämpft *hatte*, und dass sie bei vielen anderen Entscheidungen genauso falschgelegen hatte –, es meldete sich mit einer Wucht zurück, dass ihr übel wurde und sie sich auf dem Bett ausstrecken musste, um Linderung zu finden.

»Bist du krank?« Essie guckte besorgt.

»Wird nur der Ozean sein.« Florence setzte sich auf und schaute auf das Bullauge. Ein schaumiger Vorhang aus grün-schwarzer Gischt schlug an das Glas. Sie registrierte den Geschmack des Boeuf Stroganoff vom Abend in ihrer Kehle und spürte, wie es ihren Oberkörper nach vorn riss. »Warte!«, rief Essie hilflos. »Ich hol die Schale!«

Zur Vorbeugung gegen Seekrankheit hatte Essie saure Drops und Salzgebäck eingepackt und fütterte Florence damit, während riesige Wellen an die Seite des Schiffs schlugen. Als der Sturm nachließ, brachte sie Florence unter einem Schirm an Deck, damit sie frische Luft schnappen konnte. Lila Wolken türmten sich in Schichten am Himmel. Florence klammerte sich an den Arm ihrer Freundin und gab sich Mühe, nicht auf das aufgewühlte schwarze Wasser hinabzusehen. Sie war froh, Essie bei sich zu haben.

So linkisch sie anfangs auch gewirkt haben mochte, erwies sich Essie in allen das Reisen betreffenden praktischen Dingen als ungewöhnlich klug. Sie verbot Florence, den ganzen Tag in der Kabine zu bleiben, und trug ihr auf, so oft wie möglich zum Horizont zu blicken. Als das Meer sich beruhigt hatte, gab sie ihr Ratschläge für alles andere. Ihre Dollar an der Grenze nicht in Rubel zu wechseln: »Die geben dir den Standardkurs von zwei Rubel für einen Dollar. Nimm den nicht. Wenn du erst mal im Land bist, kannst du dein Geld für fünfundzwanzig Rubel pro Dollar tauschen.« Sie schärfte ihr ein, sich von den russischen Zollbeamten ja nicht die Schreibmaschine wegnehmen zu lassen. »Sag, dass du eine offizielle Genehmigung dafür hast. Schlag Krach und sag, dass du bei der Botschaft anrufst.« Ein bisschen Schmiergeld half immer. »Hast du irgendwelche Jazzplatten oder hübsche Dosen Gesichtspuder dabei?«

Florence biss sich auf die Lippen. Sie hatte Rouge und Parfum eingepackt, die sie aber selber benutzen wollte, wenn sie Sergej wiedersah.

»Die Zöllner werden dich belehren«, fuhr Essie fort, »dass das dekadent ist und der moralischen Verderbnis Vorschub leistet. Streite dich nicht herum. Lass sie irgendwas nehmen, was sie ihren Frauen oder Müttern zu Hause mitbringen können.«

Nachdem die meisten Passagiere in Danzig von Bord gingen, wurde es auf dem Schiff ruhiger. An der lettischen Küste hatte das Meer dann eine angenehmere baltische Färbung. 1934 stand es den baltischen Staaten noch bevor, unter dem Gentleman's Agreement des Molotow-Ribbentrop-Pakts in die Sowjetunion eingegliedert zu werden. Auf den großen kaputten Kopfsteinen, mit denen die schmalen Straßen in Libau gepflastert waren, konnte

Florence weder sowjetische noch deutsche Stiefel sehen. Keine roten Fahnen verunstalteten Rigas ockerfarbe Steildächer. Florence und Essie nahmen sich in einer altmodischen Pension ein Zimmer und wachten vom Läuten heller Kirchenglocken auf. In Riga kauften sie sich Fahrkarten für den Baltischen Bahnhof in Moskau. Leuchtend rot und mit poliertem Messing verziert, fuhr ihr Zug ein – eine der prächtigen alten Lokomotiven, wie sie in Amerika nicht mehr verkehrten. Statt mit Kohle wurde sie mit Holz befeuert und musste zum Nachladen häufig im dichten Wald Station machen. An den Gleisen schichteten Männer in Holzfällerstiefeln und mit Wollmützen Pyramiden aus Holz auf, die sie an die Eisenbahn verkauften. Als sie sich der russischen Grenze näherten, waren die Holzverkäufer, bemerkte Florence, alle verschwunden.

Dunkle Kiefernwälder flogen vorüber, rückten heran, wichen zurück. »Schau mal, Florence! Soldaten der Roten Armee«, rief Essie aufgeregt, als der Zug in einen hölzernen Bahnhof einfuhr, auf dessen Dach ein gemalter Schriftzug die Arbeiter aller Länder aufrief, sich zu vereinigen. Kontrolleure, die olivgrüne Uniformen trugen wie Soldaten, stiegen ein und begannen mit ihren Durchsuchungen. Sie konfiszierten Essies *Life-* und *Silver Screen*-Magazine, die sie im Koffer strategisch obenauf gepackt hatte. (Es sah sogar so aus, dachte Florence gleich, als jubele Essie innerlich über das Privileg, ihre »antisowjetische« Literatur loszuwerden.) Als die Kontrolle vorbei war, versicherte sie ihr, dass es für sie ebenfalls glimpflich ausgegangen war, weil sie nur ihre letzte Schachtel Camel und eine Flasche Shalimar eingebüßt hatte. Gleichwohl erweckte das Überqueren der sowjetischen Grenze in Florence nicht als Erstes ein Gefühl des Staunens, sondern des Missfallens. Sie sagte sich, es sei töricht, sich zu ärgern, wenn der Großteil ihres amerikanischen Gelds nach wie vor sicher in ihren Büstenhaltern steckte. Genauso töricht war es zu meinen, dass solche Durchsuchungen nicht an jedem Grenzposten der Welt stattfanden. Jeder andere Schluss hätte zwangsläufig dazu geführt, ihre Hoffnungen in Bezug auf das neue Land, das sie nun betrat, deutlich herunterzuschrauben.

Schon bald war sie mit den Augen wieder bei den majestätischen Kiefern und den silbrigen Birken, den kleinen Häusern mit den geschnitzten Fenstern, die sie an die Märchenbücher ihrer Großmutter erinnerten. Doch nicht lange, und die mythische Landschaft brach abrupt ab, und die hämmernde, stampfende, kreischende Großstadt kam zum Vorschein.

In null Komma nichts füllte sich der Gang des schaukelnden Zugs mit Menschen, und durch einen engen Korridor im Gedränge wurden Essie und Florence samt ihren Koffern in das Gewimmel des Baltischen Bahnhofs in Moskau gespült. Auf dem riesigen Bahnhofsvorplatz spiegelten sich Pferdekarren in den verchromten Stoßstangen nigelnagelneuer sowjetischer Fords. Bärtige Kutscher aus der Ära Tolstois mischten sich am Bordstein mit pomadierten Taxlern. Essie übernahm das Feilschen in einem ungelenken Russisch, das die Fahrer eher mit dem Baltikum als mit der Bronx verbanden. Schon bald fuhren die jungen Frauen ab, rollten mit tödlicher Geschwindigkeit über den Prospekt Mira, wo ihr Taxi beinahe mit rumpelnden Straßenbahnen zusammengestoßen wäre, so voll besetzt, dass sich die Passagiere gegen Türen und Fenster quetschen mussten.

Es war Juni in Moskau, eine spätnachmittägliche Stunde, der dichte Staub geborstener Pflastersteine und der Flausch der Pappelsamen lagen in der Luft. Auf den Bürgersteigen drängten sich zehn bis fünfzehn Reihen tief die Menschenschlangen vor Geschäften.

»Oh, Florence, hättest du es dir je so enorm vorgestellt?«, sagte Essie. Und wirklich, die Proportionen waren schier mesopotamisch. Moskau kam Florence vor wie ein undurchdringliches Geflecht aus sich windenden Straßen, Holzhütten und Pferdedroschken. Doch in dem Chaos des ersten Moskau wuchs bereits ein zweites. Straßen, ursprünglich für Eselskarren gebaut, waren aufgerissen und durch Boulevards ersetzt worden, breiter als zwei oder drei Park Avenues zusammen. Auf den Gehwegen wurden die Fußgänger auf Planken um riesige Baugruben herumgeführt. Kräne ragten aus ausgehobenen Schächten auf, in denen ein weitverzweigtes U-Bahn-Netz durch die Stadt gezogen wurde. Der Geruch nach Sägemehl und Metallspänen lag in der Luft.

Essie wurde zuerst abgesetzt, in der Baumanskaja, einem Viertel, das ihr Fahrer den Deutschen Bezirk nannte. »Du wirst mir so fehlen, Essie!«, sagte Florence und umarmte ihre Freundin fest. Sie befürchtete, dass sie zu schluchzen anfing, wenn sie Essie losließ, und nicht mehr aufhören konnte. Sie kannte sonst keinen Menschen in der Stadt und wurde sich dieser Tatsache plötzlich in all ihrem überwältigenden Schrecken bewusst. Essie gelang es nicht besser, die Tränen zurückzuhalten. »Am liebsten wäre mir, du bliebest hier, Florie. Als meine Schwester. Du könntest Arbeit am Institut finden. Na ja, ich sehe, du hast dich bereits entschieden.« Sie setzte ihre von Tränen benetzte Brille ab und gab Florence einen Zettel mit ihrer Adresse. »Such mich, wenn du aus Magnitogorsk wiederkommst.« Und dann stand sie noch lange auf der Straße, als das schwarze Taxi mit ihrer Freundin wieder in den Strom des Spätnachmittagsverkehrs eintauchte.

Das Hotel Nowomoskowskaja lag mitten in der Altstadt, und Florence fand den Concierge in jeder Hinsicht flink und liebenswürdig, bis sie hörte, sie solle für vier Nächte im Voraus bezahlen.

»Aber ich bleibe nur für eine oder zwei.«

»Vier Nächte, das Minimum beim Melderegister für einen Aufenthalt in Moskau. Eine Regel bei Intourist.«

Der Rezeptionist nahm verbindlich zunächst ihr Geld entgegen, bevor er seine amtliche Rolle als Notar annahm und vier identische Stempel in ihren Pass drückte, genau wie Florence es bei Sergejs Dokumenten gesehen hatte. In ihrem Zimmer waren die Vorhänge aufgezogen, und sie empfing den Lohn: eine Aussicht, so unverschämt herrlich, dass sie unwillkürlich an eine Postkarte denken musste.

Die Sonne ging gerade über dem Roten Platz unter und verwandelte das Kopfsteinpflaster in strahlendes Wellengekräusel. Die Kuppeln der Basiliuskathedrale leuchteten wie die bunten Stangen vor amerikanischen Friseursalons, wie verschiedenfarbige Puddings, geradezu burlesk im Vergleich zu den Granitmauern des Mausoleums. Die Kontraste dieses Panoramas schienen eine versteckte Botschaft zu enthalten. Eine Aussage über das innere Chaos des Menschen und seine traurige Würde. Seine Würde und seine Kraft. Seine Kraft und seinen Daseinszweck. Da gab es bestimmt einen Zusammenhang, aber Florence fand es zu ermüdend, ihn jetzt zu entschlüsseln. Ihre Geisteskräfte gingen allmählich zur Neige. Sie war mittlerweile seit einem Monat unterwegs, auf Schiffen und mit Zügen, Autos und Droschken. War sie wirklich zur Ruhe gekommen, überlegte sie jetzt, oder würden sich ihre Füße gleich von selbst wieder in Bewegung setzen? Eine über zwei Mandarinen kreisende Fliege riss Florence aus ihrem Tagtraum. Sie nahm eine Frucht vom Teller, hielt sie in der Hand und fühlte das Gewicht und die Beschaffenheit der wächsernen Schale. Sie war wohl tatsächlich angekommen, hier hatte sie den Beweis. Sie hielt sich die Frucht an die Nase und atmete den Geruch ein. Von da an verband sie ihre Ankunft in Russland stets mit dem Geruch von Mandarinen, auch wenn es nirgendwo welche gab.

Buch II

9.

Der große Kommunikator

Mein Blackberry zeigt mir 7:04. Durch die eiförmigen Scheiben des Flugzeugs verfließt der Halbmond wie ein Wasserzeichen. Die Stewardess von Finnair schließt mit einem Lächeln, knapp vor kokett, die Gepäckklappe über mir. Wenn ich daran denke, dass ich sie mal kalt fand, diese nordischen Himmelsschätzchen. Was wusste ich denn? Nichts, bevor ich Businessclass flog. Wenig später kommt die Nächste und fragt mich, ob sie mir etwas zu trinken bringen kann. Ein kleiner Scotch wäre schön, sage ich ihr. Sie beugt sich lächelnd herüber, vermittelt den Eindruck, wir zwei seien Mitwisser eines pikanten Geheimnisses, das man der Meute in den hinteren Reihen, die mit dem Cent rechnet, nicht erklären kann.

Erstreckte sich dieser Zauber doch nur ebenso auf meine Mitreisenden. Aber ich muss das genaue Gegenteil konstatieren. Mein Sitznachbar ist erträglich – ein stummer Finne. Eine Nation, die Geplauder Gott sei Dank für überflüssig hält. Zwei Reihen vor mir sieht die Sache schon anders aus: Ein blaublütiger Russe mit Entenschwanzfrisur nutzt die letzten Minuten vor dem Start dazu, an seinem Motorola einen unglückseligen Unterling anzuschnauzen. Bis dato hat er den am anderen Ende der Leitung als *urod*, als Missgeburt und als Mutanten bezeichnet. Schon jetzt wird es mir eng in der Brust von seiner Stimme, und ich wappne mich innerlich gegen die Woche, die vor mir liegt.

Ich lasse die Augen zufallen. Heute beschleicht mich das mulmige Gefühl, das Flattern in meinem Magen rührt nicht nur daher, dass mein Körper das Kappen seiner Bindung an die Schwerkraft vorwegnimmt. In dem Gepäckfach über mir befinden sich die fünf Kilo Prüfungsvorbereitung, die ich dem Auftrag meiner Frau gemäß unserem Sohn aushändigen werde. Daneben liegt eine Aktenmappe, die fast nichts wiegt, darin meine Geburtsurkunde, der alte Pass meiner Mutter und ihr Sparbuch aus Sowjetzeiten. Der Gedanke, diese kargen Beweise für die Zeit meiner Mutter auf Erden im Archiv des FSB vorzulegen – eine Straßenecke von dem Gefängnis entfernt, vor dem ich stundenlang mit Mama anstand, um meinem Vater Päckchen mit Essen zu bringen (die nie geöffnet, sondern immer zurückgegeben wurden) –, weckt in mir keine Begeisterung. Es reicht mir schon, nach Russland zu reisen, ohne zusätzlich in die noch warmen Eingeweide der Sowjetunion hinabsteigen zu müssen. Zwischendurch die Konferenzen mit L-Petroleum und mein Sohn, dem ich den verdrehten Kopf geraderücken soll – ich habe diese eine Woche wahrlich genug zu tun. Endlich heben wir ab, und gleich darauf kommt Miss Finnland mit meinem speziellen Dewar's – ein doppelter Scotch und ein Spritzer Zitrone –, den sie sacht auf der breiten Armlehne abstellt. Er schmeckt ausgezeichnet, nach Gartenterrassen und Zypressen.

Mein später Karriereschwenk hin zu Big Oil begann vor fünf Jahren, im März 2003. Ich war von meinem Büro in Annapolis nach D.C. gefahren, um mit meinem Freund Tom zu Mittag zu essen. Tom Boston, Leiter der Abteilung Seefracht bei Continental Oil, aus Ohio stammend, große Pranken, massiger Leib, hatte ein fleischiges Gesicht mit genau der Sorte großer, staunender Augen, derentwegen das selbstgefällige Europa und das höhnische Russland den amerikanischen Menschenschlag regelmäßig verkennen. Continental war zu der Zeit noch mein Kunde. Der offizielle Zweck meines Mittagessens mit Tom bestand darin, ihn über den aktuellen Stand diverser technischer und gestalterischer Projekte zu unterrichten, die mein Ingenieurbüro für seine Abteilung durchführte. Nach der Besprechung, die gewöhnlich genau die siebzehn Minuten dauerte, die vergingen, bis die Kellnerin uns Steaks oder Lachs servierte, schalteten wir auf Entspannung und sprachen über das, was uns wirklich interessierte: die Flugstunden, die Tom mit seiner Cessna absolviert hatte, oder meine Taekwondo-Turniere – ich strebte jetzt, mit neunundfünfzig, den schwarzen Gürtel an. »Der Trick besteht darin, so zu tun, als bekäme jemand anders die Tritte und Schläge ab«, sagte ich ihm, wobei mir plötzlich einfiel, dass ich das schon vor langer Zeit im Kinderheim gelernt hatte.

»Das ist der Vorteil, wenn man aus einer Familie wie den Bostons kommt«, prahlte Tom. »Heute verprügeln sie dich, morgen haben sie deine vier Geschwister und sechs Cousins am Hals.«

Toms Kindheit war in jeder erdenklichen Beziehung anders verlaufen als meine, ausgenommen die wesentliche Tatsache, dass wir beide in Armut aufgewachsen waren, ohne recht zu wissen, wie arm wir waren. Auch hatten wir nach einer ohne Meer verbrachten Kindheit unser Leben großen Schiffen gewidmet. Was diesen fülligen, liebenswerten Mittwesterner und mich, den gedrungenen, nonkonformistischen Juden, verband, war meiner Meinung nach unter anderem, dass unser beider Leben ein einziger Beweis für die Überwindung unserer Kindheit war. An diesem Tag hatte Tom ein Restaurant im Park Hyatt Hotel ausgewählt, ein imposanterer Rahmen für unser Mittagessen als die Burger-and-Steak-Houses, die er bevorzugte. Er kam ohne Umschweife zur Sache. »Ich habe interessante Neuigkeiten«, sagte er, kaum dass wir uns niedergelassen hatten.

»Ach?«

»Continental hat ein Abkommen mit L-Petroleum getroffen und übernimmt einen sechsprozentigen Anteil an der Firma von der russischen Regierung.«

»Und das ist eine *gute* Nachricht?«

»Was denkst du denn! Wir haben dadurch gerade Zugang zu Milliarden Barrels an Ölreserven erhalten. Unser Aktienkurs wird eine hübsche kleine Spitze kriegen.«

»Okay, ich ruf gleich meinen Broker an.«

»Mach keine Witze. Im Moment ist es noch sehr *sub rosa*. Unter Verschluss.«

»Und wie viel habt ihr für so ein Privileg hingeblättert?«

»Keine zwei Milliarden.«

Ich griff nach der Speisekarte.

»Frag mich doch lieber mal«, sagte Tom, »was wir verdienen werden.«

»Tut mir leid, mein Freund, aber ich sage dir, da wirst du Geld verlieren. Seit – wann ungefähr – fünf, sechs Jahren rennen sämtliche Ölfirmen den Russen die Türen ein. Und nenn mir ein Unternehmen, das dabei Gewinn gemacht hat. Die ändern laufend ihre Steuergesetze. Sie brechen Verträge. Bedienen ihre Kredite nicht. Dort kriegst du eher einen Betrunkenen, der auf der Straße liegt, zum Laufen als ein Geschäft.« Dasselbe predigte ich meinem Sohn seit vier Jahren, aber Lenny pochte darauf, »langfristig zu planen«.

»Wie wär's, wenn du dir mal über das Geld von Continental keine Sorgen machst«, sagte Tom. »Wir gehen schon nicht pleite. Bist du nicht neugierig, wo wir bohren? Einen Tipp geb ich dir – es ist kalt da.«

»Das ist sehr gut, Tom. *Sehr* gut.«

»Und was gibt's da zu lächeln?«

»Pinguine.«

»Was für Pinguine?«

»Die Pinguine, von denen der Kreml behaupten wird, ihr hättet sie vergiftet, wenn sie euch rausschmeißen.«

»Wo wir bohren, gibt es keine Pinguine.«

»Putin wird sie persönlich einfliegen.«

Tom lehnte sich auf seinem Stuhl zurück und verschränkte die fleischigen Hände hinter dem Kopf.

»In fünf Jahren«, fuhr ich fort, »behaupten sie, ihr hättet in einem ökologisch sensiblen Gebiet gebohrt, und verkünden, ihr hättet ihren gesamten Fisch vergiftet oder ihre Eisbären, und fordern, dass ihr ihnen entweder die Hälfte eurer Gewinne abtretet oder euch zum Teufel schert. Sie warnen euch natürlich vor – es ist schließlich ein christliches Land.«

»Wenn du so viel darüber weißt, solltest du für uns arbeiten.«

»Mich kannst du dir nicht leisten«, wandte ich ein.

Die Hände immer noch hinter dem Kopf verschränkt, sagte Tom: »Nenn mir eine Zahl. Wie viel zahlen Sie dir bei Herbert Engineering?«

Führten wir Verhandlungen? Toms Frage reichte aus, mir die Farbe ins Gesicht zu treiben. Es war wie ein unverblümt unsittlicher Antrag nach so langer Zeit des Werbens, dass sich alle erotischen Möglichkeiten schon vor Jahren verflüchtigt hatten.

»Ich arbeite gern bei Herbert. Wir dürfen unsere Hunde ins Büro mitbringen.«

»Du hast keinen Hund.«

»Mittags spielen die Leute auf der Wiese Frisbee.«

»Frisbee spielen kannst du auf deiner eigenen Wiese.«

Tom sah mich immer noch unverwandt an.

»Was soll ich denn bei Continental Oil?«, sagte ich. »Ich bin alt.«

»Reagan war neunundsechzig, als er zum Präsidenten gewählt wurde.« Daran brauchte er mich nicht zu erinnern. Zu dem Sammelsurium von Leidenschaften, das Tom und mich verband, gehörte die unvergängliche Liebe zu Ronald Reagan. Da nun Little Bush das Amt bekleidete, gab es nicht viele, vor denen ich zugeben konnte, dass eine meiner ersten Taten als frischgebackener Amerikaner (dem die Staatsbürgerschaft *de jure* bei der Einreise gewährt wurde) gewesen war, Ronnie zu wählen.

»Was genau tust du bei Herbert jetzt?«, fuhr Tom fort. Er hatte sich vorbereitet. »Schiffe der Küstenwache nachrüsten, die dreißig Jahre nach ihrer besten Zeit immer noch nicht ausgemustert sind? Lebensverlängernde Maßnahmen an Eisbrechern durchführen, die 65 in Betrieb genommen wurden? Das willst du tun, wenn du in Pension gehst?«

Bei der Erwähnung meiner Pensionierung brach bei mir unfehlbar der Schweiß aus. Mit neunundfünfzig war mein Ehrgeiz noch nicht gestillt. Im Gegenteil, mit neunundfünfzig stellte ich fest, dass die Enttäuschungen der Vergangenheit meinen Ehrgeiz anstachelten und ich den Drang hatte, die in der ersten Halbzeit versäumten Chancen in der zweiten wettzumachen.

Tom erklärte die günstige Gelegenheit: L-Pet war daran interessiert, sein Potenzial in der Arktis anzuzapfen. Sie wollten als Joint Venture mit Continental ein Offshore-Terminal in der zeitweise eisfreien Barentssee bauen, von dem aus man das Rohöl in den warmen Hafen von Murmansk transportieren konnte.

»Die Arktis ist acht Monate im Jahr gefroren, Tom. Du hast doch immer behauptet, Transporte durch die Arktis wären nicht kostendeckend.«

»Noch nicht – aber bald.«

»Ich dachte, ihr Ölproduzenten glaubt nicht an die Erderwärmung.«

»Unsinn. Wir sind bloß der Ansicht, dass der ›Klimawandel‹ ein natürliches und kein menschengemachtes Phänomen ist. Das Gebiet offener Gewässer in der Arktis vergrößert sich rapide, und die Barentssee taut allmählich auf. L-Pet hat das Öl, und wir haben die Technik.«

»Was denn für Technik?«, sagte ich. Murmansk mochte ja ein warmer Hafen sein, aber er war einen halben Meter dick von Eis umschlossen. Dahin musste man sein Rohöl erst mal bringen, und für konventionelle Eisbrecher waren die Durchfahrtswege zu schmal.

»Das ist der schöne Teil. Wir wollen eigene Shuttle-Tanker bauen. Drei Shuttle-Schiffe, die das Öl transportieren *und* das Eis brechen. Ein vollkommen neues Konzept.«

Ich konnte es nicht glauben. Vor einem Jahr war das meine Idee gewesen. Jetzt verkaufte Tom sie mir zurück. Als ich ihn darauf hinwies, sagte er: »Du könntest sie verwirklichen. Du pfriemelst doch den ganzen Tag an den Schiffen anderer Leute herum. Lass das Frankenstein-Gemurkse sausen – wird Zeit, dass du deine eigenen entwirfst.«

»Aber das kann ich von Herbert aus tun. Du kriegst es sogar *billiger*, wenn ich es von Herbert aus tue.«

»Ja, aber bei Herbert arbeitest du unter Umständen auch für Exxon und Chevron und wer weiß für wen noch. Vielleicht wollen wir dich aus dem Verkehr ziehen.«

Appellen an meinen Geldbeutel konnte ich Widerstand entgegensetzen, Appellen an meine Eitelkeit jedoch war ich wehrlos ausgeliefert. Narr, der ich bin, leide ich seit jeher an der Schwäche des Intellektuellen für Lob.

Tom feuerte an jenem Nachmittag die geballte Ladung seines Charmes und seiner reaganesken Überzeugungskraft ab. So schwer hätte er sich gar nicht ins Zeug zu legen brauchen. Mein Sarkasmus kaschierte nur die unabänderliche Tatsache, dass ich in sieben Monaten sechzig wurde und nicht mehr viele Angebote wie dieses erwarten durfte.

Tom sagte, ich sollte nicht sofort antworten, sondern eine Nacht darüber schlafen. Doch als ich mein Auto auf der Einfahrt parkte, kam bei mir zu Hause bereits ein förmliches Angebot aus dem Faxgerät. Und wie sollte ich nach einem Blick auf diese Zahl noch schlafen können?

Hätte ich Toms wahre Motive dafür gekannt, mich abzuwerben, hätte ich vielleicht den Mumm gehabt, das Doppelte zu verlangen. Er war nicht auf ein Schiffbaugenie aus, sondern auf eine Person mit meinen eher zufälligen Qualifikationen. An dem Abend jedoch, das Fax in meiner Hand noch warm, dachte ich, durch die lukrative Zusammenarbeit, die Tom mir vorschlug, böte sich mir eine hervorragende Gelegenheit, etwas von dem, was ich als Vater versäumt hatte, in dieser Spätphase doch noch zurechtzurücken. Vielleicht, dachte ich mir, bekam ich meinen Sohn nur aus Russland weg, wenn ich mich selbst wieder hinbegab.

10.

Unabhängigkeitstag

Bis zu seinem vierunddreißigsten Geburtstag glaubte Lenny Brink, ein Mann, der bis zu seinem fünfunddreißigsten keine Million auf der Bank habe, sei ein Versager. Doch er musste sich korrigieren. Bei seinem Eintreffen in Moskau neun Jahre zuvor hatte die Altersangabe in dieser Gleichung dreißig gelautet. Das Problem, wie er es sah, war, dass Globalisierung wie auch Entropie schleichend zunahmen und unaufhaltsam durch alle nationalen und sozialen Membranen einsickerten, bis mit der Zeit alles allem anderen ähnelte. In Kuskowo – Moskaus Miniatur-Versailles –, der Parkanlage, in der sich heute die Ausgewanderten und ihr Gefolge zur Feier der amerikanischen Unabhängigkeit versammelt hatten, konne man das sehr gut beobachten. Hatte sich der russische Adel einst mit dem Bau der Sommerresidenz der Grafen von Scheremetjew in seinem Selbstverständnis als Europäer geschmeichelt, so schmückten heute die unverkennbar amerikanischen Banner von Kodak und Avon die weißen Marmorleiber der Statuen, die auf beiden Seiten der adeligen Gärten standen. Über dem Ufer des Koi-Teichs schwebte zen-artig ein aufblasbarer Ronald McDonald. Luftballons in den Primärfarben rot, weiß und blau hatten sich in den Ästen der alten russischen Kiefern verheddert. In der Ferne hielt das Prunkstück der Anlage, das Palais mit den rosa getünchten Mauern, Abstand zu den Feierlichkeiten, peinlich berührt wie eine beherzte, unaufdringliche Anstandsdame. Auf diesem geometrischen Gelände aus dem imperialen Erbe der Stadt hatten Firmensponsoren der Amerikanischen Handelskammer ihre Speisezelte und Getränkestände für die alljährliche Feier zum vierten Juli aufgebaut.

In Böen wehte würziges Schaschlikaroma zu dem im Schatten der Kiefern liegenden Teil herüber, wo Lenny auf einer Picknickbank saß, die breiten Schultern hochgezogen, und seinen zweiten Hotdog verdrückte. Der Himmel färbte sich champagnergelb, und die von Grillgerüchen durchsetzte Luft trug japanische, deutsche, niederländische und texanische Sprachfetzen heran. »Wenn Dummheit Dreck wäre, reichte es bei ihm für einen Morgen. Das solltest du für die Damen ins metrische System umrechnen, Dmitri«, sagte ein Ölmensch von Gulliver-Format keinen halben Meter von Lenny entfernt zu seinen russischen Begleitern. Die Unbekümmertheit, mit der diese amerikanischen Belugas sich ihrer Privilegien als weiße Götter erfreuten, ärgerte Lenny umso mehr, als ihm das Zeug dazu fehlte, sie seinerseits zu genießen. Die Derbheit und Vulgarität der Texaner fand er dennoch angenehmer als andere Gespräche, deren Ohrenzeuge er war, geführt in einem nervtötenden umgangssprachlichen Englisch, das die Herkunft der Sprecher (Moskau? Bern? Cleveland?) verbarg und nichts mehr mit dem steifen Esperanto der europäischen Businessklasse gemein hatte, sondern ein Allzweckjargon war, der bei DVD-Marathons vor *Lost* und *The Wire* osmotisch aufgesaugt werden konnte. Seine Massierung bei diesem Picknick fügte eine mit leichtem Kopfweh einhergehende Panik zu der Bangnis hinzu, die seit dem Morgen in ihm rumorte. In den neun Jahren, die er bereits zur Unabhängigkeitsparty der Handelskammer kam, waren die gebürtigen Russen noch nie so schwer von den hier lebenden Auswärtigen zu unterscheiden gewesen wie heute. Lenny entdeckte zwar immer noch ein paar Anzüge aus Hongkong und mehr als genug Taufkreuze, aber die ehemals verlässliche Kohorte aus gebleichtem Denim und Adidas-Mafiakluft war so stark geschrumpft, dass sie als Basis für den Erhalt seines Überlegenheitsgefühls wegfiel. Statt ihrer wimmelte es nun von Oxfordhemden mit Button-down-Kragen, popperartigem Pastellstrick und Bootsschuhen, der Sommeruniform der globalen Elite. Für einen kurzen Moment befürchtete Lenny, sein zerknitterter Leinenblazer könne andere dazu veranlassen, ihn für einen Russen zu halten.

Mit ihm am Picknicktisch saßen zwei Juniorpartner aus seiner Private-Equity-Firma: ein verfrüht erkahlender Neuseeländer und ein junger Mensch aus Virginia, der über seine ukrainische Exfrau klagte und von dem Neuseeländer einen speichelsprühenden Vortrag über die Tatsachen des Lebens gehalten bekam. Der aus Virginia schlief gelegentlich noch mit seiner Ex, die für ihre Raumausstattungsfirma sein Kapital anzapfte. »Es ist wie bei Pawlow, mein Freund, du hast sie darauf *konditioniert*, deine Kohle zu wollen.« Der aus Virginia nickte weise, beinahe so, als wäre es ein Ehrenabzeichen, von slawischen Frauen gepeinigt und gerupft zu werden. Keiner der beiden Narren ahnte, schoss es Lenny durch den Kopf, dass die Abacus Group sie rauswarf, sobald die unmittelbar bevorstehende Übernahme durch Westhouse Capital Partners unter Dach und Fach war. Ihm selbst, versicherte er sich, konnte nichts passieren, da er schon länger Mitgesellschafter und auf dem Weg war, Teilhaber zu werden. Er hörte seinen Kollegen lange genug zu, um sich zu schwören, dass er bei seinem eigenen slawischen Quälgeist Katja künftig eine härtere

Gangart fahren würde, knüllte die Serviette entschlossen in einen bereits überquellenden Abfallkübel und setzte seine Wanderung über das Gelände fort. Seit ihrer Trennung vor drei Wochen hatte er sich nobel mit der Couch begnügt, während Katja weiter das Schlafzimmer beanspruchte. Fast ein Monat war schon rum, ohne dass sie etwas Eigenes gefunden hatte oder auch nur zu suchen schien. Am Morgen hatte er das Thema beim Frühstück aufgetischt, nur um von einer am Herd schluchzenden Katja daran erinnert zu werden, dass er sie in diese Stadt geschleppt habe, fort von ihrer geliebten *mamotschka* und ihrer kleinen Schwester in St. Petersburg. Sollte sie etwa ihren Job aufgeben, ihr ganzes Leben, nachdem sie für ihn jetzt überflüssig geworden war? Vielleicht war es der Anblick ihrer Tränen und des Schleims, der unhygienisch in das Kielbasa-Omelett tropfte, das sie ihm briet, weswegen Lenny spontan versprochen hatte, ihr einen Zuschuss zu ihrer neuen Miete zu zahlen, zumindest für ein paar Monate. Das Versprechen beendete nicht nur ihr Schniefen, sondern hatte den zusätzlichen Vorteil, durch den fetten kleinen Bonus abgedeckt zu sein, mit dem er nach der Übernahme durch WCP rechnete, ein Bonus, der ihm trotz seiner Verpflichtung Katja gegenüber half, die aufgezehrten Ersparnisse wieder aufzufüllen. Seine einzige echte Sorge an diesem strahlenden Nachmittag war, abgesehen von dem fragwürdigen, schwer verdaulichen Fleisch in dem Hotdog, dass sein Freund Austin ihm schon vor drei Tagen streng vertraulich von dem bevorstehenden Geschäft erzählt hatte, bis dato aber noch niemand sonst ein Wort darüber verloren hatte. Sicher, für eine förmliche Ankündigung war es noch zu früh, aber Austin hatte ihm quasi zugesichert, er als Beinahe-Teilhaber werde bestimmt mitgenommen, wenn Abacus in der größeren Firma aufging.

Er hatte Katja zu Hause gelassen, weil er hoffte, den

Stand der Dinge so unauffälliger auskundschaften zu können. Jetzt bezweifelte er allerdings, dass das klug war, denn Katja hatte die Gabe, genau die Leute einfach anzusprechen, auf die zuzugehen er im letzten Moment doch zu nervös war. Erst vor einer halben Stunde hatte er Alex Saparotnik erspäht, den wichtigsten Teilhaber bei Abacus und drei Jahre jünger als er, der mit ein paar Pinkhemden fraternisierte, die *sehr* auf Big Four machten. Alex hatte ihn zweifellos auch gesehen, aber nicht mal genickt zum Gruß.

Als er jetzt den riesigen, biergetränkten Rasen von Kuskowo überquerte, hielt Lenny die Augen nach potenziellen Verbündeten offen. Pulsierende Elektro-Musik aus diversen Lautsprechersets malträtierte seine Ohren. Durch die mit einer Dauerschleife weiblichen Stöhnens unterlegten sporadischen House Beats verstand er kaum die beruhigend schrillen Äußerungen seines Freunds Noah, der unter einem der roten Coke-Schirme Hof hielt. »Das wäre reine Geldverschwendung«, tat Noah mit seiner Nebelhornstimme kund, »denn in Pattaya bekommt man genau dieselben wunderbaren Dinge wie in Dubai: Opium, exotische Feuerwaffen, kleine Mädchen, kleine Jungs, weiße Haie. Die Thai, wisst ihr, sind sehr offene Menschen, das sind… verspielte Kätzchen.« Die Empfänger von Noahs Weisheit waren zwei kichernde junge Frauen, deren Taillenumfang sogar zusammengenommen hinter Noahs üppiger Mitte zurückblieb. Noahs Hand klebte lüstern an der Hüfte der einen, einer Brünetten mit Minipo, hübsch nachgezeichnet von einer Jeans mit Wadenschnürung. »Geh in Pattaya in irgendeinen Club rein, überall haben die Tänzerinnen, die sich Tischtennisbälle aus den Fotzen pressen.« Er hockte sich hin, um es vorzuführen, und seine Begleiterinnen kreischten vor Lachen. »Das ist mein voller Ernst. Ich kenne einen, dem ist beim Gucken glatt ein Auge rausgefallen. Fragt meinen Freund hier, er kann es euch ganz genau erzählen«, sagte er und fasste Lenny am Arm.

»Keine Ahnung, wovon er redet«, versicherte Lenny den Frauen, beide für seinen Geschmack zu jung, wie er rasch befand. Die Blonde war schon niedlich, hatte aber noch Teenager-Akne. Er konnte sich nicht vorstellen, was die Nymphchen immer alle zu Noah hinzog, einem Fettklops, der aussah wie Kater Garfield. Lennys einzige Erklärung war, dass Noah in seinen Jahren in Moskau als Finanzmanager der amerikanischen Investments von Michail Fridman säckeweise Geld gescheffelt hatte, ein Job, den sein Freund garantiert der frappierenden Ähnlichkeit mit der Physis des Oligarchen verdankte. Vielleicht beruhte ja sogar Noahs unnatürliche Selbstsicherheit Frauen gegenüber nur darauf, dass er der amerikanische Doppelgänger eines hässlichen Oligarchen war.

»Die Mädels und ich vergleichen gerade unsere Reisen. Julia und Marina kommen gerade aus Sotschi zurück, stimmt's?«

»Dem Saint-Tropez Russlands«, warf Lenny ein.

»Und jetzt sind sie schon wieder unterwegs nach…«

»Kairo!«, verkündete Julia.

»Den Arabern geht ihr lieber aus dem Weg«, riet Noah. »Ihr wisst ja, was der Anblick jungfräulichen weißen Fleisches bei diesen Alis auslöst.«

Anstatt entsetzt zu schauen, kicherten Julia und Marina wieder nur und bestätigten, dass Ägypten ohne die Massen von Arabern tatsächlich viel besser wäre.

»Warum mögt ihr Araber denn nicht?«, sagte Lenny.

Julia zuckte die Achseln. »Ich hab neben einem Araber in einem Club getanzt. Die haben… einen Geruch.« Der beiläufige Rassismus russischer Frauen verblüffte Lenny jedes Mal aufs Neue. Die Klage über den Geruch war schon gegen Afrikaner, Araber, gegen alle aus dem Kaukasus und sogar gegen apokrin herausgeforderte asiatische Männer erhoben worden. Vorurteile bewegten sich über den eurasischen Kontinent wie der Jetstream.

»Marina ist es egal, wie die riechen. Sie will Stewardess bei der Emirates Airline werden.«

»Die Emirates, das sind keine Araber!«, protestierte Marina fröhlich. »Das ist Dubai!«

»Kann ich mit dir sprechen?«, sagte Lenny.

»Die Mädels haben uns zu einer Party eingeladen.«

»Ich muss mit dir sprechen. Entschuldigt uns bitte.« Er musste Noah mit Gewalt zur Seite ziehen. »Ich glaube, mit dem WCP-Geschäft stimmt etwas nicht. Ich hab gerade Saparotnik gesehen. Er tat ... ich weiß nicht ...«

»Wie oft habe ich dir schon gesagt, vergiss den? Gehen wir zu der Party. Heute ist der vierte Juli, Junge.«

»Der sechste. Ich muss Austin auftreiben. Mist. Wo ist diese Party?«

»Keine Ahnung. Auf dem Kusnezki Most, in der Wohnung einer Schwuchtel von BP, mit der ihre Freundin Dascha zusammenlebt.«

»No-hua!«, rief Marina über die Wiese. »Kommst du! Dascha wartet am Tor!«

Noah wies mit einer Handbewegung auf die Dixiklos. »Wir stellen uns nur noch bei der Arbeitslosenschlange an und kommen dann.«

»Als wäre ich ein Mädchen, an dem er mit Absicht vorbeisieht.«

»Statt dich über diesen Mayonnaise-Fresser abzuhetzen, solltest du dich fragen, warum du überhaupt noch für WCP schuften willst. Du hast inzwischen doch bestimmt genug Klienten, um dich selbständig zu machen.«

»So einfach ist das nicht ...« Lenny erinnerte sich nicht, mit welchen Äußerungen er diesem Bild von sich Vorschub geleistet haben könnte. Vielleicht hatte er diese Illusion aufrechterhalten, indem er Noah in dem Glauben ließ, er, Lenny, kümmere sich so ausschließlich um sich selbst, wie es Noah an seiner Stelle getan hätte. Er suchte die Meute ab, die die Wiese bevölkerte. »Ich muss Austin auftreiben, dann können wir gehen.«

»Er ist da drüben bei der Wummerbude.« Noah wies mit dem Kinn auf eine Bühne neben dem Tombola-Pavillon von Procter & Gamble, die Lenny als Quelle der Techno-Dauerschleife ausmachte. Der DJ hatte seinen Posten offensichtlich längst verlassen, und statt seiner wanden sich zwei russische Tänzerinnen in Neonbikinis vor einer selbstvergessenen, hypnotisierten Meute alter weißer Männer.

»Warte hier, ja?«

»Das ist hoffentlich keine Dienstanweisung, denn im Moment habe ich vor, erst pissen und dann zu einer Party zu gehen.«

Lenny bahnte sich jedoch schon den Weg durch das Minenfeld aus roten Plastiktassen und verstreuten Flaschen zu der Menge vor der Bühne, auf der die Bikinitänzerinnen unter Stroboskoplicht Go-go-Moves vollführten. Über dem Menschenmeer, das der Bühne zugekehrt war, hüpfte Austins rote Baseballkappe wie eine Boje. »Hey, Mann!« Austins Gesicht erhellte das beruhigende Aufflackern echter Freude. »Ich dachte nicht, dass du kommst.«

»Warum denn nicht?«

»Was?«

»Vergiss es. Was machst du, wenn hier Schluss ist?«

Austin setzte seine Kappe ab und wischte sich den kahlrasierten Schädel. »Vielleicht fahr ich ins Bleachers und seh mir an, wie die Rays ihre Chancen in den Playoffs versemmeln.«

Manchmal fragte sich Lenny, warum Männer wie Austin überhaupt in Moskau blieben. Abgesehen von der etwas angejahrten Verehrung für »andere Zivilisationen«, die er zur Schau trug, konnte Austin weder Moskaus Hochkultur noch der reichlich vorhandenen Sittenlosigkeit etwas abgewinnen. Am liebsten hockte er an jedem sich bietenden Abend in einem der kanadischen Pubs und verfolgte irgendein Florida-Spiel.

»Machst du Witze? Das wird nicht mal live übertragen«, sagte Lenny.

Austin sah sich um. »Ist Katja da?«

»Nein, sie ist zu Hause geblieben.«

»Bei euch beiden alles in Ordnung?«

»Ja, uns geht's gut. Hast du heute mit Sascha Saparotnik gesprochen?«

»Alex, ähm ... ja, den hab ich gesehen.« Bei der Erwähnung des Namens wurde Austins eben noch gutmütiges Lächeln sphinxhaft.

»Der steckt schon den ganzen Nachmittag mit denen von WCP die Köpfe zusammen, was ist da im Busch ...?« Lenny hoffte, sich zu täuschen. Seine Vermutung über die Pinkhemden war ein Schuss ins Blaue, und Austin musste ihm jetzt widersprechen.

Das tat Austin aber nicht.

»Haben die ein Angebot abgegeben oder nicht?« Er bemühte sich, optimistisch zu klingen.

»Ja«, sagte Austin matt. »Haben sie.«

»Aha, okay. Und – wir behalten alle unsere alten Klienten, richtig?«

»Lenny ...«

»Die Bedingung lautet, sie behalten uns zusammen in einer Abteilung, richtig? Volle Autonomie ...«

»Lenny, bitte hör auf zu reden.«

Aber er konnte nicht. Wenn er aufhörte, fürchtete er, schwölle ihm der Mund an wie beim Zahnarzt, wenn der Patient gerade eine Spritze bekommen hat, und er brächte kein Wort mehr heraus.

»Lenny, WCP übernimmt nur die Teilhaber.«

»Ich bin auf dem Weg, Teilhaber zu werden.«

»Aber jetzt bist du keiner, meine ich.«

»Und warum ist das so? Als wir anfingen, hast *du* zu mir gesagt, in einem Jahr bin ich Teilhaber.«

»Lenny, ich hab dich reingebracht. Ich kann dir nicht bei jedem Schritt die Hand halten. Außerdem ist Alex derjenige, der den Deal eingefädelt hat, nicht ich, und du weißt selber, was in letzter Zeit zwischen euch los war.«

»Das weiß ich *nicht*. Was war denn zwischen uns los, sag du's mir! Er war doch den einen Tag sehr erfreut, als ich Actophage an Land gezogen hab.«

»Jeder erkennt an, was du geleistet hast.«

»Oh, Mist, Austin …«

»Lenny, es ist nicht meine Entscheidung.«

»Oh, Mist, bitte sag mir, dass du dich auf meine Seite gestellt hast. Das ist alles eine Riesenscheiße, Austin.«

Austin seufzte tief und hielt Ausschau nach etwas in der Ferne. »Klar hab ich das, aber weißt du, du bist dem auch gehörig auf den Schlips getreten.«

»Was, womit denn?«

»Schon mal damit, dass du ihn Sascha genannt hast.«

»Der Arsch *heißt* so.«

»Was immer. Dass du Klienten hast glauben lassen, du wärst Teilhaber. Das fand er nicht cool.«

»Wir sind hier zu viert. Die Klienten *nehmen an*, dass wir alle Teilhaber sind.«

Ein Ausdruck der Skepsis schlich über Austins Gesicht. Er war jemand, der zwar häufig widersprach, aber kaum etwas begründete.

Es stimmte: Lenny *hatte* sich als Teilhaber betrachtet. In allem, nur offiziell noch nicht. Und dass er noch nicht offiziell dazu ernannt worden war, war ein Versehen, das in absehbarer Zeit korrigiert werden würde. »Okay, okay, geh nicht«, sagte Lenny. »Hilf mir bloß … es zu verstehen. Was hat er gesagt?«

»Warum tust du dir das an, Lenny?«

»Das zumindest bist du mir schuldig.«

Austin wischte sich mit der Kappe noch einmal den Kopf ab und war dann offenbar in die Betrachtung des Schweißflecks vertieft. »Er glaubt, dass dir die Bedeutung der Aufgabe nicht immer klar ist, dass du manchmal denkst wie ein, wie ein …«

»Wie ein was?«

»Wie ein Russe.«

»Der nennt mich einen Russen! Was soll das denn heißen?«

»Die Art, wie du ständig das ›große Ganze‹ im Munde führst, oder dass du die Getränke für alle bezahlst und …«

»Was ist denn verkehrt an ein wenig Großzügigkeit?«

»Gar nichts. Es ist halt dieses Alles-bestens-*towarischtsch*-Ding, das du laufend herauskehrst. Klassischer Manilowismus.«

»Ich kann dir nicht folgen, Austin.«

»Manilow in den *Toten Seelen*. Gogol – hast du gelesen.«

Das war eine doppelte Überraschung insofern, als Austin es tatsächlich gelesen hatte und auch noch annahm, Lenny sei mit seinem kulturellen Erbe mindestens ebenso vertraut. »Ja, vor fünfzehn Jahren«, log er, »was ist damit?«

»Manilow – das ist der, der immer davon träumt, eine Brücke über den Fluss zu bauen, auf der die Händler ihre Stände aufbauen und ihre Waren an die Bauern verkaufen. Aber als ihn jemand aus seinen Tagträumereien reißt, kann er das nicht verkraften.«

»Ich brauche keine Inhaltsangabe.«

Austin setzte seine Kappe wieder auf und rückte den Schirm zurecht. »Lenny, du findest was. Tut mir leid.« Er sah in der Ferne wohl jemanden und hob grüßend den

Arm. »Ich muss los«, sagte er und fasste Lenny zum Abschied mannhaft an der Schulter.

Lenny hatte Mühe, die Beine zu bewegen. Seine Füße waren mit einem Mal ganz schwer, und er konnte sich nicht darauf verlassen, dass ihm nicht die Knie wegknickten, wenn er einen Schritt machte. Keinen Meter entfernt ahmten zwei kleine Mädchen fröhlich die libidinösen Verrenkungen der Tänzerinnen auf der Bühne nach. Lenny vernahm das Geräusch seines Lachens, ein irres Kichern.

2001, als »Alex« noch »Sascha« war, ein pausbäckiger Ingenieur frisch von der staatlichen Moskauer Universität, dessen krummer Rücken und dessen Blässe von zahllosen vor dem Computerbildschirm verbrachten Stunden kündeten, hatten sie beide den Auftrag erhalten, eine Standardanalyse in einer Turbinenfabrik vor den Toren der ostsibirischen Stadt Plusinsk durchzuführen. Die Fabrik war ein Reinfall und lag nach vier Jahren Verhandlungen mit drei anderen Beratungsfirmen darnieder. Bei Lennys Ankunft in Russland hatten sich die großen Investmentfonds bereits die feinsten Fabriken herausgeklaubt, die unfeinen billig unter den Nagel gerissen und alles Wertvolle geplündert. Ein wagemutiger Makler von Unternehmensbeteiligungen musste sich schon etwas einfallen lassen, wenn er eine echte Investitionsperle finden wollte. Die Turbinenfabrik war ihr erster Scout-Auftrag nach einem schmalspurigen Trainingsprogramm, in dem man ihnen binnen sechs Wochen beibrachte, wie die Formulare zum Finanz- und Risikobericht auszufüllen waren. Das »Firmenflugzeug«, das WCP für sie gebucht hatte, erwies sich als Jak-40 mit keuchendem Triebwerk. Kostja, ihr Fahrer und Führer in Plusinsk, war ein eins fünfzig großer Gauner mit dem Körperbau eines Junkies und einem ungeheizten Van, den man nur mit einer Lötlampe hätte auftauen können und den Kostja trotzdem mit furchteinflößendem Geschick über die Schlaglochpisten steuerte, die das Straßennetz von Plusinsk bildeten. Als er die vor dem Fenster von Kostjas Van an ihm vorüberziehenden, an Tarkowski gemahnenden Tableaus aus verrottenden Strommasten, verstörten Bauern und orangem Schnee betrachtete, war Lenny so glücklich wie noch nie in seinem Leben. Er dachte an seine Freunde in Amerika mit ihren Bürojobs, ihrem Gras und ihrem HBO. Scheiß auf die *Sopranos*, dachte er. Scheiß auf die *Akte X*. Er erlebte diesen Scheiß live. Ein Cowboy an den Außenposten des privaten Unternehmertums.

Die Turbinenfabrik Plusinsk, stellte sich heraus, war besser in Schuss, als er oder Sascha Saparotnik erwartet hatten. Einstmals ein sowjetischer Vorzeigebetrieb, hatte sie hauptsächlich Turbinen und Generatoren für die Armee produziert. Ihre Schwachstelle war weder die Schuldenlast (bescheiden im Vergleich zur typischen russischen Fabrik) noch die zwar veraltete, aber durchaus noch brauchbare Ausstattung, sondern der Umstand, dass die Betriebsleitung, seit Jahren verwöhnt durch den Status als Zulieferer für die Landesverteidigung, nicht bereit war, einen Mehrheitsanteil an eine ausländische Firma zu veräußern. Die Fabrik war wie eine mäßig attraktive Frau, die über ihren überzogenen Erwartungen zur alten Jungfer geworden war.

Man erwartete von Lenny und Sascha nicht, dass sie eine Ehe stifteten, wo andere Vermittler gescheitert waren. Sie sollten die Betriebsleiter nicht zu einer überstürzten Verbindung mit ausländischen Investoren drängen, sondern lediglich ein paar Zahlen zusammentragen und berichten, ob es lohnte, die Fabrik ins Angebotsportfolio aufzunehmen. So ein Auftrag war in anderthalb Nachmittagen erledigt, und das hieß, dass sie die restliche Zeit in der Stadt in der *banja* sitzen und mit ein paar billigen Mädels aus

Plusinsk feiern konnten. (Lenny hatte es mit ihrem Führer schon ausgemacht, und Kostja hatte angeboten, beides, die *sakuski* und die Mädchen, zu besorgen.) Sascha Saparotnik aber hatte andere Pläne. Bei einem Gespräch mit einem Turbineningenieur hatte er von einer Geothermieanlage erfahren, »nicht weit«, nur achthundert Kilometer entfernt.

Die sowjetische Regierung hatte das kleine Erdwärmefeld zehn Jahre zuvor aufgegeben. Zunächst hatte man gebohrt und den Anschluss ans Stromnetz eingerichtet, dann aber ging dem Land das Geld aus, und das Projekt wurde ganz eingestellt. Es gehörte jetzt zu einem Öl-Gas-Mischkonzern, der mit seinen Ölverkäufen so viel Umsatz machte, dass er die Anlage ruhen ließ und dort nichts investierte. Deshalb, so Saschas Überlegung, ließ sich der Konzern bestimmt leicht dazu bewegen, die Anlage zu verkaufen. An dem Punkt konnte Lenny ihm nicht mehr folgen. Er konnte Saparotnik ja noch nachsehen, wenn er achthundert Kilometer für eine nach russischen Maßstäben kurze Distanz hielt, aber der Kleine war entweder ein Narr oder ein Nationalist, wenn er sich der dumpfen Hitze der Transsibirischen Eisenbahn aussetzen wollte, bloß um die Nase in ein Erdloch zu stecken. Klar, es musste einem wehtun, wenn man mitansah, wie die einst starken Branchen des Vaterlandes immer mehr dahinsiechten, es schmerzte, wenn man miterlebte, wie Legionen von Onkeln und Großvätern mit Hochschulabschlüssen freigesetzt wurden. Aber Erdwärme? Ernsthaft? Wenn das Land buchstäblich in Öl schwamm? Nein, danke.

Mehr oder weniger sagte Lenny das auch so zu Sascha, als er ihn am Bahnhof von Plusinsk zurückließ und allein nach Moskau zurückflog. Danach sahen sie sich kaum noch, bis sie ihre Ergebnisse den Firmenpartnern gemeinsam vortrugen. Und da hielt Sascha sein Überraschungsplädoyer für die kleine Geothermieanlage. Sowenig es auf den ersten Blick einleuchten mochte, in einem ölreichen Land, das den Gasverbrauch seiner Bevölkerung subventionierte, einen Käufer für eine Geothermieanlage zu suchen, werde WCP bei genauerem Hinsehen feststellen, dass das Feld in einem Teil Russlands lag, dessen Energiebedarf nicht gedeckt war und in dem die Strompreise zu den höchsten des Landes gehörten, da der Rohstoff meist über weite Distanzen herangeschafft werden musste. Die Anlage war vernachlässigt worden, weil alle ihre Fertigstellung in dem rauen Klima für zu kostspielig hielten. Es gab aber eine simple Lösung: Das Kraftwerk konnte in Modulbauweise errichtet, die Module konnten im wärmeren Westsibirien produziert, auf dem Luftweg transportiert und an Ort und Stelle zusammengesetzt werden. Den schwierigsten Teil – das Bohren – hatten die Sowjets bereits erledigt. Das Kraftwerk konnte sogar sofort Strom erzeugen und vom Erlös das Bohren neuer Bohrlöcher finanzieren. Wenn ein Käufer zu einer Investition von etwa sechzehn Millionen Dollar bereit war, trug sich das Projekt praktisch über Nacht selbst. Bei nur einem Dutzend fester Angestellter, berichtete Sascha, waren die Betriebskosten sogar niedrig. Die meisten anderen Arbeiten ließen sich mit billigen Saisonkräften erledigen.

Lenny lauschte Sascha Saparotniks Präsentation, zu der er nichts beitragen konnte, und sein Mund wurde wattetrocken. Das Babygesicht hatte an alles gedacht. Er hatte sogar schon eine japanische Firma aufgetan, die als Investor in Frage kam. Und er hatte das alles ausgetüftelt, ohne Lenny auch nur ein »Kopf hoch« zukommen zu lassen, als sie am Abend zuvor ihre PowerPoints vorbereiteten.

Doch das war sieben Jahre her, und seitdem hatte sich vieles verändert. Lenny hatte auch ein paar eigene Erfolge erzielt. Er besaß ein gewisses Talent dafür, Aufträge nebenher an

Land zu ziehen, und bei ihm wussten die Klienten auch, dass er außerdem ein bisschen Spaß organisierte. Leicht überrascht war er dennoch, als die Anfrage von Abacus kam. Vielleicht war es ein Friedensangebot von Alex, eine Rolle spielte aber sicher auch, dass die zwei anderen Partner, beide eng mit Lenny befreundet, Zahlenmenschen waren und einen Vertriebler brauchten. Sascha firmierte inzwischen unter »Ah-lix« und war zu einem jener entrussifizierten Russen mutiert, die mit anglisierten Namen und mit Zeugnissen von der London School of Economics Eindruck schindeten. Eins war Lenny klar: Wenn er seine Verachtung für die »Ah-lixe« laut äußerte, lieferte er Alex einen Grund, ihn umgekehrt ebenso zu verachten. Saparotnik schien Lennys Bemühen um kollegiale Freundlichkeit komplett zu ignorieren und nur auf den neurotischen Immigrantenkern zu starren, als ob es eine Tragödie wäre, zu dem wirren Haufen der Auslandsrussen zu gehören, deren Familien der Sowjetunion entkommen waren, nur damit ihre Kinder wie Lachse zurückkehrten und den Kopf in den Sumpf eines *neuen demokratischen* Russland steckten.

Unter einem Himmel, dessen Farbe von Blassgelb in Dunkelrot überging, schleppte sich Lenny zum Ausgang des Parks. Der klebrige, süßliche Geruch von verbranntem Bratfett weckte in ihm eine sonderbare Sehnsucht nach der Vergangenheit. Er musste an die zwei Jahre denken, die er in der Studentenverbindung an der Rutgers verbracht hatte – an die Grillabende auf der Wiese, neidisch beäugt von den nicht dazugehörenden Studenten des ersten und zweiten Studienjahrs. Er hatte keinen Kontakt zu seinen »Brüdern« gehalten und sie auch nicht sonderlich vermisst. Im eigentlichen Sinne vermisst hatte er nur die Zugehörigkeit zu einer Gruppe, ihren Loyalitätskodex. Moskau war ihm vorgekommen wie das Versprechen, dass er das hier wiederfinden konnte. Auf ihre Art bildeten er und seine Ausländerfreunde ebenfalls eine Bruderschaft. Die gewohnten Treffpunkte – Bourbon Street, Molly's, der Mischka-Pub –, die nächtlichen Sauftouren, die bei einem Glas geschlossenen Blitzfreundschaften, der unerschöpfliche Vorrat an willigen Mädchen, all das atmete den aus dem College vertrauten Duft eines Lebens, das schnelllebig war und trotzdem stillzustehen schien. Halbwegs erwachsen und mit ein bisschen Geld in der Tasche, hatte er es endlich auch genießen können. Er hatte immer angenommen, er und seine amerikanischen Freunde in Moskau teilten diesen Loyalitätskodex. Wann hatte sich das alles verändert? Wann hatte es angefangen, dass solche wie Austin Saschas Partei ergriffen? Oder hatte er sich – und das erschreckte ihn am meisten – von Anfang an geirrt? Und war auf der Wiese von Anfang an allein gewesen?

Am Eingang traf Lenny auf Noah, der bei Fremden eine Zigarette schnorrte, obwohl er, da war sich Lenny sicher, selber ein Päckchen einstecken hatte. »Wo zum Teufel hast du gesteckt?«, sagte Noah und gestikulierte drohend mit dem Rauch. »Du hast gesagt, fünf Minuten.«

»Entschuldige. Sind die Mädels da?«

»Die sind gegangen!«

»Ich bin aus dem WCP-Geschäft raus.«

»Dann haben wir beide Pech. Verdammt, Junge. Ich hasse es, wenn ich einen Fang wieder reinwerfen muss.«

»Entschuldige.«

»Du entschuldigst dich dauernd. Mach's wieder gut und lad mich zum Essen ein. Mir dreht sich der Magen um von diesem Kantinenfraß.«

Es war Noahs Idee, ins Night Flight zu gehen und Lenny aufzuheitern, obwohl der nach einem Tag, an dem er sich den Bauch mit fettigen Hotdogs und fadem Mais vollgeschlagen hatte, keinen Appetit mehr auf Rosmarin-Rentier oder Elch-Carpaccio in Trüffelsauße hatte. Er war auch nicht in der Verfassung, die aufdringlichen Freundlichkeiten eines Raums voller Model-Tussis abzuwehren, die ihnen kokette Blicke zuwarfen. Seit zwanzig Minuten schon bedachte ihn eine kastanienbraune Verführerin in der Ecke mit dem stets ins Traurige umschlagenden Lächeln, das »nur wir beide verstehen«. Vor einem Jahr hätte derlei seine Wirkung wohl nicht verfehlt, in letzter Zeit aber hatte Lenny beim Anblick einer Nutte nur noch ein schlechtes Gewissen und den überwältigenden Wunsch, *sie zu retten.* Dass so viele unfassbar proportionierte Schönheiten darauf angewiesen sein sollten, ihrem Gewerbe in einem Restaurant nachzugehen, dessen Klientel ausländische Fettsäcke mit Schwabbelbrüsten bildeten, war in seinen Augen die Bestätigung dafür, dass die Gerechtigkeit auf der Welt in eine schwere Schieflage geraten war.

»Kopf hoch«, sagte Noah und säbelte an seiner Elchrippe herum.

»Warum mussten wir unbedingt hierherkommen? Es gibt jede Menge anständige Restaurants, in die wir hätten gehen können.«

»Das ist ein anständiges Restaurant. Es hat eine Webseite.«

»Es ist ein Bordell mit angeschlossenem Restaurant.«

»Ein Fünf-Sterne-Restaurant mit einem der besten skandinavischen Köche weltweit. Und die Mädchen hier sind alle selbständig. Keine Zuhälter, die drohen, ihnen die Gesichter zu zerschneiden. Ich kann dir verraten, dass einige sogar für umsonst mit zu mir gegangen sind.«

»Schön, wenn du stolz darauf bist.«

»Bin ich, und ich sag dir auch, warum – weil es für meine Überzeugungskraft spricht. Vor drei Monaten, als du das Actophage-Geschäft an der Angel hattest, hab ich dir gesagt, geh zu Saparotnik und sag denen, du steigst aus, wenn sie dich nicht zum Teilhaber machen. Aber du? Du nimmst es wie eine Frau und lässt dich mit Komplimenten abspeisen. Dir ging es um die Firma – alle auf dem Laufenden halten, die Beute teilen, zum Dank ein paar Brosamen vom Tisch zugeworfen kriegen, richtig? Und, was hast du nun davon? So funktioniert es nicht mal in Amerika. Erst recht nicht mit solchen wie Saparotnik, vergiss es! Diese Leute glauben schon seit der Kollektivierung nicht mehr an das Wohl des Kollektivs.«

»Danke für den Vortrag.«

»*Na sdarowje.*«

»Saparotnik ist doch kein Einzelfall. Die ganze Stadt ist so. Ich erinnere mich noch daran, als es hier mal aufregend war. Und jetzt ist es so« – Lenny suchte nach den richtigen Worten – »beschissen bürgerlich. Vielleicht ist es Zeit, dass ich in die Staaten zurückgehe.«

»Und tust dort was – überträgst zwölf Stunden lang Zahlen von Geschäftsberichten in Tabellen? Machst Kaltanrufe und wartest auf ein Eckbüro?«

»Meine Mom nervt mich, ich soll weiterstudieren.«

»Klar tut sie das. Alle Immigranteneltern wollen, dass ihre Kinder Niemande der zweiten Generation mit eingerahmten Zeugnissen an der Wand sind. Aber da drüben ruht still der See, mein Freund. Sie wollen's bloß nicht einsehen.«

»Ich weiß nicht. Neulich geh ich abends heim und bin plötzlich mitten in einer Hundemeute, alles diese gruseligen Hündinnen mit den sechs Zitzen, die springen an mir hoch und bellen mich an, blecken die Zähne, als ob ich ihnen ihr letztes Stück Schinken gestohlen hätte. Ich schwör dir, Noah, so etwas ist mir noch nie passiert. Entweder die Stadt ist von denen überlaufen, oder die wittern meine Schwäche.«

Noah wartete, den Blick respektvoll gesenkt, bis Lenny zu Ende gesprochen hatte, und sah ihn dann mit einem

Auge schräg von unten an. »Schau, Mischa Fridman hat Freunde, die bringen interessante Geschäfte auf den Weg. Ich hör mich mal um, frag nach, wer jemanden einstellt. Aber bevor wir so tief ins Sartre-Land vorstoßen, können wir uns vielleicht darauf einigen, heute zu entspannen? Ich esse ein sehr gutes Stück Fleisch, und auf der anderen Seite des Raums ist eine wunderschöne, vor Leben strotzende Frau, die mir ein Tu-mit-mir-was-du-willst-Lächeln zuwirft.« Noah nahm sich die Zeit, über Lennys Schulter zu schauen und zu zwinkern.

»Na toll. Jetzt kommt sie rüber und setzt sich zu uns, und wir müssen sie zum Essen einladen.«

»Keine Bange, Geizhals, das geht auf mich.«

»Tut mir leid, mir ist nicht danach, den Abend mit einer Nutte zu verquatschen.«

»Diese Ladys sind keine ›Nutten‹. Nutten sind das, was du auf der einen Seite der Leningrader Chaussee siehst, wo Dagestanis pulkweise für Blowjobs Schlange stehen. Dies hier sind verlockende, geheimnisvolle Wesen, die ihren bankfähigen Vorteil im Leben nutzen. Oder würdest du lieber in einem Strip-Club sitzen, in dem die Tussis alle die Hausordnung auf den Hintern tätowiert haben und an einem labberigen Daiquiri nuckeln? Jetzt benimm dich, sie kommt rüber.«

»*Dobry wetscher*«, sagte das Mädchen und dann, förmlicher, auf Englisch: »Darf ich mich zu euch setzen?« Noah wies charmant auf den Stuhl, stand auf und zog ihn für sie hervor. Sie ließ sich nieder wie eine Schlange, die sich in den Tontopf ihres Beschwörers hinabwindet. Sie trug eine hautenge schwarze Hose, eine Kette mit einem bunten Schmetterlingsanhänger und ein rücken- und schulterfreies Oberteil, das aussah wie ein an Silberfäden hängender Quecksilbersee.

»Mein Freund möchte raten, wie du heißt«, sagte Noah,

da schüttelte Lenny schon abwehrend den Kopf. »Mach schon.«

»Wika.«

»Nein.«

»Shana.«

Sie schüttelte den Kopf.

»Ich geb auf.«

»Das war schon warm.« Sie tätschelte Lenny aufmunternd den Arm. »Jana.«

Es ließ sich nicht leugnen: Jana war wirklich atemberaubend. Sie hatte hellbraune Augen und eine feine, höckerige Nase, und durch ihre beim Lächeln sichtbaren unregelmäßigen Zähne bekam diese vollbusige Schönheit einen Dreh ins anrührend Schlampenhafte.

Noah signalisierte der Kellnerin, ihrem Gast noch eine Speisekarte zu bringen. Ohne groß nach den Angeboten zu schauen, wählte Jana zwei Vorspeisen und ein Glas eines besseren Weins und gab die Bestellung mit verstörender Routine auf. »Jana, mein Freund Leonard und ich sprachen gerade über die vielen streunenden Hunde in der Stadt. Ich halte mehr von einer Stadt, wenn die Streuner dort Katzen sind und keine Hunde.«

»Ach, tatsächlich?«, sagte Lenny.

»Ja. Das spricht für eine höherstehende Kultur.«

Was sollte das werden? Noch vor einer Stunde hatte sich Noah an zwei Teenagern aufgegeilt, und jetzt gab er den weltgewandten Gentleman? Um wen zu beeindrucken? Eine bezahlte Hostess?

»Sie sind eine Scheißplage, die einen wie die anderen«, hörte Lenny sich sagen, bloß um den Nebel der Heuchelei zu zerstreuen.

»Hüte deine Zunge.«

»Die sollte man alle erschießen, dann können sie nicht mehr herumrennen und Menschen beißen.«

Janas Gesicht nahm einen wunderschönen Ausdruck des Entsetzens an. »Nein, es ist genau andersherum. Hunde sind gut, die *Menschen* sind grausam. Es gab mal einen Hund, der lebte in der Metro, sehr freundlich. Die Leute haben ihn gefüttert und ihm einen Namen gegeben, Maltschik – wie ›Jungchen‹. Ein berühmtes Model kam, mit ihrem Hund an der Leine, und der fing an, Maltschik zu beißen. Das haben *viele* Leute gesehen«, beteuerte Jana auf hinreißende Art. »Und dieses Model, sie zog ein Messer und – wumm! – in Maltschiks Rücken!«

»Du meinst, sie hat dem Hund ein Messer in den Rücken gerammt?« Lenny wechselte erschrockene Blicke mit Noah.

»Ja, ja, ja! Dann ist sie aus Russland geflohen. Danach waren viele Leute wütend. Schauspieler und bedeutende Persönlichkeiten, sie haben die Metroverwaltung gebeten, eine Skulptur für Maltschik zu machen.«

»Ein Denkmal, für den Hund?«

»Das *Denkmal des gefallenen Köters*«, sagte Noah.

»Ja, es kam im Fernsehen.«

»Wow«, sagte Lenny. »Wenn diese Stadt so viel Geld hat, dass sie streunenden Hunden Denkmäler errichten kann, warum tut sie uns dann nicht den Gefallen und lässt ein paar kastrieren?«

Wieder sah Jana ihn an wie einen Geistesgestörten. »Kastrieren, so?«, sagte sie, sah Noah an und vergewisserte sich durch eine Geste, dass sie Lenny korrekt verstanden hatte. »*Ushas*! Wenn ein Mann kastriert wird, ist er kein richtiger Mann mehr. Wenn ein Hund kastriert wird, ist er kein richtiger Hund mehr.«

Noahs Augen tanzten. Mit der Logik, sah Lenny, hatte Jana ihn noch mehr für sich eingenommen. Er schlug vor, dass sie die Unterhaltung an einem gemütlicheren Ort fortsetzten, in seinem Château zum Beispiel, und winkte nach der Rechnung. Jana stimmte lächelnd zu und sagte, sie sollten kurz warten, sie gehe nur nach unten, ihre Sachen holen.

Als sie auf der regennassen Neonstraße versuchten, ein Zigeunertaxi herzuwinken, sah Lenny, dass Jana mit ihren »Sachen« kein kleines Täschchen gemeint hatte, sondern einen wesentlich größeren Gegenstand, dem Hartschalenkoffer nach zu urteilen offenbar eine Geige.

Sich nach dem Pinkeln in Noahs Bad die Hände zu waschen erwies sich als schwierig. Das Waschbecken, eine Einzelanfertigung aus geblasenem Kunstglas, durchzog ein breiter Riss. »Dein Waschbecken ist kaputt!«, rief Lenny über das Spülgeräusch hinweg.

»Nimm halt das Becken in der Küche!«, rief Noah zurück. Kopfschüttelnd wischte sich Lenny die Hände an der Jeans ab. Er hatte Noahs Hang zu prätentiösen Neuheiten schon immer albern gefunden. Beim Gang in die Küche tröstete er sich mit dem Gedanken, dass er, besäße er so viel Geld, besseren Gebrauch davon machen würde. Während er die Hände unter die Spüle hielt, beobachtete er Noah und Jana durch die offene Bartheke. Sie saßen auf der Couch und verglichen die Größe ihrer Handinnenflächen. Noah erging sich lüstern über die Zartheit von Janas Händen, und Jana lamentierte darüber, dass ihr mit sechs gesagt worden sei, ihre Finger seien zum Klavierspielen zu kurz, weswegen sie sich auf die Geige verlegt habe. »Meine Mutter ließ mich nie raus und mit meinen Freunden herumrennen oder Ball spielen, ich hätte mir ja die Finger brechen können.«

»Arme Jana.« Mitfühlend verzog Noah das Gesicht. »Arme, arme Janotschka.«

»Ich glaub, ich geh jetzt«, verkündete Lenny.

Noah blickte auf. »Nein, bleib da! Jana spielt für uns.«

»Ja!«, sagte Jana und straffte beim Aufstehen von der

Couch die bloßen Schultern mit den schön geformten Muskeln.

»Bin gleich wieder da.« Noah ließ sie allein, um Drinks zu holen.

Jana stand an dem wandbreiten Fenster und bewunderte die Aussicht auf den Zwetnoi Boulevard. Ihre Finger, die für Lenny keineswegs kurz aussahen, berührten das kalte Glas.

»*Klass!!*«, sagte sie etwas ausdruckslos. »Die schönste Aussicht auf Moskau, die ich je gesehen habe.«

Mit wie vielen solchen Aussichten konnte Jana diese hier wohl vergleichen, dachte Lenny »Woher kommst du?«, sagte Lenny.

»Woronjesch.«

»Woronjesch ist schön.«

Jana wandte sich um und bedachte ihn mit einem sarkastischen Blick. »*Otschen.*« Von wegen. Durch ihren plötzlichen Wechsel ins Russische war es mit der ungezwungenen Höflichkeit und Vertrautheit vorbei. Woher wissen die das nur immer?, überlegte Lenny. Er hatte noch kein Wort Russisch mit ihnen gesprochen, aber trotzdem merkten diese Mädchen immer, dass er aus der alten Heimat kam.

»Was machst du sonst so? Ich meine, tagsüber«, sagte er idotischerweise.

»Studentin. Gnessinka.« Sie wies auf den Geigenkasten.

»Das Gnessin-Institut? Eine sehr beeindruckende Schule.«

»Ja, sehr.«

»Möchtest du Konzertmusikerin werden – zum Bolschoi-Orchester gehen zum Beispiel?«

Janas Blick war unergründlich. Sie war wohl nicht erfreut darüber, dass dieses Gespräch so privat und ernsthaft wurde. »Bei uns gibt es ein Sprichwort: Die Generäle haben besondere Kinder. Und die Musiker übrigens auch.« Sie zuckte die Achseln und drehte sich wieder zum Fenster.

Herrgott, was stimmte nur nicht mit ihm? Warum wollte er ständig diese Paradiesvögel anmachen und auf das Niveau gewöhnlicher Mädchen herunterziehen? Jana wirkte erleichtert, als Noah ein Tablett brachte, darauf drei Kognakgläser. »Das Konzert kann losgehen«, sagte er.

Als Jana wieder ins Wohnzimmer kam, trug sie ihren Schmetterlingsanhänger, die Pumps mit den zehn Zentimeter hohen Absätzen und sonst nichts. Ihr Haar ringelte sich wie das Lady Godivas über ihren harten kleinen Titten, und sie hielt ihre schimmernde Geige demütig vor den Unterkörper. Der Bogen in ihrer Hand schwang wie eine Reitgerte vor dem Oberschenkel hin und her. »Ich spiele Dvořák für euch«, kündigte sie an und hob die Geige. Ein züchtiges schmales Dreieck kam zum Vorschein. Jana drückte ihr zartes Kinn in die Mulde, atmete schnell ein, warf einen kurzen Blick auf die riesige nächtliche Stadt und begann zu spielen.

In seinem ganzen Leben, dachte Lenny, hatte er noch nie solche Musik gehört. Fetzen hoher, schriller Akkorde zerteilten die Stille und verschwanden mit der jähen Grelle von Blitzen, die strafend auf die Erde niederfuhren. Die Musik ergriff Besitz von Janas Körper – von den lackierten Zehen stieg sie durch das gebeugte blasse Bein, auf dem ein zarter brauner Fleck blühte, zitternd aufwärts durch den schmalen Leib, bevor sie über das feine Handgelenk in die Geige übertrat und ihr ein volltönendes Klagen entlockte. Während ihr Spiel an Schwung gewann und mit jeder Bewegung des Bogens von wildem Trotz zu etwas Stolzem, fast Zornigem und wieder zu unergründlicher Traurigkeit wechselte, blieb Janas Gesicht angespannt und leer. Sie schwankte auf ihren hohen Absätzen, und ab und zu fiel ihr Knie in einen leichten Galopp, als wolle es sie davor bewahren, vornüberzustürzen. Ihre bleichen Brüste, die

radierstiftgleichen Warzen schüchtern voneinander abge-
kehrt, hüpften zu ihrem erhitzten Spiel.

Noah schüttelte den Kopf. »Besser geht's nicht«, flüsterte er. »Keine Ahnung, ob diese Tussis uns der Himmel
schickt oder die Hölle.«

Lenny wünschte, er hielte den Mund. Er hatte mit einem
unsagbaren Weh im Herzen und zugleich einem sich an-
bahnenden Ständer zu kämpfen, und beide verstärkten die
tiefe Schmach und die Einsamkeit, die er schon den ganzen Nachmittag fühlte. Er sah Jana – falls das überhaupt
ihr Name war – dabei zu, wie sie die Geige attackierte.
Schweiß schimmerte über ihren Lippen und zwischen
ihren herzzerreißenden Brüsten. Lenny schloss die Augen
und konzentrierte sich darauf, wie die klagenden Phrasen
nacheinander eine Leiter aus Klang aufbauten, die immer
höher wuchs, immer höher, bis … Wohin? Er wollte den
Tönen bis zum höchsten und lichtesten Abgrund folgen
und für immer dort bleiben. Gott, er hasste diese Stadt!
Und doch war der Gedanke, sie zu verlassen, ihm unerträglich. Wo sonst auf der Welt fände er jemals so viel Er-
barmen?

11.

Heimkehr

Als mein Flugzeug aufsetzt, ist es kurz vor acht Uhr abends. Moskaus Himmel leuchtet noch, die Wolken kupferrot in den letzten Sonnenstrahlen des langen Tages.

Ich rufe Lenny aus dem Taxi an. Er ist wie üblich aufgekratzt, und wir besprechen, wo wir uns zum Essen treffen wollen. »Magst du Lende, Pop? Gut, gut. Oder lieber italienisch, Pasta mit Muscheln?«

Sehr schön, sage ich und lasse weg, dass ich nach einem langen Flug nie Hunger habe.

»Oder, nein, jetzt weiß ich's! Armenisch«, fährt er fort. In meinem Viertel gibt es einen Laden, sagt er, der ist richtig *prikolny*, dahin wird er mich ausführen. Bis wir an meinem Hotel vorfahren, hat er noch etliche andere Lokale aufgezählt, die in Frage kommen, mir seine Kennerschaft in Bezug auf die hiesige Küche demonstriert und durchblicken lassen, er kenne die Köche persönlich. Ich überlege kurz, ob er vergessen hat, mit wem er spricht, und mich für einen Kunden hält. Vielleicht will er seinen alten Papa aber nur daran erinnern, dass er inzwischen ein Hiesiger – ein Moskowiter – ist und dass man ihn hier nicht wegkriegt.

Eine Stunde später bin ich der dampfenden, blitzsauberen Dusche entstiegen, trockne mich ab und bereite mich

179

darauf vor, mit meinem Sohn zu einem späten Abendessen zu gehen. Die Luft draußen ist warm, angenehm lind, so als läge hinter den leuchtenden Pastellfassaden irgendwo das Meer. Die Twerskaja-Straße ist makellos gepflegt, fast schweizerisch in ihrer Sauberkeit. Nirgends eine hingeworfene Zigarettenkippe, auch wenn jeder, der an mir vorübergeht, nach Leibeskräften zu rauchen scheint. Die Atmosphäre ist so – wie sage ich es? – *festlich*, dass ich meine zynischen Gedanken über Lenny von vorhin fast bedaure. Sein manischer Überschwang am Telefon war vermutlich nur ein Zeichen dafür, dass er sich freut, seinen Vater zu sehen. Trotz des Kuddelmuddels seiner Bindungen wünscht er sich immer aufrichtig, dass alle um ihn herum glücklich sind. Allerdings ahnt er nicht, dass ich heute Abend einen Eimer Eiswasser über seiner Varieté-vorführung auskippen muss. Ich trage zehn Pfund Hochglanz-Taschenbücher über den GMAT in der Aktentasche mit mir herum – ein Geschenk von Lennys Mutter, die gesagt hat, ich brauchte nicht nach Hause zu kommen, ehe ich unseren Sohn davon überzeugt habe, das »einzig Richtige« zu tun und den Eignungstest zu machen.

Ich tröste mich damit, dass ich nur auf Anweisung handle, während ich den Gestank der Autoabgase, die schwache Ausdünstung von feuchter Politur und den schalen Geruch von verschüttetem Bier einatme, die mir ins Gedächtnis rufen, dass ich mich in einer Stadt befinde, die ich viel besser kenne als mein Sohn. Durch meine mehrfachen Besuche erscheint mir Moskau mittlerweile wie eine komplizierte Frau, mit der ich in der Jugend eng verbunden war, die mich bei unseren späteren Wiedersehen aber damit überrascht hat, dass sie nicht mit Anstand gealtert ist (so wie ich), sondern sich mit immer kostspieligeren Gesichtsstraffungen verjüngt. Jedes Mal, wenn wir uns im Leben begegnen, fällt mir eine neue Aufhübschung auf: eine Canali-Boutique, wo früher eine Apotheke war. Knallige Casinolichter anstelle des mir vertrauten Pfandhauses. Sogar die Glaspyramide auf dem neuen Amtssitz des Bürgermeisters, die ich auf der Fahrt hierher erspäht habe, strahlt obszön wie ein Diamant mit Marquiseschliff am Finger der Gattin eines Ölmenschen. Vor allem die Twerskaja ist derartig vollgepumpt mit Kollagen und Silikon, dass ich hier schon lange nicht mehr die Gorki-Straße meiner Jugend vor mir sehe. Heute Abend passiere ich ganze Straßenzüge, die für die Rekonstruktion von oben bis unten eingerüstet und mit jadegrünen Netzen behängt sind, unter denen diskret an allen möglichen Stellen weggeschnippelt und aufgepolstert wird.

Ich bin als Erster beim Restaurant, einem heimelig-munteren, nur zur Hälfte gefüllten armenischen Laden. Ein Kellner mit runzliger Stirn führt mich hinein und reicht mir unerklärlicherweise eine zweite Speisekarte auf Englisch.

Lenny trifft ein, sieht frischrasiert aus und zehn Pfund schwerer, als ich ihn in Erinnerung habe. Ich weise auf die englische Karte. »Was hat mich verraten? Ich klinge doch kein bisschen ausländischer als der Oberkellner und seh auch nicht so aus.«

»Schau dich mal um«, sagte Lenny. »Wer bittet sonst noch um einen Platz im Nichtraucherbereich?«

Er hat recht! Wir sind die Einzigen in unserem verliesartigen Eck des Speiseraums. Und das ist wahrscheinlich auch gut so: Am anderen Ende der Halle sitzt eine lärmende Gesellschaft von sechs stiernackigen Herren, deren Tafel aussieht, als werde sie unter dem Gewicht des Walds aus Flaschen demnächst zusammenbrechen. Durch den ganzen Raum dringt das Lallen von einem, der eine langweilige Geschichte zum Besten gibt, wie er einmal mit einem Känguru geboxt hat.

»Siehst gut aus«, sage ich, nicht ganz aufrichtig, zu meinem Sohn.

»Ich bemühe mich, fit zu bleiben«, sagt er zu meiner Überraschung.

»Ach ja?«

»Ich spiel ein bisschen Tennis.«

Ich lasse das so stehen, obwohl er eher einem Tennisball ähnelt als einem Tennisprofi. Außerdem trägt er das Haar im Nacken zu lang und kämmt es zurück wie ein Zuhälter. Eine Schande. Lenny ist ein gutaussehender Mann, wenn er auf sich achtgibt.

»Also, was steht die Woche über bei dir an?«

Ich sage es ihm: Ich bin nur bis Montag da, zusammen mit meinem Chef Tom, der morgen eintrifft. Wir begutachten Bewerbungen potenzieller Auftragnehmer. »Wir suchen eine Chartergesellschaft, die ein paar Shuttle-Tanker von der Küste der Nenzen bis zu einem Hafen bei Murmansk steuert.« Ich bin überrascht, dass Lenny das nicht mehr weiß. »Es geht um das Joint Venture, von dem ich dir erzählt habe, das mit L-Petroleum.«

Er hebt die Brauen. »L-Pet? Mit denen machst du Geschäfte? Diese Leute sind die Schoßhündchen des Kreml. Die sind praktisch eine Zweigstelle des FSB.«

»Aus der Politik halten wir uns raus. Sollte eigentlich problemlos über die Bühne gehen.«

Dann sagt er, nur um mich daran zu erinnern, dass er sich hier viel besser auskennt als ich: »Hier geht nichts problemlos über die Bühne.«

Am anderen Ende des Speiseraums scheppert Glas. »Jetzt schau, was du angerichtet hast, Sawa«, sagt einer der älteren Herren, ein Gorilla in lavendelblauem Hemd. Der Kellner soll schon mal aufräumen, während der arme Sawa seine Känguru-Geschichte noch zu Ende erzählen will. Er hat keine Chance. Der *gospodin* in Lavendelblau verkündet, er habe den Zirkus satt, und weist die anderen an, ihn »wegzuschaffen«.

»Wie geht's Katja?«, frage ich, während Sawa von eichendicken Armen links und rechts untergehakt und hinausgeschleift wird.

Lenny atmet hörbar ein. »Es ist vorbei. Mehr oder weniger.«

Ich möchte einen guten Eindruck machen und schaue entsetzt bei dieser Neuigkeit. Katja ist im Grunde ein nettes Mädchen. Ich habe mich sogar an das kleine Taufkreuz gewöhnt, das sie nie ablegt, und an die Hingabe, mit der sie Träume deutet und aus ihrem türkischen Kaffeesatz die Zukunft herausliest. Seit er in Moskau ist, sehe ich in Bezug auf eine Frau mit Charakter bei Lenny schwarz. Aber ist es zu viel verlangt, sich ein Mädchen zu wünschen, dem zum zwanzigsten Jahrhundert mehr einfällt, als dass »die Monstrosität des Sowjetkommunismus der Fluch war, der über die Russen kam, weil sie ihren Zaren ermordet haben«? Ja, mein Sohn lebt mit einer Monarchistin zusammen.

»Was denn nun?«, sage ich. »Mehr oder weniger? Ist sie ausgezogen?«

»Nein, aber wir haben ausgemacht, dass wir uns mit anderen treffen.«

»Und wie darf man sich das praktisch vorstellen? Schläft einer von euch auf der Couch, wenn der andere jemanden mitbringt?«

Er schaut doch verärgerter, als ich es bei der scherzhaften Bemerkung für angebracht halte. »Sie zieht aus, sobald ich ihr helfen kann, etwas Eigenes zu finden.«

»Das sollte nicht so schwierig sein«, sage ich aufmunternd. »Die Stadt ist groß. Jede Menge Wohnungen.«

»Machst du Witze? Die Mieten hier sind schlimmer als in New York.«

Ich sehe ihn prüfend an. »Lenny, du hast ihr nicht versprochen, dass du ihre Miete zahlst. Richtig?«

Er betet noch einmal die Geschichte herunter, dass Katja seinetwegen ihre Familie und ihre Arbeit in St. Petersburg »aufgegeben« hat und nach Moskau gezogen ist. Eine eigene Wohnung kann sie sich nicht leisten, dorthin zurück aber auch nicht, weil der Geliebte ihrer Mutter vor kurzem mit in die Wohnung der Familie eingezogen ist. »Es ist alles sehr kompliziert geworden.«

»Kompliziert für sie, nicht für dich.«

»Du weißt nicht, wie man so etwas regelt.«

»Gibt es dafür Vorschriften?«, erkundige ich mich. »Ich meine, dass man die Miete für eine Frau bezahlt, mit der man nicht mehr zusammenleben möchte? Bist du ein Don und brauchst eine Kebse, die du einmal in der Woche stupsen kannst? Das könnte ich ja noch verstehen. Es wäre zumindest logisch. Aber ich höre aus deinen Worten heraus, dass du diese Person gar nicht willst.«

»Lass gut sein, Pa«, sagt er. Er jedoch lässt es nicht, sondern listet Katjas unzählige Vorzüge auf: ihre Güte und Freundlichkeit, ihre Ergebenheit. Ich verkneife mir die Frage, warum jemand eine solche Heilige verlassen wollen sollte. »Du und ich sind verschieden«, teilt er mir stoisch mit.

Ich grinse und lasse das so stehen. »In Ordnung, Lenny«, sage ich, »aber auch für Anstand braucht man die passenden Mittel. Wo willst du die Summen für ihren Unterhalt hernehmen? Arbeitest du zurzeit?«

Sein Gesicht verliert die Farbe. Er striegelt sich mit den angeknabberten Fingern das Haar. »Ich wusste es. In dieser Familie kann niemand seinen verfluchten Mund halten.«

»Deine Schwester hat es uns gesagt, na und? Wenn du in Schwierigkeiten bist, wollen wir helfen.«

»Hat sie euch auch erzählt, wie Austin und meine übrigen Freunde mich verraten und verkauft haben?«

»Dann weißt du jetzt wenigstens, wer deine Freunde sind. *Drushba drushboi a tabatschok wros.*«

»Ja, klar, ich heul ja auch nicht rum. Ich hab schon ein paar Sachen in Aussicht.«

Ich beiße mir auf die Lippen. »Vielleicht solltest du dich nicht so schnell in irgendwas hineinstürzen. Lass dir Zeit. Lass dir alle Optionen durch den Kopf gehen.«

Er antwortet nicht gleich. »Was schlägst du denn vor?«, sagt er schließlich in einem Ton, den man für Verzweiflung oder Sarkasmus halten könnte.

Ich ergreife die Gelegenheit und ziehe die beiden GMAT-Wälzer aus der Aktentasche. Lenny zuckt zusammen, als hätte ich vor seinen Augen gerade meine schmutzige Unterhose auf den Tisch fallen lassen.

»Lass mich raten, wessen Idee das war.«

Ich lächle. »In meinem Hotelzimmer hab ich noch zwei.«

»Soll das so was wie ein Köder sein?«

»Es ist ein ernsthaftes Angebot, Lenny. Du kannst nach Hause kommen. Für ein paar Monate bei uns wohnen oder so lange, wie du willst. Und wenn du für BWL angenommen bist, können wir bei den Gebühren für das erste Jahr helfen.«

»Und Mama kann mir Gurken-Wurst-Brote in mein Zimmer raufbringen, richtig? Ich bin vierunddreißig, Herrgott, und keine sechzehn.«

Bevor ich mir auf die Zunge beißen kann, sage ich: »Und dein Plan, wie sieht der aus? Hierbleiben und mit den hiesigen Physik-und-Mathe-Genies konkurrieren?«

Die Kränkung, die ich ihm am Gesicht ablese, geht tiefer, als ich erwartet hatte.

»Du und Ma, ihr glaubt immer noch, ein gerahmtes Zeugnis an der Wand ist die Antwort auf alles. Das ist eure dämliche Immigrantenillusion.«

»Komm schon, Lenny.« Ich versuche zu lächeln.

»Außerdem bin ich zu alt, um noch mal die Schulbank zu drücken.«

Das ist die Gelegenheit, meine Scharte auszuwetzen. »Du bist nicht zu alt. Ich war zwei Jahre älter als du, als ich dieses Land verlassen und von vorn angefangen habe.« Sofort klingen mir die Ermahnungen meiner Frau im Ohr, nicht von mir anzufangen. Wenn ich ihr Glauben schenken soll, läuft es bei den Ratschlägen, die ich Lenny gebe, auf ein »du bist wer, und er ist nichts« hinaus. Zum Teil ist das bestimmt der Einfluss unserer Tochter Mascha, einer Verfechterin der freudschen Analyse, die gern sagt, von einer alleinstehenden, psychologisch »beschädigten« Mutter großgezogen worden zu sein habe mich zum »Gestörten der zweiten Generation« gemacht.

»Schau«, sage ich, »du bist jetzt – was – neun Jahre hier? Ich weiß zufällig, dass ein Mann alle sieben Jahre seiner gesamten Verpflichtungen entbunden wird. Er kann sich die Hände abwischen, fortgehen und einen Neuanfang machen. Schau in die Thora, wenn du mir nicht glaubst. Das nennt man Erlassjahr.«

Lenny sieht mich an, als hätte ich gerade den Verstand verloren. »Seit wann bist du ein Fan der Thora?«

Ich lächle. »Du musst dich nicht sofort entscheiden. Denk darüber nach.« Ich stehe auf, um die Toilette zu suchen und Lenny Zeit zu geben.

Als ich am Toilettenraum ankomme, versperrt eine winzige Babuschka mit einem Besen den Eingang zur Herrenabteilung. Ich weiche nach rechts aus. Sie ebenfalls. Ich mache einen Schritt nach links, aber sie steht einen Schritt vor mir und ist entschlossen, mich nicht durchzulassen. Sie bittet mit golden aufblitzenden Zähnen grinsend um Entschuldigung und zeigt zur Damenabteilung. Ich beschließe, es noch zu unterdrücken, mache kehrt und gehe zu Lenny an den Tisch zurück.

Wir essen eine Weile schweigend, die GMAT-Bücher zwischen uns wie die Berliner Mauer. »Was zum Teufel ist da drüben los?«, sagt er schließlich. Ich blicke auf. Einer der Kerle, die Sawa zur Herrentoilette geschleift haben, ist wieder da. Offenbar blutet er an der Hand. Er reißt eine Stoffserviette vom Tisch, wickelt sie sich wie einen Druckverband um die fleischige Pranke und kippt eine halbe Flasche Wodka über die Wunde. Setzt sich, als wäre nichts, zu den anderen und trinkt weiter. Der Mann in Lavendelblau wirft ein paar Scheine in das allgemeine Durcheinander auf dem Tisch, und binnen einer Minute folgen die anderen seinem Vorbild und streben zur Tür. Ein günstiger Moment, noch mal für kleine Jungs zu gehen. Zu meiner Erleichterung hält die Babuschka nicht mehr Wache. Aber als ich die Tür aufstoße, ist sie da, steht auf einem Schemel und wienert die Spiegel über den Waschbecken. Eine hellrote Linie verläuft in einem Bogen durch unsere Spiegelbilder. Ich schließe mich in der Kabine ein. Aus der Nachbarkabine dringen würgende Geräusche, unterbrochen vom fast sittsamen Japsen blockierter Atmung. Beim Hinausgehen salutiere ich der Babuschka, die Blut von den Kacheln wischt, wie ein Kapitän.

»In Ordnung, ich nehm die Bücher«, sagt Lenny, als ich wiederkomme. »Wenn du versprichst, mich nicht mehr damit zu nerven, dass ich nach Hause kommen soll.«

»Ich habe meine Anweisungen, Lenny.«

Er schiebt die Bücher zu mir herüber.

»Behalt sie nur. Ich kann sie nicht zu deiner Mutter zurückbringen.«

Er schüttelt den Kopf. Und dann ist, wie aufs Stichwort, der betrunkene Sawa wieder da. Von der Herrentoilette windet er sich durch die leeren Tische wie ein Passagier durch den Gang eines schaukelnden Eisenbahnwaggons. Sein falsch geknöpftes Hemd bedeckt unaussprechlicher

Schmutz. Panik und Enttäuschung schleichen sich in sein Gesicht, als er begreift, dass seine Freunde ihn alle verlassen haben. Lenny und ich tauschen Blicke, als der blessierte, blutige Sawa durch die Glastür ins Freie stolpert, dort stehen bleibt und nach links und rechts blickt, vergeblich Ausschau hält nach seinen Freunden und Peinigern.

Ein Grinsen bricht auf Lennys Gesicht aus. »*Welkom daheim*, Dad«, sagt er und breitet feierlich die Arme aus. »*Welkom daheim*.«

12.

Kleine Feinde

Vielleicht hat meine Frau ja recht, wenn sie im Zorn sagt, dass ich im Gespräch mit unserem erwachsenen Sohn so oft danebentappe, weil ich keinen Vater hatte, der mich auf dem Weg ins Mannesalter begleitete. Was sie als meine »Finger-weg«-Methode verspottet, ist aber nicht die Folge von Unwissenheit, wie sie glaubt, sondern von zu viel Wissen. Wenn es aus dem schwarzen Loch zwischen meiner jäh abgebrochenen Kindheit und meinem vorzeitigen Erwachsenwerden Lehren zu ziehen gab, wollte ich sie meinen eigenen Kindern nicht vermitteln. Und die wenigen Erkenntnisse, die ich für wertvoll halte – ob die irgendeinen Nutzen in der Welt haben, in der wir heute alle so ahnungslos und öffentlich leben, kann ich nicht mit Bestimmtheit sagen.

Jedes Mal, wenn ich wem erzähle, dass ich die Jahre zwischen sechs und dreizehn in staatlichen Kinderheimen verbracht habe, baut der Betreffende sein Gesicht zu einer Miene wie bei der Verleihung der Verwundetenmedaille um. Als hätte er entdeckt, dass meine Beine in Wirklichkeit Prothesen sind. Er möchte die Stümpfe zu gern sehen, achtet aber peinlich darauf, Augenkontakt zu wahren. Der Ton der Stimme wird andächtig vor Mitgefühl.

Um all das zu vermeiden, spreche ich normalerweise nicht über diese Jahre. Liegen die Tatsachen erst mal auf dem Tisch, schwingt bei allem, was ich sage oder nicht sage, eine heroische Schwere mit. Und zuletzt verdrießt der Klang meiner eigenen Stimme mich mehr als die vorsichtige Neugier anderer. Meistens will ich mir aber bloß den Ärger ersparen, ihre dickensschen Vorstellungen von Verwaistheit zurechtrücken zu müssen. Ständiger Hunger, herzlose Strafen – all das gehört zwar zu meiner Geschichte, aber es gibt noch viel mehr. Durch ein gütiges Geschick oder Glück landete ich in einem Heim, in dem die Kinder mit Anstand behandelt wurden, sogar mit Zuneigung.

Glück hatte ich noch aus einem anderen Grund: Meine Zeit als Waise fiel in die Nachkriegsepoche, als das Nationalgefühl zu unseren Gunsten pendelte. Wir waren nicht mehr die Nachkommen von Kulaken, Kriminellen und Konterrevolutionären. Unsere Entwurzelung, nicht mehr das Kennzeichen des Verbrechertums, war das Merkmal eines patriotischen Opfers. Überall im Land platzten die Kinderheime aus den Nähten von den kleinsten Opfern des Kriegs, und es waren die Sprösslinge toter Helden, zwischen denen wir – die kleinsten Feinde – Tarnung suchten. Vielleicht begann sie für mich dort, meine früheste Lektion im Bewahren von Geheimnissen.

Die Nachkriegsjahre waren eine Zeit der Rationen und der Knappheit, und doch wurden wir im Kinderheim N. K. Krupskaja erstaunlich abwechslungsreich ernährt: Es gab Weizenbrot, Hafermehl, Buchweizen, Gerste, Honig, Konserven, Eier, holländischen Käse, Hüttenkäse mit Rosinen, Kompott, Erbsen, Gurken, Kohl, Karotten, Tomaten und ab und zu sogar Wurst und Wassermelonen. Wie haben wir das hingekriegt? Wir hatten Sponsoren – das Waisenhaus wurde von der nahegelegenen Kolchose und von der Gewerkschaft einer Fabrik in der Stadt unterstützt. Doch das eigentliche Geheimnis war unser Direktor Mark Pawlowitsch Gutschkow, der es mit viel Geschick verstand, um solche Unterstützung zu werben.

Ich sehe ihn, eine Woche nach meiner Ankunft im Krupskaja-Heim, deutlich vor mir. Er steht vor uns im Versammlungsraum, einer Art Turnhalle mit einer kleinen Bühne und einem alten Klavier an der Seite. Er ist jung, nicht älter als fünfunddreißig oder sechsunddreißig, und bekommt schon eine Glatze. Das dünne braune Haar ist von der hohen Stirn zurückgekämmt. Er trägt einen matschbraunen Anzug, der stark nach Tabak riecht. Der Ärmel seines fehlenden Arms ist nicht an der Schulter angeheftet, wie ich es bei anderen Kriegsinvaliden gesehen habe; er hängt locker herab und steckt in der Tasche des Jacketts. Mit der Hand seines vorhandenen Arms hält er etwas kleines Weißes hoch. »Diese Sorte Seife verwenden französische Frauen«, teilt er uns mit und hält sie noch etwas höher, damit wir Kinder sie alle sehen. »Die französischen Frauen sind Damen mit einer hochstehenden Kultur, und die misst sich daran, wie sie ihre Sachen behandeln. Bei denen liegt die Seife nicht in Wasserpfützen. Wenn sie damit fertig sind, putzen sie sie ab und hinterlassen sie so – vollkommen trocken.«

Ich bin in diesem Raum, sitze in einer Reihe mit anderen Sieben- und Achtjährigen, die Köpfe in den Nacken gelegt, die Münder offen. Die Jungen haben alle denselben Haarschnitt: millimeterkurz am Schädel, um Läusen vorzubeugen, und kurze Ponysträhnen, die uns vorn in die Stirn fallen.

Mark Pawlowitsch schreitet zwischen Klavier und Fahnenmast auf und ab. Über ihm hängt ein Porträt unseres Ruhmreichen Führers und Lehrers, Gärtners des menschlichen Glücks, dem wir Dank schulden für unsere glückliche

Kindheit. Der Raum ist licht – die untere Hälfte der Fenster ist nicht überstrichen, wie es in meinem vorigen Kinderheim der Fall war, damit wir nicht hinaus- und andere nicht hereinsehen konnten. Feinherb zieht der Geruch von Septemberlaub durch den Raum, als stehe irgendwo noch eine Tür offen. Ganz real ist das alles für mich noch nicht. Es kommt mir vor wie der Teil eines Traums, den ich aus einem bereits verblassenden Leben kenne, aus der Zeit vor den Fürsorgeeinrichtungen. Gutschkow spricht, und die Kinder sprechen ihm nach: »Weil wir das Glück hatten, sie zu bekommen … und weil wir keine Schweine sind, pflegen wir unsere Seife wie zivilisierte Menschen und passen auf, dass sie nicht mit Schaum beschmiert ist.« Ich forme die Worte mit den Lippen, gebannt vom Weiß der Seife, so rein, dass man es fast auch von ferne riechen kann.

In dem Kinderheim, in dem ich vorher verwahrt worden war, schrubbte man uns mit grober, beißender Waschseife ab, die auf der Haut scheuerte und juckte. Wie eine Sträflingskolonne standen wir unter der Aufsicht bulliger Wärter, die ihre Verachtung nicht verbargen. »Glückwunsch! Haben sie uns eine neue Ladung dieser beschissenen kleinen Feinde gebracht.« »Diese Parasiten saugen unser Blut, und wir müssen uns für die Brut noch den Rücken krumm machen.« Auf ihre derbe Art gaben unsere Aufpasser nur die marxsche Theorie der Mehrarbeit wieder: *Sie* schufteten den ganzen Tag – zogen uns um, gaben uns zu essen, badeten uns –, und wir produzierten nichts. Das Verhöhnen durch andere Kinder fing bald danach an.

»Wie ist dein Papa gestorben?«

»Er wurde im Krieg erschossen.«

»Nein, wurde er nicht. Er wurde erschossen wie ein feindlicher Köter.«

Nichts blieb ihnen verborgen. Sie wussten alles, man

hatte es ihnen gesagt – dass mein Vater nie im Krieg gedient hatte und dass sie meine Mama verbannt hatten, dass sie für ihren Verrat mit schwerer Arbeit büßen musste.

Ich hatte die erste Klasse noch nicht ganz abgeschlossen, als mir das alles zustieß. Vom ersten Tag an war ich gern zur Schule gegangen: Ich fügte mich leicht in die Disziplin der Klasse ein, kam schnell mit der gewählten Ausdrucksweise meiner Lehrerin Lydia Warlamowna und dem klar vorgezeichneten Weg zu Leistung und Belohnung zurecht. Ich lechzte danach, mich hervorzutun, verstand jedoch instinktiv das Ethos des Kollektivs: Ich durfte die Auszeichnung nicht um meinetwillen anstreben – es war das Vorrecht des Lehrers, sie zuzuerkennen. Im Unterricht meldete ich mich oft, aber nicht übertrieben. Ich half den langsameren Kindern. Ich war auf dem Weg zur Meisterschaft in der Disziplin, Erwachsene zufriedenzustellen.

Diese Erziehung war mir in jenem ersten Kinderheim nicht von Nutzen. In meiner ersten Woche borgte ich die einzige Unterhose zum Wechseln, die ich besaß, einem Jungen, der sich eingenässt hatte. Das Vergehen wurde entdeckt, und der andere Junge und ich mussten zur Strafe auf zerdrückten Trockenerbsen knien. Was sich als eine der weniger abstrusen und leichteren Strafen erwies, die ich in den folgenden sechs Monaten erhalten sollte.

Falls ich in dieser Zeit schulischen Unterricht erhalten habe, erinnere ich mich nicht daran. Im Gedächtnis geblieben ist mir nur die Leibesertüchtigung: ein militärischer Drill, den Jungen und Mädchen gemeinsam und mit freiem Oberkörper absolvieren mussten, obwohl sich bei einigen Mädchen bereits Brüste entwickelten.

Schläge gab es für alles. Wenn wir das verdorbene Essen erbrachen, das man uns vorsetzte, wenn wir im Haus pfiffen, wenn wir uns vergaßen und am Daumen nuckelten – bei jeder kindlichen Schwäche oder Not, die wir zeigten.

Vor ihrer Verhaftung hatte meine Mutter versprochen, mir neue Schuhe zu kaufen; ich wuchs aus dem alten Paar Lederschuhe allmählich heraus. Das merkte natürlich niemand, und als man mir beim Kleiderwechsel meine alten Sachen wegnahm und mir neue gab, war ich so versteinert gewesen vor Angst, dass ich nichts sagte. Doch eine Woche nach meiner Ankunft waren meine Füße wund und voller Blasen. Am großen Zeh des rechten Fußes wuchs mir der Nagel ein, und ich musste bei jedem Schritt, den ich tat, die Augen zukneifen vor Schmerz. Ich trat mehr mit dem linken Bein auf und erarbeitete mir ein leichtes Hinken, von dem ich hoffte, dass es bei den Erwachsenen um mich herum Mitleid erweckte. Schließlich fiel es jemandem auf. Sie gehörte zu den jüngeren Erziehern, ein mageres Mädchen mit hellen blauen Augen und Aknenarben. Vielleicht war sie selbst im Waisenhaus aufgewachsen und »aufgestiegen«. Wenn es sich so verhielt, stimmte die Erfahrung sie nicht milder.

»Warum schleppst du die Füße wie ein Esel?«

Ich sagte ihr, dass meine Schuhe nicht gut passten und mir der Zeh wehtat.

»Was wir dir geben ist also nicht gut genug?«

Ich protestierte und wollte erklären, dass die Schuhe meine eigenen waren, kein ausgegebenes Paar. Das war mein zweiter Fehler. In ihre Augen trat blanker Hass. Ich hatte ihr vor anderen widersprochen. »Na schön«, sagte sie und begann mich zu entkleiden. Sie zog mir die Schuhe und die Socken aus, dann Hemd und Hose, das Unterhemd und zuletzt die Unterhose. Sie riss das Fenster auf und befahl mir, mich davorzustellen, und den anderen, mir zuzusehen. Es war Mitte Februar. Auf einem Spielplatz, der größtenteils Schlamm war, klebten Schneereste an halb gefrorener Erde. Ich stand nackt im Wind, und sie hielt den anderen einen Vortrag über das Opfer, das unser Land brachte, indem es solch unwürdige Kinder aufnahm.

Ich schlotterte, das weiß ich noch. Gänsehaut überzog meine Arme und Beine und mein Gesäß wie ein Panzer. Ich bemühte mich, die Tränen zu unterdrücken, die mir in die Augen traten – nicht wegen der Demütigung, nackt dazustehen, sondern wegen des Stiches, total missverstanden worden zu sein. Ich stählte meinen sieben Jahre alten, vor Kälte schon steifen Körper mit stummer, unnachgiebiger Wut – Wut auf meine abwesende Mutter, weil sie mir, als ich darum bat, keine neuen Schuhe gekauft hatte, und Wut auf mich selbst, weil ich nicht hatte erklären können, dass die Schuhe mir gehörten – mir! – und dass ich kein undankbarer und kein böser Junge war.

Ich weiß nicht, wie lange sie mich vor dem offenen Fenster stehen ließ. Wie immer hatte ich Glück und bekam nur eine Erkältung und keine ausgewachsene Lungenentzündung. »Ich hoffe, du hast deine Lektion gelernt«, sagte sie zu mir, als es vorbei war. Das hatte ich. Die Lektion lautete: Wenn dir der Zeh wehtut, tut das nur dir weh und sonst niemandem.

Vermutlich mussten die Wärter, um ihre offensichtliche Feindseligkeit uns gegenüber wachzuhalten, in sich jedes angeborene Mitgefühl für das Leiden eines Kinds abtöten. Wir spürten ihre Abneigung, konnten die Quelle dafür aber nicht ahnen: In ihren Augen waren unsere Verfehlungen vorherbestimmt. Deswegen hagelte es stets die grausamsten Strafen, wenn wir Mitgefühl suchten, so wie ich bei meinem Zeh. Für die ungeheuerliche Unschuld, die wir für uns beanspruchten, konnte es kein Pardon geben.

Der Glaube unserer Aufseher an das Verbrecherische in uns war so überzeugend, dass er sich auf uns übertrug. Fast unmittelbar nach der Ankunft im Heim begriffen wir schon, wie der Hase lief. Bei mir war es so weit, als ich in die Küche schleichen und zwei Flaschen Kefir stehlen sollte. Wenn ich erwischt wurde, bekam ich mit

Sicherheit Schläge, doch eine Bestrafung war fast ebenso gewiss, wenn ich mich dem Geheiß der älteren Kinder widersetzte. Ich kniff in letzter Minute und kam mit leeren Händen im Dunkeln wieder. Meine Strafe ertrug ich stoisch am nächsten Morgen, als ich in einen Bettbezug eingeknöpft und mit dumpfen, gleichmäßigen Tritten malträtiert wurde. Das war nur eins unserer Kasernen-»Spiele« und hieß »Katze im Sack«. Mittlerweile war ich klug genug, nicht um Gnade zu bitten. Jeder Appell an Mitleid stachelte ihre Aggressivität nur noch mehr an. Kurze Zeit später sah ich einen anderen Jungen diese Strafe erleiden. Er war älter als ich, aber dünn und schmächtig. Ich weiß noch, dass ich ihn, als der Bezug schon aufgeknöpft war, dabei überraschte, dass er immer noch darin kauerte und mit bebenden Schultern leise schluchzte. Ich weiß noch, wie er mich ansah: die Augen verschwommen, flehentlich. Was wollte er von mir? Trost? Vielleicht nicht einmal das. Er wollte, was ich von meiner aknenarbigen Aufpasserin gewollt hatte: das leiseste mitfühlende Nicken. Doch eine größere Bitte als mitzuleiden kann man an einen anderen nicht stellen. Die Kälte kroch mir in den Leib, ich spürte, dass der Widerwille gegen die zitternde, nackte Not des Jungen in mir wuchs. Es gefiel mir nicht, dass mein Herz eine solche Wüste sein konnte. Ich wollte zu dem Jungen hingehen und wusste, was es mich kosten würde. Ich war bereits gegen meine menschlichen Antriebe geimpft. Obwohl »unmenschlich« auch nicht das richtige Wort wäre. Denn die Schwäche anderer facht unsere Grausamkeit an, und was ist menschlicher als das?

Darüber nachzudenken, welche moralischen und seelischen Schäden ich bei einem Verbleib in diesem Heim davongetragen hätte, habe ich mit aller Kraft vermieden. Doch das Glück war mir abermals hold. Der Hinauswurf aus diesem grauenvollen Asyl, dessen Namen ich fortan aus meinem Gedächtnis getilgt habe, kam nach einem Vorfall, bei dem es um einen braunen Putzlappen ging. Man hatte einem anderen feindlichen Parasiten und mir aufgetragen, die Böden eines langen Korridors zu wischen. Eine Hausbesorgerin mit dicken Armen brachte uns einen Eimer Wasser und verschwand wieder, ohne uns zu sagen, wo die Wischmopps und Bürsten waren. Vielleicht sagte sie es uns aber auch, und wir fanden sie bloß nicht. Jedenfalls gingen wir einen Besenschrank suchen und lugten hinter die verschiedenen Türen, bis ich auf dem Tisch in einem leeren Zimmer einen braunen Lappen sah, flauschig genug, um den Staub aufzunehmen und zu wischen. Wir wechselten uns ab, zogen ihn über den Boden, schoben ihn zwischen Wände und Ölheizungen, damit man uns nicht vorwarf, wir hätten die Ecken ausgespart. Wir rieben den zähen Schmutz von Gesimsen und die Trittspuren von den Treppenstufen. Das filzige Gewebe nahm Dreck auf, dass es das reinste Hexenwerk war.

Bald darauf kam die Hausbesorgerin wieder und ließ den Besen fallen, als sie sah, was wir getan hatten. Sie rannte mit fast hörbarem Windstoß heran und stürzte sich entsetzt auf den Lappen, wollte ihn im Eimer auswaschen, doch das Wasser war schon schwarz und kalt. Als sie den Lappen von innen nach außen drehte, sah ich, dass es gar kein Lappen war, sondern ein samtiges Banner, wie sie in vielen Räumen hingen, geschmückt mit dem Profil unseres großherzigen Führers, seine Augen über dem Schnurrbart wie stets von Lachfältchen umgeben. »Man kehrt ihnen den Rücken, und schon richten diese kleinen Itziks Unheil an!«, rief sie.

Zwei Tage später musste ich morgens beim Antreten nach vorn kommen und wurde in einen Zug nach Saratow gesetzt. Ich glaubte, man habe mich hinausgeworfen, weil ich mit Stalins Gesicht die Böden gewischt hatte – eine andere Erklärung konnte mein Kinderhirn mir nicht geben. Mir war nicht klar, wie unsinnig das war. Die Hausbesorgerin hätte niemandem von meinem Verbrechen erzählt; sie hätte das Banner gesäubert und kein Wort über den Vorfall verloren, denn sie wusste, wessen Kopf zuerst rollen würde. Heute verstehe ich das, mit sieben aber, allein in einem Zug und hungrig, wusste ich nicht, wohin ich fuhr und was mich erwartete. Ich erwog abzuspringen, in der Menge unterzutauchen und auf der Straße zu leben. Nur meine Feigheit bewahrte mich davor.

Das Kinderheim N. K. Krupskaja befand sich auf dem Land in dem Dorf Sokolowy, einer Siedlung von Wolgadeutschen. Hier roch es in den Räumen nicht nach Mäusen, und die Fensterscheiben waren weder weiß gestrichen noch von außen vergittert. Das ursprüngliche Gebäude, flach und lang, hatte man aus den unzersägten Stämmen der Häuser enteigneter und nach Sibirien vertriebener Kulaken errichtet. Als die Zahl der neu ankommenden Kinder während des Kriegs stieg, wurde ein neuer Flügel angebaut. Die nahegelegene Kolchose hatte dem Waisenhaus zwei Morgen ihres wasserärmsten Lands überlassen. Dort, auf unserem »Hof«, standen eine alte Kuh mit schlaffem Euter und ein Pferd, das ohne permanenten Ansporn keinen Schritt ging, von uns Kindern aber trotzdem geliebt wurde, weil es uns manchmal feierliche Ritte erlaubte. Nach vielen Mühen gelang es den Heimangestellten, ein paar Kleinigkeiten in dem kleinen Hausgarten zum Wachsen zu bringen. Im Frühjahr legten wir uns alle ins Zeug und pflanzten von dem Saatgut, das wir von der Kolchose erhielten, Weizen, Kartoffeln und Gemüse an.

Welches gütige Schicksal hatte mich in diese Zuflucht geführt? Meine Gedanken kehren unweigerlich zu Awdotja Grigorjewna zurück, unserer alten Nachbarin und meiner Kinderfrau. Ich male mir aus, wie sie nach mir sucht, die städtischen Kinderverteilzentren abklappert, bis sie herausfindet, wo ich bin. Stelle mir vor, dass sie die für mich Zuständige aufspürt – irgendeine Angestellte mit einem blonden Haarturm über dem stolzen Gesicht – und sie anfleht: »Suchen Sie ein gutes Heim für den Jungen. Russland ist groß – irgendwo im Süden vielleicht.«

»Wenn es einen freien Platz gibt, schicken wir ihn hin.«

Vielleicht hat die äußere Erscheinung der Frau einen mitfühlenden Riss, den Awdotja erspäht. »Der Junge ist wie mein eigen Fleisch und Blut. Mein Sohn wurde in Stalingrad getötet. Sie haben ein christliches Herz, das sehe ich.«

»Schluss damit, sofort bitte«, und dann: »Ich sehe nach; kommen Sie nächste Woche noch mal her.«

Tags darauf erscheint Awdotja mit einem Meter Boston-Wolle, eingeschlagen in Zeitungspapier. Meine alte Kinderfrau weiß etwas, was ich noch nicht weiß: Der Junge muss weit, sehr weit von Moskau fortgeschickt werden. Weit fort von dem großen Fleischwolf, durch den seine Eltern gedreht wurden. Aber vielleicht hat die liebe Awdotja auch keine solche Rolle gespielt. Ich habe nicht die leiseste Ahnung, wodurch sich mein Schicksal gewendet hat. Ich weiß nur noch, dass die mollige Blonde – die letzte in einer Reihe namenloser Bürokraten – mich in den Zug setzt und »bist ein Glückspilz« zu mir sagt, bevor sie den Schaffner auf mich hinweist. Und sie sollte recht behalten.

Das Krupskaja-Heim war, alles in allem, schlicht und sauber. Die Regeln waren streng, aber nicht willkürlich: Aus dem Speiseraum durfte kein Essen mitgenommen werden, die Teller mussten leergegessen, nichts sollte verschwendet werden. Oft nahm Mark Pawlowitsch die Mahlzeiten mit uns ein. Dann erzählte er uns auf unser Bitten hin vom Krieg, und es klangen darin wie von ferne Geschichten über unsere echten oder ausgedachten Väter an.

Er konnte herrlich erzählen. Allein mit seiner Stimme gab er das schreckliche Inferno von Granaten wieder, die hinter Erdwällen explodierten. Er schilderte uns Gespräche zwischen Kommandeuren und Soldaten, als hätten sie erst gestern stattgefunden. In jeder Geschichte wurde tapfer gekämpft, Mut auf die Probe gestellt, es wurden unmögliche Versprechen gegeben und gehalten. In den dramatischen Pausen hörten wir das Feuer der Artillerie so laut, dass uns das Blut in den Ohren rauschte.

Jeder wusste, wie er seinen Arm verloren hatte: Er hielt eines Abends Wache an seinem Posten, als die Deutschen angriffen und eine Mörsergranate hinter seinem Unterstand abwarfen. Er wurde verschüttet; seine Freunde gruben ihn aus und retteten ihm das Leben. Mark Pawlowitschs Geschichten endeten ausnahmslos auf diese Weise – mit einer Lektion über den Wert von Freundschaft. Während dieser Mahlzeiten gewannen die Jungen, deren Väter im Kampf gestorben waren, die Statur von Helden. In den anderen, deren Eltern aufgrund weniger ehrenvoller Umstände nicht mehr da waren, regte sich stille Eifersucht. Und ich – was ging mir durch den Kopf, wenn ich dasaß und gebannt diesen Chroniken der Tapferkeit lauschte? Mein Vater, das wusste ich, hatte im Krieg auch etwas Heldenhaftes getan, aber das hatte mit Papier zu tun gehabt, nicht mit Waffen. Verglichen mit Mark Pawlowitschs Schilderungen mannhafter Stärke nahm sich Papas friedlicher Heroismus unscheinbar aus. Wie jeder Junge meiner Epoche nährte ich bereits machtvolle eigene Phantasien – verwegene Szenen im Stile Tschapajews –, die meine Hingabe an die Sache zeigten, Stalins Namen auf den emailleweißen Lippen. Ob ich am Leben blieb oder starb, war Nebensache; entscheidend war das erlösende Bild, das andere von mir im Gedächtnis behalten sollten. Zumindest hier, in dem neuen Kinderheim, schien so eine Zukunft erreichbar zu sein.

Die Behauptung, dass meine Eltern Feinde wären, habe ich nie geglaubt; das Wort brachte ich nur mit deutschen Faschisten in Verbindung. Ich wusste allerdings auch, dass sie keine richtigen Russen waren. Sie sprachen mit mir und untereinander in einer anderen Sprache. Hätte ich es in Worte fassen können, hätte ich meiner Überzeugung Ausdruck verliehen, einer von ihnen oder beide hätten als Außenstehende schlicht einen Fehler begangen – einen leichtfertigen, unbedachten Irrtum, der einem richtigen Russen niemals unterlaufen wäre. Nur durch diese Leichtfertigkeit waren sie in den fürchterlichen Strudel aus Missverständnissen geraten, in dem wir alle gefangen waren. Während dieses Kuddelmuddel aus der Welt geschafft wurde, war es meine Aufgabe, mich aus allem herauszuhalten, bis ich aufgefordert wurde, den Charaker meiner Mutter und meines Vaters zu bezeugen. Die beständige Treue und Demut meiner Eltern würde durch meinen offensichtlichen Patriotismus bewiesen werden. Mein Mut und meine Ehrlichkeit, meine Talente als Führer der Männer dienten ebenfalls als Nachweis. Zumindest war das mein Plan, nachdem ich wieder zur Schule ging. Ich war entschlossen, der gute Junge zu sein, der ich im ersten Kinderheim nicht hatte sein dürfen. Zu diesem Zweck schloss ich mich sofort mehreren »Hobbyzirkeln« an – einem Kunstklub, betreut von unserem Lehrer, und einem »Klub junger Techniker« für Kinder, die sich für die Herstellung von bäuerlichem Arbeitsgerät interessierten. Mit meinem Talent als Illustrator (ich war ein begabter Schöpfer realistischer und blutiger Kriegsszenen) und meiner Begeisterung für Praktisches hoffte ich, bei den Jungen Pionieren zugelassen zu werden. Mein tugendhaftes Streben war nicht ganz altruistisch: Sollte es mir nicht gelingen, meine Eltern zu retten, konnte ich zumindest mich selbst retten. Wenn ich keine Familie mehr hatte, war ich bereit, mich wieder in die große kommunistische Familie eingliedern zu lassen. Wahrscheinlich orientierte ich mich an den Erwachsenen in meiner Umgebung. In dem neuen Heim wurde nie abschätzig über unsere Eltern gesprochen; sie wurden gar nicht erwähnt. Wenn ein Kind sich vergaß und unabsichtlich das Wort »Mama« oder »Papa« aussprach, gingen die Aufpasser mit kühlem Gleichmut über den Ausbruch hinweg. Er war ein Verstoß gegen die Etikette. Das hätte mich eigentlich beruhigen sollen, wendete meine Befürchtungen aber nur nach innen. In dem alten Heim, wo ich für solche Fehltritte mit Schlägen rechnen musste, hatte ich stets auf Fallstricke und Stolpersteine geachtet wie ein gehetztes Tier. Hier, wo ich als »normaler« russischer Junge durchging, hatte ich schreckliche Angst, als der entdeckt zu werden, der ich war.

Aber wer war ich? Seit dem Verlust meines Zuhauses ging etwas Seltsames mit mir vor. Mein Körper wurde mir neuerdings fremd. Ich hörte meine Stimme, als sei sie die eines anderen, und sah mich selbst mit den Augen eines Unbekannten. Ich hörte dem fremden Jungen zu und wollte ihn kennenlernen, aber auch beurteilen und einschätzen können. Mit der Zeit war der Junge, den ich beobachtete, nicht mehr »ich«, sondern ein anderer, ein Junge, dessen Vater im Krieg gefallen war und dessen Mutter, eine Krankenschwester vielleicht, ebenfalls als Heldin umgekommen war. Ich sah den Jungen mit den anderen in die Kantine gehen. Sah ihn im Gemeinschaftsbad, wo er sich mit kaltem Wasser besprützte. Es rührte mich, wie dieses einsame Wesen furchtlos alle Entbehrungen ertrug und den Grausamkeiten des Lebens zum Trotz bescheiden und unverzagt blieb. Im Wachen bestand mein Leben darin, heimlich diese Gestalt zu spielen. Ich klammerte mich an ihn wie an einen Bruder und hatte schreckliche Angst, dass er mir weggenommen wurde.

Meine Angst vor Entdeckung war nicht ganz neu. Vom ersten Schultag an antwortete ich meiner Mutter nicht mehr auf Englisch. Sie hütete sich schon lange, vor den Nachbarn Englisch zu sprechen, aber ich mochte es nicht einmal unter vier Augen. Erst wenn es dunkel war, legte ich meine Wachsamkeit ab und ließ mir von ihr Schlaflieder vorsingen, die ich seit frühester Kindheit kannte – »Little Bo Peep«, »Farmer in the Dell«, »Row, Row, Row Your Boat« –, aber auch andere wie »Angels Watching Over Me«, »Roll the Old Chariot Along«, »He's Got the Whole World in His Hands«, Lieder, bei denen es sich, was ich damals nicht wissen konnte, um Gospels handelte, die schon die Kinderfrau meiner Mutter gesungen hatte, als Florence noch klein war. Im Kinderheim summte ich manche dieser Lieder unter der Decke meines Metallbetts so leise, wie ich nur konnte. Was hatte ich denn sonst? Wir schliefen allein, ohne Stoffpuppen oder Plüschhasen, die wir an uns drücken konnten. Die Lieder und die Melodien waren das Einzige, was mir von meiner Mutter geblieben war, deren Bild bereits verblasste.

Meine zwei Existenzen – in der Nacht und am Tag – waren für mich deutlich voneinander abgegrenzt, denn es gab eine Regel, die uns Kindern untersagte, die Schlafräume nach dem Bettenmachen tagsüber noch einmal zu betreten. (Seitdem widerstehe ich der Versuchung, mitten am Tag ins Schlafzimmer zu gehen, und habe mich fast mein Leben lang daran gehalten.) Dennoch habe ich die Regel kurz nach meiner Ankunft einmal übertreten und mich nach dem Frühstück wieder in den Schlaftrakt geschlichen. Wozu? Das weiß ich jetzt nicht mehr. Hatte ich etwas vergessen? Was immer der Grund war, ich war bis zur Tür gekommen, als von drinnen Stimmen herausdrangen.

»Sie bringen Schande über dieses Heim!« Die Stimme gehörte einer Frau, die unter uns Feldwebel hieß, eine Erzieherin, die allmorgendlich das eine oder andere unglückliche Kind beim Antreten herauspickte und ihm befahl, eine Sünde einzugestehen, die es vor kurzem begangen hatte (schmutzige Finger, stibitzte Zigaretten). Dieses Mal hatte sie wohl unter dem Kopfkissen eines älteren Jungen einen Beweis für seine Verderbtheit gefunden. Ich hätte mich aus dem Staub machen sollen, das war mir klar, verharrte aus Neugier aber an meinem Platz, unfähig zu atmen oder mich zu rühren. Der Feldwebel, stellte sich heraus, hatte einen Brief gefunden, genau genommen einen Liebesbrief von einem Mädchen aus dem Waisenhaus, und las ein paar Zeilen vor, bevor er seine Einschätzung gab. »Abscheulich! Nicht mal wie die Lieder im Radio.«

»Ich hab dir schon gesagt, ich kümmere mich selbst darum.« Ich erkannte Mark Pawlowitsch Gutschkows Bariton, seine Reibeisenstimme.

»Es ist *meine* Aufgabe, dafür zu sorgen, dass sie dieses Heim… *unversehrt* verlassen«, sagte der Feldwebel. »Wir führen ein Waisenhaus und kein Bordell. Was, wenn wir morgen noch einen Kostgänger mehr haben?«

»Hör auf, mich in Angst zu versetzen und dich auch.«

»Du musst ein Exempel an ihnen statuieren, bevor die anderen auf Ideen kommen.«

»Ich werde nichts dergleichen tun und du ebenfalls nicht.«

Ich hockte hinter der offenen Tür, als der Feldwebel hinausstakste. Sie sah mich nicht einmal. Ihre zusammengepressten Lippen zeigten, was sie davon hielt, sich einer solchen Anweisung fügen zu müssen.

Begriff ich, worum es bei dem Gehörten ging? Nicht genau. Ich spürte, dass Mark Pawlowitsch klargemacht hatte, wer der Verantwortliche war, und war froh darüber, denn vor dem Feldwebel hatte ich genauso viel Angst wie die anderen und konnte ihn nicht leiden. Doch der Wortwechsel verunsicherte mich auch. Er widersprach dem Credo, das mir lange nahegebracht worden war. In der Schule hatte unser Lehrer ein Porträt von Pawlik Morosow, dem Bauernjungen, der seinen Vater angezeigt hatte, neben den Bildern von Lenin und Stalin hängen. Jeden Tag wurden aus unseren Reihen »Ordner« bestimmt, die nach dem Schmutz unter den Fingernägeln und dem Schmalz in den Ohren der anderen Kinder sehen mussten. Wer zu nachsichtig war und seinen Freunden etwas durchgehen ließ, wurde seinerseits gemeldet, in der Regel von den kleinen Mädchen, die sich zur Durchsetzung von Disziplin berufen fühlten. Die Kunst, andere wegen einer Unzulänglichkeit zu verpetzen, wurde uns schon früh eingebleut, und ich war leider nicht unempfänglich für ihre Verlockung.

Wenig später wurde ich in Gutschkows Büro zitiert, weil ich eine Schlägerei angefangen hatte. Mein Wille, ein vorbildlicher Bürger zu werden, hatte mich vorübergehend verlassen, als ein anderer Junge das einzige Schachbrett umstieß, das wir zur Verfügung hatten und das ich, während ich darauf wartete dranzukommen, mit viel Mühe aufgebaut hatte. Der andere war ein bösartiger Widerling, er hatte mir schon einmal Ärger machen wollen und, schlimmer noch, behandelte mich wie den Schwindler, der ich zu sein fürchtete. Meist ließ ich seine Klugscheißereien unkommentiert, aber das war eindeutig eine Provokation. Wenn ich in meinem ersten Kinderheim etwas gelernt hatte, dann, dass Rechnungen sofort beglichen werden mussten. Ich verstand mich nicht aufs Prügeln. Ich krallte die Hände in sein Gesicht, weil ich gegen ihn nur eine Chance hatte, wenn ich wie ein Wahnsinniger auf ihn losging, bevor er reagieren konnte, grub die Nägel so weit oben in sein Kinn, wie ich hinauflangen konnte. Er boxte mich in den Bauch, aber ich hatte die untere Hälfte seines Gesichts inzwischen im Zangengriff und ließ nicht los.

Seine Lippe platzte auf und blutete. Ein zweiter Schlag erwischte mich voll auf dem Ohr. Mir dröhnte der Kopf; so musste es sein, wenn die Schockwelle eines Trommelschlags einen Tauben trifft. Mir wurde schwarz vor Augen. Möglich, dass ich lächelte, als ich zu Boden ging.

Die Tür zum Büro ging auf, und ich wurde am schmerzenden Ohr hineingeführt. Die Tür ging hinter mir zu. Der Direktor wies auf einen Stuhl. Der Raum hatte einen unverwechselbaren Geruch – eine dicke Wolke aus Pfeifentabak, Wolle und Männerschweiß.

Unter seinen Augen lagen dunkle Ringe. Die Bartstoppeln eines Tages ragten aus dem schlaffen Fleisch seines nicht unansehnlichen Gesichts. Als er sprach, spürte ich seine Stimme in meiner Brust. »Zeig mal die Hände vor, Juli.« Mit seiner einen Hand drehte er meine Hände um. »Wie ich sehe, hat man dir die Krallen gestutzt. Was hast du dir dabei gedacht?«

Mir wurde mulmig, weil er mich mit Namen angesprochen hatte. Gutschkow ging ja wie eine Berühmtheit durch unsere Flure. Nun hatte ich eine Privataudienz bekommen – allerdings nicht, weil ich etwas Außerordentliches geleistet hatte oder gar ein ehrenhafter Rebell war, sondern wegen einer gemeinen, opportunistischen Schandtat.

»Ich höre.«

»Ich hab nicht angefangen …«, sagte ich und setzte zu der Geschichte mit dem Schachbrett an, ließ die früheren Hänseleien des Jungen aber aus. Ich spürte, dass Gutschkow mich analysierte, während ich weiterplapperte. Ich bereute jedes Wort, kaum dass es mir über die Lippen gekommen war. Mir lief schon der Rotz aus der Nase, da wollte ich noch mein Alter ego heraufbeschwören – den feinen, ernsten Jungen, der sich nie mit Ausreden selbst erniedrigte. Aber mein Doppelgänger hatte mich im Stich

gelassen. Mein Gesicht, merkte ich, wurde nass. Irgendetwas in mir war aufgebrochen.

Schließlich brachte Gutschkow mich zum Schweigen.
»Hier bei uns lösen wir Probleme nicht mit den Fäusten.
Verstanden?«

Ich nickte.

»Mach den Mund auf.«

Nun, wo ich etwas sagen sollte, verstummte ich.

»Du verstehst doch einfaches Russisch?«, blaffte er.

Ich brachte ein Nicken zustande.

»Und Englisch auch?«

Mein Körper versteifte sich.

»Du bist ein *amerikantschik*, nicht wahr?«

Das Herz in meiner Brust hüpfte wie ein Kanarienvogel,
der aus seinem Käfig herauswill. Ich konnte keinen normalen Atemzug tun.

»Wovor fürchtest du dich? Wir schicken dich nicht dahin.«

»Nein.«

»Was nein? Keine Angst?«

»Ich bin kein Amerikaner«, sagte ich. Die Hänseleien
klangen mir noch in den Ohren. Jetzt hörte ich sie gerade
wieder. *Feind. Feind.* »Meine Mutter und mein Vater waren
welche.«

Er betrachtete mich unter halb gesenkten Lidern. »Warum
›waren‹?«

»Sie sind tot«, sagte ich zu ihm, ohne mit der Wimper zu
zucken.

Vielleicht glaubte ich das sogar. Vielleicht wünschte ich
es mir in diesem Augenblick sogar.

Mark Pawlowitsch schwieg. Er schob die Hand unter
seinen Kragen und holte aus irgendeinem Hohlraum
unter seinem Hemd eine lange Kette mit einem Schlüssel
aus Messing hervor. Geschickt zog er sich die Kette vom

Hals, ging in die Hocke und schloss eine Schublade seines Schreibtischs auf. Über dem Horizont des Schreibtischs sah ich seine Schulter und den schlaff herabhängenden Ärmel. Zum ersten Mal ging mir auf, dass selbst simple Bewegungen für ihn keine Selbstverständlichkeit waren, dass er zum Öffnen des Schlosses den ganzen Körper drehen musste, so als drehe er an einer hartnäckigen Schraube. Schließlich bekam er die Schublade auf und zog etwas hervor – eine schwere lederne Mappe, die er auf den Schreibtisch legte. Er fand einen Bogen Papier und schob ihn mir herüber. »Du bist alt genug, um zu schreiben.«

Mit noch immer klopfendem Herzen begriff ich, was die lederne Mappe enthielt. Die Seite, die er aufgeschlagen hatte, war voller Adressen.

Er stand auf und kam zu mir herüber. Stellte das Tintenfass neben mich. Ich hielt die Feder fest, die er mir gegeben hatte, aber mein Kopf war leer.

Mark Pawlowitsch fing an zu diktieren: »*Sdrawstwuj, dorogaja mamotschka…*«

Ich notierte seine Worte wie ein Sekretär. Er warf einen kurzen Blick auf mein Gekrakel. »Bei dem ersten Wort, das schreibt man mit… Ach, ist nicht wichtig. Machen wir weiter.«

Mein erster Brief an meine Mutter bestand aus vier Sätzen. »Es ist warm hier«, fing er an und endete mit: »Ich habe einen Freund gefunden. Er heißt Kolja.«

»Und jetzt?«, sagte ich.

»Was meinst du? Schreib: ›Ich küsse dich, dein Sohn Julik.‹«

Aus einer anderen Schublade seines Schreibtischs zog Gutschkow einen Briefumschlag. Als er den richtigen Eintrag in seiner Mappe gefunden hatte, schrieb er die berüchtigte Anschrift des Gefängnisses ab, an das der Brief gehen sollte. Das erledigt, schob er die Mappe in den Schreibtisch zurück und schloss ihn mit seinem Schlüssel ab.

Die lange Kette mit dem schimmernden Messing verschwand unter dem groben Leinenhemd des Direktors, verborgen an einer Stelle, zu der nur er Zugriff hatte. »Das genügt für heute«, sagte er. »Nächstes Mal wirst du schon mehr zu schreiben haben.«

Was meinen Freund Kolja anging – den habe ich im Speisesaal kennengelernt. Er war zwei Jahre älter, aber das sah man ihm nicht an. Er war dünn und blass wie ein Albino und hatte einen Hühnerhals. Trotz seiner Schlitzaugen sah er nicht listig aus, sondern schaute gelassen drein, fast heiter, so als sei der Platz, an dem er sich befand, nur eine Durchgangsstation. Ich wollte ihn ins Gespräch ziehen, indem ich das Essen lobte.

»Ja, ein richtiger Kurort. Isst du deine Süßigkeiten?«, sagte er.

Ich sah auf meinen Zinnteller, auf dem zwei eingewickelte *barbariski* lagen. Es war Sonntag, und das war unsere Leckerei zum Feiertag des siebten November. Ich hatte schon beim Essen gesehen, dass er kleine Stücke seiner Wurst abbiss und sie sich in die Tasche steckte. Da ich nicht widersprochen hatte, schnappte er sich meine Bonbons und steckte sie dazu.

»He!«

»Zu spät. Was vom Waggon heruntergefallen ist, ist weg.«

Ich wollte keinen Streit mit einem Fiesling vom Zaun brechen, zumal sein Bonbonklau fast wie eine freundschaftliche Geste ausgesehen hatte, und ein Freund war das, was ich am nötigsten brauchte. Essen aus dem Speisesaal mitzunehmen war gegen die Regeln. »Die werden von dir verlangen, dass du die Taschen umdrehst«, ermahnte ich ihn.

»Du bist die Heimleitung, was?«

Ein paar Wochen später zog er mich über das Metallgatter hinter dem verfallenen Kuhstall. Auf der anderen Seite des Gatters führte ein Waldweg zu der Hauptstraße, auf der man in die Stadt und auf den Basar kam. An dem Tag – einige Zeit nach meiner Audienz bei Gutschkow – war der kürzlich gefallene Schnee geschmolzen; Stiefel- und Hufspuren durchzogen die schlammige Erde. Sie saugte beim Gehen an unseren Schuhen. Als wir außer Sichtweite des Kinderheims in ein Wäldchen gelangten, zog sich Kolja die Hose herunter und pinkelte in die Schwarzkiefern. Er stopfte das Hemd zurück in die Unterhose und hakte anschließend in seiner Hose etwas aus. Es war ein Fausthandschuh, den er mit einer Sicherheitsnadel innen befestigt hatte, direkt unter dem Taschenfutter. Er schob den Zeigefinger durch das Loch am Taschenboden und demonstrierte mir wackelnd, wie er das Essen herausangelte. In dem angehängten Fäustling befanden sich die Kielbasastücke und die Süßigkeiten, außerdem ein zerbrochener Kamm, ein Zigarettenstummel und Streichhölzer. Nun, den Elementen ausgesetzt, rauchte Kolja ungeniert wie ein Erwachsener und bot mir zum Dank für meine Süßigkeiten ein paar Züge von seiner Zigarette an.

»Was hast du mit den Bonbons vor?«

»Die tausche ich.«

»Gegen was?«

»Eine Pfeife.«

»Hast du die Nadel auch eingetauscht?«

»Nein, die hab ich meiner Tante Marusia stibitzt, hab sie in einer Knopfschachtel gefunden. Sie wohnt nicht so weit weg.«

»Wieso bist du nicht bei ihr?«

»Mir gefällt's hier. Und wenn Mama aus dem Kahn wiederkommt, wohne ich sowieso mit ihr zusammen.«

Wieder kroch mir die Kälte in den Leib. Noch nie zuvor hatte ich ein Kind davon sprechen hören, dass seine Mutter im Gefängnis war, geschweige denn von selbst damit anfangen, wie Kolja eben.

»Was hat sie gemacht, deine Mutter?«

»Sie hat Babys aus Frauen rausgeholt.«

»Sie auf die Welt gebracht.«

»Nein, sie hat sie mit ihren Stricknadeln rausgezogen, bevor sie zu groß wurden. Wenn die Frauen sie nicht haben wollten.«

»Haben die geschrien?«

»Die Frauen, klar. Die Babys nicht. Die waren bloß Därme und Blut, als sie sie rausgezogen hat.«

»Du meinst, du hast es gesehen?«

»Klar. Ich hab geguckt, wenn sie den Mülleimer ausgekippt hat. Manchmal waren Haare mit dran, aber vor allem Därme.«

»Und dein Papa?«

»In einer Schneewehe erfroren. Sind deine beide tot?«

Ich zögerte. »Mein Vater, könnte sein«, hörte ich mich sagen. »Meine Mutter ist in einem Lager.« Meine Ehrlichkeit überraschte mich. Kolja hatte die Wahrheit aus mir herausgeholt, und ohne so herumzustochern wie bei dem, wovon er eben beiläufig erzählt hatte.

»Sie ist ein Feind?«

»Ich weiß nicht.«

»Na ja, *irgendwas* wird sie ja gemacht haben, sonst hätten sie sie nicht fortgeschafft.«

Das alte Gefühl, unwürdig zu sein, meldete sich zurück. Dieselbe Frage hatte mich viele Monate lang beschäftigt. In meinen Gedanken stellte eine Erklärung die anderen in den Schatten. Jetzt wollte ich sie ausprobieren, wollte wissen, ob sie in der freien Luft überlebte. »Bei uns im Zimmer stand eine Eisenbüste von Lenin. Die hat Mama immer genommen und mit dem Sockel Walnüsse geknackt.« Die schwere Eisenbüste war ein vorzüglicher Nussknacker gewesen. Mein Vater, das wusste ich noch, warnte sie mal. Wenn jemand sähe, wie sie Nüsse knackte, würde man sie »einlochen«.

»Mit Lenin!« Koljas entsetzter Ausdruck war beruhigend. »Meine Mama hat gesagt, sie liebt Lenin mehr als ihr Leben.«

Ich war nicht zum ersten Mal auf dem Basar. Wir durften sonntags mit älteren Kindern hingehen, die auf uns aufpassten und ein paar Kopeken mitbekamen, von denen sie uns Eiskrem oder eine Zeitungstüte Sonnenblumenkerne kaufen sollten. Der Basar war für alle der Lieblingsausflug, eine in ständigem Wandel begriffene Landschaft – ordentlich und voller Elan am Morgen, von Menschenmengen gefüllt den ganzen Nachmittag über, in Auflösung begriffen wie eine Straße nach einer Parade im frühen Zwielicht. Kolja ging aber nicht als Zuschauer hin, sondern um Handel zu treiben. Ich folgte ihm von Stand zu Stand, während er sich als Tauschhändler versuchte.

»Babuschka, ein paar Münzen für die Süßigkeiten?«

Kaum hatten wir unsere Geschäfte gestartet, als eine Krämerin loszeterte.

»Diebe! Sie bestehlen ihr Kinderheim.« Sie schrie hinter einer Pyramide aus Karotten und Roten Beten hervor und fuchtelte mit erfrorenen roten Händen in der Luft. »Die füttern und kleiden euch Gesindel, und ihr bestehlt den Staat!«

»Beruhige dich, Tantchen. Es gehört mir. Ich hab es niemandem gestohlen.«

»Lügner und Diebe! Die kommen hierher und verhökern die Sachen, die sie am Leibe tragen, für Zigaretten. War schon einer da und hat seinen Schal verkauft.«

»Wir nicht, Tantchen«, sagte Kolja. »Kann mal jemand dieser Schabracke das Maul stopfen.«

»Was glaubst du, wer war das?«, überlegte ich laut, als wir im schwächer werdenden Licht den Heimweg antraten. Ich hatte bereits einen Verdacht.

»Kahli, jede Wette.«

Kahli glich mehr einem brutalen Zwerg als einem richtigen Kind. Ich hatte ihn schon dabei beobachtet, dass er streunende Katzen quälte, die über unseren Spielplatz spazierten – sie mit zusammengebundenen Beinen gegen Baumstämme schleuderte. Eine hatte er gelähmt, indem er ihr das Becken brach. Er verjagte zuerst die Kleineren von den Schaukeln und vom Karussell und fläzte sich dann verächtlich selbst auf die Geräte. An seinem wilden Lachen erkannte man zweifelsfrei den Verbrecher. Wir alle vermuteten bei ihm geistige Defizite, aber dadurch war er den anderen erst recht überlegen.

»Wie ist er eigentlich zu seinem Namen gekommen, wenn er gar keine Glatze hat?«, sagte ich.

»Sein Kopf war mit blutenden Wunden bedeckt, als er hier ankam«, erklärte Kolja. »Er hat auf einem Eisenbahndepot gehaust und mit den Landstreichern *na wolosjanku* gespielt.« Kolja weihte mich in die Regeln des Spiels ein. »Wenn er gewann, gaben sie ihm was zu essen; wenn er verlor, durften sie ihm ein Büschel Haare ausreißen.«

Bei meiner Ankunft im Kinderheim N. K. Krupskaja hatte ich Mühe, den Blick von Kahli abzuwenden, sah aber nur aus den Augenwinkeln hin, um keine Schlägerei zu provozieren. Wer ihn länger anschaute, konnte genauso gut sein Todesurteil unterschreiben. Statt ihn zu zivilisieren, hatte das Kinderheim seine Wut noch mehr angefacht. Inzwischen setzte er sich über alle Regeln der Fairness hinweg, die verlangten, dass man nur mit den Fäusten kämpfte und beim ersten Anzeichen von Blut sofort aufhörte. Ein Messer zu ziehen, wie Kahli es bei seiner letzten Schlägerei mit einem Neuen getan hatte, war ein Verstoß gegen die Ordnung. Und erforderte unverzügliches Eingreifen. Jemand war zu Gutschkow gelaufen, und der Direktor war auch gleich zur Stelle, trennte die Kampfhähne und schleppte Kahli mit seinem einen, überraschend starken Arm am Kragen fort. Als Gutschkow wiederkam, setzte er seinen Hut ab und sagte, jeder, der eine Waffe bei sich trage, solle sie sofort hineinlegen. Gleich traten zwei Jungen vor und legten die kleinen, stumpfen Klingen hinein, mit denen sie manchmal an Bäumen Dart gespielt hatten. »Beim Nächsten, bei dem ich ein Messer konfisziere, ist es mit einem Monat Schweinekot schaufeln nicht getan«, ermahnte er uns.

Es war bitterkalt, als wir zum Kinderheim zurücktrabten. Der gefrorene Boden knackte unter unseren Füßen. »Sollen wir es sagen?«, fragte ich Kolja.

»Warum sollen wir den Kopf hinhalten?«

Ein paar Tage später musste Kahli morgens beim Antreten nach vorn kommen. »Wo ist der Schal, den wir dir gegeben haben?«, wollte Mark Pawlowitsch wissen.

Ein höhnisches Lächeln spielte um die Lippen des Jungen. »Hab ich verloren.«

»Wir bezahlen hier für alles Geld«, sagte der Direktor und schritt die Reihe ab. Noch immer an Kahli gerichtet, fügte er hinzu: »Vorigen Monat hat dir doch das Kartoffellesen so gut gefallen. Diesen Monat kommst du in den Genuss, unser Winterholz zu hacken.«

Wir taten alle so, als sähen wir Mark Pawlowitsch an, linsten in Wahrheit aber zu Kahli, der den linken Arm hinter den Rücken gelegt hatte und Gutschkows stolzen Gang nachäffte. Bei den älteren Kindern breitete sich hämisches Gekicher aus. Kahli hatte den pedantischen Gang des Direktors und das ungleichmäßige Wackeln seines Gesäßes gut getroffen. Unwillkürlich kicherten sogar die, die seine Imitation grausam fanden. Mir tat es weh, dass der Kriegsheld Gutschkow hinter seinem Rücken verspottet wurde.

Seit ich mich davon überzeugt hatte, dass er die Anschrift der Strafanstalt meiner Mutter unter Verschluss hielt, war ich ihm treuer ergeben denn je. Nun spürte ich mit jeder Faser meines Körpers den Wunsch, mich auf Kahli zu stürzen. Dass er boshaft war, konnte ich verkraften, nicht aber, dass er seine Gehässigkeit als noble Rebellion ausgab. Dafür, das schwor ich mir, würde er bezahlen.

Am nächsten Morgen stand ich in meiner Schuluniform vor dem alten Schulgebäude und drückte den Rücken gegen die dicken runden Stämme. Der Geräteschuppen war meine Deckung. Die anderen Kinder traten für den drei Kilometer langen Marsch zum Unterricht an. Wenn ich zu spät kam, wurde ich bestraft, das war mir klar, aber was ich vorhatte, war wichtiger als Schule. Ich wartete ab, bis das Stimmengewirr in der kristallklaren Luft abebbte, und schlich zurück ins Hauptgebäude. Sehen Sie nun den jungen Helden: Der Wind fährt unter die Ohrenklappen meiner Mütze, mein Pullover (mir bereits zu kurz) trennt sich unten am Saum auf, als ich nervös dran ziehe. Die Kälte sticht mir in die Lunge. Der gefrorene Schnee knackt unter meinen Schuhen, und ich suche Wärme bei einem Bild, das Mark Pawlowitsch und mich zeigt, als ich einen zweiten Brief an meine Mutter schreibe (eine Antwort auf meinen ersten steht noch aus). Der falsche erste Eindruck eines Lügners, den er von mir gewonnen hatte, ist beseitigt, denn ich habe ihm mitgeteilt, was ich weiß. Mark Pawlowitsch legt mir die Hand auf die Schulter und sagt, ich sei ein Junge, auf den man sich verlassen kann. Meine Schulter bleibt warm, als ich den Brief an meine Mutter verfasse.

Als ich vor dem Büro des Direktors eintraf, war er nicht allein. Durch die halboffene Tür drangen Stimmen – die eine schroff und ernst, die andere bedächtig und zuvorkommend. Von meinem Posten erhaschte ich einen Blick

auf glänzende Militärstiefel und flappende schwere Winter-
mäntel in dem Blaugrau, an dem man normalerweise Angehörige der *milizia* erkennt. Meine Augen folgten dem Mantel aufwärts bis zum Kragenspiegel. Sie waren zu zweit bei
ihm drin: Der eine beugte sich auf eine Weise, die irgendwie bedrohlich wirkte, über Gutschkows Schreibtisch, der
andere schritt im Zimmer auf und ab und klopfte sich den
Raureif von der Bärenfellmütze. Ihre schweren Stiefel hatten Spuren geschmolzenen Schnees auf dem Boden hinterlassen. Ich hielt den Atem an. Worüber sprachen diese
Polizisten? Es ging anscheinend um einen Jungen aus der
Stadt, den man nach einem blutigen Kampf mit Messern
ins Krankenhaus bringen musste. Der Direktor wollte
wissen, ob der Junge den Angreifer identifiziert hätte. Der
eine Polizist erwiderte lächelnd, sie hätten von ihm alle Informationen bekommen, die sie benötigten. »Dann können Sie ja Ihre Arbeit tun«, sagte Mark Pawlowitsch. Den
Stimmen war anzuhören, dass sie mit dieser vagen Antwort
nicht zufrieden waren. Der zweite, der bisher nichts gesagt
hatte, begann von »notorischen Rückfalltätern« zu sprechen, deren Alter sie nicht vor der vollen Härte des Gesetzes bewahrte.

Mit einem Schlag, so als habe ein Blitz die Nacht erhellt,
ging mir auf, dass sie von Kahli sprachen. Den Geruch der
feuchten Soldatenmäntel in der Nase, spürte ich, wie mein
Puls sich beschleunigte. Natürlich, dafür hatte Kahli seinen Schal verkauft – um sich wieder ein Messer zu besorgen! Es war, als hätte ich die Bühne für ein einfaches Vorsprechen betreten und stünde nun vor vollem Haus. Wenn
ich mich jemals als der aufrechte und tapfere Junge zeigen
konnte, für den die Welt mich ansehen sollte, dann jetzt.
Ich musste sofort anklopfen und den uniformierten Männern alles sagen, was ich wusste!

Mark Pawlowitsch blieb höflich, aber bestimmt. »Wir

gestatten hier bei uns weder Messer noch sonstige Waffen, und unsere Kinder haben keine bei sich.«

Aus unerklärlichen Gründen war ich wie gelähmt und brachte es nicht fertig, an der Tür zu klopfen. Noch heute kann ich nicht recht sagen, warum, aber die Gegenwart der *milizioneri* raubte mir die Kraft – irgendetwas an ihren Stiefeln, ihren kalten, feuchten Gerüchen in dem alten, nach Tabak riechenden Kabuff von Büro, vor allem aber ihre Stimmen. Die Erinnerung an die Verhaftung meiner Mutter suchte mich heim. Noch während ich reglos dort verharrte, befürchtete ich, sie würden von Mark Pawlowitsch verlangen, die versteckte Mappe herauszugeben, in der mein Name neben dem einer Frau stand, die wegen Verrats im Gefängnis saß. Wenn ich jetzt hineinging, wäre meine Tarnung ein für alle Mal aufgehoben. Sie würden wissen wollen, wer ich war, und Gutschkow würde es ihnen sagen müssen. Ich erkannte vielleicht zum ersten Mal in meinem Leben, was es hieß, ein »Held« im ursprünglichen griechischen Sinn des Wortes zu sein: einer, dem jeder errungene Sieg mit der Ironie der Bestrafung durch eifersüchtige Götter vergolten wird.

Ich tat nichts. Lauschte den an- und abschwellenden Stimmen der drei im Zimmer, ließ die Minuten verstreichen. Schließlich wurde ein verkrampftes Übereinkommen getroffen, und Mark Pawlowitsch erklärte sich einverstanden, alle Räume für eine Durchsuchung freizugeben. Seine Antwort, merkte ich, stellte die beiden nicht zufrieden. Der eine Polizist lächelte hämisch. »Sie können sich darauf verlassen, dass wir das tun«, sagte er.

Mark Pawlowitsch begleitete sie hinaus. Ihre schweren Mäntel strichen an mir vorbei, aber das merkten sie nicht. Nur der Direktor hob die Braue, als er mich entdeckte. Ein Polizist schob mit kräftigem Tritt den Schnee fort, der sich auf den Stufen des Hinterausgangs angesammelt hatte, bevor er die Tür schloss. Als der Direktor sich umdrehte, sah ich die dunklen Ringe unter seinen Augen. »Wie lange stehst du da schon?«

Irgendetwas in seinem Gesicht ließ mich vor Angst schweigen.

»Was ist? Hast du deine Zunge verschluckt?«

»Ich weiß etwas.«

Er holte mich in sein Zimmer. »Also gut.«

Ich erzählte ihm von der Frau auf dem Basar, die so laut gezetert hatte, und von Kahlis fehlendem Schal.

Mein Geständnis ermüdete ihn noch mehr. »Sein Name ist Ljowa, nicht Kahli. Bist du gekommen, um mir das zu sagen?«

»Er war's.«

»Du hast gesehen, dass er seinen Schal verkauft und ein Messer gekauft hat.«

»Nein, aber sie hat gesagt ...«

»Das reicht. Wir befassen uns hier nicht mit haltlosen Anschuldigungen. Du hast dich von deiner Phantasie fortreißen lassen. Wem hast du noch von deinen Einbildungen erzählt?«

»Niemandem ...!«

»Dann behalt sie auch für dich. Verstanden? Und jetzt geh.«

Am nächsten Tag schneite es wieder dicke nasse Flocken. Ich sah mir an, wie sie herabtrudelten, während ich bedrückt vom Schulgebäude zum Kinderheim zurückwanderte. Was hatte ich nun davon, dass ich »gut« sein wollte? Kahli rannte immer noch mit Clownsmiene herum und fühlte sich überlegen. Er hatte vor niemandem Angst und erkannte keine Autorität an. In seinem Spott lag ein Körnchen Wahrheit: Mark Pawlowitsch wollte uns herumkommandieren, als wäre er unser Vater. Er war aber nicht unser Vater. Er war auch kein Held. Die wahren Helden waren alle tot. Ich zog die Handschuhe aus, und die Kälte zwackte an den Fingern. Ich hob eine Handvoll scharfkantiger Steinchen am Straßenrand auf und formte sie zu einem harten Schneeball. Ohne absichtlich so genau zu zielen, schleuderte ich ihn in Richtung eines Kindes, das zwei Meter vor mir ging. Zu meiner Überraschung traf ich es hinten an der Mütze, und es kippte vornüber in den Schnee.

»Du möchtest also nun ein Hooligan werden.« Mark Pawlowitsch schloss die Tür hinter sich ab. »Lass es dir von mir gesagt sein: In dem Beruf wirst du keinen Erfolg haben.«

Schimmerndes Metall auf dem Schreibtisch des Direktors fing meinen Blick ein. Gutschkow ging hin und hob das Messer an seinem harten Zelluloidgriff hoch. »Das habe ich vor ein paar Tagen konfisziert.« Beeindruckt war er von mir nicht: Hatte ich wirklich geglaubt, er würde die Polizei hier alles durchsuchen lassen, bevor er selbst eine Razzia gemacht hatte? »Sie wollten verschiedene Jungen hereinrufen, immer einzeln. Hättest du ihnen erzählt, was du mir erzählt hast?«

»Die haben gesagt, wenn wir nicht helfen, die Verbrecher zu fassen, sind wir genauso schlimm.« Ich bereute die Worte, noch während ich sie sprach.

»Du hättest Ljowa also angeschwärzt?«

»Ich weiß nicht«, sagte ich herausfordernd.

Er hob das Kinn, ließ mein Gesicht aber nicht aus den Augen. Sein Blick war wie ein Lichtstrahl, der in mich eindrang und den Grund eines trüben Tümpels absuchte. Ich wusste nicht, was der Direktor finden wollte, nur dass der Gegenstand, den er suchte, selbst eine gefährliche Kraft besaß.

»Ich weiß, dass er es war«, sagte ich.

»Nehmen wir es mal an. Nach unseren Gesetzen kann ein Kind von zwölf Jahren für zehn Jahre inhaftiert werden. Hast du dir mal überlegt, was mit jemandem geschieht, der in eine Kolonie für jugendliche Straftäter verfrachtet wird? Sie laden dich in schmutzigen Baracken ohne Heizung und Licht ab, und nachts kauerst du wie ein Hund vor einer Petroleumlampe. Und die anderen schlagen dich für ein Stück altes Brot – oder Schlimmeres. Ljowa würde sich in so einer Anstalt nicht bessern.«

Ich scherte mich aber nicht um Ljowa. Das wurde mir jetzt klar, und Gutschkow, das merkte ich, wusste es ebenfalls. Als lese er meine Gedanken, sagte er: »Was dich angeht, Juli Brink, du bist ein verständiger Junge. Du kannst zwei und zwei zusammenzählen. Deine Intelligenz wird in anderen den Wunsch wecken, dich zu benutzen. Deshalb gebe ich dir einen Rat: Hüte dich vor deiner ersten spontanen Regung. Das ist immer die nobelste und die gefährlichste.«

Besseren Rat habe ich nie von jemandem bekommen.

Der Gegenstand, nach dem Gutschkow auf dem Grund des trüben Tümpels gesucht hatte, war – ich spürte es, wie vage auch immer – genau *das*. Meine noble Regung hatte er es genannt. Bis zu dem Zeitpunkt hatte ich nicht gewusst, dass ich imstande war, andere zu kränken, und war nur selbst gekränkt gewesen.

Das Bohrende wich aus Gutschkows Blick. Er schien zuversichtlich, dass ich ihn verstanden hatte. Was machte ihn meiner so sicher? Ich kann es immer noch nicht sagen.

Der Direktor ließ mich durch die Hintertür hinaus. So waren am Tag zuvor die Milizionäre auch gegangen. An dem kurzen Wintertag kam die Dunkelheit schnell. Der Geruch von Holzfeuer hing in der Luft. Ein paar Wintervögel machten hoch oben in den Baumwipfeln ihre Geräusche. Durch ihr fernes Piepen hindurch hörte ich noch ein anderes Lied. Ich folgte dem Weg, der vom Hintereingang zu den Viehställen führte. Dort sah ich hinter einem Zaun Kahli, der, eine Mütze mit heruntergeklappten Ohrenschützern auf dem Kopf, Dung mit einem Spaten in einen Eimer schaufelte. Er summte eine Melodie, ein lustiges obszönes Lied über sechs Einbrecher, die eine alte Frau zu ihrer großen Freude vögelten. Als er hörte, dass sich jemand näherte, hielt er inne und stützte sich mit dem Ellbogen auf die Schaufel. Sein Blick traf mit wissendem, verschlagenem Grinsen den meinen. »Kriegst wohl nicht genug von dem Gestank?«, sagte er beinahe freundlich. »Ich wette, du würdest auch gern mal Jauche schaufeln, hä?« Und dann sang er weiter sein Lied, nun aber, vor Publikum, mit noch mehr Gusto und ließ die Stimme bis hinauf zu den Baumwipfeln schallen.

Buch III

13.

Die magnetische Stadt

Die Anziehungskraft von Magnitogorsk war sein Schicksal. Schon lange bevor das sagenumwobene Magnetit des Bergs die ersten berittenen Kundschafter der Bolschewiki anlockte; bevor das Zucken der Kompassnadeln Erzsucher dazu verleitete, bis an die kargen Ränder des Zarenreichs vorzudringen; noch vor dem Tag, an dem baschkirische Nomaden die mongolischen Eindringlinge abwehrten und staunten, als die Pfeile der Angreifer, von dem magnetischen Berg angezogen, rückwärtsflogen; lange bevor der Berg selbst eine bloße Runzel an den unteren Ausläufern des Urals war – eine unsichtbare Kraft zog Europa in die unausweichliche Kollision mit Asien, führte die Kontinente in eine jahrtausendelange turbulente Ehe.

Florence Fein war weder die erste noch die letzte Pilgerin, die in die Umlaufbahn der Stadt geriet. Als ihr Zug das Ziel seiner schier endlosen Fahrt durch die Steppe erreichte und die Stadt auf dem Berg umfuhr, bot sich ihr durch das staubverschmierte Fenster der Anblick eines riesigen Ameisenhaufens aus sich schneidenden Gleisanlagen, Raffinerien und Schloten, die aus dem selbstproduzierten Dunst aufragten.

Die Gänge im Zug waren verstopft von den Bündeln,

Körben und Koffern derer, die hier Arbeit suchten. Vor ihrem Aufbruch hatte sich Florence den russischen Osten in etwa so vorgestellt wie den amerikanischen Westen: als ein Territorium, angefüllt mit Wogen von Siedlern. Was sie stattdessen vorfand, war eine unermessliche Leere, die keinen Anfang und kein Ende hatte. Die wenigen Menschen, die sie an Nebenbahnhöfen auf der Strecke gesehen hatte, standen schweigend da, hielten aufgefädelte Zwiebeln oder Pastinaken in die Höhe und schoben Essen für eine Kopeke durchs Zugfenster. Ihre Augen hatten einen irren, hohlen Ausdruck, der Florence beschämte und ängstigte. Bei Amtorg hatte sie gerüchteweise von einer Hungersnot im Süden gehört, konnte sich aber nicht vorstellen, dass diese bärtigen Krüppel die Überlebenden sein sollten. Die Passagiere auf ihrer Pilgerfahrt waren beruhigend anders: Sie hatten beim Besteigen des Zugs Proviant bei sich, hartgekochte Eier, Brot und Würfelzucker, den sie zum Tee lutschten, und sie teilten freigiebig mit anderen. Auf ihrer Fahrt, die acht Tage und Nächte gedauert hatte, musste Florence viermal umsteigen. Der Anblick der magnetischen Stadt löste bei ihr eine körperliche Reaktion aus: Sie kratzte sich die juckende Kopfhaut. Ihr fettiges Haar, ihre von Pickeln übersäte Haut, ihr vor Galle geschrumpfter Magen und ihre durchweichte Unterwäsche sehnten sich nach der Labsal städtischen Komforts. Ihr Körper sollte eine Enttäuschung erleben.

An der Steinfestung des Ankunftszentrums ratterte eine kleine, düster blickende Frau eine Reihe schneller Fragen zu Florences Herkunft und ihren Fertigkeiten herunter und setzte ihren Namen auf eine Liste von Bautrusts. Man würde ihr sagen, wohin sie zu gehen hatte, teilte die Frau Florence mit, als sie sich als Übersetzerin anbot. Sie bekam einen Zettel mit der Nummer ihrer Kaserne, doch nicht einmal der Junge, den man ihr als Führer zugeteilt hatte, konnte sie auf Anhieb finden. Wohnraum gab es in Magnitogorsk offenbar nur in einer einzigen riesigen Kasernenanlage aus identischen Reihen weiß getünchter Hütten. Mücken und Fliegen tanzten in Schwärmen durch die rote Abendluft, kosteten von Florences ungewohntem Fleisch, als sie sich den Weg durch Schlammpfützen bahnte. »Ihre Villa«, sagte der Junge und ließ Florence mit ihrem Koffer vor dem Wohnheim 19 stehen. Zwischen zwei Wäscheleinen hindurch starrte eine Frau sie an. Als Antwort auf Florences schüchternes Lächeln musterte die Frau sie ohne Scheu von Kopf bis Fuß, zog ihr Laken von der Leine und ging in ihr dunkles Zimmer zurück. Vielleicht begriff Florence in diesem Moment, dass sie wirklich verloren war. Dass sie keine Ahnung hatte, was sie hier tat, war eine schlichte Tatsache, die ihr während der vorausgegangenen zweimonatigen Reise verborgen geblieben war. Um die Schiffspassage und die Zugfahrten zu überstehen, hatte sie sich gesagt, ihr eigentliches Problem sei, dass sie zu lange ein zu bequemes Leben geführt habe. Diese Bequemlichkeit hatte sie, wie Marx mahnte, im Gefängnis des Bürgertums verharren lassen, außerhalb des umgestaltenden Mediums der Geschichte. Als sie sich jetzt in ihrer schäbigen, notdürftigen Behausung umsah, klammerte sie sich so fest an diese Gedanken, wie sie sich an die Reling der *Bremen* geklammert hatte, damit ihr Magen nicht schlappmachte und freigab, was wieder herauswollte. Die Kaserne, stellte sie fest, verfügte über keinerlei Annehmlichkeiten – weder Küchen noch Bäder oder Duschen. Wasser kam aus einer Pumpe im Freien, die derzeit allerdings kaputt war, so dass die Männer und Frauen, die sich das »Wohnheim« teilten, einen halben Kilometer bis zur nächsten Pumpe laufen mussten. Das Klohäuschen war nicht mehr als eine Bretterbude, in der eine würdelose Trennwand eine Reihe von fünf Öffnungen für Männer von den fünf für Frauen abschirmte. Beim Eintritt in diese sogenannte Toilette begann man unwillkürlich durch den Mund zu atmen. Nur mit zugehaltener Nase und Augen entging man dem Gestank und dem Anblick und schützte die Schleimhäute außerdem vor der dichten Wolke des stechenden Chlorpulvers. Nach dieser Tortur war es sogar eine Wohltat, in die überfüllte Baracke zurückzukehren, in der ein Dutzend provisorische Primuskocher den Geruch von Kohlsuppe und Kerosindämpfen durch die Flure verteilten.

Das Zimmer teilte sich Florence mit drei anderen: einem Mutter-und-Tochter-Duo und einem Mädchen vom Dorf, dessen Schwangerschaft auch durch den dicken Arbeitsanzug sichtbar war. Die Mutter, die fünfunddreißig sein konnte oder auch fünfzig, bot Florence gleich am ersten Abend zweihundert Rubel für ihr marineblaues Wolljackett und die Bluse mit Hahnentrittmuster, nachdem sie taktlos beides befühlt hatte. Florences Schock über den Geschäftssinn, der sie empfing, wurde nur übertroffen von dem noch größeren Schock, dass eine Frau aus der Arbeiterklasse so viel Bargeld besitzen sollte. Doch zu dem Zeitpunkt wusste sie noch nicht, dass Geld in Magnitogorsk reichlich vorhanden war, nur eben nicht viel, wofür man es ausgeben konnte. Die Regale in den Geschäften für die Arbeiter waren voller Schwarzbrotlaibe, enthielten aber keine Butter. Büchsen mit Kaffeeersatz waren zu Pyramiden getürmt, Zucker hingegen war eine Rarität. Die Mutter, in Wahrheit neununddreißig und alt genug, um sich an den Bürgerkrieg zu erinnern, behauptete, die Angestellten, die im Laden die Abschnitte der Lebensmittelkarten abrissen, lögen, wenn sie ihr weismachen wollten, dass die Zuckerindustrie den Plan für dieses Jahr nicht erfüllt hätte. Denn Zucker hatte es sogar während des Krieges gegeben. Und jetzt war kein Krieg! Die Frau fand vieles in Magnitogorsk grotesk. »In dem einen Bett eine echte *amerikanka*, und im anderen die hier, die sich vom König von England ein Kind hat andrehen lassen«, höhnte sie.

»Und du dreckige Troktistin kannst dein Maul halten!«, fauchte das Mädchen vom Dorf zurück.

»Es heißt Trotzkistin, Schwachkopf! Nicht mal den eigenen Namen schreiben können, aber hier den Mund vollnehmen«, sagte die Frau zu Florence.

Sie wollten von Florence wissen, warum sie nicht in der Ausländersiedlung in Berijosowka wohnte, einer gemütlichen Stichstraße zwischen zwei Hügeln, wo es angeblich fließendes Wasser gab. Darauf konnte Florence nur erwidern, dass sie nicht als Vertragsarbeiterin gekommen sei, sondern als Freiwillige. »Habt ihr bei euch in Amerika keine Strohsäcke und kaputten Hocker, dass du unbedingt zu uns kommen musstest?«, fragte die Tochter. Florence versuchte, das Elend der Arbeiterklasse in Amerika (zu der sie sich selbst inzwischen zählte) in düsteren Farben zu schildern. Aber Mutter und Tocher konnten sich nicht sattsehen an Florences geschnürten Lederstiefeln. Hätte sie einfach gesagt, sie sei nach Magnitogorsk gekommen, um eine alte Liebe wiederzufinden, hätten die Frauen sie vielleicht an ihren tröstenden warmen Busen gedrückt. Aber sie war zu stolz, sich selber – und erst recht anderen – einzugestehen, dass ihr bei ihrer ganzen noblen Reise nicht die Fackel des Muts, sondern die trübere Nachttischlampe der Sehnsucht geleuchtet hatte.

Ihre ausländischen Zeugnisse hatten einen Vorteil: Sie wurde einem Vorarbeiter zugeteilt, der den Bau einer Chemiefabrik überwachte. Die amerikanischen Berater, dazu ausersehen, die Montage der Anlagen zu begleiten, waren kurzerhand nach Pennsylvania zurückgekehrt, als die Russen sie nur noch mit wertlosen Rubeln statt mit Golddollar bezahlten. Ähnliche Abwanderungen gab es überall in dem chaotischen Lager. Baugruben klafften in der

Erde wie urzeitliche Krater und füllten sich mit Regen und Larven. Ringsum standen Bagger und Kieswaschanlagen mit kaputten Getrieben verlassen wie müde Ungeheuer an Wasserstellen. Arbeit, die eigentlich maschinell getan werden sollte, wurde von Menschenhand verrichtet. Männer mit kantigen und Frauen mit fleischigeren Gesichtern hoben mit kurzen Schaufeln Erde aus, siebten mit bloßen Händen Schotter, verwirklichten die Doktrin von der Geschlechtergleichheit dadurch, dass beide gleich schwere Steinlasten auf dem gleich gebeugten Rücken trugen.

Zwar ruhten die Arbeiten an der Chemiefabrik seit den zwei Monaten, die der cholerische Vorarbeiter den amerikanischen Montageanleitungen einen Sinn zu entlocken versuchte, dennnoch war er keineswegs erfreut, als ihm Florence zur Seite gestellt wurde. Die kurzen, kräftigen Arme in die Luft stoßend, beschuldigte er die Amerikaner der Sabotage. Er verwarf ihre Pläne und bekundete seine Treue zum Sowjetstaat dadurch, dass er sie kurzerhand veränderte. Trotz seiner Tiraden schüchterte der Vorarbeiter sie aber nicht ein. Er teilte ihr nur jeden Tag aufs Neue mit, demnächst werde eine deutsche Firma die Arbeit übernehmen, und bis dahin müsse er Florence wohl ertragen.

Da der Vorarbeiter für sie nur Verwendung als griechischer Chor hatte, konnte sich Florence den größten Teil der Zeit ungehindert bei den zahllosen Bautrusts umschauen und nach Sergej suchen. Zur Mittagsstunde kämpfte sie sich durch Stacheldrahtgestrüpp, stieg in ihren Schnürstiefeln steile Kieshänge hinab, duckte sich unter grässlich scheppernden Kränen. Sie erkundigte sich nach Sergej im Metallwerkepark und an den Koksöfen, auf den Holzplätzen und den Siedlungen Nowomagnizki und Oktober. Es sprach sich herum, dass eine Ausländerin auf der Suche nach ihrem Kater war, einem Ingenieur. Angestellte beäugten sie mit kritischem Blick. Auf ihren Schreibtischen lagen

Zeitungen aus der Hauptstadt, in denen vor Schädlingen und ausländischen Saboteuren gewarnt wurde, vor kapitalistischen Spionen. Florence verdankte es der Entfernung von Moskau, dass die Spekulationen, die sie auslöste, eher eine anzügliche als eine politische Tendenz bekamen.

Sie war gerade im Klub der Ingenieure und Techniker, betrachtete lustlos die Anschläge an der Wand und wartete auf einen Organisator, mit dem sie sprechen konnte, als sie hinter sich eine vertraute Stimme vernahm. »Täuschen mich meine Augen? Flora? Flora Solomonowna?«

Ein Schauer rann ihr über den Rücken. Im grellen Licht des Eingangs sah Florence einen Mann mit Tweedmütze, das Gesicht bedeckt von blonden Stoppeln. »Ja, ich bin Flora.«

Der Mann klatschte in die Hände. »Die Schöne von Cleveland! Im ersten Moment dachte ich: *Das kann nicht sein*, und kam näher. Das Gesicht kenne ich doch«, sagte er und dann, leiser: »Fjodor Simin – erkennst du mich denn nicht?«

Florences Herz schlug schneller. Ja, sie erkannte ihn. Seine Wangen waren unrasiert und eingefallen, aber es waren derselbe Mann, dieselben blauen Augen und dieselbe lange Nase. »Fedja, natürlich! Du hast dich verändert. Du bist dünner geworden.«

»Das sind die Vorteile der hiesigen Sanatoriumskost«, sagte Fjodor und tätschelte sich den flachen Bauch. »Du auch, wie es aussieht. Ach – das ist doch unglaublich!«

Florence strich sich das Haar glatt. Nach zwei Wochen Magnitogorsk saßen ihre Kleider locker am Leib, aber sie hatte sich nur in dem kleinen Taschenspiegel sehen können, den sie über ihrem Schlafplatz aufgehängt hatte.

»Ich hab versprochen, dass ich komme«, sagte sie in einem leichten, törichten Ton.

Die Klingel zur Mittagspause ertönte. Männer in Arbeitsjacken und beschmierten Hosen strömten durch die Türen herein. Mädchen mit bunten Kopftüchern strebten der Kantine zu. Fjodor nahm sie am Arm. »Stellen wir uns an, bevor diese Philister den Trog leerfressen.«

Im Speiseraum herrschte großes Gedränge. Kellnerinnen schlängelten sich mit riesigen Tabletts voller Suppenschüsseln und Stampfkartoffeln zwischen den Holztischen durch. Der Geruch von gärendem Kohl stand in der Luft. Florence bekam keinen Löffel mehr ab. Fjodor gab ihr seinen. »Keine Sorge, ich bringe mir immer einen eigenen mit«, sagte er und zog einen zweiten Blechlöffel aus der Tasche. »Tut mir leid, dass unsere Küche nichts Schmackhafteres zu bieten hat«, sagte er und rieb seinen Löffel innen an der Weste ab.

»Für mich ist es gut genug.«

Er war überrascht, als er sah, wie hungrig sie ihre Fischsuppe schlürfte. »Besser als in unserer Kantine, genau genommen«, sagte sie. »Bei euch ist in der Suppe wenigstens noch Fleisch an den Gräten.«

»Das ist nicht dein Ernst. Du isst doch bestimmt zusammen mit den Ausländern – ein paar dürften wohl noch da sein.«

»Ich bin nicht mit einem Valuta-Vertrag hier wie die Spezialisten.«

Fjodor schaute verdutzt, besorgt. Fragte aber nicht weiter nach. »Trotzdem stehen dir Insnab–Kupons für den Ausländerladen zu«, teilte er ihr mit. »Dort bekommst du alle möglichen Delikatessen. Butter, Fisch, einige georgische Weine.«

Florence brachte es nicht fertig, ihm zu sagen, dass sie aus Unkenntnis nicht danach gefragt hatte. »Nicht gerade fair«, sagte sie, »Sonderrechte zu verlangen, wenn alle anderen so viele Opfer bringen, oder?«

Unter seinen zusammenstoßenden Brauen hervor musterte Fjodor sie gründlich. »Du bist schon sonderbar, Flora Solomonowna. Wart mal ab, was fair ist, dann bettelst du bald wie ein Krüppel am Kreuz.«

Sie wollte gerade lachen, als Fjodor bei einem hinten ertönenden Lärm den Kopf herumriss. Begleitet von Stühlescharren und dem Scheppern von Geschirr brach ein Tumult aus, und die gewöhnliche Unruhe rundum legte sich. Zwei Männer waren aufgesprungen und stritten sich heftig, aber Florence hörte nicht, worüber. Die Atmosphäre im Speisesaal war dramatisch geworden. Die Kampfhähne, die fluchten und auf den Boden spien, wurden getrennt.

»Da hast du ihn«, sagte Fjodor und wandte sich wieder um, »den Menschen der Zukunft. Unsere Flugblattdichter sagen gern: ›Wir machen hier nicht Stahl aus Eisen, wir machen den Menschen neu.‹ Das stimmt sogar: Sie kommen als Bauernlümmel in Birkenschuhen mit der Eisenbahn hier an, und wir machen echte proletarische Arschlöcher aus ihnen.«

Florence lachte: »Die Freuden deiner Gesellschaft haben mir wirklich gefehlt, Fedja.«

»Ach, tatsächlich?«, sagte er, und so etwas wie Traurigkeit trübte seine Augen. »Da hast du dir ja einen schönen Zeitpunkt ausgesucht, Kleine«, sagte er plötzlich. »Kommst, wenn die anderen von deiner Sorte gerade gehen. Sogar Sergej ist weg.«

Florence spürte einen Knoten in ihrer Brust, einen Kummer, der sich wie eine Bleikugel in ihren Leib senkte. »Sergej ist nicht in Magnitogorsk?«

Von ihrer Bestürzung strahlte etwas in Fjodors Miene zurück. »Und da bilde ich mir ein, du bist wegen mir so weit gefahren.«

Sie erstarrte, bevor ihr aufging, dass er einen Scherz gemacht hatte. Aber dass sie sich das Lachen nur mühsam abrang, blieb Fjodor nicht verborgen. »Ja«, sagte er und nickte bekümmert, »unser gemeinsamer Freund ist abgereist. Nach Moskau. Noch mal gutgegangen, wenn man bedenkt, wo er sonst hätte landen können.«

»Was soll das heißen? Ist er jemandem auf die Füße getreten?«

»Bist ein schlaues Kind«, sagte Fjodor und sprach nun so leise, dass sie sich vorbeugen musste, um ihn zu verstehen. »Unser Sergej hat den Fehler gemacht, sich über unzureichende Materialzuteilung zu beschweren, und unser neuer Direktor sagte: ›Wenn *du* Material brauchst, geh halt suchen.‹«

»Was soll das heißen – ›suchen gehen‹?«

Fjodor warf ihr einen zärtlichen Blick zu. »Schließ Freundschaften, Florotschka. Finde den entscheidenden Mann in der Lieferkette, köpf eine Flasche mit ihm oder tu sonst was, bis er dir verspricht zu helfen.«

»Aber das war doch nicht Sergejs Aufgabe«, sagte sie abwehrend.

»Das hat er sich offenbar auch gedacht. Er glaubte, der Direktor wollte ihn nur in die Schranken weisen, weil er vom Fach ist und in Amerika gearbeitet hat. Er hat einen Brief nach Moskau geschickt, der an dieselben Leute zurückkam, die er bloßstellen wollte. Jedenfalls, ein, zwei Freunde weiter oben muss er gehabt haben, weil man ihn versetzt hat, bevor es wirklich übel wurde.«

»Wo ist er jetzt?«

Fjodor seufzte. »Irgendwo in der Leichtindustrie. Automobilbau vielleicht oder Metallurgie. Es war ein merkwürdiger Arbeitsplatz.«

Aus Fjodors Ton schloss sie, dass die Stelle Sergej zwar gerettet hatte, aber eigentlich eine Herabstufung bedeutete.

»Ich dachte, ich sag's dir lieber, bevor du den Namen

unseres Freunds bei jemandem erwähnst, bei dem du es besser lässt«, sagte Fjodor.

Es dauerte einen Augenblick, bis die Bedeutung dieser Worte bei Florence ankam. Das Blut stieg ihr ins Gesicht. Sie verging schier vor Scham bei der Vorstellung, dass Fjodor sie in Magnitogorsk genauso gesucht hatte wie sie ihrerseits Sergej. Doch er wollte ihr die Peinlichkeit ersparen und sagte nichts weiter dazu; sein Ausdruck blieb zärtlich und ernst. »Schau dich um, Florotschka. Ich rate dir, besorg dir eine Eisenbahnfahrkarte, bevor du keine Strümpfe ohne Laufmaschen mehr hast.«

Letztlich war es eine Erleichterung, zu erfahren, dass Sergej fort war. So konnte sie ihr trostloses Abenteuer erhobenen Hauptes beenden. Sie hatte schließlich, hier angekommen, nicht gleich wieder erschrocken kehrtgemacht. Sie war geblieben, hatte die entsetzlichen sanitären Verhältnisse überstanden, gegen ihren Ekel und den ständigen Hunger angekämpft, ihre herrischen Vorgesetzten ertragen und den Barackensäufern verziehen, die ihr mit ihren klagenden Akkordeonliedern den Schlaf raubten. Jetzt, beim Abschiednehmen, konnte sich Florence eine gewisse Zuneigung zu Magnitogorsk gestatten.

Bei der Rückkehr in ihre Baracke standen die Frauen im Freien und klopften mit Stecken ihre Strohsäcke aus. In ihrem Zimmer wusch die Mutter mit einem dampfenden Lappen die Wände ab. Die Schlafstellen waren in die Mitte des Raums geschoben und abgezogen. »Juli ist da«, verkündete die Mutter. Ihre Tochter kam mit einem Wasserkessel herein, stieg auf einen Stuhl und versuchte, heißes Wasser auf einen schimmelartigen Fleck an der Zimmerdecke zu spritzen.

»Was ist denn da oben?«

»*Klopi*! Was denn sonst?«

Florence hatte das Wort noch nie gehört, doch seine Bedeutung erfüllte sie sofort mit Schrecken: Wanzen. Das Mädchen schwappte heißes Wasser an die Wand, stieg herunter und goss den Rest des Kessels auf die Fensterzargen. Sie waren mit alten Zeitungen verstopft, und Zeitungen klemmten zum Schutz vor Zug auch unter den Rahmen.

»Alles runter«, befahl die Mutter. »Und du«, herrschte sie Florence an, »geh und mach noch mehr Wasser heiß, statt hier Maulaffen feilzuhalten.«

»Die Wände abzuwaschen ist sinnlos«, murmelte das schwangere Mädchen, das gerade zur Tür hereinkam. »Die kriechen bloß rauf zur Decke.«

»Wenn's nach dir ginge, wäre es auch sinnlos, sich die Hände zu waschen«, sagte die Mutter.

Sie schliefen in den in die Mitte geschobenen Betten, rückten zusammen, um sich eine an der anderen zu wärmen. Florences Traum war eine Erweiterung ihrer Realität: Im Schlaf phantasierte sie von der öffentlichen Badeanstalt, davon, dass sie sich und ihre Sachen vor der Bahnreise wusch. Tropfen fielen ihr aufs Gesicht, kitzelten sie am Mund. In der fast vollkommenen Schwärze schlug sie die Augen auf und sah die eisengraue Nacht in dem schiefen Fenster. Ein zweiter Tropfen fiel ihr auf die Wange, direkt unters Auge. Dann bewegte er sich.

Das erste Anzeichen von Wahnsinn ist Geheul, das, einmal entfesselt, nicht aufhört. So ein Geräusch entlud sich ins Dunkel des schnarchenden Zimmers. Jemand krabbelte los, das Licht einzuschalten, während Florence um sich schlug und kreischend an sich herumzupfte.

»Sie sind ihr in die Haare gesprungen!«

»Geschieht ihr recht. So ein Dickicht hätte sie abdecken müssen. Geh, beruhige sie.«

Doch niemand tat es. Sie standen nur alle unter der

schaukelnden Glühbirne und schauten zu, wie Florence sich das Gesicht zerkratzte und an ihren Haaren zerrte. »Das ist sinnlos«, bemerkte das schwangere Dorfmädchen. »Die haben sich richtig festgesaugt.«

14.

Gold

An einem heißen Morgen im Sommer 1934, als Florence durch Magnitogorsk taumelte und die amerikanische Wirtschaft nach wie vor durch die Depression taumelte, setzte sich Präsident Roosevelt auf, um in einem Mahagonibett das Frühstück einzunehmen und sich die erste von vierzig Camel-Zigaretten anzuzünden, die er pro Tag in seiner Elfenbeinspitze rauchte. Es war Allgemeingut unter FDRs Beratern, dass man frühmorgens am ehesten zum Präsidenten vorgelassen wurde, in der Zeit zwischen Bratkartoffeln, Corned Beef und Spiegeleiern, vom Mädchen serviert, und der Ankunft des Kammerdieners Punkt zehn Uhr, der den Präsidenten ankleidete und ihm die Beinschienen anlegte. Weniger bekannt war, dass morgens nicht zuerst Mrs. Roosevelt die Privaträume des Präsidenten betrat, sondern der noch steifere und grämlichere Henry Morgenthau, sein Finanzminister. Würfe ein Beobachter einen Blick in das Schlafzimmer des Präsidenten, hätte er den erkahlenden Mann mit dem hohen Kragen eines Geistlichen für einen Priester halten können, der die Krankenölung vollzieht, denn Roosevelts Unterredungen mit Morgenthau haftete stets etwas Feierliches und Zeremonielles an. Der Präsident, dem es nicht gelungen war, im Rahmen seiner Agrarreform auch die Lebensmittelpreise anzuheben, und der sich einer neuen Revolte der Bauern gegenübersah, hatte kürzlich einen radikalen Weg eingeschlagen: die Preise mittels einer raschen Abwertung des Dollars zu erhöhen. Das Ritual, das Morgenthau an diesem Morgen wie an jedem Morgen dieses Sommers vollzog, war der profanere Ritus der täglichen Festlegung des Goldpreises.

Es war ein einfaches Wechselspiel von Angebot und Nachfrage: Nachdem sie die Goldbindung des Dollars gekappt hatte, nutzte die Regierung ihren enormen Machtzuwachs dazu, Gold auf dem Weltmarkt aufzukaufen, um den Wert des Dollars zu senken, wodurch die Preise für alles andere stiegen. Dieser elegante Mechanismus hatte nur einen Nachteil. Schon seit einiger Zeit überschwemmten unerklärliche Goldüberschüsse die Märkte in London, Paris und New York. Und kein minderwertiges Gold, sondern Barren von solcher Reinheit, dass man die Zähne in ausgehärtetes Karamell zu schlagen meinte, bisse man hinein. Die Barren waren ungestempelt, anonym, identifizierbar nur an ihrer Glätte – einer Sämigkeit und Weichheit, wie sie ehedem die Münzen des Zarenreichs aufwiesen. Anders gesagt, Gold, das nur aus den Arbeitslagern in der russischen Arktis stammen konnte.

»Was bilden die Russen sich ein, wo wir hier sind, beim Würfeln?«, fragte der Präsident. »Sind die so dumm und machen sich mit dem vielen reingepumpten Gold ihren eigenen Markt kaputt?«

»Ich bin geneigt, das zu glauben, Sir«, erwiderte Morgenthau bedrückt. »Sie haben doch einen recht primitiven Begriff vom Rohstoffmarkt.«

»Unsinn, Henry! Diese Bolschies schneiden sich mit Absicht ins eigene Fleisch. Reine Sabotage!«

»Könnte auch sein, dass ...«

»Was?«

»Dass sie einfach Geld brauchen, und zwar schnell.«

»Nun, dann sollte jemand ihnen sagen, dass sie mit diesem Unfug aufhören sollen, wenn sie ihr leicht verdientes Geld für unsere amerikanischen Maschinen und in unseren amerikanischen Fabriken ausgeben wollen.«

»Verstanden und akzeptiert, Sir.«

Beim Verlassen der Wohnräume des Präsidenten verfasste Morgenthau im Geiste einen Brief. Er hatte keine Handhabe, um die Geschäfte amerikanischer Firmen mit Russland zu unterbinden, so wenig wie der Präsident selbst. Sogar an höchster Stelle bestand Macht nicht aus einem einzelnen großen Schalter, sondern aus unzähligen kleinen Hebeln, die vorsichtig umgelegt werden mussten.

Die verwirrenden Schreiben, die in der Devisenabteilung der Sowjetischen Staatsbank in Moskau eintrafen, enthielten obskure Drohungen und noch unklarere Appelle. Ein Satz, der sich am Rande der Besorgnis bewegte, konnte übergangslos in eine Erpressung umschlagen oder vice versa. Die Aufgabe, die Kavalkade sämtlicher Memos des US-amerikanischen Finanzministeriums, der diversen Gläubiger Russlands und der ausländischen Exportfirmen zu lesen, oblag einem Grigori Grigorjewitsch Timofejew, dem Direktor der Devisenabteilung. Als ehemaliger Diplomat war Timofejew der Ansicht, dass die Beantwortung von so viel feindlicher Korrespondenz eine gewisse behutsame Aggressivität erforderte, aber leider auch mehr Zeit, als ihm zur Verfügung stand. Doch eines klaren, kalten Septembernachmittags klopfte seine Antwort an die Tür. Die hübsche, seriös aussehende Frau, die sein Büro betrat, setzte ein unroutiniertes Lächeln auf, während sie ihre Rüschenbluse richtete. Es war jedoch weniger die viel zu elegante Erscheinung, die sie als Ausländerin verriet, als vielmehr der Gang, ein sportliches Ausschreiten, das nicht einmal ihre fließende Kleidung kaschieren konnte. Ihre Haut hatte noch Sommerbräune, ihre Augen aber, blau und etwas schräg, kündeten von ihrem Fleiß und ihrer Beflissenheit. Sie war von der Amerikanischen Handelskammer, ehemals Amtorg.

Timofejew bedeutete ihr, Platz zu nehmen.

»Sie haben in der Sowjetischen Handelsvertretung in New York gearbeitet?« Er las ein Schreiben dieser Organisation, unterzeichnet von einem gewissen Scoop Epstein.

»Ja. Mein Spezialgebiet waren Handelsverträge«, erwiderte die junge Frau in zwar steifem, aber brauchbarem Russisch. »Stahl, Industrieanlagen, Spezialausrüstung…«

»Sie brauchen es nicht zu resümieren. Was hat Sie bewogen, in die Sowjetunion zu kommen?«

Dieselbe Frage hatte Florence in Magnitogorsk auch oft gehört und feststellen müssen, dass ihre Antwort, wie sie auch ausfiel, die Russen nie zufriedenstellte. Da ihre Motive immer verdächtig waren, entschied sie sich zuletzt für Schmeichelei. »Ich bin sehr beeindruckt von allem, was in der Sowjetunion in so kurzer Zeit erreicht worden ist. Ich möchte meine Arbeitskraft für eine Gesellschaft einsetzen, die sich vorwärtsentwickelt, nicht stagniert wie…«

Timofejew fiel ihr ins Wort. »Viele, die in die UdSSR kommen und hier leben und arbeiten, tun es mit keiner anderen Absicht als der, uns in der bürgerlichen Presse anzuschwärzen, kaum dass sie wieder fortgehen. Wie Sie wissen, wurden wir von solchen sogenannten Augenzeugen schon oft verleumdet.«

»Bei allem Respekt, Genosse Timofejew, diese Leute lassen sich meist durch ihre unrealistischen Erwartungen in die Irre führen. Mein Entschluss, nach Russland zu kommen, war nicht leichtfertig. Ich habe keine Illusionen.«

»Keine Illusionen, aha?« Das amüsierte ihn offenbar; als sie zum Sprechen ansetzte und im selben Moment eins der beiden Telefone auf seinem Schreibtisch zu läuten begann, hob er jedoch die Hand. Timofejew nahm den Anruf entgegen, und Florence schaute sich derweil in seinem Büro um. Ein verglaster Bücherschrank aus Mahagoni bedeckte eine Wand, ein großer blauer Globus stand auf einem Dreifuß in der Ecke; das Teeglas in dem filigranen Halter auf der grünen Schreibunterlage neben Timofejews Ellbogen fing die Sonne ein. Der Boden unter ihren Schuhen war auf Hochglanz poliert. Timofejew war nicht weniger elegant und makellos als sein Büro: die Augen ruhig und intelligent, die Nase lang und knochig, die wenigen Haare nach hinten gekämmt, der Bart akkurat und spitz zulaufend. Vielleicht eiferte er der Erscheinung Lenins nach, doch eigentlich, stellte Florence verblüfft fest, ähnelte er Shakespeare. Über Timofejew hing ein vergrößertes Porträt des Genossen Stalin, der ebenfalls an seinem Schreibtisch saß und arbeitete. Florence verglich die beiden im Stillen und fand, dass Stalin abfiel. Timofejew legte den Hörer auf und betrachtete sie mit scharfen, müden Augen. »In Ihrem Empfehlungsschreiben werden Sie als aufrichtig und zuverlässig bezeichnet«, sagte er in einem nicht überzeugt klingenden Schmeichelton, der Florence nötigte, den Blick zu senken. »Wie steht es mit Ihrer Sehkraft?«

»Bitte?« Sie überlegte noch, ob Timofejew »zuverlässig« beruflich oder politisch gemeint hatte.

»Tragen Sie eine Brille, Miss Fein?«

»Es bestand nie Anlass dazu.«

»Gut. Dann können Sie das ja lesen.« Er schob ein Papierstück über den Tisch, das wie ein frischgedruckter Dollar aussah. »In der Ecke«, sagte er und wies darauf.

»Diese Banknote gilt als gesetzliches Zahlungsmittel für alle privaten Verbindlichkeiten und …«

»Was ist das für ein Unsinn – ›gesetzliches Zahlungsmittel‹?«

»Hier steht weiter ›wird rechtmäßig vom Finanzministerium oder jeder Federal Reserve Bank eingelöst‹.«

»Soll das ein Wortspiel sein? Papiergeld, eingelöst von der Bank in ... Papiergeld! Das schreiben die da oberhalb von Mr. Washingtons Kopf. Ein englischer Ökonom namens Keynes hat unsere Regierung und halb Europa davon überzeugt, die Wechselkurse freizugeben. Aber Amerika will wie üblich das eine und sein Gegenteil: Ihr Finanzministerium setzt jeden Tag einen neuen Preis für den Dollar fest und verlangt anschließend Auskunft darüber, wie groß *unsere* Goldreserven sind.« Er wies auf einen Stapel Briefumschläge auf seinem Tisch. »Sie können diesen vortrefflichen Herren schreiben und ihnen höflich mitteilen, dass wir auf diese Informationen jeden Morgen ebenso ungeduldig warten wie sie. Maschineschreiben können Sie, Genossin Fein? Na dann, sehr gut.«

Die Fragen auf dem Einstellungsformular, das Grigori Grigorjewitsch ihr gab, fingen einfach an – »Name«, »Name des Vaters«, »Geburtsdatum und -ort«, »Nationalität« (sie schrieb »Amerikanisch«), »Ausbildung«, »Fremdsprachen« –, wurden aber wie eine plötzliche Senke im Meeresboden total verwirrend.

»Was soll ich bei ›soziale Herkunft‹ eintragen?«, fragte sie Timofejew. Sie stammte weder von »Bauern« oder »Arbeitern« noch vom »Adel« oder dem »Klerus« ab. Ihr Vater war bei einer Versicherung. War das ein Gewerbe oder eine geistige Tätigkeit?

»Scheiben Sie ›Mittelschicht‹«, sagte Timofejew ungeduldig, verzog das Gesicht und überlegte es sich anders. »Untere Mittelschicht.« Doch noch bevor sie es tun konnte, nahm er ihr die Unterlagen aus der Hand und sagte, es sei besser, wenn er die Angaben in ihrem Namen fertigstellte. »Ja nichts durchstreichen, das ist wichtig«, raunte er geheimnisvoll. Außer ihrer Klassenherkunft schien sich die

Staatsbank auch für Florences Familienstand zu interessieren, für jeden Ort, an dem sie seit ihrer Geburt gelebt hatte, welchen politischen Gruppierungen sie jemals angehört hatte, ob von ihren Angehörigen jemals jemand inhaftiert gewesen war; Größe, Haarfarbe und besondere Merkmale, etwa Leberflecke, eine Gehbehinderung oder eine niedrige Stirn, wurden ebenfalls abgefragt. Wüsste sie es nicht besser, hätte sie gemeint, sie schriebe gerade ihre eigene Verbrecherkartei. Da sie stets unsicher und verworren antwortete, fragte Timofejew schließlich gar nicht mehr nach und trug die Angaben selbst ein.

»Wohnanschrift.«

»Ich wohne in einem Wohnheim des Fremdspracheninstituts, unter der Bedingung, dass ich nächste Woche dort zu unterrichten beginne. Aber bei dieser Arbeit dachte ich, es ...«

»Ich muss Ihnen leider sagen, dass die Gosbank Ihnen keine Unterkunft zur Verfügung stellen kann. Die Bewilligung eines anderen Zimmers dauert normalerweise Monate. Sie können in einer Gemeinschaftswohnung etwas mieten.«

»Sie meinen eine Wohnung auf dem freien Markt? Ich möchte aber nichts ... Unrechtes tun.«

Timofejew verdrehte die Augen. »Wer erzählt euch Ausländern nur diesen Blödsinn? Schlagen Sie die Zeitungen auf: voller Anzeigen. Die Preise richten sich nach den Quadratmetern. Was Sie mit Ihrem Hausherrn noch vereinbaren, ist Ihre Sache. Schon gut, gucken Sie nicht so entsetzt. Ich sage meiner Klawdija Alexejewna, sie soll sich umhören. Weiß der Himmel, wenn die Sie reden hören, knöpfen die Ihnen mehr ab, als Sie Gehalt bekommen.«

Nachdem das Schriftliche erledigt war, ging er mit ihr hinaus in den großen Saal. Überall tippten Schreiber und Buchhalter an Maschinen, löschten Blätter mit Löschpapier ab und warfen die klackenden Abakuskugeln in einem Tempo hin und her, wie Florence es bisher nur in chinesischen Wäschereien gesehen hatte. Timofejews shakespearesche Augen blitzten vor gutmütigem Spott über ihre Ängstlichkeit. Er streckte die Hand aus. »Willkommen bei der Gosbank.«

Für Florence begann nun eine Zeit, in der sie ständig auf Trab und so gehetzt war, dass sie im Nachhinein nicht sagen konnte, wie viele Wochen es dauerte, bis die zahllosen Hürden des Alltags schließlich den Charakter vertrauter Routine annahmen. Um acht Uhr morgens rannte sie die Soljanka-Straße entlang zu einer überfüllten Straßenbahn, die sie zum Kusnezki Most brachte. Um neun saß sie am Schreibtisch, umgeben von läutenden Telefonen und klappernden Schreibmaschinen. Wieder empfand sie die räumliche Nähe zu den großen und unergründlichen Schaltstellen der Macht als beruhigend. In den Vormittagsstunden studierte sie Börsenzeitungen aus aller Welt, verfolgte die Preise für Edelmetalle und legte Timofejew Berichte über ihre Schwankungen vor. Nach dem gemeinsamen Mittagessen mit Kollegen in der Kantine stieg sie die Marmorstufen zu Timofejews rauchgeschwängertem Büro hinauf, ordnete die Korrespondenz ihres Chefs mit ausländischen Finanzministern und Banken und tippte seine Diktate in gutem Englisch ab – wobei sie weniger die Wörter selbst übersetzte (mit Hilfe eines Wörterbuchs der Finanzen recht einfach) als vielmehr seinen Ton (sowjetisch, autokratisch) in den umgänglicheren paternalistischen amerikanischen Duktus ummodelte, den Scoop Epstein ihr beigebracht hatte, als sie den Managern im mittleren Westen bei ihren Geschäften zur Seite stand.

In beinahe jeder Hinsicht war Florences Arbeit in der Devisenabteilung das Spiegelbild dessen, was sie bei

Amtorg getan hatte: Statt bei der Beschaffung von amerikanischem Stahl via russischem Gold zu vermitteln, half sie nun beim Tausch von russischem Gold in Zahlungsmittel zum Ankauf von amerikanischem Stahl – eine Umkehrung der Alchemie von Guthaben, Banknoten und Rechnungsbelegen. Ihr neuer Vorgesetzter Timofejew, in seinem Lob zwar weniger blumig als Scoop Epstein, erwies sich als noch größerer Wohltäter. Nachdem die Frage von Florences Unterbringung dadurch gelöst war, dass er ihr ein geeignetes, wenn auch überteuertes Zimmer in einer Gemeinschaftswohnung besorgt hatte, kümmerte er sich um ihre sowjetische Bildung und meldete sie in einem Kurs für »politische Pädagogik« in der Moskauer Lampenfabrik Elektrosawod an. Fortan machte Florence zweimal pro Woche in der Bank eine Stunde früher Schluss und jagte durch die tosenden Massen des Industrieviertels, um ihren Platz in einem Hörsaal voller Fabrikmädchen und junger Bauarbeiter einzunehmen. Erleichtert stellte sie fest, dass neben ihr Studenten saßen, die noch schlechter in Grammatik und Ausdruck waren als sie selbst, Mädchen und Jungen, nur wenig jünger als sie, die gewillt waren, ihre dörfliche Vergangenheit abzustreifen und sich alle möglichen Ausdrücke – *klass* und *dialektika, materialism, indukzia und radiofikazia* – anzueignen. Sie kauten auf diesen Wörtern herum wie junge Pferde auf mit Federn gespicktem Heu. Und dennoch war sie anrührend, sogar imposant, die kollektive Anstrengung, der eigenen Sprache einen soliden proletarischen Schliff zu geben. Nicht einmal am Hunter College, unter den Söhnen und Töchtern von Einwanderern, hatte Florence so viel individuelle Aufmerksamkeit auf einmal gesehen, einen so starken Ehrgeiz, besser zu werden. Auch bei sich selbst bemerkte sie Zeichen einer Verwandlung. Erst jetzt, während sie noch Mühe hatte, sich überhaupt in der neuen Sprache auszudrücken, fiel die Last ihres lebenslangen Außenseitertums von ihr ab. Es war, als fände ihr eigentliches Wesen in einer neuen Sprache einen neuen Ausdruck – nicht ebenso flüssig natürlich, aber irgendwie befreit von den Fesseln ihrer nervösen Hast, ihrer Fähigkeiten und Rechtfertigungen: unauffällig, derb und schlicht wie ein frisch abgeschnittener Baumwollstoff. Die Anforderung, sich einzugliedern, konnte aufregender sein als lästiges Hervorstechen. Sie entdeckte in sich das Talent, Klischees, lokale Eigenheiten und Platitüden und Banalitäten aller Art aufzunehmen und sie so geschickt zu verknüpfen, dass sie für ein ungeschultes Ohr fast wie eine Moskowiterin klang. Grobheit, daran war ihr jetzt gelegen, denn nur die Grobheiten von Fremden, von Garderobenfrauen und Verkäuferinnen überzeugten sie davon, dass sie für andere keine überspannte, konfuse Fremde mehr war, sondern eine authentische Sowjet.

Von außen betrachtet hätte man glauben können, sie habe Sergej ganz vergessen. Doch weit gefehlt. In Wahrheit hatte Florence durch ein wenig Herumfragen nach Fjodors Anspielung auf die »Metallurgie« bereits herausgebracht, dass Sergej nur in einer einzigen Fabrik arbeiten konnte: dem riesigen Hammer-und-Sichel-Werk an der Jausa. Als sie sich nun fast sicher war, wo er steckte, geschah etwas Seltsames: Ihr wanderlustiges Herz, immer so entschlossen, wurde schwankend. Wie Odysseus, der Ithaka schon ganz nahe vor Augen hatte, konnte sie den nächsten Schritt nicht gehen. Sie spürte, sie veränderte sich, wurde zu jemand Neuem, befreite sich von dem individualistischen Hunger nach besonderer Beachtung. Sie wollte, dass er begriff, wie anders sie geworden war, und ebendieser Wunsch machte seine Erfüllung unmöglich. Ihn überhaupt zu suchen schmeckte nach Verzweiflung. Schließlich war ein volles Jahr vergangen. Vielleicht hatte er ja eine Frau. War verheiratet. Tief im Innern war sie nicht bereit zu einem

Treffen mit Sergej, wenn er sie nicht hochriss, sie leidenschaftlich auf den Mund küsste und »Hurra!« rief. Und so rührte sie sich, wie Odysseus, nicht vom Fleck und wartete auf eine letzte, geheimnisvolle Wendung.

15.

Ein Mann aus dem Volk

Florences Wunsch, völlig aufzugehen in jener gigantischen Abstraktion namens Volk, erfüllte sich am 7. November 1934. An diesem Morgen war sie von den Klängen einer Parademusik aufgewacht, die aus den Lautsprechern auf den Straßen erschallte. Unter ihrem Fenster hatte eine Armee von Frauen mit Reisigbesen Aufstellung genommen.

Florence war mit Essie an einer Ecke der Marosejka-Straße verabredet, wo Essie mit einer Reihe amerikanischer Arbeiter aus der AMO-Fabrik mitmarschierte. Als Angestellte der Gosbank brauchte Florence nicht teilzunehmen. Trotzdem wollte sie Stalin und andere Helden der Revolution sehen. Der Zug bewegte sich im Schneckentempo zum Stadtzentrum, bevor er den Roten Platz überquerte. Florence drängte sich unter Einsatz der Ellbogen durch die Menge, bis sie die roten Fäustlinge Essies entdeckte, die ihr zuwinkten. »Du bist spät dran«, sagte sie und zog Florence in die Reihe.

»Entschuldige.«

»Wir mussten fast schon wieder rennen.«

Oberhalb waren die Gestalten der großen Führer wie riesige Ausschneidepuppen an die Fassaden der Häuser montiert. Überall flatterten rote Wimpel im Wind.

»Das sind Joe und Leon«, sagte Essie und machte Florence mit den Männern neben sich bekannt. Der eine, ein Mechaniker mittleren Alters in einer Wattejacke, trug die schmale rote Armbinde eines Ordners. Der Mann neben ihm war unrasiert und jünger, trug eine gangsterhafte Schiebermütze und hatte den Mantelkragen hochgeschlagen. Zwischen seinen fleischigen, zu roten Lippen klemmte eine Zigarette. Die Trillerpfeife ertönte, das Zeichen, sich wieder einzureihen. »Antreten! Antreten!«, riefen die Ordner. »Jetzt nicht mehr stehen bleiben!« Der junge Gangster spie seine Zigarette aus und lief mit Florence im Gleichschritt los. Seine Wangen glühten in der winterlichen Kälte. Er musterte sie zweimal und sagte dann auf Englisch zu ihr: »Dein erstes Mal. Ich seh's.«

Bei dieser Sicherheit des Urteils schwand ihre Lust zu antworten. Ohne sich aus dem Konzept bringen zu lassen, betrachtete er sie aus spöttisch blickenden schwarzen Augen. »Und du arbeitest auch nicht bei der AMO.«

»Zufallstreffer«, sagte sie.

»Ich sag's nicht weiter, keine Sorge. Ich auch nicht. Früher schon, aber jetzt nicht mehr.« Er trat einen Schritt auf sie zu und klappte kurz seinen Mantel auf. »Meinen alten Pass hab ich trotzdem behalten. Wenn man in dieser Stadt schon mal ein Dokument kriegt, behält man es besser.«

»Wie wär's, wir würden nicht so laut Englisch sprechen?«, sagte Florence.

Der Gangster zuckte die Achseln und sprach Essie an. »Wo kommst du her?«

»Park East, Bronx.«

»Na, so was. Und sie?«

»Florence ist Brooklynerin«, antwortete Essie.

Das war Florence nicht recht, denn als Nächstes sagte der Gangster zu ihr: »Aha! Aus welchem Viertel?«

»Beverly«, sagte sie, ohne ihn anzuschauen.

»Beverly und weiter?«

Seine Fragerei ging ihr langsam auf die Nerven. »Was kümmert's dich, willst du hinfahren?«, hörte sie sich sagen.

»Kratzbürstig.«

»Florie ist aus Flatbush«, sagte Essie ungefragt.

»Florie aus Flatbush«, wiederholte der junge Mann triumphierend, so als habe er ihr ein schmutziges Geheimnis entlockt. »Wo ist das, am Prospect Park? Am Millionaire Park?«

»Weiter südlich. In Flatbush wohnen ganz verschiedene Leute.«

»Klar, ganz verschiedene Ärzte und ganz verschiedene Anwälte. Sei nicht so empfindlich«, sagte er und klopfte ihr vertraulich auf den Rücken. Er richtete den Blick nach vorn in die Menge, doch mit dem Triumph über die Entdeckung erschien ein vergnügtes Lächeln in seinem Gesicht, und es breitete sich von seinen Mundwinkeln bis zu den Schläfen aus, wo die ungekämmten schwarzen Haare zu kräuseligen Koteletten gestutzt waren.

Florence fiel nichts ein, was sie hätte erwidern können, ohne ihm gleichzeitig eine zu kleben. Ein Protest formte sich in ihrem Mund, doch in dem Moment übertönte eine Woge aus Musik und Jubelgeschrei alle Gespräche ringsum. Aus allen Fabriken der Stadt ergossen sich die Arbeiter in die Straßen. »Wenn sie jubeln, bedeutet das, *er* ist da«, rief Essie. Ihr Marschblock setzte sich im Laufschritt in Bewegung und schloss zu den anderen vor ihnen auf. Florence spürte Kopfsteinpflaster unter den Schuhen, als sich die riesige Weite des Roten Platzes vor ihnen auftat. Die Kolonnen der Menschen vor ihnen teilten sich, flossen um den Kreml wie der Schaum des Meeres um eine Sandburg. Sie war schon bei Demonstrationen gewesen, aber keiner wie dieser; einen Überblick zu gewinnen war bei der gewaltigen Größe schlechterdings nicht möglich. Sie war jetzt nur eine von Tausenden, eine von Zehntausenden. Es war ein Karneval der Gleichförmigkeit. Über den Köpfen der singenden und jubelnden Menschen dröhnten wie Donnerschläge die Worte des Ansagers, der die Marschierenden begrüßte, die selbstlosen Anstrengungen des großen sowjetischen Volkes rühmte, die Kraft ihrer Aufbauleistung, die Führer ihrer Partei – der Avantgarde des Proletariats. Mit jedem Schritt, den sie sich dem Mausoleum näherten, wurde die Atmosphäre theatralischer. Den Menschen war bewusst, dass Stalin sich in ihrer Mitte befand, und sie verhielten sich, als nähme er sie ebenfalls wahr. Junge Frauen verfielen in ekstatisches Zucken, Tränen stiegen ihnen in die Augen. Männer reckten sich selbstsicher und strafften die Schultern, als könnte Stalin jeden Augenblick einen von ihnen herausgreifen. »Da ist er, der mit dem hocherhobenen Arm!«, rief jemand hinter Florence.

»Das ist Woroshilow, du Idiot!«

»Nein, da drüben steht er, bei Budjonny.«

Die Führer der Bolschewiki, die auf der Tribüne des Mausoleums standen, waren so schlecht auseinanderzuhalten wie Schachfiguren. Doch Florence war zuversichtlich, dass sie die blitzenden Augen Josef Stalins erkennen würde, der jeden Werktag aus seinem Ölgemälde über Timofejews Schreibtisch auf sie herabschaute. Sie verlangsamte den Schritt, um besser sehen zu können, doch Soldaten der Roten Armee stießen Gaffern die Kolben ihrer glänzenden Gewehre in den Nacken, und die marschierende Menge schob sie vorwärts.

»Hast du was gesehen, Flatbush?«, sagte der junge Mann, als sie hinter dem Mausoleum angekommen waren.

»Soll das jetzt deine Anrede für mich sein?«

»Wie soll ich dich denn ansprechen?«

Sogar bei dieser ja wohl harmlosen Frage hatte sie das Gefühl, gleich griffe ein Taschendieb bei ihr zu. »Mit

Florence«, sagte sie, und hinter ihnen erhob sich ein langer Jubel. Stalin hatte die Arbeiter gegrüßt. Florence wollte sich dem »Hurra!« anschließen, doch ihrer Stimme mangelte es plötzlich an Überzeugung. Die Selbstvergessenheit von eben war verschwunden. Die Lautsprechermusik trug sie nicht mehr vorwärts in eine strahlende Zukunft, sondern rückwärts zu einer Erinnerung: daran, wie sie einmal mit einer Schulfreundin von zu Hause fortgeschlichen und zur Mitternachtsmesse in die St.-Francis-Kirche gegangen war. Sie war fünfzehn. Sie ging aus Neugier, verschwieg die Expedition vor ihren Eltern und fühlte sich die ganze Zeit wie eine Hochstaplerin. Die Katholiken hatten ihr und ihrer Freundin freundlich zugelächelt und sie für fromme Mädchen gehalten, die Christus anbeteten. Genau wie damals drohte jetzt etwas Dunkles, Subversives in ihr die Ehrfurcht ins Gegenteil zur verkehren und die Szene für eine komplette Farce zu halten. Ausgelöst hatte es seine Bemerkung über »Flatbush«, da war sie sich sicher, seine verdeckte Anspielung, dass sie ein Fremdkörper war inmitten der wahren Erben der Revolution. Als sie sich Leon zuwandte, spielte immer noch dieses ärgerliche Lächeln um seinen Mund. Wieder erhob sich tosender Jubel aus der Menge, und jetzt stimmte er laut mit ein, pfiff und johlte wie ein Trunkenbold beim Mardi Gras.

Der Klub der ausländischen Arbeiter in der Herzen-Straße war an diesem Abend vollgestopft mit allen möglichen Exilanten. Österreichische Schutzbündler und steife deutsche Sozialisten tanzten Foxtrott. Politische Emigranten aus Ungarn und der Tschechoslowakei schwenkten einander zu Rumbarhythmen herum. Amerikanische Komintern-Mitglieder strebten eilends auf die Tanzfläche, sobald die Band einen Lindy Hop anstimmte. Sogar die dünnen, bärtigen italienischen Anarchisten wagten auf dem abgetretenen

Parkett einen Versuch. Der politische Taumel dieses Nachmittags ging in dem Meer von billigem Sekt nahezu unter. Draußen stolperten diejenigen, die schon früh zu feiern begonnen hatten, durch die eisigen Straßen oder lagen im Rinnstein. Aus einem halben Dutzend Münder waren misstönend gelallte patriotische Hymnen zu vernehmen.

Florence, die kaum andere Ausländer kannte, hatte sich notgedrungen Essie angeschlossen. Sie hatte noch nicht getanzt, und jetzt war es wohl zu spät: Die Amateure räumten das Feld und machten Platz für eine Vorführung von Könnern. Nur Schritte von ihnen entfernt erblickte Florence den großspurigen Leon vom Umzug. Bevor sie sich abwenden konnte, rief Essie ihm über die Musik hinweg zu: »Wir haben dich an der Brücke verloren!«

»Tut mir leid«, sagte er im Näherkommen, klang aber nicht sehr betrübt.

»Wir haben uns umgesehen, aber es waren so viele Menschen auf der Straße.«

»Mein Freund musste die Lastwagen beladen und das ganze Material ins Werk zurückbringen. Da hab ich mitgemacht. Ich dachte mir schon, dass ihr hier landet.« Sein Blick flog zwischen Florence und Essie hin und her.

Florence, die beschlossen hatte, niemals wieder ein Wort an diese Person zu richten, sah weiter zur Tanzfläche. Ein Duo – ein junger Schwarzer und eine zierliche Russin – legte, begleitet von Pfiffen und anfeuernden Rufen, gerade los. Fast überall in Amerika, kam es Florence in den Sinn, stieße eine solche Paarung auf Ablehnung, wenn nicht aus rechtlichen, dann aus moralischen Gründen. Der Schwarze trug stolz einen dünnen französischen Schnurrbart zur Schau, und seine Partnerin, ein Mädchen mit Nullachtfünfzehn-Gesicht, aber perfekter Figur, trug ein Tupfenkleid, das so weit hochflog, als er sie übers Parkett wirbelte, dass man ihre Unterwäsche sah.

»Das sind Jumpin' Jim Cosgrove und Polly, seine Freundin«, teilte Leon Florence mit, obwohl sie gar nicht gefragt hatte.

»Du kennst ihn?«, sagte Essie, fiebrig vor Eifer.

»Den kennt doch jeder. Jimmy malträtiert die Tanzsäle in allen Hotels – im National, im Metropol. Er tanzt für die hohen Tiere.«

»Ui – der ist phantastisch! Ist er Profi?«

Florence verfolgte schweigend, wie Jumpin' Jimmy mit klackenden Fersen ein kunstvolles Muster in den Boden hämmerte und den Oberkörper kerzengerade hielt, und das ganz mühelos.

»Eigentlich ist er Student«, sagte Leon. »An der Kommunistischen Universität der Nationalen Minderheiten des Westens. Aber ich kann mir nicht denken, dass er überhaupt zum Unterricht geht. Die Hotelrestaurants zahlen ihm eine ordentliche Stange Geld dafür, dass er für die Gäste abends den Lindotschka vorführt. Und Freigetränke gibt's extra. Der trinkt schneller, als sie einschenken können. Die Russen können nicht genug von ihm kriegen, vor allem die kommunistischen Frauen. Die meisten haben noch nie im Leben einen Schwarzen gesehen. Einmal sind zwei nach einer Nummer zu ihm hin und wollten sein Haar anfassen, und dann haben sie ihn gefragt, ob er mal was auf ›Negrisch‹ sagen kann.«

»Ich hoffe, er hat ihnen geraten, die Hände bei sich zu behalten«, sagte Florence, ihr Schweigegelübde brechend.

»Das stört ihn nicht«, erwiderte Leon. »Jimmy macht hier in einer Woche mehr Asche als in Chicago in einem Monat. Solche wie ihn gibt's dort in Massen und hier ist er ein echtes Original.«

Florence richtete einen kalten Blick auf Leon. »Du meinst, eine neue Kuriosität? Vielleicht fragen wir ihn mal, wie er sich fühlt, wenn er für die Russen den Nigger spielt wie ein Tanzbär…« Sie erschrak selbst über ihren Ton.

»Reg dich nicht auf. Der Mann hat Talent. Warum sollte er nicht was daraus machen?« An Essie gewandt, sagte Leon: »Ist deine Cousine immer so eine Langweilerin?«

Florence konnte nicht mehr mit Tatsachen oder allgemeinmenschlichen Gründen kontern, denn als Nächstes forderte Leon Essie zum Tanzen auf.

Pianoakkorde hämmerten durch die von Menschenleibern erhitzte Luft, und Florence stand allein und schaute zu, während sich Leon und Essie im Box Step über die Tanzfläche bewegten. Essie reichte Leon nicht mal bis zur Schulter, dennoch zog er sie nach einer Glissade elegant in seine Armbeuge zurück. Warum hatte sie so gemein sein müssen?, fragte sich Florence. Alles um sie herum kam ihr sonderbar vor, sogar die Musik. Ein österreichischer Schutzbündler, der sie allein am Rand stehen sah, kam herüber und forderte sie auf. Sie wollte eigentlich nicht tanzen, nahm aber an und ließ sich von dem Österreicher, der fest zugefasst hatte, in großen, unschönen Kreisen über die Tanzfläche führen, und drehte nur den Kopf zur Seite, um dem sauren Atem auszuweichen, der seinem Mund entströmte. Die Musik war kaum zu Ende, da befreite sie sich aus seinem Griff und ging zu Essie zurück, die noch nach Luft schnappte und die Finger auf Leons Ellbogen ruhen ließ. »Wo hast du so tanzen gelernt?«

Leon wischte sich die Stirn ab. Die oberen Knöpfe seines Hemds standen offen und gaben den Blick auf üppig sprießendes Haar und ein knochiges Brustbein frei. »Wenn man da, wo ich herkomme, samstagabends Hunger bekam, ging man in der Nachbarschaft suchen, wo gerade eine Hochzeit gefeiert wurde. Meine Freunde und ich sagten zu dem Mann an der Tür: ›Unsere Mutter ist da oben. Wir haben einen Notfall, der Eisschrank läuft aus‹, und er ließ uns rauf. Und wenn wir fünf Minuten später auf der Tanzfläche waren, standen bald alle auf und tanzten auch. Und da verzogen wir uns in die Küche und schlugen uns mit Rugelach, Obst und Hering den Bauch voll, tranken ordentlich Sprudel und sahen zu, dass wir wieder wegkamen.«

»Hattet ihr zu Hause nichts zu essen?«, sagte Florence.

»Doch, klar«, sagte er und hatte die Beleidigung von eben wohl vergessen. »Kartoffeln. Als Suppe zum Frühstück, als Puffer zu Mittag, als Pudding zum Nachtisch…«

»Du bist also auch in New York aufgewachsen«, sagte Essie.

»Allen Street. Aber ob ›aufgewachsen‹, weiß ich nicht. *Durchgeschleift* kommt eher hin.«

Essie fand das offenbar äußerst komisch, und Florence gelang es, eine halbwegs belustigte Miene zu ziehen; sie wollte zumindest den Eindruck erwecken, dass die Unstimmigkeit von vorhin sich als Missverständnis abtun ließ. Zu ihrer Überraschung ermunterte ihn das dazu, die Augen zu heben und sie schüchtern, mit fast hündischer Zuneigung anzusehen, bevor er das Hemd glattzog. Es war nur eine kleine Geste, aber sie zeigte, wo Florence hingesehen hatte, und machte aus ihrem Waffenstillstand einen peinlich intimen Moment.

Tanzmusikakkorde erhoben sich wieder über den Tumult im Raum. Essie war die Erste, die die Melodie erkannte. »Stardust!«, rief sie unvermittelt. »Sie spielen Hoagy Carmichael, mit Akkordeon!« Sie hatte recht. Darum, ging Florence auf, war die Musik hier so sonderbar: Es wurden nur altmodische Melodien gespielt, die irgendwie russischen Boden erreicht hatten und zu einer zigeunerhaft wandernden Version ihrer selbst geworden waren, genau wie Essie und sie. Leon sah sich nun bestimmt genötigt, eine von ihnen zum Tanzen aufzufordern, doch eine kräf-

tige Gestalt löste die verfahrene Situation auf, ein schlaksi-
ger Mann mit Brille, der auf sie zukam und, auf die Zehenspitzen gereckt, Leons Namen rief.

»Wenn das nicht Seldon Parker ist!«

»Sei gegrüßt, Genosse!«, sagte Seldon im prächtigen
Tonfall des Engländers. Er reichte den Frauen nacheinander die Hand. »Verzeihen Sie, ich bin heute Abend schrecklich angespannt.«

»Ich hab dich im alten Metropol vermutet«, sagte Leon,
»und dachte, du trinkst eine Runde nach der anderen mit
den maßgeblichen Jungs.«

»Ich würde das nicht *zu* laut sagen, mein Freund. Jedenfalls, es hat sich was verändert – die firmieren jetzt als ›die
Christlichen Brüder‹.«

»Seit wann?«

»Seit YMCA leichter im Gedächtnis zu behalten ist als
OGPU.«

»Ich dachte, die nennen sich jetzt NKWD«, sagte Leon.

Seldon zog ein Taschentuch hervor und tupfte sich die
Schweißperlen von der Stirn. »Man kommt gar nicht nach
mit den vielen verdammten Abkürzungen in dieser Stadt.
Und dann wechseln die auch noch dauernd«, sagte er, an
Florence gewandt. »Ich persönlich fand es früher besser, da
sprach bei der Geheimpolizei einfach jeder von der Roten
Tscheka.«

»Was ist mit der GSKG?«, schlug Florence vor.

»Was ist das gleich?«

»Die Gesellschaft für den Schutz des Kommunismus vor
Grausamkeit.«

»Hey, das klingt nett. Muss ich mir gleich notieren.«

»Seldon will ein großes, wichtiges Buch schreiben, wenn
er hier abhaut«, sagte Leon, »er kann sich anscheinend nur
nicht losreißen.«

»Wovon handelt dein Buch?«, sagte Essie und wurde

mit gewundenen Erklärungen zu Seldons Interesse an der Frage des *proiswol* belehrt, dem Begriff der »reinen Willkür«. Während Essie bei Seldons Theorien darüber, »dass den Russen das Verständnis für Ursache und Wirkung abgeht«, zum hilflos blinzelnden Opfer wurde, machte Leon einen Schritt auf Florence zu und sagte: »Ich sag ihm dauernd, er soll sich beeilen und nach London zurückgehen, damit er Moskau endlich genießen kann.«

»Und wie macht man das?«

»Das Problem bei Schriftstellern ist, dass sie nicht mitkriegen, wenn sie Spaß haben. Das begreifen sie erst im Rückblick.«

»Dann bist du wohl kein Schriftsteller.«

»Genau genommen schreib ich schon. Seldon und ich arbeiten zusammen. Wir schreiben für TASS.«

»Die sowjetische Nachrichtenagentur? In dem großen Gebäude oben in der Gorki-Straße?«

»Du hast davon gehört«, sagte Leon mit gespielter Bescheidenheit.

»Haben die Sowjets nicht ihre eigenen Reporter?«

»Ja, aber wir schreiben Nachrichten für den *Export*, weißt du.«

»Auf Englisch?«

»Wie denn sonst – auf Tagalog? Wir schreiben und drucken eine ganze Zeitschrift. Wird sogar in den Staaten gelesen. Sie heißt *Sowjetland*.«

»*Sowjetland*?« Sie schaute ihn von der Seite an. »Und das gibt's wirklich?«

»Klar. Im Sowjetland gibt's alle möglichen wunderbaren Dinge. Ganz neue Warenhäuser mit Grammophonen und Staubsaugern. Cafés für die Arbeiter, in denen die Bezahlung *grundsätzlich* auf freiwilliger Basis erfolgt.«

»Klingt wie ein wunderbarer Ort zum Leben.«

»Geduld, Florence. Geduld.«

»Kein Wunder, dass so viele, die in die Sowjetunion kommen, enttäuscht zurückkehren«, sagte sie. »Erst lesen sie den Quatsch, dann fahren sie nach Amerika zurück und schreiben alle möglichen Verleumdungen über die UdSSR.«

Leon grinste unschuldig, hatte keine andere Reaktion erwartet. Er kehrte die Handflächen nach oben. »Schön. Sollen diese *ligner* halt ihre Lügen erzählen.«

»Er ist wirklich vollkommen anders«, sagte Essie, schleuderte sich die Schuhe von den Füßen und ließ sich rückwärts auf Florences Bett fallen. Für einen Moment dachte Florence, Essie spräche von Leon, doch dann sagte sie: »Wie er redet, als spräche er … direkt zu *dir*.«

Es war schon nach Mitternacht. Mit einem Wink in Richtung Tür erinnerte Florence Essie daran, dass sie nicht allein waren, dass sie links und rechts Nachbarn hatte.

»Wenigstens hast du deine eigenen vier Wände«, sagte Essie. »Wohn mal mit achtundzwanzig anderen auf einer Wohnheimetage.« Sie raffte ihr Kleid und zog es sich über den Kopf. Florence rollte einen Strumpf herunter und stellte das andere Bein vor dem Spiegel in Positur, bevor sie sich dem zweiten widmete.

»Aber alles andere«, sagte Florence, »das Taschentuchschwenken, die Ohnmachtsanfälle. Jeder will den anderen beim Klatschen übertreffen, wenn er spricht. Kann ich drauf verzichten.« Sie zog eine Garnitur Laken und ein sauberes Nachthemd aus dem Schrank und gab Essie beides.

»Das ist aber nicht Stalins Schuld«, wandte Essie ein. »Er will die Lobhudelei nicht. In seinen Reden spottet er dauernd darüber. Er macht sich lustig über Leute, die ihn vergöttern, statt ihre Arbeit zu machen.«

»Ich widerspreche dir nicht«, sagte Florence, nahm die

Laken wieder an sich und breitete sie auf dem Bett aus. Essies Unfähigkeit, beim Reden selbst einfache Tätigkeiten zu verrichten, ärgerte sie.

»Außerdem«, fuhr Essie fort, »weiß er ganz genau, dass sie nicht ›den Mann Stalin‹ feiern – sondern das, wofür er steht, die Partei und alles, was man für die Menschen getan hat, die Art und Weise, wie das ganze Land geeint worden ist.«

Ein sauberer Geruch nach Stärke stieg von den Linnen auf, als sie die Steppdecke aufschlugen. Sie schlüpften in das schmale Bett, lagen Fuß an Kopf wie die Buben auf einer Spielkarte. Essie kicherte im Dunkeln, als Florence das kalte Fleisch ihres Fußes berührte. »O nein, so nicht, nicht ohne Socken.«

»Meine Schuhe sind total durchgeweicht«, protestierte Essie.

»Nicht wegen der Kälte. Deine Zehennägel sind scharf wie Muschelschalen.« Florence schaltete die Schirmlampe ein und glitt aus dem Bett. Aus einer verschlossenen Schublade in ihrer Kommode, in der sie Dollar und Wertsachen aufbewahrte, zog sie ein Kästchen mit Nähzeug heraus und legte sich Essies Füße auf den Schoß.

»Im Winter sieht meine Füße doch keiner«, sagte Essie.

»Es sieht auch keiner deine Schlüpfer. Das heißt aber nicht, dass du keine sauberen anhaben solltest.«

Essie zuckte zusammen, hielt aber den Mund, während Florence mit beängstigender Konzentration ihre Zehennägel schnitt.

»Ich finde nirgends eine gute Schere«, sagte Essie trotzig. »Ich hab wirklich gesucht. Es gibt nicht mal Handarbeitsscheren zu kaufen, überall haben sie nur Fabrikscheren. Die Mädchen im Wohnheim nehmen die, aber ich hab Angst davor. Ich hab gehört, die Friseurgewerkschaft hat unter der Hand mit den Läden was ausgemacht, dass sie alle Scheren zuerst kriegen, und dann sind für andere keine mehr da.«

»In den Torgsin-Läden bekommst du eine. Die nehmen Devisen, und das weißt du auch.«

»Ich kann meine Dollars nicht für Tand verplempern, Florie.«

Florence hörte auf zu schneiden und sah hoch. »Wie du willst. Ich hab's dir immer gesagt: Einfach kann eine Frau sein, aber nicht billig.«

»Und ich finde es ein bisschen ungerecht«, sagte Essie, »dass *wir* importierte Waren in diesen Geschäften kaufen können, sonst aber niemand.«

Florence hatte dieses Argument schon oft durchdekliniert und wusste, wohin es führte. »Was soll daran ungerecht sein?«, sagte sie jetzt. »Das Land braucht Devisen, und ich brauche eine Nagelschere. Die Parteikomitees haben ihre besonderen Geschäfte, genauso wie die Kreml-Ärzte, und so immer weiter nach unten. Wir sind nicht die Einzigen.« Sie legte ihre Schere zur Seite. »Die Arbeit dieser Menschen ist wertvoll für den Staat. Vielleicht fehlt ihnen die Zeit zum Schlangestehen. Unsere Arbeit ist ebenfalls eine besondere, Essie. Wir sollten stolz darauf sein und uns nicht als Ästheten gerieren.«

»*Asketen* kommt eher hin.«

»Wie auch immer.« Florence war sich dessen bewusst, dass in ihre Logik eine kapitalistische Faser eingewebt war. Trotzdem fühlte sie sich berechtigt, so zu denken. Die Arbeit, die sie tat, *war* wertvoll und wichtig. Warum sollte sie da kein Recht auf einen Riegel Schokolade ab und zu haben?

»Wirst schon recht haben«, verkündete Essie schläfrig und bettete sich wieder auf ihr Kissen. Florence schaltete das Licht aus, und sie lagen still da und kneteten sich gegenseitig die müden Füße. Von Essies Seite des Betts ertönte ein Summen, das Florence als die wiegende Melodie der Zigeunerweise »Otschi Tschornyje« erkannte. »Glutvoll schwarze schwarze Augen«, summte Essie. »Tief wie die Mitternacht ...«

Leise stimmte Florence ein. »Das Feuer deiner Augen hat mich um den Schlaf gebracht.«

»Ich liebe euch, ich fürchte euch!«, sangen sie gemeinsam. »Als ich euch gesehen, war's um mich geschehen.«

Dann verstummte Essie, und Florence wusste, warum.

»An wessen schwarze Augen hast du denn beim Singen gedacht?«

Essie schwieg weiter. Doch Florence bekam ihre Antwort durch Essies verspannten Fuß. »Ihr habt gut zusammen getanzt.«

»Er hat es mir leicht gemacht«, wiegelte Essie ab. »Jede hätte beim Tanzen mit ihm gut ausgesehen.«

»Tanzen kann er, der Mr. Durchgeschleift, auch wenn er ein bisschen von sich eingenommen ist.«

»Wieso von sich eingenommen?«, sagte Essie und setzte sich halb auf.

»Ach, ich weiß nicht – vielleicht meine ich nur seine große Klappe.«

»Das ist lustig. Er wollte von mir wissen, ob er dich mit irgendetwas verärgert hat.«

»Das hat er *dich* gefragt?«

»Er hätte vielleicht dich zum Tanzen aufgefordert, Florie, wenn er geglaubt hätte, dass du ihn lässt.« Essies Zehen spannten sich wieder an. »Gefällt er dir?«

»Also bitte, Essie.«

»Was ist denn verkehrt an ihm?«

»Verkehrt? Gar nichts. Ich sag doch nicht, dass er schlecht aussieht.« Florence war sich plötzlich nicht sicher, ob sie zugab, dass Leon gut aussah, weil sie nicht zugeben wollte, dass sie genau das dachte. »Er ist bloß nicht mein Typ.«

»Was ist denn dein Typ?«

»Erst einmal kein Amerikaner.«

»Oh.«

»Ich sage ja nicht, *du* solltest nicht... Es wäre bloß albern, wenn *ich*, weißt du, den weiten Weg bis hierher gemacht hätte, bloß um...«

»Um was?«

»Die Nerven zu verlieren wegen eines Mannes von der anderen Seite des East River.«

Falls Essie gekränkt oder erleichtert war, konnte man es in der Dunkelheit nicht sehen. Kurz darauf drehte sie sich zur Wand.

»Nacht, Essie.«

»Nacht«, hörte sie von gegenüber und lag noch eine ganze Weile da und starrte ins Dunkel, bevor sie einschlief.

16.

Der Glutvogel

Zwei Tage später machte sich Florence auf die Suche nach dem Mann, der sie nach Moskau gebracht hatte. Auf dem bröckelnden Rand der asphaltierten Uferstraße an der Jausa schwankte ihre Straßenbahn von einer Seite zur anderen. Unterwegs in Richtung Stadtrand passierte sie Kohleschuppen, Lagerhäuser und die steinernen Befestigungswälle beschlagnahmter Klöster, die nun als Wohnheime für Arbeiter dienten.

Florence hatte sich die Metallurgischen Werke Hammer und Sichel als ein riesiges Fabrikgebäude aus Backstein vorgestellt, ähnlich denen in New York. Im Näherkommen sah sie jedoch, dass es eigentlich eine ganze Kleinstadt war. Florence stieg aus der Bahn aus und wurde in dem chaotischen Menschenstrom beinahe umgerannt. Mit dem alten Pelzmantel ihrer Mutter über dem schmalen Rock kam sie sich in dem Schwarm wattierter Baumwolljacken vor wie Anna Kareninas überkandidelte Erbin. Ein Blick durch das offene Tor bestätigte, dass jede einzelne Fabrikhalle einen eigenen Wachmann hatte. Wenn ihr Herkommen ein Fehler war, so wäre es ein noch größerer Fehler, sich bei diesen Wachleuten, die Bärenfellmützen trugen, zu erkennen zu geben. Leiber stürmten an ihr vorüber, indes sie wie gelähmt unschlüssig verharrte. Das letzte Quäntchen Wärme der Straßenbahn schwand aus ihren Knochen. Die Menschenmassen lichteten sich, die Fabriktore wurden schon bald geschlossen. Sie wusste nicht, was sie tun sollte, und so war es, als greife sie nach einem Stück Treibholz, als ihre Hand von selbst Halt an einem Ellbogen suchte. Der Ellbogen gehörte einer Frau – hager und mit einem Gesicht, das die Farbe einer erlöschenden Glühbirne hatte und bei Florences Berührung eine bedrohliche Helle annahm.

»Entschuldigung«, sagte Florence und trat zurück. »Ich suche jemanden – einen Ingenieur in dieser Fabrik.«

»Die Glocke läutet gleich. Ich kann Ihnen den Ingenieur nicht suchen.«

»Was will sie, Inna?«, sagte eine zweite junge Frau mit einem Kopftuch, die eine gesündere Gesichtsfarbe hatte.

»Ich suche einen Ingenieur namens Sokolow.«

Die junge Frau sah sich neugierig um. »Die Ingenieure sind alle in dem Gebäude dahinten.«

»Wir können Sie ins Personalbüro bringen«, schlug die Magere vor, so als habe sie von Anfang an behilflich sein wollen.

»Nein – ich möchte keine Schwierigkeiten machen«, sagte Florence.

»Jeder muss angemeldet werden«, sagte die erste Frau.

»Ich – vielleicht bin ich in der falschen Fabrik.«

»Wissen Sie nun, nach wem Sie suchen, oder wissen Sie's nicht?«

»Ja, er ist« – sie vernahm ihre eigenen Worte ganz deutlich – »mein Cousin.«

»Cousin, ja?«

Verglichen mit dem derben, aber unangestrengten Russisch der beiden Frauen war ihr ausländischer Akzent so grotesk wie ihr Pelzmantel. »Ich bin seine Cousine«, nahm

Florence den Faden wieder auf. »Aus Armenien. Ich bin heute Morgen mit dem Zug gekommen. Er sollte mich abholen. Vielleicht hat er es ja vergessen.« Sie war überrascht, wie leicht ihr diese Lüge über die Lippen kam. »Vielleicht bin ich auf der falschen Seite ausgestiegen – in dieser Stadt ist alles so groß und verwirrend.« Sie seufzte, buhlte unverhohlen um Mitleid. »Wenn eine von Ihnen ihm einfach sagen könnte, dass ich hier bin. Der Name ist Sergej Sokolow.«

»In Ordnung, warten Sie da drüben«, sagte die Frau mit dem Kopftuch und bedeutete ihrer Freundin, schon vorzugehen und für sie einzuspringen.

»Sagen Sie ihm, es ist Flora«, rief Florence der Frau nach. »Er weiß schon!«

Sie wartete in der Kälte, während die Schattenstreifen des Fabriktors unter aufziehenden Wolken verblassten. Am Morgen hatte die Sonne trügerisch hell geschienen, und ohne sie zeigte der Wintertag nun die Zähne. Florence, die sich grundlos schalt, bemerkte es fast nicht, als sich eine große Gestalt dem Tor näherte.

Er war dünner, als sie erwartet hatte, und sein Gesicht war unter der tief herabgezogenen Mütze nicht zu sehen. Die breiten, unverwechselbar krummen Schultern konnten jedoch nur Sergej gehören. Blinzelnd blickte er durch die Stäbe des Tors, als der Wachmann es für ihn öffnete. Die tiefe Sommerbräune, Florences stärkste Erinnerung an ihn, war verschwunden. Auch seine Augen waren trüber und blasser; sie blickten auf sie herunter wie auf ein Gespenst, eine Fremde, die er nicht zuordnen konnte.

»Erkennst du mich nicht?«, sagte Florence mit zusammengepressten Händen.

Er gestattete sich ein feines Lächeln. »Cousine Flora?« Und als die Enden seiner Augenbrauen satyrgleich auf-

wärtswanderten, da erkannte Florence auch *ihn* richtig.
»Hast du mich also gefunden«, sagte Sergej.

Abends in Florences Zimmer zogen sie sich schnell aus,
schälten sich gegenseitig die Wintersachen ab wie steife
Verbände. »Worüber lachst du?«, sagte Sergej. Doch sie
konnte nicht aufhören. Der Aberwitz – sie beide, zusammen – versetzte sie in einen Freudentaumel.

Auf dem Weg von der Straßenbahnhaltestelle, an der sie
auf ihn gewartet hatte, bis zu sich hatte Florence ihn mit
Geschichten über das verunsicherte amerikanische Mädchen unterhalten, als das sie in Magnitogorsk aus dem
Zug gestiegen war, ein Rotkäppchen, das sich in den tiefen Wald des Sozialismus verirrt hatte. Eine Hand in die
Hüfte gestemmt, ahmte sie ihre bäuerlichen Zimmergenos-
sinnen nach und zeichnete sie als treue, derbe Führerinnen
durch den Wald, als Vertraute. In dem dunklen Zimmer, in
das nur von der Straße Licht fiel, ruhten Sergejs lachende
Augen auf verschiedenen Stellen ihres Gesichts, und bald
steuerte auch er köstliche Details aus seinem »Pionierle-
ben« in Magnitogorsk bei, so dass ein gemeinsamer Faden
ihre Vergangenheit und ihre Gegenwart zu verweben begann. Kaum in ihrem Zimmer angekommen, schloss Sergej
jedoch die Tür und zog sie derb an sich. In der Enge des
schmalen Metallbetts liebten sie sich voller Hast, schoben
alles andere beiseite. Sein Haar zu fühlen, seine schnellen
Stöße in sich zu spüren war im ersten Moment ein lähmender Schock, so als tauchte sie in ein kaltes Wasserbecken,
bald aber seltsam vertraut. Als sie verblüfft und verausgabt
zu sich kamen, waren sie so ausgehungert wie zwei, die
von einer Krankheit genasen.

Zum Glück war sie vorbereitet: Vor ihrer Straßenbahn-
fahrt hatte Florence eine Tischdecke über ihren Schreibtisch
gebreitet und gesalzene Champignons, eingelegte Tomaten,

Stör, kalten Aufschnitt, Kaviar, Wein und Kognak darauf angerichtet. Jetzt sah sie, in ihren karierten Bettüberwurf gewickelt, ihm dabei zu, wie er eine kleine Tomate – eine kleine rote Erdkugel – aufspießte und sich vor die Augen hob, als wolle er sie studieren. Er verschlang sie ganz, verzog das Gesicht bei der Säure und spülte sie mit einem Glas Kognak hinunter. Und Florence erkundete mit den Fingerspitzen die Wölbung seines Rückens, während Sergej sich über den Schreibtisch beugte und sich ein richtiges Brot mit Butter, Kaviar und Gurke machte.

»Roter *und* schwarzer Kaviar – wie hast du das geschafft?«

Sie lächelte. Ein ganzes Monatskontingent von Insnab-Kupons war für den Einkauf der Delikatessen in den hellen Gängen des exklusiven Ausländerladens draufgegangen, und zuletzt hatte eine lächelnde junge Frau mit einer Zuvorkommenheit, die den weißbekittelten Wächterinnen normaler Moskauer Lebensmittelläden fremd war, ihr die Störeier aus dem Kaspischen Meer, den georgischen Wein und die für die Jahreszeit außergewöhnlichen Tomaten auch noch gut eingepackt.

»Das ist Ossetra-Qualität«, sagte er anerkennend.

»Woran merkst du das?«

»Komm her, ich zeig's dir.« Er löffelte noch mehr schwarzen Rogen heraus und verstrich ihn dünn auf dem gebutterten Brot. »Die Eier, siehst du, sind rund und prall und kleben im Saft nicht zusammen. Wann hab ich das zuletzt gegessen – lass mich überlegen« – er sah zur Decke hinauf – »1928. Nein! 27. Zu Silvester.«

Sie klopfte ihm auf die Schulter. »Sergej, immer scherzend.«

»Keineswegs!«

»Ich hab in den Lebensmittelläden doch Kaviar gesehen.«

»Lebensmittelläden? O ja! An die erinnere ich mich auch. Wir hatten mal was dieses Namens, bevor sie umgewandelt wurden.«

»Umgewandelt?«

»Ja, in Museen.«

»Was für Museen?«

»Museen, dem Gedenken an Speisen gewidmet, die schmecken! Du glaubst, das wäre nicht mein Ernst? Vorige Woche bin ich mal in so einem… Museum gewesen. Da lag Käse im Schaufenster – genau wie der Käse hier. Ich bin rein und hab ein halbes Kilo verlangt, und der Verkäufer – Entschuldigung, der Museumsführer – sagte, der sei nicht zum Verkauf, sondern nur ein Ausstellungsstück.«

Er nahm ein Stück Brot und kippte einen Schnaps. »Wie lange bleibst du in Moskau?«

»Ein Jahr? Wer weiß? Vielleicht länger.«

Eine Furche erschien zwischen seinen Brauen. Damit er nicht dachte, sie sei gekommen, um sich ihm an den Hals zu werfen, fügte Florence schnell hinzu: »Ich hab meine eigenen vier Wände. Ich hab eine Arbeit. Darüber hinaus hab ich keine Pläne. Ich besuche allerdings Kurse.«

Doch das interessierte ihn anscheinend nicht. »Und dein Visum?«

»Das ist einfach. Mit dem Nachtzug nach Helsinki, und die Botschaft dort verlängert es für ein halbes oder ein ganzes Jahr.«

»Du willst also wirklich bleiben?«

»Ist das so ungewöhnlich? Hier habe ich überall das Gefühl, ich gehöre dazu. Was hab ich zu Hause denn Großartiges getan?« Wenn sie davon erzählte, was sie hier in Moskau tat, klang das offenbar immer so, als sei sie unzufrieden und rechtfertige sich. »Hier bekomme ich Post von einigen der wichtigsten Menschen der Welt auf den Schreibtisch«, sagte sie. »Von Wirtschaftsberatern, von

Ministerpräsidenten. Wusstest du, dass ich mitgeholfen habe, die Mittel für den Bau des neuen Hauses der Kultur zu beschaffen? Ich helfe beim Aufbau des Sozialismus.«

In dem Vakuum von Sergejs belustigtem Schweigen klang ihr Eifer hohl und prahlerisch. Sergej wollte sich beeindruckt zeigen, aber die Freundlichkeit seines Mühens verärgerte sie allmählich. Zeit, das Thema zu wechseln. »Ich frag nicht, ob ich dir gefehlt habe«, sagte sie gereizter, als sie es wollte.

Sergej kippte noch einen Kognak. »Schrecklich«, sagte er in einem Ton, der leidenschaftlich und spöttisch zugleich klang. »Es war kein einfaches Jahr.«

Bevor sie sich eines Besseren besinnen konnte, sagte sie: »Und, hast du deinen Kummer mit vielen Mädchen betäubt oder nur mit einem?«

Er wischte sich sorgfältig mit dem Handrücken die Mundwinkel ab. »Ich bin kein Mönch, falls du das meinst.«

»Aber spielt das eigentlich eine Rolle? Selbst wenn du verheiratet wärst...«

»Ich bin nicht verheiratet.«

»Aber du hast jemanden.«

Sein Schweigen hieß wohl ja.

»Ich hab nicht erwartet, dass du deine Abende für mich reservierst«, fuhr Florence fort. »Jetzt bist du hier, und das ist gut. Komm, wenn du willst.«

Er betrachtete das Schnapsglas in seiner Hand, drehte es zwischen Daumen und Zeigefinger und setzte es ab. Er schenkte Florence Wein in die Tasse nach und reichte sie ihr.

»Ich hab genug. Der Wein steigt mir schon zu Kopf.« Sie schob sich eine feuchte Haarsträhne aus dem Gesicht. Mit einem Mal war ihr kalt. Jedenfalls war sie froh, gesagt zu haben, was sie gesagt hatte. Froh, dass es heraus war. Sollte er jetzt derjenige sein, der darüber nachdachte.

Sergej schüttelte mitfühlend den Kopf. »Gegen Kopfschmerzen gibt es nur ein Mittel.« Behutsam schenkte er Florence aus der Porzellankanne Tee ein und hob aus Enttäuschung über ihren Inhalt die Brauen. »Was ist das für eine dünne Brühe? Müssen wir rationieren?«

»Ich mache ihn immer so.«

»Florenzia, meine Liebe. In Russland muss man zweierlei können: Wodka trinken und Tee brühen. Wo hast du ihn stehen?«

Florence suchte das schwarze Lackkästchen, in dem sie ihren losen Tee aufbewahrte. Sergej nahm zu Demonstrationszwecken eine ordentliche Portion. »Tee muss dick sein wie Blut und dunkel wie die Seele.« Er klappte das Kästchen zu und drehte es hin und her. »Hier bewahrst du deinen Tee auf?«

»Ja, wieso nicht?«

Während der Tee zog, betrachtete er das Kästchen von allen Seiten, von seiner prosaischen Verwendung so amüsiert, als hätte etwa ein Kind ein Stethoskop umhängen. Florence hatte das ovale Kästchen auf einem Straßenmarkt gekauft, es unter ähnlich prachtvollen ausgewählt. In feinen Pinselstrichen auf dem schwarzen Lack hielt ein junger Mann die Schwanzfedern eines flammendroten Vogels umklammert. »Das ist der Feuervogel, richtig?«

»Shar-ptiza«, verbesserte Sergej sie. »Nicht Feuervogel. Es bedeutet Glutvogel. Du kennst die Geschichte?«

Sie nahm sich von dem dunklen Tee und lehnte sich auf dem Stuhl zurück, zum Zuhören bereit. Sergej rutschte mit seinem Stuhl näher heran und erzählte ihr, den Atem erwärmt vom Schnaps, die Sage vom Glutvogel.

»In einem fernen Königreich«, begann er, »lebte ein tapferer Königssohn namens Iwan. Sein Vater hatte ihm aufgetragen, den Baum mit den goldenen Äpfeln zu bewachen, der mitten in seinem Obstgarten stand. Iwans faule Brüder hatten bereits versagt und waren eingeschlafen. Als nun Iwan an die Reihe kam, befestigte er Glöckchen an den Ästen, damit er aufwachte, wenn sich ein Eindringling näherte. Und mitten in der Nacht läuteten sie tatsächlich. Iwan schlug die Augen auf und glaubte, die Sonne sei aufgegangen. Ein großer feuerroter Vogel mit Habichtsklauen pickte an den Äpfeln. Iwan sprang auf, wollte ihn am Schwanz packen, bekam aber nur eine Feder zu fassen, bevor der Vogel davonflog. Ganz gefesselt von dem herrlichen Tier und im Bann seines noch warmen Souvenirs, gelobte Iwan, dem Shar-ptiza zu folgen.

Mit der Feder, die ihm den Weg beleuchtete wie eine Fackel, betrat er den Wald und kam nach langer Wanderung zu einer Lichtung, wo eine Prinzessin mit ihren Dienerinnen badete. Er vergaß für einige Zeit auf den Vogel und tollte mit den verlockenden Wesen herum. Bald jedoch senkte sich Dunkelheit über den Wald, und die Prinzessin teilte dem bezauberten Königssohn mit, sie und ihre Gefährtinnen müssten ins Schloss eines bösen Hexenmeisters zurückkehren, der unbefugte Eindringlinge in Stein verwandelte. ›Folge uns nicht‹, ermahnte ihn die Prinzessin, ›denn es wird dir nur Kummer bereiten.‹ Iwan, der alle Warnungen in den Wind schlug, schlüpfte nach den Dienerinnen durch, als die Tore des Schlosses gerade zugesperrt wurden.«

Hier hielt Sergej inne und erfrischte sich mit einem Schnaps. Florence wartete, dass er mit der Geschichte fortfuhr, aber er schien es dabei bewenden lassen zu wollen.

»Wem folgte Iwan denn nun – der Prinzessin oder dem Glutvogel?«, sagte sie.

»Vielleicht der einen. Vielleicht dem anderen.«

»Und wie ging es weiter?«

»Na, Iwan«, sagte Sergej trocken, »wurde von dem Hexenmeister gefangen genommen.« Er schob sich den Rest seines Kaviarbrots in den Mund und kaute.

»Da muss doch noch mehr sein.«

»Oh, sicher. Möchtest du die Version mit dem grauen Wolf oder die mit dem sprechenden Bären?«

»Rettet Iwan die Prinzessin? Findet er den Glutvogel?«

Sergej nickte beim Kauen. »Ja, ja, viel später. Nach vielen Missgeschicken.«

»Kehrt er nach Hause zurück?«

»Viele Jahre später. Als Bettler, in Lumpen. Niemand erkennt ihn.«

Florence hörte auf, in ihrem Tee zu rühren, und wischte Sergej Kaviarkrümel aus dem Mundwinkel.

»Fahr heim, Flora«, sagte er.

Sie starrte ihn an. »Was?«

»Glaub mir, wenn ich es dir sage: Der Sozialismus braucht deine Hilfe nicht.«

Sie lachte matt. »Du warst derjenige, der geschrieben hat, ich soll kommen und mir ansehen, was in der Sowjetunion alles aufgebaut wird.«

»Und da glaubst du dich zu befinden? Du gehst aus dem Haus und kaufst Essen in deinen Läden für besondere Kunden und bildest dir ein, du lebst in ...«

»Moment, ich brauche das alles nicht.« Ihre Armbewegung schloss den Tisch mit seiner geplünderten Fülle ein. »Und ich sehe nicht, dass du einen Nachschlag ablehnst. Wenn du nicht gewollt hast, dass ich komme, hättest du nicht so begeistert Reklame machen sollen ...«

Er sah sie an wie eine Idiotin. »Das war für den bestimmt, der meinen Brief über Dampf öffnet. Ich dachte, du kennst den Unterschied.«

»Tja, tut mir leid, dass du mich für so schrecklich naiv hältst. Die dumme Amerikanerin, die hierhergekommen ist und dir zur Last fällt ...« Sie konnte ihn nicht ansehen. Scham stieg in ihr auf, kribbelte unter ihrer Haut.

»Flora.«

Sie musste jetzt zuerst das Zittern ihres Kinns unterdrücken, bevor sie noch einen Satz bilden konnte. »Was hält dich hier noch?«, sagte sie schließlich. »Es steht dir frei zu gehen.«

Langsam, ohne Widerspruch stand Sergej auf. Sie starrte zum Fenster hinaus, auf das stumme Drama des fallenden Schnees, während er sich anzog. Sie schlang die Decke fester um die Schultern.

»Ich kann nicht gehen«, sagte er plötzlich. »Flora, sieh mich an.« Und als sie es tat, wusste sie, dass er nicht vom Wetter sprach. »Verstehst du nicht, was ich dir sage?«

Nun aber war sie diejenige, die sich nichts anmerken ließ.

Beim Griff nach seiner Mütze strichen seine Finger fast zärtlich über den glatten Ledergriff ihres Koffers. Doch als er sprach, klang es wie ein Befehl: »Geh gleich morgen zum Bahnhof mit deiner Schatzkiste, steig in einen Zug nach Helsinki und nimm das erste Schiff, das ausläuft.«

Entgeistert sah sie zu, wie Sergej das Hemd in die Hose stopfte, und sagte dann in einem Ton, der auf unheimliche Weise dem ihrer Lehrer im Politunterricht glich: »Der einzige Zug, in den ich steige, ist die Lokomotive, die mit Volldampf in die Zukunft fährt. Und wenn du von diesem Zug abspringen willst, pass auf, dass du dir nicht die Beine brichst!«

Das Bekenntnis war kaum heraus, da wollte Florence es schon zurücknehmen. Auf eine Art war sie aber froh, endlich etwas gesagt zu haben, was nun doch eine Wirkung auf ihn hatte. Sergej schaute sie an – nicht mehr angewidert, sondern bestürzt. Sie hatte ihm vorgeworfen, illoyal zu sein. Die ernüchterte Fassungslosigkeit seines Blicks verschaffte ihr ein flüchtiges Hochgefühl der Macht. Sie rückte die Dinge zwischen ihnen zurecht. Und doch ahnte Florence bereits, dass diese Macht einen Preis hatte: Sie war die letzte, unüberwindliche Hürde zwischen ihnen.

»Gute Reise, Flora.«

Das waren die letzten Worte, die er zu ihr sprechen sollte.

Moskau,
1934

17.

Eine neue Mentalität

Fahr heim, Flora.

Über Wochen stiegen diese Worte zur Unzeit in ihr Bewusstsein auf. Von der Begegnung mit Sergej erzählte sie niemandem, nicht einmal Essie. Mit derselben Willenskraft, mit der sie das Wort »Amerika« Jahrzehnte später in einer verschlossenen Schublade ihres Denkens ablegte, fasste Florence jetzt den Entschluss, Sergejs Namen nie wieder auszusprechen. Denn wenn er ihr über die Lippen käme, davon war sie überzeugt, wäre immer er der Grund dafür, dass sie nach Russland gekommen war.

Doch Sergejs Worte blieben haften und tauchten auch in den häufigen Briefen ihres Vaters und ihrer Mutter auf. »Komm heim, Florence.« »Komm zurück, Kindeleh.« Vor dem Wiedersehen mit Sergej hatte sie die mit stark geneigter Schrift geschriebenen Bitten ihrer Eltern leicht abtun können. Danach fühlte sie sich schon unerträglich einsam, wenn sie bloß das Pergament der Briefe berührte. Erst vor einer Woche hatte ihr Bruder ihr geschrieben, er habe inzwischen an der Erasmus mit der Highschool angefangen, und sich über dieselben Lehrer lustig gemacht, in deren Unterricht auch sie gesessen hatte. Aus den Worten auf dem Papier hörte Florence Sidneys schönsten

Eddie-Cantor-Ton heraus. Und jetzt, am Schreibtisch, wo sie bis in den Abend an einem Diktat saß, das Timofejew ihr am Nachmittag übergeben hatte, stieg ein so heftiges und reines Gefühl der Einsamkeit in ihr auf, dass sie die Zähne fest zusammenbeißen musste gegen den Schmerz. Sie hatte Timofejews Bericht schon dreimal korrigiert, jede Fassung mit mehr Fehlern behaftet als die vorige. Als sie mit tränentrüben Augen aufblickte, waren die Tische in ihrer Umgebung leer. Alle hatten Feierabend gemacht. Sie zog das unvollständige Diktat mit dem Kohledurchschlag heraus und spannte einen frischen Bogen Papier ein.

Lieber Siddy,

ahoi. Wenn Du diesen Brief bekommst, bist Du längst nicht mehr kugelrund vom Thanksgiving-Essen. Da die Post von dort nach hier anscheinend doppelt so schnell geht wie umgekehrt, gehe ich lieber auf Nummer sicher und wünsche Dir und der Clique ein FROHES NEUES JAHR! Du fragst, was ich mir am Truthahn-Tag mache. Ich will es Dir sagen. Puter sind hier schwer zu bekommen, aber ich habe ein Huhn ergattert. Einen Block von meiner Arbeitsstelle entfernt wurden welche »ausgegeben« (wie wir hier sagen). Das Essen hier ist gut und preiswert, so dass niemand hungern muss. Manchmal aber weiß man erst, was es gibt, wenn man sich in der Schlange einreiht. Ich bin schon viel besser geworden in dem, was die Sowjets das Jäger-und-Sammler-Spiel nennen. Weil man sich in allen Läden für jeden Artikel – Butter, Brot, Wurst – einzeln anstellen muss, besteht der Trick darin, im Voraus zu wissen, was die Sachen kosten, gleich an die Kasse zu gehen und sich den Kassenzettel geben zu lassen, dann zur langsamsten Schlange zu springen und den Hintermann zu bitten, einem den Platz freizuhalten. Und wenn er das tut, springt man zu einer Schlange, die schneller vorrückt, holt sich sein Brot oder die Butter und rennt zur ersten Schlange zurück. Wenn Dein Hintermann kein Scheusal ist, kann man vier Läufe schaffen, genau wie beim Baseball. Schwierig wird es bloß, wenn sich alle dieselbe Schlange als Homebase ausgesucht haben! Dann kommst Du in die Verlängerung, und das Brot, wegen dem Du in den Laden gekommen bist, ist gegessen, bevor Du zur Wurst kommst.

Zeig diesen Brief nicht Mom, weil sie mir sonst im nächsten tränenverschmierten Brief wieder schreibt, dass ihre Augen rot sind vom Weinen, und in der Aufzählung von Papas Beschwerden eine neue Krankheit hinzufügt, die er, wenn er mir selber schreibt, gar nicht hat. Ich sorge hier schon gut für mich. (Und falls sie es doch liest, ich esse auch richtig.) Eigentlich wird es immer besser. Mein Russisch ist so gut, dass ich als nicht allzu intelligente Hiesige durchgehe. Die Stadt wird auch immer größer und besser. Die Zukunft, von der alle sprechen, hier findet sie statt! Schon bald werden wir unsere eigene erstklassige U-Bahn haben. Ich sage »wir«, weil eine große Zahl von Moskauern, darunter auch Deine Schwester, bei »subbotniks«, freiwilligen Arbeitseinsätzen, daran mitgebaut hat, Erde und Steine geschaufelt, Abfall weggefahren und so weiter. Auch wenn es nur ein kleiner Beitrag ist, wenn alle anpacken, haben sie das Gefühl, dass die Metro ihnen gehört. Wenn sie schließlich in Betrieb geht, wird sie Marmorsäulen haben, eine wunderschöne Beleuchtung und Rolltreppen, so lang, dass die Jungs den ganzen Tag da rauf- und runterfahren wollen werden. Ich hoffe, Du kommst mich besuchen und siehst es Dir

Ihre Finger gehorchten dem Befehl weiterzutippen nicht.

Ihre Eltern anzulügen war einfach. Sie hatte es ihr Leben lang getan. Aber vor Sidney ließ sich die Fassade der Munterkeit nicht so leicht aufrechterhalten. Er würde sie niemals besuchen kommen. Im Geiste sah sie sich allein eine dieser langen Rolltreppen hinabfahren. Eine unendliche Fahrt. Für immer.

An der alles dämpfenden Stille, in die ihr leises Wimmern fiel, merkte Florence, dass es wieder schneite. Ihre Augen hoben sich zur kathedralenhaften Düsterkeit der riesigen Fenster, die tiefschwarz waren. In der körnigen Dunkelheit machte sie schwebende Flocken aus. Wie oft hatte sie morgens beim Anblick der Schneeblumen an den Fensterscheiben wieder unter die Decke kriechen und ihr wehes Herz überwintern lassen wollen wie Narzissenknollen?

Sag mir, was ich tun soll!

Sie hörte ihr Flüstern, wusste aber nicht recht, an wen es gerichtet war. An Gott? Es war Jahre her, dass sie gebetet hatte. An ihren kleinen Bruder? Oder … Zwischen den hohen Kathedralenfenstern hing ein Porträt von *ihm*. Sie saß schon so lange unter dem allwissenden Blick des schnurrbärtigen Führers, dass sie kaum noch auf ihn achtete. Ihr Unvermögen, die unbedingte Hingabe an Josef Stalin zu empfinden, die andere bekundeten, war nur ein weiteres Symptom ihrer Fremdheit. Sie konnte ihrer unaussprechlichen Einsamkeit nur entfliehen, wenn sie mit weniger wankelmütigem Herzen glauben konnte. Und in der winterlich summenden Stille vernahm sie jetzt den Satz: *Ich glaube nur an eines: die Macht des menschlichen Willens.*

Es waren Stalins Worte, und sie tönten im Gehäuse ihres Kopfes wie eine Anklage. Werd erwachsen, Florie, herrschte sie sich an. Doch das verführerische Selbstmitleid setzte sich durch. Sie verstand in bisher ungekanntem Maße, wie ungemein befriedigend es war, sich am eigenen

Elend zu laben, das allen anderen so fad war. Hätte sie noch länger dort gesessen, wäre sie darauf gekommen, in Sergej etwas anderes zu sehen als den Liebhaber, der sie verschmähte. Und der ihr, indem er sie freigab, einen Weg aufzeigte, sich zu retten. Doch ein unerwartetes Geräusch drang durch den Kokon ihrer Schwermut, das Scharren, mit dem Timofejews Tür aufging. Florence hatte angenommen, er sei mit den anderen nach Hause gegangen, doch er trat erst jetzt aus seinem Büro, knöpfte sich den langen Mantel zu und drückte sich die Pelzmütze auf den Kopf.

Sie riss ihren Brief von der Walze, doch er kam nur nach langem Quietschen heraus.

»Flora?«

»Grigori Grigorjewitsch – ich habe Sie gar nicht gesehen.«

»Das Gebäude wird bald geschlossen.«

»Ich hab nur ein bisschen sortiert, was… Und nicht gemerkt, wie spät es ist.«

»Haben Sie geweint?«

»O nein. Es ist nur der Schnee – der ist so… wunderschön.«

Seine scharfen Augen verengten sich vor Besorgnis hinter den bräunlich getönten Gläsern.

»Haben Sie schon mal Soljanka gegessen?«

Mit ein und derselben Geste schüttelte sie den Kopf und wischte sich das Gesicht mit dem Arm ab.

»Meine Frau kocht die beste Soljanka von ganz Moskau. Heute Abend probieren Sie sie einmal, in Ordnung? Wir haben Gäste zum Abendessen, ich möchte Sie gern dazubitten.«

»Oh, dafür bin ich nicht angezogen.«

»Doch, das passt ausgezeichnet. Holen Sie Ihren Mantel.«

Das Haus, in dem Timofejew wohnte, eine sandfarbene Jugendstilvilla in der Pretschistenka-Straße, verfügte über einen livrierten Portier und einen uralten Fahrstuhlführer, der in der kunstvoll gestalteten Kabine mit ihnen in die oberste Etage fuhr. Als Timofejew die Tür öffnete, brach Florence in der Wärme der Wohnung unter dem schweren Mantel gleich der Schweiß aus. Das Geräusch ihrer Absätze wurde von einem Webteppich verschluckt, der das Funkeln der glänzenden Eingangshalle dämpfte. In dem zwei Stufen tiefer gelegenen Wohnzimmer waren bereits einige Gäste versammelt. Auf einem dick gepolsterten Sofa saßen ein wohlgenährter Herr und eine große Frau, bei deren aschblondem Haar und fahlem Teint Florence an eine exotische Mottenart denken musste. »Es ist doch selbstverständlich, dass das neue Theater neue Kleider tragen sollte«, sagte der Mann im Ton des Kenners.

»Voriges Jahr warst du aber noch ganz anderer Ansicht, Max«, sagte eine rothaarige Schönheit, die Florence für die junge Frau Timofejew hielt. Die ungebürsteten Ringellocken hingen ihr bis auf Rückenmitte herab. Ihre Lippen waren voll und grell geschminkt. Das an einer Schulter freie Seidenkleid schmiegte sich eng an ihren Körper. Die abgetragenen bestickten Hauspantoffeln verstärkten den Effekt lässiger Eleganz.

»Ich habe meine Ansicht nicht geändert, Ninotschka. Ich habe immer gesagt, unser Theater sollte keinen archäologischen Ansatz pflegen. Mit der Wiederbelebung früherer Stücke erreicht es nichts Neues.«

Florence hatte noch nicht einmal die Schuhe ausgezogen, da begann ein zotteliger Hund bereits an ihrem Rock zu schnüffeln. »Aus, Mischa, sofort«, sagte Ninotschka und zerrte den Hund grob am Halsband. »Bitte entschuldigen Sie diesen fetten Dummkopf«, sagte sie. Für einen Moment glaubte Florence, sie spräche über den Mann auf dem Sofa.

»Was für ein hübscher Hund! Was für eine Rasse ist das?«

»Eine Promenadenmischung. Wir haben ihn auf der Straße aufgelesen«, antwortete Timofejew und nahm ihr den Mantel ab.

»Auf der ganzen Welt kommt keine Rasse dem russischen Familienhund gleich«, warf der Mann auf der Couch ein. »Er vereint in sich die schlimmsten Eigenschaften. Am Tage nur schlafen und in der Nacht bellen.«

Nina, die den Hund in die Küche gebracht hatte, kam jetzt mit Kognak zurück. »Grischa, du hast mir gar nicht erzählt, dass deine Amerikanerin so bezaubernd ist«, erklärte sie und stellte anschließend wortreich ihre beiden Gäste vor – Max, Theaterkritiker und ein »absolutes Genie«, und Walda, die gerade erst aus Dänemark zurückgekehrt war, wo sie sich mit einer allsowjetischen Delegation auf Skandinavienreise befunden hatte.

»Sind Sie Diplomatin?«, erkundigte sich Florence.

»Nein, nein.« Die Frau schlug bescheiden die Augen nieder. »Nur Übersetzerin.«

»Walda ist Spezialistin für nordische Sprachen. Sie beherrscht ein Dutzend davon – Finnisch, Schwedisch, Englisch, Niederländisch ...« Nina hätte wohl noch Portugiesisch und Baskisch aufgezählt, wenn sie nicht wieder in die Küche verschwunden wäre und dem älteren Hausmädchen, das sie mit Olga Iwanowna anredete, laut Anweisungen gegeben hätte. Timofejews Frau, schoss Florence durch den Kopf, verstand sich wie jede gute Gastgeberin darauf, unterschiedslos großzügig Lob zu spenden. Und doch fand Florence ihre Begeisterung geradezu körperlich ansteckend.

»Ich habe stets den Standpunkt vertreten«, sagte Max jetzt, an Timofejew gewandt, »dass die Klassiker, wie groß ihre Bedeutung auch sein mag, den Ansprüchen des neuen

Publikums nicht vollständig gerecht werden. Die neue *Mentalität* braucht neue Themen.«

»Ich habe nichts gegen die neue Mentalität, aber warum müssen diese Adaptionen immer so öde sein?«, sagte Timofejew. »Warum muss *Hamlet* in Usbekistan spielen? Oder Molières Dramen in einer Fabrikhalle?«

»Es gibt keine neuen Themen, Maxim-Schätzchen«, sagte Nina, die mit Gläsern hereinkam. »Es gibt nur ein Thema, und das ist unvergänglich.«

»Und welches wäre das, meine Liebe?«

»Die Liebe!«

»Die Liebe wird immer ein fesselndes Sujet sein«, sagte Max, »aber sie muss komplizierteren gesellschaftlichen Fragen untergeordnet werden.«

Die mottengesichtige Walda, die sich das mit amüsiertem Schweigen angehört hatte, lächelte Florence von der Couch aus zu.

»Die Liebe ist keiner Sache untergeordnet!«, erklärte Nina und schenkte sich ein Glas ein, bestimmt nicht ihr erstes an diesem Abend.

»Warum nicht beides verbinden?«, sagte Timofejew. »Lasst *Romeo und Julia* in einer Kolchose spielen.«

»Ein atemberaubender Einfall, Grischa«, sagte Walda.

»Auf unsere Gesundheit!«, verkündete Nina.

Timofejew goss Florence Wein ins Glas, als sie am Tisch Platz nahmen, und forderte sie zwinkernd auf, einen Schluck zu trinken. Sie benetzte sich am Glasrand die Lippen und empfand zum ersten Mal eine so echte Freude an der Gesellschaft, in der sie sich befand, dass eine Kindheitserinnerung aufblitzte: Als sie einmal mit den Großen aufbleiben durfte, stellte sie fest, dass die Erwachsenen bei ihren Spätabendvergnügungen nichts Ungewöhnlicheres taten als reden, essen und lachen! Bei diesen fröhlichen, ironischen Intellektuellen – den Ausnahmen, Menschen, die mit Privilegien überhäuft waren – tat sie sich viel leichter als beim schlichten, einfachen, großen russischen *narod*, durch das sie sich tagtäglich schubsen und schieben musste wie durch ein feindliches, hemmendes Medium.

»Es ist eine Frage des Schwerpunkts«, fuhr Max fort, nicht gewillt, sein Thema fallenzulassen. »Schaut euch die neue Inszenierung der *Auferstehung* an. Die Geschichte ist doch großartiger, als es Tolstoi beim Schreiben selber bewusst war. Der Dramatiker ging über das bloße religiöse Moralisieren hinaus, und darum ist es jetzt nicht einfach eine Geschichte über die Liebe zwischen einer Magd und einem reichen Schuft, sondern ein grandioses Gesellschaftspanorama. Ein Abbild der Unterdrückung und der Unwissenheit der Bauernschaft! Der Verderbtheit des Adels und der Heuchelei der Kirche!«

Florence überraschte sich selbst, als sie den Mund aufmachte. »Aber wie stark kann man eine Geschiche abwandeln«, begann sie und stockte – alle am Tisch blickten sie an –, »bevor Tolstoi zu, nun ja, Propaganda wird?«

»Gutes Argument, das unser Gast hier vorbringt«, sagte Nina mit Blick zu Max, der Florences Frage aufnahm, ohne direkt zu ihr zu sprechen.

»Ja, zur ›Propaganda‹ in unserem Theater äußern sich unsere ausländischen Gäste oft, sind aber gänzlich blind für die Propaganda in ihrem eigenen. Nehmen wir die Revuetänzerinnen in Paris oder in New York, Ihre *Follies*. Junge Frauen und, wie ich vielleicht hinzufügen darf, nicht mehr ganz so junge, bieten zwei Stunden lang ihre Beine und Brüste feil. Wie nennen Sie das, wenn nicht sexuelle Propaganda? Wir hier boykottieren solche Vorführungen und haben daher das gesündere Theater.«

»Vielleicht änderst du deine Meinung, wenn du mal selber in so eine Revuevorstellung hineingerätst, Max«, sagte Timofejew.

Max überging diese Spitze grinsend und sprach weiter: »Ich finde es ja lieb von den Ausländern, dass sie sich so große Sorgen um die Beeinflussung der Kunst durch Propaganda machen, wo doch die Theater in Moskau nach wie vor mehr Klassiker auf die Bühne bringen als jede andere Hauptstadt, und das wesentlich gelungener. Eine Tschechow-Inszenierung, die kürzlich in London viel Beifall fand, wäre vom Moskauer Publikum bestenfalls toleriert worden.«

»Woher wissen Sie das?«, sagte Florence.

»Das Stück wurde in unseren Theaterzeitschriften rezensiert und auch in der ausländischen Presse.«

Vom Wein ermutigt, folgte Florence ihrem Impuls und bohrte weiter. »Sie selbst haben das Stück aber nicht gesehen. Sie geben wieder, was Sie gelesen haben.«

Max quittierte diese Bemerkung mit einem Lachen, halb Hohn, halb Verunsicherung. Bei der Antwort nuschelte er jedoch so, dass Florence ihm nicht ganz folgen konnte, es ging aber wohl um die Lächerlichkeit ihrer Äußerung.

Jetzt war sie verunsichert. Sie hatte die anderen mit ihrem Scharfsinn beeindrucken wollen und stattdessen den ganzen Tisch zum Verstummen gebracht. Es war Timofejew, der den peinlichen Moment beendete. »Florence, gerade Sie als Angestellte in unserer Devisenabteilung müssten wissen, dass jeder Bürger, der ins Ausland reist, eine unmittelbare Belastung für das Land darstellt. Er benötigt ausländisches Geld, das sonst für den Import von Gegenständen aufgewendet werden könnte, die einen gesellschaftlichen Nutzen haben. Naturgemäß kann unsere Regierung nicht jedem Bürger erlauben, ins Ausland zu reisen, wenn das für ihn ausgegebene Geld keinen entsprechenden Gewinn einbringt ...«

»Grigori Grigorjewitsch, ich wollte nicht andeuten ...«

»Die Regierung würde jeden Theaterfreund mit Freuden

reisen lassen, damit er sich eine Aufführung in London ansehen kann, aber abgesehen von der Ausgabe läuft ein Sowjetbürger in einem kapitalistischen Land auch Gefahr, zum Anlass für einen diplomatischen Vorfall zu werden…«

»Hör auf, das arme Mädchen zu belehren, Grigorjewitsch«, sagte Nina und stand von ihrem Stuhl auf. »Sie wollte auf gar nichts Bestimmtes hinaus. Diese ganze Unterhaltung wird für unsere schlichten Frauenhirne eh zu kompliziert. Kommen Sie, Florotschka, helfen Sie mir in der Küche.«

Florence entschuldigte sich. Auf die Erleichterung, die Nina ihr mit der Aufforderung verschafft hatte, folgte aber die Überraschung, dass sie nicht in die Küche geführt wurde, in der Olga Iwanowna mit ihrem breiten Rücken das meiste verdeckte, sondern weiter ins Schlafzimmer. Auf Ninas Tippen erleuchtete eine Deckenlampe ein Ehegemach mit cremeweißen Bettüberwürfen aus Satin und Lampenschirmen mit Quasten. In der Mitte des Raums stand eine Frisierkommode, darauf eine erlesene Kollektion von Parfumflaschen und Cremetiegeln, wie Florence sie noch in keinem Geschäft gesehen hatte.

»Zerbrechen Sie sich wegen Max nicht zu sehr den Kopf«, sagte Nina und entnahm der Frisierkommode einen kleinen Schlüssel aus Messing. »Er ist ein Genie, keine Frage – ein Genie darin, allem hinterherzulaufen, was gerade aktuell ist. Ab und zu muss er mal ein wenig zurechtgestutzt werden.«

»Ich wollte nicht unfreundlich sein…«

»Kein Grund, sich zu entschuldigen, meine Liebe, aber lassen Sie mich Ihnen einen kleinen Rat geben.« Nina fuhrwerkte mit dem Schlüssel im Schloss ihres ansehnlichen Eichenschranks herum. »Ich sage das nur, weil Ihr Russisch, das sehr gut ist in Anbetracht… Also, Sie sollten auch den Feinheiten der Etikette gewachsen sein.«

Florence wurde es plötzlich heiß, und das lag bestimmt nicht nur an der stickigen Wärme des Schlafzimmers. Wegen ihrer großen Klappe, das wurde ihr nun bewusst, war sie heute womöglich zum ersten und zum letzten Mal bei den geistreichen Timofejews eingeladen gewesen.

»Ich sehe es ehrlich gesagt nicht gern, dass in dieser Wohnung über Politik gesprochen wird«, sagte Nina, als sie die Schranktür schließlich aufbekam. »Wer sind wir, dass wir meinen, wir verstünden alles, was ganz oben vor sich geht, richtig? Wir haben die Partei, und die entscheidet diese Fragen für uns, damit wir uns handfesteren Dingen widmen können.« Sie beugte sich zu dem Spiegel in der Schranktür und zog sich die Lippen nach, so als wolle sie demonstrieren, welchen handfesteren Dingen sie sich widmen müsse. Es klopfte.

»Herein«, sang Nina, ohne die Augen von ihrem Spiegelbild zu heben.

Die Schlafzimmertür ging auf, und Walda kam auf Zehenspitzen herein. »Ich musste mal weg von diesen radschlagenden Pfauen.«

»Nur zu verständlich.«

Walda hatte ein Köfferchen dabei, bemerkte Florence jetzt. »Soll ich damit später wiederkommen?«, fragte sie zögernd.

»Nein, Flora soll es auch sehen. Schauen wir uns die guten Sachen mal an.«

Walda öffnete das Köfferchen und breitete Blusen und Kleider, Handschuhe und Hüte auf dem Bett aus. Mit einem Stück, das sie sich vor den dürren Körper hielt, wandte sich Nina zu Florence um. »Trägt man das jetzt in New York?«

»Das kann ich wirklich nicht sagen.«

Nina verzog das Gesicht. Die Antwort war nicht wie gewünscht ausgefallen. Ihrer Miene entnahm Florence, dass sie wenigstens lernen sollte, die kultivierte Ausländerin zu spielen, wenn sie schon keine war.

»Es ist aus Finnland«, sagte Walda, so als bürge das für Qualität und Stil des Kleids. »Und, schau, es hat einen Reißverschluss wie das Kleid von Elsa Schiaparelli.«

»Ich weiß nicht recht.« Nina schob das Kleid vor ihrem Körper hin und her.

Und dann fiel es Florence wie Schuppen von den Augen. Wie dumm sie war! Walda und Nina spielten gar nicht Sich-in-Schale-Werfen. Sie handelten. Walda, die zum Wohle ihrer Nation gerade im Ausland war, tat nun die nächste gute Tat und frischte Ninas importierte Garderobe auf.

»Es ist hübsch, nur die Taille ist ein bisschen eng für New York«, hörte Florence sich nun in dem Expertenton sagen, der von ihr erwartet wurde. »Wir tragen es lockerer, so etwa.«

»Das kann man auslassen«, warf Walda sofort ein.

»In Ordnung. Meine Schneiderin kann es sich ja mal ansehen. Wie viel möchtest du dafür?«

»Ach, das besprechen wir später«, sagte Walda.

»Wie du willst.« Nina ging mit dem Kleid zu ihrem Kleiderschrank und kam mit einem schwarzen Fransenschal, besetzt mit karminroten Rosen, zurück. »Und so«, sagte sie und wand Florence das leichte Wolltuch um Kopf und Schultern, »tragen wir das in Moskau. Behalten Sie ihn, meine Liebe.«

Es war nach elf, als Florence aus der Wohnung der Timofejews aufbrach. Das Filigran des schmiedeeisernen Tors, das der Portier ihr öffnete, war mit Schnee bestäubt. In der stechenden, geruchlosen Kälte war sie durchglüht von Wein und Glück. Sie war nicht mehr Florie aus Flatbush. Keine Streunerin aus Liebeskummer. Die unsichtbare Schranke, die zwischen ihr und der Stadt gestanden hatte, war nicht mehr da. In der behaglichen Oase des Salons der Timofejews hatte sie ein seltenes Gefühl von Zugehörigkeit empfunden, das ihr das Leben in Brooklyn missgönnt hatte. Sie brauchte nur die von ihr verlangte Rolle der Kosmopolitin zu spielen und erhielt Einlass in diese Welt. Sogar ihr grober Fehler bei Tisch war als verzeihlicher Fauxpas behandelt worden. In Zukunft wollte sie besser aufpassen. Die Tränen, die sie am früheren Abend vergossen hatte, waren vollkommen überflüssig gewesen, ihre Einsamkeit ganz illusorisch. Sie brauchte lediglich ihre Zweifel zum Verstummen zu bringen, und schon öffnete das Leben ihr seine Türen.

In einem geheimen Winkel ihres Herzens, in dem sie weniger Atheistin war, als sie es zugeben würde, glaubte sie, dass ihr Gebet im Büro spontan erhört worden war. Doch von wem genau – von Timofejew, Stalin oder Gott? In ihrer Beschwipstheit verschmolzen die drei zu verschiedenen Facetten einer heiligen Kraft. Zu einer heiligen Dreieinigkeit. Telefonleitungen, an denen schartige Eiszapfen hingen wie die Fransen an ihrem neuen Schal, schaukelten vor dem Himmel. Klimperten wie Glöckchen im Wind. Mit fast fünfundzwanzig hatte sie so etwas Wunderbares noch nie gesehen. Sie streckte die Zunge heraus, schmeckte den fallenden Schnee und glaubte mit einem Mal fest daran, dass ihr Glück, wenn sie dieses Gefühl nur zuließ, niemals enden würde.

18.

Sozialistischer Realismus

> Die Einsicht, wieviel Unglauben nötig ist, um
> Glauben möglich zu machen, ist erschreckend.
> Was wir als blinden Glauben kennen, wird in
> zahllosen Bereichen von Unglauben getragen.
>
> Eric Hoffer

Dieses Zitat habe ich mir auf dem Laptop in eine Datei eingetragen. Ich bin vor ein paar Jahren in einem Buch darauf
gestoßen, *Der Fanatiker*, das meine Tochter mir dagelas-
sen hatte. Sie hat es in einem Kurs am College gelesen und
es mir als nötige Ergänzung zu dem ans Herz gelegt, was
sie meine Dreieinigkeit alter weißer Männer nennt: Clancy,
Grisham und Dershowitz. Als ich Hoffer schließlich aufschlug, trieben mir die oben zitierten Worte kalte Schauer
der Erkenntnis über den Rücken, und dann folgte dies:

> Alle Massenbewegungen sind daher bemüht,
> einen Vorhang, der selbst von Tatsachen nicht
> durchdrungen werden kann, zwischen ihre An-
> hängerschaft und die Wirklichkeit des Lebens zu
> bringen... Die Fähigkeit des Fanatikers, seine

Augen zu verschließen und seine Ohren zu verstopfen gegenüber Tatsachen, die es nicht verdienen, daß man sie ansieht oder anhört, ist ihm eine Quelle unerreichter Kraft und Standhaftigkeit. Er läßt sich durch Gefahren nicht schrecken, von Hindernissen nicht entmutigen, von Widersprüchen nicht irremachen; denn er leugnet ihre Existenz…

Das war *sie*. Und ich hatte all die Jahre geglaubt, nur ich hätte schwer zu tragen an den »zahllosen Bereichen von Unglauben«, auf denen die Pyramide der lupenreinen Überzeugung meiner Mutter aufbaute.

Sie konnte zu ihrer Entschuldigung nicht einmal vorbringen, dass sie Kommunistin war. Nach den Jahrzehnten in der Sowjetunion war sie stolz, niemals Parteimitglied gewesen zu sein (auch wenn man in Russland nicht einfach so in die Partei eintreten konnte oder das gar automatisch ging, wie viele meinen, erst recht nicht für Ausländer). Das hieß freilich nicht, dass sich meine Mutter der Großen Idee nicht weniger blind zugewendet hätte. Eher war sie noch blinder als die Legionen der Stalinisten und Trotzkisten *mit* Parteiausweis, die in New York blieben und es die nächsten vierzig Jahre unter sich ausmachten. All diese schäbig gekleideten Roten, die bis weit in die siebziger Jahre (aus Prinzip!) nicht miteinander sprachen, waren genau das – Schwätzer! An ihren rabbinischen Haarspaltereien hatte meine Mutter kein Interesse. Sie wollte kein Geschwätz hören, sondern mit einem Satz in die Zukunft springen.

Dass sie nach Russland ging, fand ich nicht abwegig. Dass sie *blieb*, steht allerdings auf einem anderen Blatt, und darüber habe ich mir oft den Kopf zerbrochen. Was (oder wer?) schlug sie so in seinen Bann, dass die triste Landschaft, die sie umgab, ihr zu einem der lebhaftesten proletarischen Mosaike wurde, die diese Geschäftsstadt noch immer zieren?

Wenn sie von ihrer Ankunft erzählt, taucht eine Person in den Erinnerungen meiner Mutter besonders häufig auf: der Mann, den sie Timofejew nannte, ihr Vorgesetzter bei der Staatsbank. (Meine Mutter hatte ihr Lebtag nur wenige Freundinnen und gab bei einer bestimmten Sorte älterer Männer offenbar gern die Naive.) Ich habe keinen Grund zu vermuten, dass irgendetwas Unrechtes zwischen den beiden stattfand. Mama zufolge war Grigori Grigorjewitsch Timofejew mit einer sechzehn Jahre jüngeren Theaterschauspielerin verheiratet – einer georgischen Prinzessin aus Tiflis, die ihren Mann mit ihrem Hang zum Luxus häufig in Verlegenheit brachte. Eine positive Eigenschaft Timofejews war laut Mama, dass er auch in Gesellschaft niemals etwas Stärkeres trank als georgisches Mineralwasser, ein Wesenszug, der sich aus seiner Abstammung von Altgläubigen erklärt – dem russischen Pendant der amerikanischen Quäker –, von Kaufleuten, Kapitalisten und Widerständlern, die sich insgeheim der Alleinherrschaft des Zaren widersetzten, entlaufenen Leibeigenen Zuflucht boten und Arbeit in ihren Fabriken gaben.

Als Florence Timofejew kennenlernte, hatte das, was von der religiösen Strenge und dem Kaufmannsgeist seiner Vorfahren noch vorhanden war, die beschränkteren Formen ernster Nüchternheit und eines energischen Strebens nach sozialistischer Tüchtigkeit angenommen. Ich bin überzeugt, dass es Timofejews sprachliche Gewandtheit in Bezug auf Letzteres war, was meine Mutter auf die Linie der unanfechtbaren Vernünftigkeit des Sowjetsystems einschwenken ließ. Ich fragte sie einmal, was sie bei ihrer Ankunft davon hielt, dass es keine Pressefreiheit gab. »Du musst doch gemerkt haben, dass man der Presse keinerlei echte Informationen entnehmen konnte«, sagte ich. »Und fandest du es nicht merkwürdig, dass die Zeitungen keine Meinungsspalten hatten? Keine Comics? Keine Kreuzworträtsel? Fandest du diese dauernden offiziellen Verlautbarungen und Statistiken nicht etwas *freudlos*?«

Sie antwortete: »Ach, Timofejew sagte immer, das angebliche ›Verbot‹ ausländischer Zeitschriften sei vollkommener Unsinn. Es sei bloß dasselbe wie bei den anderen Luxusgütern – sie zu importieren hieße, die Regierung müsse dafür bezahlen. Und ja, die russische Presse war oft langweilig – das war schade –, aber… du musst anerkennen, wie viel in dem Land seit der Revolution schon erreicht worden war. Welchen Nutzen hätten die ewigen Debatten in der Presse denn für das Volk gehabt? Die meisten konnten ja noch nicht mal ihren eigenen Namen schreiben. Die Sprache, die sie lasen, musste klar und einfach sein… klar und einfach.« Sie wiederholte es in dem Lehrerton, das weiß ich noch, den Timofejew ihr gegenüber vielleicht auch verwendet hatte. »Einem kleinen Kind kann man kein Fleisch geben, an dem es schwer zu kauen hat, nicht? Dass sie überhaupt Zeitung lasen, war schon ein Erfolg.«

Der Hinweis auf die kleinen Kinder, die Vorgekautes bekommen mussten, ist bestimmt ein direktes Zitat. An der Erklärung hielt Mama noch fest, als sie schon weit über sechzig war, wie ein junges Entlein, das auf den Stiefel eines Bauern geprägt ist und ihn noch für die Mutter hält, wenn ihm die Gummisohle bereits das Genick bricht.

Ich kann mir die frühen Winterabende vorstellen, an denen meine Mutter und ihr Mentor gemeinsam aus dem Büro in der Neglinnaja-Straße zu seinem Haus in der Pretschistenka gingen, wo Madame Timofejew einen ihrer Salons gab. Um diese Stunde bietet sich Moskau in seiner ganzen ungetrübten grauen Schönheit dar. Ich sehe die dünne Ölschicht, die wie Perlmutt auf dem Fluss schimmert. Sie passieren das mächtige Fundament einer Steinbrücke, die noch nicht gebaut ist. Florence hat den Trupp Arbeiter dort schon seit gut zwei Wochen beobachtet. Jetzt sieht sie, dass die Arbeiten eingestellt und dass die Männer mit ihren Schubkarren achtzig Meter am Flussufer weitergerückt sind, wo sie den Boden für noch ein Fundament aufreißen. Kann das sein, fragt sie Timofejew, dass sie eine zweite Brücke so dicht neben der ersten bauen?

Für das geschulte Auge ist der Sachverhalt klar: Wegen der Kurve, die der Fluss an dieser Stelle beschreibt, kann von der ersten Brücke kein Anschluss zu der Straße am anderen Ufer hergestellt werden – ein typischer, aus Schlampigkeit bei der Projektplanung entstandener Fehler, der übersehen wurde, bis es zu spät war. Timofejew tut es jedoch mit einem Lachen ab und rückt sich die Pelzmütze zurecht. »Meine liebe Florotschka, wenn Sie je ein richtiger Sowjetmensch werden wollen, müssen Sie zuerst begreifen, dass das große russische Volk eine Nation von Maximalisten ist. Bei unserem Ehrgeiz ist es wie in der Liebe – Verzögerungen und Nebenbuhler machen uns ungeduldig. Wir haben das größte Kampfflugzeug der Welt gebaut – bei seinem Jungfernflug stürzte es ab. Aber wir haben neue gebaut, genauso groß, und die sind noch am Himmel. Wir haben Frankreich herausgefordert und den gewaltigsten Stratosphärenballon gebaut, ihn aber nicht zum Aufsteigen gebracht. Beim zweiten Versuch haben wir sämtliche Weltrekorde gebrochen!«

Das ist keine leere Prahlerei. Er zieht in meiner Mutter bereits die entscheidende sowjetische Fähigkeit heran, das Leben nicht so zu sehen, wie es ist, sondern wie es werden wird. Oder vielmehr, wie es werden *soll*. In allem, woran sie auf ihrem Weg nach Hause vorübergehen, steckt etwas Künftiges: Aus einem schlammigen, mit Abfällen verstopften Abzugskanal machen Worte den zukünftigen Aquädukt. Ein Straßenzug aus abgerissenen Gebäuden, deren Bewohner man gewaltsam vertrieben hat, ist keine mit Steinen übersäte Brache, sondern ein im Entstehen begriffener Palast des Volkes. Im Kopf meiner Mutter verschmelzen Gegenwart und Zukunft bereits aufs Schönste.

Dass sie demnächst auseinanderfliegen, ist für sie undenkbar.

Moskau,
1934

19.

Verschwörungstheorien

Im Winter 1934 lag durchgängig Schnee, und dass die politischen Wetterwechsel im Land ihr entgingen, konnte man Florence nicht zum Vorwurf machen. Als sie am Morgen des 2. Dezember in die Gosbank zur Arbeit kam, betrat sie eine Stätte der Trauer. Bestürzung und Unruhe hing in der Luft. Buchhalter vergossen dicke Tränen auf ihre riesigen Kontobücher. Florences erste Reaktion war Verwirrung. »Was ist passiert?«, fragte sie den Angestellten direkt neben sich.

»Um Himmels willen, hören Sie denn kein Radio?«

Es war weniger eine Frage als vielmehr eine Anschuldigung. Denn Florence hörte ja Radio, und das andauernd. Bei den Radios in den Moskauer Wohnungen handelte es sich, nicht anders als bei den Lautsprechern auf Moskaus Straßen, offenbar um Geräte, die man ohne Ausschaltknopf hergestellt hatte. Schon einen Monat nach ihrer Ankunft in Russland achtete sie kaum noch auf die Bekanntmachungen, die zu allen Tagesstunden unter Rauschen aus dem Radio in der Gemeinschaftsküche drangen. Und sicher hatte sie nicht als einzige angehende Sowjetbürgerin die Fähigkeit entwickelt, zu hören, ohne zuzuhören. Aber die Nachricht vom »Verbrechen des Jahrhunderts« zu verpassen, wie war ihr das gelungen?

Ganz einfach: Sie hatte verschlafen. Und da sie im Eiltempo von ihrem Zimmer zur Bushaltestelle gerannt war, ohne sich in der Küche auch nur ein Ei zu kochen, war ihr entgangen, dass sich ihre Nachbarn in der *kommunalka* über das grabsteinförmige Superhet-Radio beugten, aus dem wirklich gerade eine Trauerrede drang.

Die Kollegen in Büro sagten nun: »Wo hast du gesteckt, Kindchen? Sie haben Sergej Kirow umgebracht!«

»Wer hat ihn umgebracht?«, sagte Florence vor Schreck und hoffte, mit der Frage zu bemänteln, dass sie die andere vor Scham nicht zu stellen wagte: Wer war Sergej Kirow?

Für diejenigen, denen die Mutter aller politischen Morde in Russland – ein Anschlag, in seiner Dimension nur mit dem Fall John F. Kennedy zu vergleichen, der Hunderte Verschwörungstheorien zur Folge hatte – nichts sagt: Die Ermordung Sergej Kirows, des Leningrader Parteisekretärs und Gefolgsmanns Stalins, war ein Attentat, verübt von einem einzelnen Schützen (fast direkt danach erschossen) und umgeben von einer undurchdringlichen Wolke aus widersprüchlichen Zeugenaussagen und forensischen Beweisen. Ganz zu schweigen von Kirow selbst – er besaß kennedysches Aussehen und Charisma, war ein Mann, dessen Popularität als Politiker sogar die des Großen Führers zu übertreffen drohte. Man stelle den Vergleich an: auf der einen Seite ein attraktiver strammer Slawe, auf der anderen ein pockennarbiger Kaukasier; der Leningrader ein energischer und umgänglicher Funktionär, der Ossete ein einsiedlerischer und paranoider Soziopath, der seine Kollegen aus dem Politbüro zwang, die halbe Nacht bei Wodka wach zu bleiben, während er selbst dabeisaß und an einem Glas Wasser nippte.

»Verfluchte Schlächter!« Die Buchhalterin aus dem Gang gegenüber machte den Mund auf. »Wie kann die Erde solche Verbrecher hervorbringen!«

Doch wieso der Plural?, fragte sich Florence. War der Mörder, ein Einzeltäter, nicht bereits festgesetzt worden? Die Antwort war wohl in der Zeitung zu finden, die die Buchhalterin in der Hand hielt. »Die Betrüger, die falschen Schlangen«, fuhr sie fort, dies aber nicht mehr ihre eigene Entrüstung, sondern aus der *Prawda* auf ihrem Schreibtisch vorgelesen: »Verschworene Feinde des Sozialismus erhoben nicht nur die Hand gegen einen Mann, sondern gegen die ganze proletarische Revolution. Das werktätige Volk fordert nun einmütig Gerechtigkeit für die Mörder!«

Die Nachricht von dem Attentat hatte den Raum aufgeladen und alle in Bedrückung und Entrüstung vereint. Es war, als finde um Florence herum ein großes Vorsprechen statt, werde ein Chor für *Ödipus Rex* zusammengestellt. Wer aber traf die Auswahl? Und genau da fiel der Blick unserer Heldin auf eine Gestalt, die sie bisher nicht bemerkt hatte, auf eine Frau in einer weißen Bluse, unter der sich ein gewaltiger Busen wölbte. Ein Busen, so fest angeschnallt und gegurtet wie ein Fallschirmspringer.

»Genug herumgebummelt, Genossinnen«, befahl die Fallschirmspringerin – eine Order, nach der die Frauen flugs an ihre Schreibtische hasteten. Allen außer Florence war die Identität dieser Frau, der Vorsitzenden des Parteikomitees der Bank, wohlbekannt. »Genug gejammert«, tadelte sie eine junge Frau, die unter Tränen noch die Zeitung las. »Geh an deine Arbeit.« Florence nahm den Befehl wörtlich und klopfte, wie sie es jeden Morgen tat, an Timofejews Tür. Nach mehrmaligem Klopfen drehte sie am Türknauf. Ihr Fehler wurde offensichtlich, als ihr Vorgesetzter seine rotgeränderten Augen auf sie heftete. »Was wollen Sie?«, sagte er barsch, regelrecht grob. Sein Bart war ungekämmt, die sonst sanften Augen blickten so zornig, dass sie wild aussahen. »Die Berichte über den Silbermarkt sind gekommen«, erklärte Florence idiotischerweise und wies auf die Aktenmappe unter ihrem Arm.

In dem Moment bewegte sich etwas hinter der offenen Tür, bisher ein blinder Fleck in Florences Sichtfeld, und ein Rücken, breit wie der eines Nashorns und überzogen mit einer dicken Haut aus schwarzem Leder, wandte sich langsam um und dem Eindringling zu. Der Mann im Ledermantel, der eins von Timofejews Büchern in der Hand hatte, beäugte sie nicht mal unfreundlich. Florence lernte die Bedeutung von schwarzem Leder im sowjetischen Alltag gerade erst kennen. Der knielange Mantel, neben Maos denkwürdigem Kragen womöglich das erste und einzige modische Bekenntnis, das die Welt dem Kommunismus verdankt, das klassische Symbol proletarischer Grobheit und revolutionärer Männlichkeit, kam ursprünglich bei den bolschewistischen Verfechtern der Sache der Arbeiterklasse auf und wurde später zur bevorzugten Kleidung der Geheimpolizei. Dass sein gegenwärtiger Träger, ein Mann in mittleren Jahren, ein aufgedunsenes, verwahrlostes Gesicht hatte, schmälerte die bezwingende Wirkung des Mantels nicht. Florence trat einen Schritt zurück.

»Halten Sie das für einen passenden Moment, Genossin Fein?«, sagte Timofejew.

»Verzeihen Sie.«

»Nächstes Mal klopfen Sie an.«

Sie hatte doch angeklopft! Beim Rückweg zu ihrem Arbeitsplatz fühlte sie sich wie eine Kirchenglocke, die brachial angeschlagen worden war. Ihr Kopf und ihre Finger bebten noch, als sie sich an ihren Schreibtisch setzte.

Der Gedanke, dass ihr Arbeitgeber und Mentor vor dem Tschekisten in seinem Büro nicht zeigen wollte, dass er auf freundschaftlichem Fuß mit der Ausländerin unter seinen Beschäftigten stand, kam Florence nicht. Hätte sie an diesem Morgen einen Blick in die *Prawda* geworfen, wäre ihr vielleicht aufgefallen, dass neben den »feigen Schlangen und verschworenen Feinden des Sozialismus« auch die »getarnten Feinde im Dienste einer ausländischen Macht« gegeißelt wurden. Doch statt zu grübeln, was sie falsch gemacht hatte, legte sie die Wange auf die Haube ihrer Schreibmaschine und schluchzte leise. Ihre Verzweiflung konnte nicht besser zur Lage passen.

»*Nu, nu ...*« Jemand stand hinter ihr und tätschelte ihr die Schulter. Als sie sich das Wasser aus den Augen gewischt hatte, erkannte Florence die Büroleiterin. »Mit Tränen macht man nicht mal Heilige wieder lebendig, meine Liebe«, sagte die Frau und fügte, noch immer Florence zum Trost, hinzu: »Jetzt wird bei dem Gesindel richtig aufgeräumt, und dann fließen bei denen die Tränen.«

An diese Prophezeiung wird Florence drei Wochen später denken, als sie sich mit anderen Angestellten in einen Raum im Untergeschoss des Bankgebäudes drängt. Feuchte, stickige Luft liegt in dem kleinen Saal, in dem nur ein Fensterflügel einen Spaltbreit geöffnet ist und die morgendliche Brise die ledrigen Blätter der drei riesigen Ficuspflanzen auf dem Fensterbrett bewegt. Den *Ficus elastica*, gemeinhin als Gummibaum bekannt und (in den frühen Revolutionsjahren) ein hassenswertes Symbol kleinbürgerlicher Häuslichkeit, hat das mächtige Proletariat inzwischen rehabilitiert. Keine andere Pflanze gedeiht, wie sich zeigt, in der abgestandenen Heizkörperluft sowjetischer Versammlungsräume so üppig. Vor dem tropischen Hintergrund sehen die Gesichter des Parteikomitees und des Allunionskomitees der Bank aus wie Köpfe eines Stammesrats. An der gegenüberliegenden Wand hängt eine schwarzgeränderte Trauerflagge.

Die Schlagzeilen sind in den seither vergangenen Wochen mit solcher Wucht eine auf die andere gefolgt, dass sie sogar Florence nicht entgehen konnten. Eine Woche nach dem

Attentat werden 103 »Weißgardisten« verhaftet und kurzerhand hingerichtet. Namen werden nicht genannt, man teilt lediglich mit, sie hätten sich über Lettland, Finnland, Polen und die Türkei in die Sowjetunion eingeschlichen zu dem Zweck, Kirow und andere Führer zu ermorden. Und vor kurzem hat man auch Grigori Sinowjew, den Revolutionär und Waffenbruder Lenins, verhaftet, dessen Schuld bereits als erwiesen gilt, obwohl der Prozess gegen ihn erst in zwei Wochen beginnt. Aber damit ist noch lange nicht Schluss. In zwei Jahren wird die Zahl derer, die für die Ermordung eines Einzelnen verantwortlich sind, auf 104 Leningrader Konterrevolutionäre, 78 Verschwörer der »Moskauer Zentrale« (die sich zur schändlichen »Zentrale des Trotzkistisch-Sinowjewschen Terrors« mausern wird), 12 Leningrader Tschekisten und weitere Personen angewachsen sein. Kirows Tod ist die goldene Gans, die unaufhörlich brauchbare neue Feinde hervorbringt, und das bis 1941, als der Krieg ihre Fruchtbarkeit vorübergehend unterbricht.

Aber kehren wir in den Saal und zu den rehabilitierten Gummibäumen zurück. Wenn eine ideologisch fragwürdige Grünpflanze von ihrer anstößigen Bürgerlichkeit befreit werden kann, so kann sich die junge Frau, der heute der Prozess gemacht wird, gewiss auch vor ihren Arbeitskollegen reinwaschen. Florence erkennt nur den hüpfenden Nackenknoten der Stenographin, die die nacheinander aufgeführten Anschuldigungen schriftlich festhält:

»Rückwärtsgewandtheit.«

»Nachlassender politischer Eifer.«

»Nicht vollzogener Kontaktabbruch.«

»Aber wie denn?«, sagt die junge Frau mit dem rötlich braunen Haar mit bebender Stimme. »Wie kann ich denn den Kontakt abbrechen? Er ist schließlich mein Vater.« Es ist keine rhetorische Frage, die sie stellt. Ihre kleinen Augen leuchten für einen Moment vor den Zuhörern auf, so als wäre irgendwo unter ihnen tatsächlich eine Antwort zu finden. Beim Anblick dieser verzweifelten Augen wird Florence ganz kalt.

Die junge Frau, stellt sich heraus, ist die Tochter eines Mitglieds der »Sinowjew-Bande«. Florence erfährt, dass Sinowjew und Kamenew vor Jahren Teil einer politischen Opposition waren.

»Wirklich, du überraschst mich, Golubzowa«, sagt die Frau, in der Florence die Fallschirmspringerin mit der eindrucksvollen Büste erkennt. Ihr Ton ist keineswegs angriffslustig. Ganz im Gegenteil, ihre Worte klingen beinahe fröhlich. »Als die Verhaftung der Verschwörer bekanntgegeben wurde, bist du nicht zum Komitee gekommen und hast deine Verbindung zu den Feinden offenbart.«

»Ich hab das ja selbst nicht geglaubt.«

»Du hast nicht geglaubt, dass sie schuldig sind?«, sagt ein Mann am Tischende.

»Nein... Ja.«

»Du dachtest, die Partei nimmt Leute einfach so mit?«

»Ich... war verwirrt.«

»Aber nicht so verwirrt«, fährt die Frau fort, »um nicht Kontakt zu deinen alten Freunden in Leningrad aufzunehmen und dafür zu sorgen, dass dein Name auf keiner Liste von Aktivisten im Smolny-Institut erscheint.«

»Ich war vor vier Jahren dort Organisatorin, aber seitdem lebe ich hier.«

»Und in der ganzen Zeit hier hast du nie jemanden in Leningrad angerufen und deinen Namen aus irgendeiner Liste entfernen lassen – wie erklärst du das?«

»Ganz ehrlich, ich wusste nichts von den Plänen, die angeblich...«

»Was willst du damit sagen, ›die angeblich‹?«, wirft ein anderer Mann ein. »Du willst angesichts eines Bergs von Beweisen die Terroristen nach wie vor nicht verurteilen?«

Die Versammlungsleiterin unterbricht ihn mit höflichem Handzeichen.

»Ob du etwas wusstest oder nicht, tut hier nichts zur Sache. Statt dich sofort zu offenbaren, wolltest du erst deine Haut retten und hast deinen Onkel um Hilfe gebeten...«

»Er hat es doch selber vorgeschlagen, aber bloß, weil ich nicht mehr Mitglied bei...«

»Deine Ausreden interessieren hier nicht«, ruft der Mann am Tischende empört.

Florence begreift immer noch nicht recht, was die junge Frau eigentlich gestehen soll, auch wenn bereits klar ist, dass das Gericht alles, was sie sagt, prompt als unzureichend und unaufrichtig abtun wird. Seit drei Wochen versucht Florence, den Sinn der Kaskade von Demaskierungen in den Zeitungen zu ergründen, stößt jedoch verwirrt immer wieder auf dasselbe Paradox: Hinter den Kulissen scheint es viele Jagos zu geben. Wenn bereits klar ist, dass die Weißgardisten Kirow getötet haben, müssten die »Sinowjewiten« doch aus dem Schneider sein. Oder umgekehrt. Es ist die häretische Logik des Ausschließens, die der mathematische Zweig ihrer Intelligenz anwendet. Und was sagt es über die Partei, fragt sie sich, dass all diese Bolschewiken an dem Anschlag beteiligt waren – Mitglieder des Zentralkomitees? Konnten sie ihre Ansichten nicht anders kundtun, mussten sie zu Mord greifen? Sie würde diese Fragen zu gern mit Timofejew besprechen, doch ihr Vorgesetzter lässt sie zurzeit links liegen. Seine Tage sind jetzt mit Versammlungen ausgefüllt, und Florence hat sich schon vorher schwer damit getan, seine Zeit zu beanspruchen und sich von ihm die immer komplizierter werdenden Morgendiktate erläutern zu lassen, ganz zu schweigen davon, ihn zu bitten, die politischen Vorgänge für sie zu enträtseln. Im Geiste hört sie nun die Stimme von Timofejews

Frau Nina. »Wer sind wir, dass wir meinen, wir verstünden alles, was ganz oben vor sich geht?« Ihr Verstand kehrt zu dieser Antwort zurück wie zu einem Talisman. Es beruhigt doch sehr, wenn sie sich in Erinnerung ruft, dass sie nicht alle Antworten hat – gar nicht haben kann. Wer ist sie schließlich? Kein Mitglied der Partei. Nicht einmal Russin. Mit diesem Mantra, das sie sich innerlich aufsagt, wehrt sie jede Versuchung ab, ein schlechtes Gewissen zu bekommen, weil sie nicht zugunsten der armen jungen Frau auf dem Podium gesprochen hat. Was kann sie im Grunde anderes tun, als zuzusehen, wie das rothaarige Opferlamm geschlachtet wird? Eine falsche Bewegung, und Florence könnte selber auf dem Hackblock liegen.

Ihr Schweigen ist nur ein Symptom der kollektiven Stummheit, die die Nation erfasst. Im Jahre 1934 kommen Verbrechen aus Leidenschaft in der Sowjetunion kaum noch vor. Nicht anders verhält es sich mit Unfällen, mit krimineller Fahrlässigkeit und mit Taten, die im ruhigen Schatten des Opportunismus verübt werden. Bei jedem Vergehen, von dem die Zeitungen berichten, handelt es sich um eine abgekartete Sache.

Unfälle in Industriebetrieben? Schädlinge!

Die Produktion hinter dem Plan zurück? Saboteure.

Mord und, ja, sogar Vergewaltigungen – alles aus dem Untergrund gesteuerte Störmanöver im Krieg gegen hart arbeitende Werktätige. Eine übersehene Schlagzeile auf der letzten Seite der *Iswestija* eine Woche vor der Kirow-Geschichte lautet: »Junge Pionierin in Weizenfeld gezerrt und geschändet.« Wer sind die Angreifer? Kulaken!

Die Frage bleibt: Hinterließ die Kugel, die Kirows Hals und im weiteren Verlauf die Schädel zahlloser anderer durchschlug, nicht wenigstens einen kleinen Kratzer an Florences Begeisterung für das Land ihrer Wahl? Alles deutet darauf hin, dass die Ereignisse des Winters 1934 nicht dazu führten, dass sie endgültige Schlüsse über das *système soviétique* zog. Vielleicht war es aber viel einfacher. Florence war in jenem Dezember mit ihren Gedanken woanders: Sie verliebte sich gerade aufs Neue.

In der Schilderung seiner Kindheit, die seine Freunde kennen, hatte Leon Brink das revolutionäre Bewusstsein bereits in utero empfangen. »Durchgeschleift«, wie er Florence erzählte, von einer eigensinnigen, verrückten Mutter, ohne Vater. Seit er drei war, in einem Alter, in dem andere Jungen aus der Nachbarschaft zum *cheder* gingen, wurde er zu Streiks und Demonstrationen mitgezerrt und musste bei der lärmenden Menge auf dem Bürgersteig warten, während seine Mutter mit ihrem bleibeschwerten Regenschirm und mit angespitzten Haarnadeln auf Streikbrecher losging. Batia Brink, Näherin und Anhängerin von Clara Lemlich, nährte ihren Sohn mit Verachtung für die ökonomische Willkür, die in den großen Kesseln des Kapitalismus kochte und als Schaum an die Oberfläche stieg, wie sie es ausdrückte.

Ihre Ablehnung des Kapitalismus war ein amerikanisches Gewächs, ihr Hass auf die Religion ging jedoch auf Batias Jugend im russischen Polen zurück. Mit neunzehn war sie mit einem zwar armen, aber hochintelligenten jungen Mann verheiratet worden, der sich als einziger Sohn seiner Mutter vom Wehrdienst befreien lassen durfte. Als im Jahr darauf die Freistellungen aufgehoben wurden und Batia seinen Tod in den Diensten des Zaren Nikolai fürchtete, verkaufte sie alles und schickte ihren jungen Ehemann nach Amerika. In seinen ersten Briefen teilte er ihr mit, Arbeit sei schwer zu finden und er könne ihr kein Geld schicken. Sie ertrug es, seine Briefe zu lesen, und ertrug weitere Monate, die ohne ein Wort vergingen. Offenbar hatte er kein Interesse daran, ihr die Überfahrt zu bezahlen, obwohl sie ihm seine bezahlt hatte. Nach einiger Zeit ging sie zum Rabbi ihrer Stadt und bat ihn, dem jungen Mann in New York zu schreiben und um die Einwilligung in eine Scheidung zu bitten, die sie als Frau nicht selbst einreichen konnte. Stattdessen hatte der Rabbi ihre Verwandten gebeten, Geld zu sammeln und sie auf ein Schiff nach Amerika zu verfrachten. In New York spürte Batia ihren Mann auf, und sie lebten für kurze Zeit zusammen in einem gemieteten Zimmer, wo er sie, so Leon, »mit seinem Samen abfüllte« und abermals verschwand, diesmal in Richtung Westen, und sie mit den Schulden beim Metzger und im Lebensmittelladen sitzenließ. Von dem Tag an wetterte Batia, die sechs und sieben Tage die Woche in unbelüfteten Räumen arbeitete, um ihr Kind zu ernähren und zu kleiden, pausenlos über die Feigheit der Männer und die Heuchelei der »Oberherren Rabbiner«, durch deren Autorität ihre Unschuld zuschanden gegangen war. Batias fanatische Verachtung – von Leon, der seine Zuhörer stets amüsieren wollte, sehr komisch geschildert – stand in einem solchen Missverhältnis zu dem duldsamen Atheismus ihres Vaters, dass sie Florence vorkam wie eine bizarre private Religion. Wie anders als mit inbrünstiger Hingabe ließ es sich sonst erklären, wenn seine mittellose Mutter einmal im Jahr zu Jom Kippur, dem Fastentag, das Geld für duftende Viergängemenüs zusammenkratzte, nur um ihre frommen Nachbarn zu brüskieren und zu verhöhnen?

Leon Brink war einer der Männer, die eine natürliche Begabung haben, ihr eigenes Leben in eine Komödie, ja in einen Mythos zu verwandeln. Diese Gabe war gar nicht so selten unter den Rebellen und Außenseitern, die es in den dreißiger Jahren nach Moskau verschlagen hatte – freie Geister, die sich stolz von ihrem kapitalistischen Heimatland lossagten. Jung, meist jüdisch, aus der Bronx oder dem englischen Manchester stammend, aber sonderbarerweise

auch aus Missoula in Montana. Hier sind sie: Florence und
ihre Freunde im Café Moskau am Puschkin-Platz, wo sie
weiter nichts bestellen als Kaffee für die Frauen und eine
Karaffe Wodka für die Männer, nur damit sie stundenlang
bleiben und reden und reden und reden können (das gegenseitige Kennenlernen findet, wie alles andere, gemeinsam
statt). Ein großer Teil ihrer Debatten kreist um Amerika,
als sei das Lästern über das Land ihrer Geburt ein Ritual
zur Linderung ihres Heimwehs. Und anschließend betreten sie im Gänsemarsch die Eislaufbahn an der Petrowka
und sind immer noch so vertieft in ihre heftigen Debatten,
dass die ganze Meute im nächsten Moment auf dem Hintern landet, während die Einheimischen um sie herum ihre
Kreise ziehen.

Leon ist der Einzige unter den Amerikanern, der sich
auf den Beinen hält. Eine brennende Zigarette klemmt zwischen seinen Lippen. Florence wehrt seine ausgestreckte
Hand ab und rappelt sich ohne seine Hilfe wieder auf. Als
Nächstes reicht er sie Essie, die sie dankbar ergreift.

War sie immer noch sauer, weil er »Flatbush« zu ihr gesagt hatte? Fasste sie seine Geschichten über das Schlafen auf Feuerleitern und die Benutzung des East River
als öffentliche Toilette als Prahlerei auf? Schließlich war
er nun, wie sie alle, ein privilegierter Ausländer und von
der chronischen Lebensmittelknappheit, dem Schlangestehen und den Schikanen, die in Russland als Kundendienst
durchgehen, nicht betroffen. An diesen höheren Status hatten sie sich alle schnell gewöhnt. Auswegloser Armut und
einer bedeutungslosen Existenz in Amerika entronnen,
hatte Leon es bis zum »Journalisten« für eine ausländische Ausgabe von TASS gebracht, ein Privileg, mit dem ein
sicherer Tisch in jedem Hotelcafé und zwei Eintrittskarten für jedes neue Konzert, jedes Theaterstück und jeden
Film einhergingen. Wie hatte ein armer Junge aus schwieri-

gen Verhältnissen so eine Verwandlung zustande gebracht? Einen pragmatischen Zug hatte die verrückte Batia offenbar auch besessen. Sie schickte ihren Sohn mit zwölf zum Arbeiten zu einem Kneifer tragenden Schriftsetzer namens Meyer Levitzky, der Leon damit entlohnte, dass er ihm das Druckerhandwerk beibrachte und ihm Bücher lieh, so dass der junge Brink schon mit fünfzehn die meisten russischen Klassiker und politischen Philosophen gelesen hatte. Im Klub der ausländischen Arbeiter und im Café Moskau, wo seine Kameraden sich trafen, genierte er sich nicht, ausführlich Bakunin, Tolstoi, Jabotinski oder Marx zu zitieren. Der einzige Autor, den er in diesen revolutionären Kreisen nicht anführte, war Horatio Alger, dessen Bücher beim Vollzug der großen Wandlung, die Leon Brinks Leben war, keineswegs eine geringere Rolle gespielt hatten.

Florence konnte sich die Unruhe nicht erklären, die sie überkam, wenn Leon ihre Truppe vom Rand irgendeines Tischs unterhielt, nicht richtig saß und nicht richtig stand, eine Stuhllehne umklammerte oder die Schultern von irgendwem, so als rechne er halb damit, jeden Moment in die blauen Wolken hinaufgezogen zu werden. Nicht mal sein spilleriges Haar und seine buschigen Koteletten waren der Schwerkraft unterworfen. Was immer es war, Florence hielt ihm nur für begrenzte Zeit stand.

Ihre Kapitulation bahnte sich an einem silbergrauen Moskauer Abend an, als Leon sie, nachdem sie, so schnell sie konnte, zur Festung des Bolschoi gelaufen war, dort vor einer der cremefarbenen Säulen erwartete. Von ihren anderen Freunden war niemand da.

»Wo sind denn alle?«

»Das fragst du mich?«

»Ich dachte, Essie kommt auch.«

»Ist sie nicht mit dir unterwegs?«, fragte Leon unschuldig zurück.

»Wo ist Seldon?«

»Der ist heute Abend unpässlich. Wir waren gestern die Ehrengäste eines Georgiers. Ich hab ihn gewarnt. Dieser Wein ist eine unzuverlässige Geliebte und am Morgen nicht prompt wieder weg. Der gute alte Wodka dagegen ...«

»Wir kommen zu spät«, unterbrach ihn Florence ungeduldig. »Hast du die Karten?«

Aus seinem dürftigen Überzieher holte Leon zwei Eintrittskarten für *Lady Macbeth von Mzensk* hervor.

In dem riesigen Vestibül fand ein Wettlauf zu den Garderobenräumen statt. Ihre Nutzung war in Russland damals Pflicht und ist es bis heute. Sich in die Oper zu schleichen, ohne vorher seinen Mantel abzugeben, wäre sogar für rebellische Geister wie Leon und Florence undenkbar anstößig gewesen. Als sie mit ihrem Programmheft Platz genommen hatte, überflog Florence noch schnell das Libretto des Stücks, das sie gleich hören würde. 1934, bevor Stalin die Avantgarde komplett in die Emigration trieb, erlebte Russland die letzten Tage einer Epoche künstlerischer Innovationen, die in der Revolutionsära begonnen hatte. Die letzten Zuckungen der experimentellen Belle Époque, die Florence bei ihrer Ankunft erlebte, hatten sie eingelullt und glauben lassen, das Land, in das sie gekommen war, sei freier als das, welches sie verlassen hatte. Florence versenkte sich in die Fabel von Dmitri Schostakowitschs tragisch-satirischer Oper über die Frau eines Kaufmanns, die dem Charme eines Knechts erliegt. In seiner Vertonung der dunklen Geschichte von Nikolai Leskow hatte Schostakowitsch sich zwar bemüht, den drückenden formalen Vorgaben des sozialistischen Realismus gerecht zu werden, seine künstlerischen Eigenheiten aber nicht unterdrücken können und sich damit in Gefahr gebracht. Das erklärt vielleicht auch, warum Florence im Opernhaus Schwierigkeiten mit der Musik hatte. Die wild dreinblickende Katerina auf der Bühne, die es nach dem Knecht Sergej gelüstet, wand und krümmte sich krampfhaft, als sie erst ihren Schwiegervater und danach ihren Ehemann umbrachte. Die Musik stöhnte und keuchte mit ihr mit. Ein Gutteil der Handlung fand in dem samtbezogenen Doppelbett des Kaufmanns auf der linken Bühnenseite statt.

Nicht weniger erregend als die schwüle Atmosphäre der Oper war die vielsagende Stille des Mannes neben ihr. In der stickigen Theaterluft umhüllte sie sein scharfes Eau de Cologne. Die ganze Oper hindurch war Florence gezwungen, ihr Knie starr zur Seite zu drehen, wenn sie eine zufällige Berührung vermeiden wollte. Sie brauchte sich aber keine Sorgen zu machen. Leon behielt die Hände bei sich und überließ Schostakowitsch die Verführung. Die Oper war bereits in Leningrad aufgeführt worden, und Gerüchte über ihre aphrodisierenden Eigenschaften hatten Leon im Voraus erreicht. Es war kein Zufall, dass er es so eingerichtet hatte, mit Florence allein hier zu sein.

»Was hältst du davon?«, fragte Leon, als die Lichter wieder angingen.

Sie hatten ihre Eintrittskarten der Garderobiere übergeben und ihre Straßenkleidung in Empfang genommen. Nach zwei Stunden, in denen Florence sich bemüht hatte, ihre Erregung zu dämpfen, folgte nun ein Rückstrom matronenhafter Missbilligung. »Es ist eine herrliche Oper«, sagte sie, während sie sich von Leon in den Mantel helfen ließ, »wenn man sich nicht um Details wie Melodie, Kadenz oder einen sympathischen Helden schert.«

In Florences Kritik an der *Lady Macbeth von Mzensk* klang die vernichtende Kritik an, die in der *Prawda* erscheinen sollte: »nervös«, verkrampft«, »epileptisch«. Mit dem Werk des Genossen Schostakowitsch »setzt uns die Bühne gröbsten Naturalismus vor...«, schrieb der Rezensent. »Der Komponist hat sich offensichtlich nicht die

Aufgabe gestellt, dem Gehör zu schenken, was die sowjetischen Opernbesucher von der Musik erwarten und in ihr suchen.« Der Sturm offizieller Entrüstung führte dazu, dass die Oper für die nächsten drei Jahrzehnte nicht zur Aufführung gelangte. »Soll heißen, du fandest Katerina nicht liebenswert?«, sagte Leon und reckte den Hals, ein Anflug von Spott in seinem Ton.

»Diese Lady ist ein Ungeheuer.«

»Keine kluge, elektrisierende Frau, die unter den alptraumhaften Bedingungen einer repressiven Gesellschaft zugrunde geht?«

»Sie ist eine berechnende Mörderin!«

»Und bringt zwei Männer um.«

»Um der Liebe eines eingefleischten Schürzenjägers willen!«

»In dem Punkt irrst du dich, Genossin Fein. Katerinas Verbrechen ist kein Verbrechen aus Liebe. Ein Verbrechen aus Liebe wäre eine Sünde wider Gott. Sie hingegen wird von heidnischen Furien gejagt. Daher der Titel *Lady Macbeth*…« Und nun tat Leon etwas vollkommen Unerwartetes: Er zitierte Shakespeare. »Ich wage alles, was dem Menschen ziemt; wer mehr wagt, ist keiner.«

Für einen Moment schaute Florence ihn in dem lichten Moskauer Abend an, und ein eisiger silberner Atem entströmte ihrem Mund. »Du hast also Shakespeare gelesen…«

»Ja, gute Frau. Ich habe in der Aufführung am City College sogar den Macduff gespielt.«

»Du hast mir nie erzählt, dass du am City warst!«

Da er es mit seiner behaupteten Belesenheit vielleicht etwas übertrieben hatte, trat Leon nun rasch den Rückzug an. »Nach nicht mal einem Jahr bin ich wieder abgegangen.«

»Wieso denn?«

»Das College hatte mir wohl nichts zu geben.«

Sein permanentes Eigenlob glich einer endlosen Rechtfertigungslitanei.

»Außerdem war mir das Geld ausgegangen«, ergänzte er. »Der Unterricht war zwar kostenlos, das Leben aber nicht. Ich dachte, auf Reisen lerne ich sowieso mehr. Ich hatte die großartige Idee, mit dem Zug quer durch Amerika zu fahren, aber da waren mir schon tausend andere voraus. Ich hätte gut und gern in Argentinien landen können, aber dort gab es einen Militärputsch.«

»Blieb nur noch Russland.«

»Eigentlich wollte ich nach China. Aber dann las ich von Birobidschan, der jüdischen autonomen Republik… Stalins sibirischem Zion. Und dafür brauchte ich nicht mal Chinesisch zu lernen.«

»Für einen Siedler hätte ich dich nicht gehalten.«

»Machst du Witze? Ich liebe das Neuland! Bei den Bildern in der Broschüre dachte ich gleich, das ist es – ein junger Mann, der wie ein Herkules von Berditschew aussah und einen Sack Weizen hochhob. Und eine levantinische Prinzessin mit strammen Waden, die auf der Balalaika spielt. Das Einzige, was sie in der Broschüre vergessen hatten, war ein Bild von den Mücken.«

»Klingt paradiesisch.«

»Ich hab ja nicht die französische Riviera erwartet, aber als ich aus der Transsibirischen Eisenbahn aussteige, ist der Bahnsteig eine Holzplanke mitten in einem schlammigen Feld, weiter nichts. Dreh ich mich zum Schaffner um und sage: ›Wie weit ist es noch bis Birobidschan, Genosse?‹ Er lacht schon über mich. ›Noch zwei Jahre, mein Junge.‹

Ich also hin, und sie teilen mich zum Trockenlegen der Sümpfe ein. Nach zwei Nächten bin ich von Mücken zerbissen, die sitzen schon übereinander. Es würde mich ja nicht stören, bei lebendigem Leibe aufgefressen zu werden, wenn ich selber auch etwas zu beißen hätte. Aber an uns haben die Zoowächter wahrscheinlich nicht gedacht.«

»Wen meinst du mit ›uns‹?«

»Sie haben uns Ausländer alle zusammengesteckt – Polacken, Bulgaren, Krauts, Südamerikaner. Es hätte mich nicht überrascht, wenn ich auch einem Zulu begegnet wäre. Ich vermute, jemand wollte wissen, ob wir einen neuen Turm zu Babel bauen können. Wenn wir nicht wegen der Ruhr ständig zur Latrine gerannt wären, hätten wir es vielleicht geschafft, uns alle gegenseitig umzubringen.«

»Wie lange bist du dortgeblieben?«

»Fast vier Monate hab ich durchgehalten, stell dir vor. Und als ich schließlich sage, dass ich abhaue, drohen diese *mamser*, mich aller möglichen Verbrechen zu bezichtigen, und behaupten, ich würde in der Sowjetunion nie Arbeit finden, wenn ich meinen Dienst nicht bis zum Ende ableiste.«

»Was hast du gemacht?«

»*Saj gesunt* gesagt und hinterher noch, in meinem schönsten Italienisch, *vaffanculo*.«

»So viel zum Traum von einer jüdischen Republik«, sagte Florence.

»Wie drücke ich das aus? Es waren ja nicht zu viele Juden dort, sondern zu wenig von den anderen. Ich finde, dass wir überall, wo nur ein paar von uns sind, wie Dünger wirken. Aber alle auf einem Haufen?« Leon schüttelte den Kopf. »Das ist nichts weiter als ein großer Haufen Mist.«

Wider Willen musste Florence doch lachen. Bevor sie wieder Atem schöpfen konnte, sagte Leon: »Was machst du morgen Abend?«

Seit diesem Wintertag verlegte sich Florence wieder aufs Lügen. Sie schaffte sich Essie vom Hals und behauptete, nach der Arbeit zu Versammlungen zu müssen. Auf der Arbeit schwänzte sie die Versammlungen und behauptete, sie müsse zum Polit-Unterricht (die einzig mögliche Entschuldigung), und schwänzte dann diesen Unterricht und ging mit Leon ins Kino Udarnik in den neuen Film *Tschapajew*.

Wenn man von den Säuberungen und der Politik absah, konnte man im Moskau des Jahres 1934 viel Spaß haben. Florence hörte ihre erste Sinfonie und besuchte ihre erste Ballettaufführung. Sie war erstaunt, wie viel Hochkultur so preiswert zugänglich war. Unter den Theaterbesuchern sah sie Menschen, die wie normale Arbeiter aussahen und gekleidet waren. Ihr Hunger nach Kultur machte Florence noch stolzer, in einer Stadt zu leben, in der die Unterschiede zwischen hoch und niedrig, klassisch und modern, elitär und populär als bloße bürgerliche Kriterien galten. Die Verabredungen mit Leon, sagte sich Florence, waren im Grunde keine Rendezvous. Sie befanden sich schließlich im egalitären Russland: kein Grund, dass Männer und Frauen nicht befreundet sein konnten. Es gab kein Schmusen, nicht einmal ein Händchenhalten – Florence beließ alles auf der Ebene des Gesprächs. Sie versuchte sich sogar als Kupplerin, wollte etwas anbahnen.

»Was hältst du eigentlich von Essie?«

»Sie ist nett.«

»Sie hat sehr schöne Augen, nicht?«, sagte Florence anspornend.

»Ja, und so dicht nebeneinander«, sagte Leon.

Die russische Realität und das New York ihrer Erinnerungen waren die Schauplätze, an denen sie sich näherkamen. Wenn sie über das Kopfsteinpflaster im Arbat-Viertel schlenderten, erzählte Leon Florence von der Canal Street und den Verkaufsständen für Bekleidung, wo er in seiner Jugend als Kundenfänger gearbeitet hatte.

»Weißt du, warum auf den Anzügen in der Canal so viele kleine Preisschilder kleben?«

»Warum denn?«

»Weil unter jedem ein kleines Loch ist.«

Beim schäumenden Kwas, den sie im Gorki-Park unter einem Spruchband mit der Aufschrift »Das Leben ist heute besser, das Leben ist heute fröhlicher« tranken, gedachten sie der Egg-cream-Sodas, die sie in Brooklyn getrunken hatten.

»Was würde ich dafür geben, wenn hier ein Spritzer Schokoladensirup drin wäre!«

»Würde nichts nützen. Man muss das Rezept kennen«, sagte Leon.

»Und *du* kennst es natürlich.«

»Klar. Ein Barmixer in der Greene Street hat mir mal die Geheimrezeptur gezeigt.«

»Dir allein.«

»Ja. Ich hab ihm leidgetan, weil ich keine Bar Mizwa hatte. Er hat mich nach hinten in die Küche mitgenommen und mir gezeigt, wie er es macht. ›Ab heute bist du ein Mann‹, hat er gesagt.«

Florence war sich nie sicher, ob Leon so etwas beim Erzählen einfach erfand. Und nach einer Weile war es ihr auch egal.

»Ich hab dich nie viel trinken sehen, Leon.«

»Alkohol stört mich beim Leiden.«

Mit Leon ging sie zu Vorträgen im Haus der Kultur und ins Staatliche Jüdische Theater in der Bronnaja-Straße und sah sich Solomon Michoels in seiner berühmten Darstellung des Lear an. Seine Chance bekam Leon schließlich im Metropol.

Das Restaurant des Hotels Metropol verdient einen Platz im Pantheon der großen Vergnügungsstätten des Jahrhunderts. Seine Decke war oder schien Florence auf den ersten Blick zehn Meter hoch. Die hohen palladianischen Türen rings um den riesigen Speisesaal reichten bis hinauf zur Galerie, über der sich eine Buntglasdecke wölbte. Wie das Ritz oder das Copacabana gab auch das Metropol seinen Prunk mit Erfolg als Zeitlosigkeit aus. Die kunstvollen Messingverzierungen und der rote Samt der Sitzmöbel hatte in den dreißiger Jahren bereits etwas von vergangener Pracht und leicht verschlissenem und angestaubtem Luxus, nicht anders als die goldbetressten Uniformen der livrierten Kellner, von denen manche schon seit der Zarenzeit hier waren.

Wie die Restaurants anderer Valuta-Hotels hatte auch das Metropol seinen Betrieb fortführen dürfen, um die bürgerlichen Ansprüche der ausländischen Bewohner und Gäste der Stadt zu befriedigen, insbesondere der Presseleute, die gern in der gut bestückten Bar herumlungerten, Whiskey tranken und die spektakulären Barfrauen des Hotels begafften. Und so war es im Metropol, wo der zusammengewürfelte Haufen der Korrespondenten, zu denen Leon sich zählte, das neue Jahr einläutete.

Mitten im Gewimmel der entblößten Schultern und Rücken auf der Tanzfläche strahlten Projektoren einen plätschernden Springbrunnen an. Die halbblinden Spiegel rings um den Speisesaal waren wie Fenster in eine andere Welt. Draußen zwanzig Grad minus und das gewohnte Winterschauspiel des Proletariats: Männer in spartanischen Schaffellmänteln, die mit Einkaufsnetzen über die Bürgersteige hasteten. Drinnen die Tropen: Federn, die aus Augenmasken sprossen. Nelken, die an Knopflöchern blühten. Pomadisierte Köpfe, die auf wogenden Dekolletés ruhten. Draußen rollladenbewehrte Geschäfte mit kargen Rationen Schwarzbrot und gepökeltem Speck. Drinnen Wildente mit Soljanka, Hering im Rote-Bete-Mantel mit Meerrettich. Draußen Schnee. Drinnen Konfetti. Draußen kämpferisch gegrölte Nationalhymnen. Drinnen Jazz!

Als Florence und Essie eintrafen, gewannen die Tischgespräche gerade die unbekümmerte Verrücktheit und Direktheit langer nächtlicher Besäufnisse. Das Sechs-Mann-Orchester stimmte seine Instrumente neu und hatte die Bühne zwei geigenden Zigeunern überlassen, einem Mann und einer jungen Frau mit bestickten Westen.

»Meinst du, das ist eine echte Zigeunerin?«, sagte ein Mann namens Alistair.

»Mach dich nicht lächerlich. Die echten haben einen Silberblick wie Katzen aus Inzucht!«, sagte Seldon Parker, neben dem sich Florence niedergelassen hatte, weil sie Leon absichtlich übersehen wollte.

»Ich dachte, Zigeunermusik hätten sie verboten«, sagte ein glatzköpfiger Australier, der auf den Namen Michaels hörte.

»Das war vorigen Monat«, berichtigte Seldon ihn. »Haben sie diesen Monat zurückgenommen.«

»Seldon ist nicht mehr so gut auf sie zu sprechen, nachdem er vorigen Sommer über den großen Zigeuner-Prozess geschrieben hat«, versicherte Leon dem Tisch.

»Tiefer als ein Pferdedieb steht kein Krimineller auf der ganzen Welt!«, verkündete Seldon im Tone der Endgültigkeit. »Oder ein Autodieb, was im Grunde dasselbe ist. Die Regierung versucht seit Jahren anständige Sowjets aus ihnen zu machen, aber das wird nichts. Die hängen sich ein Lenin-Plakat in ihr Zelt und stehlen einfach weiter.«

Nun wandte sich Seldon an Florence. »Ist dir schon mal aufgefallen, dass sie nie zufrieden sind, egal wie viele Münzen du ihnen gibst? Einmal hab ich so einer Hexe das ganze Kleingeld aus meiner Hosentasche gegeben, und sie fragt mich, wo der Rest ist. Unverschämtheit.«

»Warum soll sie leiden, bloß weil du eine schlechte Woche hattest?«, rief Leon über den Tisch. Er atmete einen Rauchring aus und ließ ihn sich auflösen, bevor er Florence zum zweiten Mal ansah.

Sie hatte sich ans andere Tischende gesetzt und gehofft, ihn so unauffällig auf Distanz zu halten. Jetzt krampfte sich ihr der Magen zusammen, und sie probierte in Gedanken durch, mit welcher Begründung sie, was zwischen ihnen vorging, beenden konnte. Vor drei Tagen, als sie sich am Theater in der Bronnaja-Straße trafen, hatte Leon ihr gesagt, er werde diesen Sommer einundzwanzig.

Gerade mal zwanzig! Florence hatte sich nicht anmerken lassen wollen, wie erschrocken sie war, und ihre Züge gerade so weit unter Kontrolle gehabt, dass er nicht auf die Idee kam, ihr Alter zu erraten (sie wurde in einem Monat fünfundzwanzig). Bestimmt war das die Erklärung dafür, dass er unermüdlich ihre Aufmerksamkeit suchte, seine Einfachheit herauskehrte und sich gleichzeitig hartherzig und arrogant zeigte. Und ihrerseits lag ja wohl pure Willensschwäche vor, ein Versagen der Vorstellungskraft, wenn sie sich nach dem langen Weg bis nach Moskau ausgerechnet mit einem Amerikaner eingelassen hatte – noch dazu einem von der Lower East Side. Nun war es ihr peinlich und machte ihr auch ein bisschen Angst, dass dieser Amerikaner ein bloßes Kind war, mit Wurzellosigkeit und einer fröhlichen Wanderlust geschlagen. In ihrer Not konnte Florence die üppigen Speisen auf dem Tisch nicht anrühren. Nach dem Fiasko mit Sergej war ihr eine Ablenkung nicht unwillkommen gewesen, aber dass die Dinge ihr über den Kopf wuchsen, hatte sie nicht gewollt. Jetzt, wo sie zur Nüchternheit zurückfand, war es Zeit, das Zaudern einzustellen und der ernsthafte Mensch zu werden, um dessen Vervollkommnung willen sie hierhergekommen war. Von einer Platte mit diversen Sorten Räucherfisch, die wie ein Windrad angeordnet waren, blickten sie zwei runde Fischäuglein vorwurfsvoll an. Zeit, Nägel mit Köpfen zu machen.

»Essie, wusstest du«, sagte Florence munter, »dass ihr beide, du und Leon, beim Arbeterring wart?«

»Ach ja, in welcher Zweigstelle?«, sagte Leon und schob sich ein Stück Kloß in den Mund.

»Bronx Ost«, sagte Essie und reckte den Hals. »Und du?«

»East Broadway«, sagte Leon gleichmütig, »aber lange hab ich's da nicht ausgehalten.«

Schon war es mit der Parallele wieder vorbei. Florences Beklommenheit schloss nun ihre Freundin ein. Essie würde Leons Gleichgültigkeit vielleicht besser verkraften, würden die anderen Männer am Tisch nicht so auffällig den Barmädchen nachglotzen, die mit Tabletts voller Zigaretten und bengalischer Lichter zwischen den Tischen hin- und hergingen. Noch ein Unterschied zwischen dem Metropol und der Welt draußen: Das Geschlechterverhältnis im Restaurant half zweifellos dem Geschäft. Michaels winkte eine Schöne mit den Augen einer Tatarin heran und erwarb für einen Dollar ein Dutzend Wunderkerzen und einen Klaps auf ihren in Satin gehüllten Po. Sie sah dem Australier die Ungehörigkeit mit einem drohend erhobenen Zeigefinger nach.

»Sind die immer so ... freundlich?«, fragte Essie erkennbar entsetzt.

»Na klar!«, sagte Seldon. »Manche nehmen sogar Trinkgeld an. Wenn man ihnen welches gibt, heißt das.«

»Michaels ist in eine hier verliebt«, verkündete Leon laut in Florences Richtung. »Ihr Name ist Nelly.«

»Ehemaliger Adel«, sagte Michaels versonnen. »Ein unglückliches Opfer der Revolution. Solch zarte Wesen sind nicht für die tägliche Plackerei der sowjetischen Arbeit geschaffen.«

»Aber Nelly will nichts mit ihm zu tun haben«, fuhr Leon fort. »Sie hat sich auf Japaner spezialisiert.«

»Er weiß aber schon, dass diese Mädchen alles an die Geheimpolizei weitergeben«, sagte Essie.

»Weiß? Das ist seine einzige Hoffnung«, sagte Leon. »Er ist schon ganz erschöpft von den vielen Staatsgeheimnissen, die er sich immer wieder ausdenkt, um ihre Aufmerksamkeit zu behalten.«

Die Bemerkung, dem Anschein nach an Essie gerichtet, war jedoch auch für Florence bestimmt, die gehofft hatte, sie und Leon fänden auf eine Ebene platonischer Freundschaft zurück, wenn sie sich wieder in der ganzen Gruppe trafen. Sie hatte jedoch nicht damit gerechnet, dass ihre räumliche Entfernung keine Entmutigung darstellte, sondern vielmehr ein verlockendes Hindernis. Mit Unbehagen registrierte Florence, dass Leon jede ihrer Gesten beobachtete (und hatte sie nicht den Platz am Tisch gewählt, auf dem er am besten ihr Profil sehen konnte, das er angeblich bewunderte?).

»Zu dumm nur, dass kein Aas sich für die Geheimnisse Australiens interessiert«, sagte Seldon abschließend und stand mit seinem Glas in der Hand auf. »Ein Toast auf unsere amerikanischen Freunde!« Und obwohl ihm die Knie jeden Moment einzuknicken drohten, hielt er sein Glas elegant von unten mit der Serviette fest. »Ich schlage vor, dass wir 1934 herzlich Lebewohl sagen, dem ersten vollen Jahr, das diese prachtvolle Nation, die uns aufgenommen hat, von den Vereinigten Staaten anerkannt ist.«

»Darauf, dass wir nicht mehr in Sünde leben!«, rief Leon von seinem Tischende. »*Sa nas*«, sagte er und drängte den Tisch zum Anstoßen, was alle mit Freuden taten.

»Wie lange können wir noch in der Vergangenheit schwelgen?«, sagte Seldon.

Michaels schaute auf die Armbanduhr. »Noch zwölf Minuten, dann ist das gute alte 34 rum.«

Bei der Auskunft wandte sich Leon ohne weiteres Vorgeplänkel an Florence. »Zeit für einen letzten Tanz?«

Florence ließ die Serviette auf den Tisch fallen, sah mit

mattem Lächeln kurz zu Essie und tat etwas lustlos, um den Eindruck zu vermitteln, sie nehme nur aus Höflichkeit an. Ihr Bemühen um gut Wetter blieb jedoch fruchtlos. Essie kannte die Liebe nur als Wechsel von hochfliegenden Hoffnungen und raschem Rückzug. Florence leerte ihr Champagnerglas und stand auf. Sie meinte abwärtszurauschen, als die Champagnerbläschen in ihrem Kopf nach oben perlten und ihr allgegenwärtiges schlechtes Gewissen im säuerlichen Schäumen versank. Die Ungerechtigkeit, an den Russen in der Schlange vorbei als Erste eintreten zu dürfen, weil sie die Wachleute des Metropol auf Englisch angesprochen hatte. Das Unrecht des Überflusses inmitten des Mangels. Ihr Unvermögen, die Avancen eines jungen Mannes zu unterbinden, den sie aus Selbstachtung nicht ernsthaft in Erwägung ziehen konnte. Aber Herrgott, es war Silvester, und sie war es leid, sich dauernd wegen allem schlecht zu fühlen. Entschlossen stellte sie das Glas ab und schritt Leon voraus auf die Tanzfläche und blieb nicht stehen, damit er sie bei der Hand führen konnte.

Die Sechs-Mann-Kapelle spielte eine bekannte, nur durch die Molltöne eines Akkordeons leicht abgewandelte Nummer. Das Lied klang wie eine slawische Interpretation eines alten Hits von Guy Lombardo, und das war es auch. Die Band trug es instrumental vor, doch Leon Brink flüsterte ihr den Text ins Ohr: *Hear me – why you keep foolin', little coquette?*

Mit ihrem halben Lächeln bot Florence Leon zwar ein Einfallstor, doch sie wandte das Gesicht noch rechtzeitig ab, um seinen Lippen auszuweichen. Aus den Augenwinkeln beobachtete sie ihre Freundin am Tisch. Essie hatte, um attraktiv auszusehen, ihre Brille nicht aufgesetzt, blinzelte nun kurzsichtig in die Runde und nippte am Champagnerglas wie ein Kind, das bei der Kommunion Andacht vortäuscht. *»Breaking hearts you are ruling, little* *coquette…«,* sang Leon, grub wie ein in der Erde wühlendes Tier die Nase in das duftende hochgesteckte Haar in Florences Nacken.

»Benimm dich.«

»Warum?«

»Es sind Leute hier.«

Leon sah sich um. »Wirklich? Hab ich gar nicht gemerkt.« In den drei Wochen, die sie nun zusammen ausgingen, hatte Leon von dem Mädchen nichts bekommen außer ein paar kleinen Küssen auf nassen Parkbänken. Und was ihm verwehrt worden war, als sie allein waren, wollte er sich jetzt wie ein an Liebesentzug leidender Teenager in der öffentlichen Arena der Tanzfläche holen.

»Lass das!«, sagte sie, als er einen Schweißtropfen hinter ihrem Ohr ableckte.

»Was ist los? Du hast dich schon nicht neben mich gesetzt. Und jetzt… wartest du auf einen anderen?«

»Darum geht's nicht.«

Ihre Antwort war genau genommen nicht wahr. Beim Zusammensein mit Leon musste sie immer an die Ironie ihrer Lage denken, daran, dass dieses forsche, großsprecherische Kind aus der Allen Street ihr die wunderschöne Stadt zeigte, für die sie sich Sergej als ihren Führer erhofft hatte. Und noch während sie Leon liebgewann, spukte der Geist von Sergej bei ihren Rendezvous im Hintergrund herum. Florence sah ihn unter den breiten Rücken der Zuschauer im Theater und unter den blonden Hinterköpfen im Park, ein Menschenschlag, an dem in Moskau kein Mangel herrschte.

»Was ist es dann – habe ich Hörner auf dem Kopf?«

»Leon, ich glaube, ich habe dir vielleicht einen falschen Eindruck vermittelt.«

»Und was für einer wäre das?«

»Ich bin einiges älter als du. Fast fünfundzwanzig.«

323

Ihr Bekenntnis wurde mit einem schiefen Lächeln beantwortet. »Na und?«

Also wusste er das bereits.

»Ich verspreche«, sagte er, »dass ich dir deine Sturheit und Feigheit nicht vorwerfe, Frau Genossin, wenn wir von diesem Generationsunterschied absehen können.«

»Siehst du! Sogar du findest es...«

»Was?«

»Unziemlich.«

»Unziemlich?« Das Wort war so bizarr, dass sein Lachen als Hickser herauskam.

»Ja, wenn eine Frau älter ist als der Mann.«

»Ich bin wirklich überrascht von dir, Miss Fein. Ich hätte nicht gedacht, bei dir auf so ein kleinbürgerliches Philistertum zu stoßen.«

»Leon, du bist... praktisch noch ein Kind.«

»Na, na, Beschimpfen muss aber nicht sein. Was ist mit Krupskaja und Lenin? War es bei denen auch unziemlich?« Er wirbelte Florence herum.

»Ach, Leon.«

»Und bei Katharina der Großen und Potemkin? Sie hatte gut zehn Jahre mehr auf dem Buckel als dieser gepuderte olle Kauz.«

Endlich gab Florence nach und lachte. »Aber sie war die Königin!«

Leon überflog ihre Gestalt, so als wolle er sagen: *Und die hier ist es nicht?*

Nicht unempfänglich sogar für billige Schmeichelei, errötete Florence. Legte die Hände um seinen dünnen Hals. In dem beschlagenen Spiegel, der das Dutzend anderer Paare vervielfältigte, sah sie sich den Kopf sacht auf seine Schulter legen (mit ihren Absätzen war sie die etwas Größere von beiden). Überraschend stieg ihr der nicht unangenehme Geruch der Pomade in seinem glattgestriegelten Haar in die Nase. Leon hatte darauf gehofft, Florence nach allen Regeln der Kunst zu verführen, und die Creme am Nachmittag in einer Musikalienhandlung erstanden, die sie als Posaunenfett verkaufte. Ein korpulentes, elegant zurechtgemachtes älteres Paar, das an ihnen vorbeitanzte, reckte die Köpfe und lächelte, als es die jungen Leute sah, die das Glück der sowjetischen Jugend ausstrahlten.

Vielleicht war es der Anblick dieses Paars, der Florence wachrüttelte. Spürte sie schon etwas von ihrer gemeinsamen Zukunft und wich deshalb zurück? Denn mit einem Mal stand es ihr deutlich vor Augen: Sie und Leon tanzten am Rande der Welt, ohne zu wissen, dass sie abstürzen würden. Mit der Klarheit einer Vorahnung begriff Florence plötzlich, dass ihr Unbehagen an diesem Abend über das schlechte Gewissen einer nicht ganz aufrichtigen Frau hinausging. In Leons Beisein empfand sie eine Angst, die an Ekstase grenzte. Seltsamerweise fürchtete sie nicht um sich, sondern um *ihn*. So als führte sie, wenn sie seine Liebe annahm, sein Verderben herbei und ließe ihn für seine Liebe zu ihr mit nicht weniger bezahlen als seinem Leben.

Woher wusste sie das? Sie hätte es nicht zu sagen vermocht. Die einzigen Worte, die ihr einfielen, waren: »Leon, ich möchte, dass wir Freunde sind, vorläufig.«

Doch ihre zaudernde Hellsichtigkeit war seiner Entschlossenheit nicht gewachsen. »Willst du mich in den Wahnsinn treiben?«, sagte er und sah sie prüfend an.

»Nein!«

»Du möchtest mich nicht sehen?«

»Ich möchte, dass wir … uns noch Zeit lassen, weiter nichts.«

»Wie viel Zeit denn noch, Florence? Sogar kalte Melasse muss wissen, wo es nach unten geht.«

Unter Gelächter und betrunkenem Grölen ging ihr Lied in das längere Wischen von Schlagzeugbesen über, das leise

Signal für das Herunterzählen zum neuen Jahr. Das Karussell der roten und grünen Lichter zog über Leons Gesicht, als er sie anschaute. »Ich verstehe. Du bist die Sorte, die von dem Mann zu Boden geworfen werden will«, sagte er hässlich, »an irgendeine Wand gepresst und es so kriegen, während du das Köpfchen wegdrehst, ›nein, nein, nein‹ schniefst und jeden Moment genießt.«

Seine Stimme war brüchig geworden vor Hohn und hatte alles Spielerische verloren. »Ich hätte nicht gedacht, dass du so eine Mimose bist.«

»Lass mich los, du!« Sie wandte sich ab und schnappte nach Luft, als er nach ihrem Unterarm griff.

»Du flirtest mit mir, seit wir uns kennen. Glaub nicht, dass ich dir den Gefallen nicht hätte tun können, wenn ich nicht der Meinung wäre, wir wollten beide mehr.«

»Hände weg!«

Und zu ihrer Überraschung gehorchte er – schleuderte ihren Arm so heftig von sich, dass sie auf den hohen Absätzen rückwärtsstolperte.

Sie stand da und hielt sich das schmerzende Handgelenk.

Sah ihm nach, als er zu den Mattglastüren schlich, die ein Kellner gerade öffnete. Sein entsetzliches »dir den Gefallen tun« stand noch zwischen ihnen. Seine Augen jedoch hatten eine andere Sprache gesprochen, hatten wie Scherben gefunkelt vor Schmach und Schmerz, bevor er sich abwandte.

Das Schlagzeug begann zu 1935 herunterzuzählen.

Florence schaute in die Gesichter im Saal und war sich sicher, dass alle sie angestarrt hatten. Doch die Band fing wieder an, spielte ein wehmütiges, hymnenartiges Lied, und aller Augen waren auf den Kapellmeister im weißen Frack des Maestro gerichtet, der zu der pulsierenden Melodie einen letzten Toast ausbrachte: »Auf das neue Jahr, auf das neue Glück!«

Durch das Gewühl der Leiber hindurch sah Florence Seldon Parker, der sich mit beschlagener Brille nach vorn beugte und an der Wunderkerze in Essies Hand eine Zigarette anzündete. Als Seldon sie sah, winkte er kurz. Die Gesichter, die Wunderkerzen, das grelle Wodkalachen – all das kam ihr irreal vor. Was sie hatte geschehen lassen, wich so stark ab von all ihren Plänen und Vorsätzen, dass sie wieder in den Strudel des schlimmen Verdachts geriet, den sie selber über sich hegte und den all ihr Bemühen, Gutes zu tun und gut zu sein, nicht ausräumte: das Gefühl, dass sie zwar ehrlich durchs Leben gehen und niemandem wehtun wollte und dennoch alles, was sie sagte oder tat, eine Lüge war; dass sie Trieben – Loyalität und Rivalität, Selbstlosigkeit, aber auch einem ungeheuren Narzissmus – ausgeliefert war, zu widersprüchlich, als dass sie sie hätte versöhnen können. In dem, was Leon über sie gesagt hatte, irrte er sich in jedem Punkt, sie hielt ihn nicht hin und war keine Schlampe, und doch fürchtete sie, er hätte ihre Fassade heruntergerissen und freigelegt, was dahinter war. Sie erkannte, wie entschlossen er sich von ihr befreien und wie rücksichtslos er sein konnte, wenn sie ihm zu stark zusetzte, und sie empfand einen seltsamen Trost bei der Einsicht, dass sie, was ihn betraf, komplett falschgelegen hatte.

Mit einem scharfen Schwenk steuerte sie die Lobby an, in die Leon gegangen war.

Er war nirgends zu sehen.

Auf den Sitzbänken unter dem diffusen Licht der Foyerkandelaber führten nachdenklich dreinschauende Russen, einander zugewandt, ernste Gespräche, und ungeduldige Liebespaare ignorierten die Glocke zum neuen Jahr.

Dann sah sie ihn, aus der Garderobe kommend, den Mantel in der Hand. Er hob den Kopf und sah sie, und bevor er den Blick abwenden konnte, rief sie seinen Namen und erkannte die Stimme nicht, die aus ihrer Kehle kam wie das letzte Quietschen eines Ballons.

Mit erkennbarem Zögern wartete er, bis sie bei ihm war. Die Glocke hatte zu schlagen begonnen; aus dem Innern des Speisesaals erschollen Rufe: »Sechs! Fünf! Vier!« Und dann ein kollektives »Hurra!«, gefolgt vom lauten Tusch der Musikkapelle.

Als sie vor ihm stand, atmete sie dramatisch aus und ließ den Kopf hängen. »Du bist zwanzig, Leon, wie sollst du da wissen, was du willst?«

Er wollte sie wohl nicht ansehen und blickte in Richtung Musik. »Das ist keine Frage von Ja oder Nein, Florence. Sobald ein Mann in einen Fahrstuhlschacht läuft, ist es mit dem Aussuchen vorbei. Ich bin reingelaufen – gut –, aber es gab keine Etagen, keine Knöpfe, die ich hätte drücken können. Ich bin einfach gefallen.«

Wo sie standen, war es kalt und feucht, voller muffiger Garderobengerüche. Nichts hatte Florence darauf vorbereitet, wie es war, so geliebt zu werden. Er war jung, ja, sprach aber wie ein Mann. Und vielleicht, dachte sie, war er wegen seiner Jugend zu dieser Gewissheit imstande. Er hatte keine Familie, an die er sich halten konnte. Er blickte sich nicht ständig über die Schulter um wie Sergej. Da ihn nichts band, war er frei, seine ganze Liebe ihr zu schenken. Und so eine Zuneigung, das spürte sie jetzt, fand sie vielleicht so bald im Leben nicht wieder.

Leon war nicht auf den Kuss gefasst, den Florence ihm auf den schlaffen Mund drückte, und erwiderte ihn erst wie ein Kind, mit Verwirrung, dann aber mit der energischen Kraft eines Menschen, der einen schmerzenden Knoten löst. Florence schloss die Augen und ließ ihn die Lippen auf ihre Schläfe und die Stirn an ihre pressen. Ihr Zusammensein hatte eine solche Logik, dass sie sich fragte, wie sie sich je die Kraft zu widerstehen zugetraut hatte. »Also gut,

Potemkin«, sagte sie und ergriff seine Hand. »Gehen wir rein, bevor die unseren ganzen Champagner austrinken.«

So begann für Leon und Florence das Jahr 1935.

Im Frühling bewohnten sie bereits zusammen ein Zimmer – riesige elf Quadratmeter groß, wie sie in der letzten Phase dieser noch emanzipierten Zeiten zuweilen auch an ein Paar vergeben wurden, das in einer nicht amtlich eingetragenen »revolutionären Ehe« zusammenlebte.

Ein Foto von Florence und Leon aus dieser Zeit gibt es noch, erhalten geblieben nur, weil Florence es ihrer Familie nach Amerika geschickt hatte. Bei einem Ausflug auf die Krim aufgenommen – ihrem Ersatz für Flitterwochen –, zeigt es die beiden auf einem steinigen Strand mit zwei anderen Pärchen. Die Männer knien im Sand, die lachenden Frauen in Badeanzügen sitzen auf den Schultern ihrer Männer, eine der damals so populären »Sportfotografie« nachempfundene Pose. Florence, blass in ihrem dunklen Badeanzug, sitzt auf Leons drahtigen, von der Sonne dunkel gebräunten Schultern. Er schaut mit einer zwischen den Lippen klemmenden Zigarette in die Kamera und kneift misstrauisch die Augen in der Sonne zusammen. Auf der Rückseite der Fotografie nur die Worte »Jalta 35«.

Die nächsten drei Jahre bat Leon Brink Florence Fein jedes Jahr, ihn standesamtlich zu heiraten, und jedes Mal antwortete sie, halb im Scherz: »Du überraschst mich, Leon Naumowitsch. Ich hätte nicht gedacht, dass du so ein kleinbürgerlicher Philister bist.« Florence wusste sich ihr Zögern selbst nicht zu erklären. Vielleicht konnte sie mit einem Winkel ihres Herzens noch nicht akzeptieren, dass der »bleibende« Teil ihres Lebens – zu heiraten, sich häuslich niederzulassen und Kinder zu bekommen – unter der rot-gelben Flagge stattfand. Aber sie konnte auch, während sie in den bewegten ersten Stunden des neuen Jahres noch tanzte, nicht wissen, dass der Faden, der mit dem Attentat auf Kirow begonnen hatte, schließlich auch ihr Leben durchziehen würde. Und dass ihr Entschluss, Leon zu heiraten, am Ende nicht von der langen Kette der Ereignisse zu trennen war, die an dem Tag ihren Anfang genommen hatte, an dem der charismatische Leningrader Parteisekretär für seine Treue mit einer Kugel belohnt wurde.

20.

Sa nas, sa was

Das alte Metropol betreibt sein Geschäft wie eh und je. Im Gegensatz zu anderen Etablissements in Moskau waren seine Türen nie geschlossen. Das Hotel blieb in all den Jahren, die ich in der Stadt gelebt habe, sogar weitgehend unverändert. Jetzt ist es in allen Jugendstildetails restauriert – die märchenhaften Mosaiken, die Gipsfriese, die in zaristischer Pracht glänzenden reichgeschmückten Art-déco-Balkone. Die Autos, die bei unserer Ankunft vor dem Gebäude parken, sind BMWs. Drinnen stehen mürrisch dreinblickende kahlköpfige Junggesellen mit Schmollmund-Blondinen vor den Juwelierboutiquen. »Genau wie in Hollywood«, sagt Tom, mein Chef, als wir an ihnen vorübergehen.

»Aber mit weniger Kommunisten«, füge ich hinzu.

Unsere Landsmänner von L-Pet sitzen bereits an einem Tisch im herrlichen Speisesaal. Bei bilateralen Essen wie dem unseren ist es Brauch, dass die ersten drei Schnäpse zügig nacheinander und fidel gekippt werden, wobei das Repertoire der einleitenden Toasts einem festen Drehbuch folgt: zuerst auf den Erfolg unserer gemeinsamen Anstrengung, dann auf die Gesundheit von Faras Abuskalajew, dem CEO von L-Pet, und drittens: *Sa nas, sa was, sa neft i gas!*

Das Trankopfer, das wir zu dieser Dreierwette bringen, wird nicht aus niveaulosen handelsüblichen Flaschen ausgeschenkt, sondern aus zwei zivilisierten Kristallkaraffen, die der Kellner auf den einander gegenüberliegenden Brennpunkten unseres ovalen Tischs platziert hat.

Ein paar kurze einleitende Worte sind in Ordnung, und den Anfang macht der Ehrengast zu meiner Rechten: Iwan Kablukow (»der Stiefel«, wie Tom und ich ihn liebevoll nennen). Kablukows offizieller Titel bei L-Pet ist »Vizepräsident für Sicherheit und Unternehmenskommunikation«, auch wenn man nur spekulieren kann, was er in dieser Funktion tut. Er trägt um die fünfzig Kilo mehr mit sich herum als ich und sieht auch zehn Jahre älter aus, behauptet aber, er sei Jahrgang 47 und wäre damit vier Jahre jünger. Wenn das stimmt, ist er anscheinend nicht groß zum Studieren gekommen, denn er hat seinen Abschluss an der Staatlichen Gubkin-Universität für Erdöl und Gas erst 1992 gemacht. Ich habe nie zuverlässig feststellen können, wie der Stiefel die ersten fünfundvierzig Jahre seines Lebens verbracht hat. In Anbetracht seines Sicherheitspostens vermute ich, dass es mit dem Gesetz zu tun hatte. Mit welcher Seite des Gesetzes, weiß ich nicht. Sicher weiß ich jedoch, dass Kablukow nicht das Geringste von Erdöl oder von Schiffen versteht. Als wir uns das letzte Mal in Helsinki trafen, wo ich die neuen Antriebssysteme unserer Tanker in den Eisbecken von Aker testete, saß er während der gesamten Besprechung mit den finnischen Ingenieuren in mörderischem Schweigen neben mir, seine Ray-Ban auf der Nase, als befände er sich bei einem Pokerturnier. Ab und zu schaute er mich an und sagte: »*Na chera nam wsjo eto nushno?*« Wofür brauchen wir diesen ganzen Mist?

Und ich hilfsbereites Kerlchen hätte ihm fast schon erklärt, wofür wir den ganzen Mist brauchten, nur dass Kablukow mitten in der Besprechung verschwand. Ich sah ihn erst beim Abendessen wieder, zu dem er mit einer zwei Meter großen *djewiza* auftauchte, einer blonden Stiefelmaid, die aus ihrer Silberfuchsstola quoll. Das ganze Essen hindurch wieherte sie wie ein Pferd. Man hätte gedacht, er habe sie zum Renommieren mitgebracht, doch die ganze dreitägige Reise hindurch beklagte sich Kablukow in einem fort über sie. »Ich muss schon wieder mit diesem *padlo* shoppen gehen. Die Kuh gibt mir keine Ruhe, bevor ich ihr nicht in Helsinki zwei Koffer voll Pelze kaufe. Als ob wir in Russland nicht selber welche hätten! Was glaubt sie denn, wo die Finnen ihre herkriegen?«

Am letzten Abend lernten wir uns in der Sauna bei Hühnerschnitzeln und achtzigprozentigem finnischem Koskenkorva ein bisschen näher kennen. »Der ist weicher«, erklärt er mir. Und hier stelle ich fest, dass unser Sicherheitsvize ein Förderer der Künste und vom Hals bis zum Bauch mit Tinte bedeckt ist. Und nicht etwa Tattoos der Sorte »Mutti ist die Beste«, sondern solchen, die eine Zugehörigkeit zu gewissen exklusiven Zirkeln nahelegen, von denen einfach gestrickte Gemüter wie ich besser nichts wissen. Zwei dampfige Stunden lang gab es für mich kaum etwas anderes zu sehen als 118 Kilo tätowiertes, in ein Laken gewickeltes Fleisch. Den einen Toast dürfte der Stiefel zwölfmal ausgebracht haben: »Zeit, die man mit Freunden verbringt, wird den eigenen Lebensjahren nicht hinzugezählt.«

Seitdem Kablukow und ich das Ritual des gegenseitigen Schlagens mit Birkenreisern vollzogen haben, behandelt er mich liebevoll wie einen Bruder. »Wie ist es dir ergangen, mein Freund?«, sagt er jetzt am Bankketttisch und schenkt mir ordentlich ein. Mein Schnapsglas randvoll.

»Sehr gut, Iwan Matwejewitsch. Und selbst?«

Er seufzt. »Mir ginge es besser, wenn die zwei mir nicht ins Ohr sirren würden.«

Zu Kablukows Linken sitzen seine beiden ersten Leutnants Muchow und Serdjuk. Muchow, Extankerkapitän der Handelsmarine, leitet jetzt bei L-Pet die Abteilung Sicherheit und Compliance. Seine Vorstellung von Schutzmaßnahmen passt in eine Redensart: *awos da nebos*, komme, was wolle. Eine annähernde Übersetzung wäre: »Mit Glück kommt es von hier nach da«, oder: »Wollen wir hoffen, dass es oben bleibt.« Trotzdem habe ich Muchow wesentlich lieber um mich als Serdjuk – »Kapitän« Serdjuk, wie wir ihn nennen müssen. Er ist der Exkommandant eines Atom-U-Boots und wurde vor zehn Jahren noch am Tag seiner Pensionierung bei der Marine von L-Pet angeheuert. Klein, gedrungen, millimeterkurzes Haar und ein flacher Mund, der, wenn er aufgeht, wenig sagt. Die wenigen Sätze, die ich ihn je habe sprechen hören, bevorzugen den Pluralis majestatis. »Wir hätten es gern so«, »Wir müssen etwas mit euch besprechen.« Seine Stirn liegt stets in Falten, als wäre er Sean Connery, der auf der Karte noch den Kurs für die U-Boot-Fahrt durch die Tiefen des Atlantiks absteckt.

Außer Tom und mir nehmen noch zwei an dem Bankett teil, junge Männer ungefähr in Lennys Alter: Waleri Gibkow und Steve McGinnis, ein Russe und ein Kanadier, die zusammen die »Arbeitsgruppe PolarNeft« bilden. McGinnis und Gibkow arbeiten weder für Continental noch für L-Pet, sondern für die zur Finanzierung unseres gemeinsamen Projekts gegründete Kapitalgesellschaft. Sie sind sozusagen die Hausverwaltung des Grundeigentümers L-Pet und bilden durch ihre Anwesenheit heute Abend dezent eine Pufferzone. Besonders Gibkow macht mir den Eindruck, weder unvernünftig noch dumm zu sein. Wenn es eine Hoffnung für Russlands Zukunft gibt, dann liegt sie bei Jüngeren wie ihm, die das Wort »Geschäft« noch in seiner ursprünglichen Bedeutung verstehen, »ein Unternehmen mit Gewinn führen«, und nicht in seiner lokalen Bedeutung, Bestechung und Diebstahl.

Inzwischen haben wir alle die geräucherte Meerforelle, den gebratenen Stör und das bemerkenswert zarte Kalbfleisch gelobt und gelangen übereinstimmend zu der Ansicht, dass der Wodka (Cîroc? Perle Russlands?) »ganz rein« schmeckt. Die ersten sechshundert Gramm sind vernichtet, und Kablukow gibt dem Kellner ein Zeichen und bestellt »den Rest«.

Ich habe mein Bœuf Stroganoff noch kaum angerührt, da erscheinen bereits die zwei nächsten Karaffen auf dem Tisch. Es verheißt nichts Gutes, wenn ich eigentlich nüchtern bleiben will und beim Blick hinauf zur blauen Glasdecke des Restaurants jedes Mal das Gefühl habe, ich fiele in einen riesigen Swimmingpool. Aber vielleicht ist es eine ganz normale Verwirrung und keine optische, sondern eine akustische Täuschung, erzeugt durch das permanente Pissgeräusch des Putto auf dem marmornen Springbrunnen. Bei dem Geräusch denkt man gleich an gewisse »verbesserte Verhörmethoden«, über die sich Muchow und Tom gerade unterhalten. »Waterboarding – das klingt wie ein Sommersport«, sagt Muchow mit grausamem Grinsen. »Bei euch Amerikanern klingt jede Foltermethode wie eine Freizeitbeschäftigung.«

»Genau genommen, Oleg, ist es auch keine Folter, sondern eine Simulation«, berichtigt ihn Tom. »Der Gefangene hat das Gefühl zu ertrinken, ohne dass er tatsächlich ertrinkt.«

»Genau genommen haben wir in Russland ein Sprichwort: ›Ein Huhn ist kein Vogel, und eine Frau ist kein Mensch.‹ Ihr in Amerika habt auch eins: ›Waterboarding ist keine Folter, und ein Blowjob ist kein Sex.‹«

»Haha...«, widerspricht Tom. »Schon klar, worauf Sie hinauswollen, aber man könnte durchaus behaupten, Letzteres wäre auch eine ... äh ... Simulation.«

In dem Moment beugt sich Kablukow weit zu mir herüber und flüstert mit seiner Stimme wie lose Steinchen: »Zum Teufel mit der ganzen Politik. Die schwatzen wie die Trottel beim G8. Trinken wir noch einen.« Er füllt mir das Schnapsglas bis zum Rand und verschüttet nicht ein Tröpfchen. »Ein bisschen weibliche Gesellschaft wäre nicht schlecht«, sagt er und kippt seinen Drink mit einem kurzen Rucken des Kopfes, bevor ich überhaupt nach meinem gegriffen habe.

»Apropos Gesellschaft«, sage ich, »wie geht es Ihrer hübschen Freundin – wie heißt sie noch?«

In Kablukows Kaugeräusche mischt sich ein hörbares Knurren, das mich veranlasst, die Richtung meiner Erkundigungen noch einmal zu überdenken.

»Diese *tjolki* sind alle komplett verrückt. Meine Frau hat eine Regel aufgestellt. Sie schert sich nicht darum, wer die *tjolka* ist, Hauptsache, ich habe sie nach drei Monaten abserviert.«

»Alle drei Monate eine neue *tjolka*!«, sage ich.

»Nein, das hab ich nicht gesagt. Sie müssen schon zuhören. Drei Monate sind das Limit.« Aha, für Kablukow ist es von äußerster Wichtigkeit, dass ich die Regel richtig verstehe. Schließlich ist er ein Familienmensch. »Drei Monate ist lange genug.«

»Da sind Sie besser abgesichert als sie.«

Er nickt ernst. »Jedenfalls«, sagt er, »gibt es interessantere Dinge im Leben.«

Jetzt macht er mich neugierig. Was hat der Stiefel entdeckt, das interessanter wäre als blonde Reckinnen? Lange brauche ich auf die Antwort nicht zu warten.

»Pferde!«

»Sie reiten?«

»Was? Nein, ich züchte die Viecher.«

»Die können das allein wohl nicht?«

»Sie machen Scherze, Brink, ich merke schon, aber das

ist eine ernste Sache. Die Grundregel bei der Pferdezucht lautet: keine künstliche Befruchtung. Sonst bekommst du für dein Pferd keinen Pass. Deshalb fliegen sie ihre Stuten mit dem Privatjet ein, damit mein Bursche sie richtig vögeln kann. Für Rennen ist er zu wertvoll. Sein Großvater war so was wie die Deutsche Dogge bei Pferden. Ich verrate Ihnen zwar nicht, wie viel ich für ihn bezahlt habe, aber wie viel er mir schon eingebracht hat. Vierzehn Millionen. Das Leben eines Champions a. D., ich sag's Ihnen. Der tut den ganzen Tag nichts außer fressen und ficken, fressen und ficken. Jeder Scheich aus den saudischen Königreichen lässt seine Stute zu meinem Champion herfliegen, damit der sie poppen kann. Die Araber sind richtige Pferdenarren. Das gehört zu ihrem Erbe, arabische Nächte und so weiter. Die Pferde, die voriges Jahr ein Rennen gewonnen haben – alles seine Kinder. Daddy hat Kinder auf der ganzen Welt und weiß nicht mal was davon.« Kablukow senkt die Stimme zu einem Flüstern. »Ich hab ihn in einem besonderen Stall, müssen Sie wissen. Nicht hier in Russland, ich bin nicht blöd. Hier würde er umgebracht oder entführt oder beides. Nein, der steht sicher in England. Nur zwei Menschen wissen, wo der Stall ist – ich und der Stallbesitzer.«

Die Vernarrtheit des Stiefels in seinen Pferdecasanova hat offenbar das Gelüst nach einer neuen Geliebten abgelöst. Im Grunde identifiziert er sich so vollständig mit seinem Vollblüter – dem Reiz seines ausschweifenden Lebens oder dem Risiko seiner Ermordung –, dass ich mich für einen Moment zwangsläufig frage, ob Kablukow nicht von sich selbst spricht.

Aber auch wenn ich meine Aufmerksamkeit ganz dem Stiefel widme, ist das Gelächter vom anderen Ende des Tisches nicht zu überhören, wo Muchow, der Humorist der Runde, wieder ins Russische gewechselt ist und die jungen Partner von PolarNeft mit Witzen über Michail

Chodorkowski unterhält, den jungen Ölbaron, der vor fünf Jahren auf der Landebahn eines Flughafens verhaftet und an die chinesische Grenze verfrachtet wurde, wo er seines unbekömmlichen Schicksals harrt. »Sitzen Beresowski und Chodorkowski zusammen in der *banja*. Da sieht Beresowski ihn an und sagt: ›Echt jetzt, Mischa, entweder lass dein Kreuz verschwinden oder zieh die Unterhose wieder an.‹« Das wird mit Gelächter quittiert, sogar von Tom, der zwar kein Wort versteht, aber beflissen sein Yankee-Doodle-Grinsen aufsetzt. Alle sind sie vergnügt. Der Einzige, der nicht lächelt, ist Kapitän Serdjuk.

»Soll er ruhig in Tschita sitzen, der Dieb«, verkündet er entschieden und säbelt in sein Kalb. »Soll er da sitzen und nachdenken, wie gewöhnliche Russen auch gesessen haben.«

Ich schiele zu dem weiter grinsenden Tom, erspare ihm die Übersetzung aber. Was Serdjuk sagen will, ist für mich sonnenklar: Soll der *Jude* ruhig im Gefängnis sitzen und nachdenken, wie es gewöhnliche Russen auch tun mussten. *Welkom daheim,* höre ich Lenny mir ins Ohr flüstern. Mich beschleicht das Gefühl, dass das mein privater Kehrreim für diese Woche wird. Keine Ahnung, wie mein Sohn diesen lässig-legeren Antisemitismus Tag für Tag wegsteckt.

Und übrigens, wie hab ich das früher geschluckt?

»Der da drüben ist in Ordnung«, fährt Kablukow mit einem Nicken in Toms Richtung fort. »Sonst muss man für euch Amerikaner immer alles fein säuberlich auf Regalen ausbreiten wie in der Apotheke.« Er spreizt seine dicken Finger wie Klauen auf meinem Bizeps. »Deswegen ist es gut, dass wir zum Besprechen einen von uns hier haben. Auch wenn« – er seufzt wieder – »Mütterchen Russland nicht mehr gut genug für ihn ist.«

»Das Leben führt einen dahin, wo es will, Iwan Matwejewitsch«, sage ich. Mir ist inzwischen selber klar, dass Tom mich nicht bloß wegen meiner Ingenieurskünste angeheuert hat, sondern weil Continental einen sympathischen Emissär haben wollte, jemanden, der mühelos Russe und mühelos Amerikaner ist und Schönwetter macht, damit sie keine Anwälte hinzuzuziehen brauchen (und unsere sind in diesem Winkel der Welt sowieso zu nichts nütze). Ich habe das Gefühl, als teste Kablukow mich gerade und wolle einen Beweis, dass ich noch dazugehöre. Nur bin ich ein bisschen zu betrunken oder mitgenommen vom Jetlag, als dass ich ihm einen Dämpfer versetzen könnte. »Für mich ist es etwas spät«, sage ich und verfalle mechanisch in denselben wehmütigen Ton. »Mein Sohn wiederum würde um nichts in der Welt von hier weggehen.« Ich höre mich sprechen, bevor ich weiß, was ich sage. Doch dieses Geständnis entlockt Kablukow ein Lächeln. Seine pelzigen Brauen fahren über die Ray-Ban hinauf. »Oh? Ist er hier aufgewachsen, Ihr Sohn?«

»Nein. Er kam mit uns nach Amerika, als er sechs war. Hierher zurückzukehren war Lennys Idee. Er wollte sein Glück am Roulettetisch versuchen, bei den anderen jungen Türken. Was ist mit Ihren Kindern?«, sage ich.

Doch Kablukow überhört meine Frage. »Ihr Sohn, was macht er?«

Ich erzähle ihm, dass er in der Finanzbranche ist, lasse die Details seiner letzten Abenteuer aber aus.

»Ein Mann, der sich allein durchkämpft, hat meine Bewunderung«, sagt Kablukow. »Ist ihm das Glück weiter hold?«

Sein Interesse überrascht mich; sonst kann *nichts*, was irgendwer sagt, Kablukows Neugier wecken. Ich zucke die Schultern. »Sie haben Kinder. Erzählen die Ihnen alles?«

Der Stiefel nickt gewichtig, pufft mich an die Schulter und benutzt sie anschließend, um sich hochzuziehen.

»Meine Freunde«, verkündet er, »verzeiht mir, aber ich muss unsere gemütliche Runde verlassen.«

»So früh schon, Iwan Matwejewitsch?«, protestiert Muchow freudig.

»Werden Sie morgen bei der ersten Auswahlrunde dabei sein?«, sage ich.

Der Stiefel schüttelt den Kopf. »Leider muss ich geschäftlich dringend nach Tallin fahren. Aber meine beiden Kollegen hier haben mir versichert, dass *naschi ljudi* mit an Bord sind«, sagt er. Damit bin ich gemeint. Seine warme, unnormal große Hand lastet auf meiner Schulter. »Ich verlasse mich ganz auf Ihre Klugheit«, fährt er fort und sieht mich an. Darauf kippt er seinen letzten Schnaps und strebt der Glastür entgegen, das Handy schon am Ohr.

Kablukow ist kaum hinaus, da bricht bei den Leutnants die gute Laune durch. Sofort bittet Muchow einen Kellner, unsere leere Karaffe zu ersetzen. Serdjuk lädt sich die restlichen Kalbskoteletts vom Silbertablett auf seinen Teller. Mein Schlüsselbein bewahrt die taktile Erinnerung an Kablukows Finger. Mir schießt durch den Kopf, dass er nicht gesagt hat, er verlasse sich auf unsere »Kompetenz«, sondern auf unsere »Klugheit«. Ich sehe Serdjuk an, der nun damit beschäftigt ist, sein Fleisch aufzuspießen und zu verschlingen. »Was gibt es denn so Dringendes in Tallin?«, sage ich.

Serdjuk mampft weiter, als hätte er mich nicht gehört. Ich beschließe, die Frage nicht zu wiederholen, und gieße mir noch einen Schnaps ein. Über unsere *zone détente* aus leeren Karaffen und Tellern hinweg bringt Muchow einen neuen Witz an, diesmal einen über eine Reihe von Schnappschüssen, die in Abu Ghraib aufgetaucht sind. Rumsfeld hat vor der gespannt wartenden Presse angekündigt, der neueste Stapel sei sogar noch schärfer als der letzte. Aber wenn das amerikanische Volk einen Blick darauf werfen will, muss es vorher Bush für die nächste Amtszeit wählen.

McGinnis übersetzt diesen ältlichen Scherz für Tom, dem ich den kaum verhohlenen Ekel am Gesicht ansehe – mehr instinktive körperliche als emotionale Reaktion, so als hätte er gerade verdorbenes Dosenfleisch gerochen. Ich möchte Muchow sagen, dass es keine dritte Amtszeit für amerikanische Präsidenten gibt und dass Bush Rumsfeld längst entlassen hat. Aber warum sich mit Klarstellungen aufhalten? Es gereicht einem derzeit nicht zur Ehre, Amerika zu verteidigen. Vier Jahre sind vergangen, und die Bilder sind noch frisch – ein junges Ding mit fliehendem Kinn, wie eine Zehnjährige in der weiten Uniformhose, das einen nackten Iraker an einer Leine hinter sich herzieht. Amerikas Degeneration, in aller Deutlichkeit ausgestellt, und die Welt kann nicht genug davon kriegen.

Es kommt fast überraschend, als Serdjuk, der seinen Teller nun leergegessen hat, mich anspricht. »Die Esten haben eine Raffinerie an der Küste«, sagt er und beantwortet meine Frage schließlich doch. »Die haben *wir* 82 für diese *kurats* gebaut. Dann bekam der Raffzahn Chodorkowski sie in die Finger. Aber jetzt ist sie zu haben, verstehen Sie? Also haben wir ihnen ein Angebot gemacht, aber die glauben, sie fahren besser, wenn sie an die Tschechen verkaufen.«

»Wollen Sie die Tschechen überbieten?«, sage ich, obwohl das wohl nicht gerade L-Pets Strategie ist.

»Hören Sie auf mit der idiotischen Fragerei. TransNeft hat denen schon vor Monaten den Hahn abgedreht.« Serdjuks Hand dreht am unsichtbaren Ventil einer Pipeline. »Da haben sie gesehen, wie loyal die Tschechen sind. Jetzt fleht uns Tallins Oberbürgermeister praktisch an, ihm die alte Fabrik abzunehmen. Und, wissen Sie was – jetzt lehnen *wir* uns zurück und überlegen es uns noch mal.«

Das bedeutet es also, Vize für Sicherheit und Firmen-kommunikation zu sein. Kablukow, der warmherzige Kapo, wird nach Tallin geschickt und soll das Geschäft mit ein wenig Diplomatie *alla famiglia* unter Dach und Fach bringen. Jetzt, wo L-Pet zusammen mit Russlands Pipe-line-Monopol die Raffinerie von der Versorgung abge-schnitten, in den Bankrott getrieben, ihren Wert gesenkt und die ausländischen Interessenten verschreckt hat – jetzt, wo es den Esten die Beine gebrochen hat –, ist es schließ-lich bereit, ihnen Krücken zu verkaufen. Ich stelle über-rascht fest, dass mich Kablukows Rolle als Vollstrecker dieses Szenarios weniger stört als Serdjuks Einstellung zu dem ganzen Vorgang: *Unsere* Raffinerie kaufen – wofür halten sich diese Tschechen? Und wofür halten sich diese dreckigen Esten – verkaufen wollen, was *wir* für sie gebaut haben?

»Jetzt mal ehrlich, wozu die Hysterie und die Rotz-nasen wegen ein paar Fotos?«, sagt Muchow und nimmt den Faden wieder auf. »Ähnlich gute Aufnahmen krie-gen wir von unseren tschetschenischen Brüdern in Tscher-nokosowo auch. Dieser Skandal, und das ist der Punkt – worum geht es dabei? Um einen Mythos. Und was für einen? Den Mythos, dass eure amerikanischen Soldaten mit weißen Handschuhen kämpfen.« Er wendet sich nun an den ganzen Tisch, steigt aus der Rolle als Witzema-cher aus und zeigt als Propagandist, was er wirklich drauf-hat. Ich bereite meine Miene auf das vor, was nun folgt: Eure Militärs – sadistische Banditen! Keinen Deut besser als unsere Speznas. Und eure *demokratija* – eine Analog-käse-Demokratie wie die in Russland! Und eure angeblich freie Presse – mit der Farce wollen wir gar nicht erst anfan-gen. »Tja, wisst ihr was? Wie sich zeigt, sind sie alle Jacke wie Hose!«, sagt er wie erwartet. »Nur dass unser Außen-ministerium sich die Heuchelei spart und keinen Jahresbericht darüber veröffentlicht, was es dieses Jahr wieder für die Demokratie geleistet hat.« Die Selbstgerechtigkeit seines Wetterns gegen Selbstgerechte ist einfach zu unwiderstehlich, als dass er sich beherrschen könnte. Er gibt jetzt keine Ruhe, ehe er mich davon überzeugt hat, dass jede einzelne amerikanische Institution eine ebenso raffinierte Chimäre ist wie Russlands grenzenloses potemkinsches Dorf.

Und schon sind wir wieder so weit, dass wir vom Alkohol in den tiefen epistemischen Abgrund gespült werden, in dem sich jede wahnwitzige Behauptung von selbst versteht und universelle Wahrheiten in Zweifel gezogen werden. In eine logikfreie Zone, in der ich schon mehr als einmal bedrängt wurde zuzugeben, dass Roosevelt schon im Voraus von dem Angriff auf Pearl Harbour wusste, oder »beweisen« sollte, dass Rauchen wirklich Krebs verursacht.

»Vergessen Sie nicht zu erwähnen, dass Neil Armstrong nie den Fuß auf den Mond gesetzt hat«, sage ich. »Dass das kompletter Schwindel war, inszeniert in einem Hollywoodstudio.«

Er schaut mich von der Seite an, möchte in Erfahrung bringen, wie ernst ich es meine. Aber am Ende interessiert ihn eine andere Landung. »Vom Mond weiß ich nichts«, sagt er. »Ich wüsste aber gern, wie das mit den anderen Flugzeugen war.«

»Welche Flugzeuge sollen das sein?«, sage ich.

»Also wirklich, die Flugzeuge vom elften September. Es waren sieben.«

Die zwei von PolarNeft und ich tauschen Blicke. »Von sieben hab ich nie gehört«, sage ich.

Muchow schaut entgeistert reihum. »Ihr da drüben erfahrt wohl gar nichts, was?«

»Was ist denn Ihre Theorie?«, sage ich. »Dass die CIA es ausgeheckt hat?«

»Woher soll ich das wissen? Vielleicht die CIA, vielleicht das FBI …«

»Oder vielleicht der KGB. Steigen wir doch heute Abend nicht zu tief in diese haarigen Theorien ein.«

»Wer spricht von Theorien? Sie sind doch ein intelligenter Mensch. Ich sage nur, schau, wer davon profitiert.«

»Nach der Logik«, sage ich, »hat der Kreml die Wohnhäuser bombardiert und es den Tschetschenen in die Schuhe geschoben, damit eure Truppen noch einmal in Grosny einmarschieren können.«

Trotz aller Sprachgrenzen spürt Tom so viel Sprengstoff in meiner Anschuldigung, dass sein Arm sich zu einem Toast hebt, der die Lage entschärfen soll. Ausbringen kann er ihn aber nicht, denn Muchow strahlt – nicht vor Zorn, sondern vor Jubel. »*Jasnoje delo!*«, schreit er. »Natürlich waren wir es!« Er breitet die Arme aus, als wolle er mir einen Schmatz auf den renitenten Schädel drücken, sein Gesicht glänzt vor Befriedigung wie bei einem, der sich endlich verständlich gemacht hat.

21.

Tragische Behördengänge

Es war nach neun, als Florence wach wurde. Leon lag neben ihr, hatte die Augen zu und den Mund offen. Sein Arm lag über ihrer Brust, umfing sie noch halb. Behutsam glitt sie darunter hervor, stieß mit dem Knöchel aber trotzdem gegen das Holzbein des Sessels neben ihrem Bett.

Als sie mit Leon in ihr erstes gemeinsames Elf-Quadratmeter-Zimmer zog, hatte sich Florence ihre Bleibe als sowjetische Version eines Studios im bohemehaften Greenwich Village ausgemalt. Anders als die winzigen, mit Sperrholz abgetrennten Zimmer ihrer Nachbarn teilte sie in der wilden Ehe mit ihrem Mann einen Raum, der sogar über einen Kamin und ein bodentiefes Fenster verfügte, das Lichtrechtecke an ihre Wände warf – goldenes Moskauer Licht, das auf die Maserung ihres blanken Parketts fiel und dem Raum die Aura von intellektueller und geistiger Sammlung verlieh. Der Beengtheit, hatte Florence geglaubt, würde sie mit reizvoller, sparsamer Möblierung Herr: indem ihr Bett zugleich die Couch war, sie ihren Koffer hochkant stellte und als Bücherregal nutzte, das tiefe Fenster ihnen als Leseecke diente und sie Leons Schreibtisch mit einem bunten Tuch zum Esstisch machte, wenn Gäste kamen. Sie hatte allerdings nicht damit gerech-

345

net, dass die Gemeinschaftsküche weiter hinten im Flur längst nicht groß genug dafür war, dass die vielen Personen in der Wohnung alle ihre Lebensmittel und Kochutensilien dort aufbewahren konnten (und wäre sie es gewesen, hätte Florence nicht darauf vertraut, dass ihre Sachen nicht stibitzt wurden), so dass ihre kontemplative Fensterbank schließlich zur Ablage für Mehltüten und Brot, Öl und Tomaten, Gläser mit eingelegtem Gemüse und Konserven umgewidmet wurde. In ähnlicher Weise war Leons Schreibtisch mit täglich notwendigen Dingen belegt: der Petroleumlampe, der Primus-Heizplatte und einem Korb mit Bügelwäsche. Aus diesem Korb fischte Florence nun ein trockenes Handtuch. Sie zog sich den Hausmantel über, schnappte sich hinter der Tür Eimer und Seife, ging zum Gemeinschaftswaschraum und hörte entsetzt schon unterwegs skatologische Geräusche aus der angrenzenden Toilette.

Wenn es unter dem eisernen Regime ihrer ehemaligen Wirtin in der Petrowka schon so war, als logiere man in einer straff geführten Herberge, dann war es in der aus neun Zimmern bestehenden *kommunalka*, als wohne man auf der Station eines staatlichen Krankenhauses: ein Zusammenleben, geprägt von Hast und Konfrontation, stets in Anspannung und stets am Rand einer Krise. In dieser drangvollen Enge konnte alles zum Auslöser für Hass und Eifersucht werden. Und in der sich verschlechternden politischen Lage, in der die Schlagzeilen täglich vor »Spionen und Saboteuren« warnten, traten Feindseligkeiten noch deutlicher zutage. »Nicht nur, dass sie uns von außen piesacken, diejenigen, die schon hier sind, werden uns auch noch auf der Nase herumtanzen«, sagte eine Nachbarin namens Witkina letztens in der Küche, nachdem sie die Zeitung weggelegt hatte. Sie sah Florence bei diesen Worten nicht an. Das brauchte sie auch nicht.

Florence war sich jedoch darüber im Klaren, dass das wirkliche Problem nicht die vorherrschenden politischen Winde waren, sondern ihre eigene Persönlichkeit. Sie spielte nicht mit. Sie war nicht willens, Zeit zu verschwenden und Witkina zuzuhören, wenn die über ihr Rheuma klagte oder ihre Abenteuer als Partisanin im Krieg aufwärmte, die *sehr attraktive* Offiziere abblitzen ließ. Sie hatte auch keine Geduld, mit jedem zu tratschen, der sie gerade beim Kochen störte, und sich in die neuesten Bündnisse hineinziehen zu lassen. Grundsätzlich leuchtete ihr die unausgesprochene Regel des gemeinschaftlichen Wohnens durchaus ein – Männer durften bei Konflikten ihre Neutralität wahren, Frauen hingegen nicht –, de facto beleidigte es Florence jedoch in ihrem Stolz und ihrer Selbständigkeit, wenn sie sich, nur um zurechtzukommen, auf das Niveau dieser Klatschweiber und Xanthippen begeben sollte.

Keine zwei Jahre zuvor hatte sie »bei den Menschen« sein wollen, bei dem großartigen russischen Volk, und nun, da sie gezwungenermaßen auf Tuchfühlung mit dem abstrakten Ungeheuer lebte, musste sie lernen, seine allumfassende Ignoranz und Bosheit, das gewaltige Ausmaß seiner Trivialität und seines Neids auszuhalten. Sie besaß offenbar kein Talent für Ablenkungsmanöver, wie Leon sie mit kühlem Charme bewerkstelligte, wenn er beispielsweise dem alten Weib schöntat, das ihre Ecke der Gemeinschaftsküche als den »Tisch der Itziks« bezeichnete, und auf die Provokationen der Frau mit theatralischem Wohlwollen reagierte, bis die hässliche alte Vettel ganz verwirrt davonschlurfte und gehässigen Unsinn vor sich hin murmelte. Es war auch nicht unter Leons Würde, spätabends in der Küche ein Glas mit Garik zu trinken, einem Armenier mit Hängebäckchen, der in der Hühnerfabrik arbeitete. »Die Nachfrage anmelden« nannte Leon diese Abende bei

347

Wodka und saurem Gemüse, an denen Florence im Bett saß und liebessüchtig darauf wartete, dass er wiederkam und die Hände irgendwo auf ihren Körper legte. Und tatsächlich kam Tage später die Belohnung in Form eines Hühnchens wie versprochen bei ihnen an. Aber Florence ließ sich nichts vormachen: Leons zerknirschtes Gealber über die mannhaften Mühen, die aber doch notwendig waren, konnte nicht darüber hinwegtäuschen, dass er sie eigentlich genoss.

Sie war sich dieses grundlegenden Unterschieds zwischen ihnen bewusst: Leon hatte schon immer so gelebt, wie sie jetzt lebten. In Mietshäusern, in Armut, in grässlicher Überfüllung. Er hatte früh gelernt, sich mit Schmeicheleien und Überredung durchs Leben zu schlagen. Ihr Mitleid mit so einer Kindheit hatte eine Rolle dabei gespielt, dass sie sich in ihn verliebte, und sie fürchtete, mit zu bitteren Klagen über ihre Lebensumstände als eitel dazustehen. Trotzdem ließ sich nicht leugnen: Es ärgerte Florence, dass Leon nichts verkehrt daran fand, wie sie lebten, ständigen Schnüffeleien und Argwohn ausgesetzt. In Amerika hätte so viel Zufriedenheit als fehlender Ehrgeiz gegolten. Hier ließ sich mit Ehrgeiz, und sei er noch so groß, nichts ändern. Alle lebten so, verrührt in einem großen Topf (ausgenommen natürlich Funktionäre wie Timofejew). Und das war das unerträgliche und unlösbare Problem: Dass Leon nicht daran schuld war, ihr kein anderes Leben bieten zu können, schmälerte nicht ihren Wunsch, noch einmal von vorn anzufangen. Sie schwor sich, heute einen langen Spaziergang zu machen, allein, um einen klaren Kopf zu kriegen.

Als sie von der lauwarmen Dusche zurückkam, saß Leon am Tisch und schälte einen Apfel in eine angeschlagene Emailleschale. Er legte das Messer hin, als sie ihren Hausmantel auszog, schlich sich von hinten an sie heran und drückte die Lippen auf ihr vom Wasser erwärmtes Schulterblatt.

»Es ist halb zehn, Liebling.«

»Ich mach das Frühstück hinterher«, sagte er. Seine Stimme war noch tief und kehlig vom Schlaf.

»Später, versprochen. Jetzt muss ich erst mal einkaufen gehen, bevor die Schlangen zu lang werden.«

Im vergangenen Jahr hatte sich vieles verändert. Die meisten Spezialitätengeschäfte, in denen sich Ausländer gegen Devisen versorgen konnten, waren inzwischen geschlossen. Die Insnab-Karten, an deren Privileg sie und ihre Freunde sich gewöhnt hatten, waren abgeschafft. Für etliche ihrer Bekannten war das Grund genug, nach Hause zurückzukehren. Es lag für Florence auf der Hand, dass diese Leute sich der Schaffung echter Gleichheit nie aus vollem Herzen verschrieben hatten. Von Bord zu gehen, weil es keinen Kaviar und keinen Importwein mehr gab? Sie hatte Sergejs leise warnende Stimme im Ohr: »Fahr heim, Flora.« Sie zog sich hastig an und stopfte die Unterlagen und die Schlüssel in ihre Tasche.

Leon seufzte. »Musst du *heute* gehen? Wir haben nie am selben Tag frei.«

»Sei nicht sauer. Irgendwer muss dir den Salzfisch kaufen, den du so magst.«

Seine Brauen fuhren vor Lust in die Höhe. »Vielleicht komm ich mit dir mit.«

»Nein, schlaf du aus.«

Sie musste unbedingt zum OWIR, bevor die Schlangen zu lang wurden. Ausländer mussten ihre Aufenthaltserlaubnis jetzt alle drei Monate verlängern lassen. Jedes Mal quälte Florence sich inzwischen mit der Frage herum, ob sie noch zu ihrer Entscheidung für das Land stand. Leon gegenüber konnte sie nicht zugeben, dass sie sich stets aufs Neue fragte, ob dieser Stempel wohl ihr letzter war. »Ich bin in ein paar Stunden wieder da«, sagte sie begütigend, bevor sie ihm einen Kuss aufs Haupt drückte.

Draußen schlug Florence ihren Lammfellkragen hoch und überquerte den mit Laub übersäten Fußweg, der quer durch die Höfe der 1. Samotechnaja-Gasse führte. Sie war dankbar, aus der stickigen Wohnung herauszukommen und die frische Luft unter dem blauen Himmel des Samotechny-Parks mit seinen hübschen Rasen- und Blumenflächen zu atmen. Am Samotechnaja-Platz überquerte sie die breite Straße, die auf den Zwetnoi-Boulevard mündete, und ging von hier aus weiter zum Visa- und Registrierungsamt OWIR. Auf den Stufen vor dem Eingang steckte sie sich die vorwitzigen Haarsträhnen unter das Mohairkopftuch und setzte eine ausdruckslose, unterwürfige Miene auf. In den letzten beiden Jahren hatte sie gelernt, die Herausforderung in ihrem Blick zu dämpfen, wenn sie eine Behörde betrat. Sie war nun Sowjet genug, zu wissen, dass die gefährlichsten Bürokraten nicht die ganz oben waren, sondern jene, die in den kleinen Winkeln der Macht ganz unten Wache hielten. Florence wollte keinen Ärger mit der fülligen Frau hinter dem Fenster.

Am Schalter schob sie ihren Pass hinüber, den sie beflissen bereits auf der Seite mit den stark abgegriffenen Visa aufgeklappt hatte. Die Frau klappte den Pass zu und schlug ihn auf der Seite mit dem Foto wieder auf, besah sich prüfend Florences Gesicht, notierte die Passinformation auf einem Zettel, machte eine Kopie und reichte Florence den Zettel ohne den Pass zurück. »Kommen Sie nächste Woche für Ihre Aufenthaltsgenehmigung wieder«, sagte sie in einem Ton knapp vor einem Befehl.

»Den nehme ich wieder mit«, sagte Florence und wies durch das Glas auf ihren Pass.

»Den brauchen wir, um Ihre *propiska* auszustellen. Den erhalten Sie, wenn Sie wiederkommen.«

»Aber Sie haben die Angaben doch schon alle notiert.«
Die Angestellte schloss gereizt die Augen. »Das können die Angaben von *sonst wem* sein. Woher sollen *die* wissen, ob die stimmen oder bloß erfunden sind?«

»Man hat mir gesagt, das sei nicht nötig.« Florence lächelte beherrscht. »Wenn sie überprüfen wollen, ob es mich wirklich gibt, sollten sie bei meinem Hauskomitee nachfragen. Dort bin ich gemeldet.«

»*Ihnen* hat man es so gesagt, mir aber anders. Ich befolge meine Anweisungen. Das sind die neuen Regeln für die Aufenthaltserlaubnis. Ohne dieses Dokument kann ich Ihnen keine neue *propiska* ausstellen.«

Hinter Florence hatte sich eine Schlange gebildet. Die Angestellte sah über Florences Schulter hinweg und rief: »Der Nächste!«

»In Ordnung: Wann bekomme ich ihn zurück?«

»Das habe ich Ihnen schon gesagt: nächste Woche«, sagte die Frau. »Spätestens Dienstag ist die *propiska* da.«

»Und bekommen Sie meinen Pass auch bis Dienstag?«

Aber die Frau hinter dem Schalter beugte sich bereits über das bürokratische Rätsel von jemand anderem. Florence trat ein paar Schritte zurück. Ihr Pass war noch zu sehen, gleich dort, hinter der Scheibe, neben dem dicklichen Ellbogen der Frau. *Schnapp ihn dir!*, hämmerte eine Stimme in ihrem Kopf. Ihre Bewegungen wurden jedoch schon von einem anderen Impuls gesteuert, und der war ihr so in Fleisch und Blut übergegangen, dass sie ihn gar nicht mehr als erst kürzlich angenommene Gewohnheit identifizierte – dem Wunsch, sich nicht dem Strom entgegenzustellen, kein Aufsehen zu erregen. Sie warf einen letzten Blick auf das Fenster, vor dem aber schon zu viele Leute standen und die Sicht versperrten. Langsam band sie sich das Kopftuch wieder um und trat hinaus in die Kälte des Vormittags.

22.

Eine saubere Akte

Da ich bis zu meinem Treffen in der Niederlassung von L-Pet noch anderthalb Stunden Zeit hatte, stieg ich in die Metro hinab und tauchte in dem Teil Moskaus wieder auf, den ich am meisten hasse: Lubjanka. Wenn ich über diesen Platz gehe, werde ich unweigerlich von den Gespenstern früherer Besuche verfolgt. Mit steifem Hals sah ich als Sechsjähriger an dem neunstöckigen Gefängnisbau hinauf, der morgendliche Schlamm drang mir langsam in die Schuhe, und ich kämpfte gegen das dringende Bedürfnis zu urinieren an; das alles spüre ich noch heute. Meine Mutter zerrte mich um fünf in der Früh aus meinem warmen Bett und brachte mich hierher, da war der Himmel noch dunkel. Mit einem Kind im Schlepptau hoffte sie sich in der Schlange vordrängen zu können, die sich seit Mitternacht hier bildete. Die Sonne ging über einem menschlichen Archipel auf, Gestalten hockten oder schliefen auf ihren Reisetaschen oder Stoffbeuteln. Viele waren Hunderte von Kilometern gereist, und wir alle warteten darauf, etwas über unsere inhaftierten Angehörigen zu erfahren und dafür ärmliche Päckchen mit Schokolade, Geld oder Zwiebeln abzugeben. Manchmal wurden einem die Päckchen abgenommen. Häufig nicht. Stur kam Mama weiter her, auch nachdem die Angestellten ihre Päckchen schon längst nicht mehr entgegennahmen. Und ich war bei ihr und durchlitt jeden Morgen aufs Neue die Demütigung, mir die Hose herunterzuziehen und in den gefrorenen Schnee pinkeln zu müssen.

Das Gebäude war leicht zu verfehlen. Es befand sich nicht beim Gefängnis Lubjanka (heute die Zentrale des FSB), wie ich erwartet hatte, sondern ein Stück weiter hügelabwärts, zwischen die Glasfronten der Geschäfte auf dem Kusnezki Most gequetscht. Ich kam dorthin, indem ich den Dserschinski-Platz überquerte, der aber natürlich nicht mehr so hieß. Das Denkmal des eisernen Felix Dserschinski, des Tschekisten der ersten Stunde, hatte man vor einigen Jahren entfernt. Und gegen wessen Eisengussprofil tauschte Präsident Putin es aus? Gegen das seines Mentors Juri Andropow, dem der KGB die raffinierte psychiatrische Diagnose »schleichende Schizophrenie« verdankt. Sie erlaubte es dem Staat, seine Anstalten mit allen zu füllen, die gegen seinen Wahnsinn aufbegehrten. Insgesamt war Andropows Philosophie gewinnend schlicht: »Vernichtung von Widerspruch in all seinen Formen.«

Anders als das imposante Gefängnis war das Lagerhaus, in dem ich das Dossier über meine Eltern zu finden hoffte, äußerlich kaum kenntlich. Als ich es gefunden und schließlich die Tür aufgestoßen hatte, fand ich mich in einer mit Linoleum ausgelegten Eingangshalle wieder. Abgesehen von der mit einem Metalldetektor ausgestatteten Schranke bestand die Möblierung aus einem Klapptisch und zwei Plastikstühlen, von denen einer von einem pummeligen Wachmann des FSB in einer hellbraunen Uniform besetzt war. Er erhob sich langsam, so als bewegte er sich an diesem Tag zum ersten Mal. »*Propusk*«, sagte er, meinen Passierschein verlangend.

Es war mein erster Besuch an dieser Stätte. Ich hatte keinen Passierschein. Was sollte ich tun? Ich gab ihm meinen Reisepass und den Brief, der den Zweck meiner Reise erläuterte. Er schielte auf den amerikanischen Pass in der rotbraunen russischen Schutzhülle und gab ihn mir, offenbar zufrieden, wieder. »Sie müssen auf den Leiter vom Dienst warten.«

»Ist er der Archivar?«

»Der Archivar ist nicht da. Sie müssen einen Termin mit seinem Stellvertreter vereinbaren.«

Er wies auf den anderen Stuhl, auf dem ich wohl sitzen und warten durfte, bis der Archivar oder der Leiter vom Dienst oder der Stellvertreter zu erscheinen geruhten.

Ich sah auf die Uhr. Meine Besprechung bei L-Pet begann in fünfundzwanzig Minuten. Ich setzte mich und wischte mir den Schweiß vom Gesicht. Eine Klimaanlage stand so einer Einrichtung offenbar nicht zu. Ich blickte durch den Metalldetektor in den Korridor und sah vereinzelt einige Personen im Lesesaal. Sie boten den abgekämpften, verhärmten Anblick sowjetischer Intellektueller – alte Schuhe, dünne Pullover, die sommers wie winters getragen wurden. Sie sahen aus wie Historiker oder Doktoranden, von denen jeder seine geheime Obduktion vornahm, deren Ergebnisse früher oder später zwischen zwei Aktendeckeln abgeheftet und in einer Gruft wie dieser vergraben wurden. Mit einem Mal überwältigte mich die Lächerlichkeit meines Tuns. Es hatte etwas ganz und gar Jämmerliches, den Aschehaufen der Vergangenheit nach Körnchen von Gold zu durchsieben.

Der Wachmann griff zum Telefon – um den Stellvertreter anzurufen, hoffte ich. Ich trank einen Schluck Wasser aus der Flasche L-Pet-Eigenmarke, die ich dem Willkommenspäckchen entnommen hatte. Der FSB-Wachmann, den Hörer in der Hand, warf einen verstohlenen Blick auf mein Getränk. »Hier«, sagte ich und streckte den Arm aus.

Er schüttelte den Kopf.

»Es ist nur Wasser. Keine radioaktiven Substanzen, versprochen.« Ich stand auf und stellte die Flasche auf seinen Tisch. Das Logo mit dem Erdöltropfen hatte ihn offenbar beruhigt, denn er trank einen Schluck.

»Der Stellvertreter kommt gleich«, sagte der FSB-Mann nun. »Wenn Sie nicht warten wollen, können Sie Ihre Suchanfrage aber auch dort in den Briefkasten einwerfen.«

»Raten Sie mir, es so zu machen?«

»Fragen Sie mich das?«

»Wen sonst?« Ich lächelte.

»Ich würde warten. Sind jede Menge Verrückte, die ihre Briefe in den Kasten da werfen.«

Ich war neugierig, welche Händel andere mit der Geschichte auszufechten hatten. »Verrückte inwiefern?«

»Neulich kam jemand und suchte nach Dokumenten über eine fliegende Untertasse, die die Luftwaffe bei Tscheboksary abgeschossen hat«, sagte der Wachmann. »Der Stellvertreter muss die Anfragen alle persönlich sichten. Deswegen sind Sie besser dran, wenn Sie ihm Ihre Anfrage persönlich übergeben.«

»Verstehe.«

»Es kommen ständig Leute hierher und suchen nach Antworten«, sagte der FSB-Mann und lehnte sich in seinem Stuhl zurück.

»Und – bekommen sie die Antworten auch?«

»Aber sicher, nur nicht auf die Fragen, die sie stellen.«

In dem Moment betrat ein spindeldürrer alter Mann die Halle.

»Der Herr hier wartet auf Sie«, sagte der FSB-Mann überflüssigerweise.

»Ja. Kann ich Ihnen helfen?« Der Stellvertreter sprach

mit der deprimierten leisen Stimme des Gelehrten. Ich sagte, ich suchte nach Akten zu meinen Eltern, und nannte ihm die Daten ihrer Verhaftungen. Der Mann seufzte. »Sie müssen einen schriftlichen Antrag stellen und ihn notariell beglaubigen lassen.«

»Das hab ich schon alles.« Ich zeigte ihm mein notariell beglaubigtes Schreiben, sogar eine Kopie meiner Geburtsurkunde.

»Der Archivar ist vor morgen Nachmittag nicht wieder hier.«

»Ich bin nur für ein paar Tage in Moskau«, sagte ich bittend.

Der Stellvertreter schaute aus dem Augenwinkel zu dem FSB-Wachmann hinüber, der unseren Wortwechsel hinter seinem Tisch verfolgt hatte. »Er ist den ganzen Weg aus Amerika gekommen«, sagte mein neuer Freund eindringlich. Sein Wort hatte offenbar Gewicht, denn der Stellvertreter korrigierte seine vorherige Angabe. »In Ordnung, kommen Sie um vier wieder. Sie können versuchen, den Archivar zu erwischen, bevor er auf seine Datscha fährt.«

Die zwei Soldaten, die mit umgehängter AK47 vor der Zentrale von L-Petroleum patrouillierten, waren wesentlich besser bewaffnet als der pummelige FSB-Mann, der mit dem Schutz der vormals geheimen Akten des Landes beauftragt war. Der eine sah sich meinen laminierten Pass gründlich an, der andere tätigte in einer verglasten Zelle Telefonate und kam mit einem Satz gedruckter und mit drei Stempeln versehener Passierscheine zu mir zurück.

Ich tauchte als Letzter auf. Die anderen (alle außer Kablukow) waren schon im Raum und warteten auf mein Erscheinen, damit sie die Umschläge mit den Vertragsangeboten aufschneiden konnten. Walery machte die Honneurs mit einem eleganten Brieföffner aus Elfenbein. Er legte alle

Angebote auf einen Konferenztisch, so aufwendig poliert, dass er einer Eislaufbahn aus Bernstein ähnelte. Die von der Nachmittagssonne ausgefüllten Bleiglasfenster glichen den Lünetten einer französischen Kirche. Hinge nicht der russische Doppeladler über dem Kamin, ich hätte gemeint, mich in der Bibliothek einer angesehenen Universität zu befinden.

Unser erster Tagesordnungspunkt lautete, die offensichtlich nicht in Frage Kommenden auszusieben. Gibkow, vordergründig der Neutralste von uns, fing an. »Murmansk Shipping?«

»Erstklassige Arktis-Erfahrung. Und sie bieten uns den besten Preis«, sagte Tom.

»Aber ihre Zahlen sind ein einziger Schlamassel«, sagte McGinnis. »In fünf Jahren sind die vielleicht gar nicht mehr auf dem Markt.«

Es gab keine Einwände dagegen, Murmansk Shipping auszusondern – eine Überraschung, dachte ich, da es eine von L-Pets hundert oder so Tochterfirmen war.

McGinnis griff nach einem anderen Umschlag. »Jessem. Eine schwedische Firma. Unschlagbares Sicherheitsprotokoll. Scheint ihnen gutzugehen, sie expandieren.«

Dieses Mal widersprach Tom: »Sie bauen eine Menge neuer Schiffe; sie sind schon jetzt unterkapitalisiert. Wir können ihren Ehrgeiz zwar bewundern, aber wir waren uns einig, dass sich das Verhältnis von Fremdkapital zu Eigenmitteln im Rahmen des Üblichen bewegen muss.«

Von Kablukows Leutnants – Serdjuk und Muchow – hatte bisher keiner etwas gesagt. Der sonst so gesprächige Muchow war ungewöhnlich still.

»Okay. Was ist mit dem hier?«, sagte Gibkow. »Sausen Petroleum. Ein junges Unternehmen. Firmensitz in Genf. Früherer Ölhändler für L-Pet, der immer noch ein wenig Handel betreibt, jetzt aber in die Verschiffung geht.«

Muchow reckte den Kopf. »Mit denen machen wir sehr gute Erfahrungen.«

Ich blätterte das Angebot durch, was nicht lange dauerte, denn es war dünn wie eine Kommunionsoblate. »Das verstehe ich nicht«, sagte ich. »Die haben *keinerlei* Erfahrung. Die können ein Angebot abgeben, wenn sie ein paar Schiffe gechartert haben.«

Serdjuk schüttelte bei meinen Worten missbilligend den Kopf. »Schauen Sie noch mal genauer hin. Sie haben einen sehr guten Ruf.«

Ich hob das Blatt hoch und ließ es wie eine Feder herabsegeln. »Wo nehmen sie den Ruf her?«

»Sie haben noch nicht einen Tropfen Öl verloren. Keine Unfälle. Eine saubere Akte.«

»Ich sag Ihnen, wer noch eine saubere Akte hat«, sagte ich. »Ein Arzt, der noch nie einen Patienten operiert hat. Was für Schiffe haben die denn in ihrer Flotte – einen Schüttgutfrachter, ein Containerschiff, eine Kreuzfahrtjacht? Irgendwas?«

»Sie haben sehr gute Beziehungen zu Schweizer Banken«, warf Muchow mir herrisch hin.

»Wie alle Rohstoffhändler in Genf.« Tom lächelte.

»Die Schweizer räumen jedem Trottel einen Kreditrahmen ein, der in den Ölhandel einsteigt«, fügte ich überflüssigerweise hinzu. Sah mich nach weiteren Verbündeten im Raum um. »Und ist sonst noch wem aufgefallen, dass sie uns mehr in Rechnung stellen wollen als die anderen? Sechzehn Millionen mehr pro annum als die Schweden. Wofür genau?«

Niemand antwortete.

Serdjuk sah Muchow an und schüttelte den Stoppelkopf, als sei er bekümmert, weil ich es immer noch nicht kapiert hatte. »Sausen hat sehr gute Beziehungen zu Mr. Abuskalajew.«

Es wurde gleich ein paar Grad kühler, als der Name des Präsidenten von L-Pet fiel. Das kam, wie ich wusste, nicht oft vor, und wenn doch, geschah es meist feierlich wie bei der Anrufung einer der zweiundsiebzig Namen Gottes. Angeblich hat Abuskalajew, der halb Aseri und halb Russe ist, den Koran links und eine orthodoxe Bibel rechts im Schreibtisch liegen. Er begann seine Karriere als erster Stellvertreter des Ölministers von Sowjet-Aserbaidschan und nutzte seine politischen Verbindungen für seine Ernennung als Chef von L-Pet. Er ist kein junger Oligarch, sondern ein alter Sowjet, wodurch sich fast schon erklärt, warum es bei L-Pet noch nie eine Razzia gab und das Unternehmen auch nicht ausgeweidet wurde. Die Loyalität zu Präsident Putin war meiner Meinung nach Abuskalajews größte Leistung; in der Presse neigt er zu strategisch bescheidenen Äußerungen wie: »Ein staatliches Unternehmen kann im Ausland keinen größeren Respekt genießen als das Land selbst.«

Serdjuk fing noch einmal von den guten Beziehungen an, die Sausen zum CEO hatte, wie gut L-Pet mit ihnen als Makler gefahren war – alles halblaut gemurmelt, so als müssten wir seine Ausführungen beherzigen und nicht er uns überzeugen.

»Wir wissen durchaus, dass sie L-Pet viele Jahre lang treue Dienste geleistet haben«, sagte Tom diplomatisch. »Aber ihr seid mit denen schließlich auch gut gefahren.«

Ich sah auf die Uhr. Irgendwie war es schon drei Uhr geworden.

»Behalten wir sie vorläufig in der Auswahl«, schlug Gibkow, der die Spannung spürte, vor. »Wir müssen uns noch einige andere Unternehmen ansehen.«

Aber so konnte ich das nicht laufen lassen. »Hört mal«, sagte ich. »Wer sind diese Leute? Gibt es die denn wirklich? Wir haben noch nie mit ihnen zusammengearbeitet und kennen sie nicht persönlich.« Ich hatte drei Jahre damit zugebracht, die fraglichen Schiffe zu konstruieren, und war nicht bereit, sie von ein paar gut vernetzten Amateuren verpfuschen und in einen Eisberg steuern zu lassen.

»Dann lernt ihr sie kennen!«, sagte Muchow fröhlich.

»Ich dachte, die sitzen in Genf.«

»Genf – wo ist da das Problem? Wir fliegen sie morgen ein! Ihr lernt sie hier kennen, in diesem Raum, um zehn Uhr.«

Muchow hatte die Angewohnheit, wie ein Schauspieler etwas mit unbewegter Miene zu sagen und dann urplötzlich zu lächeln. Das tat er jetzt. »*Nu?*«, sagte er. »*Wsjo spokojno?*«

Es war zehn nach vier, als ich an der U-Bahn-Station Lubjanka wieder ans Tageslicht kam. Die weißen Wollflaumknäuel der Pappeln wirbelten um mich herum, rollten in Wogen über das Kopfsteinpflaster. Der Wachmann im Büro in der Neglinnaja-Straße saß noch dort, wo ich ihn vor ein paar Stunden verlassen hatte. Er schaute mich betrübt an.

»Ist der Archivar da?«, fragte ich.

Er drehte feierlich die Hände von sich weg vor Enttäuschung. »Den haben Sie eben verpasst.«

23.

Quittungen

In der Woche darauf stieg sie abermals die Treppe zum OWIR hinauf. Diesmal saß eine andere Frau hinter dem Fenster am Schalter und händigte Florence ihr erneuertes Dokument als Einwohnerin der Stadt und eine Quittung für das alte Dokument aus. Florences Puls schlug panisch, sie begann innerlich zu beben.

»Wo ist mein Pass?«

Doch davon wusste die neue Frau nichts. »Hier!« Sie tippte mit einem spröden gelblichen Fingernagel auf den Zettel, den sie Florence gegeben hatte. »Wir nehmen Ihre alten Dokumente und stellen neue aus!«

»Ja, aber ich habe Ihnen meinen *amerikanischen* Pass gegeben.«

Mit einer Zurschaustellung von Geduld, die für Begriffsstutzige bestimmt war, wies die Frau noch einmal auf den oberen Rand des Papiers. Florence entdeckte die mit Maschine geschriebene Nummer ihres amerikanischen Passes. Mit einer Empfindung, bei der sie nicht ganz sicher war, ob es sich um Erleichterung handelte, las sie ihren Namen (auf Russisch getippt und mit einem kyrillischen »tz« am Ende) sowie Ort und Datum, an dem ihr Pass ausgestellt worden war (Nju Jork 1933).

»Was soll ich damit tun?«

»Sie gehen damit zur Botschaft; dort stellt man Ihnen einen neuen aus.«

»Wo ist mein alter abgeblieben?«

»Woher zum Teufel soll ich das wissen? Ich gebe Ihnen nur, was man mir gegeben hat!«

Sie sah Leon erst am Abend, als sie von der Arbeit nach Hause kam. Auf dem Weg zu ihrem Zimmer – dem letzten im Flur – wäre Florence beinahe über die Bürsten und Dosen des alten Mannes gestolpert, der gerade im Flur seine Schuhe putzte. Bestimmt hatte er sein Schuhputzzeug absichtlich so ausgebreitet, dass es allen im Weg war, und Florence trotzdem angeblafft, sie solle gefälligst aufpassen. In ihrem Zimmer hängte Florence in dem von Türpfosten und Kommode begrenzten »Foyer«, wie Leon es scherzhaft nannte, ihren Mantel an einen Haken. Ein Turm zusammengefalteter Handtücher war auf dem Tisch aufgebaut, über den sich Leon beim Bügeln beugte. Mit einer fast mütterlichen Sorgsamkeit, die Florence bewunderte, weil sie ihr abging, bügelte er seine Leinenhose zu Ende und breitete die Hose über einen Koffer, der offen auf ihrem Klappbett lag. »Ich hab vergessen – was soll man trinken, wenn man Durchfall hat, Salbeitee oder Kamille?«, sagte er zur Begrüßung.

Florence ließ sich in den Sessel fallen und zog sich die Stiefel von den Füßen, zögerte den Moment noch hinaus, in dem sie ihm von den Ereignissen des Vormittags berichten musste.

»Ach, ich nehm beides mit«, sagte Leon sichtlich zufrieden. Er traf Vorbereitungen für seinen ersten großen Einsatz als Agitator – ein Vorhaben, bei dem es sich, hatte er Florence erläutert, nicht bloß um »eine weitere banalisierende Karikatur« der glücklichen Zukunft russischer Arbeiter handelte. Er fuhr noch einmal in den Osten, diesmal nicht als mittel- und obdachloser Jude, sondern als Reporter für die staatliche Nachrichtenagentur TASS, in deren Auftrag er über die Verwandlung der nationalen Minderheiten – Usbeken, Kasachen und Tadschiken – von rückständigen Analphabeten, die ihre Frauen unter Gesichtsschleiern verstecken, in Traktorfahrer!, Maschinenführer!, Sportfans! und Laienschauspieler! berichten sollte. Nach seinen Reportagen würde sich die westliche Presse schwarzärgern, wenn sie von den Bewässerungsprogrammen las, die die Sowjetmacht in dem unfruchtbaren Landstrich auflegte, das fortan für den Baumwollanbau nutzbar wurde. Beim Blick auf Leons ordentlich gepackten Koffer und seine Aluminiumflasche gab es Florence einen Stich vor Neid. »Du solltest auch Jod einpacken«, sagte sie, stand auf und griff ins oberste Fach der Kommode, wo sie die Arznei aufbewahrte. Der Verlust ihres Passes lastete noch schwer auf ihr, und sie sagte nun, ihm noch den Rücken zukehrend: »Heute Vormittag ist mir im OWIR etwas sehr Seltsames passiert.«

Das Zischen des Bügeleisens hörte schlagartig auf. Sie sprach weiter, ohne ihn anzusehen.

»Meine neue Einwohnermeldebestätigung war da, meinen Pass, den ich vorige Woche abgegeben habe, hatte die Angestellte aber nicht. Sie gab mir das hier ...«

Leon kam näher und betrachtete blinzelnd den Zettel in Florences Hand. »Ich frag mich ja«, sagte er schließlich, »wer ist *Florentz* Feyn? Glaub nicht, dass ich den kenne.«

»Leon, findest du das alles nicht etwas merkwürdig?«

»Weißt du, was merkwürdig ist? Dass mir alle sagen, ich soll Zigaretten zum Schmieren mitbringen, wenn Usbekistan doch in Tabak schwimmt.« Er ging zum Tisch zurück und prüfte die diversen kleinen Schneiden, Feilen und Pinzetten seines Taschenmessers.

»Da liegt bestimmt ein Irrtum vor. Ich gehe morgen noch mal hin und frag nach.«

»Leg dich nicht mit den Behörden an, Florence; da holst du dir nur ein blaues Auge. Schau« – er klappte eine kleine Zange aus – »es stehen doch alle Angaben über dich drauf, nicht?«

»Ich geh noch mal hin und nicht eher wieder weg, bis ich mit dem Verantwortlichen gesprochen habe.«

Bei der Bemerkung verließ Leons Gesicht die hübsche Lebendigkeit. »Florence, tu das nicht. Es ist nicht der richtige Moment für so was. Schau, hier…« Er wühlte in dem Stapel der Dokumente auf dem Bett, bis er seine lederne Passhülle gefunden hatte, fuhr in ein Seitenfach und zog ein Schriftstück hervor, ganz ähnlich dem, das sie ihm gezeigt hatte.

Sprachlos hielt sie es an einer Ecke, als wäre es eine Rasierklinge. Das Papier verzeichnete Leons Namen, die Nummer seines Passes, Ort und Geburtsdatum sowie das Datum der Passausstellung – kurzum die Summe der einzelnen Partikel, die seine amerikanische Identität ausmachten, auf Kyrillisch, mit Maschine geschrieben.

»Das haben sie mir gegeben, als ich vor vier Monaten mein Visum hab verlängern lassen. Sie haben mir gesagt, die Frist bis zum Ablaufdatum wäre schon zu kurz. Deswegen geben sie mir vorläufig das hier.«

»Du willst damit sagen, du bist *vier Monate* mit diesem Nichts von Dokument herumgelaufen?«

Dass sie Leon zusammenstauchen wollte, schoss es Florence durch den Kopf, war vielleicht nur die natürliche Reaktion darauf, dass sie den ganzen Tag über insgeheim befürchtet hatte, er würde *ihr* Vorwürfe machen. Es war ihr bewusst, schmälerte indes nicht ihre Lust, einen Streit anzufangen. »Meinst du nicht, ich hätte das gern gewusst, *bevor* ich zum OWIR gehe?«

»Ich wusste doch an dem Tag nicht, dass du dahin willst!«

»Tja, schon seltsam, dass keiner von uns beiden jetzt noch das Original seines Passes hat.«

»Von mir aus, ja, es ist merkwürdig. Wahrscheinlich haben die ganz oben jetzt einen neuen *natschalnik* sitzen, dem die Farbe Braun nicht zusagt. Amerika hat ja nicht vergessen, dass wir existieren.«

Florence ließ sich in den Sessel fallen und biss sich auf den Daumennagel. Sie war sich nicht schlüssig, was sie mehr aufregte: ihre Pässe oder dass Leon sie allein ließ.

»Wie lange wirst du weg sein?«, sagte sie.

»Nur vier Wochen. Und wenn ich wiederkomme – oh, Baby –, bring ich dir was von dem Türkisschmuck mit, den die Haremsfrauen dort im Haar und im Nabel tragen, oh, là, là.«

»Es gibt dort keine Haremsfrauen, Leon. Du denkst an die Türkei.«

»Kann sein, aber weißt du, was die haben? Haschisch.«

»Wie kann ich dich erreichen?«

»Mit Telefonen sieht es bei den Usbeken etwas schlecht aus, aber ich schau, dass ich da, wo ich bin, eins finde.«

»Leon, vielleicht sollte ich mal bei der amerikanischen Botschaft vorbeigehen. Und das klären.«

Er kam einen Schritt auf sie zu, kniete nieder und schob ihr mit der Hand eine Strähne hinters Ohr. »Wir kümmern uns darum, wenn ich wieder da bin, ja? Zusammen. Wir dürfen uns nicht ständig so hetzen lassen, das ist wichtig.«

Er umfasste ihren Kopf mit beiden Händen und küsste ihn, wie er früher, dachte Florence, vielleicht den Kopf seiner gestörten, gequälten Mutter geküsst hatte.

Sie hätte auf Leon gehört, wäre da nicht der Brief gewesen.

Von zu Hause hörte sie jetzt seltener – zwei- oder dreimal pro Jahr –, was Florence nicht auf Versäumnisse der sowjetischen Post zurückführte, sondern darauf, dass ihre Eltern sich mit ihrem Entschluss abgefunden hatten. Dieser Brief jedoch enthielt eine Beilage ihres Bruders, der (erfuhr Florence aus dem von ihrer Mutter geschriebenen Stück) schon bald seinen Abschluss an der Erasmus machte. In nörgelndem Ton und doch überheblich hatte Zelda geschrieben: »Sidney steht unter dem Eindruck, er sei für Yale bestimmt, wird ab Herbst wahrscheinlich aber doch ans City College gehen.«

Als sie Sids wildes Geschmier überflog, sah sie, dass er im Gegensatz zu ihr damals nicht in den Bann der Ivy League geraten war; er dachte pragmatischer und wollte Architektur oder Ingenieurwesen studieren, um wie sein Held Robert Moses (ein Yale-Absolvent) »Baumeister« zu werden. Zwei volle Absätze des Gekritzels waren diesem Robert Moses gewidmet, der die Stadt New York aus einer Anhäufung unzusammenhängender einzelner Viertel durch Brücken und Schnellstraßen in eine Megametropole verwandelte. Sidney hatte in seinen gefalteten Bogen zwei Bilder geschoben: einen zehn mal fünf großen Abzug seines Schuljahrbuch-Fotos, auf dem er selbstbewusst das Kinn aufstützt und den Blick ernst in die Ferne richtet, wie er es für einen künftigen »Baumeister« wohl passend fand (auch wenn seine Ohren trotzdem aussehen wie die offenen Türen eines Taxis, das direkt auf den Betrachter zuhält), und einen Schnappschuss, der die Familie im Esszimmer zeigt: Zelda, die misstrauisch in die Kamera linst, Sidney, der mit geschlossenen Augen grient, und Harry mit Frau und Tochter, inzwischen vier Jahre alt und mit rundlichen Knien auf Solomons Schoß. In einem Postskriptum erkundigte sich Florences Vater besorgt, ob Florence in der Lage wäre, im Juni nach New York zu reisen und an Sidneys Abschlussfeier teilzunehmen, und seine vorsichtige Formulierung nahm die Antwort schon voraus.

Trotz seines mageren Halses und der großen Ohren sah Sidney nicht mehr aus wie das Kind, an das sie sich erinnerte. Konnten zweieinhalb Jahre so schnell vergehen? Sie fehlten ihr alle schrecklich. Noch überraschender aber war die verspätete Liebe zum Zuhause ihrer Familie, die Florence in sich spürte. Sie wurde überwältigt von einer fast körperlichen Zuneigung zu dem Lampenschirm mit den Quasten auf dem zweiten Foto, dem Nippes im Wohnzimmer, dem silbernen Teetablett auf dem Tisch, dem Bücherregal in der Ecke (darin eine ungelesene Auswahl aus den Büchern des Monats), den pingeligen Vorhängen ihrer Mutter und all dem anderen heimeligen Beiwerk einer unangebracht bürgerlichen Existenz, zu dem ihr und Leons Leben in einer *kommunalka* den frei gewählten Gegenentwurf darstellen sollte.

An diesem und den folgenden Abenden ging sie unruhig zu Bett, sehnte sich nach Rat und Wegweisung. Erst als sie in der folgenden Woche eines Morgens im nüchternen Licht eines weiß bewölkten Novembers aufwachte, wurde ihr klar, dass sich die Verwirrung ihrer Gefühle in praktisches Handeln umlenken ließ. Es würde ihrer Gemütslage aufhelfen, wenn sie aus der Enge des Gemeinschaftslebens herauskam. Hatte sie nicht in der Bank einmal auf der Warteliste für ein eigenes Zimmer gestanden? Sie musste unbedingt Timofejew sofort fragen, ob aufgrund ihrer wilden Ehe mit Leon nicht ein Zimmer in einer anderen Wohnung in Frage kam. Mit zwei auf ihren Namen laufenden Zimmern waren sie und Leon in einer starken Position, auf dem grauen Markt an eine eigene Wohnung zu kommen. Ihr Mentor konnte ihr im Vertrauen bestimmt raten, an welche Kanäle sie sich wenden konnte.

Mit frischer Hoffnung klopfte Florence an dem Morgen

an Timofejews Tür. Senkte respektvoll die Augen, als er ihr einen Stuhl anbot. »Was gibt's denn so dringend?«

Viele Tage lang hatte sie Mut für diesen Moment angesammelt, und jetzt brachte sie kein Wort heraus.

Da sie Timofejew nicht in die Augen sehen konnte, fixierte sie seinen Kragen. Sah bestürzt das erschlaffende Fleisch an seinem Hals. Einst ein stattlicher Mann, wirkte er nun wie jemand, der von einer zehrenden Krankheit genas. Vielleicht, dachte sie, war es der Stress der vielen Versammlungen, die sie seit neuestem besuchen mussten, um die jeweils aktuellen Schlussfolgerungen aus den Prozessen zu ziehen, bei denen hochangesehene Parteimitglieder monströse Verbrechen gegen das Land gestanden hatten.

»Heraus damit. Ich habe nicht den ganzen Tag Zeit, Flora.«

»Es geht um meine Unterbringung.«

»Aha. Die Wohnungsfrage.«

»Mein Mann und ich, wir haben keine offizielle Ehe geschlossen, und ich glaube, meine häusliche Situation ist, wie drücke ich das am besten aus, unpraktisch.«

»Und Sie möchten über die Bank gern ein eigenes Zimmer beantragen, ja?«

»Das ist richtig.«

»Es tut mir leid, aber ich kann nichts für Sie tun, Flora.«

»Ich bin bereit, auch lange zu warten.«

Und nun atmete Timofejew tief aus und sagte: »Ich kann Ihnen nicht helfen, weil wir Ihre Stelle streichen.«

Einen Moment glaubte Florence, ihr sei eine wichtige Grundregel der russischen Grammatik entfallen und sie könne die an sie gerichteten Worte nicht entschlüsseln.

»Es war geplant, Sie diese Woche darüber in Kenntnis zu setzen«, sagte Timofejew.

»Ich dachte, ich soll die Korrespondenz der letzten Woche abtippen und die Organisation ...«

»Flora Solomonowna, Ihre Aufgaben hier sind beendet.«

Sie blinzelte verständnislos lächelnd, das spürte sie selber, lächelte verständnislos blinzelnd, so als brauche ihr vor Schock gelähmtes Denken noch Zeit, das Signal für ihren Körper zu entschlüsseln. Dann setzte langsam das Begreifen ein. »Grigori Grigorjewitsch, Sie wissen, ich habe mich unermüdlich für ...«

»Sie erhalten ein förmliches Schreiben, mit dem Sie sich anderswo um Arbeit bewerben können.«

»Wo kann ich mich bewerben?«

Er überlegte kurz und sagte, seine Miene etwas weniger verschlossen: »Sie besitzen wertvolle Fähigkeiten. Der Zeitpunkt ist nur gerade ungünstig.«

Ihre Konfusion spiegelte sich auf seinem Gesicht, und als sich seine Lippen teilten, rechnete sie damit, Aufklärung zu erhalten. Doch er zögerte, sah sie voll an und sagte, etwas rätselhaft, nur noch: »Es ist besser so, Flora, glauben Sie mir. Wer weiß schon, was morgen geschieht.«

Der Boden unter Florences Füßen begann zu schwanken, als sie zurück an ihren Schreibtisch und, nachdem sie ihre Sachen zusammengepackt hatte, nach Hause ging.

Das Schwindelgefühl hielt unvermindert bis zum Abend an, während sie auf Leons Anruf wartete. Doch Leon rief an dem Abend nicht an und am folgenden auch nicht. Und Florence konnte ihn in Taschkent, oder wo immer er sein mochte, nicht erreichen. An den jetzt unausgefüllten, müßigen Tagen machte sie ihrerseits Anrufe, aber vergebens. Als Erstes rief sie Essie an, die inzwischen als Korrektorin im Verlag für ausländische Literatur arbeitete und ihr versprach, sich nach freien Stellen in der Abteilung für englische Literatur zu erkundigen. Essie rief schneller zurück, als Florence es für höflich oder nötig gehalten hätte.

»Die stellen niemanden ein.«

»Du hast gesagt, sie wären unterbesetzt.«

»Sie wollen keine Ausländer.«

»Es ist der Verlag *für ausländische Literatur*, Herrgott noch mal.«

»Vielleicht im Frühjahr.«

Florence war klar, dass Essie nicht noch einmal fragen würde; sie hatte zu viel Angst um ihre eigene Stelle. Florence erkundigte sich anderweitig, aber es war hoffnungslos. Das Problem war unlösbar. Jeder musste an irgendeiner Arbeitsstelle gemeldet sein, man bekam jedoch keine anständige Arbeit, ohne dass jemand für einen bürgte. Die kürzlich verabschiedete neue Verfassung garantierte das Recht auf Arbeit. Das hieß in der Realität, es war ungesetzlich, *nicht* zu arbeiten.

Nacht für Nacht lag sie wach und haderte schwer mit sich. Was hatte sie getan, um entlassen zu werden? Warum hatte sie sich ihren Pass abluchsen lassen? Wann rief Leon an? Der Fluch der Gemeinschaftswohnungen war ja, dass gedämpfte Geräusche im Flur zu laut und zugleich verstörend unverständlich waren. Zu laut, um einzuschlafen, zu diffus, um zu wissen, womit ihre Nachbarn sie verleumdeten. Die Tage schleppten sich dahin, und ihr Gemütszustand pendelte nun zwischen Kopflosigkeit und Furcht. Sie hatte nie regelmäßig geraucht, machte jetzt aber, wenn sie morgens Milch und Brot gekauft hatte, auch am Tabakkiosk Halt. Bei offenem Fenster stand sie schlotternd in der scharfen, feuchtkalten Dezemberluft und rauchte eine Kasbek nach der anderen, bis das Nikotin ihre Bangnis dämpfte und sie in seine Aura von Unantastbarkeit hüllte. Sie rauchte, bis die Welt in ihrem Fenster taubengrau und dann richtig schwarz wurde und das aufleuchtende Rot ihrer Zigarette das einzige Licht im Zimmer war. Könnte sie doch wenigstens Leons Stimme hören! Er wüsste, wie er sie beruhigen und die Dämonen besänftigen konnte, die sie verfolgten.

Ersatzweise kroch sie mit Sidneys Foto ins Bett, als ob

es ein Talisman wäre. Seit jeher war sie empfänglich gewesen für die Klarsicht, die extreme Einsamkeit mit sich bringen kann. In ihrem Geist nahm ein verlockender neuer Plan langsam Gestalt an. Sie dachte nicht zum ersten Mal darüber nach, hatte ihn vorher nur nicht so konkret werden lassen. Früher hatte so vieles sie tagsüber abgelenkt – die Arbeit, die Versammlungen, Leon, der sich ständig bemühte, sie zu unterhalten und ihr alles leichter zu machen. Jetzt konnte sie endlich in Ruhe nachdenken. Wieder und wieder stieg dasselbe Bild vor ihr auf: ein Schiff, das die Wellen vor der Küste Finnlands teilte, während sie unbeugsam an Deck stand, in der Gischt kalter baltischer Gewässer, und entschlossen westwärts blickte. War es denn tatsächlich eine Schande, nach Hause zu fahren? Doch sie quälte noch ein anderer Gedanke: Stand sie allein dort, oder war Leon an ihrer Seite?

Zigaretten und mit Kognak versetzter Tee brachten sie durch die nächsten vier Tage, und dann rief endlich Leon in der Wohnung an.

Sie rannte zu dem großen Dielenapparat, ohne gerufen werden zu müssen (seit zwei Wochen spitzte sie bei jedem Läuten die Ohren). Doch als Leons Stimme durch die Leitung dröhnte und er Flora in Zimmer 6 verlangte, schlug sie einen gleichmütigen Ton an.

»Ich hatte schon die Hoffnung aufgegeben, noch mal von dir zu hören.«

»Entschuldige, Liebling. Ich hatte gesagt, es könnte schwierig werden. Lange kann ich nicht sprechen. Ich telefoniere auf Kosten von Intourist.«

»Übernachtest du bei denen?«

»Nein, die haben mich bei den neuen Genossenschaften herumgefahren. Vorige Nacht habe ich beim Vorsitzenden der Kolchose geschlafen. Die Unterkünfte sind überraschend annehmbar.«

»Östliche Gastfreundschaft.«

»Wer immer behauptet hat, die Muselmanen wären gegen Alkohol, ist nie hier gewesen. Die nutzen jede sich bietende Gelegenheit, Florie, mit dir um die Wette zu trinken, und ich hätte vielleicht noch nicht mal verloren, wenn sich ihre Erfrischungen auf Wodka beschränken würden, aber weißt du, was die hier trinken?«

Sie störte die stille Weite von drei Zeitzonen nicht mit ihrer Stimme.

»Kann ich dir sagen«, sagte er und gab die Antwort selbst. »Vergorene Kamelmilch. Ich mag die inzwischen ziemlich gern. Man kriegt davon im Mund so einen komischen kleinen Kitzel, fast wie bei Champagner.«

»Wann kommst du nach Hause?«, sagte sie sachlich.

»Die Abreise ist für Montag geplant. Die Zugfahrt dauert drei Tage. Ist alles in Ordnung?«

Sie hielt kurz inne, befingerte die Papierschnipsel und Kassenzettel, die hinter dem breiten Rücken des Telefonapparats klemmten. »Nein, ist es nicht«, sagte sie schließlich. »Ich hab meine Arbeit verloren.« Und als auf seiner Seite Schweigen war, sprach sie weiter: »Ich kann mir denken, wer dahintersteckt. Die neue Büroleiterin, Orlowa. Timofejew hatte nicht den Mumm, sich ihr entgegenzustellen…«

»Einfach so, ohne Vorwarnung?«

Florence dachte daran, dass Timofejew ihr vor ein paar Wochen zu einem Urlaub geraten hatte. Sie sehe »erschöpft« aus, hatte er gesagt. Zu Leon sagte sie jedoch: »Das Schlimmste ist, niemand will eine… ›Ausländerin‹ einstellen. Niemand wagt sich so weit vor, dass er ein gutes Wort für mich einlegt. Essie ist auch nicht zu gebrauchen – ganz gleich, was du bisher alles für sie getan hast, ihr die neue Arbeit verschafft zum Beispiel.«

»Hör zu, Florie, lass uns darüber reden, wenn ich wieder zu Hause bin.«

»Alle haben eine Orlowa in ihrem Büro, die sagen wird: ›Warum haben Sie eine Ausländerin eingestellt?‹ So sieht's aus, Leon. Ich gehe zur Botschaft ...«

»Ich kann jetzt nicht darüber sprechen, Florie ...«

»Ich bin immer noch amerikanische Staatsbürgerin.«

»Nimm es nicht so schwer. Du hörst dich nicht gut an.«

»Ich kann nicht schlafen, Leon. Mir fehlt meine Familie ...« Das letzte Wort kam halb schluchzend heraus. Kurz und bündig hatte sie ihm ihre Lage schildern wollen, aber jetzt lief ihr die Nase wie einem Kind und sie jammerte.

»Sch ... sch ... Ruhig ... Beruhige dich, ja? Ich sagte, wir besprechen das, wenn ich wieder da bin.«

»So lange kann ich nicht warten.«

»Florence, bitte ... unternimm erst mal nichts und geh nirgendwohin. Acht Tage, mein Liebling, um mehr bitte ich dich nicht. Kannst du das für mich tun? Ich versuche einen früheren Zug zu bekommen. In der Blechschachtel in meiner Felljacke im obersten Fach liegt Geld.«

»Uns steht Unheil bevor, Leon.«

»Ach, Liebes, in deinem Kopf geht nur gerade alles durcheinander, weil du deinen Mann nicht bei dir hast. So einfach ist das. Und ich bin bald da und kümmere mich um mein Mädchen. Hörst du mich?«

»Ja.«

»Komm, leg dich schlafen, morgen fühlst du dich schon besser.«

Nach ein paar weiteren erstickten Schniefern, die Leon als Zustimmung nahm, ließ sie ihn gehen.

Und das Komische war: Er hatte recht. Am nächsten Morgen ging es ihr besser. Ein klares weißes, irgendwie jenseitiges Licht weckte sie Punkt sieben. Ein dünner Teppich silbrigen Schnees bedeckte die Straßen, die Bäume, die Dächer und die wollenen Schultern des Straßenfegers, der einen breiten Besen über den Bürgersteig schob.

Beim Blick in den Spiegel stellte Florence fest, dass sie durch den Schlaf wieder etwas Farbe auf die Wangen bekommen hatte.

Was hatte sie von Leon erwartet? Sie schämte sich für ihre Schwäche. Die Schuld lag ja bei ihr. Sie hatte sich der Täuschung hingegeben, dass er mitmachen würde bei ihrem Plan und dass sie zusammen tun würden, was sie jedoch, das wusste sie jetzt sicher, allein tun musste. Aus dem Schmerz und der Bestürzung über diese Erkenntnis erwuchs ihr, als sie sich anzog, neues Selbstvertrauen. Ihm gefiel also, wie sie lebten, er war dankbar für elf Quadratmeter, mit vollkommen Fremden zusammengepfercht wie TB-Patienten. Sollte er. Er trällerte gern seine Liedchen über die Zukunft, die gleich um die Ecke lag – schön für ihn. Er ließ sich gern dahin schicken, wo sich Fuchs und Hase gute Nacht sagten, sich von den Einheimischen wie ein Pascha behandeln und mit vergorener Kamelmilch abfüllen – sei's drum. Er brauchte ihr nicht die Hand zu halten; sie brauchte von niemandem eine Erlaubnis, wenn sie aus einem Land verschwinden wollte, das für sie nichts als schlechte Nachrichten in petto hatte. Schon der Morgen schien ihrem Plan sehr gewogen zu sein. Die Toilette war, o Wunder, frei, das Wasser in der Dusche angenehm heiß. In der herrlich leeren Küche kochte sich Florence auf dem Herd einen Kaffee. Hinter dem Doppelfenster der Küche hatten die Sonnenstrahlen um die Wolken herumgefunden und gaben ihr mit kaltem Schein ihren Segen. Wieder in ihrem Zimmer, band sie sich den flauschigen Schal um, zog die Fäustlinge an und machte sich entschlossen auf den Weg zur Metro.

Als sie am Manesch-Platz wieder nach oben kam, flatterte unter den tiefliegenden Nachmittagswolken die kräftige kleine Flagge ihres Heimatlands im Wind der rasch kälter werdenden Moskauer Luft. Genau genommen war nur das Endstück der Flagge zu sehen, ein rot-weißer wackelnder Schwanz. Er ähnelte einem zittrigen Finger, der aus kurzer Höhe über der amerikanischen Botschaft winkte, deren Gebäude von dem pompösen Bau des Hotels National und von seinem eigenen Tor halb verdeckt wurde.

Ohne sich um die Feuchtigkeit zu scheren, die sich in den Zehen ihrer Strümpfe eingenistet hatte, überquerte Florence die Gorki-Straße und ging weiter über den Platz auf das Gebäude aus gelbem Kalkstein zu. Vorbei an ihrem Spiegelbild in den Türen des Hotels National. Vor einem Schaufenster passierte sie einen Mann in kamelbraunem Mantel und Filzhut, der sie hinter einer runden Brille hervor eindringlich ansah, seinen Ausdruck aber nicht änderte, als sie höflich nickte.

Zu beiden Seiten des Tors stand ein Wachmann in grünem Überzieher und mit Bärenfellmütze. Die über den Rücken geschnallten Gewehre mit dem aufgepflanzten Bajonett verliehen ihnen besonderen Nachdruck. Und da sich der eine Wachmann bei genauerem Hinsehen als außergewöhnlich großer Jugendlicher entpuppte, beschloss Florence, den Älteren von beiden anzusprechen. Er hatte ein rundes Bauerngesicht und zum Ausgleich intelligente Augenbrauen, die in Erwartung ihres Anliegens leicht in die Höhe fuhren. Höflich erläuterte sie, warum sie hineinmusste.

Der Wachmann ließ sich nicht anmerken, ob er ihre Erklärung verstand oder auch nur gelten ließ, und sprach nur ein Wort: »Dokument.«

Sie zog das Papier mit ihren Passinformationen aus der Manteltasche.

»Das ist ungültig.«

»Es ist die Quittung für meinen amerikanischen Pass, der vom Einwohnermeldeamt einbehalten wurde. Wenn Sie hier schauen möchten …« Sie musste sich ein wenig auf die Zehenspitzen erheben, um auf ihren Geburtsort zu zeigen.

Er warf zwar bereitwillig einen Blick auf das Papier, schaute aber verständnislos wie ein Kind, das ein Buch verkehrt herum hält.

»Das ist kein Pass«, sagte er und gab es ihr wieder.

»Das weiß ich. Wie gesagt, ich habe meinen Pass nicht mehr, und das hier ist die einzige Stelle in der Stadt, an der ich mir einen *neuen* ausstellen lassen kann. Wir können das Problem also gleich hier lösen ...«

»Der Eintritt ist nur aus dienstlichen Gründen gestattet. Wir benötigen einen Beweis, dass Sie dazu berechtigt sind.«

»Ich habe Ihnen den Beweis gerade gegeben ... Oh, das ist zu albern. Ich muss mit dem *amerikanischen* Diensthabenden sprechen.«

»Ich bin der Diensthabende.«

»Mit jemandem da *drin*.« Sie zeigte hinter das Tor.

»Wir haben Anweisungen, wer eintreten darf.«

»*Bitte*, wenn Sie nur kurz hineingehen und mit jemandem im Haus, egal mit wem, sprechen würden, lässt sich das sicher in wenigen Minuten klären.«

»Wenn Sie weiter hier stehen bleiben, müssen wir Sie der Polizei melden.«

»Herrje, Sie sollen doch nur jemanden bitten, herauszukommen – und meinetwegen durch das *verfluchte Tor* mit mir zu sprechen.«

»Sie müssen jetzt gehen.«

»Ich bin sicher, Sie übertreten Ihre Befugnisse, wenn Sie eine Amerikanerin am Betreten ihrer eigenen Botschaft hindern.«

»Wazlaw ...«, sagte der Wachmann und riss den Kopf zu dem jungen Riesen herum, der nach einem Moment jugendlich-trägen Zögerns auf sie zugeschritten kam.

Florence spürte, sie war am Ende ihrer Möglichkeiten. »*Ju-hu*! Eine Amerikanerin hier!«, rief sie auf Englisch durch das Tor ins Leere. »*Hal-loo*! Ist da jemand? Kann *bitte* jemand herkommen und diesen Idioten sagen…«

Hierauf wurden ihre Unterarme mit festem Griff von gepolsterten Körpergliedern umschlossen, in Größe und Beschaffenheit nicht unähnlich den Armlehnen eines bequemen Sessels, nur dass diese sie mit der Wucht einer Abrissbirne rückwärtsbeförderten. Ihre Füße, knapp oberhalb des Bodens, schlugen wie kraftlose Schwimmer in schwerer See.

»*Zu Hilfe! Ich bin Bürgerin der Vereinigten Staaten!*«, rief sie auf Englisch. Sie wurde grob auf dem Bürgersteig abgeladen.

Die Sonne war längst hinter Wolken verschwunden. Florence sog so lange Sauerstoff in ihre Lungen, bis sie wieder sehen und die Glieder bewegen konnte. In ihren Ohren hämmerte es immer noch, entweder vom vorbeirauschenden Verkehr oder von dem in ihren Trommelfellen widerhallenden Blut. Mit Mühe konnte sie sich auf ein Bein aufrichten und wischte sich den Schmutz von den Handflächen. Das rosa Fleisch war gesprenkelt von Abdrücken des losen Asphalts. Sie stand ganz auf und zog sich durch den Rock hindurch die verrutschten Strümpfe zurecht, gestattete sich einen letzten Blick auf die Wachmänner, die auf ihre Posten zurückgekehrt waren. Allmählich ließ der Druck auf ihre Ohren nach, und ihre Augen nahmen wieder die Straße wahr, die vorbeizischenden Automobile, die an eine Hochzeitstorte gemahnende Fassade des National. Erst jetzt, als sie zum Überqueren der Prachtstraße ansetzte, bemerkte sie den Mann mit dem Filzhut wieder. Er stand zwar auf der anderen Straßenseite gegenüber der Stelle von vorhin, doch die Kamelfarbe seines Mantels war unverkennbar. Er lungerte anscheinend vor einem Ford

V8 herum, der vorwärts geparkt halb auf dem Bürgersteig stand. Florence richtete den Schal über ihren Schultern und ging zur gegenüberliegenden Ecke des Platzes. Als sie sich noch einmal umdrehte, war der Mann weg.

Einem Drang, den sie in sich spürte, nicht sofort nachzugeben war noch nie Florences Stärke gewesen. Sie marschierte noch einmal die zehn Blocks zum OWIR.

»Ich möchte gern einen Antrag für ein Visum zu einer Reise ins Ausland ausfüllen, bitte«, verkündete sie der diensthabenden Angestellten mit einer Selbstsicherheit, die plötzlich forciert und unecht klang. Um sich auszuweisen, zeigte sie die Quittung für ihren Pass vor.

Die Frau hinter der Scheibe – dieselbe wie bei ihrem ersten Besuch dort – sah Florence flüchtig an, griff nach dem Zettel und behandelte ihn wie einen Gegenstand von zweifelhaftem Wert, den Florence ihr verkaufen wollte.

»Ich bin amerikanische Staatsbürgerin, wie Sie hier sehen.« Sie zeigte durch das Glas auf das Papier. »Ich möchte gern meine Familie besuchen.«

»Amerikanische Staatsbürgerin? Das ist eine Moskauer Einwohnermeldebescheinigung. Demnach sind Sie Sowjetbürgerin.«

»Nein, nein, da steht es.« Florence tippte mit dem Finger an die Scheibe. »Dort steht meine Passnummer.«

»Das ist eine Erlaubnis für einen sowjetischen Staatsangehörigen für den Wohnsitz in Moskau und wird von jedem Einwohner verlangt. Das ist nur die Bestätigung, dass sie die Wohnungserlaubnis erhalten haben, als Sie Ihren amerikanischen Pass beim Hauskomitee abgegeben haben. Sie hätten zum Passamt gehen und einen Inlandspass beantragen sollen.«

Sowjetbürgerin? Was redete die runzlige alte Schachtel da?

»Nein, nein… ich glaube, Ihr irrt euch. Ich habe, versteht Ihr, nie irgendwelche Formalitäten für den Erwerb der sowjetischen Staatsbürgerschaft durchlaufen. Und diese Quittung für meinen Pass haben mir *Eure Leute* ausgehändigt, als ich hierherkam, um meine Wohnsitzerlaubnis verlängern zu lassen. *Ihr* selbst habt mir – klar und unmissverständlich übrigens – gesagt, dass ich meinen Pass in einer Woche zurückerhalte.«

Als Anrede für ihre Peinigerin verwendete sie den Plural – das herrschaftliche »Ihr« –, obwohl formvollendete Höflichkeit bei der Frau offensichtlich keine schmeichelnde Wirkung entfaltete.

»Ich habe nichts dergleichen gesagt«, stieß die Frau mit einem Nachdruck hervor, der an Drohung grenzte. »Das ist keine Quittung. Sondern Ihre Identitätsbescheinigung.«

Florence lächelte und schüttelte den Kopf. »Ich bitte um Entschuldigung, aber ich habe keine Watte in den Ohren, und *das* wurde mir nicht gesagt.«

Hinter Florence hatten sich Menschen angesammelt, und für die wurde, nicht anders als für sie selbst, immer offensichtlicher, dass ihr Benehmen jetzt, obwohl sie ihr Anliegen weiter mit feindseliger Ehrerbietung vortrug, zu dem wurde, was nach dem Gesetz des Dschungels als törichte Albernheit galt – mit entblößtem Hinterteil herumwackeln, um einen großen und bedrohlichen Rivalen in Rage zu bringen.

Rückzug aber war als Option gleichermaßen ausgeschlossen. »Wollt Ihr all diesen Menschen sagen, dass Ihr uns widersprüchliche Informationen gebt?«, hörte Florence sich jetzt sagen. Das war der Durchbruch.

»Mit mir müssen Sie nicht sprechen«, sagte die Frau und schob Florence die Quittung durch. »Klären Sie das mit Ihren Leuten in der Botschaft.«

Meine Botschaft hilft mir ohne Pass nicht, dachte Florence, beherrschte sich aber und lächelte standhaft weiter. »Das tue ich mit Sicherheit, aber in der Zwischenzeit«, sagte sie, »möchte ich wie gesagt bitte den Antrag für ein Visum ausfüllen.«

Und da erhob sich die alte Schachtel von ihrem Stuhl, richtete sich zu ihrer vollen, nicht unbeträchtlichen Höhe auf, kam aber nicht heraus, um Florence körperlich anzugreifen, sondern watschelte durch einen kurzen Gang. Einige ungewisse Minuten lang stand Florence mit gerecktem Kinn da und ertrug mit zusammengebissenen Zähnen das Gemurmel hinter sich (»Wir werden den ganzen Tag hier anstehen«; »Eine Amerikanerin, sagt sie«). Doch nicht lange, und die Frau kam mit den Formularen wieder. Und Florence trat zur Seite und füllte die Kästchen aus, die Finger nur leicht zittrig nach ihrem Triumph, und die Frau nahm sie ihr ohne ein weiteres Wort ab.

Leon kam vier Tage früher nach Hause als geplant.

Es war nicht die Heimkehr, die er erwartet hatte.

Kein Leinen, auf dem fürs Abendessen gedeckt war. Kein Tee mit Zitrone und Zucker, der schon bereitstand. Nur seine Frau, die in einem Anfall psychotischen Schweigens im Zimmer auf und ab schritt.

»Tja, das war's. Ich hab alle angerufen, die mir einen Gefallen tun könnten. Niemand will mich einstellen. Und du willst auch nicht bei TASS fragen, oder? Sonst hättest du es mir schon am Telefon angeboten. Ich hab recht, nicht? Ich seh's dir an den Augen an. Du hast Angst, genau wie alle anderen.«

Müde und ungewaschen ging er zum Bett und ließ sich auf den Pulk der zusammengewürfelten Kissen fallen. »Ich frag gern, Florie«, sagte er matt. »Aber es hat keinen Sinn.«

»Natürlich nicht«, sagte sie mit unfroher Genugtuung. »Was soll dann mit mir werden?«

»Nichts Tragisches, will ich hoffen, Florence, solange du

dein Mundwerk im Zaum hältst und eine Weile stillhältst. Vor uns liegen schwierige Zeiten. Menschen verlieren ihr Leben und ihre Freiheit, und du beklagst dich bei mir, weil du deine Arbeit verloren hast.«

Ihre Augen flogen unablässig im Zimmer herum. »Es sind Karrieristen wie diese Orlowa. Sie sind wie Insekten. Sie benutzen die Parteilinie, um Leute loszuwerden, die gute Arbeiter sind, damit sie ihre eigenen Idioten auf die Posten bringen können. Sie sind wie Parasiten, die Eier legen und den Wirt töten.« Die Ausdrücke, merkte sie, mit denen sie gegen die Sekretärin des Parteikomitees der Bank wetterte, waren genau dieselbe Sprache, mit der Orlowa regelmäßig »Schädlinge und Saboteure« in der Regierung und sonst wo anprangerte. Aber da sie Leon den wahren Grund für ihre panische Angst nicht nennen konnte, sprach sie weiter: »Diese Blutsaugerei und dieser Missbrauch, Leon. Das muss angeprangert werden.«

»Und wie gedenkst du es anzuprangern?«

»Ein Brief an die Zeitungen!«

»Du kennst die Artikel doch bestimmt, die wir jetzt herausbringen, Florence. Die einzigen Briefe, die die Zeitungen veröffentlichen, sind noch blutrünstigere Aufrufe zur Ermordung von ›Feinden‹, über die kein Mensch Genaues weiß, Briefe, in denen gefordert wird, Menschen ›abzumurksen‹ wie Hunde. Wie wär's, wenn du mit dem hysterischen Gerede aufhörst und deinen Kopf benutzt.«

»Ich benutze ihn ja! Dass ich nicht arbeite, das geht nicht. Das ist illegal. Sobald sich die kleinen Schnüffler hier fragen, was ich wohl den lieben langen Tag zu Hause mache, bin ich in Gefahr, verhaftet zu werden. Was schlägst du vor: dass ich mich jeden Morgen anziehe und auf den Straßen herumlaufe?«

»Wir könnten unserer Ehe eine feste Form geben. ›Hausfrau‹ ist ein zulässiger Beruf.«

»Hausfrau?« Sie sprach das Wort aus, als sei es der Inbegriff von allem, was sie jemals verachtet hatte. »Wie *nett* von dir, dass du eine ehrbare Frau aus mir machen willst! Da sollte ich dir dankbar sein, nicht? Dann sag ich dir mal was: Für so ein großartiges Schicksal hätte ich in Brooklyn bleiben können!«

Florence hatte Leon noch nie zuvor wirklich zornig gesehen, zumindest nicht seit ihrem ersten Abend im Metropol. Er stand ganz still da, ausdruckslos. Es trat nur ein Brennen in seine schwarzen, sich in sie bohrenden Augen, während sein restliches Gesicht unbewegt blieb. »Verzeih«, sagte er plötzlich in düsterem, unglaublich gewähltem Ton. »Das hätte ich beinahe vergessen. Die große Florence Fein! Wie kann es sein, dass sie ihre Brillanz, ihre Tatkraft, ihren wertvollen Dienst für die Sowjetunion nicht anerkennen! Diese Ungerechtigkeit, man stelle sich vor! Vergessen wir für den Moment mal, dass gerade wichtigere Personen festgenommen und Gott weiß wohin geschickt werden. Die bedeutende Florence Fein wurde beiseitegeschoben. Entschuldige, dass ich dir einen vernünftigen Ausweg anbieten wollte!«

»In diesem Zimmer das Frauchen zu spielen ist kein vernünftiger Ausweg… Wir müssen dieses Land verlassen, Leon! O Gott.« Sie begann laut zu weinen. Er fasste sie am Handgelenk, doch selbst da konnte sie nicht aufhören. »Hätte ich doch bloß diesen grässlichen Leuten nicht meinen Pass gegeben!« Sie sackte auf die Knie, als er sie losließ. »Das alberne Stück Papier, das die mir gegeben haben, ist wertlos. Die Wachmänner an der Botschaft konnten es nicht mal lesen.«

»Wovon sprichst du?«, sagte er und kniete sich dicht neben sie.

»Sie sagten, es sei kein gültiger Pass, und ich wollte ihnen erklären, dass ich hineinmuss, um den neuen Pass zu erhalten, aber sie haben mich weggeschickt.«

Aus Leons Gesicht wich alles Leben.

»Aber ich gehe wieder hin, und du musst mitkommen«, fuhr sie fort und drückte ihm beruhigend die Hand. »Wie du's versprochen hast. Du bist überzeugender. Wir müssen bloß an den russischen Wachen vorbei und mit einem Amerikaner sprechen, dann wird alles gut.«

Er schloss die Augen.

»Ich werde nichts dergleichen tun, Florence«, sagte er, holte tief Luft und stand auf, »ich nicht und du ebenfalls nicht.«

»Ich gehe nach Amerika zurück, mit dir oder ohne dich.«

»Begreifst du überhaupt, was du getan hast?«

Das Problem war, dass sie es sehr wohl begriff, von Anfang an begriffen hatte.

»Hast du dem Wachmann deinen Namen genannt?« Mit einem Mal wurde Leon ganz geschäftig.

»Nein. Er hat sich meine Bescheinigung angesehen, aber nur kurz.«

»Hast du dort mit noch jemandem gesprochen?«

»Was meinst du?«

»Jemandem außerhalb der Botschaft? Ist dir jemand nach draußen gefolgt?«

Sie zögerte, dachte an den Mann mit dem Filzhut.

»Da war so ein ... Mann, der drückte sich vor einem Schaufenster zwischen dem Hotel National und der Botschaft herum. Ich konnte ihn mir nicht genau ansehen, aber ...«

»Was?«

»Er war noch da, als ich wiederkam.«

»Mein Gott, Florence. Wenn die dich das nächste Mal sehen, stopfen sie dich gleich in eins ihrer Autos. Auf dem ganzen Platz wimmelt es von solchen in Zivil.«

»Woher weißt du das alles?« Sie schrie es fast. »Warum sagst du mir das erst jetzt?«

»Weil ich nicht dachte, dass du töricht genug bist, so was zu tun!«

Seine geballte Faust landete mit einem so heftigen Krachen auf dem Tisch, dass die Zuckerdose zu Boden fiel und die Bleistifte davonrollten.

In der darauffolgenden Stille wusste sie ganz genau, dass das Entsetzen, das sie fühlte, fehl am Platz und Leons Wut nur ein Tropfen Wasser war im Vergleich zu dem unermesslich tiefen Jauchesumpf, in den sie gewatet war. Florence kam auf die Beine und klaubte die vorletzte Zigarette aus dem Päckchen in ihrem Rock. Doch unter Leons verärgertem Blick hatte sie Mühe, ihr Zittern so weit zu unterdrücken, dass sie ein Streichholz anzünden konnte.

Als es ihr schließlich gelang, machte sie einen zu hastigen, schmerzenden Zug. Am liebsten hätte sie sich das glühende Ende in die Hand gedrückt.

»Schön, beruhigen wir uns«, sagte er nach einer Weile. »Sprechen wir die Sache mal vernünftig durch… Hast du irgendwas ausgefüllt – irgendwas unterschrieben?«

Oh, sie wollte es ihm so gern sagen – dass sie zum OWIR gegangen war, die alte Schachtel mit ihrer Beharrlichkeit vom Stuhl gescheucht hatte, einen Antrag für ein Ausreisevisum ausgefüllt hatte. Sie hatte *vorgehabt*, es ihm zu sagen. Aber jetzt – wie er sie ansah – konnte sie es nicht. Sie warf den Kopf in den Nacken und blies einen grauen Rauchkringel an die Stuckdecke. »Nein«, sagte sie.

»Versprich mir, dass du da nicht wieder hingehst. Für eine Weile zumindest nicht.«

»In Ordnung. Aber wie suche ich mir eine Arbeit?«

Er schüttelte ungeduldig den Kopf. »Nimm irgendeine an, Florence.«

»Du meinst, Arbeit in einer Fabrik? In einer Wäscherei?«

»Was ist daran verkehrt? Es ist ehrliche Arbeit.«

Sie blies noch einen Rauchkringel an die Decke. »Jetzt klingst du wie *die*.«

»Kann sein. Aber jede Menge anständige Leute machen alle möglichen Arten von Arbeit. Auch gebildete Leute. Ich würde schon morgen mit dir tauschen, Florence, wenn ich könnte.«

»Das würdest du, ja?«

»Was immer ich tun müsste, um mich zu retten oder dich.«

Sie konnte seinen Gesichtsausdruck nicht ertragen. Es war ein Ausdruck grenzenloser Hingabe, und er ängstigte sie mehr als all sein Zorn.

Buch IV

24.

Der Altar der Utopisten

Es gab – neben den Andeutungen meines Freunds Jascha über Mamas unappetitliche Liaison mit dem Geheimdienst – noch mehr Gründe, dass ich unbedingt in das Archiv in der Neglinnaja-Straße wollte. Seit Jahren beschäftigt mich nämlich noch eine Frage. Wieso überlebte meine Mutter den doppelten Schrecken von Gefängnis und Lager, während mein Vater, der wesentlich umgänglicher war und sich stets besser zu helfen wusste, umkam? Hätte er die Tretmühle aus Verhören und Folter und den Viehwaggon nach Sibirien überstanden, hätte man Mama und mir das mitgeteilt, davon bin ich überzeugt. Doch wenn wir in der Eiseskälte um fünf Uhr morgens sinnloserweise bei der Lubjanka vorsprachen, sagte man uns bloß, mein Vater sei zu »zehn Jahren Lager ohne Recht auf Briefwechsel« verurteilt worden, ein Euphemismus für Genickschuss, wie jedermann, sogar schon damals, wusste. (Einzig Florence blieb zermürbend optimistisch im Hinblick darauf, was dieses Strafmaß für Papa bedeuten konnte.) Wer geneigt war, sich solchen Selbsttäuschungen hinzugeben, wie überstand der die brutalen Realitäten des Gulag? Wenn ihre Lebensumstände denen meines Vaters doch so sehr glichen, wieso wurde ihr Verbrechen dann von Landesverrat zu »Hetze« herabgestuft und milder bestraft?

Jetzt, wo ich nach Antworten suchte, konnte ich mir eingestehen, dass mich ein noch größeres Rätsel plagte, zu dem ich meiner Mutter nie eine befriedigende Erklärung entlocken konnte. Es betraf ihren fehlgeschlagenen Versuch, der Sowjetunion zu entkommen. Während meiner Collegezeit, auf dem Höhepunkt des chruschtschowschen Tauwetters, rutschte Florence einmal heraus, sie und Papa hätten beherzt versucht, Russland zu verlassen, bevor es dafür »zu spät« wurde. Als ich das Thema noch mal aufbrachte, wich sie aus. Florence hatte weiß Gott das Talent, die verschiedensten Äußerungen hinterher wieder zurückzunehmen, aber den Punkt konnte ich nicht auf sich beruhen lassen, zumal sie sich 1978 stur geweigert hatte, über eine Emigration unserer Familie auch nur zu sprechen. Wenn es denn stimmte – wenn sie sich selbst bemüht hatte rauszukommen –, warum es nicht zugeben, da wir nun alle zusammen das Land verlassen konnten? Und warum wollte sie, wenn sie selbst bereits an eine versperrte Tür geklopft hatte (wie kurz auch immer), nicht einmal in Erwägung ziehen, mit ihrer Familie über eine plötzlich offene Schwelle zu treten? Wollte sie den Schlüssel zu ihrem Käfig nicht in die Hand nehmen? Was war zwischen 1937 und 1978 geschehen, dass es ihr von Grund auf widerstrebte, auch nur darüber zu sprechen?

Vielleicht hatte sie Amerika zuletzt schlicht und einfach abgeschrieben, so wie Amerika sie mitleidlos ebenfalls abgeschrieben hatte.

Meine Eltern waren nicht die einzigen Amerikaner, die nach 1936 in Moskau stranden sollten. Zu Hunderten trieben sie haltlos durch die Sowjetunion, weil sie zu spät begriffen hatten, dass sie bei der amerikanischen Regierung in Ungnade gefallen waren. Der amerikanischen Botschaft war anscheinend jeder Vorwand recht, den Bürgern ihres Landes die Ausstellung neuer Pässe zu verweigern oder auf die lange Bank zu schieben – Pässe, die sie einzig und allein aus selbstverschuldeter Naivität eingebüßt hatten. Die sowjetische Regierung bediente sich vieler ausgeklügelter Methoden, Auslandsamerikanern die Staatsangehörigkeit zu entziehen. Wer außerhalb Moskaus wohnte, wurde aufgefordert, seinen Pass zur Verlängerung mit der Post zu schicken, nur um die Mitteilung zu erhalten, die Dokumente seien »auf dem Postweg verlorengegangen« – zweifellos von Spitzeln abgefangen und umgeleitet. Moskowiter wie meine Mutter mussten ihre Pässe bei den für die Arbeits- oder Wohnerlaubnis zuständigen Behörden vorlegen. So verlor Mama ihren, obwohl der bürokratische Taschenspielertrick – ihre Worte – ihr in ihrer geschönten Darstellung der Ereignisse unerwartet zupass kam, da sie sich sowieso um die sowjetische Staatsbürgerschaft bewerben wollte.

Ich habe inzwischen einiges über diejenigen gelesen, die Zuflucht in der schützenden Festung ihrer Botschaft nehmen wollten. Wenn sie überhaupt hineingelangten, erfuhren sie von den Botschaftsangestellten, dass die Bearbeitungsgebühren für ihre neuen Pässe in Dollar entrichtet werden mussten – einer Währung, deren Besitz verboten war. Andere Antragsteller forderte man lediglich mehrmals nacheinander zum Wiederkommen auf, damit ihr Fall »gründlich untersucht« werden konnte – während die Mitarbeiter, die diese Anweisung gaben, aus ihren Bürofenstern beobachten konnten, dass an allen Ecken des Platzes unter ihnen sowjetische Geheimpolizisten patrouillierten, die allmorgendlich auftauchten wie Fischer und ihre Netze in diesen fangsicheren Teich warfen.

Ich hatte stets angenommen, das böswillige Desinteresse

unserer Botschaft an den Ausgestoßenen sei ein Symptom des Vorurteils gegen Rote im Allgemeinen gewesen, das sich zu der Zeit in Amerika ausbreitete und nach dem Zweiten Weltkrieg das ganze Land erfasste. Wer waren diese Deserteure, Unzufriedenen und Radikalen, die ihrem Land – und der Demokratie und dem Kapitalismus – den Rücken gekehrt hatten? Sie hatten sich die rote Suppe selbst eingebrockt und sollten sie nun auch auslöffeln.

Zumindest leuchtete mir diese Erklärung ein. Ich hätte wohl auch daran festgehalten, hätte ich nicht nach ein paar Jahren meines neuen amerikanischen Lebens einmal ein Geschenk bekommen, die VHS-Kassette eines »amerikanischen Filmklassikers«, die meiner Frau und mir von unserem Förderer am Temple Beth Emet vermacht worden war – einem freundlichen, korpulenten Psychologen namens Harold Greene, der an der Geschichte meiner Familie besonderen Anteil nahm, weil er in uns so etwas wie ein Bindeglied zur Welt seiner jüngeren Vorfahren sah. Mit mir unerklärlichem Stolz hatte Harold mir einmal erzählt, er stamme von einer langen Linie von Sozialisten ab, und zwar »auf beiden Seiten«, und hatte erregt von der Demonstration für Trotzki berichtet, an der sein Vater und sein Großvater vor tausend Jahren in der Bronx teilgenommen hatten. Die geschenkte VHS-Kassette war nur eine von Harolds vielen großzügigen Gaben. (Sein erstes Geschenk an mich und Luzia war eine durchgelegene Queen-Size-Matratze, die Harold, als er sie unserem ärmlichen Haushalt spendete, als »gute jüdische Matratze« anpries – »auf der zwei prachtvolle jüdische Kinder gezeugt wurden«.) Das Video, das er uns schenkte, hatte den Titel *Botschafter in Moskau*. Die Kassettenhülle trug noch den Eigentümerstempel der Bibliothek der New York University und dürfte nebst anderen Apokryphen jenes roten Jahrzehnts, dem er nachtrauerte, zu Harold gelangt sein. Ich vermute allerdings, er hat sich den Film nie bis zu Ende angesehen. Sonst hätte nämlich sogar dieser unkritische Schwärmer ihn als das erkannt, was er war: ein wässriger Haufen Propagandascheiße aus Hollywood.

Der Film hielt sich eng an die Erinnerungen des ehemaligen Botschafters der Vereinigten Staaten von Amerika in der Sowjetunion, Joseph Davies, und war auf persönliche Bitte von Präsident Franklin D. Roosevelt in den Studios von Warner Brothers gedreht worden. Nach dem Krieg – das erfuhr ich von Harold – wurde er als erster Film aus den großen Studios auf dem Scheiterhaufen von McCarthys Kampagne gegen »unamerikanische Umtriebe« verbrannt. Mit gutem Grund, würde ich sagen. Zu der ellenlangen Liste von Bonmots in dieser verlogenen Farce von Film gehört Davies' Äußerung, die während der Moskauer Schauprozesse abgelegten Geständnisse seien ihm »authentisch und nicht erzwungen« vorgekommen. Der Film zeigt auch, wie Davies Stalins grundlosen Überfall auf Finnland und seinen Pakt mit den Nazis wegerklärt und einen der blutigsten Diktatoren der Geschichte generell als schusseligen Onkel reinwäscht, der seine Nation bloß ungeschickt in eine Demokratie amerikanischen Zuschnitts führt. Für mich war der Gipfel des Irrsinns mit der Szene erreicht, in der der Botschafter seine Angestellten milde dafür rügt, dass sie sich über die Verwanzung des Gebäudes empören. *Wie sollen die Sowjets sonst erfahren, dass wir ihnen nichts Böses wollen*, belehrt er seine Untergebenen, *wenn sie nicht unsere Privatgespräche mithören können?* Bei diesen Worten wollte ich mir die Augen reiben. Der Film ist ja wohl als Persiflage angelegt, dachte ich. Wie konnte ein Diplomat so alarmierend unterwürfig und zugleich so durch und durch arrogant sein? In meiner Fassungslosigkeit wollte ich mehr über den Mann in Erfahrung bringen, unter dessen Ägide meine Eltern eine

Zuflucht verwehrt wurde, die ihnen hätte Schutz bieten können, als ihr Leben zweifellos bedroht war.

Joseph Davies, ein liberaler Washingtoner Anwalt und mit Roosevelt befreundet, besaß den Scharfsinn, auf dem Höhepunkt der Wirtschaftskrise die reichste Frau Amerikas zu heiraten. Marjorie Merriweather Post hatte von ihrem Vater das Lebensmittelimperium Post geerbt und baute es mit Hilfe ihres zweiten Ehemanns aus. Sie lenkte ihr Reich der Frühstücksflocken, Backmischungen, Kaffees, Schokoladensirups, Mehle und Tiefkühlgemüse wie Katharina die Große. Jedes Mal, wenn eine amerikanische Hausfrau einen Karton Grape-Nuts aufriss, eine Kanne Maxwell-House-Kaffee brühte oder eine Schüssel Jell-O für ihre Kinder kaltstellte, trug sie mit ihrem häuslichen Handgriff ein Gran zu Marjorie Posts gewaltigem Portfolio bei.

1935 lieferten Marjorie Posts Scheidung von ihrem Bankiersgatten, die Heirat mit Joseph Davies und der Prozess gegen den Entführer des Lindbergh-Babys der Boulevardpresse reichlich Futter. Leitartikler fragten sich, was eine majestätische Erscheinung und obszön reiche Frau wie Marjorie an einem Kartellrechtsanwalt fand, der einer Zeichentrickmaus mit Melone ähnelte. Offensichtlich unterschätzten sie den Reiz, den die Politik auf eine Frau ausübte, die schon alles besaß. Als Hochzeitsgeschenk für Ehemann Nummer drei stellte Marjorie Post Davies einen gigantischen Scheck für die Kampagne zur Wiederwahl seines Kumpels Franklin D. Roosevelt aus, ein Beitrag, der naturgemäß eine Schuld generierte, die beglichen werden sollte, wenn der Präsident seine zweite Amtszeit antrat. Mrs. Davies hoffte gewiss darauf, ihrem Gatten mit dem sechsstelligen Geschenk einen Botschafterposten in London oder Paris zu sichern. Allerdings bekam das Paar Moskau. Und, für die Geschichte meiner Eltern von größerer Bedeutung, Moskau bekam sie.

Die Davies trafen unbeleckt von Kenntnissen seiner Sprache oder seiner Geschichte in Russland ein. Marjorie war anscheinend in Sorge, sie könnten dort verhungern, und brachte deshalb in Güterwaggons der Firma Post einen unerschöpflichen Vorrat an Filet und Geflügel mit, außerdem vierhundert Liter tiefgefrorene Sahne in einem Dutzend Eisschränken, die in der primitiven Elektrik von Spaso House sofort einen Kurzschluss auslösten und prompt auftauten. Es versteht sich, dass Moskau Marjorie Post Davies nicht viel von ihrer bevorzugten Unterhaltung – Shopping – zu bieten hatte. Die Zahl der Abende, die jemand ins Theater oder ins Ballett gehen kann, ist auch endlich. Stalins Schauprozesse hinzugezählt, konnte man natürlich vielerlei Theaterstücke besuchen, und die verfolgte Joseph Davies mit derselben stupenden Ahnungslosigkeit, mit der er sich in seiner königlichen Loge im Bolschoi auch Opern ansah.

Nach zehn Wochen seines Aufenthalts war dem Paar bereits langweilig. Mit ihrer Jacht segelten sie für einen längeren Urlaub nach Amerika. Zu Hause erstattete Davies dem Präsidenten und den Medien diplomatisch Bericht: Die erzwungenen Geständnisse nannte er aufgrund seiner lebenslangen Erfahrung als Gerichtsanwalt »juristisch glaubhaft«. Die Hinrichtung von Bolschewiken? »Aufgedeckte Verschwörungen.« Zwangskollektivierungen? »Ein wunderbares und stimulierendes Experiment.« Stalin? »Ein feiner, aufrechter Mensch.« Die Schikanen und die Demütigungen, die Davies' Botschaftsmitarbeiter von Seiten des NKWD zu erleiden hatten, kamen nicht zur Sprache, erst recht nicht die Hunderte von Amerikanern, die spurlos verschwanden. Nicht lange nach seinem Amtsantritt drohte Davies' eigener Stab aus Protest gegen seine abgrundtiefe Dummheit mit Rücktritt, verlor im letzten Augenblick aber die Nerven. Aus Angst, der russischen

Geheimpolizei auf die Füße zu treten, stellten sie die Erteilung von Pässen an amerikanische Staatsbürger ein, die von den Sowjets als Bürger ihres Landes ausgegeben wurden.

War Davies wirklich unerreichbar für all die Amerikaner, die vergeblich an seine Botschaftstür klopften? Ich will das nicht glauben. Wäre es so schwierig gewesen, sich für die im Stich Gelassenen zu verwenden? Dafür hätte Davies allerdings diplomatisch tätig werden müssen. Und wie schwierig wäre das gewesen? Amerika übte zu der Zeit noch immer erheblichen Druck auf die Sowjets aus: Russland schuldete den Vereinigten Staaten Hunderte Millionen Dollar für die Industrieanlagen, die es jahrelang auf Kredit gekauft hatte. Joseph Davies war jedoch nicht wegen seines moralischen Muts ernannt worden. Den Fehler hatte Roosevelt nur einmal gemacht. Der vorherige Botschafter William Bullitt war ausgewechselt worden, sobald er den Präsidenten in seiner Überzeugung vom Wohlwollen der sowjetischen Freunde nicht mehr bestärkte. Nein, nicht Davies' Unwissenheit oder Feigheit war das Fatale. Schließlich hatte man ihn nach Russland entsandt, damit er auf Kosten von allem anderen gut Wetter machte. Und diese Aufgabe führte er wunderbar aus. Während der 190 Tage, die sie tatsächlich in Russland verbrachten, gaben der Botschafter und seine Frau Kostümpartys (»Kommen Sie als Ihr heimliches Verlangen«) mit Gewändern und Requisiten, die das Bolschoi-Museum ihnen lieh, luden die Verbrecher des NKWD, die ihre Angestellten schikanierten, zu Privatvorführungen amerikanischer Filme ein und kreuzten mit ihrer Hundertmeterjacht *Sea Cloud* auf dem Schwarzen Meer. Vor allem aber kämmten sie in ihrer freien Zeit die sowjetischen Kommissionsläden nach Antiquitäten aus vorrevolutionärer Zeit durch, die von der hungernden Bevölkerung zu Spottpreisen verkauft werden mussten. An Wissen über die Sowjetunion mag Mr. und Mrs. Davies nicht viel gelegen gewesen sein, mit Russlands Kaiserzeit jedoch beschäftigten sie sich ausgiebig. Am Ende ihrer Amtszeit hatten sie die größte Sammlung von Bildern, Tapisserien, Fabergé-Eiern, silbernen Teeservice, religiösen Ikonen, Emaillekästchen, königlichen Juwelen, Porzellan und liturgischen Gegenständen fortgekarrt, die je außerhalb Russlands angehäuft worden war. Alle diese enteigneten Schätze werden heute in vorzüglich beleuchteten Schaukästen im Marjorie Merriweather Posts Hillwood Estate in Washington, D.C., unweit meines Büros aufbewahrt. Einmal habe ich es besichtigt und dabei entdeckt, dass neben herrlichen Gemälden von Katharina der Großen auch ein Porträt von Marjorie Post Davies selbst hängt, das sie in mittleren Jahren zeigt, kostümiert als Marie Antoinette.

Es wäre zu bequem, aus alldem den Schluss zu ziehen, Joseph Davies und seine Frau seien bloß zwei Dumme mehr gewesen, die sich von Stalins Regime einfangen ließen. Das hieße, die beiden zu unterschätzen. Diejenigen, die großen Reichtum oder große Macht anhäufen, wissen meiner Erfahrung nach bei aller Einfalt oder Beschränktheit, die die Öffentlichkeit an ihnen wahrnimmt, auf rätselhafte Weise instinktiv immer, auf welcher Seite ihr Brot gebuttert ist. Trotz seiner Unbedarftheit verstand sich Joseph Davies darauf, mächtige Leute bei Laune zu halten: Er verwöhnte seine Frau, schleimte bei FDR und betrachtete Stalin und Litwinow wohl mit der Denke eines Anwalts als Klienten, denen die beste Verteidigung zustand, die man für Geld kaufen konnte, ganz gleich, was für Verbrechen sie begangen hatten.

Es hieße auch, Roosevelt zu unterschätzen, wenn man meinte, seine Kür von Davies zum Botschafter beruhe schlicht auf Nepotismus und wechselseitigem Geben und

Nehmen. Davies besaß eine Eigenschaft, die jedem anderen Russlandexperten in Washington zu der Zeit abging: Er bestätigte Roosevelt in seinem politischen Glauben, die Sowjetunion verfolge wie die Vereinigten Staaten das grundsätzliche Ziel, das Los von jedermann zu verbessern, wenngleich mit eigentümlichen Methoden. Zu einer Zeit, als Europa auf einen Krieg zusteuerte, war ein Bündnis mit Russland in vieler Hinsicht zweckdienlich. Mein Geschichtsverständnis sagt mir aber, dass es nicht einmal mit Amerikas engsten Verbündeten je eine so unkritische Freundschaft gab wie die, die zwischen Roosevelt und Stalin in jenen Jahren bestand. Meine Hypothese, eine Häresie für alle Anbeter des Götzen FDR, die unseren zweiunddreißigsten Präsidenten am liebsten ins *Letzte Abendmahl* hineinmalen würden, lautet daher anders: Irgendwo in seinem Innern bewunderte Roosevelt dieses wölfische Ungeheuer! Bewunderte den eisernen Willen, die brachialen Sozialtechniken, die polit-ökonomischen Experimente, die ein überzeugendes Vorbild für die Ausweitung seines eigenen Regierungshandelns von einem kleinen zu einem großen Schwindel darstellten. Und am allermeisten bewunderte er die Überzeugung, dass die Herausbildung großer Nationen unumkehrbar war. Wie sich die Vereinigten Staaten gerade von einem Land des entfesselten Kapitalismus in ein Land mit staatlich gelenktem Sozialismus verwandelten, so würde sich die UdSSR, mag Roosevelt geglaubt haben, vom Totalitarismus zur sozialen Demokratie wandeln. Worauf gründete diese Überzeugung? Auf demselben halluzinatorischen Utopismus, der unter Intellektuellen jener Zeit so ansteckend war. War FDR ein verkappter Kommunist? Himmel, nein. Der Mann, der Millionen aus der Staatskasse an die größten Unternehmen umverteilte, war nichts dergleichen – nur ein gewöhnlicher Utopist. Kratze an einem Utopisten, und du wirst einen

Machiavelli finden – einen, der sich unweigerlich zu dem Grundsatz bekennt, dass der Zweck die Mittel heiligt.

Kurzum, die in die Enge getriebenen Amerikaner, darunter meine Eltern, wurden nicht im Stich gelassen. Sie wurden nicht einmal vergessen. Sie wurden auf dem gemeinsamen Altar zweier Großmächte *geopfert*.

Mein einziger Trost ist, dass die Geschichte es mit Joseph Davies nicht gut gemeint hat. Er bleibt als der feige und kriecherische Ignorant im Gedächtnis, der er war. Derweil zieht Roosevelt, der alte Patrizier, entlastet in das Pantheon großer Staatenlenker ein, deren Mythos mit der Zeit immer größer wird. Dieser Irreführung kann sogar ich eine gewisse Bewunderung nicht versagen. Die Geschicklichkeit, mit der FDR seinen anpassungsfähigen alten Freund Davies die Konsequenzen für seine unseligen Allianzen allein tragen ließ, muss man anerkennen – ein Schachzug, der eines *Fürsten* in jeder Hinsicht würdig ist.

Moskau, 1937

25.

Hausputz

Das Jahr 1937 stand Florence als Hausbesorgerin im W-Theater in der Arbat-Straße durch, eine Arbeit, die sie durch die Beziehungen der Frau ihres ehemaligen Vorgesetzten Timofejew bekommen hatte. Es war der letzte Gefallen, den er seiner amerikanischen Naiven tat, nicht mitgezählt den Gefallen, den sie noch nicht als solchen erkannte – jeglichen Kontakt abzubrechen.

Und so schob Florence im Januar, als die inneren Zirkel der Partei von Stalins früheren Genossen gesäubert wurden, einen Besen durch das staubige Labyrinth der Schauspielergarderoben. Als Stalin im März die Kampagne zur Ausmerzung abweichlerischer Intellektueller wie der Schriftsteller Isaac Babel und Ossip Mandelstam anstieß, rackerte sich Florence damit ab, die schlammigen Stiefelabdrücke aus den roten Teppichen im Foyer des alten Theaters herauszubringen. Im Mai, als der Große Führer mit der Säuberung der Roten Armee begann und in anderthalb Jahren fünfunddreißigtausend Offiziere liquidieren ließ, entfernte sie Schmutz aus Samtkissen. Die Säuberungen zogen sich bis weit ins nächste Jahr hin, als der »Vater der Völker« anordnete, massenhaft Polen, Koreaner, Griechen und Finnen aufzuspüren und nach Sibirien zu verfrachten, alldieweil Florence eimerweise Zigarettenasche und schmutzige Zeitungen in die Müllkübel der verwinkelten Gassen im Arbat-Viertel leerte. Und während Jeschow, der neue Leiter des NKWD, »die Organe säuberte«, indem er Tausende Mitarbeiter seines Vorgängers hinrichten ließ und sich damit selbst in die Liste derer einreihte, die dereinst fortgespült werden sollten, scheuerte Florence mit wunden Knien die Porzellanschüsseln öffentlicher Toiletten.

Trotzdem wäre es nicht richtig zu sagen, dass sie die Arbeit verabscheute. Genau wie ein Krankenwärter mit der Zeit den Geruch des Chloroforms richtig gernhaben mag, hatte Florence nach einer Weile Freude am Geruch des Make-ups, der nach einer Vorstellung in den Teppichläufern und Vorhängen hing. Es versetzte sie in die Zauberwelt eines einsamen Kindes, wenn sie die leeren Kostüme und ungenutzten Requisiten um sich herum betrachtete, die schmuddeligen hohen Decken, die üppigen Vorhänge, die ganze ramponierte Herrlichkeit alter Theater überall. Wie Aschenputtel hinten im Zuschauerraum auf ihren Besen gestützt, schaute sie in einer dunklen Ecke bei den Kostümproben jeder neuen Inszenierung zu. Sie verstand sehr genau, dass sie die Stelle mit der stillschweigenden Erwartung bekommen hatte, dass sie sich unauffällig verhielt und *tische wody, nishe trawy* war, stiller als Wasser und tiefer als Gras. Während auf der Bühne andere Dramen ihren Lauf nahmen, machte Florence sich unsichtbar und suchte Trost in der Anonymität.

Abends lebte sie auf und gab Leon die Stücke Szene um Szene wieder. Sie ließ sich von ihm die müden Füße kneten und erzählte mit genießerisch geschlossenen Augen von den Wutanfällen und Liebeshändeln, den vereitelten Hoffnungen und bitteren Enttäuschungen der Personen des Stücks – so viel leichter zu schildern als ihre eigenen. In der Saison versäumte sie keine Aufführung: Arbusow,

Gorki, Tschechow. Manchmal wanderte ihr Blick von den Schauspielern zu den Zuschauern. Die kamen ihr ebenfalls wie Schauspieler vor, vielleicht weil sie sich ihnen gleichermaßen fern fühlte. Sie hatte Kontakt mit niemandem, es sei denn, Agnessa Artemowna, die Garderobiere, war krank und Florence saß an ihrem Platz und nahm feuchte Mäntel und Hüte entgegen oder stopfte Schals in Ärmel. Nach der Vorstellung schaute Florence dann zu, wenn die Menge unter Einsatz von spitzen Ellbogen zur Garderobe drängte, und war wie eine Schwindsüchtige bei Tschechow schockiert über die gierige Lebenskraft. Die angenehme Gesellschaft Agnessa Artemownas, die nur fünfzehn Jahre älter war als Florence, mit ihren geschwollenen Beinen und Knöcheln aber als ihre Mutter durchgegangen wäre, machte ihr den Abstieg erträglicher. Die kleine Kammer neben der Zuschauergarderobe war Agnessas privates Reich, und sie hütete das Gewirr aus kaputten Stühlen, rissigen Besenstielen, Teppichresten und angeschlagenen Pfannen, wie ein Großstadtspatz sein Nest aus Straßenabfall hütet. Nach dem ersten Akt eines Stücks sperrte Agnessa die Garderobe zu und lud Florence zu einem Glas Schwarztee ein, den sie in einem alten Kessel voller Kalkspuren kochte.

Wie Agnessa es Florence schilderte, war sie als naive junge Frau in Moskau gelandet, als sie mit anderen jungen Mädchen vom Land aufbrach, um Arbeit in einer Fabrik zu suchen. Mit zwanzig hatte sie einen jungen Mann geheiratet, der »ein bisschen trank, aber sanftmütig zu sein schien«. Die Schwiegermutter hielt Agnessa für ein tölpelhaftes Landei und »zerrte mich an den Haaren durch den Flur, als ich schwanger wurde«. Sie ließ Florence die Beulen und Dellen auf ihrem Kopf befühlen, die sie von den Prügeln ihres jungen Ehemannes und seiner Mutter zurückbehalten hatte. Den Spuren der Misshandlungen auf Agnessas Körper zum Trotz blieb ihre Seele aber offenbar verschont, denn sie schilderte die Gewalt, die sie erleben musste, in lebhaftem, munterem Ton. Sie erinnerte sich an alle Details ihrer Jugendtage – an das Wetter, daran, was bestimmte Dinge kosteten –, und das machte ihre Geschichten so fesselnd wie die Stücke auf der Bühne. Eher noch fesselnder, fand Florence, denn sie waren wahr. Auf der Bühne führten die Schauspieler Szenen vor, in denen die Helden erlöst wurden, weil sie sich Kollektiven anschlossen und ihre Träume einem gemeinsamen Willen unterordneten; die Leitmotive in Agnessas Erzählungen wiesen stets in entgegengesetzte Richtung: in ein fast monomanisches Streben nach einem eigenen Zimmer. »Ich fand Arbeit als Schriftsetzerin und ließ mich von dem Dreckskerl scheiden«, erzählte sie Florence im Schatten von Besen und Bürsten. »Aber wir wohnten immer noch im selben Zimmer! Ich ging zur Verwaltung und sagte: ›Geben Sie mir und meiner Tochter ein Zimmer!‹ Und die: ›Bringen Sie uns eine Bescheinigung, wie viele Quadratmeter Sie und Ihr Exmann haben.‹ Ich brachte sie ihnen. Es waren fünfzehneinhalb. Und sie: ›Wir können Ihnen nicht helfen. Jedem stehen fünf Meter zu, und Sie beide haben schon einen halben Meter extra. Sie müssen sich selbst etwas suchen – tauschen Sie das Zimmer gegen zwei kleinere.‹ ›Er will aber nicht!‹, sage ich. ›Das ist nicht unser Problem.‹ Was soll ich machen – noch ein Kind kriegen mit dem Schwein, damit ich mein eigenes Zimmer bekomme? Da verstand ich, was ›städtisches Leben‹ bedeutet, Kindchen. Hier muss man Geld verdienen! Und Kies in die richtigen Hände drücken. Ich hab also tagsüber gearbeitet und außerdem nachts in der Leichenhalle geputzt. Nie geschlafen, nie mein Kind gesehen. Ich war die Lebende, die die Toten beneidet hat. Dann bin ich mit dem, was ich verdient hatte, zu den richtigen Leuten gegangen. Und so schließlich an ein eigenes Zimmer gekommen.«

Irgendwann gegen Ende des zweiten Akts, wenn es Zeit war, die Garderobe wieder aufzuschließen, endeten Agnessas Geschichten mit einer philosophischen Sentenz oder einer wehmütigen Bemerkung. »Merkwürdig, welche Wege das Leben geht, nicht? Schau dir meine Hände an. Ich kam in die Stadt, weil ich ein leichteres Leben suchte. Meine Schwester, die blieb auf dem Land, und sie ist schließlich besser im Leben gefahren als ich. Sie wurde Hebamme. Einmal half sie mir aus der Patsche. Nach meiner Scheidung lernte ich einen Mann kennen – einen guten Mann, aber verheiratet. Tja, was sollte ich machen? Ich konnte es ja nicht behalten. Guck nicht so entsetzt. Sie half vielen Frauen. Sie hat ein ruhiges kleines Häuschen auf dem Dorf. Aus ganz Moskau kamen die Mädchen zu ihr, auch als es erlaubt war. Und jetzt hat sie sogar noch mehr zu tun. Ihr Haar ist immer gefärbt. Schöne Kleider. Nie knapp bei Kasse.«

Zu Florences Erleichterung fragte Agnessa sie kaum etwas.

»Und, wie bist du hier gelandet?«, sagte sie einmal.

Florence hatte inzwischen gelernt, dass einfache Antworten besser waren als komplizierte. »In Amerika gab es keine Arbeit. So kam ich hierher. Ich lernte einen Mann kennen und blieb.«

Und Agnessa hatte verstehend genickt. »So ist es immer.«

Während der ersten Monate am Theater war Florence immer auf der Hut vor einem bekannten Gesicht und spähte heimlich zu den Besuchern an der Garderobe, damit sie sich, falls sie jemand entdeckte, rechtzeitig abwenden konnte. Doch als sich nach vielen Monaten kein Gesicht aus ihrem alten Leben gezeigt hatte, ließ sie bei ihrer Wachsamkeit die Zügel etwas schleifen. Daher war es seltsam, ihren Namen zu hören, als eine Frau ihr eines kalten Abends im April 1939 ihren Kaninchenmantel reichte.

Florence kniff die Augen zusammen, so als blende sie jemand mit grellem Licht.

»Sie erinnern sich nicht an mich, wie?«, sagte die Frau. »Ich bin's, Walda.«

Nicht das Gesicht, sondern der baltische Name ließ den Knoten platzen, und mit einem Mal fiel Florence die gebildete lettische Übersetzerin aus Ninas und Timofejews Wohnung vor so vielen Jahren wieder ein. »Walda! Natürlich!«

Die erste Klingel unterbrach sie, und Florence sah ihre alte Bekannte erst nach der Vorstellung wieder. Walda wartete innen an der Tür des Theaterfoyers auf sie. »Flora, ich bin überrascht, Sie hier zu sehen.«

Altbekannte Wogen der Furcht und Beklommenheit stiegen in ihr auf, aber sie wappnete sich dagegen. »Vieles ist jetzt überraschend«, sagte sie.

Walda hatte die Anspielung wohl verstanden, denn sie sagte in sanfterem Ton: »Wir sollten uns unterhalten und auf den neuesten Stand bringen.«

»Haben Sie Lust, bis Mitternacht hierzubleiben?«, sagte Florence ironisch.

»Wie wäre es am frühen Nachmittag? Nächsten Donnerstag?«

Und zu Florences Verblüffung zog Walda einen Zettel aus ihrer Handtasche und schrieb eine Adresse auf.

Bis zum letzten Moment war sich Florence unschlüssig, ob sie Walda besuchen sollte. Es war lange her, dass sie die Gelegenheit hatte, ein gutes Kleid anzuziehen und sich die Haare zu richten. Die Vorstellung, sich für die Welt präsentabel zu machen, erfüllte sie mit einer gefährlichen Hoffnung, der sie nicht traute. Die Adresse, die Walda ihr gegeben hatte, befand sich unweit des Sokolniki-Parks, an der mit Kiefern bewaldeten Stadtgrenze von Moskau, erreichbar nur mit der Straßenbahn von der allerletzten Metrostation. Als sie dort ankam, erwies sich der Ort nicht als waldige Aussicht, sondern als Studentencafeteria an der Universität, an der Walda unterrichtete – dem Institut für Philologie, Geschichte und Literatur oder, in Kurzfassung, IFLI. Während ihres selbstgewählten Rückzugs hatte sich die Stadt nach außen vorgeschoben. Bei einer Schüssel überraschend köstlicher Suppe in dem Café mit Walda kam Florence sich vor wie ein nachtaktives Tier, das bei Tageslicht wach wird. »Hier unterrichten Sie?«

»Ja, im Fachbereich Klassische Philologie.«

»Jeden Tag über Literatur zu diskutieren – so eine Arbeit muss eine wahre Freude sein.« An der strahlenden Sonne, unter der die Schneehaufen schmolzen, an dem belebenden Geruch schwarzer Erde, an den nackten, unbehüteten Gesichtern der vorübergehenden Studenten spürte Florence den Rausch des nahenden Frühlings.

»Ja, schon. Die Studenten sind klug, aber...« Walda senkte die Stimme. »Über die Struktur eines klassischen Gedichts sprechen geht nicht mehr, ohne dass irgendwer mich belehrt, es wäre reaktionär oder ich wäre ›Formalistin‹. Was soll ich da sagen? Von uns wird erwartet, dass wir mit der Zeit gehen.«

Waldas Klagen zu hören machte Florence aber nur noch neidischer. Erst als sie allein waren und am jetzt menschenleeren Rand des Parks spazieren gingen, sagte Walda: »Ehrlich gesagt, Flora, wollte ich meinen Augen nicht trauen, als ich Sie in der kleinen Garderobe im Theater sah.«

»Wieso?«

Walda machte große Augen. »Wie darf ich das verstehen? Ich nahm an, Sie wären nach Amerika zurückgegangen oder, na ja... weggeschickt worden.«

»Ich?«

»Ja. Wegen Timofejew. Gucken Sie nicht so überrascht. Haben Sie nicht gehört, was mit ihm geschehen ist? Er wurde nach dem Pjatakow-Prozess abgeholt.«

»Grigori Grigorjewitsch?« Es war gefährlich, so zu sprechen, aber irgendetwas in Waldas Augen – die noble Klarheit ihres Gesichts – gab Florence das Zutrauen weiterzusprechen. »Großer Gott! Was ist mit Nina?«

»Sie ist weg. Zurück nach Tiflis. Weiß der Himmel, wer inzwischen in die herrliche Wohnung in der Pretschistenka eingezogen ist.«

Florence ging auf, dass Waldas Verbindung zur Glitzerwelt der Timofejews ebenso abgerissen war wie ihre. Sie waren jetzt beide isolierte Planeten, abgekommen von ihrer alten Umlaufbahn.

»Sie sagen, Nina hat ihn verlassen?«

»Verlassen? Oh, Flora, glauben Sie, von Moskau nach Sibirien ist es weniger weit als von Tiflis?«

Florence hörte jetzt zum ersten Mal davon, dass Timofejew als junger Mann Mitglied irgendeiner Oppositionsgruppe gewesen war, und ihr dämmerte, dass er seine Verhaftung die ganze Zeit vorausgeahnt hatte. Er hatte sie entlassen, damit sie nicht mit ihm in Verbindung gebracht werden konnte. Sie musste an die leichthin gesagte Bemerkung seiner eleganten Frau denken: »Wer sind wir, dass wir meinen, wir verstünden alles, was ganz oben vor sich geht?«

»Ninas Kontakte haben mir zu der Arbeit im Theater verholfen«, vertraute sie Walda an.

»Dieses dunkle kleine Theater.« Walda schüttelte mitfühlend den Kopf. »Sicher, es ist ehrenhafte Arbeit«, sagte sie zurückrudernd. »Ich meinte nur, mit Ihren Fähigkeiten – Maschineschreiben, Buchhaltung, Ihrem Englisch – könnten Sie durchaus etwas Passenderes finden.«

Schwebte Walda irgendetwas vor?

»Wie wäre es gleich hier im Institut? Sie könnten bei den fortgeschrittenen Philologiestudenten Englisch unterrichten.«

»Haben Sie nicht schon genug Lehrkräfte?«

»Wir hatten einige Wechsel im Lehrkörper und in der Leitung.«

Florence bat Walda nicht um genauere Erklärung. Die Säuberungen waren sicher nicht spurlos an dem Institut vorbeigegangen. Jetzt aber, so schien Walda anzudeuten, schwang das Pendel in die andere Richtung. »Übereifer«, so wurde es in den Zeitungen genannt. Das Politbüro hatte Nikolai Jeschow, den Leiter des NKWD, seines Amtes enthoben, weil er bei seiner Arbeit über das Ziel hinausgeschossen war. Jetzt, mit Berija am Ruder, war das Schlimmste offenbar vorüber.

Florence wusste, was Leon zu dem Plan sagen würde: Am Theater ließ man sie in Ruhe. Dort war sie sicher. Aber was bedeutete *sicher*? Sie verkümmerte innerlich. Vergeudete die wichtigsten Jahre ihres Lebens mit Nichtigkeiten. Was immer Walda bewegen mochte, ihr einen anderen Weg aufzuzeigen, Florence zweifelte nicht daran, dass ihr Mitgefühl echt war. Ihr war schmerzlich bewusst, dass sie niemanden täuschen konnte, so stolz und selbstsicher sie sich auch nach außen hin gab. Walda war ein echtes Mitglied der Intelligenzija, nicht eine von den neuen Möchtegerns, die durch Katzbuckelei an einflussreiche Positionen gelangt waren. Es gab in Moskau immer noch ein paar Menschen, dachte Florence, die wussten, was menschlicher Anstand ist.

»Aber das IFLI ist eine seriöse Lehranstalt. Hier lehren Wissenschaftler, und ich habe noch nie Unterricht gegeben.«

»Das macht nichts. Sie haben einen Universitätsabschluss. Und haben Sie mir nicht einmal erzählt, Sie hätten in Amerika Ingenieure betreut? Sie könnten doch sagen, Sie haben sie unterrichtet.« Walda notierte sich etwas in ihr kleines Adressbuch. »Ich spreche mit dem Dekan. Er ist ein vernünftiger Mann. Ich habe das Gefühl, das wird klappen.«

Und so war es auch.

26.

Unsere Freunde aus Genf

…so stellte Muchow die Männer von Sausen Petroleum vor, obwohl mir keiner von ihnen auch nur entfernt wie ein Schweizer erschien. Ihre slawischen Visagen ließen, nicht anders als die Namen, keinen Zweifel an ihrer Staatsangehörigkeit aufkommen. Ihre Sprechweise, ein anglisiertes Russisch, Indiz für eine Ausbildung in London, und die schmalen Anzüge, Erzeugnisse italienischer Maßschneidereien, zeugten allerdings von einer stärkeren Verflechtung zwischen Nord- und Südeuropa. In Gucci gewandet, freuten sich die beiden schrecklich, unsere Bekanntschaft zu machen. Der eine schüttelte mir fest die Hand, als hoffte er, ein paar Spritzer Öl aus mir herauszuquetschen.

Es dauerte, bis die Besprechung anfing, weil jeder Einzelne aus der Vorstandsetage von L-Pet vorbeischauen und unseren Freunden aus Genf viel Glück wünschen wollte. Glück wurde eindeutig nicht benötigt. Die Gucci-Brüder waren so voller Vertrauen und Zuversicht, dass sie auf die antiquarischen Gerätschaften, die wir ihnen für ihre Präsentation anboten, lässig verzichteten. Sie hatten keine Verwendung für die ausziehbare Leinwand oder den Diaprojektor, kamen ohne Laptops und PowerPoint aus. Das soll nicht heißen, dass sie keine Manieren hatten – im Gegenteil. Sie waren so liebenswürdig, wie es nur ging; den Vortrag über die langen und treuen Dienste, die sie L-Pet geleistet hatten (als Ölhändler für das Unternehmen), hielten sie mindestens zweimal. Ihre Strategie war wohl, so wenig wie möglich darüber zu verraten, was sie als unsere Ölverschiffer tatsächlich zu tun gedachten, und einfach auf die Überzeugungskraft des Namens Abuskalajew zu setzen. Nach anderthalb Stunden dieser »Präsentation«, beeindruckend in ihrem fast kompletten Mangel an Substanz, wollten die Gucci-Zwillinge wissen, ob wir noch Fragen an sie hätten.

Ich hatte: Wie planten sie unsere Schiffe zu bauen und zu steuern? Das wissende Lächeln von Gucci Nummer zwei ließ die Anwort bereits ahnen. »Dafür stellen wir natürlich Fachleute ein.«

Bei den Fachleuten, die sie im Auge hatten, handelte es sich um »die beste Crew bei Sowkomflot« – einem Staatsbetrieb und einem der Mitbewerber in der Ausschreibung.

Ich rechnete gleich im Kopf. Sowkomflots Angebot lautete auf fünfundsechzigtausend pro Tag. Sausens Angebot belief sich auf hundertelftausend Dollar pro Tag. Für den Bau derselben Schiffe in der derselben Werft mit im Prinzip demselben Hersteller wollten sie uns per annum siebzehn Millionen Dollar mehr für die nächsten zehn Jahre in Rechnung stellen. »Ihr Gebot ist erheblich höher als das von Sowkomflot«, sagte ich. »Würden Sie uns bitte erklären, wie dieser Mehrbetrag zustande kommt?«

»Sicher. Was Sie dafür erhalten, ist« – und nun äußerten unsere neuen Freunde aus Genf fast unisono eine Phrase, die schon vor so langer Zeit im Schoß des amerikanischen Kapitalismus ausgebrütet wurde, dass sie aus dem Munde dieser Gecken entwaffnend goldig klang – »Qualitätskontrolle.«

Die einzige Frage, die noch offen war, konnte offen

allerdings nicht gestellt werden: Mit wem aus der Riege der Anzugträger bei L-Pet wollten sich die Gucci-Knaben die 170 Millionen teilen? War es Muchow oder war es Serdjuk, die jetzt beide gestreng nickten? War es der Firmenboss Abuskalajew selbst? Wahrscheinlich war es Kablukow, der Stiefel, auch wenn seine Abwesenheit bei dem Termin die Frage nach seiner Beteiligung an den Gaunereien offen ließ – es sei denn, er wollte bloß nicht dabei sein, wenn seine Befehle ausgeführt wurden. Ich schielte über die Schulter hinweg zu Tom. Er durchschaute sie doch bestimmt auch, diese zweitklassigen Schwindler, die sich hinter Weltläufigkeit und Protzerei versteckten? Da Tom für die finanzielle Seite des Joint Venture verantwortlich war, hoffte ich lahm, *er* wisse vielleicht, wie man die 170-Millionen-Dollar-Frage geschickt aufs Tapet brachte. Doch das clintoneske Blinzeln, mit dem er mir antwortete, war kein Trost. Ohne auf meine wortlose Bitte einzugehen, drückte er mit seiner riesigen Pranke meine normalgroße Schulter auf eine Art, die sagte: *Ruhig Blut, Tiger. Auf den Kampf brauchst du deine Fänge nicht zu verschwenden.*

Ich schob die Ärmelmanschette zurück und sah auf die Uhr. Die Zeiger meiner Timex rückten auf drei vor. Ich musste in die Neglinnaja-Straße zu meiner Verabredung mit dem Archivar, bevor sie zumachten. Ich schäkerte weiter und hoffte, die Sausen-Frage ließe sich rasch und ein für alle Mal abschließend klären, sobald die Genfer unseren Konferenzraum verlassen hatten, doch zu meinem Leidwesen wurde jetzt ein Lunch aus zu üppig gefüllten Pastrami-Sandwiches und Sauerkraut auf einem Silberwagen hereingerollt.

Als ich es nicht mehr aushielt, stahl ich mich davon. Das endgültige Votum, sagte ich mir, fiel sowieso nicht vor Montag. Und es war erst Donnerstag. Ich jagte zur Metro und tauchte an der Station Kusnezki Most zwischen geparkten Mercedes und rauchenden Milchgesichtern in Geschäftsanzügen wieder auf. Gegen den Fußgängerstrom stürzte ich zu den eloxierten Doppeltüren des Archivgebäudes. Gott sei Dank, noch offen! Ich hatte die Lobby mit dem von Schuhabdrücken gezeichneten Linoleum kaum betreten, da teilte mir der diensthabende FSBler – diesmal ein anderer – mit, das Gebäude werde bald geschlossen.

»Es ist noch eine halbe Stunde Zeit«, protestierte ich. Mit einem indifferenten Nicken wies er auf ein an die Wand geklebtes Papierschild: SOMMERÖFFNUNGSZEITEN.

»Der Archivar sagte mir, er sei bis drei Uhr hier.«

»Er ist vor einer Stunde gegangen.«

Ich spähte in den Leseraum. Der war leer. Sogar verarmte Intellektuelle fanden an einem sonnigen Nachmittag schönere Fleckchen. Dann sah ich an den Karteikästen an der Rückseite des Raums einen Mann mit hängenden Schultern, den Stellvertreter des Archivars. »Hey, erkennen Sie mich wieder?« Ich wedelte herum, um mich irgendwie bemerkbar zu machen. Langsam und zögernd wandte sich der Mann um. Daraufhin trat ich näher. »Ich habe Ihnen einige Unterlagen zu den Akten meiner Eltern gegeben.«

»Sie sind der aus Amerika.«

»Das ist richtig.«

Er musterte mich mit Habichtsaugen. »Ich habe Ihren Antrag bei uns erfasst«, sagte er.

»Oh, gut.«

»Das Personal wird in einem unserer Depots danach suchen. Das wird etwas dauern.«

»Wie lange?«, sagte ich und gab mir Mühe, mich bei meinem infantilen Ton nicht zu winden.

»Wer weiß? Eine Woche. Zwei.«

»Aber ich fahre am Dienstag«, sagte ich bittend.

Er dachte darüber nach. »Haben Sie hier jemanden, der die Sachen für Sie abholen kann?«

Ich hielt inne. Ich hatte jemanden, klar, wollte Lenny aber nur ungern die Akten für mich abholen lassen. Wer wusste, was er darin entdecken würde?

»Was, wenn ja?«, sagte ich.

»Ich kann Ihnen ein Formular geben, mit dem Sie den Empfänger autorisieren. Allerdings fallen Gebühren für Fotokopien an.«

»Wie viel?«

Er nannte mir den Preis in Rubel. Es lief auf fast fünfzig Cent pro Seite hinaus.

»Wie viele Seiten enthält so eine Akte typischerweise?«

Er zuckte die Achseln. »Das können zweihundert sein. Oder sechshundert. Das hängt von der Art des Verbrechens ab.«

Jetzt war es an mir, ihn von der Seite anzusehen. Man konnte in dieser Stadt nicht einen Schritt vom Üblichen abweichen, ohne dass einen jemand zu erpressen versuchte. Ich bat ihn um die notwendigen Formulare.

Von draußen sah ich im Dunst des späten Nachmittags zu, wie der Wachmann die Türen abschloss und die Gruft verrammelte, in der die Taten und Untaten meiner Eltern lagerten, das Depot meiner unbeantworteten Fragen. Ein Pappelbausch trieb mir ins Gesicht. Noch mehr purzelten auf den Gehweg, verstopften die Rinnsteine. Ich machte mich auf den Rückweg. Die Luft fühlte sich aufgeladen an, barometrisch instabil. Beim Blick gen Himmel sah ich, dass sich Wolken sammelten, den Rest des Tageslichts umhegten. *Wovor hast du Angst?*, dachte ich. Dass mein eigener Sohn die Wahrheit über seine Familie erfuhr? Oder mehr wusste als ich? Lenny war neunzehn, als meine Mutter starb. Er war der Einzige in der Familie, den Florence selbstvergessen und innig liebte; sie hatte ganze Wochenenden mit ihm verbracht, seit wir in Amerika waren, was sie mit Mascha, meiner Ältesten, kaum einmal getan hatte.

Und Lenny betete Florence an und hätschelte bis ins frühe Mannesalter ein paar abwegige romantische Vorstellungen über ihre »freigeistige« Lebensführung. Doch als mir jetzt einige der dummen Ratschläge einfielen, die meine Mutter ihm gegeben hatte – »Sei im Leben nicht zu praktisch«, »Überlass das Denken deinem Herzen, du kriegst weniger Kopfweh« –, war ich mir ganz und gar nicht mehr sicher, ob ich aus seinem überhöhten Bild von ihr nicht doch ein bisschen die Luft herauslassen wollte. »Ach, zum Teufel, wir sind alle erwachsen«, sagte ich zu niemandem und zog mein Handy aus dem Jackett.

Nach sechsmaligem Läuten ging der Ruf zu Lennys Auftragsdienst. Ich probierte es noch einmal. Jetzt ging er sofort zur Voice-Mail. Ich wartete auf das Signal. »Ich bin's«, sagte ich in die elektronische Stille. »Was hieltest du von einem zeitigen Abendessen? Such dir aus, wo. Ich möchte etwas mit dir besprechen. Einen Gefallen.«

Ich sah noch einmal zu dem unergründlichen Himmel hinauf und scrollte auf meinem Telefon, bis ich die Nummer von Lennys Wohnung fand. Es war belegt. Ich probierte es noch einmal und hörte nach zweimaligem Läuten jetzt eine fiebrige, feucht klingende Frauenstimme. »Wurde auch Zeit, wo steckst du?«

»Katja?«, sagte ich unsicher.

»Wer spricht da?« Es war keine Frage, sondern eine Forderung, wenngleich die eines dünnen, misstrauischen Stimmchens.

»Juli Leontjewitsch. Kann ich Lenny sprechen?«

Die Stimme am anderen Ende kippte in ein verzweifeltes Stammeln. »Oh, Juli Leontjewitsch, o Gott. Lenny ist nicht da. Sie haben ihn vor einer Stunde abgeholt. Ich ruf schon überall an.«

»Beruhige dich, Liebling. Wer hat ihn abgeholt?«

»So Männer. Vom MWD, vom Innenministerium. Haben

sie jedenfalls gesagt. Sie haben ihm das Schriftstück gegeben. Sie beschuldigen ihn des Betrugs an den Anteilseig-
nern irgendeiner Firma in ... ach, es fällt mir nicht ein.
Dann haben sie ihn mitgenommen.« Ihre zittrige Stimme
bewegte sich am Rand der Unverständlichkeit.

»Wohin, Katja? Wohin haben sie ihn mitgenommen?«
Ich rannte bereits zur Straßenkreuzung, den Zeigefinger
zur Fahrbahn gereckt.

»Sie wollten mich nicht mitgehen lassen. Sie sagten, sie
brächten ihn in die Justizvollzugsanstalt neun. Im Bezirk
Kapotnija, glaub ich. Oh, das ist alles Unsinn. Ich weiß,
das hat mit den schrecklichen Leuten zu tun, die er seine
Freunde nennt.«

Endlich hielt ein ramponierter blauer Lada qietschend
am Bordstein an. »Bleib, wo du bist«, sagte ich zu Katja.
»Ich komm vorbei.«

27.

Leben auf dem Mississippi

Das Leben am Institut für Philologie, Geschichte und Literatur war gegenüber dem Reinigen von Toiletten tatsächlich ein Fortschritt. Die Formalitäten waren überraschend schnell erledigt, und im Herbst unterrichtete Florence in zwei Klassen Englisch für Fortgeschrittene vor Studenten, die mit so viel Ernst und Eifer bei der Sache waren, dass die zwei unwürdigen Jahre bald in den Hintergrund traten. Das Institut bestand aus einer kleinen Ansammlung fünfgeschossiger Zweckbauten. Die gedrängt vollen Treppenhäuser und geräuschvollen Flure im Inneren erinnerten Florence an ihre eigene Studentenzeit – mit dem entscheidenden Unterschied, dass sie nun Abstand von den ständigen Rempeleien und dem Gewusel halten konnte.

Einen Lehrplan aufzustellen brauchte sie nicht, er wurde für sie aufgestellt. Der Lehrstoff bestand aus Grammatik und genehmigten Autoren wie Mark Twain und Upton Sinclair, die gemäß der primitiven Einteilung, nach der alle westlichen Schriftsteller in fortschrittliche und reaktionäre geschieden wurden, auf der richtigen Seite standen. Florence hätte den intelligenteren Studenten zu gern auch etwas von Yeats oder D.H. Lawrence gezeigt, die sie in ihrer Jugend bewundert hatte, doch selbst wenn deren

Bücher erhältlich gewesen wären, hätte sie die Einbeziehung dieser dekadenten Dunkelmänner in den Unterricht ihre Stelle gekostet. Es war hilfreich, dass solche Entscheidungen sich erübrigten. Wenn man eine Fremdsprache lehrte, war man abgeschirmt von den feindseligen Intrigen, die in anderen Fachbereichen wucherten, in denen sich Professoren gegenseitig als Altgardisten und reaktionäre Formalisten beschuldigten. In Florences erstem Semester musste eine Dozentin des Instituts ihre Stelle räumen, nachdem ihr Buch in der *Iswestija* für seine »fetischisierte Verwendung ästhetischer Mittel« heftig angegriffen worden war. Kurz darauf erschien in derselben Zeitung ein zweiter Artikel, in dem das Buch gelobt wurde. Und ebenso plötzlich kehrte die Dozentin auf ihre Stelle zurück, und ihre Kollegen pflegten freundschaftliche Beziehungen zu ihr, als ob nichts gewesen wäre. Florence war nicht klar, was tatsächlich geschehen war – ob die Professorin sich von ihren Irrtümern distanziert oder nur von einem politischen Kurswechsel profitiert hatte –, aber sie hatte es ohnehin aufgegeben, die Logik solcher Umschwünge nachvollziehen zu wollen.

Ab und zu traf sie sich mit Walda zum Mittagessen, doch ihr Unterricht fand nur selten zur selben Zeit statt, und sie hielt auch Abstand von den anderen Fakultätsmitgliedern, aus Sorge, zwischen politische Fronten zu geraten und womöglich wieder gezwungen zu sein, auf den Knien Schuhabdrücke aus Teppichen zu scheuern.

Eines Tages gegen Ende ihres ersten Semesters rief der Vizerektor Florence in sein Büro und legte ihr nahe, die Noten einiger Studenten aus der Arbeiterklasse anzuheben, die Mitglieder des Komsomol waren. Es habe, teilte er ihr mit, nach mehreren ungenügenden Prüfungsergebnissen Beschwerden über ihre Unterrichtsmethode gegeben.

Beim Blick auf den Bart des Rektors, dessen Zucken

sein Sprechen begleitete, spürte sie, dass ihre Haut mit allergischem Stress reagierte. Das ganze Jahr hindurch hatte sie ihre Pflichten peinlich genau wahrgenommen, denn der kleinste Fehler konnte das Aus für sie bedeuten. »Ich hatte den Studenten angekündigt, dass ein Teil des Unterrichts von jetzt an auf Englisch gehalten werden würde«, erwiderte sie zerknirscht. »Ich gehe ja langsam voran, aber wenn bei einigen die grammatischen Grundkenntnisse nach wie vor fehlen, sollten sie vielleicht nicht in dieser Stufe sein.«

»Vielleicht nicht. Aber ... hm, wir müssen Zugeständnisse machen, Flora Solomonowna. Es geht darum, Ungerechtigkeiten zu korrigieren, die in der Vergangenheit liegen. Nicht alle Studenten haben dieselben Möglichkeiten und Privilegien.« Der Vizerektor schien ihr nichts nachzutragen. Sein Bart, vom Pfeiferauchen gelblich eingefärbt, roch schal und gütig. Sie verließ das Büro mit dem Versprechen, den langsameren Studenten zu helfen.

Das war leichter gesagt als getan. Hinter der Vorladung zum Rektor vermutete Florence besonders ein Mädchen namens Julia Larina, groß, hübsches Pferdegesicht – eine Schmalspurstudentin, die ungeniert im Unterricht schlief, wenn sie von Komsomolversammlungen und Kundgebungen erschöpft war. Der Anweisung des Vizerektors folgend, hatte Florence den Korrekturen von Julias letztem schlechtem Diktat Erläuterungen hinzugefügt, um dem Mädchen beim Begreifen seiner Fehler zu helfen. »Morgen schreiben wir nach dem regulären Unterricht ein Wiederholungsdiktat«, sagte sie. »Daran nimmst du teil, und wenn du bei dem besser abschneidest als hier, tausche ich deine Note aus.« Doch anstatt ihr dankbar zu sein, bedachte das Mädchen Florence mit einem gelangweilten dreisten Blick. »Morgen muss ich nach dem Unterricht zur Versammlung wegen der Zeitung.«

»Dann kommst du hinterher, ich werde warten.«

»Hinterher muss ich nach Hause gehen und Essen kochen. Ich habe zwei jüngere Brüder. Unsere Mutter arbeitet in zwei Schichten.« Jeder dieser Ausreden hörte Florence die unterdrückte, aber doch spürbare Ablehnung an. Es war klar, das Julia das Diktat nicht wiederholen wollte – und auch kein anderes. Sie erwartete, dass Florence ihre Note einfach wegen ihres guten Ansehens bei der Institutsleitung anhob.

»Du bist nicht die einzige Studentin, die widerprüchlichen Anforderungen gerecht werden muss«, sagte Florence, war sich tags darauf aber nicht sicher, ob sie das Problem klug angepackt hatte. Lehrer waren praktisch Bedienstete der Universität, was raffinierte Taktiker wie Julia instinktiv spürten. Daher war es keine Überraschung, dass Florence am nächsten Tag im Unterricht die Nerven durchgingen.

Unter den gebilligten Texten für ihren Kurs hatte sie einen Auszug aus Mark Twains *Leben auf dem Mississippi* gefunden, das sie zu ihrer Bestürzung nie gelesen hatte. Darin beschrieb Twain den Mississippi zweimal: das erste Mal mit den Augen der Jugend als Junge, der überwältigt ist von der ungeheuren Schönheit des Flusses, und das zweite Mal mit dem Blick des erfahrenen Skippers, der weiß, dass ein goldener Sonnenuntergang auf starke Morgenwinde deuten kann und dass feine Kräusel in der Strömung die Vorboten tödlichen Unheils waren. »Nein, die Romantik und Schönheit des Flusses waren für mich für immer dahin. Der ganze Wert, den diese Bilder jetzt noch für mich hatten, war der Nützlichkeitsgrad, den sie mir boten, um ein Schiff sicher zu lotsen.« Die Worte packten sie mit einem kalten, euphorischen Schauer wie die Hand eines Fischers. Das Land, in das sie vor sechs Jahren gekommen war – einst so romantisch und voller Möglichkeiten –, war für sie nun voller bedrohlicher Zeichen.

Florence ging fest davon aus, dass ihre Studenten diesen Zusammenhang wohl nicht herstellten. Sie hoffte aber, dass sie sich mit ihrer Hilfe von den Worten dennoch anrühren ließen oder zumindest darüber nachdachten, dass die optimistische Gewissheit, die heute aus ihren Gesichtern sprach, eines Tages vielleicht anderen Formen des Wissens wich.

»Was meint ihr, wovon spricht Twain hier wirklich?«, fragte sie ihre Studenten tags darauf und schaute der Reihe nach in gehorsame Augenpaare. Ein blasser, prosaisch denkender junger Mann namens Alexei aus der ersten Reihe hob die Hand. »Er ist von dem Fluss enttäuscht, weil der ihm den Sinn für das Schöne genommen hat.«

»Und, hat er das?« Sie hielt den Kopf schräg und lächelte.

»Das Streben nach Wissen hat seinen Preis?«, flüsterte ein schmächtiges, ernstes Mädchen, das Florence für sich »die kleine Brontë« getauft hatte.

»Das ist sehr gut.« Wieder schaute sie sich aufmunternd um und wartete, dass in den Augen ihrer Gegenüber Lichter angingen.

Eine Stimme kam von hinten. »Twain sehnt sich nach seiner Unwissenheit zurück.« Florence war die Stimme wohlbekannt, obwohl Julia noch nie von sich aus eine Frage beantwortet hatte. »Fortschrittsfeindliche, reaktionäre Sentimentalität ist das, weiter nichts«, sagte das Mädchen mit dem dezidierten Gleichmut, den man von ihr gewohnt war. Von allen Kommentaren war seltsamerweise dieser die bisher triftigste Auslegung der Passage, und sie bestätigte Florence, dass Julias lustloses Arbeiten wenig mit ihrer Intelligenz zu tun hatte.

»Du bist also nicht einverstanden, wenn Mark Twain meint, er habe mit dem neuen Wissen auch etwas Einzigartiges verloren?«

Nun sahen die anderen Studenten Julia gespannt an. Sogar Florence setzte eine beschwichtigende Miene auf, als
wolle sie dem Mädchen versichern, seine Ansicht sei ebenso
willkommen wie die anderen. Allerdings trug Julia wohl
nicht ihre eigene »Ansicht« vor. »Schriftsteller müssen das
Leben in seiner revolutionären Entwicklung darstellen«,
sagte sie überzeugt und beließ es dabei. Es war weniger
eine Meinung als vielmehr eine nachgebetete Formel – spe-
ziell aus Shdanows Rede auf dem Sowjetischen Schrift-
stellerkongress von 1934. Es war ein Gebot geoffenbar-
ter Wahrheit, und die anderen Studenten, stellte Florence
nervös fest, nickten reumütig dazu, als wäre Julia Moses
und stiege vom Berg Sinai herab und sie die beschämten
Hebräer, die in unbekümmertem Pantheismus das Gesetz
vergessen hätten. Florence spürte ihren Vorteil schrump-
fen. Wenn sie nicht energisch gegensteuerte, ginge auch sie
den Weg des goldenen Kalbs. »Und genau das hat Twain
sein ganzes Leben lang getan«, sagte sie und ging flüssig
darüber hinweg. »Er war revolutionär nicht nur als Verfasser von Geschichten, sondern auch als Kämpfer gegen den
Imperialismus und als Redner.« Gleich darauf setzte sie zu
einer längeren Darlegung an, sprach über Twains Angriffe
auf die organisierte Religion, über seine Kritik der Sklaverei und sogar über die Nadelstiche, die er der Monar-
chie mit satirisch überzeichneten Gestalten wie dem Her-
zog und dem König verpasste – Einzelheiten, die sie dem
im Institut verwendeten Lehrbuch *Einführung in die englische Literatur* entnommen hatte. Sie schwadronierte in
dem Stil weiter, als die Stunde schon herum war und es
läutete, fügte hier und da noch etwas von dem hinzu, was
sie selbst wusste, und erwähnte noch Twains Zorn über
Amerikas brutalen imperialistischen Überfall auf die Phi-
lippinen, als ihre Studenten schon schüchtern und verlegen schauten und ihre Hefte einpackten. »Nächste Woche

schreiben wir unser letztes Diktat. Wer von euch ein früheres wiederholen will, kann mir das nach dem Unterricht sagen«, rief sie mit markerschütternder Freundlichkeit, als die Studenten hinausströmten. Julia war nicht unter denen, die die Gefälligkeit nutzen wollten.

Als es vorbei und sie allein war, versicherte sich Florence, dass sie das Heikle geschickt umschifft hatte. Sie hatte rechtzeitig erkannt, dass eine Auseinandersetzung mit Julia (deren rhetorisches Talent darin lag, mit diabolischem Zeitgefühl genau das zu sagen, was ihr einen ideologischen Vorsprung verschaffte) letztlich der Studentin in die Hände spielen würde. Warum stieß ihr dann aber so bitter auf, dass sie bemüht etwas bekräftigt hatte, was ihrer eigenen Überzeugung widersprach? Florence hatte den Geschmack der Angst auf der Zunge. Sie hatte gehofft, den Studenten in dieser Unterrichtsstunde die tieferen philosophischen Gedanken in Twains Text näherzubringen, hatte aber bloß einen ganz normalen Agitator aus ihm gemacht. Was setzte ihr mehr zu? Dass sie Twain im Stich gelassen oder dass sie den Mut verloren hatte? Sie war sich noch nicht schlüssig, als sie in dem kleinen Lehrerzimmer saß, vor sich Julias mit Fehlern übersätes Diktat. Im Büro des Vizerektors hatte sie nicht geahnt, wie tief es ihren Gerechtigkeitssinn verletzte und wie weh die kleine Kapitulation tat, das junge Komsomol-Biest vom Haken lassen zu müssen.

Mit den zwei einfachen Holztischen, dem Handwaschbecken und den schäbigen Sesseln vor einem Fenster zum Innenhof des Instituts ähnelte das Lehrerzimmer einer Küche. Hierher kamen die Lehrkräfte in den Pausen zum Rauchen und zum Lesen, froh, der unablässigen Aufmerksamkeit der Studenten und vielleicht auch dem einen oder anderen permanent prüfenden Blick zu entgehen. Da es kein eigentliches Dienstzimmer war, sondern nur ein Pausenraum, schmückte ihn kein Porträt des Großen Führers. Am Nachbartisch saß Boris Retschok, Professor im Fachbereich Geschichte, kratzte sich das wirre schüttere Haar und rieb sich die fleischigen Wangen. Seine Aktentasche, so unaufgeräumt wie sein Kopf, quoll über vor Papieren, was ihn nicht zu stören schien. Er war abgelenkt von einem Artikel in der heutigen *Prawda* und blätterte so auffällig gereizt vor und zurück, dass er Florence mittlerweile störte, die sich dem jämmerlichen Trost ihres eigenen Grolls hingab. »Jetzt verkaufen wir denen schon den Weizen, von dem sie die Armeen ernähren, die uns angreifen!«, murrte Retschok laut vor sich hin. »Und sie verkaufen *uns* das Schrapnell, mit dem wir ihnen in den Rücken schießen. Wer hat denn die geniale Idee gehabt?« Er sah Florence an und schüttelte den Kopf über die neue Politik des vermehrten Handels mit Deutschland, so als dringe er auf Antwort. Florence tat, als hätte sie ihn nicht gehört. Genauso verwirrt und berunruhigt hatte Leon ausgesehen, als er die Nachricht von der neuen Linie der Freundlichkeit gegenüber Hitler las. »Ganz Europa blockiert Deutschland, und Russland liefert ihm Lebensmittel. Fünfzig Tonnen Weizen, Gummi und Öl, und das ein Jahr nachdem die Sowjetarmee von eigenen Faschismusverdächtigen gesäubert worden ist!«

»Ist ein guter Krieg besser als ein schlechter Frieden?«, hatte sie Leon zu Hause gefragt, und er hatte sie komisch angesehen. Interessierte es sie nicht, was die Deutschen den Juden antaten?

Glaubte er denn wirklich, dass diese Gerüchte stimmten?

»Wie kannst du es nicht glauben? Wenn jemand sagt, er will unser Volk ausmerzen, kannst du ihn beim Wort nehmen.« *Unser Volk.* Es war das erste Mal, dass Florence das aus Leons Mund vernahm. Und sogar in ihrem halbprivaten Zimmer fand sie es verstörend.

Und hier fragte Boris Retschok in aller Öffentlichkeit

laut: »Was soll ich jetzt unseren Studenten sagen? Erst historische Feinde, jetzt historische Freunde. Heute ist der Hund ein Rottweiler, morgen ist er ein Pudel?«

Diesmal war es nicht so leicht, ihn links liegen zu lassen. Sie waren nicht mehr allein. Zwei Dozentinnen aus der Fakultät für Literatur – Belkowa und Danilowa – waren hereingekommen. Die Frauen verstummten sofort, als sie Retschoks wütenden Ausbruch vernahmen. Belkowa warf dem alten Mann einen missbilligenden Blick zu, den er, vertieft, wie er war, aber nicht bemerkte, und zog sich mit ihrer Kollegin in den rückwärtigen Teil des Raums zurück, wo sie einen Fensterflügel aufstießen und sich Zigaretten anzündeten. Retschok schimpfte weiter halblaut über das neue Abkommen mit den Deutschen vor sich hin, aber Florence hörte nicht mehr zu und lauschte stattdessen Belkowa, die ebenfalls bissige Bemerkungen machte, wenngleich zu einem weniger heiklen Thema – einer schwunglosen Aufführung, die sie im Theater gesehen hatte. Florence hörte zu, bis sie erraten hatte, ob es um das Theater ging, in dem sie gearbeitet hatte (tat es nicht), und packte dann ihre Sachen zusammen, um ihren Kummer woanders zu hätscheln.

Sie hätte sich noch den ganzen Abend mit Julia Larina befassen können, wäre nicht unerwartet etwas geschehen, was dieses Thema ersetzte.

»Sie werden am Telefon verlangt«, verkündete ihr magenkranker Nachbar nach dem Abendessen und ließ sich zum Schuheputzen wieder auf seinem Schemel in der Diele nieder.

Der Hörer roch noch nach Schuhcreme, als sie danach griff. »Flora Fein?«, sagte eine Männerstimme.

»Ja. Wer spricht da?«

»Wir würden gern mit Ihnen über Ihren Antrag auf ein Ausreisevisum sprechen.«

Von den Schuhcremedämpfen im Flur wurde sie plötzlich benommen. Hatte sie richtig gehört? Sie schluckte. »Rufen Sie aus dem OWIR an?«

Doch die Stimme am anderen Ende sagte schnell: »Kommen Sie morgen um vier nach Ihrem Unterricht zu dieser Adresse.«

Florence nestelte in der Tasche ihres Kleids nach dem roten Bleistift, den sie dort hineingesteckt hatte, und suchte blind zwischen den hinter dem Telefon steckenden Zetteln nach einem Stück Papier. Sie kritzelte Straße und Hausnummer auf die Rückseite eines Kassenzettels vom Fleischer. »Welche Abteilung, sagten Sie?« Doch der Anrufer hatte bereits eingehängt.

»Wer war das?«, fragte Leon, als sie wieder ins Zimmer kam, wo er gerade den Schreibtisch für das Abendessen freiräumte.

»Ich bin nicht sicher...« Doch mit einem verborgenen Winkel ihres Hirns begriff sie, wer ihr Erscheinen verlangen mochte. »Nichts Wichtiges«, sagte sie. »Bloß eine Sekretärin vom Institut. Die Prüfungszeiten werden noch mal verlegt.«

Die Adresse, bei der Florence erscheinen sollte, befand sich in einem Viertel mit ruhigen Straßen an der inneren Seite der Schleife des Moskauer Kanals. In dem rasch abnehmenden Licht lag ein tolstoischer Hauch des vornehmen Moskau über den pastellfarben getünchten Häusern und umzäunten Höfen. Florence suchte im trüben Licht der Straßenbeleuchtung nach der richtigen Nummer, scheute sich, um Hilfe zu bitten.

Vorläufig, sagte sie sich, war es das Beste, wenn Leon nicht wusste, wo sie war. Ihr Versuch, in die amerikanische Botschaft zu gelangen, lag jetzt drei Jahre zurück, und der ganze Platz, um nicht zu sagen das ganze Land, waren nun abgeriegelt. Leon hatte sich sehr aufgeregt über das Risiko, das sie eingegangen war, und es hätte keinen Zweck gehabt, ihm zu sagen, dass sie auch noch zum OWIR gegangen war und ein Visum zum Verlassen des Landes beantragt hatte. Wie damals richtete sie sich jetzt wieder daran auf, dass Leon, wenn sie ihn heraushielt, auch nicht »für sie verantwortlich« zu sein brauchte, falls etwas Unangenehmes eintrat. Hätte sie ihm von dem mysteriösen Anruf erzählt, hätte er ihr Vorhaben untergraben, sie glauben gemacht, dass es eine Falle war, und ihre Hoffnung in Qual und Sorge verkehrt. Und sie *hatte* Hoffnung, eine sie beflügelnde Hoffnung sogar jetzt, nachdem sie sich jahrelang halb gewünscht hatte, ihr törichter Antrag sei verlorengegangen oder in Vergessenheit geraten. Auf den Flügeln dieser Hoffnung hielt sie die Augen offen nach der richtigen Adresse, auch wenn sie sehr genau wusste, dass das gesuchte Gebäude nicht mal in der Nähe einer Visumsbehörde oder, was das anging, eines Regierungsgebäudes lag.

Ein Mann öffnete die Tür. Die glänzenden schwarzen Schuhe, picobello sauber trotz des Matschwetters, fielen Florence gleich auf. Erst als sie ihm in die Wohnung gefolgt war, nahm Florence das Übrige wahr: ein eiförmiger Schädel mit gescheiteltem Haar, darunter kleine, feingeschnittene Ohren. Er wirkte wie in den Dreißigern, war ebenso gepflegt wie seine Schuhe, und die Gesichtszüge waren so harmonisch, dass sie effeminiert hätten scheinen können, wären da nicht ein Stoppelbart und ein flacher, aristokratischer Mund gewesen.

Er stellte sich ohne weitere Umstände als Genosse Subotin vor. Das Wohnzimmer, in das er sie führte, war wie er selbst ordentlich und korrekt mit einem Anflug von Bürgerlichkeit. Altmodische Spitzenvorhänge bedeckten die Fenster, ein Tischläufer aus Spitze teilte den ovalen Tisch, festgehalten von einem dickbäuchigen Samowar.

Florence rechnete fast damit, dass Subotin ihr daraus Tee anbot. Er tat es nicht, sondern ging zum Ende des länglichen Tischs, wo eine Aktenmappe lag, offensichtlich in Vorbereitung auf ihr Gespräch. Er sagte, sie solle sich setzen. Wäre sie gelassen genug gewesen, etwas anderes zu tun, als der Aufforderung des Genossen Subotin Folge zu leisten, hätte Florence vielleicht bemerkt, dass sie hier keine Hausschuhe oder Mäntel sah, keine Bücher in den Regalen – keinerlei Anzeichen dafür, dass jemand hier wohnte. So aber fiel ihr das erst bei ihren späteren Besuchen auf.

Nachdem er die Bügelfalten der Hose hochgezogen und Florence gegenüber Platz genommen hatte, hielt Genosse Subotin ihr ein Schriftstück hin. Es war der Visumsantrag, den sie vor drei Jahren beim OWIR ausgefüllt hatte. »Schauen wir uns das mal an.« Sein Ton war höflich, aber nicht herzlich. »Sie haben Ihren Antrag anscheinend nicht ganz richtig ausgefüllt.«

Subotin hielt einen silbernen Füllhalter in der Hand. »Arbeitsstelle«, las er laut vor. »Hier steht Zentrale Staatsbank, aber in Wahrheit sind Sie Angestellte am Institut für Philologie, Geschichte und Literatur.«

»Ja, aber da habe ich noch nicht gearbeitet, als ich dieses Formular ausgefüllt habe.«

»Jetzt aber schon, nicht? Tragen wir also das ein.«

Florence folgte der Bewegung des Füllers, der feine, leicht geneigte Worte auf einem frischen Formular formte.

»Name des Ehepartners ... Sie haben nichts notiert, aber falls ich nicht irre, sind Sie verheiratet.«

»Wir sind nicht eingetragen ... ich meine, offiziell.«

»Und dennoch leben sie seit über vier Jahren mit ihm zusammen, was nach sowjetischem Recht eine Zivilehe konstituiert. Sollen wir es ausfüllen?« Er wiederholte die Frage: »Name des Ehepartners.«

In Florences Brust wurde es eng; wo ihre Lunge sein

sollte, lag ein Schaufelblatt aus Blei. Ihre Hoffnung, dass das, wohin sie gestolpert war, nur Auswirkungen auf sie hatte, erwies sich als töricht. Jetzt holte die Wahrheit sie im Tempo ihres galoppierenden Herzens ein. Sie schielte zum Fenster, dessen dunkler Spiegel von farbloser Spitze verdeckt war. Hatte Leon recht gehabt – es gab keinen Grund, sie zu behelligen, solange sie als Hausbesorgerin arbeitete und für sich blieb? Jetzt hatten *die* sie vorgeladen. Und sie wussten alles. »Leon Brink«, sagte sie.

»Vatername.«

»Naumowitsch.«

Mit flachen Atemzügen versuchte sie ihren Puls zu beruhigen. Subotin füllte mit sorgsamer Hand weiter das Formular aus. Ohne aufzublicken, sagte er: »Ich möchte Sie daran erinnern, wo Sie sich befinden. Wenn Sie dem NKWD gegenüber unrichtige oder unvollständige Angaben machen, begehen Sie Verrat, und der wird mit der vollen Härte des Gesetzes bestraft. Verrat ist es auch, wenn ein Sowjetbürger den Versuch unternimmt, aus seinem Heimatland zu fliehen.«

Florence war in Versuchung zu sagen, dass die Gesetzesalchemie, die auf wundersame Weise eine »Sowjetbürgerin« aus ihr gemacht hatte, ganz gewiss ebenfalls ungesetzlich war. Sagte aber: »Wollen Sie andeuten, dass ich aus meinem Heimatland fliehen wollte? Ich bin ganz freimütig zum OWIR gegangen und habe einen Antrag auf ein Visum für einen Besuch bei meiner Familie ausgefüllt, die ich seit sechs Jahren nicht gesehen habe. Und das alles am helllichten Tage.«

Sie entnahm Subotins unbewegter Miene, dass ihn das weder überzeugte noch beeindruckte. »Und dennoch«, sagte er, ohne den Blick zu heben, »haben Sie nicht erwähnt, dass Sie verheiratet sind.«

Florence schwieg.

»Dass Sie die Absicht hatten, Ihre Familie zu besuchen, *behaupten* Sie. Darüber zu befinden obliegt jedoch *uns*. Vielleicht möchten Sie auch nach Amerika reisen, um seiner imperialistischen Regierung vertrauliche Staatsgeheimnisse zu verraten?«

»Entschuldigung, Genosse Subotin. Was sollte ich für Geheimnisse kennen? Mir wurden nie welche anvertraut. Ich bin nicht Mitglied der Partei.«

»Spielen wir nicht Theater, ja? Sie haben mehrere Jahre für die Sowjetische Staatsbank gearbeitet und besitzen Kenntnis über ihre Methoden zur Beschaffung von Finanzmitteln und ihre anderweitige Geschäftstätigkeit. Sie und ich wissen, dass diese Informationen für unsere Feinde von erheblichem Wert sind.«

Subotins Lächeln grub eine tiefe Falte um seine Nase. Die Staatsbank und ihre Geheimnisse kümmerten ihn nicht, das war deutlich zu sehen. Alles konnte ein Staatsgeheimnis sein. Er ließ sie schlicht wissen, dass es nicht seine Aufgabe war, ihre Schuld zu beweisen, sondern ihre, ihn von ihrer Unschuld zu überzeugen. »Wirtschaftsspionage ist ein Kapitalverbrechen, nicht anders als Flucht.«

Vor allem kam es darauf an, ruhig zu bleiben, den Anschein von unerschütterlicher Gelassenheit zu wahren. »Wenn Sie glauben, dass ich die Absicht hegte, Staatsgeheimnisse zu verraten, warum haben Sie mich dann nicht längst verhaftet?«

»Sie wissen doch, wo Sie sind, und mir liegt nichts daran, Spielchen mit Ihnen zu spielen. Wenn wir jemanden verhaften, haben wir mehr als genug Beweise. Sie sind hier, weil ich zu Ihren Gunsten zweifeln und Ihnen vielleicht die Gelegenheit geben will, Ihre Familie in Amerika doch zu besuchen. Wenn wir Sie auf Staatskosten hinschicken, sind Sie natürlich verpflichtet, etwas für *uns* zu tun. Wir hoffen, dass Sie als loyale Bürgerin dazu ernsthaft in der Lage sind.«

Als das Gesumm seiner Drohungen in Florences Kopf nachließ, klopfte die frühere Hoffnung wieder in ihrer Brust. Konnte das sein? Die wollten sie nach Amerika schicken? Warum nicht? Sie hatte dem Staat nie etwas verheimlicht; der NKWD konnte ihr nichts anhängen. Wenn überhaupt, war sie für *die* wertvoll. Wenn die sie in die Vereinigten Staaten schickten, wäre das mit irgendeinem geheimen Auftrag verbunden, das war logisch. Wenn es so vonstatten gehen sollte, war sie dazu bereit. »Ich verstehe«, sagte sie mit erneuertem Ernst.

»Wir müssen höchstes Vertrauen in diejenigen setzen können, die wir außer Landes schicken. Und sicher sein, dass wir es mit zuverlässigen Menschen zu tun haben. Es liegt natürlich an Ihnen, Ihre Zuverlässigkeit unter Beweis zu stellen.«

Sie befeuchtete sich den Mund. Wie sollte sie den »Beweis« ihrer Zuverlässigkeit erbringen? Wollten die ihr sofort irgendeinen Auftrag erteilen? War sie deshalb hierherbestellt worden?

»Zuerst und vordringlich müssen wir die Namen Ihrer Freunde und Kollegen wissen, von allen, mit denen Sie regelmäßig Kontakt haben.« Subotin fuhr mit dem Zeigefinger sacht über den Falz seines Notizbuchs und riss ein sauberes Blatt heraus. »Auf der rechten Seite notieren Sie bitte sämtliche im Ausland geborenen Bekannten, die Sie und Ihr Ehemann haben. Und links alle Kollegen oder Bekannten am Institut für Philologie, Geschichte und Literatur.«

Schnell stellte Florence eine Liste der Personen auf, denen sie im Verlauf eines Tages begegnete, und danach eine kürzere Liste derer, die sie und Leon außerhalb der Arbeit kannten. Sie musste sich beeilen, denn es war wichtig, nicht zu lange zu überlegen, was sie da tat. Sie tröstete sich damit, dass der NKWD vermutlich wusste, wer ihre Kollegen waren und mit wem sie außerhalb der Arbeit verkehrte. Woher hätte Subotin sonst gewusst, wann ihr Unterricht endete? Sehr gut, sie würde ihm zeigen, dass sie nichts zu verbergen hatte. Und schon bald sähen die von selber ein, dass sie auch nichts zu berichten hatte. Bis dahin stellte sie ihre Ehrlichkeit unter Beweis. Trotzdem erklärte keine dieser Rationalisierungen, dass sie keinerlei Scham fühlte. Und das kam wohl nur daher, dass sie im Grunde wusste, warum sie kooperierte. Schon bei dem Wort »Amerika« regte sich in ihrem Herzen das Heimweh.

Florence schob das Blatt zu Subotin hinüber und beobachtete ihn beim Lesen. Sie gestattete sich kurz, sein Gesicht zu betrachten. Es war attraktiv und unangenehm zugleich. Sie hatte das Gefühl, es schon einmal gesehen zu haben. Er schob den silbernen Füller in seine Brusttasche und erhob sich, gab ihr damit die Erlaubnis, ebenfalls aufzustehen. »Sie melden sich in genau drei Wochen wieder hier«, sagte er. »Ich brauche Ihnen nicht zu sagen, dass Sie diese Treffen für sich behalten.«

Draußen war der frühe Abend angebrochen. Kahle Äste drehten sich in der feuchten violetten Luft. Die auf dem Weg zu ihrem Treffen mit Subotin überfüllte Straßenbahn war jetzt nur noch von wenigen blassen, apathischen Passagieren mit Bündeln zu ihren Füßen besetzt. Der holpernde Waggon rüttelte ihr den leeren Magen durch, während sie sich einredete, dass sie ihre Sache bei Subotin gut gemacht hatte.

Sie bekam sein Bild nicht aus den Kopf, die scharfen Gesichtszüge, die schmale Statur, an denen eine beunruhigende Erinnerung hing. Erst als ihre Bahn über die Brücke über die Moskau und in Richtung Manesch-Platz fuhr, hinter dem die Festung der US-Botschaft stand, so uneinnehmbar wie an dem verhängnisvollen Tag, als sie deren Tore hatte überwinden wollen – erst da stellte sich

Florences Erinnerung scharf, und sie erkannte den Mann mit der Brille und dem eulengleichen Gesicht wieder, der vor dem Hotel National auf dem Gehweg gestanden und ihr nachgesehen hatte, als sie mit der ungeheuerlichen Zuversicht einer Amerikanerin die Gorki-Straße überquerte.

28.

Ein würdevoller Rückzug

Ein Kreuz an einer Kordel baumelte am Innenspiegel des Taxis, das mich zu dem Gefängnis fuhr, in das sie meinen Sohn gebracht hatten. Draußen peitschte ein klarer Sommerregen die Hochhäuser, an denen wir zur Hauptverkehrszeit im Stop-and-go vorüberfuhren. Wir waren in Kapotnija, im Südosten der Stadt. Hier baute man nicht mehr mit Marmor und Sandstein, sondern mit Schlackenbeton. Die kahlen Wohnhäuser waren anonym, aber vertraut; das Viertel war bis auf die Kühltürme des Kraftwerks, das weißen Schwefelrauch in den regendunklen Himmel stieß, vollkommen gesichtslos.

Eine Stunde zuvor hatte ich das Taxi unten warten lassen und war zu Lennys Wohnung hinaufgerannt. Mit dem feuchten Pferdeschwanz und der verschmierten Mascara sah Katja aus wie ein verlorener Teenager, auch wenn der Eindruck zum Teil der teuer wirkenden Zahnspange in ihrem Mund zu verdanken war (noch eine Verbesserung, für die bestimmt Lenny aufkam). Ganz hatte ich die Geschichte nicht aus ihr herausgekriegt, nur so viel, dass urplötzlich der MWD aufgetaucht war und Lenny festgenommen hatte wegen irgendwelcher finanziellen Machenschaften, in die er vor zwei Jahren lediglich am Rande verwickelt gewesen war. Katja hielt Lenny für das Opfer einer teuflischen Verschwörung, ins Werk gesetzt von seinen sogenannten Freunden (diesen *suki*), die ihn die Folgen eines schändlichen Ponzi-Gaunerstücks tragen lassen wollten, um die sie sich erfolgreich gedrückt hatten. Bei dem laut gegen die Fenster prasselnden Regen und Katjas Schluchzern wurde ich nicht klug aus ihrer Geschichte.

Im Eingang roch es vergoren, weil das Gefängnis wohl zugleich als Ausnüchterungsstation für den Abschaum des Viertels diente. Ich reichte meinen Ausweis einem Milizionär und wurde durch einen schmalen Korridor in einen grünlich gelb gestrichenen Raum geführt. Der Milizionär ließ mich eine halbe Stunde warten, bevor er Lenny hereinbrachte und ihm umständlich die Handschellen abnahm.

Lennys Haut war voller Flecken. Er roch, kaum vorstellbar, nach Tabak. »Du hast geraucht?«

»Die haben mich zu einem Skinhead gesteckt, den sie einkassiert haben, weil er Tadschikinnen auf der Straße belästigt hat. Der raucht Kette. Ich krieg kaum Luft.«

»Du siehst aus wie durch den Fleischwolf gedreht«, sagte ich. »Wie lange bist du schon hier drin?«

»Vier, vielleicht fünf Stunden.« Er zeigte mir seine bloßen Handgelenke. »Die haben mir die Uhr und das Handy abgenommen. Hast du Mom schon angerufen?«

»Noch nicht. Wie zum Teufel hast du es geschafft, hier zu landen?«

»Oh, du denkst, das habe ich selbst getan?«

»Hab ich das gesagt?«

»Aber du denkst es.«

»Sag mir einfach, was passiert ist.« Ich gab mir Mühe, leise zu sprechen.

»Wir brauchen nicht zu flüstern, verdammt, denn ich habe nichts gemacht.« Lenny warf dem Wachmann, der innen vor der Tür stand und stoisch blieb wie ein Eunuch, einen provozierenden Blick zu. Mit seinem sauren Atem zählte Lenny mir die gegen ihn vorgebrachten Anschuldigungen auf und blieb dabei so anmaßend ruhig, dass er mir auf die Nerven ging. Offenbar fungierte er vor zwei Jahren als Makler bei einem Geschäft zwischen einem obskuren europäischen Wachstumsfonds und einem Nickelwerk im südlichen Ural. Als der Ankauf der Fabrik abgewickelt war, gab der Wachstumsfonds eine Reihe fadenscheiniger Anleihen heraus, abgesichert durch das Nickelwerk, allerdings, wie sich später herausstellte, ohne Wissen des Aufsichtsrats. Inzwischen war der Großteil der Anleihen bereits geplatzt, und das Werk ging pleite. Eine kriminalpolizeiliche Ermittlung wurde eingeleitet. Ein alter Hut, sagte Lenny. Die Manager des Wachstumsfonds – Russen mit ausländischen Pässen – wurden wegen Betrugs angeklagt. Lennys Firma, die nur in der zweiten Reihe agiert hatte und von den kriminellen Absichten ihrer Klienten nichts wusste, kam ohne Anklage davon. »Es war ein ganz gewöhnlicher Firmenaufkauf«, sagte Lenny. »Wir haben nur die üblichen Analysen gemacht. In das, was später geschah, war von der Abacus Group keiner verwickelt. Aber jetzt hat irgendwer beschlossen, die Sache wieder auszugraben.«

Ich wusste nicht, was ich sagen sollte. »Ist jemand aus deiner Firma knauserig geworden und hat vergessen, die richtigen Leute zu bezahlen?«

»Das weiß ich doch nicht!«

Ihm zuzuhören machte mich ganz krank. Ich kam heute schon zum zweiten Mal mit einem Gefängnis in Berührung, einmal direkt drin und einmal nahe dran. Die Straßenschilder in dieser Stadt hatten sich verändert, sonst aber nicht viel. »Hat man dich schon angeklagt?« Die Worte waren kaum heraus, da merkte ich selber, wie albern ich mich anhörte.

»Nein, nur vorläufig ›festgenommen‹.«

»Was bedeutet das? Wie lange können die dich hierbehalten?«

»Ein Staatsanwalt kommt angeblich morgen früh und befragt mich.«

»Die wollen dich *über Nacht* hierbehalten?« Bei der Vorstellung, dass Lenny die Nacht in einer düsteren, tuberkulösen Zelle verbringen musste, wurde mir so schwummrig vor Angst, dass ich die Augen schließen musste.

»Glaub mir, ich bin nicht scharf darauf. Ich hab gerade vier Stunden damit verbracht, nicht mit einem Kerl aneinanderzugeraten, der einen tätowierten Gullydeckel auf dem rasierten Schädel mit sich herumträgt, so als wollte er, dass jemand den aufmacht und die raffinierte Kanalisation da drin bestaunt.«

»Du brauchst einen Anwalt«, sagte ich etwas zu heftig. »Du kannst nicht ohne Anwalt mit einem Apparatschik von Staatsanwalt sprechen.« Aber Lenny war mir zwei Schritte voraus. »Ich hab Katja schon gesagt, sie soll Austin anrufen. Er besorgt mir morgen früh einen Anwalt.«

»Du traust diesen Leuten? Katja sagt, ihretwegen hast du den Schlamassel am Hals.«

»Wen soll ich denn sonst anrufen?« Lenny schrie es fast heraus, weckte den Eunuchen auf.

»Ich muss deine Mutter anrufen«, sagte ich beim Blick auf die Uhr. »Zu Hause ist es noch nicht mal eins, noch Zeit, die Kanzleien abzutelefonieren und dir jemand Guten zu suchen, einen Amerikaner, der auf solche Sachen spezialisiert ist.«

»Wage es nicht.«

»Das ist eine ernste Sache, Lenny.«

»Ruf nicht *sie* an. Telefonier selber herum, wenn es sein muss, aber zieh nicht Mom mit rein, sonst krieg ich das immer wieder aufs Brot geschmiert.«

Ich schwieg.

Er beäugte mich mit misstrauischem Grienen. »Ich weiß, was du denkst – dass ich mir diesen Mist selber eingebrockt hab.«

»Ich denke nichts dergleichen.«

»Doch. Du denkst, nicht absichtlich vielleicht, aber weil ich es mit irgendwas zu eilig hatte. Sagst du nicht stets zu Mom, bei mir ginge immer alles ›hoppla-hopp‹?« Sein Ton schwoll an vor Genugtuung, dass er mich zwang, ihm das jämmerliche Bild zu bestätigen, das er in meinen Augen abgab.

Aber in einem Punkt war er schief gewickelt: Ich *glaubte* ihm, wenn er sagte, er sei nicht durch eigenes Fehlverhalten hier gelandet. Mein Vorwurf an ihn – auch wenn ich das Lenny gegenüber nicht zugeben konnte – war derselbe wie an Mama: Keiner von beiden hatte den blassesten Schimmer, wie er sich in diesem Land schützen konnte.

»Uns fällt schon etwas ein«, sagte ich, obwohl ich nicht wusste, was das sein sollte. »Ich komme morgen wieder«, sagte ich zu ihm. »Bis dahin halt bitte den Mund.«

Unser junger Wachmann mit der Hooligan-Physiognomie war wieder an der Tür und teilte uns mit, dass die Besuchszeit vorbei war.

Lenny nickte vage und unverbindlich zu dem, was ich eben gesagt hatte.

»Bitte«, bat ich ihn ein letztes Mal, bevor ich hinausgeführt wurde.

Fast die ganze Nacht hindurch rief ich bei diversen Kanzleien in New York und Washington an, notierte mir Namen von Anwälten, die erst am nächsten Tag mit mir telefonieren konnten, und widmete mich diesem sinnlosen Tun, obwohl mir klar war, dass es bei der misslichen Lage, in der sich Lenny befand, nicht um das »Gesetz« ging. Hier ging es schlicht und einfach um Geiselnahme, für die früher oder später ein angemessenes Lösegeld festgesetzt werden musste, vielleicht unter Einschaltung eines hiesigen Mittelsmanns. Wo aber einen Mittelsmann hernehmen, der den nötigen Einfluss besaß? Die Antwort fand ich am nächsten Morgen in den Räumen von L-Pet, als ich mich mit trockenen, brennenden Augen und hämmerndem Schädel am Konferenztisch niederlassen wollte und beinahe Kaffee auf Kablukow geschüttet hätte, der auf dem Stuhl neben meinem saß. »Iwan Matwejewitsch? Sie sind schnell wieder zurück«, sagte ich.

»Achtundvierzig Stunden sind in Tallin völlig ausreichend.« Er sprach wie üblich mit heiserer Stimme in halb gelangweiltem Ton. »Und es klingt, als gäbe es hier Dringendes zu erledigen. Ich höre, Sie halten meine Leutnants auf Trab.«

Ich pflanzte mir ein Grinsen ins müde Gesicht und sagte, wir seien alle darum bemüht, den besten Auftragnehmer zu finden.

»Ich hoffe, dieser Unsinn hat Sie nicht so beansprucht, dass Sie keine Zeit mit Ihrem Sohn verbringen konnten.«

Bei Lennys Erwähnung verwandelte sich der Kaffee in meinem Leib in unverdaulichen Dreck. Ich sah meine Elendsmiene in Kablukows Ray-Ban und dann in den besorgten Runzeln seiner Stirn gespiegelt. »Sie sehen nicht gut aus.«

»Könnte besser sein«, sagte ich und suchte nach der richtigen Einleitung für meine Bitte.

»Von diesen langwierigen Verhandlungen kann man Magengeschwüre kriegen. Deswegen gehe ich dem aus dem Wege.«

»Um die Verhandlungen mache ich mir keine Sorgen, Iwan Matwejewitsch. Sondern um meinen Sohn. Er sitzt gerade in einer Gefängniszelle in Kapotnija. Einer Firma, für die er mal gearbeitet hat, wird Fahrlässigkeit zur Last gelegt – ein unseliges Kuddelmuddel –, irgendein Finanzvergehen, mit dem Lenny wirklich nichts zu tun hat.«

Kablukow setzte seine Sonnenbrille ab und rieb sich die breite Nasenwurzel. »Das klingt ziemlich ernst.« Er verzog mitfühlend das Gesicht. »Unser Rechtssystem ist... manchmal unbedacht.«

»Sie verstehen es. Ich weiß nicht, ob Lenny ganz versteht, worin er verwickelt war. Ich suche nach einem *adwokat*, der die Dinge bereinigen kann.« Ein nicht unerwartetes Grinsen zog über das Gesicht des alten Gauners.

»Ein guter *adwokat* ist bestimmt sein Gewicht in Gold wert. Aber wenn man es mit den informelleren Mitteln der Überredung hinbekommt...«

»Ich hätte nichts dagegen«, deutete ich an.

»Ich halte es für klug, Widersachern einen würdevollen Rückzug zu ermöglichen...«

»Es ist mir peinlich, das überhaupt zur Sprache zu bringen«, heuchelte ich.

»Unsinn. Wir haben hier bei L-Pet natürlich sehr tüchtige Anwälte. Wir können ein paar Anrufe beim Innenministerium tätigen. Was sagten Sie, wo man Ihren Sohn festhält?«

Ich nannte ihm die Nummer der Strafanstalt und fügte schnell hinzu: »Aber das ist keine Firmenangelegenheit.«

Er quittierte meine Bedenken mit wissendem Lächeln.

Unsere Konferenz begann, und ich verfolgte nervös durch die Glastüren, wie sich der Stiefel entschuldigte und meinetwegen telefonierte. Außer mir schien niemand seine lange Abwesenheit zu bemerken. Meine bereits wunden Nerven waren mittlerweile so flatterig, dass ich Mühe hatte, Steve McGinnis' Präsentation über die Arbeitsfortschritte an unserem Verladeterminal in Varandej zu folgen. Seine Erläuterungen der Anlage waren von strapaziöser Ausführlichkeit, und die Details alle im Kopf zu behalten war eine Sisyphusanstrengung, noch schwieriger, als mir einzureden, Kablukow verwende sich aus allgemein menschlicher Freundlichkeit oder Nächstenliebe für Lenny. Nein, tief im Innern war mir klar, dass dafür eine Entschädigung fällig wurde. In dem Augenblick war mir das egal; ich dachte nur an Lenny in seiner Zelle. Hatte er etwas zu essen bekommen? Durfte er auf eine Toilette gehen? Oder ließen sie ihn sein Geschäft wie in der guten alten Zeit in einen Metalleimer in der Ecke verrichten?

Ich sinnierte wohl eine volle Stunde so düster vor mich hin, bis plötzlich das Telefon in meinem Jackett wild zu summen begann. Ich war erleichtert: Es war Lenny. Ich nahm den Anruf im Korridor entgegen, wo Kablukow nirgends zu sehen war. »Man hat mich freigelassen«, teilte er mir mit einem kaum hörbaren Anflug von Freude mit.

»Ich komm dich abholen«, sagte ich.

»Lass nur – komm einfach in die Wohnung.«

Als ich eine halbe Stunde später dort eintraf – bei der Besprechung hatte ich mich mit Magenschmerzen entschuldigt –, schritt Lenny mit einem schnurlosen Telefon im Wohnzimmer auf und ab. Sein Haar sah fettig aus, und seine Augen, nicht weniger gerötet als meine, kämpften mit der Manie eines Psychotikers gegen den Schlaf. »Erzähl mir nicht, dass du nichts davon weißt«, sprach er laut in den Apparat. »... Schön, du kannst *Ah-lex* ausrichten, mit *ihm* bin ich noch nicht fertig. Wenn er mich hier abservieren will, reiße ich ihn mit in den Abgrund – hörst du?« Das Telefon mit der hochgezogenen Schulter haltend, ging Lenny in die Küche, wohin ich ihm folgte; dort stand ein Emailletopf auf dem Herd, dessen Inhalt er umrührte. Noch während er den Freund oder Kollegen am anderen Ende anherrschte, er brauche ihm keinen Zucker in den Hintern zu blasen, beugte er sich mit einem Holzlöffel über den Topf und kostete vorsichtig von der Soße. Er fing meinen Blick ein und schüttelte den Kopf über die Lächerlichkeit des Ganzen. Bei dem verschwörerisch genervten Blick, den er mir nebenher zuwarf, fragte ich mich, ob er tatsächlich so wütend war, wie ich beim Reinkommen geglaubt hatte, oder ob diese Vorführung – das barsche, mackerhafte Gerede, während er in aller Seelenruhe sein *alfredo* umrührte – für mich bestimmt war.

»Ist der Staatsanwalt noch gekommen?«, fragte ich, nachdem er das Telefon weggelegt hatte.

»Bloß eine *babka* aus seinem Büro. Klackende Absätze, Powerfrau-Frisur, durchdrungen von Rechtschaffenheit, erzählt mir, dass Diebe wie ich ›das Volk‹ ausbeuten. Ich: ›Gnädigste, mit welcher Anschuldigung werde ich hier festgehalten?‹«

»Und, was hat sie geantwortet?«

»Sie sagte: ›Wir wissen schon, wie wir mit Anstiftern zum Betrug fertigwerden‹, und ich soll mich daran gewöhnen, dass sie jetzt öfter kommt. Zwei Stunden später, ich sitze noch in demselben Raum, kommt ein Wachmann und sagt, ich darf gehen. Gibt mir mein Handy und meine Sachen wieder, als wäre nie etwas gewesen.«

»War ein Anwalt bei dir?«

»Nein, Austin hat keinen rübergeschickt!«

Ich zögerte. »Und es kam auch sonst niemand …?«

Er schaute mich verwirrt an. »Wer hätte denn kommen sollen?«

»Keine Ahnung.« Konnte das sein – Kablukow hatte es tatsächlich mit einem läppischen Anruf geregelt?

»Wie gesagt – die haben nichts in der Hand«, sagte Lenny abschließend. Er stellte den Topf mit der Pasta auf den Tisch am Fenster, an dem ich mich niedergelassen hatte, um ihm die Lage zu erklären. Ihm beizubringen, dass ich mich eingeschaltet hatte und dass er noch nicht aus dem Schneider war. Doch in seiner Manie hatte Lenny offenbar wieder vergessen, warum ich da war. »Ui, ich stinke«, sagte er, schnupperte an sich und lief in Richtung Dusche.

Er summte triumphierend unter dem prasselnden Wasser, und ich suchte derweil in seinem Kühlschrank nach etwas, womit sich dieses Mittagessen rund machen ließ. Mein Sohn hatte kaum Vorräte – ein wenig Wurst und Käse, ein paar verschrumpelte Tomaten, Orangen, die vor Schimmel schon zerfielen, und massenhaft Bier. Beim Anblick der Leere stieg meine Hoffnung, dass Katja vielleicht doch ausgezogen war. In meiner Ungeduld, Lenny zu sehen, hatte ich vergessen zu fragen, wo sie war.

Lennys Küchenfenster waren für russische Verhältnisse ungewöhnlich groß, er wohnte in einem der neuen Hochhäuser am Nowy Arbat, dessen breite Gehwege neun Geschosse unter mir Leuchtreklame für Nachtklubs und Casinos zierte, tagsüber freilich ausgeschaltet. Es passte, dass Lenny sich hier eingenistet hatte – nur einen Fahrstuhl vom Ground Zero des Vergnügens entfernt. Ich machte uns Wurstbrote, setzte den Teekessel auf und sah zum Kudrinskaja-Platz hinüber. Da drüben, nur ein paar Straßenzüge weiter nördlich, wohnte noch immer Ludmila Ostrowski, eine alte Freundin unserer Familie. Ob Lenny sie jemals besuchte? Sie war schließlich einmal seine Schwiegermutter gewesen. Sicher, es war unfair, dass ich Lennys Probleme so viele Jahre später immer noch mit den Ostrowskis in Verbindung brachte, aber wie es dazu kam, hatte sich nolens volens meinem Gedächtnis eingebrannt. 1996, nach dem College, hatte sich Lenny eine Auszeit von seinem bedrückend eintönigen ersten Job als Unternehmensberater bei Arthur Andersen genommen und war zu einem Kurztrip in das »neue« Moskau aufgebrochen. Und da gingen unsere Sorgen mit ihm richtig los. Ludmila, deren Mann ein Jahr zuvor an einem Herzinfarkt gestorben war, bot Lenny ein Gästezimmer in ihrer Wohnung an. Und es gab noch einen Bonus: Ludmilas dreiundzwanzigjährige Tochter Irina war bereit, Lenny durch die Stadt seiner Kindheit zu führen.

Unsere Freundschaft mit den Ostrowskis reichte weit zurück – in eine Zeit, als Klein-Lenny und Klein-Irotschka mit einer alten Blutdruckmanschette ihres Vaters auf dem litauischen Teppich der Ostrowskis Doktor spielten. 1979 waren wir noch so lange in Moskau, dass wir miterleben konnten, wie aus der sechsjährigen Irina ein musikalisches Wunderkind knospte, das, auf einem Stuhl stehend, spontane Kostproben seines Könnens auf der Geige gab, begleitet von der Mutter, die »Mehr Bogen!« rief, während die Kleine vor sich hin sägte. In späteren Jahren erfuhren wir aus Briefen und am Telefon von weiteren Erfolgen, die sich wie an einer Perlenschnur an die früheren reihten, von Preisen nicht nur im Geigespielen, sondern auch im Eislauf, bei stadtweiten Mathematik-Olympiaden und in Englisch. Nach dem Dauerlob der erstaunlichen Talente Irotschkas hatte Lenny vor seiner Abreise in den Urlaub gesagt, er werde in Moskau bestimmt kein Mädchen vorfinden, sondern ein dressiertes Zirkuspferd. Und darum waren Luzia und ich froh, als Lenny uns berichtete, Ludmilas Tochter sei trotz einer Kindheit in Knechtschaft sehr »gut angepasst« und »nicht furchtbar nervig«. Das Jahr verging mit weiteren verblüffenden Moskau-Trips und vielen kostspieligen Transatlantik-Telefonaten, und zuletzt verkündete Lenny uns, Irina werde schon bald mit einem Verlobungsvisum in den Vereinigten Staaten eintreffen, damit die beiden heiraten konnten.

Es war ja nicht so, als hätte ich das dämliche Grinsen, mit dem Lenny herumlief, auf seine vielen Besuche in der Tretjakow-Galerie zurückgeführt, und ich war auch nicht ganz ahnungslos in Bezug auf die unvergleichlichen Reize Moskauer Mädchen – aber *heiraten*? Es wäre trotzdem gelogen, wenn ich behauptete, ich wäre strikt gegen die Verbindung gewesen. Vielleicht bekam Lenny den Schubs, den er brauchte. Und was hätte ich gegen Irotschka einwenden können, die nicht nur bildhübsch, sondern auch reif, beeindruckend und klug war? So beeindruckend, dass Luzia die Lauterkeit ihrer Beweggründe anzweifelte. Nicht dass die Beweggründe unseres Sohns so lauter gewesen wären, rief ich ihr ins Gedächtnis. Er war regelrecht aus dem Häuschen vor unverhofftem Glück und prahlte vor seinen Freunden: »So ein Mädchen würde hier mit mir nicht mal *reden*. So ein Mädchen würde mir nicht mal aufs Gesicht pissen, wenn es brennt.« In Lennys Sprache hieß das Verliebtsein. Verliebt und voller wehmütiger Erinnerungen an Kindertage, auch wenn man zehn Meilen gegen den Wind sah, dass das Mädchen, das die Last dieser Verzückung trug, sogar in einfachen Jeans und Baumwollpullover anspruchsvoller und raffinierter war als unser Sohn. Bei allem jungpionierhaften Überschwang war Irina kein Kind mehr. In einer Zweizimmerwohnung mit ihrer Mutter war sie in einem Jahrzehnt der Umbrüche aufgewachsen, nicht weniger aufwühlend als die Sechziger in Amerika; sie hatte miterlebt, wie ihr Vater nach stressbedingtem Herzinfarkt tot umfiel und ihre Mutter innerhalb weniger Wochen von einer Ökonomin bei Gosplan zu einer »freigesetzten Staatsbediensteten« abstieg, deren Rente sich in Luft auflöste. Das war schon ein großer Teil der Erklärung, weshalb Irotschka 1996, als Ludmila eine späte Karriere als Buchhalterin begann und die Bilanzen eines Telekom-Start-ups verarztete, still und leise daran arbeitete, unseren Sohn auf demselben litauischen Teppich zu verführen, auf dem die beiden als Kinder gespielt hatten.

Nicht lange nach ihrer Ankunft wurde für Luzia und

mich sichtbar, dass Irotschka der Sinn nach Besserem als der Einsteigerwohnung stand, die unser Sohn zu bieten hatte. Über seine Scherze beim Passah-Essen verdrehte sie ungerührt die Augen. Zwei Jahre später konnte man ihr Gemäkel über Lennys kleinste Schwächen und seinen Mangel an Ehrgeiz nicht mehr anders deuten, als dass hier eine Frau ihrem Mann zu verstehen gab – ja ihn anbettelte –, sie gehen zu lassen. Aus irgendeinem verdrehten Pflichtgefühl heraus verließ sie ihn nicht von sich aus. In dieser ganzen schmerzlichen Zeit hielt unser Sohn an ihr fest, bis Irina schließlich doch ging, im Gepäck ein paar Habseligkeiten und ein Zulassungsschreiben der New Yorker Stern School of Business.

Die größte Ironie sollte aber noch kommen. Eine Woche nachdem Lenny die Scheidungspapiere unterzeichnete und seinen Namen neben all die tragischen kleinen »x« setzte, saß er in einem Flugzeug nach – wohin sonst? – Moskau. Um seine Million zu machen und seine Männlichkeit zu beweisen. Wem? Das fragte ich mich immer noch.

Lenny kam in einem dünnen Bademantel wie Hugh Hefner aus dem Bad und schlang sein Mittagessen herunter; meins auch.

»Du glaubst bei dieser Festnahme nicht an Zufall?«, fragte ich ihn. Ich wollte Mut sammeln und ihm von Kablukow erzählen, aber irgendetwas hielt mich davon ab. Wie ich Lenny kannte, würde er bloß wütend werden, weil ich mich eingemischt hatte. Besser, ich behielt das für mich.

»Die einfachste Erklärung trifft meistens zu«, sagte er kauend. »Falls es einen begründeten Verdacht gegen unseren alten Klienten gibt und das Innenministerium noch mehr Leuten auf den Zahn fühlen will ... würde das erklären, warum Saparotnik es so eilig hatte, das Geschäft mit WCP unter Dach und Fach zu bringen und mich abzuservieren. Ein gerissener Hund. Er löst unsere alte Firma auf –

ergo ist dort niemand mehr haftbar. Lässt sich und seine Kumpane zu WCP hochbeamen – in die Festung. Einen lässt er aber im Regen stehen: mich. Falls also der FSB noch mal in unserer alten Firma herumschnüffeln muss, ist einer da, dem man alles anhängen kann. Ein Sündenbock.«

»Ich weiß nicht«, sagte ich. »Hört sich nicht gerade einfach an.«

Lenny hörte mich offenbar nicht. »Ein Mistkerl ist das.«

»Vielleicht ist es ein Zeichen.«

»Ein Zeichen wofür?«

»Dass es Zeit ist, sich nach Hause aufzumachen.«

»Auf keinen Fall. Ich lass mich nicht so ohne weiteres von denen hier vertreiben. Ich geh der Sache auf den Grund. Möchtest du eins?« Er reichte mir ein Yarpivo aus dem Kühlschrank und holte einen Flaschenöffner.

»Es lohnt nicht, Dingen auf den Grund zu gehen.«

Aber wieder hörte er mich nicht. Sein Telefon klingelte. »Ja, wo bist du?«, sagte er. Ich hörte digitale Fetzen einer beunruhigten Frauenstimme. »Ich bin noch hier, mit meinem Papa… Wie viel haben die für die Arbeit verlangt? Ich rede mit ihnen…« Er legte das Telefon auf den Tisch. »Katja ist auf dem Weg hierher«, teilte er mir mit.

»Wo war sie?«

»Beim Kieferorthopäden. Die berechnen uns schon wieder zu viel.«

Uns?, dachte ich. »Seit wann trägt sie eigentlich eine Spange?«

»Seit Mom ihr gesagt hat – als sie vorigen Sommer zu Besuch war –, dass sie sich die Zähne machen lassen sollte.«

Das war purer Revisionismus. Katja hatte sich schon vorher für ihre Zähne geschämt. Meine Frau hatte lediglich eine Anregung gegeben, worauf sie verzichtet hätte, so sie gewusst hätte, dass Lenny die Zeche zahlen würde.

»Ich dachte, ihr zwei hättet Schluss gemacht«, sagte ich.
»Was tust du – sie schönmachen für deinen Nachfolger?«

»Das ist von vorher. Ich hatte es ihr versprochen.«

Mein Sohn: ein Hallodri, ein Wort. »Lenny«, sagte ich,
»ich finde, wir sollten uns um ein Heimflugticket für dich
kümmern. Heute.«

Aber wieder war er taub. Die Türklingel läutete zweimal. »Das ist sie«, sagte er und stand auf.

Mein Herz sank ein bisschen, als Katja mit zwei Tüten
voll Lebensmittel hereinkam. »Tante Walja hat mich gebeten, ein paar Fressalien für heute Abend einzukaufen«,
sagte sie, da sie Lenny zuerst sah. »Ich dachte, wir könnten
gleich zur Datscha. Du wirst ebenfalls erwartet!« Sie sah
mich an. »Wir feiern die Heimkehr deines Sohns! Tante
Walja ist schon dort und bereitet alles vor. Und wenn wir
gleich losfahren, schaffen wir es noch vor dem Wochen-
endverkehr.«

»Oh, Mist!«, sagte Lenny und schlug sich an die Stirn.

»Hast du es ihm nicht gesagt? Tante Walja plant den Besuch deines Vaters seit Wochen!«

»Ich hab's vergessen! Ich hatte ja auch wohl Wichtigeres zu tun.«

»Tja, wir sollten mal packen«, sagte Katja gereizt.

Ich sah Lenny erstaunt an. Was sollte dieser Datscha-
Quatsch? Wenn er nicht vollends verblödet war, packte er
den Koffer für die Staaten und nicht für einen Sommeraus-
flug.

»Katjenka, Lenny und ich haben schon was anderes
vor.«

»Dieses Wochenende wird es hier glühend heiß. Die
ganze Stadt ist dann wie leergefegt. Und Tante Walja hat
ein ganzes Kalb am Spieß für uns!«

Ich sah auf die Uhr. Mir blieb keine Zeit zum Debattieren. »Ich muss zu einer Besprechung zurück«, sagte ich.

»Dann komm nach. Wir holen dich am Bahnhof ab«, sagte Lenny.

»Wie sieht es aus bei dem Jungen?«, fragte Kablukow. Wieder saßen wir nebeneinander in den zu dick gepolsterten L-Pet-Ledersesseln.
»Besser, auf wundersame Weise.« Ich rang mir ein Lächeln ab. Ich fühlte mich genötigt, noch zu sagen, dass ich in seiner Schuld stand, zögerte aber.
»Unsere Freunde im Innenministerium waren ziemlich entsetzt darüber, wie man mit ihm umgesprungen ist«, deutete er an.
»Ich bin dankbar, Iwan Matwejewitsch.«
Damit war er anscheinend zufrieden. »Wir bedauern, dass wir auf Sie verzichten mussten. Ihr Kollege dort ist bei seinem Kreuzverhör der Kandidaten für den Vertrag recht unangenehm gewesen.« Er wies auf Tom, der gerade vom Mittagessen kam und mir einen verärgerten Blick zuwarf, der besagte: *Wo zum Teufel bist du gewesen?* Er hatte, schloss ich daraus, für uns beide gegen L-Pet die Stellung gehalten.
»Genau genommen ist Mr. Boston mein Vorgesetzter«, sagte ich, obwohl Kablukow das selber wusste.
»Er fügt sich Ihnen, wie wir alle sehen.«
Ich wollte Kablukow versichern, dass dem nicht so war, dass Toms nachgiebige Art über seine Autorität hinwegtäuschte, aber davon wollte er nichts hören. »Hören Sie mir zu«, sagte er und nahm mich bei der Schulter. Sein stechender Blick kam sogar durch die dunklen Gläser hindurch bei mir an. »Sie haben doch diese Schiffe konstruiert, nicht? Dann sagen Sie Ihrem *natschalnik* da drüben auch, wer sie bauen und chartern soll.«
»Mit Verlaub, Iwan Matwejewitsch«, sagte ich. »Es wäre mir nicht angenehm, meinem Boss zu sagen, wie er seine Arbeit machen soll.«

Bei diesen Worten teilte sich Kablukows fleischrotes Gesicht zu einem gemächlichen Lächeln. Seine Zähne waren allesamt falsch. »*Angenehm*«, wiederholte er. »Ein interessantes Wort. In meinem Leben gab es vieles, das mir wohl oder übel zuletzt angenehm sein musste.« Er hob den Aufschlag seines Jackettärmels. An seinem Handgelenk trug er eine Rolex aus Weißgold, die, vermutete ich, mehr gekostet hatte als mein Auto. Es war aber nicht die Uhr, die ich mir ansehen sollte, sondern das, was sich direkt darüber befand – eine bereits verblasste blau eintätowierte Spielkarte mit einem verkehrt herum stehenden Pik. »Das hab ich aus Chabarowsk mitgebracht. Und die Zeit dort war für mich gar nicht angenehm. Aber ganz gleich, wo wir sind, wir müssen es uns angenehm machen.«

Das Frösteln, das mir über die Arme fuhr, rührte nur zum Teil von der Klimaanlage. Der unverdauliche Klumpen, den ich schon am Morgen gespürt hatte, presste mir wieder den Leib zusammen. Dasselbe Gefühl hatte ich am Anfang des Gesprächs mit Kablukow – eine absurd erscheinende Möglichkeit verdichtete sich zu einer monströsen Gewissheit. Und mit einem Mal wusste ich, warum ich gezögert hatte, mich bei Kablukow für seine Hilfe zu bedanken.

Von Albert Einstein stammt die kluge Bemerkung, die exakte Darstellung eines Problems sei wichtiger als seine Lösung. Jetzt bestürmten mich diese Worte in ihrer abscheulichsten wörtlichen Bedeutung. Niemand, nicht einmal Kablukow, konnte so schnell Verbindungen spielen lassen. Er hatte das Problem geschaffen, für das er selbst die Lösung darstellte. Das war die schlichte Tatsache, die mir in meiner Sorge um Lenny verborgen geblieben war. Ich dachte an unser Abendessen im Metropol vor ein paar Tagen zurück, an meine Schwärmerei, wie sehr Lenny diesen wurmstichigen Laden mochte. Wie viele Stunden hatte

Kablukow gebraucht, bis er herausgefunden hatte, wo Lenny arbeitete und wo er wohnte? Der Stiefel zupfte seine Manschette zurecht. Seine kieselige Stimme brach mein erstarrtes Schweigen. »Ziehen wir jetzt am selben Strang?«, sagte er freundlich.

29.

Geheimnisse

Es war schon fast März, als Florence merkte, dass etwas anders war. Ihre Müdigkeit hätte sich noch mit der stärkeren Belastung durch die im Februar übernommenen Kurse erklären lassen. Möglich, dass es an dem vollgepackten Stundenplan lag, wenn sie im Institut nach dem Treppensteigen so außer Puste war oder ihr die Augen zufielen, kaum dass sie in der Straßenbahn auf dem Heimweg die Stirn an die Scheibe legte. Aber was war mit den anderen Zeichen? Damit, dass sie schon zweimal zur Toilette rennen und ihre Studenten im Klassenzimmer allein lassen musste. Dass sie, wenn sie den einen guten Büstenhalter trug, so schwer atmete, als befände sie sich klaftertief unter Wasser.

Sie wehrte sich dagegen, es zu glauben. Ihre letzte Periode war schwächer gewesen als sonst. Zu schwach, wenn sie es recht bedachte. Und jetzt war noch ein Monat vergangen, und nichts. Das Nächstliegende war, es bestätigen zu lassen, aber dann, sagte ihr der Instinkt, ließ es sich nicht mehr leugnen.

Das Problem war wie immer der landesweit herrschende Mangel. Seit September war in den Apotheken keine Prekonsol-Creme mehr zu bekommen. Und als Florence den ganzen Winter hindurch versuchte, ihre alte *kafka* zu ersetzen, stellte sie nach dem Eintreffen der neuen Diaphragma-Lieferung fest, dass die gekaufte zu locker saß. Sie ging noch mal in die Apotheke, aber es gab nur eine Einheitsgröße. Anders als ein Hemd, das man auszog und ändern ließ, konnte sie das Teil nicht »abnähen« lassen, es sei denn, sie wollte einen vollen Tag im öffentlichen Krankenhaus dafür vergeuden, wo sie mit Müttern schreiender Kinder in einem Warteraum saß, bis sie bei einem Arzt drankam, der ihr das Ding zwar richtig einsetzen konnte (oder ihr wenigstens etwas anderes gab, vielleicht einen dieser Vagilen-Ballons, die in den Apotheken ebenfalls nicht erhältlich waren), sie jedoch genauso garantiert tadeln würde für ihre Entscheidung, die Mutterschaft noch aufzuschieben, wie der Arzt, den sie im Sommer aufgesucht hatte. Der hatte gemahnt, in ihrem fortgeschrittenen Alter (neunundzwanzig) werde sie zwangsläufig eine *starorodka*, eine Spätgebärende, was später »unheilbare Folgen« für sie und ihr Kind hätte. Immerhin hatte der Dinosaurier aufmunternd gesagt, es werde mindestens fünf, sechs Monate dauern, bis sie empfing.

Und nun, zwei Monate später, war es schon so weit.

Florence rechnete zum Datum der Empfängnis zurück und legte sich auf kurz nach Neujahr fest. Sie und Leon hatten bei Essies Hochzeit auf das Jahr 1940 angestoßen. Ihre Freundin hatte bei einem schmalen, zurückhaltenden jungen Juden, der sich wie sie fürs Kino begeisterte und ebenso kurzsichtig war, endlich die Liebe gefunden. Nach der zehnminütigen Zeremonie im Standesamt, wo Essie und ihr Bräutigam und noch vier andere Paare zur gleichen Zeit vom Staat getraut wurden, waren sie zum Feiern in die Wohnung seiner Eltern gegangen, wo Essies Mann, Musiker von Beruf, für sie Klarinette spielte. Florence war Trauzeugin gewesen. Als sie in der Nacht heimgingen, hatte Leon ihren Arm genommen und gesagt: »Und wir – meinst du nicht, es ist Zeit?«

Florence hatte nur gelacht. »Liebling, sie sind nur zum Standesamt gegangen, weil ihnen heute kein Mensch ein eigenes Zimmer gibt ohne ein Stück Papier. Essie möchte ja nicht bei seinen Eltern wohnen.«

»Du respektierst mich nicht, Florence. Du lässt mich kein Mann sein.«

»Das ist das Albernste, was ich je gehört habe.«

»Wenn Essie rechtsgültig mit jemandem getraut werden kann, den sie seit fünf Wochen kennt, warum werde ich dann daran gehindert – guck nicht so –, ja, *gehindert*, die Frau zu heiraten, der ich seit fünf Jahren *alles* gebe!«

Florence konnte nicht zugeben, dass der eigentliche Grund für ihr gespieltes Zieren das andere Spiel war, das sie mit der Geheimpolizei spielte. Und dessen Fernziel war, alle ihre Bande mit Russland zu kappen, die mit Leon vielleicht eingeschlossen. Und so gab sie wie ein gieriger Schürzenjäger unter Selbstvorwürfen nach und ließ Leon haben, was er sich am meisten wünschte. Gleich am nächsten Tag machten sie sich auf den Weg und schlossen auf dem Standesamt sang- und klanglos die Ehe. Ihre Flitterwochen verliefen ebenso sang- und klanglos, ohne Kaviar und Klarinetten, sie gönnten sich nur zwei Tage und Nächte, die sie in luxuriöser Ruhe eng umschlungen im Bett verbrachten. Florence bedeckte Leons Gesicht und Körper mit Küssen, als wäre er ein überreicher menschlicher Schrein. Sie tat es, weil sie ihn liebte und weil sie ihr Gewissen besänftigen musste und zum Ausgleich dafür, dass sie ihn auf vielerlei Weise getäuscht hatte und noch immer täuschte, indem sie sich vertraulich mit dem Genossen Subotin traf, ein Techtelmechtel, das – so blutlos es auch war – ein größerer Betrug war als jede Affäre. Und während sie alle Spuren, die zu Subotin führen könnten, ängstlich verwischte, erlaubte sie sich Nachlässigkeiten dort, wo es am nötigsten war.

Sie ging alle drei Wochen zu Subotin, wie er es verlangt

hatte. Bei den ersten Gesprächen hatte er Florence nicht viele schwierige Fragen gestellt. Am meisten interessierten ihn ihre Kollegen am Institut: Er wollte wissen, was sie während der Fakultätsbesprechungen sagten, wer mit wem freundschaftliche Beziehungen unterhielt, zwischen wem sie eher angespannt waren, welche Professoren verbündet oder befreundet waren und worauf die Freundschaft beruhte.

»Belkowa und Danilowa lieben beide klassische Musik«, berichtete sie tonlos. »Sie besuchen zusammen Konzerte im Tschaikowski-Konservatorium. Ich glaube, Danilowas Sohn studiert auch dort.«

Es war Klatsch und im Grunde nichts »Kriminelles«, was Florence Subotin berichtete. Sie stellte fest, dass sie eine Gabe dafür hatte, Menschen zu beschreiben und mit wenigen schnellen Strichen zu ihrem Kern vorzudringen. Der eine war über die Maßen freundlich, schränkte aber alles, was er sagte, mit bestimmten Bedingungen ein, nur für alle Fälle und um sich abzusichern. Der andere fand stets Mittel und Wege, einem zu widersprechen, auch wenn man ihm aus vollem Herzen zustimmte. Manchmal legte sich Florence diese kleinen Profile schon zurecht, wenn sie zu einem Treffen mit Subotin aufbrach oder wenn sie ihren Kollegen bei den nicht enden wollenden Versammlungen zuhörte. Erst als Subotin gezielter fragte, ob sie Ohrenzeuge »konterrevolutionärer« Gespräche geworden war oder »antisowjetische Betätigungen« beobachtet hatte, begannen ihre Gedanken knirschend zu kreisen wie eine überhitzte Maschine. »Ihre persönlichen Ansichten über diese Personen interessieren mich nicht, Genossin Fein«, sagte Subotin eines Tages. »Mich interessiert, warum Sie uns keine *nützlichen* Informationen liefern.«

»Soll ich mir etwas ausdenken? Ich erzähle Ihnen alles, was ich höre.«

»Dann finden Sie Wege, mehr zu hören.«

»Was meinen Sie?«

»Bringen Sie Gespräche in Gang.«

»Sie erwarten doch sicher nicht, dass ich als Provokateur auftreten soll?«

»Ich sage, dass halbe Informationen als Lügen angesehen werden. Und Lügen, Genossin Fein, flößen uns nicht das nötige Vertrauen ein, Ihnen eine Aufgabe im Ausland übertragen zu können.«

Doch sosehr sie ein Ausreisevisum auch erstrebte, Florence brachte es nicht über sich, etwas wirklich Vernichtendes über jemanden zu sagen. Was sie tat, war schäbig genug, dass sie nicht einmal Leon davon erzählen wollte, doch beruhigte sie sich moralisch damit, dass sie zumindest nicht heuchelte und kein falsches Zeugnis wider jemanden ablegte. Subotin konnte das, was sie ihm sagte, nach eigenem Belieben verwenden, sie jedoch wollte nichts anderes sein als ein perfekter Spiegel ihrer Welt, nichts erfinden und nichts hinzusetzen. Wenn es Subotin tatsächlich um ihre Vertrauenswürdigkeit ging, hatte er doch Leute, die *sie* ausspionieren konnten; ergo war es ihre Pflicht, auch künftig ohne Verleumdungen oder Ausschmückungen weiterzugeben, was sie wusste.

Doch Subotin war beängstigend hartnäckig.

Er sei ihr »Weibergewäsch« leid, sagte er bei ihrem nächsten Treffen. Sie sei hier nicht im Pionierlager. Er sei es leid, seine Zeit mit ihrem sinnlosen Klatsch und ihren Unterstellungen zu vergeuden. Musste er sie daran erinnern, welche Strafe darauf stand, wenn man das Land illegal verlassen wollte? Sie halte Dinge zurück – es sperrten noch andere für ihn die Ohren auf. Wenn sie kein Interesse daran habe, dem Staat gegenüber ihre Pflicht zu tun, könne sie die Verbindung auch auflösen und abwarten, wie es dann weiterging.

Bleich wie ein Gespenst kam sie nach Hause. Sie hatte seit Mittag nichts mehr gegessen. Ihre Tasche war bleischwer. Ihre Füße schmerzten, ihr Rückgrat fühlte sich an wie verzogener Stahl, ihre Brustwarzen scheuerten an dem gestärkten Stoff, der ebenso gut ein Moskitonetz hätte sein können. »Was ist denn mit dir passiert?«, sagte Leon, als sie sich auf das Bett sacken ließ.

Florence umschloss das Gesicht mit den Händen und rieb sich die wunden Augen, sah Leon durch leicht gespreizte Finger an. Bei der einzigen Person, die ihr jetzt helfen konnte, fürchtete sie sich, die Wahrheit zu sagen. Leon, der mit jedem zurechtkam, wusste bestimmt, wie sie sich bei Subotin aus der Schlinge ziehen konnte. Er würde ihr sagen, was sie sagen sollte. Sie drückte die Finger fester auf die Augen, damit ihr nicht die Tränen hervorbrachen.

»Florence, ist etwas passiert?«

Zu viele Geheimnisse. Zu viele...

»Setz dich auf. So, gut. Ich hol dir einen Schluck Wasser.«

»Leon. Ich muss dir etwas sagen... aber erst musst du mir versprechen, dass du nicht böse wirst.«

Er lächelte verblüfft vor Erwartung. »Wann bin ich dir je böse gewesen?«

»Versprich es.«

Zu viele Geheimnisse.

Und so plauderte sie das falsche aus.

Jetzt schlug Leon die Hände vors Gesicht und bedeckte seinen Mund, um zu verbergen, dass er über beide Ohren grinste. »Wie weit?«, sagte er durch gespreizte Finger.

»Ungefähr drei Monate. Ich hab es noch nicht bestätigen lassen.«

»Oh, Liebes, wie könnte ich deswegen je böse sein?«

Sie schüttelte den Kopf. »Leon, warum waren wir so sorglos?«

Er ging auf die Knie und umfasste ihre herabgesunkenen Schultern. »Das ist das Wunderbarste, begreifst du das denn nicht? Oh, Liebes, kein Wunder, dass du so erschöpft bist. Du musst jetzt auf dich aufpassen, Florie. Sag denen, dass du nicht mehr bis spätabends bei den Fakultätsversammlungen bleiben kannst.«

Dass er ihr die Lüge abnahm, wie sie die Nachmittage verbrachte, quälte sie mehr als seine Hochstimmung. »Aber, Leon, es ist nicht die Zeit…«

»Sch, sch… darum kümmere ich mich schon. Sch, du ruhst dich jetzt aus…« Und mit diesen Worten lief er in die Küche und machte ihr etwas zu essen.

Ihre Schwangerschaft verwandelte Leon in einen fürsorglichen Ehemann. Er kam öfter mit Delikatessen heim: Hering, Kaviar, Schokolade.

»Wie viel hast du dafür bezahlt?«

»Ist doch egal!«, sagte er. »Iss.«

Er stand früher auf als sonst, machte Frühstück und sah ihr mit verschämtem Lächeln zu, wenn sie ihren Buchweizen und ihre Eier aß. *Sieh dir an, wie er lächelt,* dachte sie. *Endlich bekommt er, was er will: eine Frau, eine richtige Familie.* Leon war ohne Vater aufgewachsen, und es war offensichtlich, dass er unbedingt selbst Vater sein wollte. Warum, fragte sie sich, hatte sie früher nicht verstanden, dass hinter seiner jugendlichen Wanderlust und seinem Abenteurertum die tiefe Sehnsucht nach einem richtigen Zuhause steckte?

Ihre eigenen Wünsche konnte nicht einmal sie selbst so recht deuten. Sie kam sich vor wie Dr. Faust: Zwei Seelen wohnten in ihrer Brust, und jede reagierte auf ihre Weise auf Leons liebevolle Fürsorge. Sie hatte hier ein richtiges Leben – eine gute Arbeit, einen liebenden Mann. Was erwartete sie noch? Frauen in ihrem Alter waren bereits

Mütter von Zehn- und Zwölfjährigen. Die Vorstellung, man werde sie als Spionin nach Amerika schicken, war ein Hirngespinst. Wie hoch waren die Chancen, dass sie tatsächlich mit einem »Spezialauftrag« ins Ausland geschickt wurde?

Nicht null. Vielleicht wendete Subotin einen Trick an. Das NKWD benötigte allerdings keine Tricks. Die konnten sie zur Zusammenarbeit zwingen, ohne ihr diese Mohrrübe vor die Nase zu halten. Wenn sie sich für sie interessierten, dann sicher längerfristig. Aber für wie lange? Sie musste Subotin zeigen, dass sie zu dem Auftrag bereit war, und zwar, bevor ihre Schwangerschaft sichtbar wurde. Eine ungesetzliche Abtreibung kam nicht in Frage – sie konnte, wenn sie erwischt wurde, dafür ins Gefängnis kommen. Kein anständiger Arzt würde so etwas tun, und das hieß, sie musste irgendeine *babka* in der Provinz auftreiben, die ihre Fortpflanzungsorgane dauerhaft beschädigen oder sie umbringen konnte. Sie könnte, fiel ihr ein, ihren Zustand vor Subotin verbergen. Hörte man nicht Geschichten über Mädchen vom Dorf, die ihre Schwangerschaften bis zuletzt verheimlichten? Sie konnte ihre Kleider an den Nähten auslassen, sich einen weiteren Mantel kaufen. Männer achteten nicht immer auf diese Dinge. Aber würde sie es riskieren, im beispielsweise achten Monat ein Schiff zu besteigen? Ja. Könnte sie das Wort »Amerika« doch nur vergessen! Warum stellte sie die Realität der liebevollen Sorge ihres Mannes nicht über den Ansturm ihrer lockenden Träume?

In den beiden folgenden Wochen kostete ihr innerliches Hin und Her sie mehr Kraft als die Schwangerschaft. Sie musste etwas tun, das war ihr klar. Und so nahm in ihren Gedanken schließlich ein Plan Gestalt an. Bei ihrem nächsten Gespräch mit Subotin würde sie verkünden, dass sie schwanger war. Würde ihm mitteilen, dass sie nun, wo sie

Mutter wurde, leider nicht mehr in der Lage war, einen Auftrag im Ausland auszuführen. Möglicherweise würde sie sich sogar auf unbestimmte Zeit von der Arbeit freistellen lassen. Und da sie für das NKWD nicht von Nutzen war, wenn sie den ganzen Tag zu Hause Windeln wechselte, wäre es das Beste, wenn sie ihre Beziehungen so bald wie möglich beendeten.

Eine Woche später jedoch bat sie nicht respektvoll um Beendigung ihres Kontakts, sondern hörte sich, kaum dass sie sich gesetzt hatten, zu Subotin sagen: »Gibt es irgendwelche Fortschritte in Bezug auf meinen Auftrag im Ausland?«

Er blickte neugierig von seinen Unterlagen auf. »Haben Sie es eilig?«

»Nein, natürlich nicht. Aber ... ich habe über Ihre Worte nachgedacht.«

»Ja?«

»Über Lehrkräfte, deren Standpunkt zu bestimmten Fragen der Landespolitik nicht immer ... klar ist.«

»Fahren Sie fort.«

»Einige aus der alten Garde. Ich bin natürlich nicht befähigt, ihre Auffassungen zu beurteilen ...«

»Ihre einzige Fähigkeit ist Ihre Loyalität.«

»Es gibt da einen Professor Retschok; er gehört zum Fachbereich Geschichte.«

»Sie haben mit ihm gespochen.«

»Ja. Nein. Eigentlich nicht.«

»Was denn nun, ja oder nein?«

Unter dem Tisch hielt Florence beide Hände an den Bauch. Ein Leben wuchs in ihr heran. Sie hatte sich immer für einen ehrlichen, loyalen und freimütigen Menschen gehalten, aber was bedeutete das jetzt? Sie musste an ihr Kind denken.

»Wir haben beide um halb zwei eine Unterrichtspause.

Er verbringt sie manchmal im Lehrerzimmer und liest Zeitung. Und manchmal murmelt er etwas ... meistens halblaut und vor sich hin.«

»Was denn?«

Sie dachte scharf nach, um sich an Retschoks Reaktion auf den Pakt zwischen Stalin und Hitler, auf die Ausweitung des Handels mit Deutschland zu erinnern. Was hatte er gesagt? *Jetzt sind sie also Freunde, und warum auch nicht? Sie verstehen einander ja vollkommen.* Nein, das war es nicht. Ihre Phantasie schmückte es aus. Was hatte der alte Trottel gesagt? Ihn bedrückte, was er seinen Studenten sagen sollte. *Voriges Jahr war der Hund ein Rottweiler, dieses Jahr ist er ein Pudel.* Das war's.

»Retschok glaubt, dass die Deutschen uns irgendwann vielleicht angreifen. Und dass Russland ihnen bei der Stärkung ihrer militärischen Macht hilft, indem es ihnen Rohstoffe verkauft.«

»Und das alles wissen Sie, weil er ›murmelt‹.«

»Ja. Ich schließe es aus den Worten, mit denen er das Gelesene umschreibt.«

Subotin ließ sich Zeit, es mit gleichmäßiger, ordentlicher Hand in sein Notizbuch einzutragen. »Ein Professor im Fachbereich Geschichte also, der antisowjetische Ansichten unter Studenten und anderen Lehrkräften verbreitet.«

»Oh, ich glaube nicht, dass er seine Ansichten den Studenten mitteilt. Ich bin sicher.«

»Wie können Sie sicher sein? Setzen Sie sich in seinen Unterricht?«

»Das Institut arbeitet nach einem strikten Lehrplan. Verstöße dagegen würden sofort gemeldet.«

»Sie brauchen *uns* nicht zu sagen, was gemeldet wird. Wie Sie sagten, es kommt auf den Ton an. Im Beisein welcher Personen hat Retschok diese Meinungen noch geäußert?«

»Ach, im Pausenraum ist ein ständiges Kommen und Gehen.«

»Welche Personen?«

Florence holte kurz Luft. Subotins Augen, fiel ihr auf, waren beinahe türkis. Wie Wasser in einem gekachelten Springbrunnen, still und kalt. »Manchmal kommen Anna Belkowa und Maria Danilowa herein.«

»Waren sie an dem Tag anwesend, als er über den Molotow-Ribbentrop-Pakt sprach?«

»Ja.«

»Und wie reagierten sie auf Retschoks antisowjetische Ausfälle?«

»Die meisten Lehrkräfte betrachten ihn als Exzentriker. Sie gehen im Allgemeinen nicht auf sein Gemurmel ein.«

Diese Äußerung beantwortete Subotin mit dem Anflug eines spöttischen Lächelns, bei dem sich sein Mund verzog und das zu sagen schien: *Sie können nicht beides haben, golubuschka.* »Sie schwiegen also und erlaubten ihm, weiter seine Verleumdungen zu äußern«, stellte Subotin klar.

»Ich glaube schon.«

Sie wartete, während er einen Bericht auf einem frischen Bogen Papier verfasste. Zu ihrer Überraschung reichte Subotin, als er damit fertig war, Florence die Abschrift zum Lesen.

Die Fakten standen zwar da, wie sie sie genannt hatte, bedeuteten irgendwie aber etwas anderes. Die Abschrift behauptete, sie habe antisowjetische Gespräche mit Boris Retschok geführt, in deren Verlauf Retschok Informationen über die deutsche Bedrohung verbreitet und Stalins Wirtschaftspolitik widersprochen habe, und das im Beisein von Belkowa und Danilowa, die sich seine verleumderischen Äußerungen angehört hätten, ohne ihm zu widersprechen. In dem Bericht schien es fast so, als stimmten die beiden Frauen Retschok zu. Darin stand auch, Boris

Retschok habe diese Ansichten in seinem Unterricht verbreitet.

»Nein, warten Sie«, sagte Florence. »Das klingt, als ob Retschok zu ihnen gesprochen hätte. Ich habe lediglich gesagt, dass er beim Zeitunglesen vor sich hin geredet hat.«

»Wenn er vor sich hin hätte reden wollen, hätte er bei sich zu Hause die Wand angesprochen. Er hat natürlich Reaktionen erwartet.«

»Aber Belkowa und Danilowa waren nur zufällig im Raum. Er unterhielt sich nicht mit ihnen.«

»Sie waren im Raum und haben zugelassen, dass dieser Heuchler ungehindert seine Lügen verbreitet.«

»Aber Ihr Bericht liest sich, als teilten sie seine Ansichten.«

»Ob sie sie teilen oder nicht, es ist nicht an uns, das festzustellen. Tatsache bleibt, dass sie als Erzieher und als Bürger die Verantwortung gehabt hätten, Retschoks Lügen zu korrigieren, und der sind sie genau wie Sie nicht nachgekommen.«

Gegen diese Argumentation kam man nicht an. Der NKWD hatte seine eigene Logik, derzufolge passive Zeugen nichts anderes waren als Mitverschwörer. Nach dieser Logik war man nicht nur für seine eigenen Worte verantwortlich, sondern auch für die Worte aller anderen um einen herum.

»Aber ich habe nie gesagt, dass er diese Ansichten unter seinen Studenten verbreitet hat«, protestierte Florence. Sie klammerte sich an jeden Strohhalm.

»Wenn diese Ansichten vor Ihnen geäußert werden, was lässt Sie dann glauben, dass sie nicht auch vor anderen geäußert werden, deren Denken leichter zu beeinflussen ist?«

»Aber das kann ich nicht bestätigen.«

In Subotins Kaltwasseraugen blitzte etwas auf. Für einen Moment war es, als verdrehe er sie vor Überraschung. Das

Grinsen in seinem Gesicht ähnelte fast dem unterdrückten Zucken eines Menschen, der einen billigen Treffer erzielt hatte. »Na schön«, sagte er. Er strich die Wörter »in seinem Unterricht« durch und ließ nur »im Institut« stehen.

»So besser?«

Florence nickte.

Er reichte ihr den Stift herüber. »Unterschreiben Sie.«

Sie tat es.

Draußen auf dem vertrauten umzäunten Hof war der tagsüber geschmolzene Schnee wieder verharscht. Im Osten stand die Mondsichel an einem Himmel, der noch licht war und sich jetzt, wo die Tage länger wurden, langsamer verdunkelte. Die feuchte Aprilluft trug die Gerüche von gekochtem Fleisch und Zwiebeln heran. Florence war übel. Sie musste sich setzen. Eine Eishaut überzog die grüne Bank. Die kalte, schmelzende Feuchtigkeit drang ihr durch den Mantel fast bis ans Gesäß. Sie hatte ihnen genug gegeben, um Boris Retschok, einen Menschen, den sie kaum kannte, mit der Anschuldigung von »primitivem Antifaschismus« zu verhaften. Wenn sie ihn zum Verhör holten, würden sie ihm ihre Aussage zeigen und ihn zu einer Reaktion darauf nötigen? Ach, warum musste er auch in ihrer Nähe solche Sachen sagen? Was hätte sie denn tun sollen? Lügen? Dann hätten Belkowa und Danilowa statt ihrer die Wahrheit gesagt, und wo wäre sie *dann*? So hatte sie Subotin zuletzt doch gegeben, was er wollte. Von ihrer Amerikareise war danach aber nicht die Rede gewesen, im Gegenteil, er war verärgert gewesen, dass sie Retschok nicht begeisterter denunziert hatte! Und wie Subotin sie angesehen hatte, als sie Einwände gegen Teile seines Berichts erhob – es ging Florence nicht aus dem Kopf. Was für ein Ausdruck war das? Den hatte sie schon gesehen, nicht bei Subotin, nein, aber – Gott, dass ihr das jetzt einfiel – auf dem Gesicht von Sergej Sokolow vor so vielen Jahren. Ein Ausdruck totaler Überraschung – nicht so sehr der emotionale Zustand als vielmehr ein körperlicher Instinkt, wie eine Reaktion auf den Geruch von etwas Verdorbenem. Sie hatte diese Erinnerung tief in sich vergraben – wie ein Tier seine Hinterlassenschaft vergräbt –, weil sie so schmachvoll war, und es kostete sie große seelische Kraft, sie verborgen zu halten. Und nun kam sie mit halluzinatorischer Lebendigkeit wieder hervor. Florence sah sich im Spiegel der Augen ihres alten Chefs Scoop, als herauskam, dass sie den russischen Ingenieuren geholfen hatte, und dann in Sergejs Augen, als sie ihn in Moskau ausfindig gemacht hatte. Beide Männer hatten sie mit diesem Blick angesehen – als sei ihnen plötzlich aufgegangen, dass die intelligente, schlagfertige Frau vor ihnen im Grunde naiv war. Dasselbe Erkennen ihrer Naivität, dachte Florence, hatte sie in Subotins Blick gesehen. Er konnte wirklich nicht glauben, dass sie mit ihm über Details feilschte. Hatte sie vergessen, wo sie sich befand, wen sie vor sich hatte? Sie dachte immer noch, sie könnte beides haben – mit dem NKWD ins Bett gehen und mit unzerknitterter Unterhose und reiner Seele wieder heraussteigen. Zu spät, Täubchen. Sie war wie eine Hure, die um ihre Ehre schacherte.

Die Übelkeit war überwältigend. Florence musste den Kopf bis zu den Knien hinabsenken, damit sie überhaupt weiteratmen konnte. Schweißperlen liefen zwischen ihren Brüsten hinab. Irgendetwas gurgelte in ihrem Leib. Und dann war es plötzlich vorbei mit der Illusion, es bezwingen zu können, und sie übergab sich, schachmatt gesetzt von rebellischen Krämpfen, bis ihr Magen nur noch eine dünnere, wässrige Flüssigkeit absonderte, die auf ihre Schuhe tropfte.

Sich wieder aufzurichten und säubern zu müssen war nun nicht ungefährlich. Irgendetwas hatte sie gestreift.

Florence wischte sich den Mund mit einer Ecke ihres Taschentuchs ab und blickte zur Seite. Ein altes Mütterlein in einem unförmigen Mantel saß neben ihr. »Alles in Ordnung, Kindchen?« Florence zuckte zusammen, als die Frau sie an der Schulter berührte. Wer war das? Eine von denen? Florence blickte auf und ringsum an den Gebäuden entlang. Ging eins von Subotins Fenstern auf dieses Viereck hinaus? Beobachteten *die* sie sogar jetzt? »Kümmern Sie sich gefälligst um Ihre Angelegenheiten!«, herrschte sie die Alte an und hastete, ihre Tasche fest umklammernd, aus dem Hof hinaus.

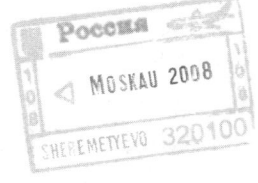

30.

Aus Wolgaland

Karl Marx hatte recht: Wir sind nicht die Herren unseres Schicksals. Auch wenn ich den säkularen Propheten meiner Jugend vielfach von mir wies, diese Wahrheit musste ich ihm doch zugestehen, als ich nun in hilflosem Schweigen im Konferenzraum von L-Pet saß. Unsere Besprechung näherte sich dem Ende, wir hatten nur noch drei Gebote im Topf: zwei vernünftige und den mit heißer Luft gefüllten Ballon der Freunde aus Genf. Ich sah mich außerstande, Sausen Petroleum ganz aus dem Rennen zu nehmen, hatte jedoch trotz des Drucks von Kablukow keine überzeugende Verteidigung zuwege gebracht. Daher hielt ich in der Auswahlrunde größtenteils den Mund und hatte unablässig Kablukow im Ohr, der auf seinem Stuhl halblaut stöhnte wie ein enttäuschter Vater. Als wir uns vertagten (frühzeitig, damit die Herren von L-Pet mit ihren Cherokees aus der Stadt fliehen und noch vor Sonnenuntergang in ihren Datschas in Shukowka sein konnten, sah Tom mich nicht weniger missvergnügt an. Mit derselben Aufrichtigkeit, mit der ich zu unserer Besprechung gekommen war, sagte ich ihm, ich hätte eine Lebensmittelvergiftung, und machte mich davon. Auch ich musste rechtzeitig in einer Datscha sein, wenn ich noch ein bisschen Verstand in meinen Sprössling hineinprügeln wollte.

Aber als ich draußen war, sah ich mich außerstande, sofort ins Hotel und packen zu gehen. Stattdessen umkreiste ich in weitem Bogen das Bolschoi und versuchte, nicht daran zu denken, was ich Lenny angetan hatte. Mir war, als steckte ich bis zur Halskrause in Hässlichkeit und Schande. Es war kläglich evident, dass ich tatsächlich geglaubt hatte, Kablukow durch meine armseligen Scherze im Metropol »auf meine Seite« zu ziehen. Dummerweise hatte ich im Leben meines eh schon exponierten Sohns noch mehr Durcheinander angerichtet. Ich konnte Lenny nur in Sicherheit bringen, wenn ich ihm die Wahrheit sagte. Darum hatte ich es nicht eilig, zu ihm in die Datscha zu fahren. Denn was sollte ich ihm sagen? Dass ich genau das getan hatte, wovor ich ihn immer gewarnt hatte: den Mund aufgemacht? In meine Selbstverachtung versunken, merkte ich plötzlich, dass ich blind durch die Gegend lief. Und hier auf dem Theater-Platz, vor mir die grell untergehende Sonne, sah ich beim Aufblicken eine Szene, alt und nur zu vertraut: Unter dem Karl-Marx-Denkmal stand ein halbes Dutzend schäbig gekleideter, teils ergrauter Männer – alle etwa in meinem Alter – um aufgeklappte Attachékoffer und mit Filz bespannte Tafeln herum, auf die Hunderte winziger Reversnadeln gesteckt waren – die gleichen altertümlichen emaillierten *snatschki* aus Nickel, die wie Tausende andere Amateursammler auch ich früher gekauft und auf Tafeln gesteckt hatte. Die Faleristen hatten sich hier versammelt, um ihre Raritäten zu vergleichen, zu tauschen (oder *mit Profit* zu verkaufen, wie Mr. Marx gesagt hätte, in dessen Schatten die Geschäfte stattfanden). Die *snatschki* funkelten in der Fünfuhrsonne wie Goldsplitter und weckten eine tiefe Erinnerung daran, wie Lenny als Fünfjähriger, ein Dämon an kindlicher Begeisterungsfähigkeit, auf ein neues *snatschok* zusprang, das ich ihm als Geschenk von einer meiner letzten Forschungsreisen nach Leningrad mitgebracht hatte. Und prompt fiel mir ein, wie ich neben ihm kniete, als er die Souvenirnadel aus ihrer Azetathülle zog – einen Juri-Gagarin-Kopf, so groß wie eine Zehn-Cent-Münze, mit Kosmonautenhelm oder eine Wostok-2-Weltraumrakete beim Flug in den schwarzen Raum –, und ihm half, die kleine gebogene Nadel vorsichtig auf dem Samtbezug seines Schaukastens zu befestigen.

Als Spielzeug waren diese Nadeln für einen Fünfjährigen bestimmt nicht besonders unterhaltsam. Wie viel von der Begeisterung, überlegte ich jetzt, war Lennys eigene und wie viel davon meine? Von den Tausenden Abzeichen, die zum Gedenken an alle möglichen Unternehmungen, Sportklubs, Stadtjubiläen und historische Schlachten geprägt wurden, waren uns die zur Feier der Raumfahrt die liebsten. Im Gegensatz zu den anderen, die bloß stilisierte Päane an den Aufbau des Sozialismus waren, waren die Raumfahrtabzeichen Embleme einer universellen Hoffnung – der Hoffnung, dass wir, im wahrsten Sinn des Wortes, mittels der Technik, der Wissenschaft und des Optimismus über unsere Mängel als Gattung hinauswachsen konnten. Brachte ich ihm schon damals nahe, was für eine Art Mensch er werden sollte – ein Wissenschaftler oder Ingenieur, ein Befürworter stetiger, schrittweiser Entwicklung? Waren es dieselben Erwartungen, die der aggressiven Überempfindlichkeit zugrunde lagen, die sich heute jedes Mal regte, wenn Lennys Arbeit – oder sein Nichtarbeiten – zur Sprache kam? Ich wollte ihm versichern, dass kein guter Vater Zufriedenheit über den Misserfolg seines Kindes empfand. Zufällig wusste ich das eine oder andere darüber, wie niederschmetternd Niederlagen sind, was fast zehn vergeudete Jahre im Gemüt eines Menschen anrichten. Hätte ich es für möglich gehalten, so ein Gespräch zu führen, ohne ein großes Drama oder Missverständnis zu riskieren, hätte ich meinem Sohn vom 12. Mai 1977 erzählt, dem Tag, an dem ich meine Illusionen auf einen Schlag verlor. Dem Tag, von dem an diese meine geliebte Stadt, die ihn immer noch so in Bann schlug, nicht mehr mein Zuhause war.

In den Jahren, in denen ich Lenny seine *snatschki* kaufte, arbeitete ich auf den Abschluss als Kandidat der Wissenschaften – gleichbedeutend mit dem Doktorgrad – in Hydromechanik hin, während ich zugleich in Vollzeit arbeitete und für eine junge Familie zu sorgen hatte. Unsere Moskauer Wohnung bestand zu der Zeit aus zwei Räumen. Unser Ehebett war ein Sofa, das Luzia und ich jeden Abend aufklappten, damit die Kinder für sich in einem Zimmer schlafen konnten, und mein »Arbeitszimmer«, in dem ich bis tief in die Nacht Berechnungen durchführte, war eine Ecke unserer winzigen Küche. Mit fast vierunddreißig hatte ich bereits eine gescheiterte kurze Ehe hinter mir (fatalerweise geschlossen, als ich noch an der Universität studierte). In der zweiten Runde wollte ich alles »richtig machen« – heiratete eine kluge und ergebene junge Frau, die auch unseren Kindern eine liebevolle Mutter war und die heldenhaft beide Anteile der Hausarbeit übernahm, damit ich meinen Traum von der Promotion verfolgen konnte. Sechs Jahre lang fuhr ich im Abstand von einigen Monaten zu den Kais in Leningrad und führte Untersuchungen durch, wie die Eisdecke auf dem Wasser mit Gas aufgebrochen werden konnte. Praktische Anwendungsmöglichkeiten für meine Forschung gab es viele. Bei Schiffen, die durch eiskaltes Wasser fahren sollten, war zu der Zeit der Einsatz von schweren Dieselmotoren, die riesige Luftmengen komprimierten, noch Standard. Ich suchte nach technischen Möglichkeiten, Gase aus dem Rumpf des Schiffs auszustoßen und dadurch den

Luftwiderstand zu verringern, die Masse an überflüssiger Ausrüstung zu reduzieren und mit neuentwickelten Gasturbinen, Diffusoren und Ausdehnungsgefäßen hochverdichtetes Gas zu erzeugen und Treibstoff zu sparen. Mein Ziel war nichts weniger als eine Revolutionierung des Schiffbaus.

Ich erinnere mich nicht mehr an alle Gesichter derer, die am Tage der Verteidigung meiner Doktorarbeit über mein Schicksal entschieden, auch nicht an ihre Fragen. Sie stellten mir viele, das weiß ich noch. Falls jemand von den Gutachtern sonderlich beeindruckt war von meinen Ergebnissen, war die Begeisterung gut getarnt. Als ich schließlich hinausging, war ich schweißgebadet. Zwanzig Minuten lang wartete ich mit immer noch rasendem Puls in einem menschenleeren Gang des Instituts für Mess-, Steuer- und Regelungstechnik auf die Entscheidung des Gremiums. Schließlich kam einer der drei aus dem Raum und auf mich zu. Er war klein und kompensierte seine schmächtige Gestalt mit einem riesigen Schnurrbart. Während der langen Fragerunde hatte er meine Arbeit als vielversprechend gewürdigt. »Interessante Gedanken darin, Brink«, sagte er im Gang zu mir. Und wiederholte nach kurzer Pause meinen Namen, »Brink«, irgendwie sinnend. »Wie ich sah, sind Sie in Kuibyschew geboren. Stammt Ihre Familie von da?«

Er gab mir zu verstehen, dass er meinen Pass kannte, der selbstverständlich die notorische »fünfte Spalte« enthielt, aus der meine amerikanische Nationalität und mein jüdischer Nachname hervorgingen. In dem Moment glaubte ich jedoch, er wolle andeuten, ich sei ja gar kein »richtiger Moskowiter«, und rückte es für ihn gerade. »Meine Eltern stammen beide aus Moskau«, teilte ich ihm mit. »Ich wurde während der Kriegsevakuierung geboren.«

»Ich stamme selbst aus Kasan«, sagte er. »Sind nicht viele

von uns aus Wolgaland hier, was?« Er lächelte. Ich hatte keine Ahnung, wovon er sprach. Zumindest da nicht.

»Ich will ehrlich zu Ihnen sein, Brink«, fuhr er fort und sah zum Fenster hinaus. »Ich habe gehofft, Sie würden vielleicht aus Kuibyschew stammen oder von irgendwoher, das genauso weit entfernt ist, denn hier in Moskau gelten unsere Produktionsnormen, wenn Sie so wollen.« Er fischte geschickt eine Zigarette aus der Hemdtasche und zündete sie an. »Das Problem ist«, sagte er, nachdem er gierig daran gezogen und sich geräuspert hatte, »wir können Ihnen den akademischen Grad nicht verleihen, bevor wir ihn nicht jedem geben, der vor Ihnen ist. Und in Ihrem Fall, Genosse, ist die Leitung dicht.«

Er sah mich an, um sich zu vergewissern, dass ich ihn verstanden hatte. Ich schwieg.

»Sie haben die Wahl«, fuhr er fort. »Entweder warten Sie sechs Jahre bei uns in der Schlange, oder« – er wies zum Fenster, und seine Handbewegung schloss das gesamte Sowjetreich östlich der Wolga ein – »Sie gehen woandershin, nach Kuibyschew zum Beispiel, schreiben sich dort an der Universität ein und verteidigen Ihre Arbeit an einem weniger prominenten Institut, in dem unsere … Beschränkungen nicht gelten.«

Wie bei allen schlechten Nachrichten dauerte es eine Weile, bis die Bedeutung seiner Worte zu mir durchdrang. Ich sah zwar die Raupenbewegungen seines Schnurrbarts, aber die Mitteilung, die meine Ohren erreichte, war so abstrakt wie eine Nachricht im Radio. Eine Katastrophe vielleicht, das ja, die aber nicht unbedingt mich betraf.

Ich war kein kompletter Dummkopf. Ich wusste von dem jüdischen Quotensystem an Russlands Universitäten. Ich hatte es gegen alle Wahrscheinlichkeit schon früher geschafft; vielleicht glaubte ich, ich konnte es jedes Mal wieder schaffen. Welche Nachteile mir meine »Nationalität«

auch bescherte, ich wurde, seit ich sechs war, mit derselben Geduld damit fertig, mit der sich Linkshänder an nach rechts zu drehende Türknaufe oder an die Alleinherrschaft (damals zumindest) des Schreibens mit der rechten Hand gewöhnen, und glich meinen Nachteil mit unauffälliger, aber enormer Anstrengung aus.

Der Reifen jedoch war wesentlich enger als alle, durch die ich bisher gesprungen war. Wie die Öse einer Nähnadel. (Später erfuhr ich, dass der akademische Grad eines Kandidaten der Wissenschaften in meinem Institut zu weniger als fünf Prozent pro Jahr an Juden verliehen wurde. Doch in dem Moment, mit fast vierunddreißig, war ich wieder *der kleine Itzik* im Kinderheim und mir nicht sicher, ob ich gleich weinen oder mein Gegenüber boxen würde.) Warum war der Mann vor die Tür getreten und sprach unter vier Augen mit mir? Die Ablehnung meiner Promotion hätte man mir auch auf nüchternem Behördenwege mitteilen können. Irgendetwas an ihm sagte mir, dass er nicht als Emissär der Gutachter gekommen war, sondern weil ihm persönlich unwohl dabei war. Seinem Gebaren haftete ein Hauch von Rechtfertigung an.

Das Manuskript meiner Dissertation in der Aktentasche, ging ich aus der farblosen Eingangshalle hinaus und über den grasbewachsenen Mittelstreifen der Allee. Es war ein wunderschöner Tag, den ein nicht lange zurückliegender Regen noch strahlender gemacht hatte, einer jener Tage, an denen man zum ersten Mal bemerkt, dass ganze Äste ergrünt waren von knospenden Blättern und plötzlich laute Schwalbenschwärme auf den Telefonleitungen saßen. Und mit einem Mal war mir das alles – die ganze Schönheit, der wissenschaftliche Ehrgeiz, in dem ich mich sieben Jahre lang geaalt hatte – zuwider. Nichts davon hatte noch mit mir zu tun. Der Anblick *ihrer* Gebäude machte mich krank. Der Anblick *ihrer* Denkmäler, sogar ihrer *Bäume* –

das alles erzeugte einen heftigen Brechreiz in meiner Kehle. Nach einer Stunde hatte ich mich so weit gefangen, dass ich einen Münzfernsprecher suchen und meine Frau anrufen konnte. »Fang an, unsere Sachen zu verkaufen«, sagte ich zu ihr. »Wir verlassen dieses verfluchte Land.«

Bis zur ersten Massenauswanderung sollten noch zwei Jahre vergehen, die Gerüchte, dass die Tore bald geöffnet wurden, kamen gerade erst in Umlauf. Ich wusste aber bereits, dass ich alles hinter mir lassen würde, wenn der Tag kam. Wenn es sein musste, ginge ich in der Unterhose über die Grenze.

31.

Kleine Birke

Das Gespräch mit Subotin hatte Florence tief getroffen. Danach stand sie morgens erst auf, wenn Leon bereits gegangen war. Auf den Schreibtisch am Bett hatte er Milch und eine Schüssel Grütze für sie gestellt. Beides inzwischen kalt.

Es war ein eisiger, strahlender Tag mit von der Frühlingssonne geschmolzenem Schnee. Florence rollte ihre Strümpfe hoch und setzte einen Hut auf. Es war Freitag, und sie hatte keinen Unterricht. Es gab nur eine Person, die sie sehen musste.

Von der nickelhellen Straße trat sie ins Dunkel des Theaters, in dem ihr die vertrauten Gerüche von Staub und Puder entgegenschlugen. Durch einen schmalen Flur ging sie zu der Kammer, in der breitbeinig die Hausbesorgerin saß und sich in ihrem rostigen Kessel Tee kochte.

»Flora?«

»Agnessa Artemowna.« Florence setzte ihren Hut ab. »Ich brauche deine Hilfe.«

Zwei Kilometer außerhalb von Moskau fiel das moderne Leben so jäh ab wie der Grund eines Ozeans. Durch das Zugfenster kroch schlammige Erde auf die Stadt zu. Dreihundert Rubel – der größte Teil ihres Monatsgehalts – steckten in ihrer Manteltasche. Abseits der Hauptstraße hockten Bauersfrauen an matschigen Ufern und wuschen in einem kalten Bach Wäsche. Über allem wie ein totes Gewicht die Zeit.

Florence fand die Hütte an einem Feldweg hinter der Dorfpost, durch ein Kiefernwäldchen den Blicken entzogen: eine alte *isba* mit geschnitzten Bilderbuchfenstern, bei der Florence an das Haus der Baba Jaga denken musste, nur dass dieses nicht auf Hühnerbeinen stand. Die Schwester war eine untersetzte, eindrucksvolle Frau, deren schwache Ähnlichkeit mit Agnessa Artemowna durch ihre von Rosazea gefleckten Wangen und die rote Nase kaum erkennbar war. Die Frau führte Florence zu einem von der Rückseite des Holzofens und einer Kommode begrenzten Alkoven. Darin stand ein Eisenbett, ein Brett lag auf dem Drahtgewebe. Florence zog die schlammigen kniehohen Stiefel aus und rollte ihre Strümpfe herunter, während die Frau ihre Vorbereitungen traf. Von der Kerze, die an dem abgeschrägten Kommodenspiegel flackerte, ging ein süßlicher Kirchengeruch aus. Die Frau sagte, Florence solle sich ausziehen, und ging in einem Kessel heißes Wasser machen.

Den Kopf so zurückgelegt, dass der Raum kippte, sah Florence das Chiffonier und die Weckgläser mit Alkohol, in denen die Frau die Instrumente ihres Gewerbes aufbewahrte. Blasen klebten an der Innenseite wie die Perlen in einem Glas schal werdendem Champagner. Bei ihrem Anblick wurde Florence flau vor Übelkeit. Die Frau brachte ihr ein muffig riechendes Kissen, in das sie gegen die Schmerzen beißen sollte. »Stöhnen darfst du«, sagte sie, »aber nicht schreien.«

Ein kurzer, durchdringender Schmerz, als sie tief einatmete, und dann genug Schmerz, den eigenen Namen zu vergessen. Das Kissen zwischen ihren Zähnen schmeckte sauer vom Speichel und dem Sebum anderer.

»Sachte, sachte.« Florences Füße waren am Bettgestell festgebunden. Die Frau summte beim Hantieren – »*Ljuli, Ljuli*« –, sang ein Wiegenlied, während sie das Leben aus ihr herausschöpfte. Blutgeruch stieg auf, das Tageslicht wurde körnig. Die zuckende Kerze auf der Kommode verwandelte den Spiegel in eine Scheibe aus Licht.

Auf der Wiese eine kleine Birke stand.
Ljuli, ljuli, eine Birke stand.

Florence kam zu sich, als die Frau ihr mit einem Schwamm die Stirn abtupfte.

»Los, auf jetzt.«

Ihr Kopf dröhnte. »Ich kann mich nicht bewegen.«

»Mach, fort mit dir.«

Wenn die Blutung nicht aufhörte, wurde sie angewiesen, sollte sie zu einem Arzt gehen und sagen, sie sei auf dem Eis gestürzt und habe eine Fehlgeburt erlitten.

Sie nahm den Abendzug zurück nach Moskau, von dem Verband in ihrer Unterwäsche nach unten gezogen wie von Sandsäcken. Sie verlor unablässig Blut. Gestalten umsprangen sie wie pulsierende Gespenster. Sie sagte sich, ihr seien barbarischere Methoden – Spülungen mit Kalilauge, Senfbäder – erspart geblieben. Blut sickerte durch ihre Strümpfe und ihren Rock.

Leon fand sie auf dem Bett, zitternd, als hätte sie sich erkältet. Er lief in die Küche und kam mit einer Schüssel Perlgraupensuppe und einem Becher dampfender Milch wieder, setzte Florence auf und hielt ihr die Schüssel an die Lippen, sah zu, als sie zu schlucken versuchte. »Du glühst ja richtig!« Er wollte ihr die Suppe mit einem Löffel geben, doch sie lehnte ab und zog die Decke fest um sich.

»Du musst essen.«

»Ich will nicht.«

»Dann iss für das Baby.«

»Es gibt kein Baby.«

»Du bist ganz heiß, Florie. Du bist verwirrt.«

Er wollte die Decke wegziehen. Diesmal fehlte ihr die Kraft, ihn daran zu hindern.

Einen solchen Laut der Qual hatte sie noch nie aus dem Mund eines Menschen gehört. »*Oj wej is mir*, Florence! *Oj majn got, oj go-o-o-o-t*…« Er atmete die Worte beim Hinausschreien zugleich ein, presste die Fäuste an die Schläfen. Wie ein Wahnsinniger krampfte er sich zusammen, er schaukelte vor und zurück, die Hände in das blutige Laken gekrallt. »*Oj majn got*, was hast du *getan?*«

»Er durfte das nicht erfahren, Leon.«

»Wir müssen dich ins Krankenhaus bringen.«

»Nein. Lass mich hier sterben.«

»*Sag mir, wer das getan hat!*«

»Ich konnte das nicht durchstehen, Leon. Wenn er davon erfahren hätte, hätte ich für immer in der Falle gesessen. Dann wäre alles umsonst gewesen…«

»Wer, *verdammt!*«

Nun schwappte in abgehackten, hilflosen Schluchzern alles aus ihr heraus: ihr Gang zum OWIR, die Treffen mit Subotin, der lange, verhängnisvolle Verlauf ihres Verderbens. »Er hat gesagt, er würde mich nach Hause schicken. Mir weisgemacht, ich würde meine Familie sehen…« Sie hörte selbst, wie läppisch und töricht diese Versprechungen klangen. Sie bot alle Kraft auf für das bittere Geständnis, glaubte, es wäre ihr letztes.

Von den Qualen, die er beim Zuhören litt, wirkten seine schwarzen Augen blau und glühten wie Diamanten. Nun wusste er, auf welchem Weg sie vor ihm hatte fliehen wollen. Endlich erkannte er, mit was für einer Hure er sein

Schicksal verbunden hatte. Auf dem Bett der Engelmacherin hatte Florence geglaubt, sie würde sterben. Sie hatte die Vorsehung angefleht, ihr noch eine Chance unter den Lebenden zu geben. Doch die Welt war mechanistisch, und jetzt bereitete Florence sich darauf vor, den Preis zu zahlen. Leon krallte noch immer die Finger ins Laken. Jetzt vergrub er das Gesicht darin, so als wolle er den Geruch des Gemetzels in sich aufnehmen.

Doch Florence hatte sich in ihm geirrt. Als er die Augen wieder hob, waren sie trocken. »Florence, hör mir genau zu.« Er drückte ihr die Hand. »Nimm an, was immer dieser Agent dir anbietet. Gib ihm, was er haben will, und stell nicht zu viele Fragen. Besorg dir ein Ausreisevisum, so schnell du kannst. Und dann geh! Verschwinde. Vergiss dieses elende Land.«

Buch V

32.

Unsichtbarer Mann

Kiefern, Büsche und das stählerne Gitterwerk ländlicher Bahnstationen strichen auf der Fahrt ins östlich von Moskau gelegene Alabino an meinem Zugfenster vorbei. Während der einen Stunde im Pendlerzug hatte ich den Entschluss gefasst, Lenny über meine Unbesonnenheit bei Kablukow reinen Wein einzuschenken. Besser so. Eine demütige Beichte führte vielleicht zum Erfolg, wo andere Anreize nichts bewirkt hatten. Doch als ich Lenny im gestreiften T-Shirt harmlos vom Fahrersitz eines rostigen Lada winken sah, vergaß ich meine vorbereiteten Reden schlagartig. Der Vormittag war zu frisch, sein Lächeln zu echt, um es so schnell zu verderben. Lenny stieg aus und half mir mit meiner Tasche; er schien überrascht, dass ich tatsächlich gekommen war. »Mach dich darauf gefasst, den Aufzug der Irren zu erleben«, warnte er mich fröhlich vor, als wir auf die leere Landstraße einbogen. »Da gibt es Aljoscha Alkoholowitsch und Shorik, den georgischen Don Juan. Der eine ist Tante Waljas Neffe, der andere ihr Mann. Sie sind gleich alt.«

»Sind das die offiziellen Anreden?«

»Shoriks offizielle Anrede ist ›Invalide‹. Mich darfst du nicht fragen, wie Walja das gedeichselt hat. Vierundvierzig Jahre alt und kassiert bereits eine monatliche Rente. Seine inoffizielle Anrede ist ›Hausmann‹. Es ist gleich da drüben.«

Das Haus, vor dem wir anhielten, war nicht die zusammengeflickte Bretterbude, die mir bei Lennys Auto und Kleidung vor Augen stand, sondern ein hübsches dreigeschossiges Häuschen, dessen Holzschindeln einen frischen zimtfarbenen Anstrich hatten. Wir traten über die rückwärtige Seite einer umlaufenden Veranda in die Küche und trafen auf einen flachsblonden, unrasierten jungen Mann in Gummilatschen. Ein kaum zugeknöpftes Hemd entblößte eine knochige Brust. »Alexej, das ist mein Vater, Juli Leontjewitsch«, stellte Lenny mich vor.

Alexej nickte förmlich. »Was zum Wachwerden für unseren amerikanischen Gast?« Eine halbleere Flasche Wodka der Marke Russian Standard stand auf dem Küchentisch.

»Vielen Dank«, erwiderte ich. »Ich beginne meinen Tag lieber mit Kognak.«

»Kognak haben wir auch.« Alexej fand eine unangebrochene Flasche im Schrank und öffnete sie für mich. »Die Mädels sind Pilze sammeln im Wald, und Shorik besorgt das Fleisch für unser Schaschlik. Genießen Sie solange die Stille.«

Ich stellte mich auf seine Definition von »Stille« ein. Auf der Küchentheke drang aus einem kleinen Radio mit höchster Lautstärke eine Nachrichtensendung. Wir lauschten der Ansagerin, die in selbstgerechtem Ton das Gerücht zurückwies, einem weiteren seit langem inhaftierten Yukos-Manager sei die medizinische Behandlung verweigert worden, solange er kein Geständnis unterzeichne.

»Was für ein Sender ist das?«, fragte ich.

»Echo Moskwy. Der eine Sender, dessen Betrieb der Präsident gnädigerweise erlaubt, damit wir der Welt gegenüber behaupten können, es gäbe eine freie Presse.«

»Aljoscha schaltet das Radio nie aus«, sagte Lenny.

»Sie müssten das alles doch wissen«, sagte Aljoscha.

»Sind Sie nicht Ölmann?«

»Ich sehe nur die Ingenieursseite des Ganzen«, sagte ich.

»Was ist Ihr Arbeitsgebiet, Alexej?«

»Arbeit? Ich arbeite nicht. Ich bin Schmarotzer. Meine Beschäftigung ist, meiner Mutter auf der Tasche zu liegen.«

»Tja, das strengt auch an.«

»Er ist nur bescheiden«, teilte Lenny mir mit. »Aljoscha ist ein astreiner Geldwäscher. Erst vorige Woche hat die Polizei eine Razzia in seinem Büro gemacht.«

»Die Gauner haben ihre Grenze überschritten«, murmelte der magere Mann. »Sie haben fünfhunderttausend Rubel mitgenommen, da musste ich beim Revier der zuständigen *milizia* anrufen – meinen Gewährsmann dort. Er hat es mit einem Anruf in Ordnung gebracht. Bei zehntausend hätte ich die Augen zugedrückt, aber die Schweine werden gierig.«

»Inoffiziell sind Sie also Unternehmer und offiziell obdachlos«, sagte ich.

»Ich bin eine Unperson«, verkündete Aljoscha stolz. »Über mich gibt es keine Akte. Ich bin nirgendwo registriert.«

»Ist das legal?«

»Keine gesetzliche Anstellung zu haben ist kein Verbrechen mehr. Mehr als mir die Rente verweigern können die nicht. Und auf die stinkenden fünfhundert Rubel im Monat bin ich nicht angewiesen.«

»Und natürlich gehst du nicht wählen«, sagte Lenny und lächelte mir zu, als er Aljoscha mit einem bewährten Köder reizte.

»Wählen ist eine Profanierung«, erwiderte Aljoscha prompt. »Wähler – was sind sie? Dazu da, den Part des beifallklatschenden Publikums zu spielen.«

»Frag ihn mal, wer sein Held ist«, sagte Lenny und gab die Antwort gleich selbst. »Ralph Ellison.«

»Der Unsichtbare ist eine Chiffre«, fuhr Aljoscha erregt fort. »Er lebt in einem Keller voller Glühbirnen und zapft Strom beim monopolistischen Energieversorger ab. Die Stadtwerke wissen nichts von seiner Existenz, genauso wenig wie der betrügerische Staat, dessen Autorität er nicht anerkennt. Wie der unsichtbare Neger ziehe ich es vor, für unseren Unrechtsstaat nicht zu existieren.«

»Zeig ihm mal, wie du es gemacht hast, Aljoscha.«

Aljoscha trat ans Spülbecken, über dem sich eine Steckdose befand. »Es geht ganz einfach. Sie als Ingenieur sollten das wissen – man zweigt eine Hälfte des Stroms über einen Draht ab, der mit einem Stück Blech verbunden ist. Geerdet wird er, indem man ihn in den Boden steckt. Ich hab ihn da – sehen Sie's? – in den Gemüsegarten reingetan. Der Strom fließt das ganze Jahr, ohne dass Waljas Zähler auch nur um ein Watt mehr belastet wird.«

Offenbar besaß Aljoscha außer seiner Begabung fürs Reden und Schachern auch das Talent des russischen Alkoholikers, alles von Hand zu reparieren. »Bei der Heizung ist es noch einfacher. Ich geh im Winter einfach raus auf den Hof und kippe einen Kessel heißes Wasser über den Zähler, der friert dann sofort ein. Man kann alle drei Stockwerke des Hauses beheizen, ohne eine Kopeke zu bezahlen.« Seine Stimme schwoll an vor Stolz. »In Russland sind wir alle Diebe«, verkündete er jetzt auf Englisch und dann, noch ein paar Dezibel lauter als vorher: »*Die* beklauen uns in großem Stil! Ich hol mir ein bisschen zurück!«

»So mit sich zufrieden – der große Philosoph.« Eine Stimme ertönte aus der Diele. Eine dralle Rothaarige um die sechzig trat in die Küche, in der Hand einen großen Zinkeimer voller Pilze, auf denen ein Messer mit gebogener Klinge lag. Sie trug Sandalen und Shorts an Heldenbeinen, wie eine mythische *kolchosniza* sie haben mochte, die auf einem sowjetischen Wandbild Getreidegarben bündelt. Das musste Walentina sein, die berühmte Tante Walja, die Cousine von Katjas Mutter. Hinter ihr trottete Katja in engen Jeans und Gummigaloschen herein.

»Sie haben unseren Mitbewohner Sokrates also schon kennengelernt«, sagte Walentina, breitete eine Zeitung über den Tisch und leerte ihren und Katjas Eimer darauf aus. Rasch sortierte sie die Pilze auf der Zeitung, las die sehr schlechten oder sehr schmutzigen aus und warf sie zurück in den Eimer.

»Haben Sie gute gefunden?«, erkundigte ich mich.

»Ein paar *tschernuschki* und ganz viele von den kleinen orangen.«

»Wir hätten mehr holen können, aber inzwischen kennen alle unsere schöne Stelle«, sagte Katja mit feinem Zahnspangenlispeln.

»Der hier ist giftig«, sagte Aljoscha.

»Das ist ein *ryshik*. Du hast keine Ahnung.«

»Siehst du nicht den dünnen Stiel? Der ist ungenießbar. Du vergiftest uns noch alle, Frau.«

»Der Schlaumeier wieder! Ich hab heut Morgen nichts davon gesehen, dass du von Lichtung zu Lichtung gepilgert wärst und dich gebückt und gesammelt hättest.«

»Sie sind kein Pilzsammler, Alexej?«, sagte ich.

Aljoscha rekelte sich im Sessel und wandte sich ab, als sei solcher Unsinn unter seiner Würde. »Hier ist es zu leicht. Letztes Mal, als ich mit war, hatte ich fünf Körbe in einer Stunde. Ist doch keine Kunst. Wozu das Ganze?«

»Aljoscha kann sich erst richtig freuen, wenn er dabei auch was zu leiden hat«, sagte Lenny.

Ich sah Walentina an. »Das ist ein sehr schönes Haus, das Sie da haben, Walja. Hat Ihre Familie das erbaut?«

»Nein, das hab ich dem früheren Botschafter in Dänemark abgekauft. Die Familiendatscha hat mein Papa meiner Schwester Nina hinterlassen – der Mutter des Genies hier. Sie liegt ein Stück weiter draußen, in Aprelewka. Aber Nina macht diese Woche Urlaub am Schwarzen Meer. Deswegen lungert der wie ein herrenloser Hund hier herum.«

»Aprelewka?« Ich war überrascht. »Dort sind oder waren früher die Datschas der Militärs. War Ihr Vater ein General?«

»Ein *komdiv*. Divisionskommandeur. Von dem alten Genschtab findet man dort keine Spuren mehr. Das haben alles unsere neuen Brahmanen übernommen. Aljoscha! Hast du Juli Leontjewitsch sein Zimmer noch nicht gezeigt? Was bist du für ein Gastgeber! Kommen Sie«, sagte sie. »Ich führe Sie herum.«

Ich folgte Walja nach oben, und Aljoscha trug mir wie ein Kammerdiener die Tasche hinterher, während ich das Mobiliar bewunderte. »Sicher, ein paar Sachen von Papa habe ich schon«, gab Walja zu, als ich nach den mit Schnitzereien verzierten Antiquitäten fragte. »Inklusive der kleinen Uhr«, sagte Aljoscha und wies auf eine Mahagoni-Standuhr auf dem Treppenabsatz. »Ein echtes teutonisches Kleinod, keine Imitation, wie die Deutschen sie nach dem Krieg jedem depperten Wanja in Kampfstiefeln angedreht haben.«

»Ihr Vater war ein bedeutender Mann, wenn er das ins Land einführen konnte«, sagte ich.

»Ich kann mich nicht darüber beklagen, wie ich aufgewachsen bin.«

»Regelmäßige Urlaube auf der Krim?«

»Jalta. Sotschi.«

»Ein Fahrer für die Familie.«

»Aber sicher. Er chauffierte Nina und mich zu unserem Unterricht am MGIMO. Mir war das sehr peinlich.«

Trotz der glänzenden Noten, die ich als Kind erhielt,

hätte ich nicht einmal im Traum daran gedacht, in einer Schule wie dem Staatlichen Moskauer Institut für Internationale Beziehungen aufgenommen zu werden, wo nur hochrangige Parteimitglieder ihre Söhne und Töchter unterbringen und für diplomatische Posten in der ganzen Welt ausbilden lassen konnten. Das Institut war nicht einmal im regulären Handbuch höherer sowjetischer Bildungsanstalten verzeichnet. »Sie können doch nicht die beiden einzigen Studentinnen am MGIMO gewesen sein, die zum Unterricht gefahren wurden.«

»Ninas Stil war das eher. Ich hab die Atmosphäre von Exklusivität nicht vertragen.«

»Deshalb sind Sie nicht Diplomatin geworden wie Ihre Schwester?«

»Diese Delegation, jene Delegation. Nichts für mich. Bei Wneschtorg hatte ich meine Ruhe.«

Ich bekam ein genaueres Bild von Walja, die ihrem Parteistammbaum zum Trotz eine grüblerische Natur war. Ich fand bewundernswert, dass sie sich von den Privilegien, in die sie hineingeboren war, ferngehalten, nicht die sowjetische Karriereleiter erklommen und stattdessen eine mittlere Position im weniger prestigeträchtigen Außenhandelsministerium anvisiert hatte, durch die es ihr dennoch möglich war, öfter nach Ungarn oder Rumänien und in die Tschechoslowakei zu reisen und mit Koffern voller Nachtwäsche, Schuhe und Strumpfhosen zurückzukehren, die sie mit Profit an ihre Bekannten verhökerte.

Aljoscha hatte meine Tasche im Gästezimmer abgestellt.

»Heute werden Sie schlafen wie ein Baby«, sagte Walja.

»Ich habe nie auf einer besseren Matratze geschlafen. Dieses Bett ist besser als das, in dem Putin schläft. Nicht weil er es sich nicht leisten könnte, sondern weil sein Arsch den Unterschied nicht spüren würde.«

Aljoscha zuckte zusammen vor Pein. »Ich hab dich doch

gebeten, den Namen dieses Teufels in meiner Nähe nicht zu erwähnen!« Und damit ließen die beiden mich allein.

Nach einem Gang ins Bad warf ich einen Blick auf die Musiksammlung in den Regalen (Andrea Bocelli, Enrico Caruso, Adelina Patti) und die vielen ausländischen Bücher. Bestimmt schlief Aljoschas Mutter Nina in dem Zimmer, wenn sie bei Walja zu Besuch war. Auf dem kleinen Schreibtisch lagen Notizen, verfasst in geschwungener weiblicher Schrift. An der Wand hing eine vergrößerte Schwarzweißfotografie eines sehr hübschen, engelsgleichen Knaben von fünf oder sechs mit strahlenden Augen. Nach kurzer Betrachtung des Bilds durchfuhr mich die Erkenntnis wie ein Blitz: es war der Alkoholowitsch.

Ich sinnierte längere Zeit vor der Aufnahme, bis Walja mit Auktionatorstimme alle nach unten zum Mittagessen rief. Der Geruch von gegrilltem Fleisch führte mich über die Veranda nach draußen, wo Lenny und Aljoscha an einem eckigen Grill standen, auf den ein breitschultriger Georgier im Trainingsanzug Schweinekoteletts legte. Offenbar war das Shorik, der sich mit Lenny in einen Streit über das Marinieren von Fleisch verbissen hatte. Shorik vertrat die Ansicht, die besten Ergebnisse erziele man mit einer Marinade aus Essig, Lenny hingegen beharrte auf einem Elaborat aus Kefir und Zitronensaft. »Was bist du denn für ein Jude?«, sagte Shorik kritisch. »Weißt du nicht, dass deine Leute Fleisch nicht in Milch einlegen? Das entwürdigt die Fasern!«

»Da kommt ja unser Ehrengast!«, sagte Shorik, als er mich erblickte. Er schüttelte mir mit der Rechten herzlich die Hand und hielt sich mit der Linken an der schweren Grillabdeckung fest. Falls er wirklich »invalide« war, dann war er der Robusteste und Kräftigste seiner Art, den ich je kennengelernt habe. Walja kam auf die Veranda. »Aljoscha, komm rein und hilf mir den Tisch verrücken.«

Doch ihr Neffe hörte nicht oder tat zumindest so. Er hatte sich Kopfhörer eingestöpselt, damit er auf seinem tragbaren Radio weiter Echo Moskwy hören konnte. »Seht ihn euch an!«, schrie sie den anderen zu. »Ein normaler Mensch hat ein, vielleicht zwei Lieblingssendungen! Aber der hier kriegt die Dinger nie aus den Ohren. Er ist süchtig!«

»Liebling, reg dich nicht auf. Das Fleisch ist gleich fertig«, sagte Shorik.

Das Mittagessen war wie bei einem Bankett im Speisezimmer aufgetragen. Katja, fiel mir auf, bediente Lenny von hinten und vorn, streute ihm Dill auf die Kartoffeln, füllte ihm Schnaps nach. Dass man ihm aufwartete, hielt er offenbar für selbstverständlich. Eine ganze Schüssel *pelmeni*, die Walja als Appetithappen aufgetragen hatte, hatte er bereits verschlungen. Auf jedes leise Hungergeräusch hin, das Katja von Lenny vernahm, tat sie ihm noch mal acht Teigtaschen auf. Lenny merkte, dass ich ihn ansah, und sagte: »Was?«

Ich konnte nicht anders. »Vielleicht solltest du ein bisschen einhalten«, sagte ich.

»Das ist alles gesund, alles natürlich«, wandte Walja ein. »Warum essen *Sie* nicht? Was ist, schmeckt es nicht?«

»Es ist alles ganz köstlich, ich hab nur keinen großen Hunger.«

»Was sind Sie, ein Tier, dass Sie nur essen, wenn Sie Hunger haben?«

Wieder fing ich Lennys Blick ein. *Du lässt dich von denen stopfen wie eine Gans*, hätte ich ihm am liebsten gesagt. Aber selbst wenn ich es gekonnt hätte, wäre es zwecklos gewesen. Aus Protest gegen mich schaufelte er seine zweite Portion weg. Dann senkte er den Blick und hüstelte ein paarmal jämmerlich, um anzudeuten, dass er sich nicht wohl fühlte. »Armer Junge, du hast dich in der Nacht im

Gefängnis bestimmt erkältet«, sagte Walja. Sie sah mich an. »Es ist kriminell, dass die jemanden wegen nichts einsperren können.«

»Ach, der das vermasselt und mich reingebracht hat, kriegt jetzt bestimmt die Quittung dafür«, sagte Lenny.

»Was du bei Erkältung brauchst, ist schwarzer Pfeffer zum Wodka«, sagte Aljoscha. Er streute Lenny ein paar schwarze Krümel ins Schnapsglas. »Runter damit – das hilft bei allem.«

»Wieso meinst du, dass es ein Versehen war?«, sagte ich.

»Was war es denn sonst?«

»Keine Ahnung. Vielleicht wollte dir jemand eine Lektion erteilen«, sagte ich versuchsweise und dachte: *Was zum Teufel redest du da?*

Lenny starrte mich an. »Wovon sprichst du?« Er nieste.

»Armer Liebling, wir müssen dir Tee machen«, sagte Walentina, und schon war Katja in die Küche unterwegs, um den Kessel aufzusetzen. In null Komma nichts hatte sie einen dampfenden Becher vor Lenny hingestellt und rührte einen reichlichen Löffel Zucker hinein. *Mein Gott*, dachte ich, *er rührt sich nicht mal den Tee selber um.*

»Vielleicht ist es noch nicht ausgestanden«, sagte ich, »und etwas zu früh zum Feiern.«

»Ein Vater macht sich Sorgen«, sagte Walentina. »So muss es sein.«

»Worauf trinken wir?«, sagte Shorik und erhob das Glas.

»Auf die Familie!«, sagte Walentina. »Lenny gehört zur Familie, und jetzt freuen wir uns, seinen reizenden Vater Juli Leontjewitsch in unserem Haus willkommen zu heißen.«

Ich nickte und trank meinen Wodka. Ich hatte mich damit abgefunden, dass ich nicht eine Woche in diesem Land verbringen konnte, ohne meiner Leber die Instrumente zu zeigen. Bis Shorik die Schweinekoteletts brachte, tranken wir noch zwei: zuerst auf die Frauen am Tisch, dann auf Glück und Wohlstand – »in *diesem* Leben«, wie Aljoscha orakelhaft hinzufügte.

»Aljoscha glaubt an Reinkarnation«, sagte Shorik. »Mit diesem Leben hat er schon abgeschlossen.«

Aljoscha, die ewigen Hänseleien schon gewohnt, senkte die Augen. »In meinem nächsten Leben kehre ich als Siamkatze wieder.«

»Warum bis zum nächsten Leben warten?«, sagte Walja. »Dreh deine Jacke von innen nach außen und geh in den Zoo. Die Kinder werfen dir Süßigkeiten zu.«

»Ein Toast!«, verkündete Shorik. »Auf diejenigen, die nicht unter uns weilen.« Wir erhoben die Gläser, stießen bei diesem Toast, dem ernstesten von allen, aber nicht an. Nicht zum ersten Mal fiel mir auf, wie freudlos Alkoholiker trinken. Aljoscha schien den Schnaps nicht zu genießen, den man ihm eingeschenkt hatte. Er stierte eine Weile darauf wie jemand, der auf einen Löffel voll bitterer Medizin starrt, und kippte ihn dann verbissen hinunter.

Lenny, sah ich aus dem Augenwinkel, langte über Katja hinweg nach einem Kotelett. »Hier, Katjuscha, gib ihm das hier«, sagte Walja und spießte das größte, am schönsten gebräunte Stück Fleisch auf. Für Männer gab es in der Datscha offenbar zwei Rollen: eingeschüchtertes Knäblein oder verwöhnter Pascha. Aljoscha war Ersteres, Lenny Letzteres. Jeder auf seine Weise bevormundet.

Als Lenny das Wort stickig brummelte, sprang Katja sofort auf und öffnete ein Fenster. Ich hatte geglaubt, mein Sohn wolle nicht heimkommen, weil er sich schämte, als Versager zurückzukehren. Ich hatte das Schwelgen in Passivität nicht einkalkuliert, an das er sich gewöhnt hatte, das hingebungsvolle Verhätscheln, die Spezialdisziplin russischer Frauen.

»Nimm die blöden Dinger aus den Ohren«, rief Walja

unvermittelt. Aljoscha hörte wieder über Ohrstöpsel Echo Moskwy. »Siehst du nicht, dass wir Gäste haben?« Widerstrebend zog Aljoscha rechts den Stöpsel heraus und hörte links weiter. »Ich geh raus, eine rauchen«, sagte er und erhob sich auf eine Weise, die besagte: *Zum Teufel mit euch allen.* Im selben Moment füllte Shorik Aljoschas Glas und warf mir einen schelmischen Blick zu. Wie eine Marionette, deren Fäden locker gelassen werden, setzte sich Aljoscha wieder und trank aus. »Sehen Sie!«, sagte Shorik triumphierend. »Ich wette, solche Alkoholiker wie hier haben Sie in Amerika nicht.«

»Amerikanische Maßstäbe können Sie nicht anlegen«, erwiderte ich. »In Amerika ist ein Alkoholiker jemand, der seit zehn Jahren kein Glas angerührt hat.«

Walja blickte mich neugierig an. Ich gab mir Mühe, dem Tisch zu erläutern, worum es sich bei AA handelte. »Wir hatten eine Party, und ich hab meinem Nachbarn Jim einen Kognak angeboten«, sagte ich. »Er hat abgelehnt. Als ich fragte, warum, sagte er: ›Julian, ich bin Alkoholiker.‹ Und ich: ›Jim, unter den Umständen bewundere ich deine Enthaltsamkeit. Wie lange denn schon?‹ Und er: ›Zwanzig Jahre.‹«

Walja johlte bei diesen Worten laut auf. Lenny schaute weniger begeistert.

»Amerikaner kennen nur alles oder nichts«, sagte er. »Sie faseln gern von ihren Freiheiten, aber leben und leben lassen können sie nicht. Ich erzähl euch mal eine Geschichte: Der erste Job, den meine Mutter in Amerika hatte, war in der EDV bei Bloomingdale's. Sie hatte keine Ahnung von EDV, sie versuchte nur, den Kopf über Wasser zu halten. Ich bekam eine Erkältung, und weil sie sich nicht ein paar Tage freinehmen konnte, blieb meine Schwester bei mir zu Hause, und Mama ging zur Arbeit. Die Schule rief an. Mama sagte denen, ich sei krank, und meine dreizehn Jahre alte Schwester sei zu Hause und kümmere sich um mich. Sie schickten einen Polizisten *und* einen Sozialarbeiter zu uns in die Wohnung und drohten, meine Mutter zu verhaften, wenn sie Mascha nicht in die Schule gehen ließ. Wusste sie denn nicht, dass sie in solchen Fällen einen Babysitter zu engagieren hatte? Einen Babysitter! Meine Mutter hatte nicht mal Geld, sich ein paar neue Schuhe zu kaufen. Das war das letzte Mal, dass sie Amerikanern gegenüber die Wahrheit gesagt hat.«

Walja schüttelte den Kopf. »Aber Mama behielt ihren Job.«

»Es war keine einfache Zeit«, sagte ich. »Mein erster Job hatte auch mit Computern zu tun, aber in der Stadt. Ich fuhr jeden Nachmittag mit der Subway zur Vierundsechzigsten Straße, und wir trafen uns bei einem Chinesen gegenüber ihrem Warenhaus, wo ich ihr beim Schreiben des Programmierkodes half. Anschließend tippte sie das oben ab. So haben wir uns monatelang durchgeschlagen.«

»Was für ein guter Ehemann«, sagte Walja und sah mich schmeichelhaft gerührt an.

»Aber kein guter Lehrer«, brummelte Lenny. »Ich hab noch das viele Gebrüll im Ohr.«

»Von Gebrüll weiß ich nichts«, sagte ich, um einen verträglichen Ton bemüht.

»Ach, komm schon. Die Wahrheit, hier in der Datscha. Du hast Mom *dauernd* angebrüllt, sie ist zu dumm, sie kapiert das Programmieren nicht schnell genug, sie lernt nicht schnell genug Englisch. Sie war schließlich nicht damit aufgewachsen.«

Ich grinste verlegen. Aber Lenny war noch nicht fertig.

»Mama hätte sich wahrscheinlich von dir scheiden lassen, wenn sie in den ersten Jahren nicht von dir abhängig gewesen wäre, deine Worte.«

All seiner Kritik an Amerika zum Trotz war Lenny der

Amerikanischste am Tisch: ein Schwätzer, ein Selbstentblößer, eine Plaudertasche. Er klaubte dürre Fitzel familiärer »Störungen« aus schwarzen Löchern der Erinnerung, um sich zu rechtfertigen. Aber rechtfertigen wofür? *Du Kindskopf*, dachte ich.

Als ich mir im Bad Wasser ins Gesicht schaufelte, wollte ich die Episode beim Mittagessen hinter mir lassen. Ich musste Lenny unbedingt allein erwischen. Das Glück war mir hold: Als ich herauskam, war er auf der Veranda und rekelte sich in den türkischen Kissen. Ich hatte mir zurechtgelegt, was ich ihm sagen wollte: *Sohn, hör zu, ich glaube nicht, dass du wegen deiner Freunde im Gefängnis gelandet bist …* Doch die Worte kamen mir jetzt schäbig und hohl vor. Bei dem Bild, das er mit seinen Nylon-Laufshorts und den gespreizten blassen Beinen in den bunten Kissen abgab, musste ich an einen Pascha in einer Opiumhöhle denken. »Wenn du willst, kann ich in deine Wohnung fahren und deine Sachen packen«, sagte ich in einem Ton, der, hoffte ich, milder war. »Wir sollten keine Zeit verlieren.«

Lenny sah mich abgekämpft an, so als sei ich der letzte Nagel am Sarg seines Nachmittags, und richtete sich auf die Ellbogen auf. »Du bist jetzt, wie lange, eine Woche hier? Und organisierst schon mein Leben durch?«

»Ich organisiere nichts durch. Ich möchte dich aus der Gefahrenzone holen.«

»Lass mich das doch entscheiden, okay? Ich habe mit Austin gesprochen. Er hat unseren Anteil an dem Geschäft von einem Anwalt prüfen lassen – die können mir gar nichts.«

Schenk ihm reinen Wein ein, dachte ich. Und sagte stattdessen: »Verflucht, Lenny. Heute bist du rausgekommen, morgen kommst du wieder rein. Und Anwälte nützen dir hier nichts. Wenn du wem auf die Füße trittst, scheuen die keine Mühe, dich zur Strecke zu bringen.«

Sicher, der Ausbruch war Tarnung, mein Zorn aber war echt. Was Lenny jetzt brauchte, waren Härte und ein erzieherisches Gespräch, nicht noch mehr Milde.

»Reg dich ab«, sagte er.

»Ich reg mich *nicht* ab ... Du bist *maßlos* egoistisch.«

»Egoistisch?« In seinem Blick lag ein Ausdruck von Verdruss oder Belustigung oder womöglich beidem.

»Was glaubst du, wer dich rausholt, wenn du noch mal im Gefängnis landest? Willst du deine Mutter und mich zwingen, für eine Kaution das Haus zu verpfänden? Willst du uns im Alter in den Ruin treiben? Denn das müssten wir, um deine Haut zu retten.«

Um ihn zur Räson zu bringen, hatte ich mich verrannt und konnte nicht mehr zurück. Eine Beichte wäre jetzt ein Fehler. Lenny würde es bloß zufrieden auf die Liste des Unrechts setzen, das ich ihm angetan hatte, und ich würde das letzte bisschen Einfluss verlieren, das ich noch besaß.

»Keine Sorge. Dich um Hilfe zu bitten wäre das *Letzte*, was mir einfiele«, sagte er.

Gleichmäßig atmen, ermahnte ich mich. »Lenny, ich weiß, es ist nicht einfach, wenn man so viel Herzblut in ein Vorhaben steckt, das nicht wie gewünscht ausgeht. Ich habe sieben Jahre verloren durch die Arbeit an einer Dissertation, für die ich keine Anerkennung fand. Aber weißt du, was ich dachte, als ich abgelehnt wurde? Ich dachte: Besser so, als diese Jahre in Lagern zu verlieren wie meine Mutter.«

Seine Stirn bekam eine Falte, als er sagte: »Baba Flora hat ihr Leben nicht bereut. Das tue ich auch nicht. Sie hat Geschichte aus nächster Nähe erlebt.«

Ich dachte, mir klappt die Kinnlade herunter. »So hat sie das gesagt?«

»Sie hat immer gesagt: ›Wer man ist, erfährt man nur, wenn man von zu Hause weggeht.‹«

»So, hat sie das? Und, wer bist du?« Ich starrte ihn an. »Irgendeine Idee?«

Lenny starrte zurück. »Ja, wenn du's genau wissen willst. Nicht dass du es verstehen würdest.« Der verdrossene Ausdruck hatte die Kerbe zwischen seinen Augen noch vertieft. »Du tust so, als ob meine Zeit hier eine einzige Verschwendung gewesen wäre. Du glaubst, ich würde bereuen, dass ich diese vielen Jahre nicht mit vier anderen befrackten Affen in einer Bürobucht gehockt und ausgesehen hab wie auf einem Schaubild über den Verlauf der Evolution? Davon geträumt, mit fünfundvierzig in Pension zu gehen, meine Kohle in Schatzwechsel zu sieben Prozent zu stecken, auf eine Insel im Pazifik zu ziehen und für den Rest meines Lebens dank Viagra Sex zu haben? Genau so leben die Kerle doch, die ich in Amerika kenne. Nein, danke. Hier bin ich Teil von etwas Größerem.«

»Geschichte?«, sagte ich spöttischer als beabsichtigt.

»Mein Leben ist ein Abenteuer, davon rede ich. Ich weiß, dir bedeutet das nicht viel, aber ich kann ehrlich behaupten, dass ich einiges über mich als Menschen herausgefunden habe…«

»Abenteuer?«, sagte ich. »So heißt das, wovon man lebend zurückkehrt. Sonst heißt es Tragödie. Und das war das Leben meines Vaters – eine Tragödie. Das meiner Mutter übrigens auch.«

»Ja? Sie hat das wohl nicht so gesehen.«

»Und zwar deshalb, weil sie eine Narzisstin war, Lenny«, sagte ich. »Sie hat nur an sich gedacht, an sonst niemanden. Sie war verblendet, eine Narzisstin erster Güte. Wie du.«

Die letzten Worte, versehentlich herausgerutscht, trafen ihn sichtlich hart. Für einen Moment dachte ich, er bräche in Tränen aus. Doch er lächelte mich nur bitter an. »Ich kapiere, was du willst, Pa. Du denkst, wenn du mich klein genug machst, kannst du mich in deinen Koffer packen und mit nach Hause nehmen.« Er stand auf. »Du denkst, das war das erste Mal, dass ich bedroht wurde? Das erste Mal, dass man mich ins Gefängnis gesteckt hat? War es nicht. Glaub mir, ich hab schon Schlimmeres überstanden als den Dreck, mit dem du wirfst.«

Das kam überraschend. Ich war schockiert, dass Lenny es geschafft hatte, so etwas für sich zu behalten. Sagte jedoch: »Tja, du bist wirklich ein Russe geworden. Du liebst dein Leid.«

Wie er da stand, das Gesicht über mir, wirkte er nur enttäuscht und weiter nichts. »Wie gesagt, ich erwarte nicht, dass du es verstehst.«

»Du hast recht. Ich verstehe es nicht.« Jetzt konnte ich mich nicht mehr bremsen. »Ich *kann* es nicht verstehen, denn dieser Spruch ›Pionier menschlicher Erfahrung‹ taugt nicht als Muster von Männlichkeit, Lenny. Er taugt nicht, wenn man Spuren auf der Welt hinterlassen will. Mit dem, was du anführst, ist man bloß ein« – ich musste unweigerlich wieder an meine Mutter denken – »ein Blatt im Wind des Lebens!«

Seltsam befriedigend, das auszusprechen, auch wenn es jeden Fortschritt, den ich bei meinem Sohn zu erzielen hoffte, untergrub. Was für ein trostloser Triumph, so als hätte ich mir selbst in den Leib getreten.

Lenny stand an der Fliegengittertür, noch funkelnde Empörung im Blick, als Walja auf die Veranda kam. Hatte sie schon die ganze Zeit dort im Schatten gestanden? »Was ist denn hier los? Nicht noch mehr Politik, hoffe ich. Die Datscha ist zur Erholung da, nicht dafür, die Probleme der Welt zu lösen. Das ist unsere Regel.«

Ich war wieder auf Augenhöhe mit ihren mächtigen Bauernschenkeln, die von den blauen Sweatpants trotz des lockeren Sitzes gerade eben nicht kaschiert, sondern mit überwältigender Deutlichkeit vorgeführt wurden. Ich sah

meinem ins Haus gehenden Sohn nach und fühlte die altbekannte Traurigkeit. Walja hatte einen Zinkeimer mit der
Pilzernte des Vormittags in der Hand und eine Tasche über
die Schulter geschlungen, durch deren Plastiknetz die Um-
risse von Äpfeln, Käse und Einweckgläsern zu erkennen
waren. »Ich will nach Aprelewka und einer Freundin etwas
zu essen bringen«, sagte sie. »Sie wollten den Niedergang
doch sehen, nicht? Ich könnte Hilfe vertragen.« Sie reichte
mir die Tasche mit den Lebensmitteln, ohne meine Antwort abzuwarten. »Ein Spaziergang tut unseren alten Knochen gut.«

Ich trug die Tasche, und Walja spielte die Fremdenführerin. Wir gingen auf einer im achtzehnten Jahrhundert angelegten Straße, sagte sie. Peter der Große hatte das ganze
Land hier der Familie Demidow überlassen als Belohnung
für die Waffen, die sie für seine Armee gefertigt hatte. Walja
zeigte nach rechts, wo noch eine verfallene Demidow-Villa
stand, ihre arkadische Herrlichkeit auf Backsteingeröll geschrumpft. Wildwuchs hatte die Reihen klassischer Säulen
zurückerobert. Schlanke Ahorne und ein tolles Durcheinander anderer junger Bäumchen sprossen auf den Dächern
der Baracken, in denen ehemals die Leibeigenen lebten. Por-
nographie und grüne Bierflaschen lagen überall auf unserem
Weg durch den Wald. »Angeblich ist die Gegend hier ein
nationales Wahrzeichen und wird erhalten, aber Sie sehen ja
unsere Mentalität…« Walja wies mit einer Kopfbewegung
auf den Abfall. Weiter hinten stießen wir auf die »Mon-
strositäten«, die sie mir bereits angekündigt hatte: neue Villen, denen riesige Schutzmauern die beneidenswerte Aussicht zum Wald versperrten. Ich sah nur die Obergeschosse
dieser *nowostroiki*, bis auf ein Detail haargenau wie das
typische amerikanische McMansion: Sie hatten Garagen-
tore, die aussahen wie in den Stein gehauen. Nach einem

Moment der Irritation begriff ich, dass es Sicherheitstore waren, über riesigen Fenstern herabgelassen.

»Diebe fürchten sich am meisten vor anderen Dieben«, erklärte mir Walja. »Bei uns heißen sie die Armenhäuser. Die Heime für die Heimatlosen. Sie müssten einmal an einem Sonntagvormitag nach einer ihrer Partys hier sein. Da stehen sie verkatert herum und glotzen jeden Vorübergehenden an wie einen Hund, den sie am liebsten treten möchten. ›Kto ty takoj? Wer bist du, dass du mich ansiehst?‹ Die haben denselben Blick wie die von unserer Armee: ›Wir bestrafen dich.‹«

»Nicht weniger mörderisch als die Parteichefs früherer Zeiten.«

»Oh, sicher, heute drischt jeder auf ›die Partei‹ ein. Aber was war die ›Partei‹? Es waren Tausende Menschen. Millionen waren in der Partei. Wenn man etwas tun wollte, sich politisch betätigen, Dinge verbessern wollte, fand man die Mittel und Wege durch die Partei. Jetzt lenkt eine Handvoll KGBler alles. Wladimir Wladimirowitsch und seine Judopartner haben alle im Würgegriff.«

Wir wanderten weiter mit unseren Schätzen. Zu unserer Linken standen die *nowostroiki* mit ihren außen montierten Sicherheitskameras, zu unserer Rechten die alten Datschas aus Holz – in verblasstem Gelb und abblätterndem Grün, bewacht von kläffenden räudigen Hunden. Links das paranoide Neue Russland, rechts die zerfallende Sowjetunion.

»1948 überließ Stalin diesen ganzen Landstrich dem Generalstab der Armee«, teilte Walja mir mit. »Nachdem der für ihn den Krieg gewonnen hatte. Die Generäle bekamen jeder einen Hektar, die Divisionskommandeure einen halben und so weiter, bis unten. Vor fünfzehn Jahren kauften Projektentwickler die ersten großen Grundstücke auf und unterteilten sie in vier kleinere. Wenn wir noch länger gewartet hätten, hätten wir für unser Land sogar noch mehr erlösen können. Aber was wir hatten, genügte für den Kauf meines Hauses. Die Freundin, die wir besuchen – ihre Familie hat das Land schon vor langem unter sich aufgeteilt und verkauft, nur sie ist die letzte Verweigerin. Angebote hat sie natürlich bekommen. Aber sie lehnt alle ab – nur weil sie nicht weiß, wo sie sonst hinsoll, das arme Ding. Ich bin überrascht, dass ihr noch keiner das Haus angezündet hat. Gucken Sie nicht so schockiert. So machen das die Unsrigen hier. Wenn sie die alten Zäune herausreißen und ihre entsetzlichen Mauern bauen, schmeißen sie den Draht und die Pfähle direkt rüber in ihren Garten. Sie werden es gleich selber sehen.«

»Juhu! Inna Iwanowna!«, rief Walja, als wir ankamen. Sie ging durch die Küchentür hinein, während ich auf den Stufen wartete und mir den traurigen Anblick zu Gemüte führte, den der Garten bot. Geborstenes Holz und Draht lagen überall, als hätte hier ein Wirbelsturm gewütet. Von Schimmel zersetzte Steine ragten aus dem Fundament wie Zähne aus einem kariösen Kiefer. In einer Badewanne mit zerbrochenen Beinen stand das Regenwasser, daneben ein alter *kanistra* der Sorte, in der man früher Benzin aufbewahrte. Bis auf einen kargen Gemüsegarten und einige knotige Apfelbäume war der Garten überwuchert von Unkraut.

Schließlich erschien Inna Iwanowna: eine winzige Babuschka mit kurzem Haar und Händen, so arthritisch wie ihre Apfelbäume. Sie trug einen schäbigen grauen Pullover, eine Trainingshose und Filzpantoffeln.

»Inna Iwanowna, ich hoffe, es stört Sie nicht, dass wir einfach so hereinplatzen – wir sind gerade hier vorbeigekommen. Das ist mein Freund Juli Leontjewitsch. Er ist den ganzen Weg aus *Amerika* hierhergekommen.«

»Bitte kommen Sie herein – steigen Sie einfach da drüber«,

sagte Inna Iwanowna mit einer Geste zu den Dämmstoff-
haufen, die auf dem Boden lagen. Ihr war es wohl egal, ob
ich aus Amerika kam oder vom Mond.

»Ein paar Pilze für Sie, aus unserem Wald, und Beeren
für Kompott«, sagte Walja und baute alles, den Käse, die
Gläser mit dem eingelegten sauren Gemüse und die frischen Sachen, auf dem wackeligen Küchentisch der alten
Frau auf.

»Oh, Walja. Das wäre doch nicht nötig gewesen.«

»Wir fahren Sonntag wieder, und das würde über die
Woche bloß verderben«, sagte sie, obwohl jeder sah, dass
das Essen frisch aus dem Laden war.

»Kommen Sie, kommen Sie, bitte stören Sie sich nicht
an der Unordnung.« Die elfenhaft zarte Greisin beförderte
mit einem Tritt einen weiteren Haufen Isoliermaterial von
der Tür weg. »Das hat mir mein Sohn gebracht, damit ich
diese Hausseite winterfest machen kann. Es wird so kalt.«
Verbrachte sie hier tatsächlich den Winter? Ich wollte
es gar nicht glauben. Mir war schleierhaft, dass ein Haus
wie dieses sich überhaupt auf den Beinen hielt, geschweige
denn warm wurde. Die Außenwände hatten Wasserfle-
cken, die Trennwände aus Spanplatten waren verzogen.
Über dem Küchentisch hing ein Lampenschirm aus Pappkarton, wie ich ihn seit vierzig Jahren nicht mehr gesehen
hatte. Der darübergespannte Stoff wie ein alter Schlüpfer.
Der Strom kam durch eine vorsintflutliche, mit Keramik
umkleidete Leitung, die mit Krampen an den Wänden befestigt war, weil die Leitung unter Putz mit Sicherheit in
Brand geriete. Inna Iwanowna sah zu, als Walja das Essen
in einen kniehohen Kühlschank räumte, den Rücken gegen
einen alten holzbefeuerten Wandofen gedrückt. Konnte
es sein, dass sie den noch benutzte? Über einem niedrigen
Geschirrschrank hing wie eine Ikone ein Porträt des jungen Puschkin.

»Wie lange bleiben Sie in unserem *posjolok*?«, erkundigte sich Inna Iwanowna freundlich.

Walja antwortete für mich. »Julik fliegt nächste Woche nach Amerika zurück. Er wohnt dort. Er ist der Vater von Lenny.«

»Von wem?«

»Lenny. Katjas jungem Mann.«

»Katjuscha ist ein liebes Mädchen«, sagte die alte Frau und lächelte mich an.

»Ja«, versicherte ich.

»Wie können die Kinder dieser Frau zulassen, dass sie in dieser Todesfalle lebt?«, fragte ich auf dem Heimweg.

»Ihr Sohn wohnt in ihrer Wohnung in Moskau. Er ist Nihilist. Meine Diagnose lautet zumindest so.« Walja fasste sich mit Daumen und Zeigefinger an die Kehle zum Zeichen für einen Trinker. »Schuldet aller Welt Geld. Verdient gerade genug, dass es fürs Rauchen und eine Flasche reicht.«

»Ich vermute, nicht mal der Enkel eines Divisionskommandeurs ist gefeit gegen so ein Schicksal.«

»Nein. Schauen Sie unseren Aljoscha an! Dem hat es in der Kindheit und Jugend an nichts gefehlt. Klavierunterricht, Privatlehrer. Gut, Ninotschka flog mit ihren Delegationen in der Weltgeschichte herum, aber es gab vier Großeltern, die sich das eine Wunder teilen konnten.«

»Woran hat es dann gelegen?«

»Die Neunziger haben Aljoschas Generation am schwersten getroffen. Alles ging den Bach runter, als sie gerade auf eigenen Beinen standen, und die ausländischen Firmen wollten nur Junge einstellen, die frisch von der Universität kamen – bevor sie durch unser sowjetisches Regime verwöhnt wurden. Solche wie Aljoscha, die in den Dreißigern und Vierzigern waren, als alles zusammenbrach – es war deprimierend, zu sehen, wie einige von ihnen strauchelten.

»Sie sind älter«, sagte ich, »und kommen zurecht.«

»Ich komme überall zurecht.« Und ich wusste, dass das stimmte.

Walja, kam mir in den Sinn, hatte durch ihre Erziehung in den höchsten sowjetischen Kreisen genau das mitbekommen, woran es meinem Sohn fehlte: Urteilsvermögen, ein Gespür dafür, den Mund zu halten. Ich beschloss, es zu riskieren und sie zu fragen, ob unter ihren Bekannten jemand war, der im Archiv des FSB arbeitete.

»In dem kleinen Gebäude in der Neglinnaja?«, sagte Walja und hob eine Braue. »Was brauchen Sie dort?«

»Ich suche nach den Dossiers über meine Eltern.«

»Schon verstanden – waren sie nicht ›Überzeugte‹?«

Lenny, so viel war klar, hatte sie über unsere Familiengeschichte informiert.

Ich erzählte Walja von den Schwierigkeiten, denen ich begegnet war. »Ich reise Dienstagvormittag ab«, sagte ich.

»Sie können doch jederzeit Ihren Sohn bitten, die Sachen für Sie in Empfang zu nehmen, nicht? Gehen Sie einfach zu einem Notar.«

Sie kannte die Regeln, aber das war nicht die Antwort, die ich erhofft hatte. Ich wollte ihr nicht sagen, dass ich mir immer noch Hoffnung machte, Lenny würde möglichst schnell dieses Land verlassen.

»Ich brauche ihm nicht noch mehr aufzuladen«, sagte ich. »Dafür hat er zu viel zu tun. Er sagt uns ja nicht einmal, wann er wieder mal zu Besuch heimkommt.«

»Hm-hm.«

Vielleicht protestierte ich zu heftig, denn Walja sagte: »Vielleicht wollen Sie ja auch nicht, dass er die Nase in Sachen steckt, die er nicht versteht. Die Menschen haben sich in den Verhörräumen nicht gerade von ihrer besten Seite gezeigt, nicht wahr?«

Ich lächelte.

»Verstanden«, sagte sie. »Haben Sie keine Angst, dass *ich* die Sachen lese?«

»Ich würde nichts anderes erwarten. Welcher ehrliche Russe würde die Akten von anderen nicht lesen?«

»Sie sind ein Böser. Geben Sie mir Ihren Brief; ich erkundige mich.«

»Es soll Ihr Schaden nicht sein«, sagte ich dankbar.

Eine Zeitlang gingen wir in angenehmem Schweigen. Und schon bald waren wir – die Sonne stand tief, doch der Abend war immer noch hell – wieder auf der Straße, die zu Waljas Haus führte. »Ich mag Sie, Juli«, sagte Walja, als wir das Schild mit der Aufschrift Alabino passierten, »darum will ich ganz offen sein. Lenny hat mir erzählt, worüber Sie hier mit ihm sprechen wollten. Es geht mich nichts an, aber ich weiß über diese Beziehungen Bescheid. Wenn er fortgeht, ist es aus mit ihm und Katja. Ich bin nicht objektiv, das ist mir klar. Ich möchte nicht, dass es meiner Nichte das Herz bricht. Sie ist ein gutes Mädchen.«

»Was er tut, ist seine Sache.«

»Aber ich weiß, was Sie denken: Warum ist er so ein Dickkopf, warum nimmt er meine Hilfe nicht an?«

Ich blieb stumm.

Walja seufzte. »Meine Familie hat vermutlich auch geglaubt, ich verschleudere mein Erbe. Und jetzt schauen Sie – mein Mangel an großen Zielen hat mich gerettet.«

»Ich möchte nur nicht, dass er mir die Schuld an dem gibt, was er bereut«, sagte ich und begriff, dass das stimmte.

»Dann machen Sie sich bloß Sorgen um sich selbst.«

»Walja, Sie sind sehr gastfreundlich zu meinem Sohn. Ich möchte, dass er sich bei seiner Familie … genauso zu Hause fühlt.«

»Zu Hause fühlen sich Menschen bei denen, die sie mögen«, wandte sie ein.

Vielleicht als Provokation oder vielleicht, damit Lenny nicht als ganz so großer Gewinn für ihre Katja dastand, oder vielleicht auch nur aus Neugier sagte ich: »Was mögen Sie denn an ihm, erzählen Sie's mir.« (Abgesehen von seinem amerikanischen Pass, wollte ich hinzufügen, ließ es aber bleiben.)

»Ich mag, dass er trotz mancher Ausreißer anständig geblieben ist. Es gibt nicht genug Freundlichkeit auf der Welt. Neun Jahre in diesem Land haben ihn nicht verdorben. Das ist doch schon mal was.«

Anstand. Freundlichkeit. Dinge, die in unserer Familie durchaus ernst genommen wurden, aber nicht als religiöse Gebote.

»Er war ein sanftmütiges Kind«, sagte ich und sah zu Waljas Einfahrt. »Feinfühlig. Es machte ihm zu schaffen, wenn ein anderes kleines Kind weinte. In der Vorschule hieß er bei den Lehrern ›der Gentleman‹. Wenn er anders gewesen wäre, hätte ich ihm vielleicht nicht abgeraten, ausgerechnet hier Geschäfte machen zu wollen. Seine Mutter und ich haben ihn zigmal gewarnt.«

»Wie klug von Ihnen, dass Sie ihn *gewarnt* haben«, sagte Walja. Sie blieb auf der Straße stehen, schien ungeduldig und verärgert. »Warnen kann jeder. Sie machen doch selber mit bei dem Tamtam. Sie haben ihn also gewarnt – na und! *Vorbereitet* haben Sie ihn aber nicht, oder?«

In meinem Zimmer legte ich mich auf das harte Bett, das so gut war, dass nicht mal Putin kapierte, wie gut. Draußen wurde es dämmrig. Ich atmete ein paarmal tief die nach Kiefern duftende Luft ein. Die Insekten zirpten ihr Sommergelärm. An meinem inzwischen aufgeladenen Handy auf dem Schreibtisch blinkte das grüne Lämpchen.

Ich hatte eine einzige Nachricht, von Tom.

»Ich will dir nicht deine Datschapläne verhageln, aber Kablukow ist wieder in der Stadt. Er will sich morgen Nachmittag mit uns in den Sanduny-Bädern treffen. Ich habe nicht die leiseste Ahnung, was er ausheckt. Wir treffen uns morgen Mittag da.«

Schöne Lokalität für eine Vorstandssitzung, dachte ich – die alte städtische *banja*. Da konnte er uns richtig mit seinen Gefängnis-Tätowierungen beeindrucken. Auf welche Tour wollte uns der alte Vollstrecker jetzt kommen, damit wir sein schmieriges kleines Geschäft zum eigenen Vorteil absegneten?

Das bedeutete, ich hatte nur noch den heutigen Abend mit meinem Sohn und musste morgen zeitig in die Stadt zurück.

Ich saß da und starrte eine Weile auf das weichgezeichnete Foto von Klein-Aljoscha – dem engelsgleichen Jungen mit den hellen Augen, der zu der bitteren Leidensgestalt geworden war, die da unten saß. Einer, wie er gesagt hatte, Unperson. Mir fiel ein ähnlich gestelltes Foto von mir selbst ein, das meine Mutter gerahmt und in ihrem Zimmer in der Gemeinschaftswohnung aufbewahrt hatte. Die Aufnahme stammte offenbar aus der Zeit vor ihrer Verhaftung. Keine Ahnung, wie es ihr gelang, sie all die Jahre der Inhaftierung zu behalten, doch für mich war sie immer ein Sinnbild dafür gewesen, wie sehr sie sich an Illusionen klammerte, das Zeichen für ihre Unfähigkeit, mich als den zu sehen, der ich geworden war. Aus diesem Grund stellte ich keine vergrößerten Engelsbilder meiner eigenen Kinder auf.

All die Jahre war ich mir sicher gewesen, dass Lenny irgendwann nach Hause kommen musste, zu seiner Familie. Nur mit einem hatte ich nicht gerechnet, und in dieser Datscha mit ihren Trinkern und Außenseitern war es mir auf einmal klar: Lenny *hatte* eine Familie – wenn Familie Menschen bedeutet, die einen so nehmen, wie man ist.

Es klopfte an der Tür.

»Ist offen«, rief ich.

Es war Lenny, die Haare feucht und gekämmt, in einem sauberen, bis zu den Ellbogen hochgekrempelten Hemd. Er sah sich unsicher im Zimmer um. »Bist du eingeschlafen oder so was?« Er schaute mir in die Augen und drehte die Hände nach außen. »Komm schon, alle warten. Das Schaschlik ist fertig.« Seine Lippen verzogen sich zu einem halben Lächeln, was ich so deutete, dass er gewillt war, die Waffen niederzulegen, zumindest des Schaschliks wegen.

»Essen wir was«, sagte ich und legte meine ebenfalls nieder.

Kuibyschew, 1943

33.

Zweite Chancen

Eine nationale Katastrophe wurde für Florence zur Rettung. Sie entschlüpfte den Händen der Geheimpolizei, als der Große Vaterländische Krieg sie aus Moskau herausund zurück ins Getümmel sinnvoller Arbeit führte, nach der sie sich so sehnte.

An jenem staubigen Sommerabend des Jahres 1943 drängen sich auf den Docks am Ufer der Wolga die Evakuierten dicht an dicht. Samara, die alte Stadt am Fluss, inzwischen in Kuibyschew umbenannt, ist in diesem Krieg zur Hauptstadt der Nation geworden. Um die beschädigte Uferböschung winden sich serpentinengleich die Schlangen nach den kärglichen Rationen Zucker, Pflanzenöl, Petroleum und Streichhölzern. Brot gibt es nur in der gröbsten Roggenvariante. Diese Lebensmittel werden mit Schiffen in die Stadt befördert oder mit Pferdegespannen herangeschafft und gleich von den Schiffen und Fuhrwerken herunter verkauft. Die Lastwagen und Automobile sind allesamt fürs Militär beschlagnahmt. Wären nicht an jeder Straßenecke Lautsprecher montiert, aus denen laufend die neuesten Meldungen über den Frontverlauf dröhnen, könnte man das Leben in Kuibyschew mit der Geschäftigkeit einer der im amerikanischen Westen im neunzehnten Jahrhundert entstehenden neuen Siedlungen verwechseln. Zumindest Florence ist der Gedanke schon öfter gekommen. Unten an den Docks, wo Schaufelraddampfer noch mehr Versorgungsgüter anliefern, sind die Mücken ausgeschwärmt. Auf den terrassenartigen Hügeln am anderen Wolgaufer lodern die Reste des Sonnenuntergangs. Alle haben es eilig, sich ihren Proviant zu beschaffen – wegen des kürzlich am Kursker Bogen errungenen Siegs gibt es an diesem Abend auch gesalzenen Fisch und Salami – und bis Sonnenuntergang in ihrer Behausung zu sein. Endlich bekommt auch Florence, die sich das üppige Haar zum Schutz vor dem Staub mit einem Kopftuch zurückgebunden hat, ihr Essen, in Zeitungspapier eingeschlagen, und wird von der schiebenden und drängelnden Menge, die sie an die Spitze der Schlange getrieben hat, wieder ausgespien. Der Fisch unter ihrem Arm fühlt sich angenehm schwer an, als sie sich an Leibern jedes Alters und jeder Variation von Schweiß vorbeiquetscht – dem Moschus krakeelender Männer, dem harzigen Gestank der Alten, dem frischen Hauch, der von den Nacken junger Frauen heranweht – und endlich an die Luft kommt, dann eine mit öligen Zeitungsfetzen übersäte Straße entlanggeht bis zu einem gemauerten Torweg, in dem kalte Kellerluft sie empfängt. Licht gibt es keines – man hat die Glühbirne herausgeschraubt –, und die Fenster im Treppenaufgang sind mit dunklem Papier abgedeckt. Tastend steigt sie in den obersten Stock und öffnet die Tür zu dem Geruch von geröstetem Kaffee. Als Erstes sieht sie den Tisch, auf dem sich noch die Papiere stapeln, obwohl sie darum gebeten hatte, dass er heute Abend leergeräumt ist. An den jeweiligen Enden sitzen Leon und sein Freund Seldon Parker, dessen Brillengläser das letzte safrangelbe Abendlicht spiegeln.

»Ich dachte, heut Abend feiern wir. Warum arbeitet ihr zwei noch?«

»Wo soll ich denn hin damit?«, sagt Parker und hebt ein Blatt Papier hoch, als ob es schmutzige Unterwäsche wäre. Er liest laut vor: »›Hitlers primitive Horden machen sich auf, die Welt zu überrennen, rauben den werktätigen Menschen die letzte Krume Brot, töten, vergewaltigen, stechen Augen aus, reißen Frauen die Brüste ab, schlitzen Bäuche auf, schlagen Köpfe ab.‹«

»Wer hat das verfasst?«, sagt Leon.

»Das literarische Kleinod unserer Nation, Dovid Bergelson.« Er liest weiter. »›Und grauenhaft sind die Taten, die sie an unseren jüdischen Brüdern und Schwestern in den von ihnen überrannten Ländern verüben. Sie werden nicht müde im Erfinden neuer Folter- und Hinrichtungswerkzeuge…‹« Parker unterbricht seinen Vortrag und sagt: »Und Dovid Bergelson wird nicht müde, sie zu schildern. ›Alles Unglück, das unser leidgeprüftes Volk heimgesucht hat – ob in der Antike, als Nero Juden in die Zirkusarenen trieb, den Löwen zum Fraß, oder im Mittelalter, als Juden, die sich verhüllten, auf dem Scheiterhaufen sterben mussten oder ihren Kindern gleich selbst ein scharfes Messer an die Kehle setzten, um sie vor dem schrecklicheren Tod zu bewahren, der sie erwartete – all dieses Unglück verblasst neben Hitlers Grausamkeiten… Tag und Nacht rinnt ihr Blut, das gegen die Zäune gespritzt ist, über das Pflaster und ruft nach uns. Es fließt und fließt in Gräben und Gossen, und keine Mutter Rachel erhebt sich mehr aus dem Grab und weint nach Gerechtigkeit.‹«

»Er lässt nichts aus, was?«, sagt Florence.

»Neros Zirkusse, die Löwen, aufgeschlitzte Bäuche, Mutter Rachel – meine Güte!« Seldon fährt sich durchs Haar. »Gib einem Juden einen Stift, und er malträtiert dich damit. Das wird keine Zeitung in England oder Amerika drucken, kapiert er das nicht?«

»Du kannst nicht verlangen, dass ein großer Romancier sich dem Diktat der westlichen kapitalistischen Presse beugt«, sagt Leon.

»Großer Romancier, ha! Inzwischen ist er ein größerer Schmierfink als Ehrenburg.«

»Dann streicht was«, sagt Florence und fängt an, die Papiere selbst vom Tisch zu räumen.

»Wir sind Übersetzer, keine Redakteure«, sagt Parker hilflos. »Und falls du es nicht bemerkt hast, wir müssen einen Berg von diesen Meisterwerken fertigkriegen.«

Tatsächlich, so ist es. Auf den Stühlen und dem Fensterbrett stapeln sich die Berichte: Artikel und Essays, in denen von den Nazis an Juden begangene Gräuel dokumentiert sind; außerdem Profile jüdischer Offiziere und Piloten, biographische Skizzen über Wissenschaftler und Ingenieure in der Verteidigungsindustrie – alle noch für die Publikation vorzubereiten. Jedoch nicht in sowjetischen Zeitungen, wo sie unnütz und nicht willkommen sind. Diese Kommuniqués müssen in fehlerfreies Englisch übersetzt werden, ohne auch nur ein Quäntchen ihrer Schärfe einzubüßen, und für die ausländische bürgerliche Presse aufbereitet werden, für den *Chicago Daily Herald*, den *Boston Globe*, die *New York Times*, den *Evening Standard*. Trotz des durchgängig schwülstigen Stils dienen sie einem einfachen Zweck: der Roten Armee zu helfen, Geld in Amerika und England zu beschaffen. Endlich leistet Florence die wichtige Arbeit, die sie schon ihr ganzes Leben tun will. Jeden Morgen gehen sie und Leon – Kampfgenossen an der ideologischen Front – zusammen ins SowInformbüro in der Wanzek-Straße und übersetzen die Berichte, die von der Redaktionsleitung und der Militärzensur für die amerikanische und die europäische Öffentlichkeit freigegeben worden sind.

Das Thema internationale Freundschaft wird an allen Ecken und Enden betont. Die Wolga, die Hitlers Truppen abzuschneiden drohen, wird als der »sowjetische Mississippi« bezeichnet. Kamen bei einem erfolgreichen Angriff auch britische Hurricanes oder Spitfires oder amerikanische Bomber zum Einsatz, soll der Artikel diesem Schema folgen: Erst den heroischen sowjetischen Piloten hervorheben, dann das Kriegsgerät loben und dessen Hersteller erwähnen. Wenn eine amerikanische Firma eine Spende in Form von Bluttransfusionseinheiten oder tragbaren Röntgengeräten an ein sowjetisches Feldlazarett geliefert hat, soll der Artikel zuerst die tapferen und fähigen Krankenschwestern nennen und dann schildern, wie das medizinische Gerät den Schmerz des verwundeten Soldaten gelindert hat; zum Schluss werden der Name der Firma und das Spenderland genannt. Jedes Geschenk verdient eine Danksagungskarte. Verantwortlich für die Schaffung dieser Propagandagebirge ist eine Anzahl von antifaschistischen Komitees – einem für Frauen, einem für Wissenschaftler, noch einem für die Jugend, einem weiteren für die Slawen –, die alle ihren jeweiligen redaktionellen Text produzieren, um ein anderes Segment der ausländischen Öffentlichkeit anzuzapfen. Doch in den Räumen des SowInformbüros ist es kein Geheimnis, dass die mit Abstand lukrativste Kriegs-Agitprop vom Jüdischen Antifaschistischen Komitee exportiert wird. Ihm gehören jiddische Schriftsteller, Dichter und Schauspieler an, einige sogar über die Sowjetunion hinaus berühmt. Als da wären: der Dichter Perez Markisch, der Prophet der Avantgarde mit der Löwenmähne; David Hofstein, Dichter elegischer Verse und Landsmann Chagalls; Leib Kwitko, beliebter Verfasser von Kinderbüchern; und der Romancier Dovid Bergelson, vielleicht der bekannteste jiddische Prosaautor neben Babel. Sie alle verließen einst Russland und zogen durch Warschau und Berlin, Paris und New York, London, Wien und Palästina. Und sind inzwischen einer wie der andere, da sie von ihrem Schreiben nicht leben konnten in einer Welt, die auf die *mame-loschn* nichts gab, in die Sowjetunion zurückgekehrt, angelockt von zugesagten Publikationen und einer staatlich gesponserten jiddischen Renaissance. Was ihre bescheidenen Übersetzer nicht ahnen: Wie Leon und Florence haben auch diese Prominenten das Gefühl, in der Falle zu sitzen. (Markisch schreibt in einem geheimen Brief an einen Warschauer Freund: »Wir wissen nicht, in was für einer Welt wir uns befinden. In einem Klima, in dem man schrecklich proletarisch und zu hundert Prozent koscher sein soll, erlebt man viel Falschheit, Feigheit und Wankelmut; zu arbeiten ist unmöglich.«) Doch auch sie, dem Terror in Friedenszeiten jahrelang entkommen, treten in der relativen Sicherheit des Krieges nun wieder in Erscheinung. Wie Florence und Leon hat man ihnen eine zweite Chance gegeben.

Am Ruder des Jüdischen Antifaschistischen Komitees steht Solomon Michoels – namhafter Schauspieler und Direktor des Staatlichen Jiddischen Theaters. Den eins fünfzig großen Hofnarren mit dem Boxergesicht erkennt das Moskauer Publikum dank seiner Rolle als »der jüdische König Lear« sofort wieder. Wenig bekannt ist, dass Michoels kurz vor Ausbruch des Krieges um sein Leben fürchtete, und das mit gutem Grund. Der NKWD hatte geplant, ihn mit dem verhafteten Isaak Babel in Verbindung zu bringen. Aber wenn ein Dieb gebraucht wird, holt man ihn sogar vom Galgen zurück. Einstweilen verschont, wird der bedeutende Mime mit der Aufgabe betraut, ausländischen Juden Geld für den Kampf gegen die Geißel der Nazis abzupressen. Im selben Moment, in dem Florence Papiere forträumt und den Tisch zur Feier von Leons neunundzwanzigstem Geburtstag deckt, frühstückt Solomon Michoels auf einer sonnigen Veranda in Los Angeles mit Charlie Chaplin, der ihm geholfen hat, Spenden bei den Juden von Hollywood einzuwerben.

Monate zuvor wurden Michoels und der Dichter Itzik Fefer auf einen Ozeandampfer mit Ziel New York gesetzt. Überall, wohin sie gingen, hatten sie riesigen Zulauf. Bei einer Kundgebung in den Polo Grounds begrüßte Bürgermeister Fiorello LaGuardia sie als alte Freunde, untermalt von im Wind knatternden amerikanischen und sowjetischen Flaggen. Anführer des Empfangskomitees war kein Geringerer als Albert Einstein. Persönlich konnten Michoels und Fefer sich zwar nicht ausstehen, auf der Bühne aber, wenn der rote Teppich für sie ausgerollt war, wurden sie zu Blutsbrüdern. Von unten verfolgten einhunderttausend amerikanische Augen, wie Michoels bedächtig eine Urne aus Kristall in die Höhe hielt, gefüllt mit gelber und schwarzer Erde, aber ohne Blumen. Vom erhöhten Podest richtete er das Wort an seine amerikanischen Brüder: »Vor meiner Abreise haben Freunde aus dem Moskauer Theater und ich diese Vase gekauft. Unsere Soldaten haben sie mit Erde aus der Ukraine gefüllt, in der die Schreie von Müttern und Vätern bewahrt sind, von kleinen Jungen und Mädchen, die nicht überleben und groß werden durften. Hier, schauen Sie, sehen Sie die Bänder eines Kinderschuhs, geschnürt von der kleinen Sara, die wie ihre Mutter fiel. Schauen Sie aufmerksam hin, und Sie sehen die Tränen einer alten Jüdin ... Schauen Sie genau hin, und Sie sehen Ihre Väter, die das ›Schma Israel‹ rufen und einen rettenden Engel vom Himmel erflehen ... Diese kummervolle Erde habe ich Ihnen gebracht. Werfen Sie ein paar Ihrer Blumen hinein, damit sie symbolisch für unser Volk wachsen ... Trotz unserer Feinde – wir werden leben.«

Die Menge brach in Jubel aus. Männer mit Filzhüten standen zitternd stramm. Frauen weinten in ihre Pelzstolen. Amerikanische Zeitungen hatten sie in Artikeln und Feuilletons bereits auf die Ankunft von Michoels und Fefer vorbereitet, aus tragischem Jiddisch in elektrisierendes

Englisch übersetzt von keinen anderen als Leon Brink und Seldon Parker. Hinter der Bühne blieb Michoels Eskorte aus der Geheimpolizei das tränenüberströmte Gesicht des Schauspielers nicht verborgen. Er war natürlich ein Redner ersten Ranges, die richtige Wahl für diese wichtige Reise. Zu seiner Linken stand Itzik Fefer. In Russland kannte man die laue Satire seiner Verse. Unter seinen literarischen Mitstreitern im Jüdischen Antifaschistischen Komitee fanden einige, dass er es nicht verdient hatte, Michoels Begleiter auf einer so glanzvollen Reise zu sein. Jeder Einzelne glaubte, er hätte an Fefers Stelle stehen müssen. Und sie alle, die ja im Ausland gelebt hatten, wussten, dass sie nie wieder außerhalb der Sowjetunion würden Fuß fassen dürfen. Einig waren sie sich darin, dass Fefers großes Talent nicht die Poesie war, sondern die Gabe, sich mit dem Wind zu drehen. In dem Punkt lagen sie richtig: Nach dem Krieg waren es Fefers Aussagen, die zu ihrer Festnahme und Verhaftung führten. Hier aber, neben Michoels stehend, war Fefer verdattert von der stürmischen Zuneigung der Menge. In dem offenen Stadion roch es nach Maiskolben und den Salven der Kamerablitze. Er blickte auf die Zuschauer wie in einen Abgrund. Die Gesichter der amerikanischen Juden waren von den russischen kaum zu unterscheiden. Nur ihre Augen waren anders. Die Abwesenheit von Furcht beunruhigte ihn. Er war verwirrt von ihrem ungebändigten Wohlwollen und spürte bereits, dass ihnen diese öffentliche Demonstration von Verehrung mit einer privaten Demonstration von Rache vergolten werden würde, wenn sie wieder nach Hause kamen. Fefer bestieg das Podest und bat, Jiddisch und Russisch sprechend, eindringlich um Unterstützung der Roten Armee.

Leon und Florence, innerhalb der Grenzen des Landes eingesperrt, das sie zwangsadoptiert hatte, sahen mit eigenen Augen davon nichts, lasen allerdings in der ausländischen Presse, dass die Reise ein Erfolg gewesen war. Hadassah, der Jüdische Nationalfonds und B'nai B'rith hießen Michoels und Fefer mit großer Begeisterung willkommen. In Boston, New York, Pittsburgh und Detroit wurden Spendendinner für sie veranstaltet. Überall öffneten Juden ihre Geldbörsen für sie. Bei einer Veranstaltung in Chicago drängten so viele Menschen auf die Bühne, dass sie unter Michoels einstürzte. Er beendete seine Tour auf Krücken.

Unter dem Schaum des Gebens floss ein Strom echter Gefühle, das gemeinsame Herzblut, angezapft von sowjetischen Schriftstellern, denen es seit einem Jahrzehnt oder noch länger verboten gewesen war, öffentlich von einer Einheit der Juden oder vom jüdischen Leiden zu sprechen. Der Kampf gegen den Faschismus hatte ihre Fesseln gelockert – oder machte vielmehr ihre Proklamationen zu einer militärischen Notwendigkeit. »Ich bin in einer russischen Stadt aufgewachsen«, schrieb Ilja Ehrenburg, der prominenteste Journalist seiner Zeit und Stalins Hofjude. »Meine Muttersprache ist Russisch. Ich bin ein russischer Schriftsteller. Wie alle Russen verteidige ich jetzt meine Heimat. Die Nazis haben mir aber noch etwas anderes in Erinnerung gerufen: Der Name meiner Mutter war Hannah. Ich bin Jude. Ich sage das mit Stolz. Hitler hasst uns mehr als jeder andere, und das erfüllt uns mit Stolz.«

Und wie verhielt es sich bei Florence und Leon – waren sie immun gegen die Kraft dieser einst verbotenen Gefühle? Zu sehen, wie Leon Tag und Nacht Depeschen übersetzte, war für Florence nicht weniger erstaunlich als die körperlichen Veränderungen, die sie bei sich selbst wahrnahm. Leons jüdische Identität reifte von der nomadischen Wanderlust, die in den Mietskasernen ihren Ursprung hatte, zu einem ausgeprägten Nationalbewusstsein heran. Jahre später überlegte sie, ob die biblischen Anklänge in Markischs Gedichten verantwortlich dafür waren, dass ihr Mann am Vorabend von Jom Kippur heimlich in die Moskauer Choralsynagoge ging, ob die Berichte über die tapfer in Stalingrad kämpfenden jüdischen Soldaten sein erwachendes Interesse an der Funktionsweise des Kurzwellenradios förderten, an dem er heimlich die Meldungen über die Mühen zur Errichtung eines neuen Staats verfolgte, der in der Wüste Palästinas entstand.

Das alles aber liegt noch in der Zukunft. Vorläufig hat Florence endlich die Papierberge weggeräumt und serviert auf angeschlagenem Emaillegeschirr ihre Beute: gesalzenen Fisch, Kielbasa und Schwarzbrot. Nicht dass die Männer ihr beim Tischdecken behilflich wären – sie debattieren über die neueste militärische Wende in der Schlacht bei Kursk. Wenn der blutige Sieg bei Stalingrad hauptsächlich ein klimatischer Zufall war (desselben russischen Winters, der hundert Jahre zuvor schon Napoleons Armeen mattsetzte), so ist die strategische Offensive an der Ostfront diesen Sommer ein verlässlicheres Indiz für die Kampfkraft der russischen Armee. Der Kriegstrend hat sich umgekehrt. »Nicht mehr lange«, sagt Leon, »und die Kämpfe sind vorbei.«

»Reine Augenwischerei«, widerspricht Seldon, der sich eine Zigarette aus billigem *machorka* dreht, dem einzigen Tabak, der zu haben ist. »Nichts wird vorbei sein, ehe die Alliierten nicht eine zweite Front in Europa eröffnen. Wir liefern so lange das Kanonenfutter, bis alle entkräftet oder tot sind, und dann beehren der Landedelmann aus Hyde Park und der mit den dicken Backen uns schließlich mit einigen wenigen Bataillonen. Genau rechtzeitig, deus ex machina, um die Lorbeeren zu kassieren.«

»Roosevelt will in den Krieg eintreten, er wartet bloß, dass Churchill sich durchringt.«

»Du bist ja goldig. Die beiden Herren Würstchen stecken doch unter einer Decke. Wenn Deutschland gewinnt, helfen sie Russland. Und wenn Russland gewinnt, helfen sie Deutschland, indem sie nichts tun. Solange sie auf beiden Seiten nur so viele Tote kriegen wie möglich.«

Seit ihrer Evakuierung nach Kuibyschew leben und arbeiten die drei Seite an Seite in der winzigen Dachwohnung. Sie diskutieren bis tief in die Nacht. In dieser Wohngemeinschaft gerät Seldon für Florence zu ihrem Schützling, dabei ist es häufiger Seldon, der das Jiddische mit seinem Ost-Londoner Akzent vereint, der wie ihr Beschützer klingt. Hat er sich einmal in ein Thema verbissen, lässt er nicht locker, und er tönt immer noch über Roosevelt und Churchill, als die Lautsprechersirene Verdunkelung anordnet. Florence linst aus dem Fenster. Überall wird das Licht ausgeschaltet, werden Petroleumlampen gelöscht, Zigaretten ausgedrückt. Sie kniet nieder und zieht das dicke schwarz gestrichene Packpapier hervor, das sie hinter dem Schrank aufbewahren. Zerrt einen Stuhl ans Fenster und steigt hinauf, wird bedächtiger und vorsichtiger, als sie, auf den Zehenspitzen stehend, den Bogen oben am Fenster anklebt. Die Straße unten ist inzwischen unsichtbar, zum Schutz der Stadt vor den Bomben deutscher Fliegerangriffe vorsorglich in Dunkelheit gelegt. Sie leben jetzt seit zwei Jahren ununterbrochen im Ausnahmezustand, und dennoch ist Florence den größten Teil dieser Zeit glücklich gewesen. So glücklich, dass sie es sich selbst nicht eingestehen kann, ohne dass es ihr einen kleinen Stich gibt vor Scham. Überall an der Ostfront finden Männer den Tod – abgeschlachtet in der, wie man so sagt, Blüte ihrer Jugend. Frauen sind von ihren Männern getrennt, Liebende voneinander. Sie aber wacht jeden Morgen aufs Neue mit einer Mischung aus schlechtem Gewissen und Dankbarkeit auf, weil Leon neben ihr schläft (lebt!). Es ist wie ein Wunder. Im ganzen Land öffnen Mütter und

Frauen Kuverts mit Todesnachrichten. In Moskau hat Essie ihre *pochoronka* bereits bekommen. Sie hat Florence geschrieben, dass ihr junger Mann während des Angriffs auf Rostow umgekommen ist. Mit sechsundzwanzig ist Essie bereits Witwe, und ihren Kummer mildert nur, dass sie »in diesen Zeiten keine Waise zu ernähren« hat. Florence hat sich gerade auf die Zehenspitzen gereckt und denkt an ihre Freundin, als sie es spürt: ein kurzes Flattern in der leicht aufgeblähten Kugel ihres Leibs. Dieses Mal ist es aber keine Magenverstimmung wie nach dem Fleisch, das Leon vor ein paar Tagen mitgebracht hat (eine Delikatesse, gespendet von den Amerikanern im Rahmen des Leih- und Pachtgesetzes und mit dem Schriftzug SPAM auf der Dose). Florence spürt einen Tumult, der keine gastronomische Ursache hat: ein Schlagen von Schmetterlingsflügeln, einen kleinen Purzelbaum. Zum ersten Mal gibt das neue Leben, geschützt in einer ganz eigenen Dunkelheit, Kunde von sich. Für einen Moment verliert Florence die Balance.

Leon springt auf, als der Stuhl auf dem Boden scharrt. »Was tust du da oben? Du solltest da nicht rumklettern!«

»Du warst doch mit den Planungen unseres Siegs beschäftigt.«

»Leg das Papier weg. Ich klebe es an.«

»Das gehört sich auch so«, flötet Seldon. »Deine Frau ist lange genug auf den Beinen gewesen. Komm und trink was, Florie. Heute Abend feiern wir. Dein Knabe ist ein Mann. Beinah dreißig Jahre alt!«

»Ich setz Wasser auf«, sagt sie.

»Nichts da, du Abstinenzlerin. Ein Schlückchen Selbstgebrannter wird dich nicht umbringen.«

Leon befestigt das letzte Stück der Papierrolle am Fenster und wirft Florence einen Blick zu, als frage er sie um Erlaubnis. Sie zuckt glücklich die Achseln.

»Seldon, Florie bekommt ein Baby.«

Mit großen Augen sieht Seldon erst den einen und dann die andere an. »Ihr veralbert mich.«

»Nein, es stimmt.«

»Na, so was – sie ist schwanger! Wie weit denn?«

»Im sechsten Monat«, sagt Florence fast schüchtern. Wegen der Kriegsrationen ist sie trotzdem entsetzlich dünn. Und dieses Mal, denkt sie, gibt es keine dumme Abtreibung. Sie hat eine zweite Chance bekommen. Wenn es geboren ist – so Gott will –, wird sie dieses Kind bis ans Ende ihrer Tage lieben.

»Also wirklich«, sagt Parker. »Und haltet das die ganze Zeit vor Onkel Seldon geheim.«

Aus seiner grünen Flasche schenkt er etwas Schwarzgebrannten in ihre unterschiedlichen Gläser. Trotz der Lebensmittelknappheit kann er über seine geheimen Kanäle anscheinend immer einen Vorrat besorgen. »Ein Tröpfchen für Mama«, sagte er und gießt einen winzigen Schluck in Florences Teetasse, »mit Wasser anstoßen bringt Unglück«, und erhebt dann sein Glas. »Möge es von nun an«, sagt er, »nur das Geschrei des Babys sein, das uns nachts wach hält.«

Florence hebt die Tasse, die befriedigend schwer ist, und trinkt.

34.

Life vs. *Prawda*

Der Schauspieler wurde an einem wolkenverhangenen Januartag beerdigt, eine Feier in ganz großem Stil, wie sie für Helden der Sowjetunion ausgerichtet wird. Am Weißrussischen Bahnhof versammelten sich die Trauernden hinter dem Sarg, der aus Minsk überführt worden war. Ein Korso glänzender Wagen begleitete ihn durch die verschneiten Straßen von Moskau zum Innenhof des Staatlichen Jüdischen Theaters, wo auf den umliegenden Straßen Tausende zusammengekommen waren, um Abschied zu nehmen. Der Sarg war nach russischem Brauch geöffnet. Darin lag, in Berge von Satin gebettet und mit Blumen fast bedeckt, der große Solomon Michoels, die verstümmelten Züge mit Theaterschminke hergerichtet wie für eine letzte Rolle. Tage zuvor hatte man seinen Leichnam im verharschten Schnee an einer Seitenstraße in Minsk gefunden, wohin Michoels bestellt worden war, um sich über ein für den Stalin-Preis vorgesehenes Theaterstück zu äußern. Dem Anschein nach ein Unfall mit Fahrerflucht. Von den Rädern eines Automobils war ihm das Zigarettenetui aus purem Gold ins Fleisch gedrückt worden, das ihm die amerikanischen Juden während seiner Tour durch den Kontinent als Geschenk überreicht hatten – das Souvenir seiner Propagandaarbeit.

Die Telefonleitungen hingen, von Eiskrusten beschwert, tief herab. Tränen froren an Gesichtern fest, bevor sie weggewischt werden konnten. Unter den Trauergästen waren Michoels' Kollegen aus dem Theater. Die jiddischen Schauspieler von Minsk waren dem Sarg mit dem Toten nach Moskau gefolgt. Zwei Tage zuvor hatten sie abwechselnd wie unauffällige Leibwächter vor Michoels' Hotelzimmer gestanden, von einer düsteren Vorahnung getrieben, die sie sich selbst nicht erklären konnten.

An dem bewussten Abend war es dunkel und windig. Michoels wurde ans Hoteltelefon geholt. Der Anrufer lud ihn in eine Datscha ein, die dem weißrussischen Minister für Staatssicherheit gehörte. Es schneite, als ein Taxi für Michoels vorfuhr. Auf der Fahrt in die Außenbezirke der Stadt zogen weiche Flocken an den Frontscheinwerfern vorüber. In der Datscha drückten Agenten Michoels den Kopf nach hinten und schlugen ihn bewusstlos. Er wurde in die Ruinen des alten Minsker Ghettos gebracht und mit einem Lastwagen überfahren. Es schneite weiter bis zum Vormittag.

Das Theatergebäude konnte die Menschenmenge nicht fassen, und sie ergoss sich vom Hof in die Seitenstraßen. In der riesigen Trauergemeinde standen Schriftsteller und Kollegen Michoels' aus dem Jüdischen Antifaschistischen Komitee. Am Fuß des Sargs hatte das Triumvirat der jiddischen Lyriker Aufstellung genommen: Markisch, Kwitko und Hofstein. Man hatte sich darauf geeinigt, dass Markisch die Totenrede halten sollte. Als er das Podium erklomm, trug er keinen Hut. Steif und ungebärdig stand ihm das Haar vom Kopf ab wie ein Zeichen für die Qualen und die Empörung seiner Existenz. Mit bronzenem Klang tönte seine Stimme durch die kühle Luft.

Die Wunden im Gesicht sind zugeschneit,
So wird es nicht berührt von schwarzen Schatten,
Doch in den toten Augen brennt das Leid,
Schreit aus dem Herzen, das sie dir zertraten.

Ein Raunen ging durch die Menge. Das Gedicht war der erste Hinweis in der sorgsam inszenierten Feier, dass Michoels' Tod kein Unfall war. Markisch las weiter von seinem Blatt ab, ohne auf die Zuhörer zu achten.

So nah' ich deiner Schwelle, Ewigkeit,
Von Mord gezeichnet und von Lästerreden,
Wie sie auf fünf Sechsteln im Erdenweit
Mein altes Volk mit Hieb und Haß befehden.

Eingekeilt in der Masse, spürte Florence, dass die Anschuldigung die Menschen traf wie ein Stromschlag. Ihr Russisch, zwar alltagstauglich und schnell verfügbar, war nicht auf die verschlüsselte Hellsichtigkeit der Dichtung eingestimmt. Sie wollte in den Gesichtern der Umstehenden lesen. Neben Markisch stand der Schauspieler Benjamin Suskin, der zu Michoels' Lear den Narren gespielt hatte. Sie waren das große Schauspielerduo des Moskauer Jüdischen Theaters. In den vergangenen zwei Tagen hatte Suskin Michoels' Platz als Leiter des Jüdischen Antifaschistischen Komitees eingenommen, das bei Kriegsende nach Moskau umgezogen war. Jetzt stand dem Komödianten der Schmerz ins Gesicht geschrieben. Seine Beförderung in das hohe Amt hatte ihn um den Schlaf gebracht. Er rechnete nicht damit, das Jahr 1949 noch zu erleben. Auf der anderen Seite der Rednertribüne stand der Dichter Hofstein, der in Palästina gelebt hatte, aber noch vor dem Krieg nach Kiew zurückgekehrt war, um für seine beiden nach dem Tod seiner ersten Ehefrau mutterlos gewordenen

Söhne zu sorgen. Er war kahl wie ein Stein. Seine schwarzen Augen blickten so starr in die Ferne, dass es aussah, als schiele er. Sie alle, schoss es Florence durch den Kopf, sahen aus wie Schachfiguren, die nach der Erbeutung ihrer Königin verwundbar geworden waren. Die einzige Ausnahme war Solomon Losowski, der Leiter des SowInformbüros, dem Florence persönlich berichtete. Der altgediente Revolutionär war ein Landsmann Lenins gewesen und mit siebzig immer noch eine körperlich beeindruckende Gestalt. Er hatte früher als Schmied in Losowaja gearbeitet, einem Eisenbahnknotenpunkt in der Ukraine, nach dem er sich benannt hatte. Jetzt schlug sich jeder Atemzug, den Losowski tat, als feiner Nebel auf den Haaren seines Bartes nieder, der wie ein Spaten geformt war. Seine blitzenden Augen sprachen ein schreckliches biblisches Urteil über den Leichtsinn, mit dem Markisch gegen die Grenzen der Vorsicht anrannte.

Florence und Essie standen nebeneinander und hielten sich an den Händen. Leon und Seldon Parker waren als offizielle Übersetzer für das Jüdische Antifaschistische Komitee näher am Sarg postiert, bei den wichtigen Persönlichkeiten. Die Trauerfeier neigte sich dem Ende zu. Nacheinander traten die Menschen an den Sarg und legten die Lippen auf die wächserne Stirn. Doch nun erregte Seldon ihre Aufmerksamkeit. Er stand neben Olivia Bern, Losowskis Sekretärin, einer Frau mittleren Alters, und flüsterte ihr etwas ins Ohr. Die Gläser seiner Nickelbrille blitzten, als er zum Dach des Theatergebäudes zeigte, wo wie aus dem Nichts ein Mann erschienen war.

Von der Kälte unbeeindruckt, trug der Mann keinen Mantel. Sein bis zur schmalen Brust offenes Hemd blähte sich im Wind. Sein einziges Zugeständnis an das Klima waren – wie Florence sah, als er seine Geige erhob – die fingerlosen Handschuhe, mit denen er sein Instrument hielt. Und dann durchbrach unvermittelt Musik die kalte Luft, wie eine Stoffbahn reißt. Sie fand zu einer Melodie, indem sie ihr Gewebe mit jedem Ton wieder neu zu knüpfen begann. Es hatte den Anschein, als spiele der Geiger ohne eigenes Zutun, als wiege das Klagelied ihn mit dem Wind hin und her. Die Melodie ergriff Florence bis ins furchtsame Herz hinein. Sie war Michoels in Kuibyschew zwar begegnet, hatte den großen Mann aber nicht näher gekannt. Die Musik erschien ihr nun wie eine Fackel, die ihr Licht auf die Stufen einer geländerlosen Wendeltreppe wirft und in ihrem Aufstieg zugleich die gähnenden Tiefen darunter beleuchtet. Zu den von Michoels verkörperten Figuren hatte auch Tewje der Milchmann gehört. Und die Untenstehenden hörten das Lied des Fiedlers vom Dach jetzt als Ode an diese Rolle. Besser als so, wie es durch diese Melodie geschah, ließ sich Trauer nicht erklären.

Langsam begann sich der Trauerzug zu zerstreuen, manche folgten dem Sarg noch zur Grabstätte, andere traten den Heimweg an. Der Fiedler, wer immer er war, spielte weiter sein seltsames Requiem in den Abend, noch lange nachdem der letzte Trauernde gegangen war.

Den ganzen Tag über waren sie auf den Beinen gewesen. Jetzt erholten sich die vier in Leons und Florences Zimmer bei starkem Tee und Kognak von der Kälte. Das dunkle Fenster war übersät mit Eisregenspritzern, und weder Essie noch Seldon wollten als Erste gehen.

»Es war so grandios wie bei Kirow, findet ihr nicht?«, sagte Essie in einem zuckrigen Ton, mit dem sie offenbar die Stimmung heben wollte. An seinem Platz im alten Sessel trank Seldon einen großen Schluck Kognak. Die Verengung seiner Augen war zu fein, als dass Essie sie bemerkt hätte. »Na ja, vielleicht nicht so nobel wie bei Kirow«, fuhr sie fort, »aber bestimmt so grandios wie bei Maxim Gorki.«

»Grandios, grandios«, tönte Seldon. »Begräbnisse sind für die Russen, was für die Portugiesen der Karneval ist.«

»Tja, ich fand es ziemlich düster, überhaupt nicht festlich«, sagte Essie.

Seldon sah sie an. »Weißt du, was die Definition von Karneval ist, Essie?«

Leon, der vor sich hin gestiert hatte, warf Seldon wortlos einen mahnenden Blick zu. Essie antwortete nicht. »Es ist ein Ritual gebilligten Unsinns«, sprach Seldon weiter. »Die Alltagsregeln werden für seine Dauer außer Kraft gesetzt, damit sich alle für eine begrenzte Zeit der Täuschung hingeben können, dass alles genau das Gegenteil dessen ist, was es ist.« Seldons Stimme war vom Trinken dunkel und schwer geworden.

»Essie, was meinst du, sollen wir zwei mal Julik bei Tante Dunja abholen?«, sagte Florence. »Ich hätte ihn nicht bis abends schlafen lassen sollen.«

»Ja, es ist spät. Ich sollte auch los«, sagte Seldon, machte aber keine Anstalten, sich aus dem Sessel zu erheben.

Julik war wach. Er saß auf dem Bett, hatte die Beine mit den bestrumpften Füßen unter sich geschlagen und spielte mit einer Kollektion einzelner Knöpfe und anderem Krimskrams, die in einer rostigen Dose lagen. Beim Anblick seiner Mutter ließ der Junge sein Spiel sofort sein, hopste vom Bett und lief in Florences Arme. Sie fing ihn auf und hob ihn auf die Hüfte. »Hast du einen schönen Tag gehabt bei Tante Dunja, *bubala*?« Der Junge antwortete nicht. Er schaute Florence weiter an, als müsse er überprüfen, ob sie wirklich da war.

»Wir waren im Kinderpark, und jetzt hilft er mir, mein Nähzeug zu sortieren«, sagte Tante Dunja, die niemandes Tante war. Awdotja Grigorjewna war eine Angestellte der ursprünglichen Besitzer der Wohnung gewesen, bevor die nach Paris geflohen waren. Sie hatte sich einige Stücke von deren besserem Mobiliar aneignen können, etwa die Frisierkommode mit dem Spiegel, den Kleiderschrank aus Palisander und die verschnörkelte Kuckucksuhr, und polierte sie noch genauso auf Hochglanz wie früher als Hausmädchen der Familie. Sie hatte sich auch ein Schwerbeschädigtenattest beschaffen können und genoss jetzt den offiziellen Status einer »Invaliden«. Ihre Schwerbeschädigtenrente war dennoch schmal, und trotz des wertvollen Nippes verströmte ihr Zimmer immer einen etwas muffigen Geruch, vielleicht deshalb, weil Tante Dunjas Kleidung und Unterwäsche aus derselben Zeit stammte wie das Mobiliar. Sie lebte von dem Geld, das sie fürs Aufpassen auf die im Haus wohnenden kleinen Kinder bekam, wenn deren Eltern auf Arbeit waren.

»Möchtest du Tante Essie einen Kuss geben?«

Der Junge begrüßte Essie, klammerte sich aber weiter wie ein Äffchen an den Hals seiner Mutter. »Hat er etwas gegessen?«

»Es gab eine feine Kohlsuppe, aber er hat nur die halbe Schüssel gegessen.«

»Da waren Zwiebeln drin«, sagte der Junge, um sich zu rechtfertigen.

Im Korridor beobachtete der Junge das Muster der Schatten, die Florences und Essies sich bewegende Körper auf die Dielen warfen. Er zog seine Mutter an der Hand, wollte mit ihr zurück zu ihrem Zimmer gehen, doch die Freundin hielt ihre andere Hand und zerrte sie in die entgegengesetzte Richtung. Die Frauen wisperten geheimnistuerisch leise.

»Meinst du, du könntest noch mehr Zeitschriften mitbringen?«

»Essie, scht.«

»Ach, ist doch niemand da. Es ist schon Monate her. Mir fehlen unsere ›Leseabende‹.«

»Mir doch auch, aber die sind so streng geworden auf Arbeit, sogar bei den alten Ausgaben. Wenn ich welche besorgen will, muss ich warten, bis alle anderen gegangen sind.«

»Mach's doch wie früher. Schieb eine in die *Prawda* hinein und steck sie dir in den Mantel. Wenn sie nicht auf Englisch ist, macht mir das auch nichts, Hauptsache, es sind ein paar Bilder drin.«

Der Junge zupfte noch fester am Arm seiner Mutter; vergeblich.

»Ist noch etwas?«

»Nein. Oder, ja«, sagte Essie. »Ich wollte dich mal nach Seldon fragen ...«

»Unserem Seldon?«

»Du würdest es mir doch sagen, wenn er ... jemanden hat.«

»Was meinst du damit?«

»Eine Frau.«

»Oh. Wenn ja, hat er uns nichts davon erzählt.«

»Es ist nur ... ich hab ihn nach der Beerdigung mit Olivia Bern zusammenstehen sehen, Losowskis Sekretärin. Sie haben sich lange unterhalten.«

Florence hätte beinahe gelächelt. Sie kannte Bern aus Kuibyschew, eine Schweizer Emigrantin, die in den zwanziger Jahren nach Russland gekommen war. Die Sekretärin des Leiters von SowInform war eine humorlose Langweilerin, die kurze, knappe Anweisungen gab, eine jener ältlichen Bolschewikinnen, die mit ihrer Arbeit verheiratet waren. »Olivia ist fünfzehn Jahre älter als Seldon. Sie sind befreundet, soviel ich weiß.«

»Hast recht. Sie ist so hausbacken und unattraktiv. Ich weiß auch nicht, warum ich gefragt habe ... Behalt's für dich, ja?«

»Essie, ich würde *niemals*.«

»Ich weiß, dir käme kein Wörtlein über die Lippen.«

»Dann bis morgen, Liebes.«

In der Küche holte Florence die Zinkwanne hervor und erhitzte Wasser auf dem Herd. Mit Wanne und Wasser kam sie zurück ins Zimmer und suchte ein gestärktes Leinenhandtuch aus dem Schrank heraus. Leon hatte Julik auf dem Schoß, und Seldon saß, die langen Beine übereinandergeschlagen, noch genau wie zuvor in dem alten Sessel.

»Wenn sie ihn tot haben wollten, warum dann das Heldenbegräbnis?«, sagte Leon.

»Wäre es das erste Mal?«

»Unfälle passieren.«

»Ist er alt und ein Säufer, dass er nachts draußen herumläuft und in einer Schneewehe erfriert? Sie wollten ihn aus dem Weg haben.«

»Aber wozu?«

Seldons Hände baumelten über den Armlehnen des Sessels, als wären sie an den Gelenken durchtrennt. Er war von schlankem Wuchs, seine Glieder aber nicht knochig. Ohne recht zu wissen, warum, fand Florence es seltsam und amüsant, dass Essie auf einmal Interesse an ihm hatte. Über dem Bett in ihrem Zimmer hing ein vergrößertes Porträt des toten jungen Mannes, mit dem sie kurze Zeit verheiratet gewesen war. Der Rahmen war an den Ecken mit künstlichen Lilien geschmückt. Essie und er waren dreiundzwanzig Monate lang Frau und Mann gewesen – größtenteils voneinander getrennt –, aber Essie hatte mit solcher Inbrunst getrauert, dass sie immer noch mit zitternder Stimme von »meinem Mischa« sprach, als ginge es um eine lebenslange Liebe. Jede Witwe trauerte jedoch mit Recht, und Florence war dankbar für das, was sie hatte, und schwieg, wenn Essie sich wieder einmal schwelgerisch in ihrem Schmerz erging. Vielleicht war ihre schüchterne Frage nach Seldon das Anzeichen für eine Veränderung zum Positiven. Ein schneidiger Offizier war er zwar nicht, aber nach den Kriegsverlusten waren geeignete Männer knapp. Florence hielt dieses Hingezogensein trotzdem für … irregeleitet, und sei es nur deshalb, weil Seldon, abgesehen von der feinen Ironie, mit der er Essie oft behandelte, nie Interesse an ihr gezeigt hatte. Sie hob Julik aus Leons Armen. »Ärmchen hoch«, sagte sie und zog ihm das Hemd über den Kopf, ging auf die Knie und rollte ihm die gerippten Strümpfe von den vier Jahre alten Beinen.

»Ich kann mir nicht helfen, ich glaube, da braut sich etwas zusammen«, sagte Seldon.

»Im Komitee oder im Büro?«

»Die Angestellten werden alle ausgewechselt – die taube Nuss, die sie als Redakteurin hereingeholt haben. Wir bereiten eine Reihe über ›Große Erfindungen‹ vor. Größtenteils aus Enzyklopädien früherer Jahre zusammengeklaubt. Ich hab die Wörter ›Nobels Dynamit‹ bei der Kontrolle des Manuskripts durchgelassen, und sie ist wie ein Rudel Frettchen auf mich los. Ob ich nicht wüsste, dass Nobel nichts mit Dynamit zu tun hatte? Er hatte das Patent bloß von Sinin und Petruschewski gestohlen!«

Florence setzte Julik in die Zinkwanne und badete ihn, schöpfte das Wasser mit einer Tasse und ließ es über seine blassen Schultern rinnen. Die Richtung, die das Gespräch nahm, bereitete ihr tiefes Unbehagen.

»Ich hab ihr gesagt: ›Ich bin nicht der Verfasser, Ma'am. Ich übersetze bloß, was man mir gibt.‹ ›Wir alle müssen uns vor Ungenauigkeiten hüten‹, sagt sie. ›Vor Ungenauigkeiten, Verzerrungen und politischen Fehlern.‹«

Leon nahm Florences Unmut nicht wahr. Er gestattete sich zu lachen. »Nur gut, dass du nicht am Eintrag zu Edisons Glühlampe geschrieben hast, sonst hätte sie dir noch vorgeworfen, du hättest den Namen von Wladimir Iljitsch Lenin verstümmelt, dem Erfinder der Leninlampe.«

Florence forderte den Kleinen auf, aus der Wanne herauszusteigen, und trocknete ihn mit dem frischen Handtuch ab. Sie fand Leons grenzenloses Vertrauen zu Seldon anbiedernd und beunruhigend. Sich zu solchen Scherzen hinreißen zu lassen war sogar vor dem besten Freund unklug. »Seldon. Es ist schon spät«, rief sie ihrem Gast in Erinnerung. »Wir müssen Julik ins Bett bringen.«

»Ich bin auch ganz schön gerädert. Komm mal her«, sagte er, an den Jungen gewandt, der inzwischen ein frisches Nachthemd anhatte. »Ich habe etwas für dich.«

Julik trottete heran und wurde auf Seldons Schoß gehoben. Seldon nahm die letzten beiden *papirosi* aus seiner Schachtel Kazbek und gab dem Jungen das leere Päckchen. »Ein neuer Hengst für dich«, sagte er, während Juli das Bild von dem Pferd und dem Reiter betrachtete.

»Morgen schneiden wir ihn aus«, sagte Leon. »Du kannst ihn mit in deinen Stall tun. Was sagt man zu Onkel Seldon?«

»Danke.«

Seldon rubbelte dem Jungen die Haare und stand auf. »Und danke, Florie, für den Umtrunk.«

Sie nickte, und Leon brachte Seldon zur Tür. »Gute Nacht, Familie«, sagte er. »Schlaft schön.«

Alles in allem, dachte Florence, waren sie nach dem Krieg und seinem Ende besser dran. Als sie mit ihrem Sohn aus der Evakuierung zurückkehrten, arbeiteten sie und Leon weiter für das SowInformbüro, das Nachrichtennetz, das in den Friedenszeiten mit seinen Angestellten in ein riesiges neues Gewirr von Büroräumen in der Leontjewski-Gasse umgezogen war. Wie Leon war sie als Übersetzerin geblieben. Teil ihrer Aufgabe war nun auch, ausgewählte amerikanische Periodika nach Berichten abzusuchen, die sich auswerten und für die sowjetische Presse aufbereiten ließen. Mit einem Blick in ein amerikanisches Blatt konnte sie einen Bericht vom Freispruch eines Lynchmobs in South Carolina auswählen und zu einem Artikel ausweiten, der die Korruptheit der amerikanischen Justiz aufzeigte. Oder eine Nachricht über die Explosion in einer Kohlegrube in Centralia, Illinois, umschreiben und die Geringschätzung der ausgebeuteten Arbeiterklasse seitens der Grubenbesitzer veranschaulichen. Einen Artikel bloß zu übersetzen genügte nicht. Man musste ihn so übersetzen, dass er eine korrekte Darstellung des Geschehens wiedergab. Mit einer umformulierten kurzen Meldung über das Angebot eines Autoherstellers, die Radfelgen von Autos durch neue, unzerkratzbare zu ersetzen, ließ sich zeigen, dass amerikanische Firmen ihre Kunden mit instabilen und gefährlichen Produkten hinters Licht führten und die erst vom Markt nehmen mussten, wenn ein Missbrauch erkannt wurde. Sogar eine Geschichte über eine Naturkatastrophe, einen Wirbelsturm etwa, der in Woodward, Oklahoma, achtzig Häuser dem Erdboden gleichgemacht hatte, ließ sich so umschreiben, dass die schlechte Qualität der Häuser hervorgehoben wurde, errichtet von Kapitalisten, die nur den allmächtigen Dollar im Sinn hatten und die Kosten drückten.

Mit Worten zaubern war eine Arbeit, für die Florence sich gut eignete. Ihr Talent zum Anprangern großer und kleiner Ungerechtigkeiten, mit dem sie in der Schulzeit bei Lehrern und Mitschülern kein Verständnis fand, hatte schließlich seine ideale Betätigungsform gefunden. Die Deutung der Auslandsnachrichten in diesem ungünstigen Licht nötigte Florence nicht mehr geistige Wendigkeit ab als der Abgleich ihres Alltags mit der Utopie, wie sie die sowjetische Presse verkündete. In der Hinsicht war sie unter ihren Kollegen nicht die Einzige. Die Journalisten und Übersetzer, die in den abgeschotteten Räumlichkeiten des SowInformbüros jeden Morgen Auslandsmeldungen lasen und diskutierten, die dem Rest der Bevölkerung vorenthalten wurden, hielten die Geschichten für vollkommen vertrauenswürdig, wohingegen die in der Sowjetpresse veröffentlichten Berichte über Rekordernten und Jahrestage, über einmütige Zustimmungen, permanent gesteigerte Arbeitsleistungen und Drohungen gegen Imperialisten als Märchen angesehen wurden. Das als Gegebenheit hinzunehmen war aber bloß für die Arbeit nötig und machte einen nicht unpatriotisch.

Abgesehen vom Zugang zu einer Fülle von Lesestoff hatte die Arbeit auch praktische Vorteile für Florence und Leon, die jetzt ein größeres Zimmer in einer besseren Wohnung in Zentrumsnähe bewohnten. Über die Kanäle des Büros hatte Florence der verwitweten Essie geholfen, ihre zwei Zimmer zu tauschen und in das noch freie Einzelzimmer am Ende ihres Korridors einzuziehen. Ganz uneigennützig war das nicht gewesen, denn Florence war das Unbehagen, ohne Gleichgesinnte in einer *kommunalka* zu wohnen, noch gut erinnerlich. Jetzt hatte sie auf ihrem Flur eine Freundin, die wie eine Schwester war und die auf ihrer Seite stand, wenn es Differenzen und Streit gab.

In jungen Jahren hatte fehlende Privatsphäre sie reizbar gemacht. Als Mutter entdeckte Florence den Vorteil, eine Nachbarin zu haben, die im Notfall jederzeit auf Julian aufpasste. Die Mutterschaft hatte ihrem Leben eine andere Richtung gegeben und ihr die letzten Reste von Heimweh ausgetrieben. Natürlich wünschte sie sich, ihre Eltern könnten ihren Enkelsohn kennenlernen. Doch seit Julian auf der Welt war, betrachtete Florence das Leben unabhängig von seinen äußeren Umständen. Das Leben erneuerte sich immer wieder. Und immer wieder machte es sich blind für den Tod und die Zerstörungen der Vergangenheit. Jeden Morgen blickte sie in das Gesichtchen ihres Sohns und staunte über die wache, fragende Intelligenz, die sie dort sah, über seine unerschöpfliche, oft wilde Lust an der sinnlichen Welt – ob es ein Lied war, das sich sein Vater ausdachte, oder die freie Verknüpfung von Wörtern oder der Geschmack eines Sesambonbons.

Und daher wollte sie um seinetwillen die Dinge so nehmen, wie sie waren. Sie hütete nicht die Einnerung an ihre Verzweiflung vor dem Krieg, ihre nervöse Erschöpfung, den wilden und törichten Versuch zu fliehen. Sie gelangte zu der Erkenntnis, dass das Geheimnis des Lebens darin bestand, zu vergessen. Außerdem war der Krieg vorbei. Das Land befand sich im Frieden – auch mit sich selbst. Der unermessliche Kriegszoll schien auch Russlands rasend nach Blut dürstendes Herz gesättigt zu haben.

Florence erlebte das Heimweh nicht mehr als etwas, das ihr wie ein Schmerz in den Knochen steckte, sondern als erträgliches Kribbeln, das mit der Zeit verging. Wenn sie an ihrem Schreibtisch im SowInformbüro die Schlagzeilen aus Cleveland oder New York überflog, gestattete sie sich vielleicht, das alte Weh fein dosiert aufsteigen zu lassen, um sich aber dann, beim Übersetzen und Auflisten der Missstände, in Erinnerung zu rufen, dass ihr Fortgehen richtig gewesen war. Nur selten ließ sie zu, dass Amerika ihre volle Aufmerksamkeit beanspruchte, und das war, wenn sie in Essies Zimmer den Stapel ausländischer Zeitschriften durchblätterten, die Florence aus dem Büro herausgeschmuggelt hatte.

Ab und zu zirkulierten zwischen den Schreibtischen der Übersetzer Exemplare von *Time*, *Newsweek* und *Life*. Das strenge Reglement verlangte, den Empfang eines Exemplars abzuzeichnen. Florence hatte aber festgestellt, dass so eine Zeitschrift, vorausgesetzt, man erhielt sie über einen anderen Tisch und es war keine ganz neue Nummer, auch schon mal über Nacht, manchmal sogar für einen ganzen Tag verschwinden konnte, ohne bei den Archivaren der Bibliothek großes Misstrauen zu wecken. Und auch wenn das niemand zugeben würde, war sich Florence sicher, dass nicht nur sie manches Mal eine in ihre zerknitterte *Prawda* geschobene amerikanische Zeitschrift aus dem Büro hinaustrug.

Es war zum Ritual geworden: Sobald Julik in sein Bettchen gebracht war, ging Florence mit der noch versteckten Zeitschrift durch den Flur zu Essies Zimmer, wo Essie für ihren Leseabend schon eine Kanne Tee und einen Teller mit Waffeln hingestellt hatte, die einzige Süßigkeit, die sie sich ohne Gefahr für die Heftseiten gönnen konnten.

Monate nach Michoels' Begräbnis bekam Florence, sie hatte schon wochenlang auf der Lauer gelegen, einmal eine neuere *Newsweek* in die Hand. Das Titelbild zeigte junge Sowjetsoldaten, darüber in beunruhigend großen Lettern die Schlagzeile: »Kann die Rote Armee Europa überrennen?« Während ihre Freundin Tee einschenkte, blätterte Florence an Essies kleinem Frisiertisch das Heft durch. Stillschweigend hatten sie sich darauf geeinigt, dass Florence ihre Mitbringsel auch als Erste anschauen durfte. Ein paar Seiten waren schon eingerissen und umgeknickt und andere bereits ganz herausgerissen; sie enthielten wohl rundweg verbotenes Material. Und doch war auf der Seite, die sie gerade anschaute, eine politische Karikatur – ein schnauzbärtiger Stalin mit einer Flinte in der Hand, der Kraniche vom Himmel schießen wollte, weil sie Lebensmitteltüten mit der Aufschrift »Marshallplan« zu den belagerten Berlinern brachten. Der Mann, den zu lieben und zu fürchten sie alle geschworen hatten, wurde hier als Hanswurst dargestellt, als schlampiger, gehässiger Wilderer. Florence riss die Seite heraus und schob sie in ihre

Schürzentasche. Sie wollte die Karikatur nicht im Beisein eines anderen anschauen, nicht mal vor Essie. Das erinnerte sie nur an das Risiko, das sie einging, wenn sie die Zeitschrift heimlich mit nach Hause nahm und anderen zeigte.

»Genug gefuttert«, sagte Essie und setzte sich auf den Stuhl neben Florence. Mit einem Zipfel ihrer Bluse putzte sie die Gläser ihrer Hornbrille. »Großer Gott, was ist das?«

»Hier sagen sie, die automatische Waschmaschine von Westinghouse.«

»Mit dem Fenster sieht das aus wie eine Jukebox mit Radio. Wo soll die denn stehen, in der Küche?«

»Glaub schon.«

Essie strich über die breite glänzende Seite. Sie rückte die Brille zurecht, die ihre hellen Augen vergrößerte und ihr einen Ausdruck verlieh, als wundere und bestürze sie alles, was sie sah.

Unnötig, zu erwähnen, dass sie nicht nach den Artikeln gierten, sondern nach der Reklame. Hier entdeckten sie zwischen den »seriösen« Meldungen alle möglichen wunderlichen Erfindungen: »Dampfkochtöpfe«, in denen nie etwas anbrannte, »Duplex-Kühlschränke«, in denen Fleisch von Juni bis Oktober frisch blieb; Elektroherde, in denen man dreißig Pfund schwere Truthähne braten konnte, Hoover-Geräte, die Staub aus Vorhängen und Jalousien heraussaugten, Toaster, in denen man sein Gesicht spiegeln konnte. Die farbigen Illustrationen, die Florence sah, kündeten vom Beginn einer neuen Ära: Technische Erfindungen, die während des Krieges perfektioniert worden waren, dienten nun einzig dem Ziel, die Arbeit der Hausfrauen zu erleichtern – ein gigantischer Plan, Frauen landesweit ans Haus zu binden. Die glänzenden modernen Küchen zeigten ein Leben, das sie von früher nur zu gut kannte und das vollkommen unglaubwürdig war: der Traum von einer herrlichen, sonnenbeschienenen Zukunft.

»Sieh dir die Kleider an, die man jetzt trägt«, sagte Essie, »mit der Schleife auf dem Rücken – und das zu Hause?«

»Ach, Essie, ich glaube nicht, dass jemand in so einem Kleid Geschirr spült, hier nicht *und* in Amerika nicht.«

»Gegen ein eigenes Spülbecken für die Wäsche hätte ich nichts, und schon gar nichts gegen eine Waschmaschine. Oder so ein Tischtelefon statt dem Riesending, das dauernd vor meiner Tür läutet. Ich bin die Einzige, die überhaupt rangeht, weil ich das ständige Läuten nicht aushalte.«

»Wäre es dir lieber, wenn in sieben Zimmern sieben Telefone läuten würden?«

»Dann ginge wenigstens ab und zu mal jemand ran.«

Wenn sie so zusammensaßen, verfiel Essie jedes Mal in die Angewohnheit, ausgiebig zu klagen, und plapperte reflexhaft jeden Einfall aus, den sie gerade hatte. Außerhalb des Zimmers konnte diese Unschuld gefährlich sein. Und doch war Essies unbedachte Abwertung ihrer sowjetischen Wirklichkeit seltsamerweise die einzig angemessene Reaktion darauf, dass Florence die Zeitschriften mit ihr zusammen anschaute. Sie beherrschten den Ablauf inzwischen perfekt: Angestachelt von Florences lahmer Verteidigung ihres Alltagslebens, äußerte Essie immer lebhafter ihre Unzufriedenheit. Sicher, zu Neujahr erhielten sie subventionierten Kaviar und Champagner. Aber wer brauchte einen Tag im Jahr billige vornehme Delikatessen, wenn er die anderen 364 Tage nicht wusste, ob er frisches Fleisch oder Käse bekam? Oder Fisch, der nicht roch, als wäre er ein halbes Dutzend Mal aufgetaut und wieder eingefroren worden? Oder wenn sie nicht ins Sprechzimmer des HNO-Arztes hineinkonnten, ohne vorher die Sprechstundenhilfe zu bestechen? Und Florence ließ Essie machen und wie ein Wasserfall herausprudeln, was sie ebenfalls dachte, aber nie aussprechen würde.

Stünde Florence noch mit Hauptmann Subotin in Verbindung, hätte sie ihrer Freundin vielleicht angekreidet, dass sie ihr solch antisowjetische Hetzreden einblies. Genau das waren ja die Gespräche, für die sich die Geheimpolizei interessierte und für deren Verschweigen man sie sicher bestrafen würde. Und wenn sie sie verschwieg, wer konnte wissen, ob Essie nicht eines Tages festgenommen und gezwungen wurde, davon zu berichten? Das Risiko bestand für jeden, der mit einem Zweiten bereits eine Gruppe bildete. Doch diese Gefahr war Essie sicher bewusst. Mit ihrer Offenherzigkeit, dämmerte es Florence, gab ihre Freundin ihr ein Pfand des Vertrauens zum Ausgleich für das Risiko, das Florence einging, wenn sie Verbotenes aus den abgeschirmten Räumen des SowInformbüros herausschmuggelte. Außerdem hätte es Florence keine Freude bereitet, die Zeitschriften allein durchzublättern. Einzig Essie schirmte sie von der bitteren Verzweiflung ab, die sie überkam, wenn sie die Seiten allein aufschlug. Das teuflische Paradox ihres Lebens war ja, dass auch ihr Wunsch, den Zwängen des Familienlebens zu entkommen, sie zur Flucht aus Amerika getrieben hatte. Und dennoch bestand die Befreiung für sie als Achtunddreißigjährige darin, dass sie nach einem gleichberechtigt neben Männern verbrachten Arbeitstag um Lebensmittel Schlange stand, mit ihren Nachbarn über jeden Quadratzentimeter Ablagefläche stritt und die Wäsche ihres Kinds auf einem alten Waschbrett in der Gemeinschaftswanne schrubbte. Und am nächsten Morgen wartete sie wieder, diesmal vor der Gemeinschaftstoilette, um den Nachttopf der vergangenen Nacht auszuleeren. Ihr Geschirr und ihre Teller waren alle angeschlagen. Sie fühlte sich von Amerika im Stich gelassen und zürnte sich selbst wegen der Wehmut, die ihr Herz ergriff, und konnte dennoch nicht aufhören, sich die Bilder anzusehen.

Sie war froh, als Essie das Thema wechselte.

»Meinst du, Seldon würde es merken, wenn ich so ein Kleid anhätte – mit so einem Beinschlitz?«

Seldon wieder. Es amüsierte sie, dass Essie unbedingt von ihm beachtet werden wollte.

»Schatz, der würde es nicht mal merken, wenn der Schlitz bis zur Taille ginge.«

Essies Blick traf den Florences im Spiegel des Frisiertischs. »Warum sagst du so etwas? Das ist ganz schön gemein.«

Florence blickte wieder auf die Zeitschrift. »Essie, du brauchst nicht nach Komplimenten zu angeln. Du siehst doch auch ohne schicke Kleider hübsch aus.«

»Was wolltest du dann damit sagen?«

»Ach, keine Ahnung. Seldon ist ein komischer Kauz. Wollen wir noch einen Tee?«

»Manchmal hab ich das Gefühl, er hat einen falschen Eindruck von mir.«

»Und der wäre?«

»Dass ich dumm bin oder oberflächlich. Ich werde in seiner Nähe eben nur schnell nervös. Und er testet mich immer, ob ich den Witz verstanden habe.«

»Also, so etwas hat er noch nie über dich verlauten lassen.«

»Siehst du, das ist es ja. Er nimmt meistens gar keine Notiz von mir. Du könntest helfen, das zu ändern.«

»Wie?«

Essie lächelte. »Indem du mich öfter einlädst, wenn er euch besucht.«

»Er besucht doch Leon, nicht mich.«

»Wenn man alles in Betracht zieht«, sagte Essie und wandte sich bescheiden ab, »wäre es trotzdem nett, wenn du es tätest.«

Sie meinte, wenn man in Betracht zog, was sie für Julik tat: auf ihn aufpassen und ihm das Essen warmmachen, wenn Florence nicht zu Hause war. Essie rückte sich die Brille zurecht und schlug zu einer Seite mit Reklame für Besteck um. Der Slogan lautete: »Die glücklichsten Bräute essen mit Community.«

»In Ordnung.«

»Danke«, sagte Essie, ohne aufzublicken.

Später überlegte Florence, ob vielleicht alles anders gekommen wäre, wenn sie sich mehr Mühe gegeben hätte, ihr Versprechen gegenüber Essie einzuhalten. Ihr stand noch lebhaft vor Augen, wie sie zusammen die Seiten von *Newsweek* umblätterten – die letzte deutliche Erinnerung vor dem Ausbruch einer grausamen Krankheit, durch die alles im Nebel eines Malariawahns versank. Erst da erkannte Florence, dass Essie ihre Gemeinschaft nicht in erster Linie wegen Seldon Parker suchte, sondern weil sie sich nach Florences Nähe, nach freundschaftlicher Wärme sehnte und als Vierte in ihren Bund aufgenommen werden wollte.

Wenn sie an die Wochen dieses Sommers und Herbstes zurückdachte – Wochen, die so schnell vorbeirasten, dass sie ihr vorkamen wie herabgefallenes Laub, auf dem man ausgleitet –, erinnerte sie sich deutlich nur an die Anfangszeit, in die auch die Geschichte mit dem Radio fiel, dem tatsächlichen und heimlichen Vierten in ihrem Quartett.

Leon hatte den ganzen Winter und einige Zeit des Frühjahrs von 1948 gebraucht, bis er alle Teile beisammenhatte, die er zum Bau seines Empfängers benötigte. Kurzwellenteile waren schwer zu beschaffen, und er war dafür monatelang um die Stände für gebrauchte Elektroartikel auf den Basaren der Stadt gestrichen. Und dann fand er zu Florences Staunen für seine autodidaktischen Fähigkeiten ein neues Gebiet – die Logik von Schaltkreisen, Pentoden und Netztransformatoren und die zahllosen mechanischen

Feinheiten, die er Seldon Parker lang und breit auseinandersetzte. Aus Installations- und Isolierdraht pfriemelte er einen Antennenkondensator. Aus Teilen eines alten Funkgeräts schraubte er einen Konverter zusammen, mit dem sie von ihrem Langwellenradio auf die deutlich größere Anzahl von Kurzwellensendern umschalten konnten. Übereinandergestapelt ähnelte die Anlage einer Schichttorte, einem kleinwüchsigen Rockefeller Center aus Empfänger, Konverter und Verstärker. Als sie fertig war, kam Seldon noch öfter, es wurden lange Abende, in Florences Erinnerung eine Wand aus kratzigem weißem Rauschen, Gestotter und Gezisch, aus gestörten Signalen, und ab und zu, als Lohn der Geduld, vernahm man das genäselte Englisch der Sprecher von BBC oder die schleppende Sprechweise bei Voice of America.

Dann kam der 14. Mai, und ihre sowieso schon leidenschaftlichen Sitzungen vor dem Radio bekamen eine begeisternde neue Dringlichkeit. Für Leon und Seldon wurden alle Nachrichtenschnipsel aus Europa und Amerika zweitrangig gegenüber den Fortschritten, die Israel gegen seine Feinde erzielte: die Ägypter im Negev, die Syrer in Galiläa. Wochenlang hörte Florence zu, wenn ihr Mann über die Eroberung von Nazareth sprach, den strategischen Wert von Beersheba – Orte, deren Namen sie nicht mehr gehört hatte, seit ihr kleiner Bruder Sidney sich in Vorbereitung auf seine Bar Mizwa in die biblische Geschichte vertieft hatte.

Eines heißen Juliabends, das Licht draußen war noch genauso blass wie zur Mittagszeit, saß sie am offenen Fenster und besserte die Bogenkante einer Tischdecke aus, als Geräuschfetzen aus den Militärkopfhörern drangen, die Leon sich gern an sein Ohr hielt, während er das Signal einfing. Aus dem Flur drang das Quietschen und Kreischen von Juliks neuem Stützrad, das er mit Jascha, dem Nachbarsjungen, über das Parkett rollen ließ. Florence spürte das erste Kopfschmerzpochen in den Schläfen.

»Die wollen den Empfang stören«, sagte Leon mutlos.

»Mist, eben hatten wir's!«, schimpfte Seldon. Er rieb Leon die Schulter. »Jetzt kommt es darauf an, dass die Altstadt nicht den Arabern in die Hände fällt. Aber die erobern wir uns zurück, was, Florie?«

Wir. Uns. Ein verstörender Gemeinschaftsgeist klang in Seldons Reden an, der doch sonst immer ein Egozentriker war, so als hätten er und Leon höchstpersönlich erst die Briten und dann die Araber aus ihrer Wohnung zurückgedrängt. Sie machte einen Knoten. »Warum, damit die sterben, weil sie ein paar Schreine bewachen?«, sagte sie und biss den Rest des Fadens mit den Backenzähnen ab.

Leon legte die Kopfhörer beiseite und sah sie an. »Wir sprechen von der Jerusalemer Altstadt. Unabhängig davon, was diese Worte dir sagen oder nicht sagen, ist sie strategisch von enormer Bedeutung.«

Sie legte das Tischtuch zusammen und stand auf. »Für manche von uns ist hier auch einiges von enormer Bedeutung, Wäsche flicken zum Beispiel oder unserem Kind etwas zu essen machen.« Sie ging zur Tür.

»Wenn du in die Küche gehst, Schatz, stell den Wasserkessel auf den Herd, ja?«, sagte Seldon.

Sie antwortete ihm nicht. »Mach leiser«, sagte sie zu Leon.

Sie hatte sich zwar ebenfalls gefreut, als die Sowjetunion ihre Stimme für einen unabhängigen jüdischen Staat abgegeben hatte. Das hieß aber nicht, dass sie wegen ihrer Begeisterung ihren gesunden Menschenverstand ad acta legte. *Deren* Juden waren nicht *unsere* Juden.

Wenn sie abends nach dem Essen die *Prawda* aufschlug, erfuhr sie von *unseren*. Von Komponisten, Kritikern und Regisseuren, die ihrer Verantwortung vor dem Volk nicht mehr nachkamen, die sowjetischen Theater, die Kulturzeitschriften und die Akademien »unterwandert« hatten und den Fortschritt im Drama und in der Literatur und Kunst der Sowjetunion aufhalten wollten. Ein gemeinsamer ästhetischer oder ideologischer Faden, der die Angeprangerten verbunden hätte, war der Zeitung nicht zu entnehmen, nur der Vorwurf des jüdischen »Nationalismus« und die Namen, die in einem besorgniserregenden Zusammenhang standen: Abramow, Adler, Kalmanowitsch, Pinsker, Segal. Im Zweifelsfall wurde der ursprüngliche Name in Klammern nach dem gewählten Pseudonym genannt: Gankin (Kagan), Lisow (Lifschitz), Bonderenko (Berditschejewski). Im SowInformbüro gab es niemanden, der diese neue Tendenz nicht aufmerksam verfolgt hätte. *Ejnikajt*, die jiddische Zeitschrift des Antifaschistischen Komitees, war eingestellt worden. Die Namenstafel des Komitees wurde vom Gebäude entfernt.

Auf dem breiten Flur fuhren Julik und der stämmige Jascha Gendler immer noch mit Julians neuem Rad herum. Oder vielmehr, Jascha trat in die Pedale, und ihr Sohn rannte ihm zu Fuß hinterher.

»Mama, das ist *meines*«, rief der Kleine in hilflosem Flehen, als er sie sah.

»Jascha, lass Julik doch auch mal fahren.«

»Gleich, ich will erst noch die Klingel ausprobieren«, rief der Junge und ließ die Blechklingel scheppern.

Florence hatte nichts gegen Jascha, billigte persönlich nur nicht, wie er erzogen wurde. Rosa Gendler, seine Mutter, fürchtete stets und ständig, er äße nicht genug, und lief ihm mit dem Löffel quer durch die Küche hinterher.

In der Gemeinschaftsküche setzte Florence einen Topf Wasser auf und nahm zwei Kartoffeln von ihrem Vorratsplatz unter dem eckigen Tisch, spülte ein Messer und begann sie zu schälen. Dann tat sie dasselbe mit ein paar

Karotten und warf alles in den Topf. Am anderen Ende des langen Flurs ging die Eingangstür auf. Jeder schloss auf seine Art auf, und Essies Eintritt in die Wohnung ging immer mit Schlüsselklappern und erschöpftem Seufzen einher. Noch im Mantel kam Essie mit ihren Lebensmitteln – angeschlagene Tomaten und Ölsardinendosen im Einkaufsnetz und eine in Papier eingeschlagene Wurst – in die Küche. »Mh, was machst du?« Sie spähte in den Topf, die Neugier in ihren Augen von der Brille verstärkt.

»Ein bisschen Oliviersalat, weiter nichts. Ich muss die Dose Erbsen aufbrauchen.«

»Erwartet ihr Besuch?«

Florence warf einen Blick in Richtung ihrer geschlossenen Zimmertür. »Seldon wollte gerade gehen.« Prompt bereute sie ihre Worte. Aber was, wenn Essie ihn beim Gehen gesehen hätte? Essie legte ihr abgewetztes Netz auf den Tisch und sah Florence beim Gemüseschneiden zu.

»Na, das wird nicht reichen«, sagte sie schließlich. »Du brauchst noch etwas als Beilage. Wie wäre es mit etwas Wurst? Ich hab *doktorskaja* gekriegt, endlich gibt's die in den Läden wieder. Riech mal, wie Parfum.«

Florence schnupperte obligatorisch.

»Ich schneid sie auf und komme mit.«

Der Kopfschmerz zog jetzt an ihre andere Schläfe wie eine Schnecke, die immer wieder den Kopf unter ihrem Haus hervorschob. Bei der Vorstellung, heute Abend so viele Personen im Zimmer zu haben, wagte sich die Schnecke aus ihrem Versteck hervor. Florence wehrte ab. »Nicht heute, Essie. Ich bin einfach zu erschöpft. Außerdem muss ich Julik noch sein Essen geben und ihn ins Bett bringen. Nächstes Mal.«

Eine vertraute Enttäuschung spielte um Essies Mund. »Also zweimal bitte ich dich nicht«, sagte sie.

Florence stand da und starrte in ihren Topf mit dem

kochenden Wasser. Sie versuchte sich damit zu beruhigen, dass Essie nicht so gekränkt war, wie sie aussah. Zugleich war ihr klar, dass es ihr nichts ausmachen würde, Essie einzuladen, wäre Seldon ihrer Freundin gegenüber weniger reizbar und misstrauisch. Wenn Essie klopfte und das Radio an war, schaltete Leon aus und deckte es ab, bevor sie hereinkam, ertrug dann freundlich ihr Geplapper, auch wenn er sehnsüchtig zu seinem Radio linste. Seldon jedoch bedachte Essie neuerdings mit einem Schweigen, das unverhohlen grob war. Als Florence von ihrem Topf aufsah, war Essie gegangen.

Mit dem metallischen Nachgeschmack schlechten Gewissens verließ Florence die Küche. Sie nahm sich vor, einmal mit Seldon unter vier Augen zu sprechen. Wenn sie so viel Vertrauen zu Essie hatte, dass sie mit ihr ausländische Zeitschriften ansah, konnten sie ihr auch vertrauen, wenn sie Auslandssender hörten.

Beim Betreten des Zimmers sah sie aber nicht die Männer, sondern Buckel unter einer karierten Decke. Sie hatten ein Signal hereinbekommen. Florence stellte den Salat ab, lüpfte die Decke und steckte den Kopf darunter. Leon und Seldon kauerten in der warmen Dunkelheit, lauschten mit gespitzten Ohren dem Kratzen, das aus den Lautsprechern drang. Der Ansager sprach von einem Attentat in Italien, woraufhin, von Kommunisten organisiert, Streiks begonnen hatten.

»Was grinst ihr zwei Dummköpfe so?«

Leon drehte auf der Skala zu Aus und zog die Decke weg. »Du wirst es nicht glauben, Florie. Golda Meyerson kommt hierher, nach Moskau, in sieben Wochen.«

»Die Frau aus Palästina?«

»Sie leitet die erste diplomatische Gesandtschaft, haben sie gemeldet.«

»Sie spricht in der Choralsynagoge«, sagte Seldon.

»Wann?«

»Zu den jüdischen Feiertagen.«

Florence sah Leon verdutzt an.

»Wir gehen alle hin und sehen sie uns an!«, verkündete Seldon unvorsichtig triumphierend.

Florence stand auf und trat ans Fenster. Das sommerliche Tageslicht wurde schwächer. »Ich weiß nicht. Seit ich achtzehn war, hab ich keinen Fuß mehr in eine Synagoge gesetzt.«

»Du musst nicht reingehen«, versicherte Seldon ihr. »Es findet draußen statt, da bin ich mir sicher. Wenn Michoels' Begräbnis irgendeine Signalwirkung hatte, werden Tausende kommen.« Er sah Leon an. »Wir müssen rechtzeitig dort sein.«

Florence warf Leon einen Blick zu. Er war anscheinend einverstanden mit dem Plan. »Was meinst du, Florie?«

Sie hörte sich einfältig auflachen. »Na, jetzt wissen wir jedenfalls, wie du sie magst, Seldon«, sagte sie. »Gebaut wie ein Bulldozer und Beine wie Baumstämme.«

Seldon beeindruckte ihre Abfälligkeit nicht. »Meyerson ist vielleicht keine Schönheit, aber sie ist ein Teufelsweib.«

»So ziehen die sie in den Kibbuzen heran«, stimmte Leon zu. »Die haben geschafft, was uns nicht gelungen ist: richtige Bauern aus unseren Juden zu machen.«

»Geh hin, wenn sie spricht; eine Bäuerin bekommst du da nicht zu hören«, widersprach Seldon.

Florence sagte: »Tausende Menschen – umso mehr Grund, zu Hause zu bleiben.«

»Schön, dann geh ich mit Julik«, sagte Leon, als habe er mit ihrer Antwort gerechnet.

Florence senkte einen bohrenden Blick in ihren Mann. Sich auf der Straße vor der zentralen Synagoge blicken zu lassen, wo es mit Sicherheit von Spitzeln des NKWD wimmelte, war das Letzte, was sie tun sollten. Musste sie Leon wirklich vor Seldon daran erinnern? War er so dumm, das nicht zu verstehen? Nein, er verstand es. Scherte sich nur nicht darum. In Seldons Beisein wurde er ein richtiges Kind, hungrig nach Risiko und Abenteuer.

»Wenn du glaubst, ich lasse dich mit meinem Sohn in diese wahnsinnige Menge gehen ...«

»*Unserem* Sohn. Und ihm wird nichts passieren. Er wird auf meinen Schultern sitzen wie die anderen Kinder. Ich möchte, dass er das sieht und es nicht vergisst.«

Es hatte einmal eine Zeit gegeben, wollte sie Leon ins Gedächtnis rufen, da hatte er ihr verboten, sich aus Torheit in Gefahr zu begeben, und sie mit der Macht eines Gefängnisaufsehers davon abgehalten. Wann war er derjenige geworden, der alle Vorsicht in den Wind schlug?

Seldon verfolgte ihren Wortwechsel mit gierigem Blick. Florences Konfrontation mit Leon bereitete ihrem Gast sichtlich Freude, auch wenn er schuldbewusst dazu guckte. Kein Zweifel, dass er Leon Tipps gegeben hatte.

»Wir werden ja sehen«, sagte sie.

Schon bald zeigte sich, dass Essie die Kränkung durch Florence nicht unbeantwortet lassen wollte. Zuerst nahm Florence ihre Zurückhaltung wahr. Ihre Freundin wirkte stets fröhlich, wenn sie sie sah, scherzte, plauderte, lachte unbekümmert – aber mit Jaschas Mutter Rosa. Beteiligte sich Florence an dem Gespräch, ging Essie unter einem Vorwand weg. Im Flur erwiderte sie ihr Grüßen nur mit einem knappen Heben des Kinns. Essies neue Nähe zu Rosa Gendler, dachte Florence, sollte Eigenständigkeit demonstrieren, das laute Lachen führte etwas vor. Florence wartete auf einen günstigen Augenblick, in dem sie mit einer heiteren Entschuldigung, mit scherzend geäußerter Zerknirschung auf Essie zugehen und den alten Zustand wiederherstellen konnte. Endlich traf sie Essie allein in der Küche an. Sie wollte gerade ein Säckchen Zwiebeln von dem weit oben angebrachten Haken im Doppelfenster herunterheben.

»Soll ich dir helfen?«

»Nein, geht schon.«

Florence streifte die Schuhe ab, zog sich aufs Fensterbrett hoch und entwirrte die Schnüre vom Haken. »Hier, bitte.«

»Danke«, sagte Essie, ohne besonders dankbar zu wirken.

Florence zögerte. Sie hatte eine lange Rede vorbereitet, aber jetzt waren ihr die Worte entfallen. »Seldon kommt morgen Abend«, sagte sie. »Möchtest du nicht auch dazukommen? Du weißt schon, dich blicken lassen.«

»Danke, ich habe schon was vor.«

»Oh, Essie – das mit neulich tut mir leid. Ich hatte brüllende Kopfschmerzen und …«

»Danke für die Einladung, Florence, aber ich möchte lieber nicht.«

»Ach, lass gut sein, du brauchst keine ›Einladung‹, um an unsere Tür zu klopfen, das weißt du.«

»Ach ja?«

»Ich hab ein schlechtes Gewissen. Ich möchte, dass sich alle vertragen. Du würdest mir einen Gefallen tun.«

Essie seufzte.

»Was hab ich denn gesagt?«

»Ich nehme deine Entschuldigung an, Florence. Ich möchte nur einfach nicht.«

»Sagst du mir wenigstens, warum?«

Essie schielte zum Fenster. »Mir ist jetzt klar, dass du recht hattest, weiter nichts.«

»Womit?«

»Seldon. Seien wir ehrlich, der interessiert sich für mich so wie ein Pferd für den Karren.«

»Das hab ich nicht gesagt.«

Essie überhörte es. »Ich hab mit Rosa darüber gesprochen, und da fiel es mir wie Schuppen von den Augen, dass ich einen Haufen Zeit für einen Mann verplempert habe, der sich nichts aus uns macht.«

»Aus *uns*. Wer soll das sein?«

»Ach, du weißt doch, wovon ich spreche.«

»Ehrlich, nein.«

»Du hast selbst gesagt, er ist ein bisschen aus der Art geschlagen. Findet Rosa auch.« Essie verfiel ins Flüstern. »Er erinnert mich an einen beim Arbeterring, so einen Affektierten, den sie engagiert haben, damit wir auch Theaterstücke aufführen können. In der Bronx... Ach, guck nicht so entsetzt. Das wolltest du mir doch sagen.«

Heiß stieg Florence die Beschämung am Hals auf. »Nein, das habe ich nicht gemeint.«

»Tja«, sagte Essie und wandte sich wieder ab, »vielleicht ist es das Geckenhafte, das Engländer an sich haben. Bei denen sind die Männer ja alle ein bisschen weibisch, nicht?«

Der Schock, spürte Florence, kroch ihr wie eine Lähmung ins Gesicht, ließ ihren Mund vor Angst erstarren. Vor ihrem geistigen Auge berührte Seldon Leon am Arm. Lagen die zwei in der atemwarmen Dunkelheit mit dem Radio unter der karierten Decke. Mit einem Mal hatte sie das Gefühl, durch das falsche Ende eines Teleskops auf Essie zu schauen, denn sie kam ihr weit entfernt und schrecklich klein vor. »Warum musst du jeden Unsinn von dir geben, der dir in deinen dummen Kopf kommt?«, sprudelte es aus ihr heraus. »Nur kleine Kinder und Idioten tun das.«

Essie kniff die Augen zusammen. »Tut mir leid, dass ich überhaupt etwas gesagt habe.« Sehr traurig sah sie aber nicht aus.

Etliche Wochen lang versuchte Florence Essies boshafte Anspielung zu vergessen. Die geschmacklose Vorstellung hatte sich jedoch in ihrem Kopf eingenistet und machte sich an dem Vormittag wieder bemerkbar, als Leon und Seldon zur Choralsynagoge aufbrachen, um Golda Meyerson, die Botschafterin von Israel, zu hören. (Florence hatte Leon verboten, den kleinen Julik mitzunehmen, der einzige Zentimeter Boden, den sie gutgemacht hatte.) Und sie ging ihr noch durch den Kopf, als Leon abends allein nach Hause kam, ganz berauscht vom Erlebten. Er zog nicht mal seine Fliegerjacke aus, sondern hängte nur seine Schirmmütze an den Haken neben der Tür, riss Florence gleich in die Arme und umfasste sie an der Taille. »Florie, so etwas habe ich noch nie erlebt. Die ganze Straße – ein einziger Strom von Menschen: Studenten, alte Leute, Männer in Uniform, Mütter und Kinder! Tausende! Ich wusste nicht, dass es so viele Juden in Moskau gibt. Oh, und das Erstaunlichste von allem – weißt du, was Meyerson als Erstes sagte, als sie ihre Rede begann: *A dank ir sajt geblibn jidn* – Danke, dass ihr Juden geblieben seid.«

Julik, den sie gerade zum Schlafengehen fertig gemacht hatte, rannte in Strümpfen zu seinem Vater. Leon gab seinem Sohn einen feuchten Kuss aufs Haupt und hob ihn sich auf die Schulter.

»Papa, du bist nass!«

Das stimmte. Leon glänzte. Das Haar – jetzt so kurz geschnitten, dass kaum noch Kräusel zu sehen waren – klebte ihm vom Schweiß der Aufregung am Kopf. Er stellte den Jungen wieder auf den Boden und wischte sich die Stirn. »Ach, du hättest es sehen sollen!« Wieder waren seine Hände an Florences Hüften. »In aller Öffentlichkeit haben sie es gerufen: *Am Israel chaj!* Als sie vom Podium herunterkam, wurde sie gleich umdrängt. Einige haben versucht, den Saum ihres Kleids zu berühren und es zu küssen. Zu Jom Kippur spricht sie wieder, dann gehen wir alle.«

»Ich will gehen!«, rief Julik.

»Ja, genau. Du gehst mit deinem Dad. Ich bring dir ein neues Lied bei: *Am Israel, am Israel, am Israel chaj!*«, sang Leon.

Julik fing an zu hopsen. »*Ha misraim, ha misraim…*« Er sang lauter, als Florence es für ratsam hielt. Klug – wie es sich für eine Ehefrau geziemte – wäre, sich den Anschein zu geben, als teile sie Leons Begeisterung. Die Befürchtungen konnte sie später im Bett behutsam zur Sprache bringen. Doch irgendetwas an diesem grotesk glücklichen Gesicht sagte ihr, dass er einer neuen Liebe verfallen war – nicht zu Seldon Parker, wie Essie angedeutet hatte, sondern zu etwas viel Gefährlicherem.

»Ist sie der Messias, dass man den Saum ihres Kleids küssen muss?«, hörte sie sich sagen.

Der hässliche, bittere Zug um Leons Mund zeigte ihr, dass sie einen wunden Punkt berührt hatte. »So gescheit, Florie. Dir bedeutet es also *gar nichts?*«

»Es bedeutet schon etwas«, sagte sie. »Es bedeutet, dass alle, die ihre heilige Robe berührt haben, nächste Woche zu Verhören abgeholt werden. Und ich hoffe für dich, dass es das wert war, wenn du in der Sonderabteilung bei SowInform erklären musst, was du dort verloren hattest.«

»*Ha misraim, ha misraim!*«, sang Julik weiter mit seinem hohen Stimmchen.

»Schluss jetzt mit dem Lärm!«

Der Junge verstummte verdutzt. Sah zu seinem Vater.

»Schrei ihn nicht an.«

»Geh dir das Gesicht waschen und hol dir Wasser für die Zähne«, befahl sie Julik.

»Tausende waren da. Kein Mensch sah, wer wer war«, sagte Leon.

»Da sei dir nur nicht so sicher.«

»Wenn die mich hinbestellen, bestellen sie Seldon Parker und Dutzende andere auch hin.«

»Was mit denen oder mit Seldon Parker ist, geht mich nichts an«, sagte sie und nahm die Zahnbürste des Kinds vom Fensterbrett. »Du kannst dich darauf verlassen, dass es in der Menge von Spitzeln gewimmelt hat.«

»Hat es bei Michoels' Begräbnis auch, Herrgott! Was erwartest du von mir – soll ich aufhören, mein Leben zu führen? Ich kann mir nicht jeden Augenblick wegen *denen* Sorgen machen. Sag, wovor hast du Angst: dass heute das Wort ›Jude‹ öffentlich ausgesprochen wurde? Das geschah auch während der vielen Kundgebungen, die das Komitee während des Kriegs abgehalten hat.«

»Das war der *Krieg*! Da gab es einen Grund dafür – wir haben Geld für die Armee gesammelt.«

»Verstanden. Es war richtig, es auszusprechen, als *die* es von uns wollten. Aber nicht jetzt, wenn die Leute wirklich daran glauben.«

»Sind das deine oder Mr. Parkers Worte?«, sagte sie.

Er sah sie verunsichert an, so als kenne er sie nicht. Dann fuhr er herum und nahm seine Mütze vom Haken. Florence ging ihm nach. »Wo willst du hin – wieder mit diesem Schaumschläger bechern?«

Aber Leon hörte sie offenbar nicht. »Du brauchst nicht auf mich zu warten«, sagte er.

Zehn Tage später erschien ein Artikel in der *Prawda*. Ilja Ehrenburg, das Sprachrohr der Partei, erläuterte in einem Meinungsbeitrag die staatliche politische Linie, die vorgab, wie sowjetische Juden Israel zu betrachten hatten. »Ist Israel die Antwort auf die jüdische Frage?« Nein, lautete die emphatische Antwort. Der Zufluss anglo-amerikanischen Kapitals war für Israel ebenso gefährlich wie die arabischen Legionen. Die Lösung des jüdischen Problems hing nicht von einem militärischen Erfolg in Palästina ab, sondern vom Sieg des Sozialismus über den Kapitalismus, vom Sieg der Prinzipien der Arbeiterklasse über den Nationalismus. Wenn Opfer der Nazigräuel keine andere Wahl hatten, als dem in Trümmern liegenden Europa den Rücken zu kehren, galt dies jedoch keineswegs für die Juden, die innerhalb der Grenzen der Sowjetunion lebten, wo die Zwangsherrschaft des Geldes, der Lügen und des Aberglaubens längst überwunden war.

»Aus Birobidschan kommen Gerüchte«, berichtete Seldon ihnen eines späten Abends. Es war fast neun, als er an der Wohnungstür läutete, dreimal zum Zeichen für ihr Zimmer.

»Was für Gerüchte?«, sagte Leon.

»Dass jüdische Parteimitglieder verhaftet werden, weil sie Hilfspakete aus den Vereinigten Staaten erhalten.«

»Weil sie Hilfspakete erhalten? Die hat doch jeder bekommen. Die wurden über das Rote Kreuz verschickt.«

Florence ermahnte sie, leiser zu sprechen. Julik regte sich schon in seinem Bett. »Durch die Annahme der Pakete haben sie dem Eindruck Vorschub geleistet, die Vereinigten Staaten hätten den Sieg herbeigeführt«, flüsterte Seldon.

»Mama?«, rief der Junge hinter dem geblümten Vorhang, der seine Seite des Zimmers von den Erwachsenen abtrennte.

»Das ist lächerlich. Was sollen die Leute denn essen?«, sagte Leon.

»Woher hast du das, Seldon?«, sagte Florence.

»Das behalte ich lieber für mich.«

»Mama?« Julian war aus dem Bett aufgestanden und teilte den Vorhang.

»Schlaf weiter, Äffchen.«

»Ich kann nicht. Ich will bei dir schlafen.«

»In Ordnung, Schätzchen, aber geh wieder ins Bett. Ich leg mich zu dir, sobald Onkel Seldon geht. Seldon, hat das nicht Zeit bis morgen?«

»Das ist noch nicht alles. Die Artikel, die wir übersetzt haben – für die amerikanische Presse –, die werden jetzt bürgerlich-nationalistische Propaganda genannt.«

»Das ist ja wohl ein Scherz«, sagte Leon.

»Vor allem Artikel, in denen amerikanische Firmen namentlich genannt wurden – wenn sie Wärmflaschen geschickt haben, Spritzen, solche Sachen. Sie sagen, wenn sie diese Firmen loben, bestärken die Verfasser amerikanische Geschäftsleute darin, mit dem Blut sowjetischer Jungen Profite zu machen.«

»Seldon, wer behauptet das alles?«

»Aber es stand doch so in der Dienstanweisung«, beharrte Leon. »Den Namen der Firma zu nennen. Wir *sollten* uns dankbar erweisen.«

»Anscheinend haben wir uns zu tief verbeugt.«

Florence lag hinter dem geblümten Vorhang neben ihrem Sohn im Bett. Das Mondlicht beschien seinen flaumigen Hals und die Krümmung seiner Schulter in der Schlafanzugjacke. So zusammengerollt, sah er aus wie ein kleiner Schwan. Sie rieb ihm eine ganze Weile den Rücken und summte leise, bis sie an seinen tiefen, langsamen Atemzügen hörte, dass er eingeschlafen war. Auf Zehenspitzen ging sie zu ihrem Tagesbett zurück, legte sich auf den Rücken und starrte lange an die Decke. Der bröckelnde Stuck über ihr hatte ein Muster aus Laub und Lilien. Dazwischen waren auch Vögel, denen die Trennwände aus Holz, die die einst großen in kleinere Zimmer unterteilten, die Flügel gestutzt hatten. Es war, als schaute man in eine mythische Welt hinauf, die von der Welt um sie herum so weit entfernt war wie der Himmel vom Leben auf der

Erde. Schwer wälzte sich Leon neben ihr herum. »Warum muss er immer so spät kommen?«, flüsterte sie und bemühte sich nicht, ihren Ärger im Zaum zu halten. »Er weiß doch, dass wir ein Kind haben. Julik muss zu einer normalen Zeit ins Bett.«

»Früher hat es dich nicht gestört.«

»Woher bekommt er überhaupt seine Informationen? Ja, ich weiß schon ... Er macht seine Runden ... isst und trinkt jeden Abend in einer anderen Wohnung. Zu kostenlosem Essen oder Trinken sagt er nie nein. Woher wissen wir, dass dieses Birobidschan-Gerücht nicht bloß leeres Gerede ist?«

»Ich denke mir, er hat es von Olivia Bern gehört. Sie bearbeitet die gesamte Post für das Jüdische Komitee.«

»Er hört ein Gerücht und kommt gleich angerannt und erschreckt uns.«

»Vielleicht ist er selbst erschrocken, Florence. Wir sind für ihn so etwas wie Familie.« Sie spürte, wie Leon sich zur Wand drehte. »Warum musst du so hart über Menschen urteilen?«

Der Anruf kam, als sie auf Arbeit war. Eine Schreibkraft, die am anderen Ende des langen, abgeteilten Raums saß, holte sie ans Telefon.

»Flora Solomonowna?«

»Ja.«

»Ich bin froh, dass ich Sie endlich aufgespürt habe.«

Florence erkannte die Stimme. Ihr beiläufiger Ton traf sie wie ein Hauch von etwas Saurem. Wie ein fauliger Geruch aus einem anderen Leben. Das Telefon, schwarz und glatt in ihrer Hand, war schwer wie ein Obsidian, der sie in einem See in die Tiefe zog,

»Es ist lange her, Flora Solomonowna. Wissen Sie, wer spricht?«

Sie hörte das Lächeln, das die Wörter begleitete.

»Ja, sicher erinnern Sie sich«, sagte Subotin. »Aber für Plaudereien ist jetzt nicht die Zeit. Sie sind auf Arbeit. Ein echter Karriereschritt von diesem albernen Institut. Zwischen schwätzenden, kraftlosen Intellektuellen habe ich Sie nie gesehen. Jetzt, Propagandaarbeit, Dienst am Land – das passt schon eher. Weiter so, und dann plaudern wir, wenn Sie Zeit haben. Sagen wir, morgen um vier Uhr, an unserer alten Stelle.«

Florence blickte hinter sich. Sie konnte nicht viel länger am Apparat bleiben, ohne Aufmerksamkeit auf sich zu ziehen. »Tut mir leid, aber das ist nicht möglich, weder morgen um vier noch zu einer anderen Zeit.« Nein, dieses Mal lief sie nicht gehorsam in die Falle. Sie musste an ihr Kind denken.

Fast als habe er ihre Gedanken gelesen, sagte Subotin: »Ich halte Sie nicht lange auf, versprochen. Wenn Sie mir bei dem helfen, wonach ich suche, sind Sie in null Komma nichts fertig und können Ihren kleinen Sohn vom Kindergarten abholen.«

Dass Subotin ihren gewöhnlichen Tagesablauf kannte, bestürzte Florence nicht. Die Tschekisten wussten alles. Wie er »Ihren kleinen Sohn« gesagt hatte, davon war es ihr kalt den Rücken hinuntergelaufen. Die sagten nie etwas einfach nur so. Subotin nannte ihr die Adresse, so als habe sie die jemals vergessen.

Auf ihr Klopfen kam niemand an die Tür. Florence drehte am Türknauf und öffnete sich selbst. Es sah alles so vertraut aus! Dieselbe Streifentapete, dieselben Spitzenvorhänge. Sie trat ans Fenster, das ihr größer vorkam als in ihrer Erinnerung. Unten waren die Straßenreiniger bereits an der Arbeit und schoben die Besen vor sich her. Florence legte die Fingerspitzen an die kühle Scheibe.

»Eine Schande, nicht?«

Sie fuhr herum.

»Diese Buntglasscheibe war recht hübsch. Das hatte einen gewissen alten Charme. Das ganze Fenster wird bei einem Bombenangriff kaputtgegangen sein, vermute ich – das Gebäude steht so nahe am Wasser. Darauf haben ihre Flugzeuge während der Verdunkelung zugehalten. Es kann ja noch so dunkel sein, einen Fluss wird man nie vollkommen unsichtbar kriegen. Setzen Sie sich.«

Er hatte sich ebenfalls kaum verändert. Der Krieg war gnädig mit ihm umgegangen, musste Florence leider feststellen. Keine fehlenden Gliedmaßen oder beschädigten Augen. Mit seinem ergrauenden Haar sah er so gepflegt und nichtssagend elegant aus wie eh und je.

»Bitte nennen Sie mir Ihren vollen Namen.«

Sie konnte ein Lachen nicht unterdrücken. »Flora Solomonowna Brink.«

»Den vollen Namen Ihres Mannes.«

»Haben Sie das nicht schon alles?«

Subotin blickte auf und wiederholte die Frage.

»Brink. Leon Naumowitsch.«

»Nationalität.«

»Amerikanisch, beide.«

»*Amerikanzi*«, sagte Subotin beim Aufschreiben. Er schmunzelte, ein Lächeln, dem man ansah, dass er ebenso gut wusste wie Florence selbst: Sie – Amerikaner hin oder her – waren außerdem noch Juden.

»Erzählen Sie mir von der Arbeit, die Sie und Ihr Mann für die als Jüdisches Antifaschistisches Komitee bekannte verbrecherische Organisation getan haben.«

Was Seldon vorhergesagt hatte, traf also zu: Man versuchte dem Komitee am Zeug zu flicken. In dem Augenblick fragte sie sich, ob sie ihr Leben überhaupt noch in der Hand hatten. Welchen Weg sollte sie jetzt einschlagen? Zu sagen, sie glaube nicht, dass die Arbeit des Komitees verbrecherischer Art war, würde wie eine Verteidigung klingen und damit wie ein Eingeständnis ihrer Beteiligung. Sie musste jegliche Kenntnis und jegliche Beteiligung abstreiten. »Weder mein Mann noch ich waren jemals beim Jüdischen Antifaschistischen Komitee angestellt.«

Diese Antwort klang selbstsicher genug und hatte den zusätzlichen Vorteil, der Wahrheit zu entsprechen, wenn auch nur formal.

»Bedenken Sie bitte, wo Sie sich befinden. Wir wissen sicher, dass Sie beide für das Jüdische Komitee als Übersetzer tätig waren.«

»Das Komitee hatte kein eigenes Übersetzungsbüro. Wir wurden beauftragt, das von allen fünf Komitees erarbeitete Material im SowInformbüro zu übersetzen – dem Komitee für Wissenschaftler, für die Jugend, für die Slawen ...«

»Ich frage Sie jetzt aber nach Ihrer Arbeit für das Jüdische Komitee, nicht für die anderen. Beantworten Sie die Frage.«

»Ich war keine spezialisierte Übersetzerin. Mein Mann hat gelegentlich Artikel übersetzt, die für *Ejnikajt* geschrieben worden waren, die Zeitschrift des JAFK.«

»Warum hat Ihr Mann diese Aufträge erhalten?«

»Offenbar weil er Jiddisch ebenso kann wie Englisch.«

»Und was haben Sie und er von dem Material gehalten, das Sie übersetzt haben?«

»Uns wurde gesagt, es sei notwendig, um Geld für die Rote Armee zu sammeln.«

»Und ging es darin nicht um die besonderen Leistungen von Juden, unabhängig von den Leistungen des russischen Volkes?«

»In einigen vielleicht. Ich erinnere mich nicht mehr. Ich habe die Artikel nicht geschrieben.«

»Folglich waren Sie einverstanden mit den Übertreibungen und den falschen Behauptungen, die dort aufgestellt wurden.«

»Ich würde mir nicht anmaßen zu glauben, dass ein unbedeutender Mensch wie ich in irgendeinem Punkt anderer Meinung sein könnte als Höhergestellte, schon gar nicht, wenn es um Kriegspropaganda geht.«

»Sie weichen meiner Frage aus. Antworten Sie konkret. Haben Sie dem Material, das Sie bearbeitet haben, nicht widersprochen?«

»Wie gesagt, ich bin mit der Politik der Regierung immer einverstanden.«

Sie wich Subotins Blick nicht aus. Es war nicht mehr 1937 oder 1940. Sondern 1948. Wenn er dieses Spiel spielen wollte, würde sie ihm zeigen, dass sie die Regeln kannte.

Er lächelte lauernd.

»Sie haben sich also nichts gedacht bei dem unverhohlen nationalistischen Material, das Sie übersetzt haben?«

»Wir haben unsere Arbeit gemacht.«

»Und haben Sie auch Ihre Arbeit gemacht, als Sie die zionistische Kundgebung zur Unterstützung der israelischen Botschafterin Golda Meyerson besucht haben?«

»Ich habe diese Kundgebung nicht besucht.«

Subotin warf einen Blick auf seine Unterlagen, nur kurz, aber Florence sah es doch. »Es gibt Zeugen …«

»Ihre Zeugen haben sich getäuscht. Das können Sie überprüfen. Ich war an dem Tag zu Hause.«

Subotins Gesicht lief rot an und verriet seine Verärgerung.

»Es gibt Zeugen, die Leon Brink und andere gesehen haben …«

Wenn er bei ihr nur ins Blaue hinein geraten hatte, konnte das bei Leon jetzt wieder der Fall sein? Das Risiko wollte sie nicht eingehen. »Ich habe an der Kundgebung nicht teilgenommen. Es hat mich nicht interessiert. Mein

Mann ist aus Neugier hingegangen. Er hatte von der Frau aus Palästina gehört und wollte sich selbst ein Bild darüber machen, was für ein Mensch sie ist.«

»Und tausend andere sind auch aus Neugier hingegangen, ja? Und dass sie ihren Namen gerufen haben und vor ihren Begleitern herumscharwenzelt sind, geschah auch aus reiner Neugier? Und zionistische Losungen gerufen, reine Neugier?«

»Was denn für Losungen?«

»›Nächstes Jahr in Jerusalem!‹«

Sie wollte lachen. »Das ist keine Losung. Das sagen Juden seit ihrer Vertreibung aus Babylon. Sie sagen es sich an Feiertagen. Das bedeutet nichts.«

»Ausbrüche von primitivem und fanatischem Nationalismus im zweiunddreißigsten Jahr der Revolution sind nicht nichts. Sie zwingen mich, an Ihrem Entgegenkommen zu zweifeln, wenn Sie beharrlich leugnen, dass eine Bande zionistischer Halunken diese nationalistische Stimmung aufgeheizt hat.«

Wie konnte sie ihm sagen, dass ein Aufheizen gar nicht nötig gewesen war? Dass Juden von sich aus gegangen wären, um Meyerson zu sehen, unaufgefordert?

»Ich leugne nichts dergleichen«, sagte sie. »Woher soll ich das wissen? Ich war nicht Mitglied des Jüdischen Komitees.«

»Aber Sie haben in Kuibyschew drei Jahre mit diesen Menschen und mit ihren engen Mitarbeitern verbracht. Da gab es doch Debatten und Gespräche, die Sie gehört haben… Dinge, deren Bedeutung Sie jetzt vielleicht nicht völlig erfassen.«

Florence war fast versucht zu lächeln. Subotins Ton war zwar anklagend, aber sie fasste seine Worte als Rückzug auf. Er beschuldigte nicht mehr *sie*. Wenn ihr Wohl und Wehe nicht vollständig von ihm abhinge, würde sie sogar behaupten, dass er ihr schmeichelte, ihre Hilfe in Anspruch nehmen wollte. Vielleicht, so ließ er jetzt durchblicken, war sie nur zu naiv zu verstehen, was in der Höhle der Halunken vor sich ging. Und konnte ihm trotzdem helfen.

»Das war vor fünf Jahren«, sagte Florence. »Noch früher. Wenn da irgendetwas gesagt wurde, ist es zu lange her, als dass ich es jetzt noch wüsste.«

»Mit der Zeit fällt es Ihnen bestimmt wieder ein, da bin ich mir sicher«, sagte Subotin.

Mit Essie wechselte sie jetzt nur noch die allernötigsten Worte. In den Gemeinschaftsräumen gingen sie sich mit fast förmlicher Höflichkeit aus dem Weg wie Gäste an einem Urlaubsort. Florence tat sich schwer damit, ihrer alten Freundin so zu begegnen. Es war einfach eine Routine, in die ihr Körper verfallen war, unabhängig von verletzten Gefühlen. Dennoch, fand sie, sollte unter den gegebenen Umständen Essie Abbitte leisten. Und so blieb es, wie es war.

Als Florence eines Sonntagnachmittags ins Zimmer kam, saß Julik weinend in der Nische unter ihrer Nähmaschine. Bei den verschleimten Schluchzern ihres Sohns dauerte es eine Weile, bis sie den Grund für seinen Kummer festgestellt hatte. Während Florence am Vormittag unterwegs war, um Lebensmittel einzukaufen, war Essie mit Jascha zu der neuen Kindereisenbahn im Kinderpark gegangen. Julik hatte mitgewollt, von einem arroganten Jascha aber hören müssen, er sei noch zu klein. Und dann waren die beiden laut lachend aus dem Park zurückgekommen und hatten erzählt, wie viel Spaß sie hatten, als sie in den kleinen Waggons herumfuhren.

»Tante Essie mag mich nicht mehr.«

»Nein, das stimmt nicht, Häschen. *Ich* gehe mit dir.«

»Nein! Jetzt will ich nicht mehr!«

»Wir gehen nächste Woche.«

»Nein, ich wollte mit *denen* mit.«

Florence klopfte energisch an Essies Tür. Sie hielt Essies strafendes Schweigen aus, ohne die Fassung zu verlieren, aber den Kampf auf ziviles Territorium zu tragen – es an Julik auszulassen – war etwas anderes.

»Was hast du dir dabei gedacht?«, sagte sie, als Essie öffnete. Essie stand in ihrem Kimono mit dem Muster aus Blumen und Paradiesvögeln vor ihr. Florence ging an ihr vorbei ins Zimmer. »Julik hat sich die Augen aus dem Kopf geweint. Er hat gesagt, du und Jascha habt ihn nicht zu dieser Eisenbahn mitgenommen.«

Essie atmete tief durch die Nase ein und strich sich das Haar glatt. »Jascha hat mich schon vor längerem gebeten. Er wollte mit mir gehen – nur wir zwei. Beide konnte ich nicht mitnehmen. Ich bin ja nicht als Kinderfrau angestellt.«

»Aber ihr musstet beim Heimkommen so laut reden und lachen, dass die ganze Wohnung es hörte. Du hättest etwas weniger Wind machen können.«

»Wir leben alle in der einen Wohnung, Florence, ob es uns gefällt oder nicht. Was erwartest du von mir? Soll ich aufhören, mit anderen zu sprechen? Das Lachen einstellen? Nur noch auf Zehenspitzen herumschleichen? Manchmal fühlt sich jemand ausgeschlossen, das ist einfach so.«

»Er ist ein Kind!«

»Gott, Florence. Ich wusste nicht, ob du *möchtest*, dass ich ihn mitnehme.«

»Du hättest mich fragen können.«

»Entschuldige, aber jedes Mal, wenn ich auch nur guten Tag sagen will, läufst du davon. Du hast zu tun oder zuckst die Achseln und kehrst mir den Rücken zu. Ich hab es immer wieder versucht, aber ich merke, wenn ich unerwünscht bin.«

Essies Augen glänzten vor bitteren Tränen. Florence tat der Unterkiefer weh vom Zurückhalten der ihren.

»Essie, es war nicht meine Absicht, distanziert zu erscheinen. Ich dachte, du bist immer noch böse wegen… Ach, das ist doch zu albern. Warum muss sich überhaupt jemand entschuldigen, und wofür eigentlich?«

»Ich hatte schon keine Hoffnung mehr«, sagte Essie. »Aber es tut mir leid, wenn es Julik gekränkt hat. Das wollte ich nicht.« Sie band sich den Gürtel ihres Hausmantels, als sei es ihr plötzlich peinlich, in so legerem Aufzug ertappt worden zu sein.

»Vergessen wir das Ganze doch einfach. Hör mal, ich hab versucht, ein paar Zeitschriften für uns zu besorgen, aber die neue Abteilungsleiterin, die sie geholt haben, die passt auf wie ein… ein richtiger Schießhund.«

»So sind die jetzt alle. Möchtest du dich setzen?«

»Ach ja, vielleicht. Es kann einen nervös machen. Als sie zu uns Übersetzern ins Zimmer kam, hat sie als Erstes alle Namen – ›Vainberg, Feinberg‹ – laut vorgelesen, in einem angewiderten Ton, und gesagt: ›Was ist das hier, eine Synagoge?‹«

Nickend setzte sich Essie auf ihr Bett. »Ich weiß, ich weiß. Diese Woche habe ich mir mal den Farbstift der Stenotypistin geborgt und die Spitze abgebrochen. Ich wollte sie um eine Rasierklinge bitten und ihn wieder anspitzen, und sie reißt ihn mir aus der Hand und sagt: ›Das mach ich selbst; ihr macht ja alles kaputt, was ihr anfasst!‹«

»Was geht da bloß vor?«

»Nach all den Jahren dachte ich, ich wäre endlich…«

»Eine von ihnen«, sagte Florence.

Essie nickte, ihre Augen jetzt trocken. »Aber das werden wir nie, oder?«

35.

Flucht

Nicht lange danach löste Florence das Essie gegebene Versprechen ein und klopfte mit einem Exemplar von *Life* an ihre Tür. Auf dem Umschlag war Ingrid Bergman im Kostüm ihrer Rolle der Johanna von Orleans abgebildet.

»Florence! Wie hast du das geschafft ...«

Florence legte den Zeigefinger an die Lippen. »Davon waren mehrere Exemplare da. Jetzt steck es schnell weg, bevor ich es mir anders überlege.«

»Ach, schauen wir es uns doch zusammen an«, sagte Essie und wurde rot vor Dankbarkeit.

»Nicht heute Abend – ich muss woanders sein. Behalt du es hier.«

»Bist du dir sicher?« Essie hielt das Heft fest.

»Aber pass auf, dass du keine Eselsohren reinmachst oder Marmelade draufkleckerst.«

Trotz der nagenden Bedenken, die sich ab und zu meldeten, empfand Florence den ganzen nächsten Vormittag eine erfreuliche Großzügigkeit Essie gegenüber. Ihr die Zeitschrift zu geben war das Beste, was sie für ihre langjährige Freundschaft hatte tun können. Sie könne sich schon darauf verlassen, dass Essie sie gut versteckte, sagte sie sich. Doch die Freude an ihrer Großherzigkeit schwand im Laufe des Tages, als aus dem Nichts Seldon auftauchte. Er war unrasiert und ungekämmt, roch nach Alkohol, und seine Kleider waren so zerknittert, als hätte er darin geschlafen.

»Fefer wird vermisst.«

»Was meinst du damit, vermisst?«, fragte Leon.

»Vermisst eben. Und von Hofstein auch noch nichts Neues.«

David Hofsteins Verschwinden in Kiew hatte sich im September ereignet. Man hatte angenommen, er sei krank und in einem Sanatorium. Nun kam die Nachricht, die Frau des Dichters sei in Moskau und suche im Lefortowo-Gefängnis nach ihm. Durch ihr Zimmer stakend, berichtete Seldon von diesen Entwicklungen und kam Florence dabei mit jedem Zoll seiner schlaksigen Gestalt grob vor, fast wie eine körperliche Bedrohung, so dass sie Julik am liebsten aus dem Zimmer geschafft hätte.

Sie zog dem Jungen die *walenki* an, wickelte ihren Schal um seinen Kopf mit der Kippa und schob ihn zum Zimmer von Awdotja Grigorjewna, der sie schon im Voraus einen Rubel dafür gab, dass sie mit ihm ins Freie ging. Sie kehrte in ein Zimmer zurück, in dem die Luft schnell dick wurde vom säuerlich riechenden Kazbek-Tabak. Seldon schritt auf und ab, verstreute die Asche seiner Zigarette, die vergessen zwischen seinen Fingern schwelte. Er sprach so schnell, dass er keine Zeit zum Rauchen hatte. »Eine Organisation, die über eine eigene politische Machtbasis verfügt, kann nicht *sein* Werkzeug sein, verstehst du? Die Mitarbeiter sitzen zu fest im Sattel, sind zu eng verflochten. Deswegen die ständigen ›Säuberungen‹, wie die dazu sagen, bei den Kadern. So geht permanente Revolution, verstehst du, es sollen keine persönlichen Beziehungen entstehen, die stärker sind als *seine* Autorität. Ich hab viel darüber nachgedacht.«

Florence sah Leon voller Panik an. Mit Seldon war eine schreckliche Kraft in ihr Leben getreten. Ihr einziger Gedanke war: Sie durfte nicht auch sie in den Abgrund reißen.

»Seldon, setz dich«, drängte Leon behutsam.

»Ich steh lieber.« Seldon schob den Zeigefinger unter den Hemdkragen, als schnüre er ihm die Luft ab. »Die hecken etwas aus. Hast du Zeitung gelesen? ›Verherrlichung einer fremdartigen Kultur‹, ›wurzelloser Kosmopolitismus‹ – wen meinen die damit, was glaubst du? Sie wollen das Jüdische Komitee als Nest von Saboteuren brandmarken. Ich wette auf eine große Vorstellung; die richten gerade die Bühne dafür her.«

Es dauerte, bis Seldons abgehackte Reden einen Sinn ergaben, aber schließlich dröselten Florence und Leon das Verstörende auf, das Seldon ahnte: Die Presse bildete nur die Vorhut vor der Polizei; wenn neuerdings wieder Menschen verschwanden, war das die Spitze einer ungeheuerlichen Anklage, die irgendwo im Bauch des NKWD ausgebrütet wurde. Immer mehr Menschen gerieten in den Strudel; niemand war sicher. »Wo immer Fefer jetzt ist, ich kann mir schon vorstellen, was dieser zweitklassige Mistkerl ihnen alles erzählt hat.«

»Das weißt du doch gar nicht«, hörte Florence sich sagen, konnte Seldon aber nicht in die Augen sehen. »Außerdem, warum sollten sie sich um uns scheren? Wir haben nur übersetzt. Was haben wir getan?«

Er schaute sie an, als sei sie diejenige, die sich von einem Psychiater untersuchen lassen sollte und nicht er. »Was haben wir getan?«, äffte er sie plump im Falsett nach. »Flora Solomonowna, was haben *sie* denn getan?«

»Verflucht, Florie«, sagte Leon und ging auf sie los, »du stellst die falsche Frage!«

»Ach so, was soll ich denn fragen?«

»Was befindet sich in diesem Raum, das wir fortschaffen

sollten!«, sagte Leon, so als stelle er bloß das Offensichtliche fest.

»Genau, Mensch!« Und mit diesen Worten zog Seldon schon Bücher aus ihrem Regal, wirbelte den Staub auf ihren Notizbüchern und Papieren auf. »Was ist das?«

»Theodore Dreiser.«

»Ab in den Ofen. Die Wörterbücher auch. Vernichtet alles.« Er stürzte eine Kiste mit älteren Ausgaben von *Ejnikajt* um, die am Fußende ihres Tagesbetts stand.

»Lass das, rühr die nicht an!« Florence warf sich gegen Seldons Arm, stieß ihm die Bücher aus der Hand und fiel dann vor dem über den Boden verstreuten Stapel auf die Knie.

Sie hatte aber nicht erwartet, dass Seldon sich hinhockte und ihr half. »Entschuldige, Florie. Es tut mir sehr leid.« Er fasste mit so beunruhigender Zärtlichkeit nach ihrer Hand, dass es sie durchfuhr wie ein elektrischer Schlag, und half ihr auf. Nachdem der Furor mit einem Mal wie weggeblasen war, sackte er auf ihrem durchhängenden Sessel zusammen. »Meinetwegen«, sagte er und presste die Handballen mit starkem Druck auf Augen und Stirn, so als knetete er das Fleisch der Gedanken dahinter. »Meinetwegen«, wiederholte er. »Wir können hier sitzen bleiben und warten, bis sie uns holen.« Er sprach nun mit ruhiger Gewissheit, mit einer Ausdruckslosigkeit, bei der es Florence noch mehr fröstelte als bei seiner Hysterie von eben. Seldon starrte sie und Leon an, aber auch über sie hinaus in ein ewiges Anderswo. Was jetzt aus seinem Mund kam, war vielleicht der eigentliche Grund, weswegen er an diesem Vormittag an ihre Tür geklopft hatte, konnte ebenso gut aber auch dem plötzlichen Impuls, sich zu schützen, zu verdanken sein. Es gebe einen Mann, sagte er ruhig, er arbeite im britischen Auslandsbüro hier in Moskau, der seinen Bruder kenne.

Leon: »Deinen Bruder?«

»Halbbruder. Aus der ersten Ehe meines Vaters.« Ein neun Jahre älterer Halbbruder, der schon seit Vorkriegszeiten beim britischen Finanzministerium arbeitete. Einer seiner Freunde beim Auslandsdienst war kürzlich nach Moskau versetzt worden. Und der Mann hatte Seldon ausfindig gemacht und ihm einen Brief seines Bruders aus England übergeben.

»Wo ist er?«, sagte Florence.

»Den hab ich vernichtet. Ich bin nicht verrückt.«

»Du hast dich mit dem Mann getroffen!«

Ja, aber er war vorsichtig gewesen. Sie hatten immer sehr belebte Plätze gewählt – die Metro, den Springbrunnen am Bolschoi.

Das musste nicht bedeuten, dass sie nicht beobachtet wurden, wandte Florence ein.

Sie hatten eine Methode, sagte Seldon, eine Methode, die darin bestand, eine Notiz auf dünnes Durchschlagpapier zu schreiben und in eine Zigarette einzurollen. Der Mann, dessen Name Hank Kelly lautete, sagte Seldon, zündete sich ganz normal eine Zigarette an und rauchte, bis er Seldon erblickte. Dann drückte er sie aus und ließ sie fallen. Tatsächlich aber ließ er die unangerauchte mit dem Zettel darin fallen, und die hob Seldon auf und erfuhr das Neueste und den Ort ihres nächsten Treffens. »Es ist jedes Mal woanders. So geht das zwischen uns hin und her. Er ist mit der hiesigen Lage vertraut. Er sagt, er will mir helfen herauszukommen.«

»Fliehen?«

»Ja. Der Knackpunkt ist, an den Sicherheitsleuten vorbei in die britische Botschaft hineinzukommen. Wenn wir erst mal drin sind, können sie alle Dokumente frisieren.« Er sah Leon an. »Können sie für uns alle.«

Florence sah ihn erstaunt an. Was schlug er da vor?

»Seldon, das wird nicht hinhauen«, sagte Leon. »Die haben uns schon vor Jahren abgeschrieben. Die amerikanische Botschaft ist abgeriegelt wie eine Festung. Da kommt man nur mit einem Auto rein oder raus. Die Wachleute lassen dich nicht rein, auch wenn du gebürtiger Amerikaner bist. Warum hat denn von den Botschaftsangestellten nie mal einer Kontakt zu solchen wie uns hergestellt?«

»Das stimmt«, sagte Florence. »Wir sind für die Gesindel. Das sich davongemacht hat. Verräter. Wir sind gegangen, sie sind uns los. Sie verachten uns, und das ist die Wahrheit. Bei den Engländern ist es nicht anders. Ich weiß ja nicht, wer der Mann ist, aber du musst damit aufhören, Seldon. Auf den Versuch, das Land zu verlassen, steht jetzt die Todesstrafe.«

Seldon sah sie an, hörte offenbar aber nicht, was sie sagte. Er war gefesselt von seinem Plan. »Ja – wenn ich nur irgendjemand wäre, würde das stimmen. Aber, wie gesagt, mein Bruder arbeitet für das Vereinigte Königreich! Er ist eine wichtige Persönlichkeit. Hört zu. Dieser Mann muss bloß mal ohne den offiziellen Fahrer an ein Auto kommen. Klar, das sind alles Ratten. Aber wenn er das Auto selbst steuern kann, kommen wir unentdeckt in die Botschaft hinein.«

Florence stand auf und trat ans Fenster. Wenn sie ihren Sohn draußen sähe, und sei es für einen kurzen Augenblick, konnte ihr Herz diese Unterhaltung vielleicht besser verkraften. Unten auf der Straße sah sie Julian, eine kleine, dick gepolsterte Gestalt, behütet von der größeren dick gepolsterten Gestalt Awdotja Grigorjewnas, mit den anderen Kindern in dem von Eisenzäunen umgrenzten Innenhof spielen.

Leon rückte jetzt mit der ehrlichen Frage heraus, und er tat es behutsam wie jemand, der mit einem Wahnsinnigen spricht: »Aber warum wir, Seldon? Es dürfte schon für dich allein ein riskantes Vorhaben sein.«

Doch nun war es Seldon – seine zwischen Leon und Florence hin- und herflackernden Augen abermals von dieser schmerzlichen Zärtlichkeit erfüllt –, der sprach, als ob sie die Wahnsinnigen wären. »Begreift ihr es denn nicht? Weil ihr hier krepieren werdet. Während wir hier noch sprechen, unterzeichnen die schon eure Todesurteile.«

Als Florence ihren Mann anblickte, stellte sie fest, dass er ratlos war.

»Und was ist mit Julian?«, sagte sie.

»Wir alle. Ich rede mit ihm. Ich sage Kelly, ich gehe nur, wenn er euch mitnimmt. Aber ihr müsst euch entscheiden.«

Sie sah Leon an. Hatte er nicht zu ihr gesagt, sie müssten ihr Leben hier akzeptieren, müssten das Los akzeptieren, das sie gezogen hatten? Hatte Leon sie nicht dazu gebracht, all ihre Hoffnungen auf eine Flucht aufzugeben? Und jetzt wollte er von *ihr* die Antwort hören. Wollte, dass *sie* ihm sagte, was sie tun sollten.

»Ich muss wissen, ob ihr dabei seid«, sagte Seldon.

Sie schloss die Augen und wartete darauf, dass ihr Mann das Schweigen brach.

»Wir sind dabei«, sagte Leon.

Zwei schlaflose Nächte später sagte sie im Bett: »Glaubst du ihm?«

»Er ist unsere einzige Hoffnung, Florence.«

»Diese Geschichte, die ist zu abwegig«, flüsterte sie. »Die Zigaretten, der Bruder oder Halbbruder oder was immer.«

»Ich weiß nicht. Wenn überhaupt jemand so einen Plan verfolgt, Kontakte nach außerhalb knüpft, dann Seldon.«

»Also gut«, sagte sie und setzte sich auf. »Mal angenommen, es stimmt. Warum sollte die britische Botschaft auch nur zwei Kupferpennys auf uns geben? Die kriegen nicht mal ihre eigenen Leute raus.«

»Er hat gesagt, sein Bruder sei eine wichtige Persönlichkeit.«

»Ach, Leon, was wissen wir denn über Seldon? Sie sind bei verschiedenen Müttern aufgewachsen, seine Worte. Er glaubt offenbar, er sei wichtig genug, um gerettet zu werden, wenn ...«

Leon fiel ihr ins Wort. »Ich glaube nicht, dass er uns das erzählen würde, wenn es nur leere Worte wären.«

»Er bildet sich Dinge ein, Leon.«

»Er schmückt sie aus, das vielleicht, aber ...«

»Nicht nur das. Ich seh es an seinen Augen, wie er dich anschaut.«

Ein langes Schweigen in der Dunkelheit folgte.

»Ich weiß nicht, wovon du sprichst.«

»Doch, das weißt du schon.«

Sogar im Dunkeln übte Leons Körper eine starke Macht über sie aus – seine glatten Schultern und die Knochen seiner großen Hände, der Muskel seiner nackten Wade, der durch die Decke hindurch hervortrat.

»Tu nicht so, als ob du blind wärst«, sagte sie, und ihre Stimme klang genau wie die Essies.

»Du redest Unsinn, Florie. Lass uns jetzt schlafen.«

Doch einmal angefangen, konnte sie nicht aufhören. »Ach ja? Und der verliebte Blick, mit dem er dich jedes Mal ansieht, wenn du etwas Aufmunterndes zu ihm sagst? Und wie er die Hände auf deinen Arm legt, wenn er nach einem Glas lockerer geworden ist?«

»Vielleicht solltest du lernen, deine Zunge zu hüten.«

»Ach? Ich soll meine Zunge hüten, und dieser Homo soll bei mir essen und, von *meinem* Wodka ermutigt, *meinem* Mann schöne Augen machen? Weißt du, was ich glaube? Ich glaube, es wäre ihm ganz recht, wenn er dich mitnehmen – nur dich – und uns hier vermodern lassen könnte.«

Und dann wurde ihr Kopf gegen die Wand gepresst, und

die Fasern des Wandteppichs über ihrem Bett pieksten sie durch das Nachthemd am Rücken und am Po, als er das Knie gegen ihre Hüfte rammte.

»Du kapierst es nicht, was?« Ihr Haar war in seiner Faust, ihr Kopf nach hinten gedrückt. In dem weißen Schein einer Straßenlaterne sah sie die verzerrten Linien seines angewiderten Gesichts.

»Lass mich los«, flüsterte sie mit erstickter Stimme.

Er ließ ihr Haar los und rollte schwer von ihr herunter.

»Hol dich der Teufel.« Er ballte die Hand zur Faust. Sie zuckte zusammen, als er sie in das Kissen sausen ließ.

»Hol dich der Teufel, Florence. Was meinst du, warum ich möchte, dass wir es tun? Wir können doch nicht so leben, leben wie Tiere im Käfig, gefesselt und geknebelt. Vor dem Krieg konnte ich es vielleicht, weil ich davon träumte, dass es besser werden würde. Aber hier werden wir nie frei sein.« Er drehte das Gesicht zu dem geblümten Vorhang, hinter dem ihr Sohn schlief. »Ich möchte nicht, dass er aufwächst und jeden Tag das Wort ›Itzik‹ hört.«

Sie stützte sich an der Wand ab, damit sie die Fassung wiederfand und ihrer Stimme einen vernünftigen Klang geben konnte. »Und du glaubst, das bekommt er in Amerika oder England nicht zu hören?«

»Mag sein. Aber wenn wir erst mal raus sind, können wir überallhin gehen … sogar nach Palästina.«

Jetzt tat er ihr wirklich leid – denn er war ein Opfer seiner heimlichen Träume von Flucht geworden, so wie Florence früher auch einmal. »Ist das jetzt dein Plan?« Sie konnte nicht widerstehen, dafür hatte er Strafe verdient. »Weil du es im letzten Krieg nicht geschafft hast, dich umbringen zu lassen, möchtest du jetzt in der Wüste das Gewehr erheben, ja? Damit wir von den Arabern getötet werden?«

»Dort kämpfen die Juden wenigstens offen – sie hocken

nicht da wie Entlein und zittern. Genau das sind wir nämlich, Florence, täusch dich mal nicht. Es wird schlimm.«

»Du glaubst, das weiß ich nicht? Du glaubst, ich wüsste nicht, dass es schlimm wird? *Mir* brauchst *du* das nicht zu sagen! Subotin hat mich wieder einbestellt.«

Schweigen.

Sie hatte nicht die Kraft, ihn anzusehen.

»Wann?«

»Vorige Woche.«

»Wie konntest du? Wie konntest du mir das verschweigen?«

Plötzlich sprang er aus dem Bett, riss die Decke von ihr herunter, als wolle er nachsehen, was sie noch alles verbarg. Und sah sie an, als kenne er sie nicht mehr.

»Ich wollte ja, ehrlich. Ich hab auf die Gelegenheit gewartet, und dann kam Seldon und ...«

»Was hast ihm bereits erzählt?«

»Gott, frag doch nicht so misstrauisch. Wieso glaubst du, ich hätte ihm etwas Wichtiges gesagt? Du vertraust mir nicht.«

»Was will er jetzt?«

»Er weiß einiges. Er wusste, dass du mit Seldon auf der Kundgebung für Meyerson warst. Er dachte, ich wäre auch hingegangen, wollte es mir unterjubeln. *Verdammt*, ich hab dir *gesagt*, du sollst nicht gehen. Jede Minute, die du mit Seldon verbringst, verkürzt dein Leben um einen Tag.«

»Sei still, du weckst den Jungen auf. Was noch?«

»Er will Berichte aus Kuibyschew. Worüber wir dort gesprochen haben. Alles, was das Jüdische Komitee betrifft.«

Er ließ sich langsam auf dem Bett nieder. »Es stimmt also.«

»Ich glaube, wenn ich ihm einfach sage, was er hören will, lässt er uns in Ruhe.«

»Und was will er hören, weißt du das?«

»Die Wahrheit! Dass es ein Nest von Saboteuren und Spionen war …!«

»Glaubst du das?«

»Spielt das denn eine Rolle? Ach, Liebling.« Behutsam berührte sie ihn an der Schulter, ein Experiment. »*Wir* haben doch nichts gemacht. Wir haben nur übersetzt, was *die* uns gegeben haben.«

Er versteifte sich bei ihrer Berührung. »Mach dir nichts vor. Wir sind alle an denselben Strick gefesselt.«

»Was soll ich deiner Meinung nach sonst tun, Leon? Wir haben ein *Kind*.«

Aber ihre von den Schluchzern mitgenommene Stimme und das Atmen unter Tränen hatten keine Wirkung auf ihn.

»Wenn du glaubst, dir oder uns damit zu helfen, machst du einen Fehler, Florence. Sobald du ihm gegeben hast, was er will, ist es vorbei. Die denken über Spitzel nicht anders als über die Bespitzelten.«

»Nenn mich nicht so! Glaubst du, ich will das tun? Ich *muss* ihm etwas anbieten. Ich muss mich da herauswinden. Beschimpf mich nicht, Herrgott, *hilf* mir.«

Es war, als hätte sie gesagt: »Sesam, öffne dich.«

Er wandte sich zu ihr um. Wenn er auf Druck nicht reagierte, so reagierte er doch sofort, wenn er ihre blanke Not sah.

Er legte den Kopf in die Hände. »Ich muss nachdenken.«

Lange saß er so, als schaue er hinab in einen See. Und sagte schließlich: »Gut, erzähl ihm alles über Michoels. Was immer du Subotin über ihn verrätst, ist ja nur noch mehr Erde auf seinen Sarg.«

»Dafür ist Subotin zu schlau – das ist zu einfach.«

»Nenn jemanden, der schon im Gefängnis ist. Fefer. Der ist sowieso erledigt. Der wird als Erster erschossen. Über die anderen weiß ich nichts. Seldon sagte, Hofstein sei krank gewesen, als er verschwand. Vielleicht ist er jetzt tot.«

»Mein Gott, so können wir doch nicht reden! So ruhig. Das ist entsetzlich. Ich kann das nicht.«

»Bleib ruhig. Wenn du wie hier die Fassung verlierst, hat er dich in der Hand. Du brauchst eine Strategie, Florence, nicht bloß Taktik. Anders ist es nicht zu schaffen. Du darfst keinen Namen von jemandem nennen, der nicht schon verhaftet ist.«

»Ja. Ja.«

»Seldon können wir das nicht sagen.«

»Natürlich nicht.« Sie warf Leon einen flehenden Blick zu. »Ich möchte nicht, dass er zu jeder Tages- und Nachtzeit hierherkommt… Er klingelt, und die ganze Wohnung weiß, dass er da ist.«

»Wo sollen wir uns denn sonst unterhalten? Im SowInformbüro haben alle Wände Ohren.«

»Auf der Straße, im Park.«

»Und was tun – Zigaretten mit Zetteln für den anderen fallen lassen? Was, wenn er irgendetwas vorhat? Wir brauchen einen Ort, wo wir richtig reden können, Florence.«

»Also gut. Aber er kann nicht dauernd unangekündigt kommen und bei uns klingeln, wenn ihm danach ist. Sag ihm, er soll uns vorher Bescheid sagen, und er soll kommen, wenn es dunkel geworden ist, und unten auf der Straße bleiben, du kommst zu ihm runter.«

»Ich sag's ihm«, sagte er, »wenn es das ist, was du möchtest.«

Bei ihrem nächsten Treffen sah sie Subotin dabei zu, wie er sich Notizen in seinem leeren Notizbuch machte. Sein Haupthaar war lichter geworden. Diese Veränderung war ihr beim ersten Mal entgangen, weil er das Haar so kurz getragen hatte und sie so nervös gewesen war. Jetzt ließ sie den Blick auf dem kahler gewordenen Schädel über dem verhassten eleganten Gesicht ruhen.

Mehrere Tage lang hatte sie die Aussage einstudiert, die sie bei Subotin machen wollte. Sie wollte sich als Ohrenzeugin an Gespräche »erinnern«, in denen Michoels »nationalistische Ansichten« geäußert hatte. Wollte sagen, er habe nach dem Krieg vor seinen Mitarbeitern über die Lage der Juden in der UdSSR gesprochen: über die Evakuierten, die ihre Häuser bei der Rückkehr bewohnt vorfanden, über die fortgesetzte Diskriminierung bei Einstellungen und so weiter. Michoels habe betont, es sei Aufgabe des Jüdischen Komitees, sich für sie zu verwenden. Damit habe er, so einige Mitarbeiter, die eindeutige Aufgabe des Komitees als Organ der Propaganda dreist überschritten.

Dies alles berichtete sie Subotin jetzt selbstsicher und mit der inneren Gewissheit, dass es sogar zutraf. Während Subotin ihre Aussage mitschrieb, blieb seine Miene unergründlich. »Und kam Michoels dabei auch auf die sowjetische Regierung zu sprechen?«

»Er sagte, dem Problem werde nicht genügend Aufmerksamkeit geschenkt.«

»Er äußerte die Auffassung, die sowjetische Regierung vernachlässige ihre Pflichten ...«

»Ja.«

»Und meinte, es gehöre zu seinem Aufgabenbereich, die Arbeit der Regierung zu übernehmen.«

»Nein ... Er wollte lediglich die Aufmerksamkeit wichtiger Personen auf die Tatsache lenken, dass Juden während ihrer Evakuierung ihre Wohnungen verloren hatten ...«

Subotin hob eine gepflegte Braue.

Sie biss sich auf die Lippe. Warum wurde sie rückfällig und verteidigte Michoels, wenn sie ihn doch verurteilen sollte? In Wahrheit hatte sie das, was Michoels tat, damals nicht für falsch gehalten. Er wurde überschüttet von Briefen leidtragender Menschen. Wie konnte jemand, der den ganzen Krieg hindurch Herz und Stimme der Juden

in der Sowjetunion gewesen war, ihnen jetzt, nach Kriegsende, nicht helfen wollen? Ihn zu verteidigen ließ ihn jedoch nicht wiederauferstehen. Damit schadete sie nur sich
selbst. Wie lange war es her, dass sie sich vorgenommen
hatte, »nichts zu verzerren oder zu übertreiben«, ein klarer Spiegel sein zu wollen und nichts zu sagen, was andere
in Gefahr bringen konnte? Jetzt wusste sie, dass all diese
hochgemuten Vorsätze wertlos waren. Subotin würde doch
alle Informationen, die sie ihm lieferte, in seinem Sinne
umformulieren, genau wie sie die Artikel aus der amerikanischen Presse für ihre Berichte umgeschrieben hatte. Leon
hatte recht: besser Erde auf ein bereits geschlossenes Grab
werfen.

Zum Thema Itzik Fefer gestattete sie sich einen schär-
feren Ton. Dass er ausgewählt worden sei, berichtete sie
Subotin, mit Michoels nach Amerika zu reisen, habe Fefer
als persönlichen Erfolg betrachtet und nicht als einen ihm
erteilten Auftrag. Wegen dieser »Leistung« habe er sich
anderen Mitgliedern des JAFK gegenüber als Herr aufge-
spielt. Sie achtete darauf, Fefer nicht wirklicher Verbrechen
zu bezichtigen – möglicherweise war er ja noch am Leben.
Aber sosehr sie seinen Charakter auch schmähte und Gerüchte wiedergab, die sie von anderen gehört hatte, Subotin machte keinen zufriedenen Eindruck. Mit gelangweil-
ter Miene notierte er weiter, was sie sagte. Dann kam er
auf die Krimverschwörung zu sprechen. In Subotins Schilderung waren prominente Persönlichkeiten aus dem JAFK
an dem Komplott beteiligt und hatten Amerikanern, mit
denen sie in Kontakt standen, Teile der Halbinsel Krim als
Brückenkopf für imperialistische Aktionen »versprochen«.
Nach den »Informationen, die bei den Untersuchungsbe-
hörden bereits vorliegen«, hatten die Drahtzieher der jüdischen Kabale inzwischen Schlüsselpositionen in dieser imperialistischen Basis unter sich aufgeteilt. Subotin wollte

nun von Florence hören, welche Posten heimlich schon besetzt worden waren und wer sie innehatte.

Florence hätte am liebsten die Hand vor den Mund geschlagen. Da lachten ja die Hühner! Von so einer Verschwörung hatte sie noch nie gehört. Subotin wollte ihr weismachen, eine winzige Gruppe von Dichtern hätte einen Plan zum Sturz der mächtigen Sowjetregierung geschmiedet. Florence hatte nur von einem Vorschlag gehört, der für kurze Zeit und in aller Öffentlichkeit kursiert war, jüdische Flüchtlinge, die ihr Zuhause verloren hatten, auf der Krim anzusiedeln. Sie forschte in Subotins Gesicht, wollte ergründen, ob er selbst glaubte, was er da sagte. Wenn ja, war er zweifellos ein Fanatiker und bereit, alles zu glauben; aber wenn nein, hieß das nur, dass er ein totaler Zyniker war und sie sich jeden Versuch, ihn davon abzubringen, sparen konnte. Alle diese Überlegungen schossen ihr mit Lichtgeschwindigkeit durch den Kopf, Strategie und Philosophie gerieten durcheinander. Wer war gefährlicher, ein Fanatiker, der abscheuliche Lügen glaubte, oder ein Zyniker, der nur so tat, aber gewillt war, sie im Notfall wahrzumachen? Sie durfte sich jetzt nicht in eine Leugnung der Existenz dieser angeblichen Verschwörung verwickeln lassen, ermahnte sie sich. Ihr einziger Ausweg war, zu beteuern, dass sie nichts darüber wusste, Subotin klarzumachen, dass die Mitglieder des Jüdischen Komitees ein gemütlicher kleiner Kreis waren, und dass sie, falls es so eine Verschwörung gab, keine Kenntnis davon hatte.

Sie hatte sich kaum in dem Sinne geäußert, da sah Florence schon, dass ihre Antwort Subotin keineswegs zufriedenstellte.

»Verstehe«, sagte er, ohne seine Stahlfeder hinzulegen. »Sie wollen mir weismachen, die balgen und piesacken sich in aller Öffentlichkeit um die Macht, aber sobald es um die

Verschwörung geht, behaupten Sie, sie wären ›ein gemütlicher kleiner Kreis‹.«

Damit gab er ihr zu verstehen, er habe ihr lange genug Leine gelassen, sich dumm zu stellen.

»Ich wollte nur sagen, *ich* weiß darüber nichts. Ich schließe nicht aus, dass sie mit anderen über diesen Plan gesprochen haben.«

»Anderen wie beispielsweise ... Seldon Parker?«

Florence hatte den Namen im Geiste schon gehört, ehe Subotin ihn ausgesprochen hatte. Wie konnte sie so dumm sein zu glauben, er verlange nichts von ihr, wenn sie töricht weiter die Naive spielte? Subotin hatte natürlich längst ein Ziel für sie ausgesucht.

»Ja, es stimmt«, sagte sie, »dass wir uns in Kuibyschew während der Evakuierung zwei kleine Zimmer mit Parker geteilt haben. Aber nicht aus freien Stücken. Sie können sich denken, dass in Kuibyschew kaum Unterkunft zu finden war. Wir bekamen Wohnungen zugeteilt. Unmittelbar nach der Evakuierung haben wir zu zwanzigst in einem Raum in einem eisigen Schulgebäude geschlafen. Als das SowInformbüro uns dann die beiden Zimmer anbot, waren wir dankbar. Seldon bewohnte das kleinere. Wir sahen ihn jeden Tag, aßen gemeinsam und so weiter. Wie gut wir ihn dabei kennenlernten, steht auf einem anderen Blatt. Er macht es einem schwer, ist sehr zurückhaltend und hält sich bedeckt. Ich meine, er ist zwar gesellig, wortgewandt und kann gut Trinksprüche ausbringen oder Witze erzählen. Aber manchmal hatte ich das Gefühl, ihn gar nicht zu kennen, ich weiß nicht, wie ich das ausdrücken soll.«

Ihr Leugnen würde sie nicht retten, das merkte sie bereits. Sie brauchte eine Strategie, wie Leon gesagt hatte, nicht bloß Taktik. Sie hatte Leons Worte noch im Ohr. Sie waren alle an denselben Strick gefesselt, und der zog sie in dieselbe Schlinge.

In diesem Augenblick kam Seldons Fluchtplan Florence nicht mehr verrückt vor. Er bot dieselbe Aussicht auf ein Überleben wie das Nichtstun. Blieb nur die Frage – und das war der einzige Teil des Spiels, den sie noch beeinflussen zu können glaubte –, wie sich Seldons Verhaftung hinauszögern ließ, wie sie Subotin am besten nahebrachte, dass sie unter Umständen die Informationen aus Seldon Parker herausholen konnte, auf die er aus war.

»Er hatte ein… besonderes Talent«, sagte sie jetzt und gestattete sich ein halbes Lächeln.

Unter Subotins regloser Maske war ein feines, aber doch merkliches Aufflammen von Interesse zu erkennen. »Und das wäre?«, sagte er streng.

»Er konnte immer Alkohol besorgen. Sie meinen vielleicht, das sei leicht gewesen, aber Wodka war in der Evakuierung sehr teuer, und an Wein kam man nicht heran. Auf dem Basar kostete eine Flasche fünfhundert Rubel! Man konnte unter der Hand welchen auftreiben, aber wie das ging, weiß ich eigentlich nicht. Jedenfalls, *er* kannte Mittel und Wege, wie er Alkohol bekam – Wodka, georgischen Wein, sogar Sherry. Ich weiß zwar nicht, wie, aber dadurch war er bei den Höhergestellten im Komitee beliebt. An Rationen fehlte es *denen* bestimmt nicht. Aber Seldon war immer für eine Flasche gut.«

»Sie behaupten, er hat mit ihnen getrunken.«

»Manchmal schon. Das Wohlleben gefiel ihm. Auf die Weise fand er Freunde innerhalb des Komitees. Ich weiß, dass er gern länger blieb und mit einigen dort trank. Was in diesen feuchtfröhlichen Runden besprochen wurde, kann ich nicht genau sagen. Manchmal deutete Parker etwas an. Einmal sagte er, Fefer hätte zu ihm gesagt, endlich könne er mal ›ein bisschen ausspannen, bekomme ein kleines Paradies zu sehen‹, wenn sie Amerika besuchten. Er erzählte uns manchmal, was die Leute sagten, wenn sie tranken.«

»Aber genauer haben Sie ihn nicht gefragt?«

»Er brüstete sich damit, diese Menschen persönlich zu kennen und sie Freunde zu nennen. Ich bin kein Klatschweib und mag es nicht, Menschen zu schmeicheln und mich nach ihrem Köder zu recken, wenn sie angeben.«

»Ich würde meinen, wer so redet, fordert regelrecht zu Nachfragen auf.«

Haken. Köder. Geschluckt. Sie hatte ihn.

Sie wusste, es war riskant, anzudeuten, Seldon besitze genauere Informationen über irgendeine vom Komitee ausgeheckte Verschwörung – sei sie echt oder konstruiert. Eine solche Andeutung war für den NKWD Grund genug, sich in Bewegung zu setzen und Seldon zu verhaften. Ihr Instinkt sagte Florence aber, dass sie Seldon längst verhaftet hätten, wenn sie es wollten. Nein, ganz gleich, was für ein Schwindel durch diese »Untersuchung« fabriziert werden sollte, die Behörden brauchten noch glaubhafte Informationen, um weitere Geständnisse zu erpressen. Es bestürzte sie, dass sie instinktiv zu verstehen begann, wie dieses vulgäre und primitive Spiel ablief. Große Lügen wurden mit kleinen Wahrheiten erkauft.

»Ich nehme an«, sagte sie, »jetzt könnte ich ihn fragen. Es ist drei Jahre her. Es wäre zwar nicht leicht für mich, Parker dazu zu bringen, dass er über diese Zeit spricht. Allerdings erzählt er auch gern Geschichten.«

»Wie Sie das machen, bleibt Ihnen überlassen«, sagte Subotin tonlos. Doch bei aller gespielten Gleichgültigkeit hörte sie heraus, dass er auf ihr Angebot einging.

Sie hatte Zeit gewonnen.

Tagelang brannte kein Licht im Treppenhaus. Florence hatte den Eindruck, dass die nackte Glühbirne am Hauseingang alle paar Wochen herausgeschraubt und gestohlen wurde, entweder von den Bewohnern selbst oder von der Hofjugend. Nach einer Weile ersetzte das Hauskomitee sie einfach nicht mehr durch eine neue. Die Februarnächte waren lang, und sie musste auf dem Heimweg in der körnigen Dunkelheit über den Innenhof manövrieren. An diesem Abend verdunkelten die Baumschatten den Hauseingang zusätzlich, und sie kam nur voran, indem sie den verharschten Weg mit den Fußspitzen abtastete. Vorsichtig setzte sie einen Fuß vor den anderen, umklammerte dabei ihre beiden Netze mit den Lebensmitteln und bereute, dass sie noch so spät zum Markt gegangen war, um das angeschlagene Gemüse zu kaufen, das am Ende des Tages billiger abgegeben wurde. Sie stieg über die Schwelle in den Vorraum, die Augen immer noch nicht ganz an die fast komplette Düsternis angepasst. Blieb stehen. Hatte das Gefühl, nicht allein in dem höhlenartigen feuchten Raum zu sein. Horchte mit gespitzten Ohren auf das, wie sie meinte, Scharren eines Schuhs, einen Atem. Doch in der räuberischen Stille war nur ihr eigenes ängstlich flaches Atmen zu vernehmen. Nein, sie hatte sich nicht geirrt. Wer immer da im Dunkeln lauerte, trat in dem Moment hervor und kam auf sie zu.

Sie suchte einen Fluchtweg – die Tür oder die Treppe –, wusste aber nicht, wo es wohin ging. Die Person packte sie am Arm. Ein Instinkt durchzuckte sie: Das mit Zwiebeln gefüllte Netz in ihrer freien Hand schwang wie eine Keule im Mittelalter durch die Luft. Ihr Schrei durchbrach die atemschwere Stille, und sie schlug noch einmal mit ihrem Zwiebelnetz auf den Eindringling ein. Er ließ ihren Arm los, und sie stolperte, so schnell sie konnte, die ersten beiden Stufen hinauf, bis sie das Geländer zu fassen bekam und sich auf den ersten Absatz ziehen konnte.

Dann vernahm Florence das Gewimmer. Sie schaute zurück und sah in einem Streifen blassen Mondlichts die vor der Treppe zusammengesackte magere Gestalt.

»Seldon?«

Ein Stöhnen.

Ihre Schritte klapperten hinab. »Ach herrje, habe ich dir wehgetan?«

»Mein Bauch wird sich davon erholen. Bei meinem Stolz bin ich mir nicht sicher.« Seldon trug eine Pelzmütze und hatte die Ohrenklappen unten.

»Warum hast du dich nicht zu erkennen gegeben?«

»Hätte ich ja, wenn du mich nicht gleich verprügelt hättest mit deinem Sack ... was hast du da drin?«

»Unser Abendessen.« Auf Händen und Knien tastete Florence nach den weggerollten Zwiebeln.

»Leon hat mir gesagt, ich soll nicht mehr unangekündigt kommen. Ich hab gesagt, ich bin um halb acht unten. Ich steh schon fast eine Stunde hier.«

Jetzt fiel Florence wieder ein, dass sie es Leon so aufgetragen hatte. »Als ich ging, war er mit Julik oben. Er muss es vergessen haben«, sagte sie schuldbewusst.

Seldon hielt die losen Zwiebeln fest, die er gefunden hatte, und folgte Florence halb humpelnd die Treppe hinauf. Sie schob den Schlüssel ins Schloss und öffnete die Tür zum Gemeinschaftsflur. Er war Gott sei Dank leer. Am Ende des Korridors brannte Licht in der Küche. Jemand klapperte dort mit Pfannen und Töpfen. Seldon setzte seine Last ab und zog die Stiefel aus.

»Ach, Herrgott, lass sie an!«, zischte sie.

Sie hätte schweigen sollen, denn in dem Moment steckte Essie den Kopf zur Tür heraus und spähte in den Flur. Ihre Schürze war mit Mehl bestäubt.

»Florence! Genau dich wollte ich sehen.«

»Du bist aber noch spät am Backen«, sagte sie und gab sich alle Mühe, wie jemand zu klingen, dessen Nerven nicht wundgescheuert waren.

»Ich hatte völlig vergessen, dass ich einer Kollegin eine

Napoleontorte versprochen hatte. Sie geht in Mutterschaftsurlaub. Und mir ist die Kondensmilch ausgegangen. Oh, hallo, Seldon«, sagte Essie, als sie ihn neben dem Kleiderhaken erspähte. Ihre Augen hinter den fein mit Mehl bestäubten Gläsern verengten sich misstrauisch. »Ich hab dich schon eine Weile nicht mehr hier gesehen.«

»Guten Abend, Essie.«

Zu Florence sagte sie: »Du hast nicht zufällig eine Dose von dem Kondenszeug im Schrank?«

»Ich schau nach.«

Während Essie an der Tür wartete, suchte Florence, bemüht, ihre Ungeduld zu verbergen, nach der Kondensmilch, tastete, auf einem Stuhl stehend, im oberen Fach, wo sie die trockenen Lebensmittel aufbewahrte, Makkaroni, Zucker, Seife. Julik warf sich in seinem Bett herum, schlief unruhig. Seldon war zu Leon gegangen, und die beiden zündeten sich Zigaretten am Fenster an, das sie einen Spaltbreit geöffnet hatten. Florence fand die Dose und gab sie Essie.

»Du hast mich gerettet. Nächste Woche gebe ich dir zwei Dosen wieder.«

»Eine genügt.«

»Also dann.« Sie blickte sich um und lächelte den Männern matt zu. »*Ciao.*«

Florence ließ den Haken in die Öse fallen und verriegelte die Tür. Sie dachten alle daran, dass das Kind schlief, und sprachen leise. Es gab etwas Neues in dem Plan, den Seldon mit Hank Kelly ausgearbeitet hatte, dem Mann aus der Botschaft, der ihnen seine Hilfe zugesichert hatte. In etwa sieben Wochen sollte es eine Party für alle Botschaftsangestellten und ihre Familien in einem Landhaus in dem Dorf Uspenskoje geben, in dem einige ausländische Botschaften anscheinend ihre Datschas hatten. Zu der Landpartie sollten die Angestellten der Reihe nach in offiziellen Wagen gebracht werden. Kelly rechnete damit, dass er bei der Vielzahl der Gäste, die befördert werden mussten, als Freiwilliger hinter dem Steuer würde einspringen können, da einige Fahrer dienstfrei hatten. Am Nachmittag vor der Party sollten alle ihre besten Sachen anziehen – den »Sonntagsstaat« – und mit der Straßenbahn zum Stadtrand fahren, zur Endhaltestelle nach Usowo, und dort warten, bis Kelly sie auf dem Rückweg von Uspenskoje mit dem Wagen abholte. Er würde sie bei der Rückfahrt auf das Gelände der Botschaft mitnehmen. Kelly würde ihnen die Namen einiger Botschaftsmitarbeiter sagen, darunter ein tatsächlich dort arbeitendes Ehepaar mit Kind. Kellys offizieller Ausweis sollte am Kontrollpunkt genügen. Sobald alle hinter den Botschaftsmauern in Sicherheit waren, konnte das Gesuch zu ihren Gunsten gestellt werden.

»Und was, wenn die Wachen uns anhalten und Ausweise sehen wollen?«

Kelly hatte Seldon gesagt, es sei nicht damit zu rechnen, dass die Wache außer seinem Ausweis noch andere verlangen würde. Falls jedoch auch nach ihren gefragt wurde, sollten Seldon und Florence wie ein Ehepaar in bestem hochsprachlichem Englisch einen Streit darüber beginnen, wer von ihnen die Dokumente der Familie hatte einpacken sollen.

»Wenn du so sprichst, als ob du eine dicke Pflaume im Mund hättest, merkt kein Mensch, dass du keine Engländerin bist«, sagte Seldon zu ihr.

»Was ist mit Julik?«

»Der sagt am besten gar nichts. Zieh ihm einen possierlichen kleinen Matrosenanzug an. Irgendwas Gestärktes, Frisches. Das gilt für uns alle. Flora, lass dir ein neues Kleid machen, wenn es sein muss, und kauf dir neue Schuhe.«

»Muss ich mir Frackschwänze anhängen?«, sagte Leon in unheilschwangerem Ton. Doch Seldon erbleichte nicht.

»Ein Paar neue Hosenträger und ein neuer Hut wären ratsam«, sagte er und fügte hinzu: »Jetzt hört mir genau zu. Ihr dürft nur das Nötigste einpacken. Eine kleine Reisetasche. Keine Koffer.«

»Nicht so hastig«, fiel ihm Florence ins Wort. »Woher wissen wir – selbst wenn alles so verlaufen sollte, wie dieser ... dieser Kelly sagt, wie können wir sicher sein, dass die Botschaft uns nicht wieder hinauswirft? Wir sind immerhin sowjetische Staatsbürger.«

»Den Gesetzen dieses Landes nach schon. Aber uns allen hat man die neuen Pässe illegal ausgestellt, das heißt, wir haben nie auf unsere frühere Staatsbürgerschaft verzichtet. Es war ein Täuschungsmanöver. Die haben unsere Pässe geklaut, weiter nichts. Ihr habt ein Kind, Herrgott! Es wäre herzlos, wenn die euch rauswerfen würden.«

»Man wird merken, dass wir nicht mehr da sind.«

»Lasst in der Wohnung alles so, wie es ist. Sagt euern Nachbarn, ihr verreist für ein paar Tage. Bis jemand etwas spitzkriegt, sitzen wir mit neuen Papieren in einem Zug nach Finnland.«

Lange saßen sie da und besprachen den Plan vorsichtig flüsternd, aber weniger aus Sorge um das schlafende Kind, als um nicht selber über ihre Kühnheit zu erschrecken. Sie sprachen besonnen, so als ginge es um die Pläne und das Schicksal anderer Menschen. Sogar nachdem Seldon ihnen alles mitgeteilt hatte, was er selbst wusste, gingen sie die Details noch fast zwei Stunden durch, bis ein leises Klopfen sie aus der Versunkenheit riss.

Florence schlich zur Tür und fragte auf Russisch, wer da sei. »Ich bin's«, ertönte Essies gepresster Sopran. Florence entriegelte das Schloss und fand eine Essie vor, die einen Teller mit mehreren Stücken Napoleontorte in der Hand hielt und mit Blicken das Zimmer absuchte. »Oh, Seldon, du bist noch da.« Ihre Überraschung wirkte so falsch wie der Anlass ihres Besuchs. Sie fabrizierte ein Lächeln. »Ich dachte, falls ihr noch auf seid, könnt ihr mal kosten. Ich hab mehr gemacht, als ich brauche.«

Als erwache er aus einer Trance, stand Seldon von seinem Stuhl auf, warf sich den Mantel über und nahm ein Kuchenstück von Essies Tablett. Er wandte sich noch einmal zu Leon und Florence um und sagte: »Um die Zeit hätte ich euch schon längst in Ruhe lassen müssen.« Nach einem Biss von der Torte blickte er Essie überrascht an. »Mhh. Schmeckt ja köstlich.«

»Ich hab Rum reingemacht, einen Spritzer.«

»Das wird es sein.«

Und mit einem Nicken zum Gruß empfahl er sich.

Nichts störte den Fluss der folgenden Tage, und Florence ging neue Kleidung und Stoffe kaufen. Für sich selbst erstand sie einen karierten Plisseerock, den sie kürzte und unterhalb des Knies frisch umsäumte, einen breitkrempigen Hut und farblich passende kurze Handschuhe. Für Leon fand sie eine hochgeschlossene Weste zum Knöpfen und einen gestreiften Schlips. Für Julik kaufte sie eine karierte Flanellhose, die sie auf ihrer Nähmaschine zu einer Knickerbocker umändern wollte, wie sie sie in ausländischen Zeitschriften gesehen hatte, ein Stil, der ihrer Meinung nach zum verwöhnten Kind englischer Diplomaten passte. Wie Julik sich verhalten würde, bereitete ihr Kopfzerbrechen, sie erzählte ihm jedoch nichts von dem Vorhaben, sondern hoffte, dass er, wenn es so weit war, schon gut mitmachen würde. Schließlich konnte er Englisch, auch wenn er mit seinen fünf bereits wusste, dass er es außerhalb ihres Zimmers lieber nicht sprechen sollte. Zu Hause sprach Florence mit ihm jetzt trotzdem ausschließlich Englisch und korrigierte seine Aussprache strenger und beharrlicher denn je, was er anfangs komisch und störend fand, mit der Zeit auf seine verträgliche Art aber hinnahm. Auch sie selbst übte im Geiste täglich, was sie sagen würde, wenn ihr Auto von einem russischen Wachmann angehalten wurde: »Ach, für einen kurzen Ausflug auch? Ich wusste nicht, dass wir dafür unsere *Ausweise* brauchen.« Vor dem schmalen Spiegel neben der Tür sprach sie jedes einzelne Wort so knapp und unbekümmert, wie sie es sich bei einer Engländerin vorstellte. Auf die Weise rüstete sie sich für ihren Aufbruch und schob zugleich Gedanken an die Zukunft beiseite. Das Ganze konnte jeden Moment wieder abgeblasen werden. Doch sie ertappte sich tagsüber mehrmals dabei, dass sie unbewusst die unsichtbare Grenze zwischen Wirklichkeit und Phantasie, Gegenwart und Zukunft überquerte – sie und Leon in der akribisch ausgewählten Kostümierung und Julian in seiner Aufmachung als englisches Schulkind, mit ihren neuen Papieren in der Hand, über die Grenze nach Lettland, dann Finnland, im peitschenden Wind auf dem Schiff, zuletzt die Fahrt über den Ozean. Sich den schlimmsten Ausgang vorzustellen wagte sie nicht. Wenn einem Qualen und unerträgliche Strafen bevorstanden, hatte es keinen Sinn, sie vorwegzunehmen. Es war seltsamerweise nicht die noch ferne Flucht (erst in einem Monat), sondern das unmittelbar bevorstehende Treffen mit Subotin, weswegen Florence nachts keinen Schlaf fand.

Ihre derzeitige Strategie war, Subotin in Bezug auf Seldon Parker hinzuhalten und zugleich davon zu überzeugen, dass sie Parker allmählich dahin brachte, ihr zu offenbaren, was ihm die hinterhältigen Doppelzüngler des Jüdischen Antifaschistischen Komitees in den Kriegs- und Nachkriegsjahren anvertraut hatten. Was aber gab es da mitzuteilen? Sie musste Subotins paranoide Erfindungen mit kleinen Häppchen nähren, gerade groß genug, dass er nach weiteren Aussagen gierte. Sie hatte als belastendes

Fitzelchen nur anzubieten, was Leon ihr geraten hatte weiterzugeben, eine angebliche Bemerkung Michoels', mit der er sein Streben nach einer jüdischen Republik auf der Krim rechtfertigen wollte: »Man kann leben, wo man will, aber man braucht ein eigenes Dach über dem Kopf.« Das war alles, und so lieferte sie Subotin diesen mageren Fang, den sie angeblich bei der Bearbeitung Seldon Parkers gemacht hatte.

Subotins Stift hörte auf zu kratzen. »Michoels traf also Vorbereitungen dafür, Juden auf der Krim anzusiedeln, die Amerika helfen sollten, sie für ihre imperialistischen Zwecke zu erobern.«

»Ach, ich glaube nicht, dass es ihm darum ging, der Sowjetmacht die Krim zu entreißen. Das wäre ja gar nicht *möglich* gewesen.«

»Ihre Ansichten interessieren mich nicht, sondern Tatsachen«, sagte Subotin.

Florence hätte gedacht, eine so belastende Äußerung vom Leiter des Komitees würde ihn fesseln, aber Subotin war schon, seit sie die Wohnung betreten und sich gesetzt hatte, sichtlich ungeduldig, kratzte mit der Feder etwas aufs Papier und strich es wieder durch, wenn sie der Aussage widersprach, die er hören wollte.

»Tatsache ist«, sagte sie und bemühte sich um einen gewinnenden Ton, »dass über einen Plan zur Ansiedlung auf der Krim gesprochen wurde. Parker hielt es für eine romantische Idee von der Art, wie sie nur Schauspielern oder Dichtern einfällt.« Florence musste das Weitere nun improvisieren. »Ich weiß nicht, wie weit diese Pläne gediehen waren, ich muss den Genossen Parker noch etwas länger bearbeiten, um das herauszufinden.«

»Sie hatten schon viele Wochen.«

»Jemanden dazu zu bringen, von Unterhaltungen zu erzählen, die vor Jahren stattfanden, ist nicht so einfach. Man muss die richtige Stimmung erzeugen… Reminiszenzen wecken.«

Sie konnte Subotin die »Version« geben, die er hören wollte. Konnte es gleich tun: sagen, dass die Chefetage des Jüdischen Komitees Vorbereitungen traf, der Sowjetunion mit Hilfe der Amerikaner die Krim zu entreißen und so weiter. Konnte behaupten, Seldon Parker sei in alles eingeweiht gewesen, habe mit denen gemeinsame Sache gemacht. Danach würde er mit Sicherheit verhaftet werden, sie und Leon aber blieben womöglich verschont. Mit ihrem Angebot würde sie ihnen das Leben retten, und ihre Familie bliebe intakt. Wollte sie nicht genau das? Sie schützen, Julik schützen? Was bedeutete ihr Seldon schon? Er gehörte nicht zur Familie. Ein Freund? Was war ein Freund? Außerdem war Seldon gestört, er war ein *schicker* und ein labiler Mensch.

Aber sie brachte es nicht fertig. Vielleicht war sein Fluchtplan ein reines Luftschloss. Vielleicht existierte dieser Hank Kelly gar nicht. Vielleicht existierte er, verlor im letzten Moment aber die Nerven und sorgte dafür, dass sie alle im Keller der Lubjanka landeten. Und dennoch. Seldon war so zuversichtlich. Und wenn er es war, war sie es auch. Ganz gleich, welche reinen oder ungesunden Motive ihn bewogen hatten, ihnen helfen zu wollen, der Plan, den er sich ausgedacht hatte – der Pakt, mit dem sie alle ihr Schicksal, ihr Leben verbanden –, war alles, was sie hatten. Er war die einzige Hoffnung, die Florence sich nach all den gebrochenen Versprechungen in ihren fünfzehn Jahren Russland noch bewahrte.

»Sie hatten über einen Monat Zeit, eine ›Stimmung‹ zu erzeugen«, sagte Subotin.

»Bitte, ich komme voran. Als Parker letztens auf ein Glas vorbeikam, brachte ich ihn zum Reden, er blieb aber nur kurz.«

Subotin notierte das und sagte: »Das war wann? Vorletzten Donnerstag?« Er verglich etwas in seinen Notizen.

»Ja, ich glaube schon.« Sie tat, als überlege sie. Hatte sie Subotin den genauen Tag von Seldons Besuch schon genannt?

»Und wie lange ist für Sie ›kurz‹?«

»Wie bitte?«

»Würden Sie sagen, eine Stunde ist eine ›kurze‹ Zeit? Zwei Stunden?«

Seine blassblauen Augen fixierten sie. War das eine theoretische Frage? Was wollte er von ihr wissen?

Und dann erfasste sie plötzlich den Sinn seiner Worte. *Zwei Stunden.*

Als wäre Russisch für sie wieder eine Fremdsprache, begriff sie erst in letzter Sekunde, worauf seine Frage hinauslief.

Zwei Stunden. Es war keine theoretische Frage. Er wusste Bescheid. Wusste, dass Seldon am Donnerstag der vorletzten Woche zwei Stunden lang bei ihnen gewesen war. Das teilte er ihr in Form einer Frage mit.

Er passte nun auf, wie sie reagieren würde. Aber woher wusste er das? Niemand aus der Wohnung hatte Seldon kommen und gehen sehen. Deshalb hatte er sich ja im Schatten versteckt. Nur Essie, als sie ihnen die Napoleontorte brachte. Essie, über die Seldon von Anfang an einen Verdacht hegte. Die Möglichkeit, dass ihre beste Freundin zusammen mit Subotin oder einem wie ihm in genau diesem Zimmer sitzen könnte, hatte Florence bisher nie erwogen. Warum nicht? Wegen der Annahme, so flüchtig und so eitel, dass sie sie nicht einmal als Gedanken wahrgenommen hatte, sie – Florence – sei aufgrund ihres Verständnisses und ihrer Intelligenz ausgewählt worden. Ja, ein Teil von ihr hatte einen verkommenen Stolz aus dem lumpigen, widerwärtigen Tun bezogen, zu dem man sie zwang.

Diese Vergewaltigung ihrer selbst, die sie besudelte und sie in allen wachen Momenten von sich entzweite, hatte in ihr die schäbige Illusion genährt, sie sei klug und etwas Besonderes. Und nun blieb ihr nicht mal das. Ein Dummkopf war sie, zu glauben, Essie habe wegen Seldon zu ihrer Gemeinschaft dazugehören wollen. Sie hatte die Errötende nur gespielt, um sich einzuschleichen und in Erfahrung zu bringen, was insgeheim in Florences Zimmer gesprochen wurde. Und das Geplapper über die Zeitschriften – reine Provokation. Um Florence die Zunge zu lösen. Gab es irgendeine andere sinnvolle Erklärung? *Zwei Stunden.* Diese zwei Worte, mehr war nicht nötig. Sie genügten. Jetzt war es nicht mehr Subotin, der ihr gegenüber an dem glänzenden Eichentisch saß und sie über den Spitzenläufer mit den Papieren – seinem Satz Karten – hinweg mit Blicken vernichtete. Das Spiegelbild in der polierten, glänzenden Oberfläche des Samowars, aus dem nie ein Tee ausgeschenkt wurde, zeigte nicht mehr sie und Subotin. Es zeigte sie und Essie. Subotin war jetzt nur das Behältnis für das, was Essie ihm erzählt hatte oder einem anderen, der es an Subotin weitergegeben hatte.

Aber Subotin war schon früher falsch informiert gewesen, wie Florence wusste. Seine Quellen begingen Fehler oder logen.

Dein Wort steht gegen meins, meine Kleine.

»Das letzte Mal, als Seldon Parker bei mir vorbeikam, brachte ich ihn zum Reden. Er wollte auch reden, das spürte ich. Aber leider wurden wir unterbrochen.«

»Unterbrochen wodurch?«

»Durch wen. Meine Nachbarin, Esther Frank. Wenn sie in der Nähe ist, spricht Seldon nicht offen.«

»Warum das?«

Florence gestattete sich ein Achselzucken. »Er traut ihr nicht. Er findet sie lästig, und … sie provoziert.«

Wenn Essies Eifer ihr Aktivposten war, konnte es auch ihr Passivposten sein.

»Provoziert inwiefern?«

»Sie hat ständig etwas auszusetzen. An den Lebensmittelrationen, den Kürzungen. An der Regierung, weil sie sich nicht um die einfachen Menschen kümmert.« Endlich konnte sie Subotins Blick wieder frontal erwidern. »Ständig nötigt sie anderen Diskussionen und Gespräche auf, die sie nicht haben wollen.«

Eine talentlose Informantin, das ließ sie Subotin wissen.

»Und trotzdem haben Sie noch nie von ihren antisowjetischen Äußerungen berichtet.«

»Sie haben sich auch noch nie für Esther Frank interessiert.«

»Sie haben sich ihre Ausfälle angehört und nichts gesagt.«

»Was soll ich einem Menschen sagen, der entschlossen ist, unzufrieden zu sein? Ich vermute, ihr Vergleich des Lebens hier mit dem, das sie früher in Amerika geführt hat, fällt nachteilig aus.«

Florence fuhr zusammen, als Subotin mit der Faust auf den Tisch schlug, so fest, dass zwei Blatt Papier zu Boden segelten.

»Sie *vermuten*. Sie *nehmen an*. Mir scheint, Ihre angeblichen ›Informationen‹ sind nichts weiter als das: Vermutungen. Annahmen. Weibergeschwätz! Sie weichen dieser Untersuchung aus.«

»Aber ich sage Ihnen alles, was ich weiß!«

Tränen traten ihr in die Augen. Ihre Nerven waren wund. Sie ertrug es nicht, noch eine Minute länger in diesem Raum zu sein. »Alles, was ich weiß. Ich habe *nichts* zu verbergen.« Sie ließ sich den Tränenfilm in die Augen steigen. Mochte er denken, sie weine, weil er sie in ihrer Ehre gekränkt hatte.

»Sie haben mir noch keine verwertbaren Informationen über konkrete Pläne oder Vorhaben von irgendjemandem aus ihrer Gruppe geliefert.«

»Aber das *kann* ich noch. Sie müssen mir bloß mehr Zeit geben.«

Er zeigte mit dem Finger zur Decke. »Ich habe auch Befehle und brauche Ergebnisse.«

Florence schluckte. Die Wörter, die sie aussprach, klangen nicht so, als kämen sie aus ihrem Mund. »Sie wollen etwas Konkretes. Esther Frank bewahrt ausländische Zeitschriften in ihrem Zimmer auf.« Sie konnte Subotin nicht ansehen, aber sie spürte seinen Blick und hörte die Stille.

»Was für Zeitschriften?«

»*Njuswik. Laif* … ich erinnere mich nicht.« Sie wischte sich über die Augen. »Deswegen verleumdet Esther Frank unsere sozialistische Wirklichkeit, sie vergleicht sie mit grellem Rauschgold, das sie in kapitalistischer Werbung sieht.«

Soll er Florence doch eine Lügnerin nennen. Soll er sich doch damit abplagen, wenn Essie dieselbe Geschichte genau andersherum erzählt. *Dein Wort gegen meins, Kindchen.*

»Woher bezieht sie diese Zeitschriften?«

»Sie arbeitet im Verlag für fremdsprachige Literatur der TASS. Vielleicht von dort oder über ihre ausländischen Kontakte.«

»Sie haben diese Zeitschriften gesehen.«

»Leider ja.«

»Warum haben Sie das nicht früher angegeben?«

»Es ist billiger Tand, den ich verglichen mit den verräterischen Aktivitäten des JAFK nicht für wesentlich hielt.«

Er klopfte mit dem Stift auf dem Papier herum, offenbar noch unschlüssig, wie das alles nun zusammenpasste. »Die Entscheidung, was wesentlich ist, überlassen Sie uns«, sagte er. Sie blickte auf Subotins kahler gewordenes Haupt, während er den Stift über das Papier führte. Es sollte ihre letzte Erinnerung an ihn sein.

Zwei Nächte lang schlief sie nicht. Julik war wieder krank. Der eisige Moskauer Winter, der bis in den April hinein anhielt, hatte ihn mit einer Bronchitis geschwächt. Schon wieder wurde er von Fieber und schleimigem Husten geplagt und schlief immer nur wenige Stunden. Ein krankes Kind zu pflegen ließ einem wenig Zeit für anderes und lieferte Florence den Grund, sich aus dem Gemeinschaftsleben in der Wohnung zurückzuziehen – Abstand zu Essie zu halten, ohne Verdacht zu erregen. Es war schon nach Mitternacht, als sie in die Küche ging und Senfpflaster machte, die sie dem Jungen auf den Rücken legen wollte, um den Schleim in der Lunge zu lösen. Sie stand am Herd und brachte Wasser zum Kochen, als sie sie hörte – die Stimme des Hausmeisters, pfeifend und leicht angetrunken. Sie stellte den Kessel auf den Tisch, neben die mit Mehl und Senfpulver bestäubten Pflasterstreifen. »Über die kann ich gar nichts sagen, das sind alles Ausländer«, sagte er zu jemandem, und die gelallten Worte klangen gepresster, während die Stimmen die Treppe heraufkamen. Sie erwog, in ihr Zimmer zu laufen, Leon zu wecken, ihren Sohn in seine Decke zu wickeln und ihn... wohin zu bringen? Sie probierte die Tür zur unbeleuchteten hinteren Treppe – dem alten Dienstboteneingang – und fand sie wundersamerweise offen. Aber was konnte sie tun – ihren Sohn, dessen Körper Hitze ausstrahlte und fieberte, aus dem Bett heben und in die feuchte Kälte dieses Aufgangs tragen? Und wie dann weiter? Bis eben hatte sie nicht ernsthaft an Flucht gedacht und dachte auch jetzt nicht daran, denn es war zwecklos. Sie konnte nicht weg. Und es war bereits zu spät. Sie hörte die Tritte auf dem Treppenabsatz, den Hausmeister mit seiner Kette voller Schlüssel, der die Männer in den Stiefeln einließ. Sie waren schon da, hier im Flur. Und sie, hinter der Tür des Dienstboteneingangs zur Küche, konnte sie nicht sehen. Aber sie konnte sie hören. Eine barsche Stimme forderte: »Welches Zimmer ist es?«

Bitte, lass es nicht unseres sein.

»Wer ist in der Küche?« Die Tritte knarrender Stiefel kamen näher.

»Das hier«, sagte der Hausmeister krächzend. Die Stiefel machten direkt vor der Küchentür Halt.

Und dann wusste sie es.

Sie klopften an die letzte Tür auf dem Flur. Essies Zimmer. Dreimal, eindringlich. Und ein viertes Mal, ungeduldig. Die Unruhe trieb die anderen Nachbarn aus ihren Zimmern. Schließlich ging die Tür quietschend auf. »Ja?« Essies Stimme klang schwach wie die eines Kinds. Sie verlangten ihren Ausweis.

»Was wollen Sie denn von ihr?« Florence erkannte Awdotja Grigorjewnas Stimme – die alte Frau hatte vor niemandem Angst.

»In eure Zimmer zurück!«, befahl eine Stimme. Sie hatten einen Haussuchungs- und Haftbefehl.

Florence, versteckt hinter der Küchentür, hatte zu große Angst, sich zu bewegen. Sie konnte sie nicht sehen, Essie in ihren ramponierten Hausschuhen, in dem grellen geblümten Morgenmantel, hastig über das Nachthemd geworfen. Sie sah nicht, wie Essie kurzsichtig blinzelte, blind für diese grauenhafte Überraschung, wie sie für alles blind war. Er blieb Florence erspart, der Anblick des Gesichts ihrer Freundin, das Entsetzen, das sich für einen Augenblick mit der Beschämung der Frau mischte, die mitten in der Nacht in so liederlichem Aufzug ertappt wurde. Sie brauchte das nicht zu sehen. Sie kannte es.

Aber sie hatte nicht geglaubt, dass jemand Essie abholen käme. Nicht, wenn Essie tatsächlich der Spitzel in der Wohnung war. Denn was sie Subotin über die Zeitschrift gesagt hatte, als die Angst sie überkam, geschah nur, um sich abzusichern und in der Gewissheit, dass Essie *sie* bereits verpfiffen hatte. Was aber hatte sie so sicher gemacht? Daran erinnerte sich Florence nicht mehr. *Zwei Stunden.* Ja. Der beunruhigende Anblick von Essie mit ihrer Napoleontorte. Aber was, wenn Essie gar nicht der Spitzel war? Wenn jemand anders das Haus überwachte – jemand von außerhalb, der beobachtete, wer kam und wer ging? Oder der Hausmeister selbst. Oder sonst wer. Sie hatte sich eingebildet, zu durchschauen, wie das ganze dunkle Räderwerk funktionierte. *Würden Sie sagen, eine Stunde ist eine »kurze« Zeit? Zwei Stunden?* Ein Nadelstich, auf gut Glück gesetzt, um sie zu reizen. Und sie, außer sich vor Angst, hatte den Köder geschluckt. Hatte instinktiv ihre schützende »Strategie« samt allen Regeln preisgegeben und sich gegen eine raffinierte Provokation verteidigt, die auf tönernen Füßen stand. Hatte sich verteidigt – mit einem unverantwortlichen Verrat, einer Lüge!

Mit dem Rücken an der Wand stehend, schlug sie die Hand vor den Mund, um nicht laut zu sagen: *Was habe ich getan?*

Aber es war zu spät. Kein Hadern konnte den Lauf der Dinge auf der anderen Seite der Tür noch ändern. Die Milizionäre hatten sich an Essie vorbei ins Zimmer gezwängt, wo sie hinter der Kommode oder unter dem Bett die Zeitschrift finden mussten, die Essie noch nicht zurückgebracht hatte – Florences Geschenk, das letzte Andenken an ihre Waffenruhe.

Florences Treffen mit Subotin endeten so unvermittelt, wie sie angefangen hatten, per Telefon. Tags darauf griff sie auf Arbeit nach dem schweren Hörer und bekam zu hören, sie werde zu einem anderen Betreuer wechseln, der sich rechtzeitig bei ihr melden werde. Während die Tage verstrichen und die Woche ihrer Flucht näherrückte, wartete sie aufgeregt auf einen Kontakt, der nicht hergestellt wurde. So groß die Bedrängnis auch war, in die die Treffen mit Subotin sie gestürzt hatten, die neue unsichere Wartezeit strapazierte Florences Nerven noch stärker. Sie hatte jetzt keine Möglichkeit mehr, die Lage abzuschätzen, in der sie sich befanden. Nachts war die Angst vor drohendem Unheil am stärksten, und sie schreckte beim leisesten Geräusch auf. Leon hielt den Abbruch des Kontakts ebenfalls für ein schlechtes Zeichen und sagte ihr, sie müssten vorbereitet sein. Sie hatten jeder einen gepackten Rucksack mit frischer Unterwäsche, einer Dose Zahnpulver, etwas Geld und einem Bleistift parat für den Fall, dass die Polizei an die Tür klopfte. Von dem größten Teil dessen, was ihnen gefährlich werden konnte, hatten sie sich bereits getrennt. Auf Seldons Rat hin hatte Leon das Radio demontiert und Einzelteile in verschiedene Abfallkübel in ihrem Viertel geworfen. Ihren Hemingway und ihren Twain und die zerlesenen Hefte von *Ejnikajt* hatten sie schon vor längerer Zeit weggeworfen. Inzwischen waren nicht einmal mehr ältere Ausgaben von Lenins Schriften sicher, behauptete Leon. Eines nach dem anderen nahmen sie sich ihre Bücher vor und rissen Seiten heraus, die sie in kleinen Schnipseln durch die Gemeinschaftstoilette spülten. Wenn Florence nachts diese Fetzen beseitigte, stellte sie sich vor, wie ganz Moskau das Netz der Kanalisation unter sich mit verbotener Literatur verstopfte. Leon hatte ihr geraten, die Briefe ihres Bruders zu zerreißen, doch das brachte sie nicht übers Herz; sie stopfte sie zusammengerollt in eine Mehldose. Sie konnte die bröckeligen, vergilbten Seiten einfach nicht zerfetzen, ihre letzte Verbindung in ein Universum jenseits ihrer Welt wuchernder Angst.

Nur ihr entschlossener Wille, ihre Gefühle nicht auf ihren kleinen Sohn zu übertragen – Julik so weiterleben zu lassen, als sei alles wie immer –, trug sie durch die nächsten Wochen. Der Junge aber spürte jede noch so kleine Veränderung und wollte sich jetzt nicht einmal für kurze Zeit von ihr trennen, als befürchtete er, sie verschwände für immer, wenn er sie aus den Augen ließ.

Florence behielt ihn von der Schule zu Hause und ließ ihn tagsüber in seinem Bett Bilderbücher ansehen. Am liebsten waren ihm die Bücher, die zeigten, wie man aus Pappkarton Modelle bauen konnte, und aus deren Seiten man mit der Schere Formen ausschneiden und zu Fallschirmen oder Spielzeugwindmühlen, Getreidesilos oder Leuchttürmen zusammensetzen konnte. Aus Büchern über Flugzeuge und Seeschiffe, Lokomotiven und Dampfschiffe, die große Distanzen überwanden, las Florence ihm vor. Sie dehnte seinen Mittagsschlaf bis abends aus, wenn die Sonne hinter schneebedeckten Dächern unterging. Wenn der Junge nachts aufwachte, saß seine Mutter auf einem Stuhl an seinem Bett, beugte sich über ihn, so dass ihr die dicken Locken über die Schultern fielen, und streichelte ihm mit ihrer warmen Hand die kalte, feuchte Stirn. Sie beruhigte ihn und sagte, er solle weiterschlafen. Beim Anblick ihres im Schlaf schwer atmenden Sohns wurde Florence ihre Sterblichkeit zum ersten Mal in aller Deutlichkeit bewusst. Gedanken an das, was aus ihnen dreien werden würde, schob sie energisch fort. Sie konnte sich keine Zukunft mehr vorstellen.

36.

Unter Dampf

Ich kam mir vor wie Alice im Wunderland. Die mörderische Grinsekatze, die seitlich auf Kablukows Brust tätowiert war, verschwand immer abwechselnd unter den Dampfwolken und kam wieder hervor. Ich gab mir Mühe, nicht unverhohlen auf Kablukows Fleisch zu starren, während wir drei – Tom, Kablukow und ich – uns wie römische Senatoren unter Tüchern rekelten, die unsere Lenden bedeckten.

Kablukow hatte seine Ray-Ban im Umkleideraum gelassen und die Lider halb gesenkt in der Pose von jemandem, der eine Huldigung entgegennimmt. »Wisst ihr, warum ich gern Geschäfte mit Amerikanern mache?«

»Bitte sagen Sie es uns, Iwan Matwejewitsch«, sagte ich. Mir tat der Hals weh von dem Dampf oder womöglich von der Anstrengung, höflich zu bleiben.

»Lassen wir doch endlich die Formalitäten. Bitte sagen Sie Wanja. Ich mag die Amerikaner, denn sie sind wie wir. Einfach. Nicht wie die komplizierten Franzosen oder die kühlen Deutschen oder die Japaner – deren Gesichter kann doch kein Mensch lesen, für mich sehen die alle gleich aus.«

Ich übersetzte für Tom, der halbwegs gelungen den Amüsierten gab, und Kablukow stellte sein Bierglas ab, beugte sich über die Steinbank und drückte ihm die Hand, so als wolle er das Einverständnis besiegeln.

Um uns herum lagerten oder lümmelten erwachsene Männer auf Marmorplatten, atmeten durch den Mund, ganz beansprucht von der Wichtigkeit ihres gesundheitsfördernden Stumpfsinns. Nur wenige kauerten vor den türkischen Kacheln bei den glänzenden Wasserhähnen, schrubbten sich gegenseitig das Fell oder droschen es mit Birkenreisigbündeln, bevor sie die Toxine unter dem Strahl des kalten Wassers fortspülten. Wenn ich die Augen zumachte, hätte ich auch in einer Gerberei sein können. Der Dampf reduzierte alle Gespräche zu Gemurmel, ausgenommen die »Fester! Fester!«-Rufe, die gelegentlich zwischen dem hallenden Klatschen und Patschen aufstiegen.

»Jemand kann ein ›Profi‹ sein, ein guter Arbeiter. Aber was ist Arbeit? Nur eine… Sache.« Kablukow gab einem Bademeister ein Zeichen. »Entscheidend ist das hier drin.« Er schlug die Faust auf das seltsam geformte eingeätzte Kreuz auf seiner Brust. »Die Seele eines Mannes. Kümmern Sie sich um ihn«, befahl er dem sehr alt aussehenden Bademeister mit einem Nicken in Richtung Tom. Der drahtige kleine Mann bedeutete Tom, sich auf der Bank auszustrecken, und hieb anschließend mit Birkenzweigen auf Toms Rücken und Beine ein, anfangs sacht, nach Kablukows bestätigendem Nicken aber mit mehr Kraft, peitschte Tom im Rhythmus seiner kaum unterdrückten Schmerzenslaute das glatte Mittelwestler-Fleisch aus.

»Obacht«, warnte Tom den Mann verlegen zwischen zwei Ächzern.

Kablukow richtete sein Lendentuch, nahm ein paar große Schlucke Dampf und bestellte zwei frische Bier bei dem Bademeister, die der Mann verstörend flink daherbrachte. Es machte kurz plopp, als Kablukow die Kronkorken von den Flaschen entfernte. »Weniger als drei Stunden hat die *banja* keinen Sinn«, belehrte er uns, hob sich die Flasche an die Lippen und wartete, bis ich getrunken hatte. »Ihr Amerikaner geht zu euren Ärzten und kauft Pillen, Pillen, Pillen, und wir« – er breitete die Arme aus und stellte die Flasche auf die Bank – »wir kümmern uns hier um unseren Körper.«

Als Musterbeispiel für die heilsamen Wirkungen der *banja* taugte Kablukow in meinen Augen nun nicht gerade. Als ich ihn kennenlernte, hielt ich ihn für einen körperlich kräftigen Mann. Doch dieser erste Eindruck zeugte nur von der Güte eines teuren Anzugs. Jetzt, wo er nackt war, sah man deutlich, dass er, wie ein Walross, keine Schultern hatte. Seine beachtliche Masse trug er vor sich her. Jahrzehntelanger Speck- und Wodkakonsum hatten seine konische Gestalt vergröbert und sein Gesicht zu dem eines altgedienten Zuhälters oder Staatsdieners aufgeschwemmt.

»Sie verkaufen mir ein Pferd, das ich bereits habe«, sagte ich etwas zu heftig. Ich brannte darauf zu erfahren, worauf Kablukow aus war. »Ich meine, ich bin früher auch hier in die Sanduny gekommen«, sagte ich nachbessernd.

»Ah, ehe wir Sie an die Amerikaner verloren.«

»Schon als Kind«, sagte ich. »Mit meinem Vater.«

»Ach, tatsächlich?«

Es stimmte. Ich war mit Papa hier gewesen, allerdings nur einmal. Die verblassende Erinnerung daran hatte ich in leuchtenden Bruchstücken mein Leben lang bewahrt. Es war das letzte Bild, das ich von meinem Vater hatte.

»Mein Vater war Armenier. Sehen Sie das?« Er tippte auf die Tätowierung auf seiner Brust. »Die Leute halten das für ein gewöhnliches Kreuz. Ist es aber nicht. Es ist die Heilige Lanze. Der Speer, den man Christus in den Leib gebohrt hat.« Mit dem Zeigefinger beschrieb Kablukow einen langsamen chirurgischen Bogen an seiner linken Rippe entlang.

»Gregor der Erleuchter hat die Heilige Lanze nach Armenien gebracht.«

»Das hat Ihr Vater Ihnen wohl erzählt.«

Kablukow sah mich an, als ob ich verrückt wäre. »Mein Vater? Wenn ich den Mistkerl irgendwo auf der Straße träfe, würde ich ihn schlagen. Jedenfalls, ich halte es für wichtig, das eigene Erbe zu bewahren«, sagte er mit erhobenem Zeigefinger. »Deswegen habe ich das.« Er zeigte auf eine blaue Aufschrift auf seinem Unterarm. »Wer einmal ins Wasser geworfen wurde, fürchtet sich nicht vor dem Regen.«

Nun befahl Kablukow dem drahtigen Bademeister, von Toms malträtiertem Fleisch abzulassen und sich seinem zu widmen. Ich legte den Kopf in den Nacken und döste zum Gemurmel von Männerstimmen. Die gedämpften *banja*-Geräusche umgaben mich wie ein Klangteppich, in dem mein Geist zwischen Stadien der Wachheit pendelte. Ich musste gegen den Schlaf ankämpfen, und die Intervalle zwischen meinen Wachmomenten wurden kürzer, während Erinnerungsstücke aufstiegen wie Trittsteine aus einem Flussbett.

Ohne mir dessen vollkommen bewusst zu sein, sah ich meinen Vater – seine schmale Gestalt, die Stränge seiner Muskeln, die Haare auf seinen Zehen –, mit dem ich die gekachelte Treppe in den zweiten Stock der Sanduny-*banja* hinaufstieg, direkt vor meinen Augen sein wippender Penis. Ich wusste bereits, dass er sich von meinem unterschied – nicht nur in der Größe, sondern auch in der glänzenden Wölbung an seiner Spitze. Es sollte noch zehn Jahre dauern, bis ich vom Zeichen Abrahams erfuhr, das ich und meine jüdischen Altersgenossen nicht an uns hatten, denn wir, die im Krieg geborenen Söhne, waren aus Angst vor den Faschisten mit intakter Vorhaut ins Leben geschickt worden.

Das Sanduny-Schwitzbad war älter und heißer als die städtischen Pendants, in die ich mit Mama gegangen war, schlichte und schmuddelige öffentliche Badehäuser ohne den geringsten Hauch jener versunkenen zaristischen Pracht, die im Sanduny zwischen den geschnitzten und vergoldeten Wänden, dem blätternden Stuck, den angeschlagenen Marmortreppen und den riesigen blinden Spiegeln noch überall spürbar war. Ein heruntergewirtschaftetes Paradies, ein Wrack voller Geister, die sich und einander geißelten wie Büßer. Oben, wo der Dampf am dichtesten war, versammelten sich die wahren Enthusiasten mit ihren spitzen Filzhüten und Pantoffeln. Dort bekam man kaum noch Luft. Von irgendwo erhielt Papa einen großen Zinkeimer und füllte ihn unter einem Hahn mit kaltem Wasser.

»Wofür ist das?«

»Das wirst du schon sehen.«

Nackt trug er ihn nach hinten zu den Holzbänken, ich dicht hinter ihm aus Angst, ihn in dem Wald aus Beinen zu verlieren. Der Boden unter meinen Füßen war mit glitschigen Blättern bedeckt.

»Also, wenn es dir zu heiß wird, beugst du dich einfach runter und atmest die Luft direkt über dem Eimer ein, siehst du? Sobald du merkst, dass dir die Lungen brennen, hältst du das Gesicht über das kalte Wasser und atmest. Alles verstanden, Chef?«

»Verstanden.«

Ich befolgte seine Anweisungen, und er schrubbte sich derweil Rücken und Schultern mit einer Stielbürste. Jedes Mal, wenn jemand die Ofentür öffnete und neues Wasser auf die glühenden Steine schüttete, neigte ich den Kopf über den Eimer. Sobald ich wieder Luft bekam, sah ich mich verstohlen nach den anderen Jungen im Bad um. Einige waren etwas älter als ich, einige wenige jünger. Alle stolzierten sie neben ihren Vätern einher, trotzten selbstsicher der Hitze. Ich wurde eifersüchtig auf sie, schämte mich jedes Mal, wenn ich mich hinknien und die kalte Luft über dem Eimer aufnehmen musste. Der Junge, der jede Woche mit Mama in die *banja* gegangen war – und dort milchige Wesen mit weißer Haut, Berge alten Fleischs und Hügel rundlicher Bäuche um sich hatte, beschützt von freundlich lächelnden Frauen –, kam mir jetzt wie eine ferne Person vor, wie ein kleines Kind. Meine Mutter ermahnte mich immer, diese und jene Stelle zu säubern, »damit nichts kleben bleibt«. Papa reichte mir die Seife und verließ sich anscheinend darauf, dass ich mich selbst darum kümmerte.

Ich versuchte die Zeit über dem eiskalten Wasser, wo das Atmen leichter fiel, abzukürzen. Versuchte die Hitze immer länger auszuhalten. Der Boden verbrannte mir die Füße. Irgendwo in dem Dunst über mir riefen die Männer dem Bademeister zu: »Gieß mehr auf!« Ich hörte das Quietschen der Ofentür, das Wasser, das gegen die Steine geschleudert wurde und zischend zu Dampf zerstob, den Raum mit Dunst füllte, während ich nach Atem rang.

Kablukows Stimme riss mich zurück in die Gegenwart.

»Dass Sie unsere Jungs von Sausen auf Herz und Nieren geprüft haben, war ja nicht zu übersehen.«

Auf unserer Seite hatte sich der Schwitzraum geleert, und der Dampf war abgeflaut. Tom kam unter seiner kalten Dusche hervor und wickelte sich in ein Handtuch. Geschrubbt und erfrischt setze er sich neben mich. »Was sagt der Mann?«

»Dass wir eine Menge Fragen stellen.«

»Sag ihm, wir stellen dieselben Fragen wie bei jedem potenziellen Auftragnehmer.«

Doch Kablukow verstand Tom wohl auch ohne Übersetzung. »Und es ist sehr richtig, dass ihr es getan habt! Ich habe denen gesagt, sie müssen sich darüber im Klaren sein, dass Verschiffung eine seriöse Branche ist. Wenn die da einsteigen, müssen sie auf alles vorbereitet sein.«

Ich musste mich ziemlich beherrschen, um nicht die Augenbrauen zu heben. Schaute mich um und übersetzte für Tom.

»Wir haben unsere Entscheidung noch nicht getroffen, Mr. Kablukow«, sagte er ehrerbietig. »Es kommen noch einige andere Auftragnehmer in Betracht.«

Kablukow machte ein Auge zu und signalisierte mit gewichtigem Nicken, dass er gut ohne Übersetzer folgen konnte und vielleicht auch, dass er nicht beabsichtigte, sich in unseren Auswahlprozess einzumischen. »Ihre Gesichtspunkte sind für uns ausschlaggebend.« Er stützte die Ellbogen fest auf die mit dem Handtuch bedeckten Schenkel, beugte sich nach vorn und flüsterte kehlig: »Ich hab unser Treffen nicht grundlos arrangiert.«

Ich tat mein Möglichstes, Tom den Kern der Sache zu vermitteln, obwohl ich mir nicht sicher war, in welche Richtung es ging.

»Unsere Freunde von Sausen, ob Sie den Vertrag nun ihnen geben oder sonst wem« – Kablukow hob die schmalen Schultern – »spielt auf lange Sicht keine Rolle.«

Warum dann das viele Gewese?, dachte ich.

»Das ist nicht der Grund, weswegen ich wollte, dass wir uns so unterhalten – von Mensch zu Mensch. Ich wollte keine offizielle Besprechung, weil das, was ich zu sagen habe, noch nicht ganz spruchreif ist. In einem halben Jahr wird L-Pet bekanntgeben, dass sie zwölf Prozent der L-Pet-Anteile zur Versteigerung bringen werden mit der Option, weitere drei Prozent zu erwerben.«

Er bedeutete mir mit seinen fleischigen Armen, ich solle für Tom übersetzen, und lehnte sich derweil geduldig zurück.

Tom tauchte aus seinem Dampfdusel auf. »Frag ihn, ob sie diese Anteile auf dem freien Markt anbieten werden.«

Auch dieses Mal schien Kablukow die Frage ohne meine Hilfe zu verstehen und erwiderte: »Wer als Bieter bei dieser Auktion Erfolg haben wird, hängt von vielen Faktoren ab. Wir rechnen damit, dass Exxon und Chevron uns säcke-weise Geld für unsere Reserven anbieten werden. Aber wir haben nicht den Wunsch, uns an einen Behemoth zu binden. Wie Mr. Chodorkowski feststellen musste, je größer dein Partner, desto größer deine Probleme. Entscheidend ist das hier drin.« Er wies mit dem Daumen auf das be-haarte Fleisch, das seinen Leib unter Spannung zusammen-hielt. »Wir machen gern Geschäfte mit Leuten, die gern Geschäfte mit uns machen. Verstehen Sie?«

Durch den Dunst und die Alarmglocken in meinem Kopf hindurch verstand ich, dass Kablukow mir einen Ge-fallen tun wollte: Er ebnete Tom den Weg.

»Wir bevorzugen bestimmte Käufer«, fuhr Kablukow fort. »Und wir bevorzugen bestimmte Partner.«

Ich hatte mit einem Stock gerechnet, doch er hielt mir eine Mohrrübe vor die Nase. Ich glaubte ihm nicht. Traute ihm nicht. Kam aber an all dem Fleisch nicht vorbei. Kablukow nickte mir zu und lehnte sich höflich zurück. Reichte das Drehbuch an mich weiter.

Ich übersetzte brav. Was hätte ich sonst auch tun sollen? Ich konnte das Säuerliche meines Gesichtsausdrucks regel-recht schmecken. Vier Jahre Arbeit, das Glanzstück meiner lebenslangen Mühen – einem schwitzenden geriatrischen Gangster in den Rachen geworfen. Doch während er meine Reaktion verfolgte, lächelte Kablukow nur. Anscheinend fasste er mein schiefes Grinsen als Zeichen unserer Allianz auf. »Versteht Ihr Freund hier, was ich Ihnen gerade anver-traut habe?«

»Augenblick mal«, sagte Tom und beugte sich zu Kablukows Bank herüber. »Sie sprechen davon, dass Continental der bevorzugte Käufer von zwölf Prozent L-Pet-Aktien wird?«

Die Lider noch immer auf Halbmast, nickte Kablukow.

»Mit einer Option auf den Erwerb von weiteren drei.«

»In zwei oder drei Jahren könnten Sie diesen Anteil auf zwanzig Prozent erhöhen«, sagte Kablukow zu mir.

Als ich für Tom übersetzte, erwiderte er verblüfft: »Das wäre ein Fünftel des Unternehmens! Das würde uns zu einem strategischen Investor machen.«

»Eins nach dem anderen«, sagte Kablukow und lächelte uns nachsichtig an. »Es wird viele Interessenten geben, wir suchen aber nach einem Partner, der weiß, wie wir Geschäfte machen. Verstehen Sie?«

Ich verstand. Vollkommen. Kablukow hatte mich nicht gebraucht, um Druck auf Tom auszuüben; er hatte mich nur in die Enge treiben müssen, damit ich den Mund halte. Tom bekam er auch allein. In Toms Augen blitzten schon die Dollarzeichen. Das, schoss mir durch den Kopf, war das eigentliche kriminelle Genie des Stiefels: Er übte seinen Einfluss auf jedes Glied in der Kette aus.

»Wir betrachten Unternehmen, mit denen wir zusammenarbeiten … als Teil der Familie.«

Tom sagte: »Frag ihn, welche Garantien Continental bekommt, dass wir der bevorzugte Käufer sind.«

Wieder auf die Rolle des Übersetzers – eines Höflings – reduziert, tat ich wie geheißen. Kablukow klopfte sich mit den Händen auf die nackte Brust, als suche er Taschen. »Was für Garantien kann Ihnen jemand hier geben? Es gibt keine Garantien. Nur Vertrauen.«

In Erinnerung geblieben ist mir der erstickend heiße Dampf, der uns umgab. Von fern drangen Geräusche an mein Ohr. Ich lag auf dem Rücken auf dem heißen gekachelten Boden. Über mir hockte, noch immer nackt, mein Vater und spritzte mir kaltes Wasser ins Gesicht. Über die Schulter hinweg rief er jemandem zu: »Sag denen, die sollen kein Wasser mehr auf den Herd schütten! Mein Junge ist ohnmächtig.«

»Die sind seit drei Stunden hier!«, sagte ein dünner alter Mann, der neben ihm saß, mit hoher Stimme entrüstet. »Sehen die nicht das Schild, auf dem steht, nach zweien muss man raus?«

Mein Vater hob mich hoch und trug mich in einen kühleren Teil des Raums.

Ich kämpfte, um die Augen offen zu halten. »Was ist passiert?«

»Nichts, Kumpel. Bloß ein bisschen zu viel Dampf. Lass mal deinen Kopf ansehen.« Es klang nervös. Scham schlängelte sich durch meine Verwirrung, als Leiber sich teilten und uns passieren ließen. »Hast du genug? Ich auch, Chef«, sagte mein Vater. »Verschwinden wir von hier.«

Nachdem sich unsere und Kablukows Wege getrennt hatten, sagte Tom, er wolle beim Abendessen allein mit mir sprechen. Wir trafen uns eine Stunde später in einem Irish-Pub-Imitat, das er ausgesucht hatte. Er wartete an einem der breiten Holztische unter grünen Fahnen auf mich. »Hast du kapiert, womit der Stiefel uns vorhin vor der Nase herumgewedelt hat?«

»Glaub schon«, erwiderte ich.

Die Kellnerin brachte uns zwei Bier vom Fass. Die Frau war in ein Korsett geschnürt wie eine Maid im Mittelalter. Die anderen Essensgäste waren größtenteils blasse, teigige Auslandsbriten und Exilanten früherer britischer Kolonien. Wir passten gut dazu.

»Wenn Continental der bevorzugte Käufer für zwanzig Prozent der L-Pet-Aktien wird, bedeutet das, wir setzen unseren eigenen Mann in den Aufsichtsrat, dann hat er bei wichtigen Entscheidungen Stimmrecht.« Tom sah mich eindringlich an, als erwarte er Erstaunen oder Widerspruch.

»Schon ein verlockendes Angebot«, rang ich mir ab.

»Hm.« Tom ließ den Blick zu den düsteren, holzgetäfelten Ecken des Pubs wandern. »Zu verlockend. L-Pet ist praktisch in Staatsbesitz. Ich kann mir nicht vorstellen, dass der Kreml ein Fünftel des Unternehmens an einen einzelnen Partner veräußert.«

Ich überlegte, welche Handlungsoptionen mir offenstanden. »Die machen anscheinend aber doch gern Geschäfte mit uns, nicht? Wie Kablukow gesagt hat, es ist eine Sache des Vertrauens. Noch zwei.« Ich klopfte an mein leeres Glas, als die Kellnerin vorbeiging. Mit mehr Bier fiel es mir vielleicht leichter, das Hohelied von L-Pet zu singen.

Aber Tom schüttelte den Kopf. »Für mich nicht«, sagte er unserer Maid. »Sie haben uns keinerlei schriftliche Zusicherung angeboten.«

Ich wollte schon sagen, dass wir sie darum bitten könnten, hatte aber das Gefühl, dass es nicht in Kablukows Sinn war, diesen Kurs einzuschlagen. »Du selbst hast mir doch gesagt, wenn man in der Branche auf die Pressemitteilung wartet, fährt das Schiff ohne einen ab«, sagte ich und versuchte zu lächeln. Ich hatte den Mund voller Exkremente.

»Dann machen wir die Beine breit und falten die Hände?« Tom trommelte mit den Fingernägeln auf den Tisch, eine Geste, die unfreiwillig und schmerzvoll aussah. »Wir haben Vorgaben. Strenge Richtlinien, damit das juristisch alles ... einwandfrei abläuft.«

»Und mit diesen unseren Vorgaben haben wir sie genau dahin gebracht, wo wir sie haben wollen, nicht? Du hast immer gesagt, das Geschäft ist eher strategisch als kommerziell ausgerichtet. Wir kaufen nur den Zugang zu ihren Feldern. Und bitte schön – die Tür ist einen Spaltbreit offen.« Die Befriedigung, all das im Weitersprechen zu erfinden, hatte etwas Entwürdigendes. Mein Bier kam, und ich leerte es schnell.

»Diese Entscheidung werde ich in D.C. verteidigen müssen. Ist ja kein Spielgeld, mit dem wir um uns werfen. Die Zahlen müssen schon halbwegs stimmen.«

Ich gab mir den Anschein, ernsthaft über diesen Einwand nachzudenken, und sagte: »Wenn du über Zahlen sprechen willst, können wir über Zahlen sprechen. Du hast mir gesagt, bei den Aktienpreisen kommt es in der Branche nur auf die künftigen Reserven an. Wir werden zu einem Fünftel an einem Unternehmen beteiligt sein, das auf der Barentssee sitzt – dem größten Gasfeld der Welt. Vom großen sibirischen Westen ganz zu schweigen. Ist es für Continental ein Problem, einen Verlust von hundertsiebzig Millionen in Kauf zu nehmen? Entschuldige, Tom, aber ich schätze, du wärst der Erste, der sagen würde, bloß weil ein Fuchs uns zwei Hühner stiehlt, geben wir doch die Farm nicht auf.«

»Schon gut, schon gut.«

»Manchmal hat man keinen zweiten Versuch. Danach kann man es bedauern, oder man kann recht haben.«

Toms fleischiges Gesicht bildete sich zum Ausdruck widerstrebender Zustimmung um. Er sah in sein halbleeres Bierglas und nickte. »Du hast recht, wir sollten vorausschauend handeln.«

Erleichterung und Ekel überschwemmten mich zu gleichen Teilen. Er war von Anfang an bereit, Kablukows Köder zu schlucken, sagte ich mir. Er wollte nur meinen Segen dazu.

Jetzt war Toms Blick bedauernd und verwirrt. »Und du? Du hast jahrelang an diesen Schiffen getüftelt. Nagt es nicht an dir? Vor zwei Tagen wolltest du die Bagage von Sausen noch zur Stadt hinausjagen, und jetzt willst du diesen Gaunern die Schlüssel geben?«

»Hier geht's um Größeres als meinen Stolz.« Zum ersten Mal sagte ich etwas, das nicht von vorn bis hinten gelogen war.

»Ich bin bloß überrascht«, sagte Tom. »Solange ich dich kenne, Julian, haben dich schäbige Winkelzüge und Tricks immer fuchtig gemacht. Ich hab dein Fairplay immer bewundert.«

Es hätte mich nicht kränken sollen, das zu hören, und traf mich trotzdem wie ein Peitschenhieb. Toms Glaube an mich schmerzte mehr als sein Misstrauen. Ich hatte fast mein ganzes Leben lang immer einen großen Bogen um alles gemacht, was als »gerechte Sache« daherkam – gute Absichten haben ja nicht selten schlimme Folgen. Aber ganz frei von moralischen Ansprüchen war meine Scheu vor dem noblen Weg nicht: Ich richtete zumindest keinen Schaden an, sagte ich mir, weigerte mich, mein Scherflein zu der Summe von Heuchelei und Korruption beizutragen, die auf der Welt schon reichlich vorhanden war. Und wie schnell war ich nun bereit, das alles um Lennys Sicherheit willen zu besudeln. »Vielleicht sehe ich allmählich das große Ganze«, sagte ich.

Letztendlich kehrte ich allein ins Hotel zurück. Es war nach acht. Der Himmel war bedeckt, aber immer noch voller Licht. Ich ging, merkte ich, durch die fast menschenleeren Straßen unweit der Bolschaja Nikizkaja. Ließ den Blick an den alten Villen hinaufwandern, vor langer Zeit bewohnt von Schriftstellern und ihren Figuren – alter Adel und Neureiche – und nun überwiegend genutzt von Botschaften und Zweigstellen kultureller Institutionen. Einige dieser Grundstücke waren seit meiner Zeit mit eleganten neuen Toren und schicken Plaketten herausgeputzt worden. Andere befanden sich in fortgeschrittenen Stadien des Verfalls, die pastellfarbenen Fassaden abgeschilfert und mit Altersflecken. Der mehrstufige Turm einer der sieben Stalin-Schwestern lugte über den sandfarbenen Wohntürmen hervor, ich wusste aber nicht, zu welcher Schwester er gehörte. Ich wollte das Bild Kablukows aus dem Kopf bekommen – die gedehnten, verblassten Tätowierungen, das graue Haar, das an seinen schmalen Schultern spross, das Lächeln, das sein Gesicht einölte. Was ging es mich an? Es war nicht mein Geld. Doch mein Widerwille und meine Unruhe wurden immer stärker. Bei einem Spaziergang durch diese stillen Straßen, hatte ich gedacht, würde ich wieder einen klaren Kopf bekommen, stattdessen aber kroch mir die Einsamkeit ins Herz. Die Sanduny-Bäder hatten mich an meinen Vater erinnert – an den letzten Tag, den ich mit ihm verbringen sollte. Ich hatte ihn auf Bitten meiner Mutter begleitet, die sich auf irgendein Ereignis oder eine Reise vorbereitete, die wir zusammen in den nächsten Tagen machen würden. Sie hatte mir eine neue Kniehose genäht und mich an dem Vormittag damit in unserem Zimmer herumgehen lassen, während sie die Hosenträger mit der Nadel feststeckte. Mit der Kniehose sollte ich wie ein »echter englischer Junge« aussehen. Ich verstand nicht, was das war oder warum ich so aussehen musste. Sie hatten mir eingeschärft, niemandem in unserer Gemeinschaftswohnung etwas davon zu sagen. Wegen dieser »Reise« sprach meine Mutter schon seit einigen Wochen nur noch Englisch mit mir. Wir übten Vokabeln, ihre Finger auf meinen Lippen, damit niemand etwas hörte. An diesen Vorkehrungen war vieles unklar und wurde nur versteckt angedeutet. Die rätselhafte Logik meiner Eltern verlangte, dass ich lernte, wie ein Bürger Großbritanniens zu sprechen, und zu dem Zweck kam Onkel Seldon, der

Freund meines Vaters, eines Abends zu uns und übte mit mir die richtige englische Sprechweise. Ich sollte mich gerade hinsetzen und leicht nach vorn beugen, die Zunge so weit vorn lassen, dass sie fast die Vorderzähne berührte, und mir vorstellen, ich spräche durch einen Türspalt. Irgendwann gab Seldon mir einen Drops, den ich mir unter die Zunge legen und dort lassen sollte, während ich Sachen wie »Die Sonne scheint schon Sonntag wieder wunderschön« sagte. Es war ein Spiel, aber eins, das ich für mich behalten musste. Mit Papa ins Schwitzbad zu gehen gehörte auch zu dem Spiel. Wir wollten frisch und sauber sein, bevor wir uns auf das Abenteuer einließen.

Ich ging den Nikizki-Boulevard hinauf, als es mir einfiel. Papas Stimme drang, aus den Tiefen meiner Seele aufsteigend, wieder an mein Ohr.

»Es wird das Beste sein, wenn du deiner Mutter nicht erzählst, dass du ohnmächtig geworden bist«, sagte er, als wir heimwärts schlenderten.

Ich versprach es ihm. Ich hatte mich sowieso schon schwer blamiert.

»Wir wollen ja nicht, dass sie noch nervöser wird, als sie eh schon ist.«

»Ist gut.«

Am Himmel türmten sich Gewitterwolken auf. Die ersten Regentropfen landeten auf unseren Nasen und Fingern. Wir eilten nach Hause, als es am Horizont schwarz wurde und die Straßenbahnen unter den scharfen Windböen schwankten.

Es war ein Wolkenbruch geworden, als mein Vater mit mir auf dem Rücken an unserem Haus ankam. Die großen schwarzweißen Kacheln in unserer Vorhalle waren nass und mit Fußtritten beschmiert. Der Fahrstuhl war kaputt wie immer. Wir nahmen die Treppe.

Baba Xenia, die niemandes Großmutter war, stand im Flur, als wir die Wohnung betraten. »Füße abtreten! Ihr tragt Schmutz herein.«

Papa gehorchte ihr wie immer mit clownesker Übertreibung, wischte sich theatralisch die Schuhe auf der Fußmatte ab und erkundigte sich nach ihrer Gesundheit. Verärgert über seinen Eifer, watschelte sie brummelnd zu ihrem Zimmer zurück. Wir gingen kurz in die Küche, wo Papa ein trockenes Handtuch von der Wäscheleine zog und mich abrubbelte. Durch das Kastenfenster betrachtete ich die Gewitterwolken. Der Wind attackierte das Glas des äußeren Fensters. Eine zitternde perlgraue Wand aus Wasser glitt hinter den Einmachgläsern hinab, die zwischen den Scheiben standen. Eine unerklärliche Furcht überkam mich. Oder war diese Furcht nur eine spätere Zutat zu meiner Erinnerung?

Es waren noch andere in der Küche: Tolik, der Trunkenbold der *kommunalka*, und die korpulente Frau, die als Köchin in einem beliebten Café in der Stadt arbeitete. Sie beschuldigte ihn, ihre frischen Mandarinen durch verfaulte ausgetauscht zu haben.

»Sind sie halt verfault. Was hat das mit mir zu tun?«, sagte er.

»Manche Leute halten es für ihre Aufgabe, etwas zu stehlen.«

In unserem Zimmer nähte Mama Blumen an einen Hut.

»Wo seid ihr gewesen?«

»Wir sind in den Regen geraten.«

Sie schüttelte den Kopf und sah nervös zum Fenster hinaus. »Was, wenn die ganze Sache abgeblasen wird? Was machen wir dann?«

»Nein, das klart bis morgen wieder auf«, beruhigte Papa sie. Er ließ mich meinen Flanellschlafanzug anziehen. Die Wolken am Himmel bildeten ein richtiges Hexengebräu.

»Warum hat er denn so rote Wangen?« Meine Mutter prüfte meine Stirn. »Ist er krank?«

»Es geht ihm gut«, sagte Papa und zwinkerte mir zu, damit ich unser Geheimnis nicht verriet.

»Vielleicht sagen wir es lieber ab…«

Ich spürte ihre Panik. Sie dröhnte und polterte in mir wie draußen der Donner.

Papa ging zu ihr. »Du machst dir umsonst Gedanken.« Doch auch er klang nicht überzeugt.

»Ich will nicht fort«, sagte ich.

Sie starrten mich beide an.

»Soll ich dir aus der *Schatzinsel* vorlesen?«, sagte mein Vater.

Ich schüttelte den Kopf.

»Hab keine Angst.«

»Hab ich nicht.«

»Du brauchst dich nicht zu fürchten, ich zeig's dir.« Er stand auf und schob die Vorhänge ganz zur Seite. »Das Gewitter ist noch weit weg. Weißt du, woher ich das weiß? Setz dich hin, ich erklär's dir.«

Er ging zu seinem Schreibtisch und holte ein Blatt Papier und einen Stift. »Hier. Blitze sind schneller als Donner, und warum?«

»Weil Licht sich schneller bewegt als Schall.«

»Kluger Junge. Aber weißt du auch, wie schnell sich der Schall bewegt? Ungefähr einen Drittel Kilometer pro Sekunde! Ich zeig dir einen Trick. Zähl mal die Sekunden zwischen dem Blitz und dem nächsten Donnerschlag.« Er holte seine vergoldete Voltan-Armbanduhr und gab sie mir. »Fertig? Wenn ich ›zähl‹ sage, fängst du an zu zählen. Okay. Zähl.«

Ich hielt die kalte, schwere Uhr in meinen Händen. Ihr Sekundenzeiger tickte langsam.

»Was hast du gezählt?«

»Zwölf.«

»Gut, und jetzt teilen wir das durch drei. Das ergibt was?«

Er malte drei Reihen aus vier Punkten aufs Papier. Schließlich hielt ich vier Finger hoch.

»Das bedeutet, das Gewitter ist noch vier Kilometer entfernt. Wenn du den Blitz leuchten siehst und es gleich danach donnert, dann kannst du dich unter der Decke verstecken. Denn dann ist das Gewitter genau über dir.«

Seine Lektion fesselte mich, und meine Anspannung schwand. »Möchtest du weiterzählen? Okay. Wenn du etwas verstehst, brauchst du keine Angst davor zu haben. Was ich dir gerade erklärt habe, nennt man Elektromagnetismus. Und wenn du älter bist, lernst du vielleicht alles darüber in einer Schule wie... dem Technion. Oder dem MIT.« Er lächelte Mama zu.

»Warum setzt du ihm solche Flausen in den Kopf?«

»Er soll doch wissen, dass es noch etwas anderes gibt als dieses Paradies.«

»Wo ist Technion?«, sagte ich.

»Schluss jetzt«, sagte Mama.

»Fahren wir dahin?«

»Ich weiß es nicht, aber *grejt sich zu* und klopfen wir auf Holz.«

Aus der Ferne ist eine Erinnerung schwer zu beurteilen. Folgte ein Detail so aufs andere, wie das Kind es wahrnahm? Jahre später sagte meine Mutter immer zu mir, mein Vater, Leon, habe lauter Hirngespinste im Kopf gehabt. War das Technion in Haifa nur eines mehr? Hatte er schon den Verdacht, dass sein Leben nach Tagen gezählt wurde und nicht nach Jahren?

Am Morgen war er nicht mehr da. Im Laufe der Nacht abgeholt, während ich hinter meinem kleinen Vorhang im Bett lag und seine Verhaftung seelenruhig verschlief. Onkel Seldon, der mir beigebracht hatte, mit einem harten Drops unter der Zunge zu sprechen, war ebenfalls nicht mehr da. All das erfuhr ich in den folgenden Wochen, als meine Mutter mich in der Schwärze kurz vor Tagesanbruch weckte und mich zu unbeschilderten Gebäuden am Lubjanka-Platz schleppte, wo dann die Sonne über all den vielen, auf ihren Bündeln hockenden Leuten aufging, die gekommen waren, um die Namenslisten nach ihren Söhnen, Brüdern und Vätern abzusuchen.

Doch all das geschah später. Von diesem Abend steht mir ganz deutlich die Szene vor Augen, wie mein Vater mit seiner Uhr neben mir sitzt, wir beide die Sekunden zwischen Blitz und Donner zählen und ruhig auf den kommenden Sturm warten.

Der Concierge hielt mich auf dem Weg zum Hotelfahrstuhl an. Ein Päckchen liege für mich an der Rezeption, teilte er mir mit. Als ich es sah, wusste ich sofort, was es war. Eine große Pappschachtel von der Art, wie sie in einem Magazin für die Aufbewahrung von Bürounterlagen benutzt werden. Das sei vor einer Stunde abgegeben worden, sagte der Angestellte. Ich sah mir die beigefügten Zeilen an:

Etwas leichte Lektüre für Ihren Heimflug.
Ein Freund aus dem Ministerium hat mir geholfen, die
Sachen aufzuspüren… Er sagt, das Magazin hätte nur
Unterlagen über Ihre Mama. Von Papa keine Spur.
Ich brauche kein Parfum als Dankeschön. Besuchen
Sie uns in der Datscha, wenn Sie wieder hier sind.
Walja

37.

Wilde mit Chronometern

Der Karton wog mindestens drei Pfund, so viel wie eine reife Ananas. Allein schon das Gewicht war eine Nachricht – *Hier, du Narr*, schien der Karton zu sagen. *Wenn du die Wahrheit willst, dann streng dich lieber an.*

Schweiß sammelte sich unter meiner Achsel, als ich mit dem Fahrstuhl hinauffuhr, und lief herunter bis zu der Kante, mit der mir der Karton in die Rippen drückte. Ich schob die Schlüsselkarte ins Schloss und ließ die Last auf das Hotelbett fallen. Nachdem ich einen schweren Rokokosessel durch den Raum gezerrt hatte, nahm ich vorsichtig den Deckel vom Karton. Ein herausfordernd dicker Stapel fotokopierter Seiten kam zum Vorschein. Ich hob ihn im Ganzen heraus. Er fühlte sich an wie ein Steinquader, wie eine altertümliche Tafel, in die biblische Verdammnisse eingemeißelt sind. Nachdem ich so lange darauf gewartet hatte, es in den Händen zu halten, war ich mit einem Mal wie gelähmt. Ich konnte das doch nicht lesen wie ein x-beliebiges Manuskript – mit Seite 1 anfangen, zu Seite 2 und 3 umschlagen und so weiter. Mich sprang das entsetzliche Gefühl an, hier sei etwas in meinen Besitz gelangt, das mich körperlich schädigen konnte, wenn ich es länger in der Hand hielt – ein radioaktiv verseuchter Gegenstand –, auch wenn mein Hirn mir weiter beteuerte, dass es bloß ein lebloser, toter Papierstapel war. Und so machte ich mich aus unbändiger Neugier oder lähmender Furcht daran, das ganze Ding auf einmal zu verschlingen, blätterte die Seiten durch und ließ den Blick wahllos über zufällige Wörter gleiten.

Wir haben unwiderlegliche Beweise.
Mit Ihrer Weigerung zu gestehen bereiten Sie
sich nur Kummer.
Ich habe mich vom bürgerlichen Nationalismus
vergiften lassen.
Sie geben zwar Ihre feindlichen, bösartigen
Gedanken zu, leugnen aber die verbrecherischen
Taten, die eine natürliche Folge davon sind.
Ich habe ihn unterstützt, und so ist eine ver-
brecherische Verbindung zwischen uns entstanden.
Sie werden der moralischen Verantwortung nicht
entgehen.
Ihre verleumderischen Erfindungen werden nicht
ungestraft bleiben.
Ich habe diesen Menschen vertraut und es an
Wachsamkeit fehlen lassen.
Leugnen ist zwecklos.
Ich gebe zu, dass ich mir verleumderische
Ansichten zu eigen gemacht habe.
Ihre feindliche Betätigung lässt sich nicht
verbergen.
Sie werden Ihr Innerstes schon noch nach außen
kehren und die Wahrheit sagen.
Ich bleibe bis zum letzten Atemzug dabei, dass
ich ein ehrbarer Sowjetbürger bin.
Uns interessieren nur aufrichtige Geständnisse.

Seite um Seite fiel mein Blick auf fast identische und stets aufs Neue zurückgewiesene Anschuldigungen und redundante »aufrichtige« Geständnisse. Wäre ich Filmproduzent, es flöge gleich in den Papierkorb, so ein Drehbuch, zusammengestückelt aus abgedroschenen Versatzstücken, die noch der dürftigste Schmierfink in Hollywood aus beruflicher Selbstachtung gemieden hätte. Sosehr ich mich bemühte, ich konnte mir nicht vorstellen, dass meine Mutter – oder sonst ein normaler Mensch – einen Satz über die Lippen brachte wie: »Dadurch, dass ich die Artikel las und ihren Inhalt analysierte, machte ich mich mitschuldig an ihrem verleumderischen nationalistischen Charakter.« Oder dass sie über eine Kollegin sagte: »Sie wollte sich nicht von diesen Ansichten lösen.« Und doch trug das »Protokoll« dieser Untersuchung alle paar Seiten die authentische Unterschrift einer »Flora Solomonowna Brink«. Kraftlos und demütig duckte sich der abgekürzte Namenszug unter die auftrumpfenden Autographen ihrer Vernehmer: ein Oberleutnant Andrej Antonow und ein Hauptmann Viktor Bykow.

Erst nach geraumer Zeit hatte ich mich so weit beruhigt, dass ich mich auf eine einzelne Seite konzentrieren konnte. Und als ich mir schließlich mehrere Protokolle in einem Zug durchlas, fiel mir als Erstes auf, dass meine Mutter meist in der Zeit zwischen halb elf Uhr nachts und sechs Uhr morgens verhört wurde.

Aus der mir bekannten Gefängnisliteratur wusste ich, dass die Glühbirnen in den Haftzellen Tag und Nacht brannten, um die Gefangenen am Schlafen zu hindern. Ich versuchte mir die hell erleuchtete Hölle vorzustellen, in die meine Mutter hinabgestiegen war. Sah vor mir, wie sie ab und zu für wenige Augenblicke zwischen den mitternächtlichen Verhören einnickte und vom lauten Gebrüll eines Wachmanns hinter dem Riegel aufschreckte: »Am Tag wird nicht geschlafen!«

Ich musste an die zusammen verbrachten Jahre meiner Oberschulzeit denken – Mutter, die sogar eindöste und fest schlief, wenn ich alle Lampen in unserem gemeinsamen Zimmer anhatte, um für die Prüfungen zu lernen.

Ich stellte mir vor, wie das Metallplättchen vor dem Guckloch beiseitegeschoben wurde, wie ein Auge erschien und wieder verschwand. Das Schimmern eines Schlüssels, dick wie ein Gewehrkolben. Ich dachte an die lange Strecke, die sie zu den Verhören gehen musste, schlurfend, in schlappenden Schuhen ohne Schnürsenkel, die entfernt worden waren, damit der Gefangene nicht Selbstmord beging. Das Gummiband ihrer Unterhose ebenfalls herausgezogen.

Die nächtlichen Verhöre, von denen manche zehn Stunden dauerten, erbrachten selten mehr als ein paar Zeilen, einen kurzen Abschnitt oder zwei, festgehalten in einem abgeschmackten, mechanischen Surrogat menschlicher Rede. Diese angeblich beeideten Aussagen meiner Mutter wurden handschriftlich von ihren Inquisitoren – Hauptmann Bykow und Oberleutnant Antonow – aufgezeichnet, deren fanatische »Wahrheitssuche« durchsetzt war von plumpen sowjetischen Losungen und bauerntölpelhaften Redensarten, die ich seit mindestens fünfzig Jahren nicht mehr vernommen hatte. Auch ohne Blick auf die Unterschrift am Seitenende wusste ich, wann meine Mutter Antonow vor sich hatte. Beschuldigungen, sie lüge, waren bei ihm selten. Das Wort, das er stattdessen verwendete – *lukawit* –, hatte ein weicheres, volkstümlicheres Aroma und spielte auf den *lukawity djawol* an, den hinterlistigen Teufel, der auf dem Lande sein Unwesen trieb und die Menschen verführte. Antonow schwor des Öfteren, ihre gleichermaßen *lukawije* oder »teuflisch schlauen« Absichten zu »entlarven«. Ich staunte über das Wort, dem ich meiner Erinnerung nach außerhalb der Volksmärchen über die Baba Jaga nie begegnet war. Sehr ähnlich reagierte ich auf das von Antonow gebrauchte Wort *kleweta*, das im engeren Sinne schlicht »Verleumdung« oder »Verunglimpfung« heißt, aber auch einen vagen folkloristischen Beiklang hatte und eine trostlose Welt heraufbeschwor, bevölkert von wilden Butzemännern, die es auf unschuldige Sterbliche abgesehen hatten. Beides waren phantasmagorische Wörter aus vorsowjetischer Zeit, die wie so vieles aus dem russischen Aberglauben in politischer Einkleidung gute Dienste taten. Noch besser war das Wort *sapiratelstwo*, das »Leugnen« oder »feindselige Verstocktheit« hieß, klanglich aber eher an Hartleibigkeit und Heimlichtuerei denken ließ. Daher hatten Antonows wiederholte Drohungen, die *sapiratelstwo* meiner Mutter sei vergeblich, einen skatologischen Beiklang, so als mahne er sie, sich endlich zu »erleichtern« und die Wahrheit zu sagen.

Die gegen sie erhobenen Anschuldigungen stützten sich auf zwei Artikel des sowjetischen Strafgesetzbuchs: 58.1, Spionage, die mit fünfundzwanzig Jahren Haft und Einzug des gesamten Eigentums, und Artikel 58.10, antisowjetische Propaganda und Agitation, die mit sieben Jahren Haft oder Arbeitslager bestraft wurden. Die Beweise für ihre Spionagetätigkeit stammten zum Großteil aus ihrer Arbeit für das Jüdische Antifaschistische Komitee in Kriegszeiten – ironischerweise der Tätigkeit, für die ihr die »Medaille für heldenmütige Arbeit im Großen Vaterländischen Krieg 1941-1945, mit Verleihungsurkunde« verliehen worden war und die (wie ich bald feststellen sollte) samt ihrer übrigen Habe während der Verhaftung und Hausdurchsuchung beschlagnahmt wurde.

Es war Antonow, der meiner Mutter »aufrichtige, ehrliche Geständnisse« abverlangte und sie zugleich abwegigster Verbrechen beschuldigte, die sie unmöglich begangen haben konnte – Staatsgeheimnisse an amerikanische und britische Spione verraten, Kontakte zu »reaktionären Kreisen« in den Vereinigten Staaten hergestellt, sich mit Personen getroffen zu haben, die sie gar nicht kannte, außerdem an Orten, zu denen sie niemals Zugang hatte. Es war eine Pseudoermittlung, von Anfang bis Ende gefälscht und rechtsgültig nur, wenn sie sie zwangen, bei dem Theater mitzumachen, die Rolle der Schurkin und Auslandsspionin zu spielen und ihre Unterschrift unter den inszenierten Schwindel zu setzen.

Aber wen wollten sie damit zum Narren halten? Darauf fand ich keine Antwort.

Was schriftliche Zeugnisse über das sowjetische Strafsystem oder den Gulag betrifft, war ich natürlich nicht ganz unbeleckt. Mit Mitte zwanzig, als solche Chroniken zuerst in Samisdat-Form zirkulierten, hatte ich angefangen, heimlich und aufs Geratewohl alles an verbotener Literatur zu lesen, was ich in die Finger bekam. Die zwei Bände der Erinnerungen Jewgenia Ginsburgs las ich mit vielen Monaten Abstand auf den stark abgegriffenen Seiten einer verschwommenen Hektographie. Die bezwingend düsteren Geschichten Warlam Schalamows durfte ich nur achtundvierzig Stunden lang behalten, bis ich sie an den nächsten Untergrund-Leser weitergeben musste. Solschenizyns *Der erste Kreis der Hölle* lernte ich in der Dunkelkammer eines Freunds kennen, in der wir die ganze Nacht hindurch Seite um Seite des in winziger Schrift (auf einer Filmrolle vorhandenen) Texts unter seinem Vergrößerungsgerät lasen. Doch jetzt, mit den Vernehmungsprotokollen meiner Mutter in der Hand, musste ich nicht an Solschenizyn denken, sondern an Wassili Grossman, einen Schriftsteller, den ich erst mit Ende dreißig gelesen hatte und der für mich besser als alle anderen vor ihm die spezifische politische Pathologie der Russen zusammengefasst hat:

Das tausendjährige Prinzip, wonach das Wachstum der russischen Aufklärung, Wissenschaft und industriellen Stärke durch das Wachstum der menschlichen Unfreiheit erreicht wurde, dieses Prinzip, das vom alten Russland der Bojaren, von Iwan dem Schrecklichen, Peter dem Großen und Katharina der Großen angewandt und perfektioniert wurde, dieses Prinzip feierte unter Stalin seinen Triumph.

Und man muss sich wirklich wundern, dass Stalin, der die Freiheit so gründlich zerschlagen hatte, dennoch weiter Angst vor ihr hatte.

Vielleicht war es die Angst vor ihr, die Stalin zu seiner wahrhaft unerhörten Heuchelei zwang.

Stalins Heuchelei drückte klar die Heuchelei seines Staates aus. Und diese Heuchelei kam vor allem in seinem Spiel mit der Freiheit zum Ausdruck. Der Staat zog die tote Freiheit nicht in den Schmutz! Der kostbare, lebendige, radioaktive Inhalt der Freiheit und Demokratie war abgetötet und zur Worthülse gemacht worden, zum ausgestopften Balg. So schmücken sich Wilde mit hochpräzisen Sextanten und Chronometern, die ihnen in die Hände gefallen sind.

Und nun hatte ich selber Berichte aus den Schreibstuben dieser Justizfarce vor mir: die Seiten akribisch durchnummeriert und mit den Girlanden der Legalität – Siegeln, Stempeln, Unterschriften – behängt. Und dabei bar jeden Rechts. Die feinen Instrumente der Logik und des Schlussfolgerns waren in den Händen von Rohlingen zu Knüppeln geworden. Sie konnten sie einschüchtern, stoßen, vielleicht sogar mit Schlägen dazu bringen, ihr Todesurteil zu unterschreiben. Und doch hatten die Kidnapper meiner Mutter in einer unfreiwilligen Achtung des Grundsatzes der menschlichen Freiheit nicht ihre Unterschrift gefälscht.

Das Drehbuch für die Untersuchung war ein klassisches Schneeballsystem, bei dem die Vernehmer sich alle Mühe gaben, Florence in den Zusammenhang einer groß angelegten Verschwörung einzuordnen, der sie berühmtere Persönlichkeiten beschuldigten. Zu diesem Zweck behaupteten sie, sie hätte geheimes Material an ausländische Spione weitergegeben, und zwar mittels Artikeln, die sie nicht geschrieben, sondern ins Englische *übersetzt* hatte – Artikel, die geheime Informationen über die Landwirtschaft und die Kriegsindustrie enthielten. Ob solche Artikel auch in Florences Akte Eingang gefunden hatten, war mir nicht ganz klar. Ein repräsentatives Beispiel aus der Niederschrift:

Bykow: Sie streiten ab, dass Sie auf Anweisung von Epstein und Michoels geheimes Material ins Englische übersetzt haben?

F. Brink: Ich streite ab, gewusst zu haben, dass das mir übergebene Material als geheim eingestuft war. Die Artikel wurden alle im Voraus von sowjetischen Zensoren geprüft.

Bykow: Dadurch, dass Sie die Artikel lasen und ihren Inhalt analysierten, wurden Sie logischerweise Mitwisserin ihres verdeckten Inhalts. Geben Sie zu, dass Sie in Kuibyschew eine feindliche nationalistische Gesinnung entwickelt haben.

F. Brink: Ich gebe zu, dass ich während meiner Arbeit für das Jüdische Antifaschistische Komitee teilweise von den Menschen in meiner Umgebung beeinflusst worden bin. Ich habe ihre feindlichen antisowjetischen Einstellungen übernommen und einen nationalistischen Standpunkt erworben.

Bykow: Sie haben auch antisowjetische Diskussionen abgehalten und Lügen über die Sowjetunion erfunden.

F. Brink: Das streite ich kategorisch ab. Ich habe nie zum Ausdruck gebracht, dass ich mit der Politik der sowjetischen Regierung unzufrieden wäre.

Bykow: Sie geben zu, vom bürgerlichen jüdischen Nationalismus vergiftet worden zu sein, leugnen aber die verbrecherischen Taten, die seine natürliche Folge sind.

F. Brink: Ich räume ein, dass ich nationalistische Abweichungen empfunden habe. Sie fanden äußerlich aber keinen Ausdruck.

Bykow: In Ihrer Seele existierten sie aber, das geben Sie zu?

In ihrer *Seele*? Was ging die ihre *Seele* an? Was war das, dachte ich, eine Anklage oder ein Exorzismus?

Das abschließende Urteil lautete:

Die Tatsache, dass Sie antisowjetische Ausfälle mitangehört und andere nicht wegen ihrer nationalistischen Bemerkungen zurechtgewiesen haben, bedeutet, dass Sie eine Mitverschwörerin und Nationalistin wurden.

Wilde mit Chronometern. Nicht nur hatten die Vernehmer meiner Mutter keinerlei Begriff von Logik, ihre Fragen und Schlussfolgerungen beruhten auch auf einem durch und durch primitiven Weltbild: Die Gedanken und Handlungen eines Menschen sind entweder heilig oder sündig, prosowjetisch oder antisowjetisch, mit uns oder gegen uns. In dieser kruden Kosmologie war Neutralität nicht vorgesehen. Sogar die europäischen Katholiken hatten im Mittelalter zwischen Himmel und Hölle eine Zone des Fegefeuers eingezogen, aus der Rettung immer noch möglich war. Die russische Orthodoxie hatte so eine Vorstellung nie akzeptiert – ihre Gedankenwelt kannte nur makellose Frömmigkeit oder untilgbare Schuld, kein Dazwischen.

Dass Walja keine Dokumente über meinen Vater beschaffen konnte, hatte, wie ich vermutete, denselben Grund, weswegen meine Mutter ihm keine Päckchen zukommen lassen konnte: Mein Vater war zu bald nach seiner Verhaftung erschossen worden. War das, fragte ich mich plötzlich, seine Strafe, weil er sich weigerte, die Papiere zu unterschreiben, die ihm vorgelegt wurden? Ich hatte das sichere Gefühl, dass er bei dem Schwindel nicht mitspielen wollte, um uns zu schonen. Um Mama und mich zu schützen, hatte er nichts ausgesagt, wodurch Florence in irgendetwas hineingezogen werden konnte. Und ebenso sicher war ich mir, dass Florence das in einem vernünftigen Teil ihres Denkens von Anfang an gewusst hatte. Dass sie nach seiner Verhaftung nicht aus Moskau weggehen wollte, machte mich umso zorniger.

Mein Verdacht bestätigte sich, als ich die Dokumente meiner Mutter nach dem Namen meines Vaters durchsuchte und ihn auch fand, aber nicht in der Eigenschaft als »Ihr Ehemann Leon Brink«, sondern als »der Spion und Verleumder Brink« und gelegentlich sogar als »Ihr Komplize Leon Brink«. Nach diesen Akten konnte man meinen, meine Mutter hätte keine Freunde oder Vertraute gehabt, sondern nur Komplizen, Mitverschwörer und Kollaborateure. Manchmal bezichtigte man sie, die *jedinomyschlenniza* irgendeines anderen Verbrechers zu sein – ein Wort, bei dem ich die Übersetzung schuldig bleiben muss, weil der Begriff in der amerikanischen Umgangssprache ein Paradox wäre. Es bedeutet schlicht, dass zwei genau dasselbe denken. Wenn eine solche Gleichförmigkeit des Denkens möglich wäre, stünden auf der Liste der *jedinomyschlenniki* meiner Mutter auch mein Vater, verschiedene Mitglieder des Jüdischen Komitees und »der Spion und Verleumder Seldon Parker«, in dem ich nach einiger Verwirrung Onkel Seldon erkannte, den Freund meines Vaters, bei dessen nikotinverfärbten Fingern ich als Kind immer gleich an Pferde auf Streichholzbriefchen und an Fische aus Aluminium denken musste, denn die, versprach er, konnten mir die Zukunft vorhersagen.

Ich suchte auf meiner Schnitzeljagd fieberhaft nach Bekanntem – nach irgendetwas, was zu dem Wirrwarr meiner schmerzlichen Kindheitserinnerungen an das Jahr 1949 passte –, als ich mitten in der Akte etwas fand, das mich erstarren ließ. Wieso hatte ich das beim ersten Durchblättern übersehen, wenn es doch so weit oben in dem monströsen Stapel lag? Es war drei Seiten lang, ein Anhang zum Haftbefehl meiner Mutter, eine Liste fast aller Gegenstände, die in jener entsetzlichen Nacht beschlagnahmt wurden, in der zwei uniformierte Offiziere des MGB in das Zimmer hereinplatzten, in dem meine Mutter und ich seit der Verhaftung meines Vaters sieben Monate zuvor allein lebten.

Eingezogen zur Übergabe an den MGB:

1. Pass Nr. XXIII-CU Nr. 599812, ausgestellt am 25. September 1936 durch die Abteilung 64 der Miliz der Stadt Moskau auf den Namen Brink, F. S.

2. Medaille für heldenmütige Arbeit im Großen Vaterländischen Krieg 1941-1945 mit Verleihungsurkunde

3. Banksparbuch Nr. ____ mit 1024,45 Rubel Guthaben

4. Armbanduhr des ausländischen Fabrikats Voltan, gelbes Metall, Nr. 5648891 (auf Rückseite); funktionstüchtig, ohne Sekundenzeiger
5. Diverse Dokumente in Fremdsprache - 7 Stück
6. Diverse Fotografien - 16 Stück
7. Diverse Notizbücher - 4 Stück
8. Formulare und Zeugnisse - 7 Stück
9. Ausschnitte von Landkarten aus sowjetischen Zeitungen - 4 Stück
10. Durchschlagpapier - gebraucht, 1 Päckchen
11. Englisch-französisch-deutsches Wörterbuch

Unterzeichnet von der Hausbesorgerin
Talkowskaja, Warwara Arturowna,
Zeugin der Beschlagnahme

Haushaltsgegenstände:
1. Esstisch - 1, gut erhalten, gebraucht
2. Stühle mit Lehne - 2, gebr.
3. Polsterstuhl 1, alt
4. Teewagen - 1, gebr.
5. Kleiderschrank - 1, gebr.
6. Kommode - 1
7. Diverse Metallbetten - 2
8. Buchetagere - 1
9. Koffer, diverse - 2
10. Schrankkoffer - 1
11. Fotokamera der Marke Komsomolez - 1
12. Fotokamera, ausländisches Fabrikat - 1, kaputt
13. Porzellanfiguren, diverse - 3
14. Bronzebüste von W.I. Lenin - 1
15. Tischlampen, diverse - 2
16. Radioempfänger - 1

17. Kugelschreiber, diverse - 2, kaputt
18. Fußbänke - 2
19. Tagesbett mit Federn - 1
20. Matratzen, Baumwolle - 2
21. Bettüberwurf, Baumwolle - 2
22. Decke, Wolle, grau - 1
23. Decke, Baumwolle - 2
24. Laken - 6
25. Wecker, rund - 1, repariert
26. Kinderanzug, grau, Wolle - 1
27. Kinderanzug, braun, Wolle - 1
28. Kinderhose, grau, Wolle - 1
29. Kindermantel für den Übergang, mausgrau - 1
30. Kinderjacke, Wolle, mit Futter - 1
31. Herrenjacke, Leder, braun - 1
32. Herrenjacke, Segeltuch - 1
33. Morgenrock für Damen, diverse - 2
34. Damenjacke, grau, Wolle - 1
35. Damenkostüm, Wolle, stahlgrau - 1
36. Damenblusen, diverse - 3
37. Sommermantel für Damen, Wolle, dunkelblau - 1
38. Hemden, Damentrikotagen und Seide - 2
39. Kleid, Leinen, kariert - 1
40. Kleid, schwarz, Crêpe de Chine - 1
41. Kleid, blau, Seide - 1
42. Seidenpyjama für Damen, Birkenmuster - 1
43. Netztischtuch, Wachsleinwand - 1
44. Herrenjacke, Segeltuch, mit Pelzfutter - 1
45. Militärjacke für Herren, Wolle - 1
46. Herrenunterwäsche, weiß, Wolle - 3
47. Herrenhemden, diverse, Wolle - 2
48. Unterhemd für Herren - 2
49. Unterzieher für Herren - 8
50. Kinderpullover, diverse - 3

51. Kinderunterzieher, diverse - 3
52. Kinderhosen, diverse - 4
53. Unterhosen für Kind - 9
54. Tischtücher, diverse - 3
55. Unterhemden für Kinder - 4
56. Handtücher, diverse -3
57. Kissenhüllen - 3
58. Decken, Baumwolle - 3
59. Federkissen, diverse - 3
60. Schlittschuhe mit Stiefeln - 3 Paar
61. Kinderstiefel, diverse, Leder - 2 Paar
62. Halbstiefel, Herren - 1 Paar
63. Damenschuhe - 2 Paar
64. Herrengaloschen - 1 Paar
65. Kindergaloschen - 1 Paar
66. Damengaloschen - 1 Paar
67. Schultaschen für Kinder, Leder - 2, alt
68. Violine für Kinder - 1
69. Metallkästchen mit Zeichengerät - 1
70. elektrisches Bügeleisen - 1
71. Herrenschlipse - 9
72. Schüsseln, Metall - 3
73. Suppenschüsseln, diverse - 12
74. Brotkasten, Ton - 1
75. Kleine Teller - 20
76. Töpfe - 2
77. Milchtopf, Emaille - 1
78. Teetassen, diverse - 10
79. Untertassen, diverse - 12
80. Vasen, diverse - 3
81. Schnapsgläser - 6
82. Spülbürsten - 2
83. Esslöfel - 6
84. Gabeln - 5

85. Teelöffel - 3
86. Teekanne, klein, Porzellan - 1
87. Bratpfannen - 2
88. Küchenmesser - 4
89. Zuckerdose - 1

Zimmer wurde versiegelt und Gegenstände zur
Aufbewahrung übergeben an Talkowskaja, Warwara
Arturowna, Hausverwalterin

Ich strich mit den Händen über die Wörter wie ein Blinder, der mit den Fingern liest, als wollte ich diese schäbigen, kostbaren verlorenen Dinge berühren. Wie schnell sie
mir in allen beschämenden Details klar vor Augen standen: das »karierte« Kleid meiner Mutter, ein Schottenkaro
in Braun-Grün, dessen Rock mich streifte, als wir, ich an
ihrer Hand, zum Brotkiosk gingen. Die Fliegerjacke meines Vaters, der Kragen nach Chypre-Duft riechend. Mein
eigener »mausgrauer« Mantel und der abgestoßene Ran-
zen, einem anderen Kind aus dem Haus ebenso abgekauft wie die Violine, die meine Mutter beschafft hatte in
der Hoffnung, aus mir werde der nächste David Oistrach.
Nicht einmal meine kleinen Stiefel - zwei Paar - hatten
sie ausgelassen bei dieser kriminellen Beschlagnahme. Unweigerlich wurde es mir beim Lesen der Liste eng in der
Brust vor Schmerz. Was war aus den Sachen geworden?
Aus den Unterhemden und Porzellanfiguren, den Schlitt-
schuhen und der Zuckerdose! Zur »Aufbewahrung« übergeben an Talkowskaja, Warwara Arturowna, wer zum Teufel das auch war (mir sagte der Name absolut nichts). Und
wo war eigentlich der Schmuck meiner Mutter - ihre Anstecknadeln und ihre Ohrclips, ihre Bernsteinkette und
ihre Schals? Wo ihre *Handschuhe*? Langfinger! Diebe! Lis-
teten unser Leben auf, als stünde es zur Auktion.

In dem Moment war ich wieder sechs Jahre alt und sah zu, wie die beiden Polizisten, die uns festgenommen hatten – ein Mann und eine Frau in tristen olivfarbenen Uniformen –, die Tür unseres Kleiderschranks öffneten, die Hände über die Kleidungsstücke gleiten ließen, das Futter betasteten und zudringlich die Finger in die Taschen schoben, bevor sie nach und nach die gesamte Habe meiner Mutter auf den Boden warfen.

Sie hatten ein gerahmtes Foto von der Wand genommen, das über dem Bett meiner Eltern hing, eine Studioaufnahme von uns dreien: Ich, anderthalb, saß mit abstehenden Ohren zwischen meinem jungen Papa in seinem traurigen Anzug und meiner Mutter mit den aufgetürmten Locken, die Lippen zu einem dunklen Cupidobogen zusammengepresst. Sie hatten das Bild abgehängt, um zu kontrollieren, dass nichts dahinter versteckt war, und anschließend, um ganz sicherzugehen, die Rückseite abgerissen, während meine Mutter – ihr Gesicht bleich und übernächtigt, ihre trockenen Lippen völlig ungepanzert im Gegensatz zu dem dunklen gemalten Herz auf dem Foto – taktvoll bittend Einspruch erhob. Wo war ich da? Ich saß auf meinem Kinderbettchen neben der Heizung, und der geblümte Vorhang, der meinen Teil des Zimmers von dem meiner Eltern abtrennte, war aufgerissen. Wie spät war es? Vier Uhr dreißig oder fünf Uhr früh – das Violett des Novembermorgens begann gerade erst durch die Vorhänge zu kriechen. Ich konnte nicht weg. Eine schwere Hand drückte mir die Schulter nach unten. Sie gehörte unserer Nachbarin vom gleichen Flur, Awdotja Grigorjewna – »Tante Dunja« –, die nach der Schule Graupensuppe für mich kochte, wenn meine Mutter auf Arbeit war. In dem Tohuwabohu hatte sie sich durch die Tür gedrängt und wollte nicht gehen – wollte um meinetwillen vermitteln, stelle ich mir vor, obwohl ich, wenn ich an das Zittern der großen Hand denke, die sich auf mich legte, vielleicht auch ein Bettpfosten war, der sie stützte. Tante Dunjas Geruch hüllte mich ein – ein Kondensat von allem, was alt, sauer und schläfrig war –, während die pummelige junge Frau in der Soldatenuniform den Schrank meiner Mutter durchwühlte. Meine Blase zog sich während dieses Geschehens zusammen, ich traute mich nicht, den Mund aufzumachen und zu fragen, ob ich das Zimmer verlassen dürfe, um mich zu erleichtern, und starrte stattdessen auf das verblichene Rechteck der Tapete, auf dem die Fotografie meiner Familie gehangen hatte. Und jetzt wandte sich die Milizionärin nach Prüfung unserer Etagere mit einem mokanten Lächeln der kleinen Messingbüste Lenins zu, die oben im Regal stand. Diese Büste – wurde mir in stummem Schrecken klar – hob Mama doch immer herunter, wenn sie Walnüsse mitgebracht hatte. Wo hatte sie die Statuette eigentlich her, deren eindrucksvoller kahler Schädel so gut in ihrer Hand lag, wenn sie mit dem Sockel von W. I. Lenins Brustkorb die Nüsse aufschlug? Wahrscheinlich war es eine Auszeichnung für die guten Dienste, die sie an einer Arbeitsstelle geleistet hatte.

Im Grunde meines Herzens hatte ich immer befürchtet, dass Mama für ihren Missbrauch der Büste des Großvaters unserer Nation eines Tages bestraft wurde. Außerdem war ich überzeugt, dass nur ich sie retten konnte. Ich wollte wettmachen, was ihre Treue zu Lenin zu wünschen übrig ließ, sobald ich Tante Dunjas bleischwere Hand abgeschüttelt hatte, und aus voller Kehle das Gelöbnis der Pioniere aufsagen, das ich an der Wand des Klassenzimmers gesehen hatte:

Ein Pionier achtet und ehrt das Werk von Lenin und Stalin. Ein Pionier liebt sein Vaterland und hasst dessen Feinde. Ein Pionier ist ehrlich und sagt immer die Wahrheit. Sein Wort ist fester als Stahl! Ein Pionier ist tapfer wie ein Adler. Er verachtet Feiglinge.

Der Milizionär schien mir beim Hantieren mit unseren Sachen nüchterner und weniger gehässig vorzugehen, und ich dachte mir, er würde merken, dass jemand, dessen Kind fehlerfrei das Pioniergelöbnis vortrug, kein Feind sein konnte. Dann wüssten die zwei sofort, dass sie in die falsche Wohnung gestürmt waren, wären sehr zerknirscht (vielleicht gab der Mann mir sogar seine Mütze), würden uns mit herzlichem Handschlag in Ruhe lassen. Und da ließ der Milizionär, fast so, als hätte ich es mit der Magie meiner Hoffnung herbeigeführt, den Blick durchs Zimmer schweifen, bis seine Augen auf mir ruhten.

»Sagen Sie dem Kind, es soll aufstehen«, befahl er Awdotja Grigorjewna. Ich stand schon von selber auf: Es war meine Chance, Tante Dunjas gluckenhafter Bewachung zu entkommen. Ich wollte mich in Vorbereitung auf meinen Vortrag räuspern. Doch der Mann ging an mir vorbei zu der metallenen Bettstatt, beugte sich hinab und zog mein Flanelllaken und die Wolldecke heraus, hob die Matratze an, kehrte ihre schmuddelige Unterseite nach oben und drehte mein Kissen um.

»Das ist das Kinderbett – sehen Sie nicht, dass da nichts ist?«, flötete Tante Dunja prompt ihren Einspruch.

Der Milizionär ignorierte sie, zog ein langes Taschenmesser hervor und schlitzte die gestreifte Matratze auf wie den Bauch eines Fischs.

Noch schrillerer, ängstlicherer Protest erhob sich von der alten Frau, als der Mann den Arm auf der Suche nach Gott weiß was in die Matratze schob: die Klümpchen der Füllung fielen mir wie kleine Schneebälle vor die Füße. Ich brachte kein Wort heraus. Zitterte. Eine erniedrigende Wärme breitete sich über meine Wollstrümpfe aus.

Die Situation war so verworren, dass eine Zeitlang niemand merkte, dass ich mir in die Hose gemacht hatte. Der Milizionär inspizierte nun die freie Stelle hinter der Heizung, und die uniformierte Frau behielt wie ein Habicht meine Mutter im Auge, während die einen kleinen Koffer packte. Tante Dunja beobachtete die Milizionäre, und der alte Hausmeister, ein Tatar, der die beiden die Treppe heraufgeführt hatte, stand jetzt in der Tür, ein gespenstischer Zeuge, der dieselbe verdrossenene, undurchdringliche Miene zog wie immer, weil er bestimmt schon oft den offiziellen Beobachter einer solchen Szene hatte spielen müssen. Und dann kam mein Geheimnis heraus. »Er hat sich in die Hose gemacht!« Meine Kinderfrau schrie es fast heraus, und meine Mutter setzte zum Sprung zu mir an.

»Stehen geblieben!«, kreischte die Milizionärin.

»Bitte, lassen Sie mich ihm etwas anderes anziehen.«

Tante Dunja zerrte schon an meinem nassen Unterzeug. Ich klammerte mich an den Hosengummi und hielt dagegen. Ich wollte mich nicht ausziehen lassen und meiner Scham noch das Entsetzen hinzufügen, vor diesen feindseligen Fremden entblößt zu werden.

»Kümmere sich wer, dass das Gebrüll aufhört«, schrie der Milizionär.

Der Rotz verstopfte mir die Nase.

Wieder die Stimme meiner Mutter. »Lassen Sie ihn in Ruhe. Lassen Sie mich ihn umziehen.«

Schließlich erlaubten sie ihr, in der Unordnung des Schrankinneren nach trockener Unterwäsche und Wollstrümpfen für mich zu suchen. Ich war inzwischen so verängstigt und verzweifelt, dass der Versuch meiner Mutter, mir die nassen Strümpfe abzustreifen, dem Schuppen einer springenden Forelle gleichkam. Ich weiß nicht mehr, wie wir es geschafft haben, ich weiß nur noch, dass sie mich, als ich frisch angezogen war, mit Tante Dunja hinausschickte – was mir wie ein Ausschimpfen vorkam und mich noch tiefer traf.

Ich wollte nicht. Ließ ihren Hals nicht los. Klammerte

mich fest, malträtierte meine Stimmbänder mit meinem Heulen und Schluchzen, während sie mich von ihr wegzureißen versuchten, bis ich sogar die Geduld unserer Häscher erschöpft hatte und im Zimmer bleiben durfte, während Mama ihre kleine Tasche packte und sich anzog.

»Beeilung«, befahl die Milizionärin. »Sie gehen nicht ins Theater.«

Mir steht noch Mamas Haar vor Augen, wirr und ungekämmt, als sie sich den Mantel zuknöpfte. Sie schob es sich vor dem kleinen Spiegel neben der Tür aus dem Gesicht und wollte es mit ihrem geschnitzten Schmuckkamm hinten feststecken.

»Das können Sie nicht mitnehmen!«, teilte die Milizionärin ihr mit. Aus welchem Grund? Vielleicht weil er scharfe Spitzen hatte und eine Waffe darstellen konnte. Mutter sah plötzlich tief unglücklich aus – als sei der Umstand, sich nicht ausgehfertig machen zu dürfen, der Gipfel der Ungerechtigkeit über allen anderen Ungerechtigkeiten, die sie zu erleiden hatte. Die Frau streckte die Hand nach dem Kamm aus, aber Mama wollte ihn nicht hergeben. Sie hielt das geschnitzte Stück aus hellem Schildpatt fest, als sei es ihr letzter Besitz und zu kostbar, um ihn dieser gierigen, barbarischen Furie zu überlassen. Sie kam zu mir, ging in die Hocke, drückte mir den Kamm in die Hand und schloss meine Finger darum. »Kau nicht an den Fingernägeln«, sagte sie und zog die Tränen in ihrer Nase hoch. »Sag Tante Dunja, sie soll sie dir schneiden.« Sie rubbelte mir die Finger, nahm meinen Kopf zwischen die Hände.

»Ich möchte mit dir mitgehen, Mama.«

»Nein, nein. Ich bin in ein paar Tagen wieder da.«

Wir hatten Russisch gesprochen, aber nun sah sie wohl etwas Schreckliches in meinem Gesicht, denn ihre Augen blitzten vor Verzweiflung auf wie Saphire, und sie stieß heiser auf Englisch hervor: »Was sie dir auch über mich erzählen, es stimmt nicht, merk dir das.«

»Sprechen Sie Russisch!«, bellte die junge Frau an der Tür.

»Mach keine Schwierigkeiten und glaub nicht, was sie sagen.«

Und dann wurde sie weggerissen. Sie ließ sich am Ellbogen bis zur Tür zerren. Ich wollte ihr nachlaufen, wurde aber von einem MGB-Beamten im Flur festgehalten, wo Tante Dunja mich an ihre schwere, saure Brust drückte, während ich kreischte und schrie. »Still jetzt, mach keine Schwierigkeiten«, sagte sie, Mamas Bitte wiederholend, auch wenn sie das Englisch nicht verstanden haben konnte. Über ihre Schulter hinweg sah ich das Braun von Mamas Mantel und ihr Haupt unter dem blauen Kopftuch unter dem Treppengeländer verschwinden – das Letzte, was ich für sieben Jahre von ihr sehen sollte.

Und jetzt saß ich mit vierundsechzig auf einem Hotelbett, einen Stapel Fotokopien in der Hand, und war vernichtet vor Scham über mein sechsjähriges Ich, das sich in die Hose gemacht und nicht einmal ein richtiges Auf Wiedersehen zustande gebracht hatte. Meine Mama. Die Bestürzung und Wehrlosigkeit, das Unvermögen und die Wut dieses verlassenen Kinds raubten mir am Ende eines anstrengenden Tags die letzte Lebensfreude und Kraft. Ich legte die Dokumente auf dem Bettüberwurf mit dem Paisleymuster ab und schloss die Augen. *Heute nicht mehr*, sagte ich mir. Wenn ich jetzt weiterlas, bliebe mir keine Kraft mehr, mich in das Unangenehme zu fügen, das am nächsten Vormittag von mir verlangt wurde. Von der Vorstellung war mir schon genauso übel wie vom Inhalt dieser aus der Versenkung gezogenen Seiten.

Ich lag auf dem Rücken, doch der Schlaf wollte nicht kommen; ich war zu aufgewühlt, um mich dem Vergessen zu überlassen. Handschriftliche Textzeilen liefen in meinem Kopf zusammen. November, Dezember, Januar. Monate der Folter. Und dann vergingen ganze Wochen ohne jegliches festgehaltenes Geschehen, als hätten ihre Kerkermeister sie vergessen. Ich staunte über die Verschwendung von Menschen und von Material, die es schon allein kostete, die gewaltige Industrie der Gefängnisse und der Vernehmungen am Laufen zu halten. Eine riesige perverse Fabrik, in der Menschen das Rohmaterial bildeten und deren Endprodukt… was war? Unterschriebenes und abgestempeltes Papier. Und – natürlich – Sklaven. Die Gefängniszellen waren nur die erste Stufe eines Unternehmens, dessen letztes Ziel die Beschaffung von Sklavenarbeit war.

Orte wie die Lubjanka, die Butyrka oder das Lefortowo, das begriff ich mit neuer Klarheit, waren Mühlen, in denen ein Mensch, der frei auf der Straße umherging (falls es ein solches »freies« Wesen in Russland überhaupt gab), in ein Lasttier verwandelt, in Bergwerksstollen geworfen, zum Bäumefällen und zum Kanalbau abkommandiert werden konnte und im schlimmsten Fall an den Hungerrationen sowieso starb, während er seinen Beitrag zu dem großen Unternehmen Sozialismus leistete. In dem Punkt irrte ich mich jedoch auch – man wollte sie *nicht* in Lasttiere verwandeln, denn Tiere konnte man nur acht oder höchstens zehn Stunden pro Tag arbeiten lassen, wohingegen man Sklaven zwingen konnte, sechzehn Stunden oder noch länger bis zur Erschöpfung zu schuften. Tiere konnte man nicht ohne Nahrung und Wasser in Viehwaggons oder in die Frachträume von Dampfschiffen pferchen und erwarten, dass sie die Reise überlebten. Sie auf diese Weise zu behandeln käme letztlich viel zu teuer, denn die Nachzucht von weiteren Tieren als Ersatz für die toten oder unproduktiven würde ein bestimmtes Maß an Pflege und an Mitteln erfordern; Menschen hingegen waren, zumindest in diesem Regime, unbegrenzt vorhanden und daher zum Verschleiß freigegeben.

Ich wusste nicht, was mich mehr entsetzte: die Grausamkeit oder die Kurzsichtigkeit. Die russischen Lagerwachen, die Lagerkommandanten und die Bürokraten in den zahlreichen Hierarchien achteten nicht einmal *das Tier im Menschen*. Noch der sadistischste Sklavenhalter im amerikanischen Süden, sinnierte ich, wird das Durchhaltevermögen von Menschen einberechnet haben, zumindest insoweit, als er seine Sklaven weiter ausbeuten wollte (wenn nicht aus Sorge um sein christliches Seelenheil). Doch sogar dieses Minimum des kaufmännisch Gebotenen, den Sklaven so gut zu ernähren und unterzubringen, dass er nicht vor Krankheit oder Erschöpfung umkippte, wurde von der Verwaltung des Gulag unterschritten. Und das, während noch im unbedarftesten Landstrich des amerikanischen Südens ein Menschenleben in der Regel mindestens das Gold wert war, das sein Erwerb gekostet hatte, wohingegen es im kommunistischen Russland überhaupt keinen Wert besaß.

An Schlaf war heute nicht zu denken. Ich knipste die Nachttischlampe an und zog einen weiteren Stoß Papiere aus dem Pappkarton. Abermals verflossen die Seiten ineinander, so gleichförmig war ihr Aufbau aus schrillen, grotesken Anschuldigungen, gefolgt von stufenweise eingeräumter Schuld, ein Absatz lang im Höchstfall, das Destillat stundenlanger Verhöre, denen man nur noch in Umrissen entnehmen konnte, was in jenen Kerkerräumen vor sich ging. Nach ein paar Monaten – Januar, Februar, März – bemerkte ich eine Veränderung. Bis dato handschriftlich geführt, waren die Protokolle plötzlich mit der Maschine geschrieben. Anscheinend hatten sie einen Stenographen bekommen, und zwar einen, der über eine höhere Bildung verfügte als die beiden sich abwechselnden Dummköpfe

Bykow und Antonow. Das schloss ich aus der gesunkenen Zahl von Rechtschreib- und Grammatikfehlern in den Abschriften, auch wenn die eine oder andere derbe Wendung (»versuchen Sie nicht ständig, die Frage im Modder ihrer Verwirrtaktik zu ertränken...«) die ansonsten an Slogans gemahnenden Banalitäten würzte.

Wurden die Stenographen im Schichtsystem eingesetzt, und der Fall meiner Mutter war einfach an die Reihe gekommen? Oder war ihr Fall heraufgestuft worden, und sie verdiente jetzt einen Stenographen? Die Blätter lieferten keinen Hinweis, doch die Verhörprotokolle wurden plötzlich ausführlicher und, vielleicht aus demselben Grund, noch lächerlicher und betrafen nicht nur andere Angestellte des SowInformbüros und des berüchtigten Jüdischen Komitees, sondern ihre private Korrespondenz ausgerechnet mit Onkel Sid. Ein Beispiel:

```
Antonow: Berichten Sie von Ihrer verbrecheri-
schen Beziehung zu dem Amerikaner Siet-ney Fein.
F. Brink: Das ist mein Bruder.
Bykow: Wir haben Beweise dafür, dass er geheime
Nachrichten, die Sie an Ihre Spionagezelle in
New York geliefert haben, weiterverbreitet hat.
F. Brink: Das bestreite ich.
Antonow: Die Mitteilungen wurden in Ihrem Zimmer
beschlagnahmt, wo Sie sie in einer Mehldose
versteckt hielten.
F. Brink: Ich kann mich nicht zu etwas äußern,
was man mir nicht zeigt.
Bykow: Wir haben die Übersetzung hier: »Ich habe
deine Nachricht an die Bande weitergegeben...
Ich bin froh, dass wir wieder Kontakt haben. Ich
sollte das nicht schreiben - aber wir hoffen,
dass die ganze Zelle bald wieder vereint ist.«
```

Dass diese entsetzlich formelhaften Wörter aus Sidneys Feder stammen sollten, kam mir noch weniger plausibel vor als die Antworten meiner Mutter. Bykow und Antonow mussten verzweifelt sein, wenn sie Briefe von Florences Bruder als Beweise für Spionage benötigten.

```
Antonow: Berichten Sie von Ihrer Beteiligung
am Spionagering Misch-Pok.
F. Brink: Von diesem Ring habe ich noch nie
gehört.
Bykow: Ich zitiere: »Ich habe deine Nachricht an
die Bande weitergeleitet. Die ganze Misch-Pok
denkt an dich.«
```

Die Antwort folgte ein paar Zeilen später, nachdem meine Mutter offenbar den Originalbrief zu sehen erbeten hatte.

```
F. Brink: Mischpocha. Das ist ein jiddisches
Wort. Es bedeutet einfach »Familie«.
```

Vor der entstellenden Übersetzung hatten die Briefe ursprünglich vielleicht so gelautet: »Ich habe der Bande ausgerichtet, was du geschrieben hast. Die ganze *mischpocha* denkt an dich... Ich bin so froh, dass wir nach so langer Unterbrechung wieder Kontakt haben. Ich sollte das wahrscheinlich nicht schreiben, aber alle hoffen, dass du eines Tages wieder mit uns vereint sein wirst.«

Ich musste fast kichern, als ich mir vorstellte, wie diese hinterwäldlerischen Iwans das Wort *mischpocha* aussprechen wollten. Es war wie ein billiger Gag aus dem Borscht-Gürtel, ein unrettbar abgedroschener Witz über die kulturellen Missverständnisse zwischen Nichtjuden und Juden. Nur fand die Aufführung nicht in den Catskills statt, sondern im Keller der Lubjanka. Die Szene, die meine Phantasie mir zeigte, hatte mehr von Dante als von Jackie Mason.

Ein paar Seiten weiter wurde das Verhör noch seltsamer, und die Anschuldigungen wurden in einer Sprache formuliert, die sich der Übersetzbarkeit entzieht. Bykow, der jetzt das Sagen hatte, setzte ihr zu, sie solle ihre *pristrastije* – ein anderes Wort für »Leidenschaft«, obwohl ständiges sündhaftes Verlangen den Sinn vielleicht eher trifft – für die feindliche bürgerliche Literatur zugeben. Meines Wissens konnte man ein sittlich schlechtes Gelüst nur für dreierlei haben: Alkohol, Karten und Sex. Feindliche bürgerliche Literatur gehörte nicht unbedingt in diese Reihe.

Bykow: Am 23. Dezember 1948 haben Sie antisowjetisches Material an Ihre Komplizin Esther Frank weitergegeben, gemeine Gespräche mit ihr geführt und sich zusammen verleumderische Lügen über die Sowjetunion ausgedacht.
F. Brink: Ich streite kategorisch ab, verleumderisches Material mit Frank ausgetauscht oder mich an antisowjetischen Gesprächen beteiligt zu haben.
Bykow: Die Zeitschrift Life, die Sie ihr übergeben haben, was Frank schon gestanden hat, enthielt verleumderische Aussagen und Spötteleien über Personen der sowjetischen Regierung.
F. Brink: Dessen habe ich mich teilweise schuldig gemacht. Ich hatte aber nicht vor, beleidigende Bilder zu verbreiten.
Bykow: Mit welchem konterrevolutionären Ziel haben Sie die Zeitschrift hergezeigt?
F. Brink: Ich habe sie mit keinerlei konterrevolutionärem Ziel weitergegeben. Ich wollte etwas über eine amerikanische Schauspielerin lesen,

```
die kurz zuvor in einem Film mitgewirkt hat, und
mehr über diesen Film erfahren.
Bykow: Welchen Film?
F. Brink: Johanna von Orleans.
Bykow: Ist das eine christliche Heilige?
F. Brink: Ja. Es war kein theologischer Film.
Bykow: Was für ein Film war es?
F. Brink: Ein historischer.
Bykow: Ein historischer Film über eine christli-
che Märtyrerin.
F. Brink: Ja.
```

Hierauf folgte ein kurzer Wortwechsel darüber, ob es sich
bei Johanna von Orleans um eine religiöse, revolutionäre
oder konterrevolutionäre Gestalt handele. Florence plä-
dierte dafür, dass Johanna eine Patriotin und Tochter »des
Volkes« gewesen sei, ein Punkt, in dem Bykow ihr zustimmte, aber darauf beharrte, dass ein in Amerika pro-
duzierter Film über eine Märtyrerin religiöse Propaganda
bleibe. Mich beeindruckte dennoch Bykows Bereitschaft,
sich überhaupt auf eine existenzielle Diskussion über
Johannas verschiedene Rollen einzulassen. Verglichen mit
dem beschränkten Antonow wirkte Bykow wie ein wahrer
Intellektueller. Mit diesen Auslegungen beschäftigt, wäre
mir der folgende Wortwechsel am Seitenende beinahe entgangen:

```
Bykow: Sie selbst haben uns berichtet, dass
Esther Frank diese Information verbreitet hat.
E. Frank: Das habe ich nicht getan.
Bykow: Sie werden Gelegenheit haben, der Gefan-
genen zu antworten.
```

Nanu, was war das? Hier hatte es den Anschein, als wären Bykow und meine Mutter nicht allein im Raum, sondern als befände sich darin noch eine weitere Zeugin (abgesehen von dem unsichtbaren Stenographen) – jene »E. Frank«, die den Wortwechsel nicht nur verfolgte, sondern daran teilnahm. Zu welchem Zeitpunkt ihrer Inhaftierung hatte meine Mutter eine Esther Frank erwähnt? Bis jetzt war sie mir in den Dokumenten nicht begegnet. Und dann ließ ein ekelhafter Gedanke mich innehalten.

Bykow: Haben Sie nicht Hauptmann Subotin vom NKWD davon informiert, dass Frank bösartige antisowjetische Propaganda verbreitet?
F. Brink: Ich sagte, dass wir uns zusammen die Zeitschrift ansahen.
Bykow: Und dass Frank unsere sowjetische Realität schmähte.
E. Frank: Sie selbst war diejenige, die sie geschmäht hat, nicht ich.
F. Brink: Ich habe nicht gesagt, dass sie Unzufriedenheit mit der Politik der sowjetischen Regierung zum Ausdruck brachte. Solche Ansichten hat Frank mir gegenüber nicht geäußert. Zutreffend ist, dass ich sagte, sie vergleiche den sowjetischen Lebensstandard mit den Bildern in der Zeitschrift.
E. Frank: Ich habe nie darum gebeten, diese Zeitschrift oder andere ansehen zu dürfen.
Es war Brink, die sie mir in ihrer Eigenschaft als Provokateur aufgedrängt hat.
F. Brink: Das ist nicht wahr. Als ich die Zeitschrift besaß, habe ich darin nichts Verleumderisches gesehen.

Bykow: Und trotzdem haben Sie ausgesagt, die
Zeitschrift habe Frank gehört.
F. Brink: Ja, das gebe ich zu.
Bykow: Wenn Sie nichts Feindliches in der Zeit-
schrift gesehen haben, warum haben Sie Hauptmann
Subotin gegenüber den Besitz dann bestritten?
F. Brink: Man hatte mich glauben lassen, Esther
Frank sei eine Informantin und habe unsere Tref-
fen arrangiert, um mich dazu zu bringen, ihr das
Material zu zeigen, das ich für meine geheime
Arbeit verwendete.
E. Frank: Das ist eine Lüge. Ich war keine
Informantin für den NKWD. Diese Ehre gebührt
Brink.

An der Klimaanlage des Hotelzimmers konnte es nicht
liegen, dass mir jetzt die Kälte durch sämtliche Glieder
kroch. Es war, als sei der metabolische Motor, der mich
warmhielt, ins Stottern geraten und zum Stillstand gekommen. Gänsehaut brach auf meinen Armen aus, ich stand
auf, drehte den Thermostat ab und öffnete die Türen des
kleinen Balkons, um warme Luft hereinzulassen. Was ich
gerade gelesen hatte, war, wenn schon nicht Feuer, so doch
zumindest Rauch.

Esther Frank. Zu einem früheren Zeitpunkt war Florence
über eine Reihe von Personen befragt worden, meist andere Übersetzer und Schreiber für das JAFK, deren Namen
mir aus der Geschichte und aus Büchern vage bekannt waren. Der Name Esther Frank aber schockierte mich mit seiner sofortigen Vertrautheit. Konnte das… Tante Essie von
unserem Flur sein? Die Tante Essie mit den fingerdicken
Brillengläsern und den gemusterten Seidenmorgenmän-
teln? Das ältliche Fräulein aus der *kommunalka* (obwohl
vielleicht nicht; ich entsann mich des Porträts eines Man-

nes in Militäruniform, das über ihrem Bett hing). Ich hatte
mit Jascha Gendler viele Stunden in Tante Essies Zimmer
verbracht. Neben ihrem Eisenbett stand ein ausklappba-
rer Kartentisch, auf dem wir oft Durak gespielt hatten;
ich wollte Tante Essie immer weismachen, meine Sechsen
wären eigentlich Neunen, und wenn sie ihre Brille nicht
aufhatte, schaffte ich das sogar.

Ich überflog den Rest des Stapels auf der Suche nach
Essies Namen, fand aber nichts.

Das waren die Fakten, die ich nun besaß: 1. Florence
hatte einem vorherigen Vernehmer, »Hauptmann Subotin«, gestanden oder vorgemacht, Esther Frank habe bürgerliche Propaganda verbreitet. 2. Sie leugnete jetzt *nicht*,
dass sie a) Esther Frank denunziert und b) selbst besagte
Propaganda verbreitet hatte.

Mein Herz klopfte wie wild. Waren sie das – die Indizien, die ich nicht zu finden hoffte? War das der Beweis,
dass meine Mutter ihre Freunde und Nachbarn denunziert
hatte, wie Jascha selbstgefällig unterstellt hatte?

Schnell las ich noch zwanzig oder dreißig Seiten, suchte
nach weiteren Indizien oder Namen anderer Personen, die
meine Mutter denunziert hatte. Ich fand keinen einzigen.
Es kam auch nicht darauf an, ob es nun zehn andere gegeben hatte oder nur Essie. N = 1 erbrachte den Beweis
ebenso unzweifelhaft wie N = 10. In dem entsetzlichen
Schatz, den ich in der Hand hielt, hatte ich entdeckt, dass
meine Mutter an einer mir bekannten realen Person Verrat
geübt hatte.

Mit einem Mal sah ich Tante Essie durch Mamas Augen,
spürte die Kälte, die ihr durch die Glieder gefahren sein
musste beim Anblick ihrer kranken, ausgezehrten, von den
Demütigungen der Haft gezeichneten Freundin. Derselben
Freundin, mit der sie auf dem Schiff ihre Koje geteilt und
der sie Geheimnisse anvertraut hatte, beide zitternd vor

mädchenhafter Erwartung während der Überfahrt nach Russland. Essie, für die sie doch sogar in dieser Hölle eine Spur von Zuneigung empfunden haben musste. Hatte sie es für nötig gehalten, sich gegen diese Anflüge von Zärtlichkeit sogar noch zu wappnen, als beide an der wechselseitigen Denunziation festhielten? Von dem Wahnsinn, der in alldem lag, schnürte es mir die Kehle zu. Trotz der warmen Brise, die durch den Balkon hereindrang, empfand ich das Hotelzimmer mit dem ordentlich gemachten Bett und dem Flauschteppich beengend wie eine Gefängniszelle. Und so floh ich, die Papiere auf der Tagesdecke zurücklassend, treppab und zur Hoteltür hinaus in die Nacht, bis ich auf der hell erleuchteten Twerskaja-Straße zu mir kam, wo um halb zwei Uhr morgens noch der Verkehr rauschte, Reklametafeln blinkten und Menschen vergnügt paarweise schlenderten, in Restaurants saßen und hinter den glänzenden Scheiben rund um die Uhr geöffneter Cafés schwarzen Kaffee tranken. Wer meint, New York sei die Stadt, die niemals schläft, ist nachts um zwei noch nicht durch Moskau spaziert. Ich ging weiter, bis ich bei einem Kiosk anlangte, in dem ein junger Tadschike in Lederkluft saß, und etwas tat, was ich seit Jahrzehnten nicht getan hatte: Ich kaufte ein Päckchen Zigaretten. Nachdem ich mir eine herausgezogen und sie mit einem Streichholz angezündet hatte, ging ich noch mehrere Blocks, rauchte die kratzige Marlboro in der feuchten nächtlichen Wärme und kehrte in einem Bogen schließlich zum Hintereingang des Marriott Grand zurück.

Es war meine erste Zigarette seit neunundzwanzig Jahren. Mit der letzten, gepafft auf einer Fußgängerbrücke über die Wien, hatte ich Abschied von der Stadt genommen, in der meine Familie als mittellose Touristen und staatenlose Flüchtlinge gestrandet war. Es war nicht nur unsere vorläufige Armut, die mich zum Aufhören bewog.

Ich hatte wohl in jeder Beziehung ein neuer Mensch werden wollen. In Amerika wollte ich von vorn anfangen, frei von jeglichen Gewohnheiten und Bindungen, die mich in körperlicher und geistiger Stagnation gefangen hielten. Als ich wieder in meinem Hotelzimmer war, nahm ich die Einladung einer zweiten Zigarette auf dem Balkon an, eigentlich nicht mehr als einem umzäunten Sims fünf Stockwerke über dem nächtlichen Treiben auf der Twerskaja. Der Rauch brannte mir in der Kehle. Ich beugte mich über das Geländer und schnipste meine Asche auf die Köpfe derer, die da unten sein mochten. Ich musste nachdenken. Durfte nicht nachdenken. Ich musste wissen, was ich von den Akten auf dem Bett halten sollte, die ich unbedingt hatte lesen wollen. Um es hinauszuzögern, gestattete ich mir ein bisschen Selbstmitleid. In eine solche Stimmung geriet man schnell, wenn man wie ich in so frühen Jahren sozusagen Waise geworden war. Auch wenn ich nie einen Psychoanalytiker aufgesucht habe, hatte ich doch oft genug in der Ratgeberliteratur meiner Frau geblättert, um mein anhaltendes »Minderwertigkeitsgefühl« zu verstehen – den Komplex, der es mir unmöglich machte, mich nicht nach Jascha Gendlers Köder zu recken, und ihm zu beweisen, dass ich nicht war, was er mir vorwarf: der Sohn einer Denunziantin.

Nachdem ich schon so viel Energie aufgewendet hatte, um seine Herausforderung anzunehmen, war ich über meine seltsame Reaktion auf das Ergebnis – oder ihr Ausbleiben – beinahe schockiert: *Okay, Jascha,* sagte ich in Gedanken zu ihm. *Dies eine Mal hast du gewonnen.*

Und erlebte noch eine Überraschung: Zum ersten Mal in meinem Leben als Erwachsener schwang ich mich nicht sofort zum Richter oder Verteidiger meiner Mutter auf. Viele Jahre konnte ich nur diese beiden Rollen spielen. Ankläger war die Standardeinstellung – sehr vieles an ihrem

Wesen war ja kritikwürdig und anfechtbar –, aber die Aufmachung des Anklägers ließ sich sofort gegen die des Verteidigers eintauschen, wenn – und nur wenn – ich mit ihr zusammen vor Gericht stand. Beide Posen waren jetzt unangebracht.

Die Uhr auf dem Nachttisch zeigte 2:37. An der Wand hing eine Winterlandschaft von Sawrassow – Krähen, die auf kahlen Ästen hockten. Er ließ sich nicht leugnen, der Kummer, der mich übermannt hatte, ein Kummer, fast noch größer als am Tag ihrer Beerdigung vor sechzehn Jahren. Ich trauerte jetzt, weil ich sie, als sie lebte, nicht verstanden hatte. Bis zum Schluss hatte sie mich daran gehindert, sie zu verstehen, hatte es mir mit ihrem Schweigen, mit Verdrängung und Auslassungen verwehrt. Nicht ihre Vergangenheit in den Lagern per se. Wohlweislich habe ich sie über ihre Reise durch den Bauch der Hölle nicht ausgefragt, habe ihr Schweigen über das Thema respektiert. Nein, mein Vorwurf richtete sich gegen ein anderes Schweigen. Was ich nicht aushielt, war ihr Widerwille, das System zu verurteilen, das unsere Familie zerstört hatte. Ihr Widerwille, das Böse anzugreifen, das mir den Vater genommen und mich in den Jahren, in denen ein Junge die Liebe seiner Mutter am meisten braucht, mutterlos sein ließ. Ich bin keine Memme. Ich lecke keine Wunden. Andere haben weiß Gott mehr gelitten. Mir hätte es genügt, wenn sie nur einmal gesagt hätte: *Ja, was sie dir, mir, unserer Familie angetan haben – das war unverzeihlich.* Aber diese Worte hat sie nicht gesprochen, und mit ihrer Stummheit, ihrer Entschuldigung des Systems, in dem man sich »um die Kinder immer gekümmert« hat – ihre Worte, an mich! –, ließ sie mich ein zweites Mal im Stich, und das tat nicht weniger weh. Als ich in den Sechzigern und Siebzigern besessen Samisdat-Literatur las, wollte ich, dass sie ebenso zynisch und desillusioniert war wie ich. Wollte, dass sie zornig war wegen des Elends, das *sie* ertragen hatte: der Ermordung ihres Mannes, der erzwungenen Trennung von ihrem Kind, der sieben Jahre Gefangenschaft und Demütigung und Hunger. Dass all das sie nicht wütend machte, ärgerte mich umso mehr. Denn es bürdete mir den Zorn für uns beide auf.

Da sie die habituelle Unterwürfigkeit des Sklaven an sich hatte, bemitleidete ich sie als Opfer ihrer Zeit und ihrer politischen Überzeugungen, als Opfer ihres Eigensinns und ihrer Illusionen. Und gewiss war sie auch ein Opfer gewesen, doch bis zu diesem Abend hatte ich nicht erwogen, ob sie vielleicht noch etwas anderes war: eine Komplizin just des Regimes, das sich sie als Opfer ausgesucht hatte. Erst jetzt gestattete ich mir, eine alternative Erklärung in Betracht zu ziehen: Ihre Stummheit war nicht die Ergebenheit des Sklaven, sondern das Schweigen des Mitschuldigen. Womöglich war ihre Weigerung, das ganze Räderwerk zu verachten, in dem sie selbst ein Teilchen war, wie klein auch immer, gar nicht – wie ich früher glaubte – das Resultat lebenslanger Gehirnwäsche, sondern eine angemessene, angesichts ihrer bleibenden Schuld sogar ehrenwerte Reaktion?

Hatte sie Angst, von dem abzurücken, was sie selbst getan hatte, wenn auch unwillentlich? Als ich den Text noch einmal las, fiel mir auf, dass sie Esther Frank mit einer sehr merkwürdigen Begründung angeschwärzt hatte: Weil sie überzeugt war, dass Essie dieselben Anschuldigungen gegen sie erhoben hatte. Wenn diese Rechtfertigung glaubhaft war, enthüllte sie die Verfassung, in der sie sich permanent befand: in einem Spiegelkabinett voller böser Geister.

Doch wenn sie glaubte, dass Essie es auf sie abgesehen hatte, warum verteidigte sie ihre frühere Freundin dann, als es schon zu spät war? Warum gab sie zu, die verbotene Zeitschrift zu besitzen? Zum x-ten Mal las ich die Liste der beschlagnahmten Gegenstände. Sie enthielt keine ausländischen Zeitschriften und auch keine andere bürgerliche Literatur aus dem Ausland, nach der sie angeblich ja gierte. Und so ein kostbares Beweisstück hätten sie doch wohl verzeichnet. Vielleicht hatte Florence die Sachen vor ihrer Verhaftung fortgeschafft. Warum den Besitz dann aber noch zugeben? Im Keller der Lubjanka stand das Wort meiner Mutter gegen das Essies. War es ihr Gewissen, das sie zur Beichte trieb, um ihre Freundin zu schonen? Das hätte ich gern angenommen, glaubte es aber nicht. Ich warf den angekohlten Filter meiner Zigarette vom Balkon, ging hinein und setzte meine Recherchen fort.

Ich näherte mich schon dem Ende des Stapels, als mir etwas einfiel. Meine Mutter war zweier Verbrechen beschuldigt worden, von denen der Vorwurf der Agitation und Propaganda (58.10) mit der relativ leichteren Strafe von sieben Jahren belegt war. Wäre sie der Spionage beschuldigt worden, hätte sie fünfundzwanzig Jahre oder, noch eher, wie es bei meinem Vater der Fall war, eine Kugel in den Hinterkopf bekommen. Konnte es sein, überlegte ich, dass ihr »Geständnis« der Zeitschriftenweitergabe strategischer Art war? Dass sie sich zu der sozusagen geringeren Schuld bekannte, weil sie ahnte, dass es nur zwei Wege aus der Lubjanka heraus gab – via Sibirien oder per Leichensack – und sich auf ersteren Hoffnung machte?

Der Gedanke kam mir zugegebenermaßen auf der Hoteltoilette. Wenn ich mir von den Zigaretten eine Beruhigung meiner Nerven versprochen hatte, so hatten sie auf meinen Leib den umgekehrten Effekt. Ich hatte die zweite Marlboro kaum aufgeraucht, als Krämpfe meine Därme schüttelten. Ich floh ins Bad, die Archivalien in der Hand, entschlossen, die letzten Tage der Gefangenschaft meiner Mutter zu rekonstruieren, auch wenn mein Körper gerade die Absicht hatte, die *sakuski* loszuwerden, die ich in der *banja* mit meinem eigenen tätowierten Schinder verdrücken musste. Oder mir gingen doch die Nerven durch, und mein überwältigter Organismus konnte nichts Neues mehr verarbeiten, ehe er nicht alles Verzichtbare aus sich herausgeschafft hatte.

Nach dem Klo fühlte ich mich leicht und körperlos wie ein Yogi. Ich hatte schwarze Ringe unter den Augen, und mein erschöpftes, zerfurchtes Spiegelbild sah aus, als hätte ich fünfzehn Pfund abgenommen. Endlich war ich ein leeres Gefäß, bereit zur Aufnahme geistiger Nahrung. Ich war mit dem Stapel fast fertig, hatte alles in einem Zug gelesen. Schon wegen ihrer vielen Kontakte stand eine Verurteilung meiner Mutter auf soliden Füßen. Sie hatte mit Spionen beim Jüdischen Komitee zusammengearbeitet. Ihr Ehemann, »der Spion Brink«, hatte laut ihren Vernehmern bereits gestanden, Material über die Wirtschaft und das Militär an amerikanische Spione weitergeleitet zu haben, beispielsweise an die Journalisten Paul Novick und B.Z. Goldberg, die in die Sowjetunion eingereist waren, um Staatsgeheimnisse auszuforschen. Nach der Logik der Gruppenbildung blühte ihr eine dreißigjährige Haftstrafe oder mehr. Und deshalb war ich erschüttert, als ich im vorletzten Protokoll dies entdeckte:

```
POSTANOWLJENJE O PEREKWALIFIKAZII OBWINJENIJA
Beschluss über die Änderung der Anklage
------------------------------------------------------------
30. April 1950 - Brink, F., war beschuldigt, als
Agentin im Dienste des Auslands tätig gewesen zu
sein und über einen längeren Zeitraum Spionage
gegen die Sowjetunion verübt zu haben.

Für die Spionage hat die Untersuchung keine
ausreichenden Beweise erbracht.
```

Gleichzeitig unterhielt Brink, F., die antisowjetisch eingestellt ist, Kontakte zu Volksfein-
den, verschleierte deren und ihre eigene feindliche Tätigkeit, brachte ihnen gegenüber
antisowjetische Ansichten zum Ausdruck und besaß
und verbreitete antisowjetische Literatur.

Wir schlagen vor, die Anklage nach 58-1 (a)
gemäß Bestimmung 204 in eine nach 58-10 abzuändern.

Ich traute meinen Augen nicht und las das Stück noch einmal. Die Vernehmer meiner Mutter hatten den Spionagevorwurf unvermittelt fallenlassen – einfach so.

Hatte ihr Schachzug funktioniert?

Wie war das möglich? Der größte Teil ihrer siebenmona-
tigen Vernehmung war dem »Aufdecken« ihrer Kontakte
zu »bekannten Spionen« und zu Spionagezellen gewidmet
gewesen. Der einzige sogenannte Beweis für die Behauptung, sie habe antisowjetische Propaganda verbreitet, war
der kurzzeitige Besitz einer belanglosen Zeitschrift, der als
Titelstory eine schmeichelhafte Lobeshymne über einen
Filmstar – Ingrid Bergman in der Rolle der Jungfrau von
Orleans – brachte, wohl kaum ein Symbol kapitalistischer
Dekadenz. Außerdem hatte sie die Zeitschrift nur deshalb
in ihrem Besitz, weil sie als Übersetzerin für die ausländische Presse arbeitete. Konnten die wirklich behaupten,
einer Freundin einen Artikel über eine Schauspielerin zu
zeigen erfülle den Tatbestand der »Verbreitung von Propaganda«?

Mir war vollauf bewusst, dass ich mich einer logikfreien
Zone mit Logik näherte. Dennoch ließ sich nicht leug-
nen, dass die sogenannten Beweise für den Vorwurf der
Spionage bei meiner Mutter – schon allein im Hinblick

auf Korrelation und Umfang – viel schwerer wogen als die für Propaganda. Warum, die Frage drängte sich auf, hatten ihre diensteifrigen Vernehmer die zweite Anklage dann plötzlich fallenlassen? Ich ging die Protokolle noch einmal durch. Fand aber keinen Hinweis.

Die Uhr an meinem Bett zeigte 3:12. Ich goss mir ein Club Soda aus der Minibar ein, setzte mich in den Sessel, trank das Wasser in kleinen Schlucken aus einem Whiskeyglas und starrte auf den weißen Haufen der Fotokopien auf dem Bett. Wenn ich noch ein bisschen Schlaf finden wollte, musste ich ihn bald wegräumen. Als das Glas leer war, stand ich auf und überwand mich, die Protokolle zusammenzulegen. Mein Blick fiel auf die Seite mit der »Misch-Pok«, und bei dieser Ungeheuerlichkeit wurde ich wieder unschlüssig. Und noch etwas gab mir jetzt zu denken. Die ganze Zeit hatte meine Mutter immer Kontakt zu ihrem Bruder gehalten, hatte ihm – und er ihr – während der Weltwirtschaftskrise geschrieben, während zweier Säuberungswellen, eines Weltkriegs und während der zahlreichen Anfechtungen und Rückschläge, die sie erlebt hatte. Zweifellos hatte sie sich in den Briefen selbst zensiert, und dennoch… trotz des Drucks, der von allen Seiten auf sie ausgeübt wurde, trotz mehrerer Unterbrechungen der Kommunikation hatte sie den Faden ihres Briefwechsels nie ganz abreißen lassen! Eigentlich erstaunlich. Wenn ich es mir recht überlegte, hatte sie mit niemandem sonst ein so inniges Verhältnis gehabt, nicht einmal mit mir. Ich dachte an die letzten Lebensjahre meiner Mutter zurück, als ich sie in einer Sozialwohnung in Brooklyn untergebracht hatte, in einem mehrheitlich russischen Viertel unweit des Ocean Parkway. Sie hatte für den Übergang bei uns in Bensonhurst gewohnt und war froh, wieder unabhängig zu sein. Wenn ich samstags mit einem Auto voller Lebensmittel zu ihr rüberfuhr, traf ich sie oft mit Sidney an, der sie aus New Jersey besuchen kam; die beiden schlenderten dann auf dem baumgesäumten Mittelstreifen des Boulevards entlang. Von Sidney am Ellbogen gestützt, schritt meine Mutter dank ihres neuen Gehstocks mit der Gummispitze kräftig aus. Ich rollte unbemerkt im Wagen an ihnen vorbei und parkte vor ihrem Wohnhaus. Es überraschte mich immer, wie lebhaft und offen ihr Gesicht in diesen Momenten aussah. Wenn ich nach dem Einparken zu ihnen stieß, saßen die zwei schon, ins Gespräch vertieft, auf einer Bank, und meine Mutter erzählte so angeregt, wie ich es bei ihr selten sah. Wenn sie mich kommen sah, verstummte sie und lächelte, glücklich und ein bisschen verschmitzt, wie ein tratschendes Schulmädchen, das den sich nähernden Lehrer erspäht hat. Ich hielt es nie für nötig, mich zu fragen, worüber die zwei da so ausführlich sprachen. Sie hatten sich schließlich zwei ganze Leben zu erzählen. Und trotzdem *war* sie in Sidneys Beisein anders, irgendwie freimütiger und argloser, beinahe – dachte ich jetzt – wie die *junge Florie*, bevor ihr alle möglichen Schicksalsschläge widerfahren waren. Ein Mädchen aus einer anderen Zeit.

Ich sah auf die Uhr. Gleich halb vier in Moskau. Ich zählte zurück: halb acht Uhr abends in New Jersey. Ich ging mit dem Telefon hinaus auf den Balkon und wählte Sidneys Nummer.

Er nahm beim ersten Läuten ab.

»Onkel Sidney?«

»Julian! So schnell zurück?«

»Nein, noch in Moskau. Störe ich dich? Bei euch gibt's sicher gerade Abendbrot.«

»Nein. Das kriegen wir schon um sechs.«

»So zeitig?«

»Ärztliche Anordnung. Die achten mit militärischer

Strenge noch auf viertelste Portionen. Bei dir muss es mitten in der Nacht sein. Was ist los?«

»Konnte nicht schlafen.«

»Hast du Ärger? Die Arbeit?«

Jetzt hielt ich kurz inne. »Ich hab neuerdings Respekt vor Frauen«, sagte ich, »die für Geld vor fetten Männern strippen. Es ist nicht leicht, ein Lächeln aufzusetzen und so zu tun, als mache einem das Spaß.«

Ich war froh, ihm ein Lachen entlocken zu können. »Willkommen in der Geschäftswelt«, sagte er.

»Ich hab viel über Mama nachgedacht.«

Er schwieg.

»Vorgestern bin ich bei der Lubjanka vorbeigegangen«, fuhr ich fort. »Viele alte Dossiers sind jetzt freigegeben, weißt du.«

»Das war kein Picknick«, sagte er knapp. Vielleicht hat er dich nicht verstanden, dachte ich.

»Hat Florence dir jemals was darüber erzählt?«

Auf eine lange Pause folgte ein Seufzer. »Ein bisschen. Gegen Ende.«

Ich wusste nicht, wie ich das Thema anschneiden sollte, und sagte daher einfach: »Ich hab ihre Akte aufgetrieben. Und sie durchgelesen.«

Wieder Pause und dann: »Gut für dich.«

Ich wusste nicht, wie das gemeint war, und spielte den Naiven. »Ich hab versucht, es nachzuvollziehen – ihre Zeit im Gefängnis. Manches ergibt wenig Sinn. Ich dachte… ich weiß nicht, vielleicht, wenn sie dir was erzählt hätte, könntest du mir helfen, ein klareres Bild zu gewinnen.«

»Ich wüsste nicht, was ich dir sagen könnte.«

»Na ja, zum einen haben die sie der Spionage *und* der Verbreitung von Propaganda bezichtigt…«

»Das war alles Unsinn. Sie war weder ein Spion noch…«

»Ist mir klar. Aber, weißt du, erst bringen die sie mit

Spionageringen in Verbindung – mit falschen Verschwörungen –, und dann lassen sie die Anklage wegen Spionage
plötzlich fallen. Vernehmen sie nicht mal mehr dazu. Ich
kapier's nicht.«

Ich wartete ein Weilchen, bis er antwortete. Von unten
drang ab und zu das Zischen eines Autos herauf, das allein
über die nächtlich verlassene Straße fuhr. Ich dachte schon,
die Verbindung sei abgebrochen. »Onkel Sid?«

»Ihre Glanzstunden waren das nicht, Julian«, sagte er
plötzlich.

Und ich wusste, sie hatte es ihm erzählt. Wenn nicht
alles, dann aber mehr, als ich gedacht hätte.

»Ich will nur wissen, was geschehen ist. Es wird nichts
ändern. Sie ist immer noch meine Mutter. Hat sie jemanden auffliegen lassen? Hat sie eine Abmachung getroffen?«

»Nein. War man da erst mal drin, war es für so etwas zu
spät.« Rasselndes Luftholen auf der anderen Seite – »Hör
zu – es waren zwei … die sie verhört haben.«

»Richtig. So steht's hier in den Akten. Bykow und Antonow.«

»Die Namen weiß ich nicht. Der eine war für sie der
Bauernsäckel.«

Antonow, dachte ich sofort.

»Die Hälfte der Zeit hat sie gar nicht verstanden, was der
mit seinem Gebrüll von ihr wollte. Und dauernd drohte er
ihr mit *rass-treol*.«

»Mit was?«

»Du weißt schon – ein bisschen Reinigungsalkohol auf
ihr drittes Auge streichen, und peng, peng!«

»Oh, *rasstrel*. Eine Kugel in den Kopf. Aber warum der
Alkohol?«

»Vorbeugend gegen Blutvergiftung.«

Ich lächelte in mich hinein und ließ ihn weitersprechen.

»Außerdem schäumte der regelrecht vor Antisemitismus. Da war er zwar nicht der Einzige, aber er hat sie immer angeschrien: ›Du undankbares Stück! Du hast russisches Brot gegessen! Der sowjetische Staat hat dir ein Dach über dem Kopf gegeben, und dafür verrätst du ihn jetzt! Ich habe für dein Volk an der Front gekämpft. Für solche wie dich hat mein Bruder im Krieg ein Bein verloren...‹ und so weiter. Er hat sie die ganze Nacht nicht schlafen lassen und dann an den anderen weitergereicht. Bei dem musste sie stundenlang auf dem Stuhl an der Wand sitzen – ohne zu schlafen, versteht sich –, während er seine Akten hin und her geschoben hat. Er hat sogar zu Hause angerufen, während sie im Zimmer war. Den Sohn gefragt, ob er seine Hausaufgaben gemacht hat. Der Frau gesagt, es wird wieder spät werden. ›Hi, Schatz, die Vernehmungen dauern heute wieder länger, warte nicht auf mich.‹ Solche Sachen.«

»Warum?«

»Wer weiß das bei denen schon? Vielleicht um sie daran zu erinnern, dass es eine Außenwelt gibt.«

»Vielleicht um ihr zu zeigen, dass er kein schlechter Mensch war – seine Frau und seine Familie liebte? Guter Cop, böser Cop?«

»Sicher. Die klassische Strategie. Der hat ihr auch erzählt, dein Vater wäre noch am Leben, und sie hielten ihn in einem anderen Teil des Gebäudes fest. Er sagte immer: ›Ich will offen zu Ihnen sein, meine Dame – Ihr Mann ist in keiner guten Verfassung. Er ist schon lange hier. Wir könnten es ihm erleichtern, wenn Sie uns helfen – bestätigen Sie das und das, und ich sorge dafür, dass Sie ihn sehen können. Vielleicht können wir sogar einen ehelichen Besuch organisieren, hihi.‹«

»Hat irgendwas davon gestimmt?«

»Nein, alles Lüge! Er wollte sie nur kirre machen. Er hat sie verhöhnt, zum Beispiel gesagt: ›Die Frage ist allerdings, ob Ihr Mann interessiert wäre. Denn wenn er Sie so sähe …‹ Der Sadist, mustert sie von oben bis unten und sagt: ›Ja, Sie waren einmal eine gutaussehende Frau, das sehe ich.‹ Und legt die Hand auf ihr Knie und schüttelt den Kopf. ›Sie sind hier zu einer richtigen Vettel geworden, Flora Solomonowna. Sie lassen sich wirklich gehen.‹ Sie hatte sich ja seit Monaten nicht mehr im Spiegel gesehen. Ihre Haare waren grau geworden, und sie wusste es nicht mal.«

»Aber, ich meine, hat sie ihm geglaubt? Das mit meinem Vater? Ist sie darauf reingefallen?«

»Nein. Hör auf zu fragen. Das ist unwichtig.«

Wie konnte das unwichtig sein?, fragte ich mich. Aber ich hatte keine Zeit, mich mit ihm anzulegen. Es war 3:50 in Moskau. Ich hatte New Jersey am Telefon. Ich gehorchte.

»Jedenfalls, der – der hat sich daran ergötzt, so mit den Frauen zu reden. Für die hieß der nur Karman – die Tasche.«

»Für wen?«

»Für die Frauen in ihrer Zelle. Sie waren da zu fünfzehnt.«

»In einer Zelle?«

»Ja. Und der hatte immer die linke Hand in der Tasche seiner Uniformhose.«

»Der war bei den Frauen einschlägig bekannt?«

»Das kannst du laut sagen. In ihrer Zelle war ein junges Mädchen – die hübsche Tochter eines in Ungnade gefallenen Großkommunisten. Und wenn Tasche sie zum Verhör holte, kam sie jedes Mal in Tränen aufgelöst in die Zelle zurück. Offenbar musste sie dem bis ins Kleinste alle ihre sexuellen Erlebnisse schildern. Das ist Florence erspart geblieben, glaub ich, vielleicht weil sie schon zu alt war. Sie war da um die neununddreißig.«

»Er hat sie also nicht angerührt.«

»Meines Wissens war es abgesehen von dem Knietätscheln seine Masche, dass er bloß zuhörte und dabei halt die Hand in der Tasche hatte. Das hat ihn ergötzt.«

»Wow.«

»Und einmal, als Tasche gerade die Nummer mit dem ehelichen Besuch abzog und die Hand auf ihrem Schenkel hatte, kam der andere rein, der Bauernsäckel. Und war angewidert. Vielleicht hat er was gesagt, vielleicht nur blöd gegrient – aber was das heißen sollte, war klar: *Sogar diese Alte?*«

»Die waren also nicht gerade beste Freunde?«

»Die konnten sich nicht ausstehen. Aber, noch wichtiger, die hatten einer *Angst* vorm anderen.«

»Angst, inwiefern?«

»In dieser Welt war niemand in Sicherheit. Heute hast du auf der einen Seite des Tischs gesessen, morgen bist du auf der anderen. Beim KGB wurde ja genauso gesäubert wie überall sonst. Die haben sich alle gegenseitig bespitzelt. Das war wie bei der Mafia. Gut, so lange es dauert, aber früher oder später ist es dein Hintern, der am Fleischerhaken hängt.«

»Sie haben einander nicht getraut.«

»Richtig. Irgendwann haben sie dann mal mit dem Fließband angefangen – weißt du, was das ist?«

»Natürlich.«

»Hundert Stunden und länger im schnellen Wechsel pausenloses Verhören. Sie war da schon sehr schwach, dazu der akute Schlafmangel – sie hätte vielleicht sogar gestanden, die Schwiegertochter des Papstes zu sein, aber sie wollte den falschen Spionagevorwurf weghaben und hat alles Mögliche dafür getan. ›Wenn Sie sich so gut mit Verschwörungen auskennen, schreiben Sie doch selber was auf und unterschreiben es‹, hat sie denen gesagt. Und die haben gebrüllt: ›Sie müssen es uns sagen. Und selbst unterschreiben. Wir sind nur an der Wahrheit interessiert!‹«

Wieder kam mir Wassili Grossman in den Sinn. Sie mussten meine Mutter dazu bringen, bereitwillig bei der Scharade mitzumachen. Mussten die tote Freiheit dazu bringen, zu tanzen wie ein Clown.

»Sie hat ihnen nicht gegeben, was sie haben wollten. Ist immer wieder auf dem Stuhl eingedöst. Sie haben sie mit großen Reflektorlampen angestrahlt und geweckt. Oder sie wachgerüttelt.«

»Haben die sie jemals geschlagen?«

Sidney stockte. »Das Problem war, der eine Scheißkerl – nicht Tasche, der andere – war eine tickende Zeitbombe. Immer total aufgedreht von dem Puder in der Nase…«

»Moment – Antonow? Du sagst, er hat Drogen genommen?«

»Bolivianisches Marschpulver.«

»*Kokain?*«

»Ja, genau. Er hat es geschnupft, um selber die ganze Nacht wach zu bleiben. So haben es viele von denen gemacht, sich aufgeputscht, während sie die Gefangenen bearbeiteten.«

»Er hat vor Mama geschnupft?«

»Die meiste Zeit ist sie eingedöst. Wenn sie mit einem Auge geblinzelt hat, saß er am Schreibtisch und hat sich die Nase gepudert. Er bewahrte den Stoff in einer kleinen Blechdose auf. Wie eine Dame.«

»Das ist ein Ding.«

»Er war deswegen ständig erkältet und hat dauernd geschnieft. Die Nase rot wie bei einem Pudel. Tasche kam rein und sagte, er soll sich die Nase putzen, ganz verächtlich.«

»So hatte jeder den anderen in der Hand.«

»Der war bestimmt ganz froh, dass der Kokser die Drecksarbeit machte, solange er es hinbekam, dass die Gewalt nicht aus dem Ruder lief. So haben die sie fertiggemacht, manchmal beide zusammen. Und sie leiert die ganze Zeit herunter: ›Ich bekenne mich der Spionage oder Verschwörung nicht schuldig. Ich habe nie Unzufriedenheit mit der Sowjetunion zum Ausdruck gebracht.‹ Sie war bei ihrem Singsang wohl eingenickt. Das Nächste, was sie merkt, sie wird mit einem Tritt in die Nieren geweckt. Ihr Stuhl liegt auf dem Boden. Sie wird in die Seite geboxt und geschlagen. Sie liegt auf dem Boden und wird mit den Lampen geblendet, und sie sieht nur den schwarzen Stiefel des Bauernsäckels. Und was tut sie? Sie schreit los: ›Terroristen! Sie dürfen mich nicht schlagen! Das ist nicht 1937. Sie dürfen keine falschen Geständnisse herausprügeln!‹

Da kommt der andere dazu – er ist mit im Raum – und sagt: ›Zu schade, dass du nicht in der Hand der Gestapo bist, du Itzikschlampe. Weißt du, was *die* mit dir gemacht hätten? Die wissen, wie man mit Verrätern umgeht.‹

Und sie zu ihm: ›Vergleichen Sie sich mit der Gestapo? Haben Sie da Ihre Methoden gelernt? Es könnte unangenehm für Sie werden, wenn Ihre Vorgesetzten erführen, dass Sie sich die Faschisten zum Vorbild nehmen.‹«

»Warte«, sagte ich. »Das hat sie gesagt, zu *denen*?«

»Sie wird nicht gewusst haben, was sie da sagt. Das war ganz spontan. Aber das war's. Am nächsten Tag legen sie ihr ein Dokument vor, das sie unterschreiben soll. Die Spionagevorwürfe waren alle fallengelassen worden. Die wollten wohl beide nicht, dass die Vernehmung sich auch nur noch einen Tag länger hinzieht. Sie wollten sie fortgeschafft haben, bevor sie einem anderen Vernehmer in die Hände fiel oder bevor einer den anderen verpfiff. Die Bemerkung über die Gestapo hat die so erschreckt, dass sie die Sache vom Tisch haben wollten.«

Ich rieb mir die Stirn, angeschlagen und fiebrig vom fehlenden Schlaf. Und von der Höhe des Balkons wurde mir ganz blümerant. »Warum hat sie mir das nicht erzählt?«, sagte ich. »Ehrlich, es hätte mich beeindruckt.«

»Ach … wenn der Korken erst mal aus der Flasche ist … Man erzählt das eine, und ehe man es sich versieht, kommen lauter andere Sachen heraus. Du warst nicht gerade jemand, dem man leicht was erzählen konnte.«

»Was meinst du damit?«

»Ich will mich nicht zu weit aus dem Fenster lehnen. Ich weiß doch nicht, was das zwischen euch war.«

»Sag, was du sagen wolltest.«

»Deine Mutter meinte, du seist ein … ein Tugendbold.«

»Ich.«

»Ja. Du warst immer so kompromisslos.«

Ich konnte es nicht glauben. Musste lachen – um mich wiederzuerkennen. »Sie hat *mich* für den Idealisten gehalten?«

»Sie wusste, dass du nicht bloß zuhören würdest. Sondern versuchen, sie bei Unstimmigkeiten zu ertappen. So denkst du nun mal.«

»Julian Brink, der Purist«, sagte ich.

»Schau, wenn man lange in der Geschichte von irgendwem herumstochert, zieht man zwangsläufig Schlüsse, die nicht schön sind. Für sie war es schlimm genug, dass du den Preis für viele ihrer Entscheidungen bezahlen musstest.«

Damit hatte ich nicht gerechnet. Aber bevor ich antworten konnte, sagte Sidney. »Es ist spät. Für dich und mich. Ich will nicht reden, bis ich heiser bin.«

»Natürlich. Danke, dass du mit mir gesprochen hast, Onkel Sid.«

»Wenn du da drüben mit dem Hinternwackeln für die fetten Männer fertig bist, komm mich besuchen.«

»Mach ich. Gute Nacht.«

Ich wartete, bis er aufgelegt hatte, und tat es dann auch.

667

Noch ganz im Bann der Szene, die Sidney geschildert hatte, sammelte ich die Akten zusammen. Der Mut meiner Mutter! Die Kühnheit einer solchen Anschuldigung. Es hatte etwas Gerissenes, wenn auch unbeabsichtigt. Meine Mutter hatte es ihren Vernehmern mit gleicher Münze heimgezahlt, hatte nach dem Prinzip *divide et impera* einen Keil zwischen sie getrieben. Sogar in fast vollkommener Finsternis hatte sie eine Schwachstelle gefunden.

Ich legte die Dokumente auf den Nachttisch und stellte den Wecker auf sieben. Und dann versuchte ich zu schlafen.

38.

Genosse Brink

Ich schlief unruhig und wachte davon auf, dass eisige Luft durch die Falten meiner Steppdecke hereindrang. Im Zimmer war es bis auf den schmalen Streifen Licht, der durch die schweren Hotelvorhänge hereinfiel, vollkommen dunkel. Die Klimaanlage lief auf vollen Touren. Ich erinnerte mich nicht, den Thermostat heruntergedreht zu haben; bestimmt hatten sich Dämonen seiner bemächtigt.

Ich hatte geträumt, und die Temperatur lieferte mir eine Erklärung. Der Schauplatz war eine unbestimmte Polarregion. Der Traum selbst hatte das Körnige alter Filme, eines Kriegsfilms aus meiner Kindheit. Ein Schiff fuhr in einen Kanal ein. Es sah zwar aus wie der Panzerkreuzer *Aurora*, war unter der historischen Camouflage aber eins meiner eigenen Schiffe. Das erkannte ich an der besonderen Art und Weise, mit der es das Eis aufbrach. In meinem Traum stand ich am Steuer und sah mir zugleich beim Steuern zu. Und obwohl sonst niemand da war, zumindest soweit ich sehen konnte, wusste ich mich von meiner Mannschaft bestätigt und war finster entschlossen, das Meine zu der heroischen Mission beizutragen – ein erhebendes Gefühl, das ich sehr genoss, bis ich zufällig einmal aufs Steuer hinabsah und auf dem glänzenden hölzernen Rad nicht meine

Hände lagen, sondern zwei wuchtige, mit Tätowierungen bedeckte Pranken. Von da an spielte der Traum auf der *Titanic*. Rücksichtslos und womöglich mit voller Absicht lotsten die tätowierten Pranken meine *Aurora* mitten in einen unsichtbaren Eisberg hinein, der aus der Nacht aufgetaucht war. Ich vernahm ein Knirschen, ein Aufschlitzen metallischer Haut, das in der Traumzeit weiterging, bis – ein Omen sondergleichen – Büschel von Füllmaterial aus dem Schiffsrumpf rieselten und mir wie kleine Schneebälle vor die Füße fielen.

Mein Herz klopfte noch, als ich wach wurde. Meine Schultern und mein Nacken waren steif. Ich war müder als vor dem Zubettgehen. Schließlich stand ich auf und zog die Vorhänge nur so weit zurück, dass ich mir nicht die Netzhaut verbrannte. Sechs Stockwerke unter mir verstopften Fahrzeuge die Twerskaja und stauten sich hupend in einer Richtung. Mechanisch unterzog ich meinen Körper dem Toilettengang und dem Duschen. Unter dem harten Strahl des warmen Wassers dachte ich an die jungen Nachwuchskräfte Gibkow und McGinnis, die die Leitung des Varandej-Projekts übernehmen würden, wenn wir unseren Teil getan hatten. Ich mochte die zwei, weil sie nicht aus dem verdorbenen Holz von L-Pet geschnitzt waren, und hatte den Eindruck, dass sie mich meiner Direktheit und meines Sachverstands wegen auch mochten. Für sie war ich jetzt bestimmt auch bloß ein alter Heuchler. Ich stellte mich bereits darauf ein, mein Ansehen zu verlieren und zusehen zu können, wie die Erwartungen schwanden.

Meine Hände zitterten, als ich mir vor dem spärlich beleuchteten Spiegel über der Minibar den Schlips umband, den Knoten hochschob und den Kragen herunterklappte. Ich rührte meinen Nescafé um und trank ihn neben dem Nachttisch, auf dem noch Mamas Akte lag. Das Tageslicht fiel auf die fotokopierten Unterschriften derer, die Florences Haftstrafe unterschrieben hatten. Dort standen neben Bykow und Antonow noch drei andere Namen, sah ich überrascht; bei genauerem Nachdenken leuchtete es mir aber ein. Der Bauch der Hölle war schließlich ein Bezirk totaler bürokratischer Ordnung. Sofort sah ich im Geiste, wie diese Blätter von einem Schreibtisch zum anderen wanderten, in der Befehlskette nach oben weitergereicht wurden, immer weiter weg von meiner Mutter in ihrer kalten Gefängniszelle, und wie die Patina des Offiziellen mit jeder Unterschrift und jedem Stempel zunahm. Gut möglich, dass die Unterzeichner der Order, die meiner Mutter gnädige sieben Jahre harter Arbeit eintrug, sie nicht einmal von Angesicht zu Angesicht kannten. Ich stellte meine Tasse auf dem Blatt ab und freute mich, als ich sie wieder hochhob, über den braunen Ring, den sie hinterlassen hatte – mein eigener Stempel, den drei offiziellen Siegeln des NKWD hinzugefügt. Was für eine Lust an geregelten Abläufen diese Blätter vermitteln sollten! Und zugleich: widerstreitende Loyalitäten, persönliche Interessen, gegenseitiger Hass. Diese Phalanx der Unterschriften, sie sollte Einmütigkeit demonstrieren oder »Gleichförmigkeit des Denkens«, um den Ausdruck des NKWD zu bemühen, aber auch das war eine Lüge. Der NKWD kannibalisierte sich selbst, während er seine Zähne in die Außenwelt schlug. Wie hatte meine Mutter – in diesem tiefen Kreis des Hades – es angestellt, die beiden Hunde, Antonow und Bykow, aufeinanderzuhetzen? Einen Keil zwischen sie zu treiben, so wie sie einen Keil zwischen sie und Essie zu treiben versuchten? Hatte sie ihre Finten analysiert, während die sie bearbeiteten? Oder hatte sie schlicht mehr gesehen als das Offensichtliche: dass niemand unverwundbar war? Dass es keine Einheitsfronten gab. Dass alles morsch war bis ins Mark – zerfressen von der Fäulnis der Furcht und des Neids.

Und jetzt stand mir plötzlich ein anderes Bild ordentlicher Unterschriften vor Augen. Automatisch ging mein Blick zu meiner Laptop-Tasche, die fast vergessen in einem schmalen Lichtstreifen auf dem Teppich stand. Ich zog das Bündel der Dokumente zu dem Joint Venture aus dem Aktenfach. Es gehörte zu dem »Willkommenspaket«, das ich zu Beginn der Arbeit an dem Projekt Varandej-Terminal hatte lesen müssen. Im aalglatten PR-Lingo von Continentals Presseabteilung verfasst, war es für die Journale der Ölhandelsbranche gedacht, deren Daseinszweck in der Lobhudelei besteht. Ich hatte die Mappe nach Erhalt aufgeschlagen und noch am selben Tag wieder zugeklappt. Jetzt zog ich die Blätter hervor und überflog die Seiten: ordnungsgemäße, öde Unternehmensprosa, ungetrübt von jedem Hinweis auf interne Konflikte. Mein Plan war wahnsinnig, aber meine Finger flogen wie von selbst durch den Stapel. Sie blätterten bis ans Ende einer langatmigen Absichtserklärung, auf deren letztem Blatt ich unten endlich eine Unterschriftenliste fand. Sie war in zwei Säulen aufgeteilt: Russen rechts, Amerikaner links, wie Tanzpaare auf einem Debütantenball. Mein eigener Name erschien etwa in der Mitte der amerikanischen Säule, darunter mein schwammiger Titel: »Direktor für Projektdienstleistungen«. Rechts standen die Namen und Signaturen von Muchow, Serdjuk und Kablukow. Und direkt unter Kablukows unleserlichem Gekrakel stand gestochen scharf ein leicht nach rechts geneigter unprätentiöser, aber dennoch gebieterischer Namenszug, auf den ich nicht geachtet hatte. Darunter maschinegeschrieben: »A. Koslowski, Vorstand Ausländische Partnerschaften«. Ich hatte den Mann noch nie gesehen. Wer immer das war, er war so stark anderweitig beschäftigt, dass er uns bisher nicht mit seiner Anwesenheit im Konferenzraum beehren konnte. Vermutlich war es einer der gesichtslosen Manager, die jedes Unternehmen hat und über dessen Tisch die Dokumente auf ihrem geheimnisvollen Weg nach oben gehen müssen, um schließlich an der Spitze abgesegnet und wieder nach unten geschickt zu werden. Viele hatte der Stiefel in der Hierarchie nicht mehr über sich, das wusste ich, und doch folgte der Name dieses Koslowski direkt nach Kablukow, ein Hinweis auf den höheren Rang. Bei der Festlegung, wo ein Name auf einer Liste zu stehen hatte, wurden keine Fehler gemacht. Fehler, durch die Menschen ihr Leben verloren, Väter ermordet, Mütter eingekerkert wurden – die kamen vor, klar. Aber bei der Platzierung von Unterschriften auf einem Dokument – niemals.

Um neun war ich in der Zentrale von L-Pet und hoffte, es sähe mich niemand von unserem Projekt, der dann mit mir zu unserer Schlussbesprechung zum Konferenzraum gehen wollte. Der Fahrstuhl war Gott sei Dank leer, und ich fuhr, so weit er mich trug, in den zwanzigsten Stock. Ich hatte einen sauren Geschmack im Mund von dem Instantkaffee, der in meinem leeren Magen herumschwappte. Dank des gesüßten Koffeins waren meine Hände nicht mehr flatterig, auch wenn ich ansonsten nervös war, darauf eingestellt, durch die Labyrinthe von L-Pet zu wandern, bis jemand mir den Weg zu A. Koslowskis Büro wies.

Es befand sich im Ostflügel des Gebäudekomplexes, erfuhr ich von einem jungen Mann in einem schmalgeschnittenen Anzug, bei dem meine Frage wunderbarerweise keinen Verdacht erregte, als ich ihm das offizielle Namensschild zeigte, das ich an einem Band um den Hals trug, und der mich sogar durch einen Seitenkorridor zu den Fahrstühlen brachte, mit denen ich kam, wohin ich wollte. Auf die Weise gelangte ich schließlich in einen aus Glas und Stahl bestehenden Trakt des Gebäudes, der wie ein separater Turm wirkte. Für einen kurzen Moment

hatte ich die Orientierung verloren: Von wo war ich gekommen, wo befand ich mich hier? Ich sah nicht mehr auf
den grasbewachsenen Mittelstreifen des Sretenski-Boulevards hinab, sondern auf einen durch Bautätigkeit komplett aufgerissenen Straßenzug; eine kleine gelb getünchte
Kirche und ein angrenzendes Pfarrhaus wirkten gestrandet inmitten der gewaltsamen Modernisierung. Ich schritt
auf zwei Glastüren zu, hinter denen ein offenes Areal lag,
nicht unähnlich der VIP-Lounge auf einem Flughafen. Aus
unsichtbaren, in die Decke eingelassenen Lampen fiel das
Licht auf lange Ledersofas und Kübelpflanzen. Schweres
Mahagoni und unbenutzte Kamine gab es hier nicht. Es
war, als sei ich dem einen Jahrhundert entronnen und in
ein anderes aufgestiegen – nur begann diese hellere neu-
zeitliche Welt erst hinter den Glastüren, zugehalten von
einem starken magnetischen Mechanismus, der sich lediglich elektronisch überwinden ließ, aber nicht mit meinem
Ausweis. Ich erspähte einen Empfangstisch, der allerdings
unbesetzt war.

Die geschlossene Tür legte mir nahe, umzukehren und
über den Fußsteg zurückzuwandern. Es war Viertel nach
neun. In ein paar Minuten fing die Besprechung an; noch
konnte ich den eingeschlagenen Weg wieder verlassen. Ich
hatte keine Ahnung, wie ich in die geschlossene Galerie
hineinkommen, wie ich Koslowski finden sollte, ja was ich
überhaupt zu ihm sagen würde, wenn ich ihn fand. Doch
als ich den Blick von der Uhr hob, näherte sich eine Frau
dem eben noch unbesetzten Schreibtisch, eine Brünette
mittleren Alters mit einem strengen Haarschnitt, ähnlich
dem der Schriftstellerin Ayn Rand. Hinter der Frau kamen
noch andere in die Halle, drei Männer, die laut redend auf
die Tür zuschlenderten, hinter der ich stand. Einer der drei
drückte innen den Knopf, der das Magnetschloss freigab,
ließ die beiden anderen vor sich hinausgehen und war-

tete, so dass ich eintreten konnte. Selbstsicher und, wie ich plötzlich merkte, mit auswärts gestellten Zehen ging ich auf den Schreibtisch zu, in dem Cowboygang, mit dem sich unsere texanischen Kollegen durch die Flure von Continental bewegten. Ich war richtig übermütig vor Kühnheit.

Ayn Rand schaute gleichgültig zurück, als ich sie anlächelte. Ich grinste weiter, bis sie mich schließlich mit einem kühlen »Sdrawstwujte« auf Russisch ansprach. »Kann ich Ihnen helfen?«

Ich wollte schon Russisch antworten und zusehen, dass ich auf vertrauten Boden mit diesem Wesen kam, doch dann hielt etwas mich ab. Die Frau hatte mich erkennbar als Landsmann von unter Deck identifiziert, dem man entsprechend verächtlich gegenübertreten konnte. Dieser Anfang gefiel mir nicht.

»Ja, hallo«, sagte ich auf Englisch und lächelte noch breiter. Mein nicht akzentfreies Englisch konnte sie sicher nicht täuschen oder veranlassen, über meine offenkundige Russenvisage hinwegzusehen. Doch sie blinzelte und sah mich verunsichert noch mal an, so als rechnete sie eine Summe nach, jetzt aber mit einem entgegenkommenderen Ausdruck.

Die dürfen sich nie einbilden, zu wissen, wer du bist, waren die Worte, die diese Szene stumm in meinem Kopf begleiteten. Und als ich sie hörte, dachte ich: Du kannst das Gleichgewicht nur zu deinen Gunsten verschieben, wenn du sie selber aus dem Gleichgewicht bringst.

Ich sagte, ich sei hier, um einen »Mr ... Kus ... luw ... ski« zu sprechen, und tat so, als hätte ich Schwierigkeiten mit dem Namen. Zog meinen Sicherheitsausweis hoch, auf dem mein Name schlicht mit »Julian Brink, Continental Oil« angegeben war, ohne den Titel, und sagte, ich sei der technische Direktor des Varandej-Projekts, was eine Überdehnung der Wahrheit war, wenn nicht glatt gelogen. Sie griff zum Hörer, wies mit dem Zeigefinger auf eins der langen Sofas, die Anweisung, ich möge mich setzen. Ich trat ein paar Schritte zurück, setzte mich aber nicht.

»*Kto-to* von Continental«, sagte sie ins Telefon und dann zu mir, lauter und auf Englisch: »Sie haben Termin?«

»Meine Sekretärin sollte einen gemacht haben… ich fliege heute Abend nach Washington zurück und muss…«

Ihre Miene signalisierte, dass ihr egal war, wann ich wohin flog. Sie schob einen Bogen Papier über den Tisch. »Notieren Sie Ihr Anliegen hier. Mr. Koslowski wird Sie anrufen.«

Das Weibsstück gab mir nicht einmal einen Stift. Kein Problem. Ich zog meinen protzigen Mont Blanc aus der Hemdtasche und wartete, bis sie aufgelegt hatte. »Eine Frage.«

Sie diente mir eine angeregte Miene an, auf der Hut vor neuen Überraschungen.

»Stammt ihre Familie aus Norilsk?«

»Norilsk, wieso?«

»Ich hatte voriges Jahr dort zu tun und habe eine Dame kennengelernt, die *genau* wie Sie aussah. Sie haben so weiße Haut.« Ich hörte meine Stimme, meine unelegante englische Aussprache, mein widersinniges Theater, und machte weiter. »Diese Dame… sie hat mir verraten, dass es zwei Gründe für diese schöne weiße Haut gibt: die weißen Nächte und dass die Mongolen es nie bis zu ihnen nach Norilsk geschafft haben, dass sie *echte* Russen sind. Und das sind Sie auch, ja?«

Sie hätte sich übermenschlich anstrengen müssen, um ein Lächeln zu unterdrücken, auch wenn sie es versuchte. »Nein. Meine Familie stammt aus Nowgorod«, sagte sie. »Aber Mongolen hatten wir auch keine.«

»Ah!« Ich strebte dem Ledersofa zu.

»Warten Sie hier«, sagte sie und nahm noch mal den Hörer ab. Als sie auflegte, zeigte sie es mir mit den Fingern. »Sie haben zehn Minuten.«

Anton Koslowski war ein großgewachsener Mann in einem hellgrauen Anzug, mit gepflegter Frisur und weitstehenden hellen Augen in einem Gesicht, das von den leicht erhabenen Narben einer Kinderkrankheit gezeichnet war. Er schüttelte mir nicht die Hand, als ich hereinkam, und sah, kaum dass ich mich gesetzt hatte, schon auf die Uhr.

»Was kann ich für Sie tun?«, sagte er.

Ich stellte mich als der bei Continental Oil für das Varandej-Projekt Zuständige vor – auf Russisch. Ich bildete mir nicht ein, ihn zum Narren halten zu können. Aus seinen weitstehenden Augen sah er mich an, nicht eigentlich kalt, aber … sachlich, und ich fragte mich kurz, ob er schon als Kind gelernt hatte, andere mit seinem Blick aus der Fassung zu bringen, wenn sie die Narben auf seinen Wangen beäugten.

Hinter seinem Kopf hing eine Weltkarte, auf der braune Nadeln in den Ölfeldern steckten, die L-Pet bereits besaß, und blaue in anderen, vielleicht jenen, dachte ich, die sie künftig erschließen wollten.

»In einer halben Stunde wird unser gemeinsames Team die endgültige Auswahl für unser Frachtunternehmen treffen. Bei einem Kandidaten für den Vertrag sind noch einige letzte Fragen … unbeantwortet.«

»Was für Fragen?«

»Fragen der Kompetenz und … der Kosten.«

»Dann stellen Sie sie vor meinem Team. Warum kommen Sie mit diesen technischen Details zu mir?« Er fixierte mich mit demselben sachlichen Blick. Ich suchte nach der richtigen Erwiderung. Es musste eine perfekt geordnete Wortfolge geben, die sich von irgendwo herbeiziehen ließ –

677

Wörter, genau für diesen Fall ersonnen. Aber ich bekam sie nicht zu fassen.

»Mit allem Respekt, Sie zeichnen das Geschäft ab«, sagte ich und hörte es schon: Meine Worte verloren das Schlüssige, meine Stimme klang schmeichlerisch. Die Sicherheit, die mich so weit hatte gehen lassen, war mir abhandengekommen.

»Ich zeichne ab, was mein Team entscheidet.« Koslowski sah wieder auf die Uhr, beiläufig, aber mit Absicht. Vor meinem geistigen Auge sah ich Tom und die anderen in dem schwer getäfelten Raum vier Etagen weiter unten auf mich warten. Vielleicht hatten sie schon ohne mich angefangen. Trotzdem konnte ich jetzt nicht aufstehen und gehen, ohne als Spitzel und Feigling dazustehen. Ich forschte im Gesicht meines Gegenübers nach Anzeichen, ob er an Kablukows Schiebereien beteiligt war oder nicht. Ich hatte, ohne dass mir das selber ganz klar war, angenommen, ein Blick in sein Gesicht würde genügen, die Frage zu beantworten und zu wissen, was ich tun musste. Seine Miene verriet nichts.

»Tut mir leid, dass ich Ihre Zeit beanspruche«, sagte ich. »Mein Fehler, wenn ich Iwan Matwejewitsch nicht zuhöre. Er sagte, Ihre Unterschrift sei eine reine Formalität.«

»*Wer* hat das gesagt?«

»Kablukow. Er sagte, Ihre Unterschrift sei eine Formsache, die Entscheidung sei längst getroffen worden... über Ihnen.«

Ich zuckte bedauernd die Achseln, mein Daumen rieb den protzigen Mont Blanc in meiner schwitzenden Hand. Koslowski war nicht erfreut über meine Worte. Er war nicht der Typ, der sich Spott gutmütig gefallen ließ. Mit diesen wenigen Worten hatte ich praktisch die Hose heruntergelassen und ihm den Hintern gezeigt.

»Ich weiß nicht, was Kablukow Ihnen erzählt hat, aber

es gibt *keine* Entscheidungen, die über mir getroffen werden.«

»Dann sind Sie also mit den Einzelheiten des Geschäfts vertraut?

Koslowski schüttelte den Kopf bei meinen Tricks. »Sie sind schon eine Marke. *Nu*, raus damit, Genosse ... Brink.«

»Im Konferenzraum 14A wählen wir in diesem Augenblick einen Verschiffer für das Ölprojekt Varandej. Mr. Kablukow und sein Team bestehen auf einer Firma ohne Erfahrung, und die stellt dem Projekt – und uns – siebzehn Millionen zu viel per annum in Rechnung.«

»Und deshalb sind Sie, Genosse Brink, hierhergekommen und fragen *mich* nach dem Grund.«

»Keineswegs.« Es sollte unbeschwert klingen. »Für mich spielt der Grund keine Rolle. Welcher es auch sein mag, wir unterschreiben für den Charterer, den Sie haben wollen. Nur ... es ist eine Frage der Risiken und ... sagen wir, *Gegenleistungen*. In dieser Branche geht man naturgemäß Geschäftsrisiken ein. Manchmal weiß man nicht, welche Art von Risiko man unterschreibt oder« – ich drehte die Hände nach außen – »ob man *selbst* auch einen Anteil an den Gegenleistungen bekommt.«

Ich blickte auf die Karte hinter ihm. Ein paar blaue Wimpel steckten mitten im Meer, unweit der Arktis. Offshore. Die Zukunft.

»Wollen Sie mir einen Vorschlag unterbreiten?«

Ich erschrak. Koslowski zog das Gesicht eines Verkehrspolizisten, den ich irrtümlich hatte bestechen wollen. Er hatte mich missverstanden. Das hätte nicht passieren sollen.

»Ich spreche natürlich nicht von unserer Seite«, sagte ich schnell. »Continental ist an einer Fortsetzung der Zusammenarbeit mit L-Pet interessiert ...« Das klang auch wieder falsch, dümmlich und nach Stiefelleckerei.

»Dennoch haben Sie sich im Interesse von Continental hierherbemüht ...«

»Nein, nur in meinem Interesse«, widersprach ich. »Ich habe einen Sohn in Moskau, wie Ihr Mr. Kablukow sehr wohl weiß. Mein Sohn möchte seinen eigenen Weg in der Welt gehen. Ich verlange mit allem Respekt, dass er ungestört seine Geschäfte betreiben kann, ohne Einmischung, dann kann L-Pet ungestört die seinen betreiben.«

Koslowski blinzelte. Irgendetwas kam bei ihm an. Er war ein Apparatschik, der seine Arbeit gern geräuschlos erledigte. Über Kablukows Taktiken war er zweifellos im Bilde und duldete sie, wollte jedoch auf keinen Fall für Kablukows Maßlosigkeit geradestehen müssen, für den Schlamassel, den er anrichtete. Ich war mir jetzt sicher, dass er Kablukow genauso hasste, wie Bykow Antonow gehasst hatte.

Er stand auf, was heißen sollte, unser Gespräch war vorbei. Ich blieb sitzen. Ich wollte diesen Raum nicht ohne eine Garantie verlassen. Koslowski musterte mich schweigend, ließ seine Augen von meinem Gesicht zu den Schultern und den Händen wandern, so als überlege er, ob er mich aus seinem Spiegelglasfenster werfen sollte oder nicht. »Darüber brauchen Sie sich keine Sorgen mehr zu machen«, sagte er schließlich. Und, nach einem Blick auf den Ausweis, der an meinem Hals baumelte: »Dschuli-jan, wir prüfen hier alles nach.«

Sie waren schon alle um den Konferenztisch von olympischen Ausmaßen versammelt. Ich entschuldigte mich und setzte mich neben Tom, einen Platz von Kablukow entfernt. Die beiden hatten Kaffee aus den Spendern getrunken, die an der rückwärtigen Wand standen, aber die Tassen waren schon leer. Kablukow nickte mir mit einer Geste der Seriosität zu, die mit seiner Sonnenbrille albern wirkte.

»Gentlemen, ich glaube, wir können jetzt anfangen«, sagte Tom, mit mir unzufrieden.

Ich beschäftigte mich damit, meinen Laptop aus der Tasche zu ziehen. Er klemmte anscheinend zwischen Papieren, und mir wurde schlagartig klar, dass ich aus Versehen nicht die L-Pet-Dokumente eingepackt hatte, sondern Blätter aus der Akte meiner Mutter! Und da ging mir die Absurdität meiner Lage vollends auf. Ich hatte gerade eine Torheit begangen, die den Torheiten meiner Mutter in nichts nachstand, und wozu? Um Lenny zu schützen? Um den Stiefel zu demütigen? Oder ließ ich mich bei meinem selbstmörderischen Tun letztlich von demselben kindischen Prinzip leiten, für das meine Mutter so viel Blut gelassen hatte – der hoffnungslosen Sache der Gerechtigkeit?

Schließlich befreite ich meinen Laptop aus den zerknitterten Seiten der Akte und passte auf, dass keine mit herausfiel. Ich hatte keine Ahnung, was ich jetzt tun sollte. Der Pedant in mir wollte die Tabelle aufrufen, in der ich Nachteile und Vorteile der Kandidaten für den Chartervertrag vermerkt hatte, aber das hatte sich jetzt erledigt und war sinnlos.

Im selben Moment ging die Tür auf, und Anton Koslowski kam herein.

Muchow blickte Serdjuk an, als kenne unter allen Anwesenden ausgerechnet er den Grund für diesen unerwarteten Besuch. Ich blickte Kablukow an. »Anton Jewgenewitsch...« Kablukow erhob sich halb von seinem Stuhl, Muchow nun ebenfalls. »Wir haben Sie heute nicht erwartet.«

»Meine Reise nach Ufa wurde verschoben.«

Koslowski stellte sich nicht vor. Die Honneurs zu machen überließ er seinen Unterlingen bei L-Pet.

Ich machte mich gefasst auf das, was nun drohte:

Koslowski würde bekanntgeben, dass ich ihn aufgesucht hatte. Fühlte ich Reue? Nein, nicht Reue. Mein Kopf war völlig leer. Was mich überkam, war ein Empfinden von Unentrinnbarkeit, das nietzscheanische Gefühl, dass all das früher schon geschehen war und wieder geschehen würde. Binnen kurzem wusste Tom, dass ich aus der Reihe getanzt war. Die Dinge folgten dem vorgezeichneten Weg. Die Früchte meiner Arbeit wurden mir unwiederbringlich entrissen, und ich stand mit leeren Händen da. Meine selbstmörderische Tat war vollbracht. Ich war bereits tot, hatte nur die Nachricht noch nicht empfangen.

Koslowski sah mich nicht an. Er sagte knapp: »Behalten Sie Platz« zu den anderen. Zwischen mir und Kablukow war der Stuhl leer geblieben, und dort ließ sich Koslowski nieder. »Bitte, meine Freunde, fahren Sie fort. Ich will Sie nicht stören. Ich weiß, Ihre Arbeit ist fast getan. Ich möchte nur dabeisitzen und mir anhören, welche Vorzüge die verschiedenen Bewerber für den wichtigen Charterauftrag mitbringen.«

Ich sah nicht in Toms Richtung – spürte aber, dass er mich ansah. Bestimmt wartete er darauf, dass ich jetzt die Initiative ergriff. Das wäre mein Moment tapferer Selbstkasteiung. Bevor die Sache ganz aus dem Ruder lief, sollte ich das Wort ergreifen und Kablukow, und nun auch Koslowski, mitteilen, nachdem wir in den vergangenen Tagen alle Angebote sorgfältig geprüft hätten, sei die Wahl für unseren Subunternehmer auf Sausen Petroleum gefallen. Und heute Vormittag ginge es nur noch darum, die vertraglichen Formalitäten zum Abschluss zu bringen.

Aber wie das über die Lippen bringen nach dem, was ich getan hatte? Über die Schulter roch ich das Aroma der eben gerauchten Zigarette, das noch in Koslowskis Anzug hing. Ich konnte mich nicht zum Anfangen überwinden. Ich würde klingen wie ein Psychopath.

»*Nu?*«, wandte sich Koslowski ungeduldig an mich.

Ich tippte auf meinen zugeklappten Computer. »Wir haben eine Matrix«, sagte ich lahm.

Auf mich gerichtet, wirkten seine blassen Augen wie der Stachelstock bei einem Rind. *Ich bin da. Was haben Sie denn nun vorzuweisen?*, sagten diese Augen.

Und damit er nicht noch einmal etwas sagte, klappte ich meinen Dell auf und holte mir die Tabelle auf den Bildschirm.

Koslowski verhielt sich tadellos. Den Großteil der Diskussion blieb er höflich im Hintergrund und hörte sich an, was wir über die Vorzüge der Top-drei-Kandidaten – Jessem, Sowkomflot und die in Genf ansässige Sausen Petroleum – zu sagen hatten. Muchow bestritt den größten Teil des Vortrags und legte so glatte Überleitungen hin, dass sogar ich manchmal Mühe hatte zu erkennen, von welchem Unternehmen er gerade spach. Koslowski aber schien alle diese Details sofort aufzunehmen und behielt meinen Bildschirm im Auge, während er höchst vernünftige Fragen stellte.

»Was meinen unsere Amerikaner dazu?«, sagte er schließlich.

»Wir schließen uns Ihrem Urteil an«, sagte Tom mit dem verbindlichen Lächeln, in dem ich das Grinsen des Allesschluckers erkannte.

Als hätte unser Gespräch nie stattgefunden, bat Koslowski darum, einen Blick auf die ursprünglichen Angebote der Top-drei-Bieter zu werfen. Er betrachtete sie eine Weile, blind für die nervösen Gesichter im Raum. Ich beobachtete Kablukow. Unter seinen dunklen Gläsern war ihm anzusehen, dass er anscheinend Gefäßprobleme bekam. Er lockerte den Schlips und wischte sich den Schädel mit dem Taschentuch ab.

»Der eine möchte uns aber einen gepfefferten Preis berechnen«, gab Koslowski zu bedenken.

Muchow, der gute Fußsoldat, sprang Sausen als Erster zur Seite. Die alten Argumente – sie purzelten alle wieder heraus: erstklassige Kontakte zu Schweizer Banken, tadellose Sicherheiten, blablabla. »Sie haben, scheint es, *gar keine* Sicherheiten«, sagte Koslowski ruhig. Nur ein Argument wurde in Koslowskis Beisein nicht ins Feld geführt, und zwar die exzellenten Beziehungen, die Sausen Petroleum zum Präsidenten des Unternehmens hatte, zu Mr. Abuskalajew. Über diesen Punkt verloren weder Muchow noch Serdjuk, noch gar Kablukow ein Wort.

»Ernsthaft in Frage kommen hier wohl nur Jessem und Sowkomflot. Ich würde natürlich einen der unseren favorisieren, aber das«, sagte Koslowski, »ist nur meine eigene Meinung. Ich weiß, dass Sie Ihre Entscheidung selbst treffen.«

Er blieb so lange bei uns. Sowkomflot gewann. Der Beschluss war einmütig, auch wenn die Hände nicht gerade eifrig nach oben gingen.

Draußen blickte ich überrascht in einen Himmel, so blau wie noch nie.

»Was war das da drin gerade?«, sagte Tom und schirmte die Augen vor der Sonne ab, die in grellen Streifen von den schwarz glänzenden L-Pet-Gebäuden zurückgeworfen wurde.

»Ein Rätsel, und außen herum ein Wunder«, sagte ich.

»Ich krieg das im Kopf noch nicht zusammen. Ich dachte, Kablukow hätte das letzte Wort.«

»Jeder Dieb hat einen Chef.«

»Tja, wir haben jedenfalls, was wir wollten.«

Jetzt also hieß es *wir*. »Ich schätze, wir haben das falsche Arschloch umtanzt.«

»Sollen die das unter sich ausmachen«, sagte Tom. Zum ersten Mal, seit ich ihn kannte, schien er nicht zu wissen, was seine nächsten Worte sein würden. Er rieb sich verwirrt das glatte Kinn. »Aus diesen verdammten Russen wird man nicht schlau«, lautete schließlich sein Fazit. Er wollte offenbar das Thema wechseln. »Wir haben alle auf dich gewartet. Warum bist du so spät gekommen?«

Ich erwog, ihm zu sagen, wo ich keine Viertelstunde vor der Besprechung war. Aber besser, dachte ich, keine schlafenden Hunde wecken. Tom schlug vor, in den Stunden, die uns bis zu unserem Rückflug noch blieben, ein paar Sehenswürdigkeiten abzuarbeiten, noch ein Kreuzchen in der Liste für Touristen zu machen. Aber ich klinkte mich als Fremdenführer aus. Ich hatte Wichtigeres zu erledigen. Schnell überquerte ich die Straße zur anderen Seite des Sretenski-Boulevards und betrat einen Coffeshop, der sich in einem Gebäude aus schmuddeligen rosa Backsteinen befand. Und rief von dort Lenny an.

Ich musste es zweimal probieren, ehe er abnahm. »Sorry, Pop, ich war auf dem Klo«, sagte er mit typischer Lenny-Unverblümtheit. »Ist es schon Zeit für deinen Flug?« Ich war erleichtert, seine Stimme zu hören. Wir seien etwas früher fertig geworden, sagte ich. Und schlug vor, dass wir unseren angepeilten Ausflug auf den Ismailowski-Markt machten. Auf die Jagd nach klassischem *sowjetski* Trödel gingen.

Lange Pause. »Ähm, Pa. Ich glaub, das Schiff haben wir verpasst. Die meisten Stände haben werktags geschlossen.«

»Ach, ich bin mir sicher, irgendein verzweifelter Anbieter wird uns schon seine alte Leica aufschwatzen wollen. Vielleicht finden wir etwas, was richtiges Geld wert ist.«

Lenny schien zu zögern.

»Bitte komm mit«, sagte ich. »Es würde mich sehr freuen.«

Und als ich das sagte, merkte ich, dass es stimmte. Aber ich war nicht gefasst auf das Glücksgefühl, das mich durchströmte, als er sagte: »Okay, wir treffen uns dort.«

39.

Mushtschina

Der Flohmarkt war über lange Strecken menschenleer, wie Lenny vorhergesagt hatte. Aber ich dachte, mir gefiel es sogar besser so, wir zwei, unterwegs auf einer leeren Straße zwischen Ständen unter freiem Himmel, im Schatten einer wie Disneyland angepinselten hölzernen Zarenfestung. Lenny griff nach einem Porzellanpanda, stellte ihn wieder hin. Ich sah zufällig, wie er auf die Uhr schaute. »Du könntest mir helfen, ein Geschenk für deine Mutter auszusuchen«, sagte ich.

»Wie wär's damit?« Er hielt eine Gasmaske aus grünem Gummi hoch.

»Das bekommt sie dann aber von dir und nicht von mir.«

Ich wollte Lenny mit meinem Schatzsucherfieber anstecken, aber wir hatten unsere Chance wirklich verpasst. Nur ein Bruchteil der Buden hatte geöffnet, und die handelten mit Kinkerlitzchen für Touristen: Matrjoschka-Puppen mit Jelzin-Gesicht und Militaria. Meine Augen waren immer noch sandig vom Schlafmangel, aber das Wissen, dass Lenny in nächster Zukunft keine Schwierigkeiten haben würde, belebte mich.

»Mom hasst diesen Ramsch«, teilte Lenny mir mit, als wir einen Stand voller Bücher und Poster betraten.

»Das stimmt nicht ganz«, sagte ich. »Für Kitsch hat sie genauso viel übrig wie alle anderen.« Um das zu demonstrieren, ging ich auf den Verkäufer zu, einen Mann mit einem zotteligen Bart und einem länglichen Gesicht, ähnlich denen auf den religiösen Ikonen (zweifelhafter Herkunft), die dicht an dicht die Wand seines Stands zierten. »Haben Sie irgendwelche antikapitalistische Kunst?«, sagte ich.

Der Mann zog die Stirn kraus, so als hätte ich ihn eben gebeten, die Hose herunterzulassen. »*Schto?*«

»Poster«, erklärte ich, »mit fetten Kapitalisten – Sie wissen schon, mit Zylindern und Zigarre.«

»Wofür halten Sie dieses Geschäft?«, erwiderte er gekränkt. Lenny und ich wechselten Blicke. Inmitten der Literatur, die auf den Tischen ringsherum ausgelegt war, befand sich ein Katalog mit Gemälden von Marc Chagall, ein *Almanach der Pilze*, Lenins *Die Befreiung der Frauen* (verfasst von seiner Frau, Nadjeschda Krupskaja), eine broschierte Ausgabe der Protokolle der Weisen von Zion mit Illustrationen, ein estnisches Album *Verbotene Erotica* und die Autobiographie von Bill Clinton. »Ich habe absolut keine Ahnung«, sagte ich.

»Gehen wir etwas essen«, schlug ich vor, als Lenny gerade in einem amerikanischen Buch las, einer Sammlung soldatischer Redewendungen aus dem Jahre 1962 (dem Jahr der Kubakrise, fiel mir ein). Er hob den Blick und sah zur Disneyland-Festung Ismailowo hinüber. »Früher bin ich eigentlich nur ungern auf solche Märkte gegangen«, sagte er plötzlich.

»Ach?«

»Ja, ich musste dann immer an *sie* denken.«

Ich wusste auf Anhieb, wen er meinte. »Irotschka.«

Er griente mich schief an.

Es hatte nicht abwertend klingen sollen. So hatte ich sie

einfach immer genannt – die Tochter meiner alten Freunde und, später natürlich, Lennys Exfrau. Statt Irina hatten wir alle sie *unsere* Irotschka genannt, erst zärtlich, dann mit einem Beiklang von Ironie und Bosheit, der die ursprüngliche Zärtlichkeit jedoch nie ganz auslöschte.

»Im ersten Sommer, als ich wieder hierherkam«, sagte er, »96, hat sie mich durch die Stadt geführt. Die vielen Rentner, die ihre Erbstücke verkauft haben, ordentlich auf Zeitungen ausgebreitet. Die kleinen Anstecknadeln oder Porzellantassen, die sie ihr Leben lang gesammelt hatten, oder Kristallschalen.«

»Das tun sie immer noch.«

»Nein, nicht wie damals. Die Inflation war außer Kontrolle. Die Leute verkauften alles, bloß für Essen. Es war richtig deprimierend, und ich stand mit meiner Brieftasche voller amerikanischer Dollar davor.«

»Und die wolltest du für Irina ausgeben.«

»Tja, das ist es ja. Einmal, das weiß ich noch, war da ein alter Mann mit einem alten silbernen Teegeschirr, das er vielleicht für zwanzig Dollar verkaufen wollte. Der war kein professioneller Straßenhändler, das sah ich, nur ein verzweifelter Rentner. Sie hat ihn auf ein Nichts runtergehandelt – acht Dollar vielleicht. Ich hätte ihm gern zwanzig gegeben. Aber es war ... ich hatte Angst, sie hält mich für einen Trottel.«

»Das Leben ist nicht dazu da, einen Stein bis auf den letzten Tropfen auszuquetschen«, warf ich ein.

Lenny sah mich zweifelnd an. »Aber dir hat doch immer gefallen, dass Irina so praktisch war. So stark. Du hast gesagt, von ihr könne ich eine Menge lernen.«

»Ach ja?«

»Du hast immer gesagt: ›Das ist mal ein Mädchen, das nicht vergisst, vorher auf den Wetterbericht zu sehen.‹«

Ich ließ das unkommentiert. Welche Fehler an mir – mit

welchen Auswirkungen auf sich selbst – Lenny auch erkannt haben mochte, mit einer Bitte um genaues Abwägen ließ sich das jetzt nicht reparieren. So ließ sich die Vergangenheit nicht in Ordnung bringen. Wenn ich ihn ansah, wusste ich das.

»Denkst du noch an sie?«, fragte ich. Ich war immer noch vorsichtig, fürchtete aber nicht mehr, unser Gespräch könnte die falsche Wendung nehmen – hin zu einem Missverständnis, zu Vorwürfen oder zu Reizbarkeit.

»Eigentlich nicht. Ich hätte es kommen sehen müssen.«

»Ach was. Du warst dreiundzwanzig und blind vor Liebe. Das passiert den Besten.«

»Weißt du, was sie zuletzt immer gesagt hat, als wir zusammen in der Wohnung wohnten, die sie nicht ausstehen konnte? Ich sei kein richtiger *mushtschina*, das hat sie mir dauernd unter die Nase gerieben. *Mush ti mush, da tschina njet*, das waren ihre Worte.«

Er lachte, als er mir Iras affektierten Moskauer Akzent und ihre grausame kleine Spitze über das Wort für »Mann« vorführte. Ich hatte bisher noch gar nicht darüber nachgedacht, dass es aus zwei kürzeren Wörtern bestand: aus *mush*, das »Ehemann« bedeutete, und *tschin*, dem Wort für »Rang« oder »Titel«. *Ein Ehemann bist du schon, aber schmücken kann man sich mit dir nicht.* Hatte sich Irina das gar selbst ausgedacht?, dachte ich im Stillen. Dass sie klug war, wusste ich schon immer, jetzt aber überraschte mich, dass sie en passant so gefühllos sein konnte.

»Ich habe jahrelang überlegt, was gewesen wäre, wenn unsere Familie hiergeblieben wäre, weißt du. Nicht emigriert. Vielleicht wäre ich als Erwachsener heute robuster, nicht so ein Schlaffi, der sich dauernd schuldig fühlt. Aber ich bin nun mal nicht wie die. Ich bin nicht wie Irina oder wie Sascha Saparotnik. Ich bin …«

»Amerikaner«, sagte ich.

»Ja.« So hatten er und ich nie miteinander gesprochen. Hätten wir es doch bloß!

»Du wolltest die Alternative ausprobieren?«

Er sah mich an. »Klingt verrückt, was?«

»Nein.« Wie oft hatte ich überlegt, wer *ich* gewesen wäre, wäre ich in Amerika aufgewachsen, Sohn einer Mutter, die nie fort war? »Schau, du hast es nicht leicht gehabt«, sagte ich. »Ich musste in meinem Leben auch schwere Schläge einstecken, aber wenn ich scheiterte, hatte ich immer eine noble Entschuldigung: das strenge Regime. Ich konnte den Sowjets die Schuld geben. Dadurch betrachtet man sich selbst weniger kritisch.«

So genau war mir das bisher gar nicht klar gewesen, aber als ich es jetzt aussprach, fand ich es zutreffend. In meiner eingeschränkten Jugend hatte ich mir – wie so viele von uns – ein gewisses Gefühl für meinen eigenen Wert bewahren können, auch wenn sich die engen Grenzen, mit denen wir konfrontiert waren, nicht überwinden ließen – ja *vor allem* deshalb. »Aber in einem Leben in Freiheit«, sagte ich, »und das sagt dir Amerika nicht, denkst du früher oder später unweigerlich, an deinen Problemen seist ganz allein du selber schuld. Auch wenn du vielleicht bloß Pech hattest.«

»Das sollten sie auf den Warnhinweis drucken«, sagte Lenny.

Ich musste an Walentinas Worte auf dem Rückweg zur Datscha denken: Ich hatte Lenny *gewarnt*, ihn aber nicht vorbereitet. Konnte ich ehrlichen Herzens behaupten, dass sie falschlag? Bis jetzt hatte ich gar nicht begriffen, dass ich durch meine ständigen Warnungen einen Pakt mit dem Teufel eingegangen war. Mit verschränkten Armen hatte ich an der Seitenlinie gestanden und all die Jahre auf den Moment gewartet, in dem er auf die Nase fiel. So dass er sich, wenn er sich aufgerappelt hatte und von seinen Niederlagen gedemütigt war, schließlich zu meinen väterlichen Weisheiten bekehren ließ.

Aber wenn das der Weg war, den ich mir für meinen Sohn vorgestellt hatte, welchen Platz nahm ich in diesem Szenario ein? Indem ich seine Schwierigkeiten seiner Dickköpfigkeit zuschrieb, hatte ich mich der Verantwortung entledigt, ihm beizustehen.

Wir kamen an einem Kiosk vorbei, an dem Spielzeug zum Kauf angeboten wurde. Lenny griff nach einem Stofftier und sagte: »Kennst du diese Plüschhasen mit den Klett-Pfoten, die sich umarmen? So waren Ira und ich mit sechs. Wir sind bei den Ostrowskis ins Bad gerannt und haben uns unter dem Waschbecken versteckt, wenn du und Mom euch zum Gehen fertiggemacht habt. Wir haben uns im Bad versteckt und aneinandergeklammert, damit ihr uns nicht trennen konntet.«

»Erste Liebe.«

»Mehr als das. Sie kannte mich wirklich. Bei ihr brauchte ich nicht cool oder zynisch oder sonst was zu sein. Ich konnte der sein, der ich war. Und, klar, irgendwie wusste ich schon, dass sie mich benutzt hat, um nach New York zu kommen, aber ich hätte nicht gedacht, dass es *so* endet. Dass sie um Mitternacht heimkommt und nach Calvin Klein riecht und ich auf der Couch wach bleibe und Videospiele spiele. Sie hat vor meinen Augen mit ihrem Chef gevögelt, und ich hatte nicht den Mumm, sie loszulassen. Als hätte ich gewusst, dass ich sonst mit leeren Händen da weggehe, mit nicht mal zwei Prozent Selbstachtung. Also hab ich's weiter ausgehalten.«

Sein Blick ging wieder zu den großteils leeren Läden. »So mach ich das immer.«

»Was machst du immer?«

»Mich an etwas klammern, auch nach dem Ablaufdatum. Allen Notrufzeichen zum Trotz bleibe ich bis zum bitteren

Ende an Bord. Ich weiß, für dich klingt das ziemlich fatalistisch.« Er lächelte mir spöttisch zu.

Ich war versucht, das Lächeln zu erwidern. Schon lange sah auch ich darin den Grund für sein Dilemma, die Wurzel für so viele seiner Kämpfe. Trotzdem freute es mich, dass er selbst darauf gekommen war und ich ihm nicht auf die Sprünge geholfen, sondern nur meinem Sohn zugehört hatte.

Buch VI

40.

Der Pilot

Als Hauptmann Henry Robbins an diesem kalten, blauen Oktobermorgen in Seoul landete, kannte er fast niemanden. Die Reservisten waren einzeln auf die regulären Einheiten verteilt worden. Seine künftigen Fliegerkameraden waren alles junge Männer. Gerade mal über zwanzig, hatten sie den letzten Krieg verpasst und sich nun begeistert für den Einsatz im nächsten gemeldet. Sie waren in einer Zeit der Konfettiparaden und Empfangskapellen aufgewachsen. Was sie über Kampfeinsätze wussten, hatten sie in der Sonntagvormittagsvorstellung von Robert Mitchum und John Wayne gelernt.

In den Nachkriegsjahren hatte Robbins sich bemüht, sein kleines Porträtstudio zu einem vollwertigen Fotogeschäft auszubauen, in dem er Objektive und Staffeleien, Projektoren und Zeitschalter verkaufte – ein Geschäft, das gerade Gewinn abzuwerfen begann, als er einberufen wurde. Dass Onkel Sam wieder nach seinem Typ verlangte, brachte ihn innerlich in schwere Bedrängnis, für die er keine Worte fand. Auf Befragen hätte er nicht zugegeben, dass er sich betrogen fühlte. Als seine junge Frau darauf hinwies, dass Mr. Trumans Neuregelung der Wehrpflicht es Tausenden erlaubte, sich dem Militärdienst zu entzie-

697

hen, während er ein zweites Mal einberufen wurde, ließ Robbins das nicht gelten. Selbst durch die Tatsache, dass es ihm verwehrt war, sich zurückstellen zu lassen, weil er, anders als viele seiner Kameraden aus der Armee, einen Beruf ergriffen hatte, anstatt aufs College zu gehen, ließ er sich nicht zu verbitterten Äußerungen hinreißen. Es gab zwar keine Konfettiparaden mehr, Patriotismus aber war 1951 weiterhin eine ungebrochene Geisteshaltung, und Robbins war ein Vertreter seiner Generation und fand es sein gutes Recht, anderer Meinung zu sein, nicht aber, den Gehorsam zu verweigern.

Doch seit seinem Eintreffen im Reservistenzentrum in Charlotte plagten ihn böse Vorahnungen, und die ließen ihn auch nach seiner Ankunft in Korea nicht los. Er hatte sich ins Zeug legen müssen, um sein Fotogeschäft halbwegs zum Laufen zu bringen. Jetzt machte er sich Sorgen, dass der Umsatz in seiner Abwesenheit einbrechen und seine Gerätschaften an die Bank zurückfallen würden. Er hatte eine Frau und ein dreijähriges Kind, ein zweites war unterwegs. Sein Vater war tot, seine Mutter alt. Er wusste nicht, wie lange dieser Krieg dauern würde und ob es überhaupt ein Krieg war. Die Generäle sprachen von einem »Polizeieinsatz«, als ginge es dort drüben darum, den Leuten Handschellen anzulegen oder Strafzettel zu verteilen, während es in Wirklichkeit wohl wieder viele Tote geben würde.

Auch wenn sich eine gewisse Abstumpfung bei ihm bemerkbar machte, betrachtete Robbins seine Haltung nicht als politisch motiviert. Es sollte noch mehr als ein Jahrzehnt vergehen, bevor Amerikaner ihre Einberufungsbescheide schon aus weniger gewichtigen Gründen in aller Öffentlichkeit verbrannten und die Nation sich Werten zuwandte, die mit Pflichtgefühl und Opferbereitschaft nur wenig zu tun hatten. Er wollte die alte Tapferkeit in sich heraufbeschwören, in ihm regte sich aber nur das unbestimmte Gefühl, er werde für die Treue zu seinem Land bestraft.

Andererseits war da das Flugzeug. Die F-86 Sabre hatte mit der B-24, die er im letzten Krieg geflogen hatte, nichts gemein. Ihr Start war geschmeidiger als ein Katzenfell, die Flügel verjüngten sich zur Breite eines Ritz-Carlton-Sandwiches. Mit ihren geschwungenen Linien erreichte sie fast Schallgeschwindigkeit. Vorn im Cockpit steckte ein Trio von Rechnern, das es dem Radarauge ermöglichte, seine Ziele auch bei Nacht oder schlechtem Wetter zu erfassen. Anstatt von Hand auf den Feind zu zielen, brauchte Robbins nichts weiter zu tun, als auf das Ziel zu zentrieren und notfalls den Spiegel auszurichten, und konnte es ansonsten dem magischen Auge der Sabre überlassen, Entfernung, Abweichung und Vorlaufzeit zu bestimmen, alles, was für einen guten Schuss nötig ist. Wenn das zivile Leben ihm den soldatischen Geist genommen hatte, gab ihn der Jäger ihm zurück.

Offiziell war Robbins' Flugstaffel mitgeteilt worden, ihre Gegner wären koreanische und chinesische Piloten. Dem war nicht so. Erst nach zwei Einsätzen hatte Robbins begriffen, was jeder wusste: Die MiGs, gegen die er antrat, wurden von russischen Fliegerassen gesteuert, die sich im letzten Krieg die Hörner abgestoßen hatten, im Kampf gegen den gleichen Feind. Trotz aller Vorzüge der Sabre konnten die leichteren MiGs schneller aufsteigen und gingen beim ersten Anzeichen eines starken Gegners in Deckung. Von fern wirkten ihre Kondensstreifen wie das wehende, den Stier reizende Tuch eines Toreros, mit dem die F-86er weit auf feindliches Hoheitsgebiet gelockt wurden, bis die MiGs plötzlich abtauchten und hinter dem mandschurischen Horizont verschwanden.

Auf seinem sechsten Patrouillenflug, bei dem er einem jungen befehlshabenden Offizier als Flügelmann zugeteilt war und noch einmal das bergige, schneebedeckte koreanische Terrain (keine vernünftigen Orientierungspunkte, nirgends flach genug für eine Notlandung) in Augenschein nehmen konnte, sah er sie schließlich: ein Dutzend MiGs auf dem Weg nach Süden, wo amerikanische Kampfbomber begrenzte Operationen gegen die kommunistischen Verbindungswege ausführten. Ein kalter Mond verblasste in einem Eck des Himmels, während im anderen der Fluss Jalu unter der Sonne bereits wie ein Spiegel gleißte.

Robbins hatte keine Zeit, sich darüber zu wundern, was nun geschah. Ohne Rücksicht auf die zahlenmäßige Überlegenheit der MiGs tat der Patrouillenführer, ein fünfundzwanzigjähriger Heißsporn aus Idaho, etwas, was in einer historischen Darstellung oder einem Nachruf vielleicht mit »unerschütterlicher Heldenmut« oder »heroischer Kampfgeist in fast aussichtloser Lage« umschrieben werden würde, Robbins jedoch, hätte er, als er den samtigen Steuerknüppel herumriss, noch Muße gehabt, nach Worten zu suchen, eher »sinnlos ins Verderben führende Eitelkeit« genannt hätte.

Es war ein schlimmes Jahr für Oberst Timur Katschak. Für den Georgier, der einen Hang zu unparteiischer, aber nicht unsinniger Brutalität hatte, war die Versetzung auf den Posten eines Sicherheitschefs in Perm – das aus circa 150 einzelnen Arbeitslagern unweit der sibirischen Grenze bestand – eine schwere Kränkung. Er hatte als Ermittler bei der Tscheka gearbeitet, bevor er von Berija für Verhöraufgaben ausgewählt wurde. Er war doch kein x-beliebiger Vollidiot, den man über Nacht einfach zu einem besseren Wachmann degradierte, noch dazu in einer arktischen Einöde, aus der niemand entkam, falls einer dämlich genug war, es überhaupt zu versuchen.

Katschak (vormals Katschachidse) war zwar einer aus

Berijas Truppe – von Lawrenti höchstpersönlich rekrutiert und aufgebaut. Doch Berija war in Ungnade gefallen. Stalin hatte Abakumow, ein weiteres Mitglied der georgischen Mafia, dazu ausersehen, Berijas Macht einzudämmen. Jetzt tobte innerhalb der Geheimpolizei ein Kampf um die Vorherrschaft. Ein Emporkömmling namens Rjumin war, an Berija und Abakumow vorbei, direkt bei Stalin vorstellig geworden und hatte ihm von der sogenannten Jüdischen Ärzteverschwörung berichtet – eine raffiniert konstruierte Erfindung, die dazu diente, Abakumow wegen »Untätigkeit« anzuklagen und brutal zu ermorden. Während Katschak nach Perm versetzt worden war, wartete Berija darauf, dass sich der Rauch verzog und er seine Position neu festigen konnte – falls es zu Säuberungen innerhalb der alten Garde kommen sollte, wollte er einige seiner Männer in sicherer Entfernung von der Guillotine unterbringen.

In Moskau hatte Katschak eine Dreizimmerwohnung mit Blick auf die Tschystyje Prudi und den Schlüssel für eine zweite Wohnung besessen, in der er sich mit Informanten traf und seine Freundinnen vögelte, darunter Abakumows Frau. Das, so glaubte er, war der eigentliche Grund, warum man ihn an den Arsch der Welt geschickt hatte. Anstatt mit den »Sauberen Teichen« vor dem Fenster erwachte er nun mit dem Anblick von Abraumhalden und Kohlengruben, freute sich an drei Sonnenstunden pro Tag und beaufsichtigte Männer, die nur unwesentlich besser gekleidet waren als die unter Sklavenbedingungen gehaltenen Gefangenen, die sie bewachen sollten.

Der Anruf kam von Berija selbst. Ein Jagdflieger hatte mit seiner Sabre-Maschine eine Bruchlandung unweit des Gelben Meeres hingelegt, sich der Verhaftung jedoch durch Einnahme von Gift in seinem Cockpit entzogen. Einhundert Chinesen waren aufgeboten worden, um das Flugzeug aus dem Wasser zu ziehen, die Flügel abzusägen und den

Rumpf im Schutz des bewölkten Nachthimmels zu einem Kontrollzentrum zu rollen, wo es noch weiter zerlegt und in Einzelteilen auf einen Konvoi geladen wurde. Jetzt sei, glaubten die Sicherheitsorgane, ein zweiter amerikanischer F-86-Pilot als Gefangener in eins von Katschaks Arbeitslagern gebracht worden. Katschaks Aufgabe war es, ihn ausfindig zu machen und nach Moskau zu schicken. Während er Berijas Stimme lauschte, sah Katschak in den Sonnenuntergang vor seinem Bürofenster. Es war zwei Uhr nachmittags. Er lächelte. »Glaubst du, ich kenne jeden *sek* persönlich?«, sagte er zu seinem alten Chef am Telefon. »Wir haben hier drei tote Amerikaner pro Woche. Sollen sie selber kommen und in den Grubenschächten nachsehen.«

»Dir ist doch wohl klar, welche Folgen das hat.«

»Wenn die so scharf auf ihn sind, warum haben sie ihn nicht gleich von Andong nach Moskau schaffen lassen?«

»Die wussten nicht, in welchem Flugzeugtyp er saß.«

»Inzwischen wissen sie es aber.«

»Die Einheit hat die Hügel durchkämmt und Trümmer gefunden. Da hatten sie den Piloten aber schon weggebracht.«

»Das Militär hat ihn sich also durch die Lappen gehen lassen. Warum sollen *wir* jetzt für deren Fehler bezahlen?«

»Ich bin nicht derjenige, dem du hier auf der Nase herumtanzt, Timur – sondern Koba. Der Befehl, das Flugzeug in Einzelteilen zum MiG-Entwicklungsbüro zu transportieren, kommt von Stalin.«

»Und wozu brauchen diese Blitzmerker dann noch den Piloten?«

»Die Instrumententafel ist zerstört. Wer auch immer da drinsaß, hat sie mit einem Stein bearbeitet, bevor er sich selbst um die Ecke gebracht hat. Ohne Hilfe wird man das Bedienfeld nicht rekonstruieren können.«

»Koba hat also ein Flugzeug ohne Piloten, und wir haben eventuell einen Piloten ohne Flugzeug. Aber eine Frage: Wenn der ihnen in Andong nichts erzählt hat, warum glaubt der MGB, dass er in Moskau den Mund aufmachen wird?«

»Worauf willst du hinaus?«

»Kein Mensch weiß, ob der überhaupt noch am Leben ist...«

»Laut den Akten ist ein Transport mit Amerikanern durch Wladiwostok gekommen und dann weiter zu euch.«

»Falls er noch lebt, lass mich ihn hier bearbeiten.«

»Das ist nicht dein Spezialgebiet.«

»Mir fällt schon was ein.«

Zuerst verweigerte Hauptmann Henry Robbins die Aussage und danach auch die Nahrungsaufnahme. Das Essen, das ihm die Aufseher in die Zelle brachten, rührte er nicht an. Nach fünf Tagen konnte sich der amerikanische Pilot aus eigener Kraft nicht mehr von seiner Pritsche erheben, wurde daher ins Verhörzimmer getragen und auf einen Stuhl gebunden. Als ausgebildeter Soldat wusste er, dass es, auch wenn man nichts zu sich nahm, ratsam ist, den Körper in Bewegung zu halten, Gymnastik zu machen und die Gliedmaßen zu massieren, um den Muskelabbau zu verlangsamen. Ihn beherrschte jetzt aber nur noch ein einziger Wunsch: zu sterben. Robbins rechnete zwar nicht damit, dass die dreckigen Russen seinen Forderungen nachkommen würden, wiederholte sie jedoch mit unablässiger Beharrlichkeit, was seine Gefängnisaufseher wütend machen sollte. Inzwischen gingen Tag und Nacht ineinander über, ohne dass er es wahrnahm. Die Schmerzen in der Brust und den schwachen Puls wertete er als hoffnungsvolle Zeichen, dass der Tod nahe war. Nicht gerechnet hatte er allerdings damit, wie zäh und langsam sich die

Zeit dahinschleppen würde. Die Kraftlosigkeit, die ihn an seine Pritsche fesselte, ließ die Minuten zu Stunden, die Stunden zu Tagen werden. Die Zeit war ein unglaublich schwerer Stein, der ihn mit endlosem Scharren unter die Erde brachte. Robbins entdeckte das große kosmische Geheimnis, das sich nur den Sterbenden erschließt: Je näher das Ende, desto träger der Zeitfluss. Das also war seine letzte Prüfung und Qual.

Als man ihn aufgriff, trug er noch seinen Anti-g-Anzug mit dem um den Schenkel geschnallten Halfter, hatte aber so gut wie keine Bonbons mehr, die er sich in die Anzugtaschen gesteckt und mit Isolierband verschlossen hatte für den Fall, dass er den Auswurfhebel ziehen und sich aus dem Flugzeug katapultieren musste. Drei Tage lang war er den felsigen Pfad hinabgekrochen, der sich ostwärts über den mit Buschwerk bewachsenen Berg wand. Er wollte seinem Handgelenkskompass nach Süden folgen, war sich aber nicht sicher, ob er noch in Nordkorea war oder schon jenseits der chinesischen Grenze. Er konnte einen Satz auf Koreanisch sagen, *nam amu jeongboga eobs-seubnida*, was seines Wissens die Weigerung ausdrückte, außer der nach Namen, Rang und Dienstnummer irgendeine Frage zu beantworten. Doch die Gesichter der Männer von der Flugabwehreinheit, die ihn begrüßten, als er den Fuß des Berges erreichte, waren weder koreanisch noch chinesisch. Die um seinen Schenkel geschnallte Pistole war eigentlich zum Schutz vor Raubtieren oder feindlichen Soldaten gedacht. Doch als er sah, wie viele es waren, begriff Robbins, dass man ihm die Waffe für einen sehr viel schlichteren Zweck gegeben hatte – den zu verfolgen er allerdings zu feige gewesen war.

Am achten Tag brachten seine Kerkermeister seltsame Apparaturen mit in die Zelle. Robbins sah flüchtig eine trübe Flüssigkeit, die in einer tiefen Schüssel schwappte. Ein Mann im weißen Kittel hielt einen Gummischlauch in der Hand. Die Aufseher richteten ihn zum Sitzen auf. Gesichter umschwirrten ihn. Man versuchte ihm den Schlauch in den Mund zu drücken. Mit einer Kraft, die er nicht mehr zu haben glaubte, langte er nach dem Schlauch, doch man drehte ihm die Arme auf den Rücken und umklammerte seinen Kopf, so dass er ihn nicht schütteln konnte. Der Mann im weißen Kittel hielt ihm die Nase zu und drückte ihm den Mund mit einem Löffel auf. Sie wollten ihn weder leben noch sterben lassen. Er bekam Handschellen angelegt und wurde auf den Bauch gedreht. Man zog ihm die Hose herunter und rammte ihm den Schlauch mit den lebenspendenden Nährstoffen ins Rektum. Er entspannte die Muskeln, dachte: *Sollen sie,* und spürte schon bald die nasse, brennende Wohltat seines ersten Schisses seit einer Woche.

Kurz darauf kehrte der Arzt mit neuen Gerätschaften zurück. Robbins wurden die Lippen zurückgezogen, Klammern, die kleinen Steigbügeln ähnelten, zwischen die Backenzähne geklemmt und mit einer Kurbel in beide Richtungen bewegt, bis sein Mund so weit geöffnet war, dass der Schlauch hineinpasste. Langsam, als tauchte ein Kind eine Angelschnur ins Wasser, wurde er in den Schlund geschoben. Robbins musste würgen – ein Schmerz, heftiger als alles zuvor. Doch der Schlauch ließ sich von den Krämpfen in seinem Hals und seinem Magen nicht beirren. Wie ein Ertrinkender sog Robbins Luft durch die Nase; das rotgesprenkelte Gesicht des Arztes über ihm wurde schwarz, wie ein ausglühendes Stück Kohle.

Viele Stunden später kam Robbins mit Krämpfen in den Eingeweiden wieder zu sich und spürte enttäuscht, dass er noch lebte. Und dass er nicht allein war. Jemand saß neben ihm auf der Koje. »Herr Hauptmann«, hörte er eine Stimme sagen, die eindeutig amerikanisch klang und, noch überraschender, einer Frau gehörte. »Ich habe Ihnen Tee gebracht. Der wird Ihnen guttun.«

Es gab keine Thermometer im Permer Holzfällerlager ITSK-2. Sie wurden nicht gebraucht. Man konnte die Temperatur an der Dichte des Nebels ablesen, der sich bei minus vierzig Grad zu bilden begann. Er hing über dem Boden wie ein neuartiges Element, das man mit einem stechenden Schmerz wie von tausend winzigen Nadeln einatmete und mit feuchtem Krächzen wieder ausatmete. Bei so niedrigen Temperaturen waren Erfrierungen eine ständige Gefahr: Feuchtigkeit auf der Nasenspitze gefror, sobald sie mit der Luft in Berührung kam. Man wagte nicht, in den Schnee zu urinieren. Die Tropfen aus Florences Nase überfroren schon seit einer Woche, und es war erst November. Sie besaß kein Taschentuch oder Ähnliches und war daher gezwungen, sich die Nase pausenlos mit den Jackenärmeln abzuwischen, während sie ihren Körper, den anderen folgend, über den mittlerweile vertrauten, vier Kilometer langen Weg in den Wald schleppte. Die ihr zustehenden Gummigaloschen boten den Füßen keinerlei Schutz vor der Kälte. Sie hatte sich die Zehen zusätzlich mit Lumpen umwickelt, die mit Stofffetzen befestigt waren. Der an ihrer Hüfte baumelnde Becher war eigentlich eine Blechbüchse, in der sich einst Dosenfleisch – SPAM – befand, im letzten Krieg zusammen mit Getreide und Traktoren von den amerikanischen Alliierten gespendet. Sie hatte längst ihre Form verloren, und die Beschriftung war abgeschabt. Es war ihr einziger Besitz, und sie hütete ihn entschlossen.

Hoffentlich war es noch dunkel, wenn sie die Lichtung erreichten, dachte Florence, während sie über den festgetretenen Schnee stapfte. Dann durften sie mit dem Sägen noch warten und erst einmal tote Zweige sammeln und ein Feuer machen, konnten sich noch ein wenig ausruhen und mit einem Becher heißem, geschmolzenem Schnee wärmen. Doch bei ihrer Ankunft füllte die Wintersonne die Lücken zwischen den Bäumen bereits mit ihrer scharlachroten Aura.

Kaum war sie mit Inga, ihrer Partnerin, im Wald, ließen Florences Kräfte wieder nach. Die Frühstücksration, wässriger Haferbrei, hatte gerade gereicht, um den beschwerlichen Weg hierher zu überstehen. Sie versuchte, nicht an den Schmerz in ihrem rechten Fuß zu denken, dessen geschwollener Knöchel so am Gummi scheuerte, dass ihr bei jedem Schritt schwarz vor Augen wurde. Es war, als trete man mit der Ferse in ein Bajonett.

Florences Aufgabe bestand darin, die Säge gerade zu halten, während Inga das eigentliche Sägen besorgte. Doch sogar das erwies sich als undurchführbar, da sie dafür immerhin einen festen Stand mit beiden Beinen benötigte. Ingas Kraft war Fluch und Segen zugleich: Zwar hatte sie Florence vor der Strafmaßnahme gekürzter Essensrationen bewahrt, zwang sie aber, mit Ingas Bewegungen mitzuhalten, obwohl ihr sämtliche Muskeln zitterten. Ingas Einsatz, eifrig und tragisch, erinnerte Florence an ihre eigene Anfangszeit in Perm, als sie »ehrlich und gewissenhaft« arbeiten wollte, um mit einer zusätzlichen Essensration belohnt zu werden. Bald schon hatte sie jedoch begriffen, dass es gerade das Arbeiten für die Extraration war, was einen umbrachte – schnelleres Verhungern aufgrund von vierhundert Gramm pro Tag extra. Ihren ersten Winter in Perm hatte sie nur dank ihrer Brigadeführerin überlebt, einer alten *kolchosniza*, die alle Tricks kannte und die Frauen anwies, altes, im vorigen Winter geschlagenes Holz zu sammeln, wenn sie mit ihrer eigenen Ausbeute unter der Norm blieben, und Florence beibrachte, das Holz locker aufzuschichten, damit es von außen nach mehr aussah. Sie hatte die Bücher frisiert, damit sie erfüllte Solls auswiesen, bis die Aufpasser Wind davon bekamen und ihnen eine neue Gruppenführerin zuwiesen, der das Schicksal ihrer Untergebenen gleichgültig war.

»Du musst schneller arbeiten, das reicht nicht«, sagte Inga.

Florence war schwindelig. Seit sie die Schmerzen im Bein hatte, überkam die vom Hunger ausgelöste Übelkeit sie täglich früher. Sie lächelte. »Die Arbeit ist kein Wolf. Sie läuft nicht weg und verschwindet im Wald.« Diesen Witz hatte sie gehört, als sie selbst neu im Lager war, jetzt wiederholte sie ihn. Neues gab es hier nicht zu sagen.

Inga starrte sie mit ihrem flachen estnischen Gesicht an, das schon gerötet war vor Anstrengung. Es gab in der Brigade keine »echten« Russinnen, abgesehen von einigen wenigen, die von der Armee zum Dienst in den von den Nazis besetzten Gebieten beordert worden waren und zum Lohn für ihre Loyalität hinterher der Kollaboration beschuldigt wurden. Man bezeichnete sie als »Faschisten«, genau wie die nach Artikel 58 angeklagten politischen Gefangenen, Florence eingeschlossen.

»Lass dich nicht hängen«, mahnte Inga.

Florence war nur einer Handvoll Frauen begegnet, die länger als zwei Jahre in den Wäldern gearbeitet hatten – so lange dauerte es, bis das Soll aus einer Gefangenen eine Leiche gemacht hatte. Das war jetzt Florences zweiter Winter. Gefangene wie Inga wurden, um den Bestand an lebenden Leichen aufzufüllen, rechtzeitig frisch angeliefert und im folgenden Winter wieder durch neue ersetzt. Es ging Florence en passant durch den Kopf wie ein abgenutztes Sprichwort; sich darüber zu empören oder davon trösten zu lassen fehlte ihr der Wille.

Der Schmerz in ihrem Stiefel schnitt permanent ins dünne Fleisch ihres Beins. Immer tiefer schnitt er hinein. Wollte sich partout nicht ignorieren lassen.

»Was ist jetzt wieder?«, sagte Inga.

»Mein Bein. Ich kann es nicht bewegen.«

»Welches?«

»Wahrscheinlich ist es die Erfrierung. Aber es schwillt an.«

»So was schwillt nicht. Zeig mal her.«

»Der Stiefel steckt fest.«

»Was soll das heißen, ›steckt fest‹?« Inga blickte zwischen den Kiefernstämmen hindurch zur Lichtung, wo der Zigarettenrauch eines Wachmanns als schmutziggraue Wolke über dem Schnee hing. Nachdem Florence sich auf einen Holzklotz gesetzt hatte, zog sie ihr den Stiefel aus. Florences zerrissene Fußlappen waren von Blut und Eiter aus der erfrorenen Zehe verkrustet, aber der Schmerz saß anderswo. Der untere Teil ihrer Wade war lila verfärbt.

»Mutter Gottes!« Sie wusste, was es war, bevor Inga es aussprach. »Das ist ja ein Skorbutgeschwür.«

Zwei Wochen lang hatte sie nachts die empfindliche Stelle betastet und dagegen angebetet. Jetzt war sie hart wie ein Winterapfel. Florence drückte den Zeigefinger in das blutunterlaufene Fleisch. Die weiße Einbuchtung wollte nicht wieder verschwinden.

»Du brauchst eine rohe Zwiebel«, sagte Inga.

»Wo soll ich die herkriegen?«

»Steck den Fuß wieder in den Stiefel, bevor du erfrierst.«

»Er passt nicht rein. Hab ich doch gesagt. Die Schwellung ist zu dick.«

»Herrgott! Wir müssen den Stiefel aufschneiden.«

»Meinen Stiefel? Das geht nicht! Womit denn?«

Inga ging ein Stück in den Wald hinein und kehrte mit einem scharfkantigen Stein zurück. Sie warf ihre Jacke auf

Florences Bein und zerteilte den Gummi mit der steinernen Klinge. Er ließ sich leicht schneiden, die Stiefel waren für den Sommer gedacht. »So wird es passen. Damit kannst du zur Krankenstation gehen.«

»Da war ich doch schon. Man kriegt erst ein Bett, wenn man ›septisches‹ Fieber hat.«

Inga legte ihre derbe nackte Hand auf Florences Stirn und schüttelte den Kopf. »Du brauchst nichts weiter als eine rohe Zwiebel. Eine rohe Kartoffel tut es auch. Vertreibt den Skorbut.«

Aber Florence hatte ihr nicht die ganze Wahrheit gesagt, nämlich dass die Ärztin ihr praktisch ins Gesicht gespuckt und erklärt hatte, sie könne von Glück sagen, dass sie hier auf Staatskosten durchgefüttert werde. Die Achtundfünfziger bekamen keine Betten.

Am Nachmittag errichteten die Gefangenen zwei Lagerfeuer, eins für sich, eins für die Wachen. Wie Angehörige eines primitiven Volkes starrten sie schweigend in die Flammen. Zischend fielen die Tropfen aus ihren Nasen in die Glut. Aus der Tasche, die sie sich innen in die Jacke genäht hatte, zog Florence die Reste ihrer Morgenration, vierzig Gramm hartgefrorenes Brot. Sie knabberte und saugte daran, spuckte danach blutigen Speichel in den Schnee. Ihre Zähne wackelten im Gaumen: ein weiteres Zeichen. Wo sollte sie nur eine rohe Zwiebel oder Kartoffel herbekommen? Ein einfacher, schrecklicher Gedanke beschlich sie: Der Übergang zum Tod war eine steile Böschung, auf deren Rand man sie ausgesetzt hatte. Nur noch wenige Wochen, dann gehörte sie zu den Entehrten – zu schwach, um zu verhindern, dass ein Dieb ihr die Mütze vom Kopf riss, gleichgültig gegen die Läuse, die ihr Blut saugten, von den Kriminellen zu deren Vergnügen missbraucht, mit gekürzten Essensrationen bestraft und immer auf der Suche nach verfaulten Resten im überfrorenen Urin hinter der Kantine. Sie war dann in den Rang der »Dochte« abgesunken – zu denen, deren jämmerliche Lebenskerze abgebrannt war.

In Wahrheit wollte sie nicht mehr leben und lebte dennoch weiter. Sie dachte nur noch ans Essen. Einer Arithmetik folgend, deren Anwendung einen Willen erfordert, den nur ein Verhungernder aufbringen kann, maß sie den Abstand zum Tod in Gramm von Schwarzbrot und Heringsstücken, die in ihrer Suppe schwammen. Früher ausgelassen und gestenreich, geizte sie jetzt mit jeder Bewegung, wendete so wenig Energie auf wie möglich, ob geistige oder körperliche. Zu leben, das hatte Florence inzwischen begriffen, war auch nur eine Gewohnheit. Die hartnäckigste, und am schwersten abzulegen.

Tiere überlebten, weil sie keine Erinnerung besaßen. Auch Florence hatte jeden Gedanken an die Vergangenheit abgetötet. Hier fiel es nicht schwer zu glauben, dass ihr altes Leben nie existiert hatte. Wenn es dieses unheilvolle kalte und schwache Feuer war, zu dem alle früheren Leben sie geführt hatten, konnten sie nicht real gewesen sein, sondern waren nur annullierte Träume und ein Sehnen nach einem Gott, der abgedankt hatte. Vergessen war schon immer eine ihrer großen Gaben gewesen. Sie hatte alles vergessen. Moskau. Amerika. Die Stimme ihrer Gedanken sprach nicht mehr Englisch, weil sie sich auch nicht mehr mit Gedanken herumschlug, die ins Dickicht der Sprache führten. Von Zeit zu Zeit erinnerte sie sich daran, dass sie einen Sohn hatte. Dieses schmerzliche Wissen bohrte sich durch die wuchernde Ummantelung ihres Denkens und nistete sich ein wie ein hungriges kleines Tier. Florence sagte sich, Julik sei in guter Obhut, habe genug zu essen. Man hatte ihr erlaubt, Briefe zu empfangen, in denen er schrieb: »Ich bin der Jahreszeit entsprechend gekleidet.«

Sie glaubte es, denn es war ihr einziger Trost. Dann wieder war ihr die Vorstellung, einen Sohn zu haben, der irgendwo am Leben war, so fern wie der Gedanke an den Frühling.

Zu vergessen hieß, die Zukunft ebenso abzutun wie die Vergangenheit.

Der Winter in Perm hatte jedes Gefühl der Zuneigung in ihr vertrocknen lassen, hatte ihre Seele mit einer überwältigenden Gleichgültigkeit vergiftet. Sie wusste das und war doch unfähig, es zu ändern. Es war auf seine betäubende Art ein Seelenfrieden.

Bei Sonnenuntergang marschierten sie mit ihrem Werkzeug zurück zum Lager. Nach kaum einem Kilometer brach eine Frau aus der Gruppe zusammen und sank in den Schnee. Sie war eine alte, gebrechliche Armenierin und gehörte erst seit wenigen Monaten zur Brigade. Schon in der vorigen Woche hatte sie Schwierigkeiten gehabt, sich verständlich zu machen, nicht wegen ihres kaukasischen Akzents, sondern wegen ihrer geschwollenen Zunge und ihrer Demenz. Man glaubte, sie leide an Pellagra, einer Vitaminmangelkrankheit, der die aus wärmeren Regionen Stammenden stets als Erste zum Opfer fielen. Florence und eine andere Gefangene wurden mit der unehrenhaften, aber nicht schwierigen Aufgabe betraut, die Armenierin in die Zone zurückzutragen. Als sie ankamen, hatte sie keinen Puls mehr.

Die Frau hatte auf der Pritsche direkt unter ihr geschlafen, und nun betrübten Florence die misslichen Umstände ihres Todes. Wäre die Frau nachts in der Baracke gestorben, hätten sie und die anderen Mittel und Wege gefunden, den Körper der Toten so hinzubreiten, dass sie wenigstens noch für ein, zwei Tage ihre Brotration bekamen. Dieser Tod war vergeudet.

Am nächsten Morgen holte die Vorarbeiterin sie beim Appell aus der Gruppe heraus. »Du sollst zu Stschjorbakow kommen«, sagte sie in einem vergnügten Ton, der offenließ, ob das etwas Schlechtes oder etwas Gutes bedeutete.

»Wer ist Stschjorbakow?«

»Wer Stschjorbakow ist? Der Kommandant der Wachmannschaft, du Dummkopf.« Sie deutete auf einen Wächter, der mit glänzendem Gewehrlauf schon bereitstand, sie zu eskortieren.

Der dicke Kommandant saß am Schreibtisch, als sie eintrat. Bei ihm war noch ein anderer Mann in Uniform, schlanker, jünger, den er als Leutnant Sowieso vorstellte. (Vor lauter Verblüffung und Angst, herbeibeordert worden zu sein, hatte Florence den Namen, kaum war er ausgesprochen, schon wieder vergessen.) »Name, Artikel, Geburtsdatum«, sagte Stschjorbakow, wobei er sie kaum ansah. Eine Tasse Tee stand am Rand des Schreibtischs, auf der Untertasse lag die Rinde einer Zitronenscheibe. »Ist sie das?«, sagte der junge Leutnant. Er wirkte ungläubig. Der Widerwille in seinem Gesicht war eher eine instinktiv körperliche als eine emotionale Reaktion, wie bei Schmerz oder Schläfrigkeit. Er zog ein Taschentuch hervor und hielt es sich vor die Nase. »So nehme ich die nicht mit. Schicken Sie sie ins Badehaus. Kommandant Katschak mag den Geruch dieser Gefangenen nicht.«

Der Leutnant wartete, als sie aus der Badehütte kam, in derselben Kleidung, die sie vorher getragen hatte, nur jetzt feucht von der Desinfektionskammer und entlaust. »Steigen Sie auf den Wagen.« Ein Wachmann schlug die Plane über der Pritsche des Kleinlasters zurück.

»Wohin bringen Sie mich?«

Der Leutnant gab nicht zu erkennen, ob er ihre Frage gehört hatte.

Das Eis auf der Straße war schmutzig und festgefahren. Die trostlose Landschaft war unter den Schneeverwehungen kaum zu sehen. Ihrem Gefühl nach wurde sie in die Richtung eines der Hauptarbeitslager gefahren. Alle fünf oder zehn Kilometer lugte ein Wachturm auf Stelzen durch den Schneesturm, der wieder eingesetzt hatte. Es war, als verließe man den eigenen Planeten und stellte nun fest, dass es Dutzende weitere der gleichen Art im Sonnensystem gab, jeder mit eigenen Planetenringen aus Stacheldraht. Nach einer Weile bog der Lastwagen unmittelbar nördlich eines sehr großen Lagers von der Straße ab. Sie hatten die Hochsicherheitszone erreicht, die nur ausgewählten Wachleuten als die »Zone des Schweigens« bekannt war, so genannt, weil sie nicht nur in Korea gefangen genommene britische und amerikanische Soldaten beherbergte, sondern sogar solche, die von den Sowjets aus dem geteilten Berlin entführt worden waren. Davon war Florence natürlich nichts bekannt. Was sie erblickte, als der Fahrer die Geschwindigkeit drosselte, war ein Steinbau, der wie ein Kloster aussah. Das war er früher auch gewesen. Von den Bolschewiki in ein Durchgangsgefängnis umgewandelt, war das Gebäude für diesen Zweck inzwischen zu klein geworden und diente jetzt als Hauptquartier der Geheimpolizei für alle Lager in der Umgebung von Molotow. Im kalten Keller, den ehemaligen Mönchszellen im Kloster, reihten sich Verhörräume aneinander, deren Gewölbedecken die Schreie der Verdammten schluckten und für alle Ewigkeit in sich schlossen.

Der Raum, zu dem Florence geführt wurde, hatte eine schwere Holztür mit einem niedrigen, von zwei Wachleuten zur Beobachtung genutzten Gitterfenster. Ihr wurde befohlen, draußen zu warten, während der junge Leutnant sich entfernte. Sie warf einen Blick durch das Gitter. Das Wesen, das in der Mitte der kleinen Zelle auf einem Holzstuhl saß, hatte ein knochiges Gesicht, dessen Ausdruck stumpf und teilnahmslos war. Auf dem geschorenen Schädel wuchsen blonde Stoppeln nach. Sie hatte wenig Zeit, den Mann zu betrachten, denn schon kam der Leutnant mit einem Begleiter zurück, einer Person von offensichtlich höherem Rang, glattrasiert und in tadelloser Uniform; aus seinem Hemd, das er wie ein südländischer Frauenheld bis zur Brust offen trug, quoll jedoch ein Büschel schwarzer Haare hervor. In diesem feuchtkalten Kellergefängnis trug er einen eindrucksvollen Geruch von Parfum und echtem Tabak vor sich her, von Gesundheit, Gelassenheit und Verachtung. Ein Schlagring aus Messing funkelte wie Schmuck auf seiner behaarten Faust. Kein Zweifel, das war Katschak, der Kommandant, von dem der Leutnant gesprochen hatte.

»Die hier wird übersetzen, was ich zu dem Spion sage«, sagte er zu einem dritten Mann, in dem Florence trotz des schäbigen Anzugs, der an seinem dürren Leib schlotterte, sofort einen Mitgefangenen erkannte. Erst kurz darauf begriff sie jedoch, dass der Kommandant von *ihr* gesprochen hatte. »Ja, ja, ja«, sagte der Gefangene im Anzug und beäugte Florence neugierig. In seinen Augen glänzte die Ergebenheit des geprügelten Hunds. Das, sollte Florence bald erfahren, war Finkleman, ein ehemaliger »Physikingenieur«, wie sie aus dem Abgrund emporgezerrt, um Mütterchen Russland ein letztes Mal zu dienen.

»*Nu, schto!*«, herrschte der Kommandant sie an. »Hast du das Russische schon vergessen?«

»Nein«, versicherte sie, obwohl sie an dem Tag tatsächlich keines der ihr zugebrüllten Worte verstanden hatte, weil die scheinbar glückliche Wendung des Schicksals doch zu schön war, um mehr zu sein als eine weitere Täuschung. »Du wiederholst auf Englisch, was ich zu dem Spion sage. Nicht mehr, nicht weniger«, sagte der Kommandant.

»Wenn du seine Antworten nicht verstehst, besprichst du dich mit *ihm*.« Er meinte den Gefangenen im Anzug. In dessen Hand erblickte Florence ein Bündel Millimeterpapier und das begehrteste aller Besitztümer in den Lagern: den Stummel eines Graphitstifts. Schon überlegte sie, wie sie sich diesen Stift beschaffen und ihn bei den kriminellen Elementen gegen eine Zwiebel oder ein Paar Socken tauschen konnte, gab sich dieser Phantasie hin, noch während man ihr hier etwas viel Wertvolleres präsentierte, den Spion nämlich, der wie ein Krüppel zur Seite gesackt war, die Hände an den Stuhl gefesselt, auf dem er saß. Der Kommandant öffnete die schwere Tür und führte sie beide in den Raum, und erst als er sich dem Gefesselten gegenüber niederließ und eine Salve von Fragen abschoss, erwachte Florence aus dem Koma ihres Staunens, weil die geistige Blockade, die sie lähmte, noch viel erschreckender war als alles andere. »Sagen Sie uns, mit welchen Bedienelementen der Zielvorrichtung man die korrekte Abweichung für das Radarauge einstellt«, sagte Katschak in der Erwartung, dass sie übersetzte. »Geschieht das per manueller Steuerung oder automatisch?« Ein Anflug von hysterischer Ungeduld schwang, kaum unterdrückt, in seiner Stimme mit, als habe er diese unverständliche Frage schon ein Dutzend Mal gestellt und wolle den halbtoten Mann mit ihrer Wiederholung eigentlich nur provozieren. Florence konnte der Frage nicht folgen und sie schon gar nicht übersetzen. Die Anstrengung, die Worte in ihrem Kopf zusammenzuhalten, löste einen Brechreiz aus, so heftig, als wäre sie halb verhungert durch den Schnee marschiert. Aber es ging nur vorwärts. Sie hatte geglaubt, sie hätte das Englische während der knapp zwei Jahre im Lager mit allem anderen aus ihrem Gedächtnis getilgt. Doch da war es wieder, kam unter dem tauenden Permafrost ihres Gehirns hervor.

»Der Kommandant möchte etwas über ein Radarauge

wissen«, sagte sie, zu verängstigt, um nachzufragen, was ein Radarauge ist. Mit lachhafter Höflichkeit erkundigte sie sich nach der »Luft-Boden-Reichweite« und dem »Autopiloten«. Doch all das zeitigte bei dem Gefangenen nicht die geringste Reaktion. Allmählich erfasste sie die Lage, die sich nicht zu ihren Gunsten entwickelte. »Versteht er denn überhaupt Englisch?«, sagte sie an den dürren Physikingenieur gewandt, die einzige Person in der Zelle, der gegenüber sie einen solchen Zweifel aussprechen zu dürfen glaubte. In dem Moment machte der Gefangene den Mund auf und sagte, als spreche ein Aufziehspielzeug: »Hauptmann Henry Robbins, United States Air Force. Ich verlange, dass meine Regierung über meinen Status als Kriegsgefangener der Sofjitunion in Kenntnis gesetzt wird. Ferner verlange ich, mit meinen in Gefangenschaft befindlichen Offizierskameraden zusammengeführt zu werden.«

Und verstummte wieder, als hätte er kein Wort gesagt.

Florence war sprachlos. Sengend brannten seine Worte sich in ihr Bewusstsein. *Kriegsgefangener*? Was für ein Krieg? Der letzte? Das hieße, dass er schon länger in Gefangenschaft war als sie selbst – fünf Jahre, mindestens! Aber wie konnte das sein? Warum sollte ein *Amerikaner* Kriegsgefangener sein – hatten sie nicht auf derselben Seite gekämpft? Und was bedeutete seine Forderung, wieder mit seinen Offizierskameraden vereinigt zu werden? Wie viele andere gab es? Für sie begann jetzt der zweite Winter in Perm, und sie hatte nie etwas von anderen gefangenen Amerikanern gehört. Florence hatte jetzt ein Gefühl, als wäre sie seekrank, genau wie es ihr fast dreißig Jahre später beim Aussteigen aus der Chartermaschine am JFK-Flughafen noch einmal ergehen sollte, ein Gefühl, als wäre sie nicht mehr in der Zeit verankert, wäre aus ihr ausgeschlossen gewesen, während die Welt sich ohne sie weiterdrehte.

Eilig machte sie sich daran, Hauptmann Robbins' Forderung zu übersetzen. Doch Katschak brauchte keine Hilfe, um sie zu verstehen. Noch bevor sie fertig war, landete sein Schlagring von der Seite auf Robbins' Wange, so dass sein Kopf zur Seite kippte, als wollte er sich vom Hals lösen. »Spione haben nichts zu fordern«, sagte er und zog ein Taschentuch hervor, um sich das Blut von den Fingern zu wischen.

Man gab ihr zu essen: eine volle Schüssel dicken Erbsbrei und ein halbes Brot – fast sechshundert Gramm –, so frisch gebacken, dass es noch nicht steinhart geworden war. Das Essen zerging praktisch in ihrem Mund und war weg, bevor sie sich an den schwammigen Geschmack gewöhnt hatte. Anschließend brachte man sie in einen anderen Teil des Klosters, wo der Kommandant sein Büro hatte.

»Setz dich«, befahl er. Er selbst blieb stehen und starrte rauchend durch das frostnarbige Fenster. Der Himmel hatte die karminrote Aura eines verfrüht einsetzenden Abends angenommen. In Florences Bein puckerte das Blut. Sie hatte es hinter sich hergezogen wie eine morsche Hacke. Sie war entrüstet über ihren Körper, der ihr so wenig dankte. Nun kam sie zum ersten Mal aus der beißenden Kälte heraus, und was tat der Abszess? Nutzte die Ruhepause und erblühte in voller Pracht! Er pochte unaufhörlich, von jähen Schmerzstößen begleitet.

»Du sprichst mit niemandem über heute«, sagte der Kommandant schließlich und sah sie an. »Weder mit anderen Gefangenen noch mit irgendwem aus der Verwaltung deines Lagers.«

Florence sagte, das habe sie verstanden.

Er drückte seine Zigarette auf einer Untertasse auf dem Schreibtisch aus. »Du bist jederzeit ersetzbar, selbst für so eine Aufgabe. Vergiss das nicht.«

Florence hörte zu, während der Kommandant ihr erläuterte, wie wichtig Geheimhaltung beim Umgang mit gefangenen Spionen war. Der Mann hatte sich selbst allerdings, fiel ihr ein, als Kriegsgefangenen bezeichnet. Sie bemerkte, dass Katschak seinen Schlagring nicht mehr trug.

»Was ist?«, sagte Katschak.

Erst jetzt wurde ihr bewusst, dass ihr Mund offen stand. Sie hatte keine Ahnung, was sie hatte sagen wollen. Ihr einziger Gedanke war, ihn zu bitten, ihr eine rohe Zwiebel oder Kartoffel oder eine Zitrone – egal was – gegen ihren Skorbut zu besorgen. Doch wenn sie bei dem Kommandanten etwas so Erbärmliches zur Sprache brachte, stünde sie als hausbacken und unerzogen da. Er müsste denken, ihr sei nicht klar, wie wichtig die Sache hier war. Und außerdem: Wenn sie eingestand, krank zu sein, würde er sie nicht augenblicklich durch jemand anderen ersetzen?

»Was jetzt!«

»Was soll ich sagen, wohin ich gehe?«, platzte sie heraus.

»Was?«

»Was mache ich, wenn ich das Lager verlasse? Ich muss doch irgendwas sagen.«

Katschak pochte mit dem Nagel seines Mittelfingers auf die Schreibtischplatte. War es möglich, dass er nicht so weit gedacht hatte? »Du bist zur Erkundung von Erzlagerstätten eingeteilt worden«, sagte er schließlich. »Wegen deiner geologischen Ausbildung. Alles Weitere ist geheim.«

Der junge Leutnant geleitete sie nach draußen. Der Laster wartete auf der verschneiten Straße, und als sie ihn sah, erkannte sie den schrecklichen Fehler, den sie begangen hatte. Ihre erfrorenen Wangen und Finger begannen zu pochen, ebenso die in fadenscheinige Lumpen gewickelten Zehen. Sie sollte zurückgebracht werden in die Kälte der Baracken, zum Hunger und den Stiefeltritten der Wachmänner. Beim bloßen Gedanken krampfte sich ihr Bein vor Schmerz zusammen.

»Beweg dich«, sagte der Leutnant, der hinter ihr ging.

Ihr Bein konnte nicht gehen.

»Na los!«

Sie war ein Tier, saß in der Falle, und nur die Instinkte eines Tiers konnten ihr jetzt einen Ausweg weisen. Wie angeschossen ließ sie sich in den Schnee fallen.

»Steh auf!«

»Ich kann nicht!«

Sie wartete darauf, dass der Leutnant ihr einen Tritt verpasste, und als der ausblieb, streifte sie so schnell sie konnte den Stiefel ab und zog das Hosenbein hoch. Sein Gesicht zuckte beim Anblick ihres Fleischs. Ihr Bein schimmerte dunkelblau in dem schwächer werdenden Licht. »Es ist atrophisch«, sagte sie flehentlich.

»Du kannst das in deinem Lager behandeln lassen. Geh zur Krankenstation.«

»Die Schwester gibt mir kein Bett.«

»Unsinn. Steh auf!«

»Politische Gefangene bekommen kein Bett. Außer für Quarantäne. Das wissen Sie.«

»Und – was soll ich nun tun? Wende dich an die Lagerleitung.«

»Ich bitte Sie. Behalten Sie mich hier. Ein oder zwei Tage. Wenn ich septisches Fieber bekomme, kann ich Ihnen oder Ihrem Kommandanten nicht mehr von Nutzen sein. Ich bringe den Gefangenen zum Reden. Ganz bestimmt.«

»Nicht so laut, du Laus«, sagte er. Und dann: »Rühr dich nicht von der Stelle!«

Der kalte Schnee brannte an ihrer Wange. Sie schloss die Augen, und er gab unter ihrem Körper nach wie eine Daunendecke.

Im Morgengrauen erwachte Florence auf einer richtigen Bettstelle, in einem Krankenzimmer mit weiß gestrichenen Fensterrahmen. Ihre Kleider waren nirgends zu sehen. Das Flanellhemd, in dem sie steckte, war so dünn und abgetragen, dass es im kalten Licht durchsichtig schien. Jemand musste sie umgezogen haben. Sie wollte so etwas wie Schamgefühl in sich wachrufen, doch auch das war ihr schon lange ausgetrieben worden. Es stellte sich nur eine schwache Erinnerung an nächtliche Stimmen ein.

Bringen Sie sie auf Station vier.

Nein. Nach oben. Er will sie nicht bei den Kriminellen haben.

Die alte Vettel?

Die würden auch eine Hundertjährige vögeln, wenn man sie ließe.

Florence berührte ihr Bein. Jemand hatte einen festen Verband angelegt. Ihre Müdigkeit war stärker als der Schmerz. Das Kissen im Arm, rollte sie sich ein wie ein Meerestier und überließ sich dem Schlaf.

Die folgenden drei Tage blieb sie auf der Krankenstation des Hauptlagers, wo man sie tagsüber abholte, damit sie bei der Befragung des Piloten assistierte. Täglich wurde Robbins aufs Neue nach Radaren und Visieren gefragt, und jedes Mal gab er die gleiche Antwort – seine Regierung sollte von seinem Status als Kriegsgefangener in Kenntnis gesetzt und er wollte mit seinen Offizierskameraden zusammengelegt werden. Ihr einziger Beitrag zu dem Verhör bestand darin, aus seinen mit Südstaatenakzent gesprochenen Worten, die von Tag zu Tag schlechter zu verstehen waren, die immer gleiche Forderung herauszuhören.

Dem Geplapper der Wachleute entnahm Florence, dass Robbins in einen Hungerstreik getreten war – das Essen ebenso verweigerte wie das Sprechen. Sie bewunderte den eisernen Willen, mit dem der Sterbende den letzten Halt am Leben loslassen wollte. Sie hatte selbst schon manches Mal den Entschluss gefasst, ihrem Leben ein Ende zu setzen, und wusste daher, dass die Ausführung eines solchen Plans nicht so leicht war wie gedacht – nicht mal in den Kammern des Todes. Schon die kleinste Freude, das kleinste Glück – eine plötzliche Erwärmung, das Eintreffen eines Briefs aus dem Waisenhaus – konnte den Willen, mit alldem Schluss zu machen, untergraben. Sie hatte Mitgefangene gesehen, die sehr viel Schnee schluckten, um sich den Bauch aufzutreiben. Nasenbluten herbeiführten. Schmutz in eine Wunde rieben, um eine Blutvergiftung und hohes Fieber herbeizuführen. Auf die eigenen Hände und Füße urinierten, damit sie erfroren. Aber dieses willentliche Herbeiführen einer Krankheit geschah nie aus dem Wunsch zu sterben. Das Ziel war immer, ins Krankenhaus aufgenommen zu werden und die Ruhe zu bekommen, die man unbedingt benötigte. Selbstverstümmelung hieß Selbsterhaltung. Nur wenige hatten den Mut, aufs Ganze zu gehen. Was das Lagerleben an Verstandeskraft noch übrig gelassen hatte, wurde ganz und gar dem verbissenen Klammern ans Leben unterstellt.

Bei Robbins war es genau umgekehrt – er hatte erkannt, dass man ihn am Leben erhalten wollte, und so plagte er seine Peiniger damit, dass er zu sterben versuchte. Eine Zeitlang sah Florence jeden Nachmittag durch das Gitterfenster von Robbins' Zelle, wie Katschak sich über ihn beugte und ihm, mal flüsternd, mal brüllend, drohte. Mit jedem Tag bekam der Mann auf dem Stuhl mehr Ähnlichkeit mit einem klapprigen Gespenst, dessen rötliche Haare länger wurden, während die ergrauende Haut immer schlaffer an den Knochen hing. Wie bei einem Greis, dachte Florence, obwohl er erkennbar jung war. Sie hoffte jetzt nur noch, dass Robbins nicht starb. Denn dann schickte man sie zurück zur Arbeit ins Frauenlager, zurück zu elendiger Plackerei, stetigem Verfall und schließlich dem eigenen Ende.

In einem kleinen Saal im oberen Stockwerk der Krankenstation durfte sie den ganzen Tag einfach nur liegen. Am vierten Tag stellte sie mit Erstaunen fest, dass es ihrem Bein besserging. In der Suppe schwamm echter Hering, nicht nur dürre Fischgräten. Dazu gab es zwar nur eine Schüssel Grütze, doch das genügte dem Körper, um sich zu erholen, sofern er nicht gleich wieder zur Arbeit geschickt wurde. Zweimal hatte sie in ihrem Schwarzbrot, versteckt wie eine Münze, eine harte, saure Vitamin-C-Tablette gefunden. Es war der Lagerarzt (selbst ein Gefangener), der sie ihr zusteckte, derselbe Mann, der Robbins den Mund geöffnet und ihn mit dem in den Magen geschobenen Gummischlauch am Leben erhalten hatte. Florence erfuhr erst von dieser Zwangsernährung, als sie vorbei war. Vier Tage lebte sie im Nirgendwo, wurde nur kurz zum Verhör hinzugezogen und nicht ins Frauenlager zurückgeschickt. Am letzten Tag kam der Arzt zu ihr und warnte sie vor. Robbins' Zustand verschlechterte sich, er verlor immer wieder das Bewusstsein. Schlund und Magen reagierten auf die Zwangsernährung mit heftigen Krämpfen, er hatte Blut gespuckt. Der Arzt steckte Florence ein Fläschchen mit einer bernsteinfarbenen Flüssigkeit zu. Die solle sie in ihrem Lager unter keinen Umständen gegen was auch immer eintauschen oder verkaufen. Offenbar, folgerte sie daraus, erwartete er, dass sie demnächst zurückgeschickt wurde. Die Flüssigkeit war ein mit Vitaminen versetzter Sirup. Sprachlos hielt Florence das Fläschchen in der Hand. Der Arzt hatte sich ihr gegenüber gütiger erwiesen, als sie es sich an einem solchen Ort hatte vorstellen können. Mehr konnte sie schwerlich verlangen.

Und doch blieb ihr nichts anderes übrig. Der Vitamintrunk, kostbar wie das Leben selbst, konnte sie nicht retten. Sie würde ihn schon bei erster Gelegenheit verkaufen müssen, um mit dem Geld Brot zu erwerben. Behielt sie das Fläschchen, wurde es ihr sofort gestohlen. Eine der Kriminellen würde ihr, kaum war sie im Lager zurück, eins auf den Schädel geben und sie ausrauben.

Sie blickte in die mitleidigen Augen des Arztes. Sie spiegelten, was er sah: einen »Docht«, abgezehrt, dürr, das Gesicht mit Blutklümpchen übersät, die Haut von Läusen zerbissen. Florence hatte gewusst, dass dieser Augenblick kam, hatte sich vorgenommen, sich dem Arzt auf Gnade und Ungnade auszuliefern, sich ihm als Hilfspflegerin anzudienen, die Latrinen putzte, Blut aufwischte und alles, wirklich alles, wenn sie ihren Aufenthalt nur noch etwas verlängern konnte. Doch beim Blick in diese Augen verstand sie, dass solches Bitten zwecklos und vollkommen idiotisch war. Er konnte über sie nicht verfügen. Wenn sie weiterleben wollte, musste sie an eine höhere Instanz appellieren. Nicht Gott. Der einzige Gott, der hier herrschte, war der kannibalische Gott des Menschenopfers, das schwarze Herz des monströsen Räderwerks, das vor Jahren begonnen hatte, sie zu verschlingen. Nur bei so einem Gott, so ihre trostlose Erkenntnis, konnte sie Erlösung finden. Doch kaum hatte der Gedanke sich eingestellt, blitzte ein Licht auf und zeigte ihr einen Weg durch die Dunkelheit. Sie fasste nach dem Sirup und sah den Doktor an. Von dem Vorschlag, den sie ihm unterbreiten wollte, profitierte schließlich er.

Noch während sie ihn darlegte, konnte Florence kaum fassen, was ihr da über die Lippen kam. Und doch hörte der Arzt ihr zu.

Wie hatte sie das zustande gebracht? Sie hatte den Arzt überzeugt und der wiederum den Kommandanten. »Du willst den Wurm selber auf den Haken ziehen, wie?«, sagte Katschak, bevor man ihr die Tür zu Robbins' Zelle öffnete. »Tja, warum zum Teufel eigentlich nicht?« Er sagte es voller Spott. Die Zwangsernährung war zur Posse geworden. Katschaks Lächeln kam Florence leicht irre vor. Er hatte getrunken. Vielleicht war er der Meinung, er habe nichts zu verlieren.

Sie setzte sich neben Robbins' Pritsche, ein Tablett auf dem Schoß. Sie sah zwar nicht zum Gitter in der Tür, war sich aber qualvoll bewusst, dass der Kommandant sie beobachtete. Ihr Vorschlag, hätte sie ihn selbst vorgebracht, wäre als Dreistigkeit sondergleichen aufgefasst worden; der Arzt hatte ihn aber als seine Idee ausgegeben und Katschak erklärt: »Wenn das Essen von den Wachleuten oder einem von uns kommt, wird er es verweigern. Er wird es nicht anrühren, solange wir auch nur in der Nähe sind.« Sie, die Landsmännin, solle es ihm bringen und ihn überreden, ein paar Bissen zu nehmen. Jetzt drehte sie sich zu Robbins: »Herr Hauptmann, ich habe Ihnen etwas Tee gebracht. Der wird Ihnen guttun.«

Er lag abgewandt, mit dem Gesicht zur Wand.

»Und ich habe eine schöne Fischsuppe für Sie, mit Gerste als Einlage. Vielleicht möchten Sie auch etwas Brot?« Auf dem Tablett lagen zwei Scheiben richtiges Weißbrot – sie hätte nicht gedacht, dass es so etwas in der Zone gab. »Ich verspreche, ich versuche Sie nicht zum Reden zu bringen«, sagte sie. Sie blickte kurz zum Gitterfenster. »Es sei denn, Sie möchten es. Sie können hier wahrscheinlich sagen, was Sie wollen – ehrlich gesagt glaube ich, der Kommandant versteht kein Wort von Ihnen.«

Sie starrte auf die rötlichen Fransen seiner Haare. Sie hatte das Gefühl, zu einem Toten zu sprechen. Oder mit sich selbst. Es war Wahnsinn.

»Sie stammen aus dem Süden.«

Keine Antwort.

»Ja. Ich hab es Ihrer Stimme angehört. Georgia? Alabama?«

Nichts.

»Ich weiß, es ist kein Schinken und kein Kohl.« Es sollte beschwingt klingen. »Aber gemessen an dem, was hier üblich ist, ist es ein Festessen. Ich würde es nicht ausschlagen, wenn ich Sie wä—«

Sie hatte noch nicht zu Ende gesprochen, da hob er den Arm und fegte mit peitschenschnellem Hieb die Emailleschüssel mit der Suppe vom Tablett. Sie landete mit metallischem Scheppern auf dem Boden, der Inhalt spritzte gegen die Wand. Ein Stück Hering lag auf dem Boden, nicht weit von ihrem Fuß. Sie spähte wieder zu dem kleinen Gitterfenster. Katschak war nicht zu sehen, doch ein anderer Wächter stand vor der Tür und vermittelte den Anschein, als könne er dem Experiment jederzeit ein Ende machen. Florence hob die Hand zum Zeichen dafür, dass es keinen Grund zur Aufregung gab.

Sie atmete durch den Mund, um sich zu sammeln. »Weiter südlich als bis Washington bin ich nie gekommen. Ich stamme aus Detroit«, log sie. »Das ist natürlich lange her. Komisch, man denkt immer, man käme irgendwann wieder nach Hause.« Sacht legte sie die Finger von hinten auf seine Schulter. »Sie müssen essen, Mr. Robbins. Sonst kommen die und hebeln Ihnen wieder den Mund auf. Und das wollen Sie doch sicher nicht.«

»Woher wollen Sie wissen, was ich will?«

Ihr Inneres verkrampfte sich. Seine Stimme war nicht mehr als ein heiseres Flüstern.

»Sie haben recht, ich weiß es nicht«, sagte sie.

»Ich will mit Verrätern nichts zu tun haben«, sagte Robbins, diesmal lauter, aber immer noch, ohne sie anzusehen.

»In dem Punkt haben Sie unrecht, Hauptmann. Keiner von uns ist aus freien Stücken hier.« Die Geschichte, die sie ihm erzählte, hatte sie schon häufiger verwendet. Ihr Vater war während der Prohibition Schwarzhändler gewesen. Stur und habgierig, wie er war, wollte er sich auf keinen Kuhhandel mit der Polizei einlassen, sprich, ihr einen Anteil an seinem Gewinn abtreten. Er wurde verhaftet und zu einer harten Strafe verurteilt, konnte mit Hilfe seiner kriminellen Freunde jedoch aus dem Gefängnis fliehen. Da er in Russland geboren war, wurde ihm nach seiner Rückkehr ins Land die Staatsbürgerschaft zuerkannt, woraufhin er seine Frau und Tochter nachkommen ließ. »Ich war praktisch noch ein Kind. Auf der Überfahrt bin ich siebzehn geworden«, sagte Florence. Diese Geschichte hatte sich bewährt. Sie hatte sie sich im Gefängnis ausgedacht, wo sie schnell begriff, dass die am meisten geschmähte und schikanierte Gruppe – nicht nur bei den Gefangenen, sondern auch bei Aufsehern und Vernehmern – die der wahren Gläubigen war. Sie verloren immer als Erste den Bezug zur Wirklichkeit und begannen an den Wänden zu kratzen, entsprechend groß war die Verachtung, die sie erfuhren. Zuzugeben, dass sie freiwillig nach Russland gekommen war, als politische Sympathisantin, wäre ebenso selbstmörderisch gewesen wie das Eingeständnis, für die Geheimpolizei gearbeitet zu haben. Die Wahrheit war so aberwitzig, dass Florence selbst nicht mehr daran glauben konnte.

»Wäre er doch bloß in Amerika im Gefängnis geblieben, hat mein Vater immer gesagt«, sagte sie jetzt zu dem hingestreckten Körper neben sich. »Wäre kein Unterschied zu hier gewesen, nur mit besserem Essen.«

Robbins gab ein Geräusch von sich, das wie Grunzen klang. Oder hatte er gelacht? Florence musterte das Tablett. Das Brot war noch da, auch der gezuckerte Tee, der langsam kalt wurde. »Na gut, Mr. Robbins. Wenn Sie dieses üppige Mahl nicht anrühren wollen, dann muss ich es wohl tun. Selbst auf die Gefahr hin, dass man mir vorwirft, gemeinsame Sache mit einem echten Spion zu machen.«

»Ich bin kein Spion. Ich bin Luftwaffenoffizier.«

Er hatte in ruhigem, aber entschiedenem Ton gesprochen. Florence blickte auf die Stelle seines Kittelhemds, wo sich die spitzen Schulterknochen abzeichneten. »Und wie sind Sie dann hierhergekommen?«

Er wandte den Kopf, drehte sich halb um auf der Pritsche. Seine Augen waren graublau und rot unterlaufen. Sie funkelten vor Zorn. »Wie ich hergekommen bin? Wollen Sie mich zum Narren halten? Es herrscht Krieg.«

Ihre Augen weiteten sich. Es stimmte also.

»Es ist geschehen? Amerika hat doch noch die Bombe abgeworfen?«, flüsterte sie. »O mein Gott.«

Robbins musterte sie, und in seinen Augen flackerte so etwas wie ätzende Freude – offenbar eine Reaktion auf das immense Unverständnis, das sich in ihrem Gesicht abzeichnete.

»Scheiße, Sie haben wirklich keinen Schimmer, was?«

Sie starrte ihn an.

Und zum ersten Mal sah sie ihn lachen; er konnte gar nicht wieder aufhören, schnaufte hilflos, als bekäme er keine Luft.

Danach hatte der Aufseher sie hinausgeführt, doch vom Arzt erfuhr sie, dass Robbins die mitgebrachte Mahlzeit, von der verschütteten Suppe abgesehen, zu sich genommen hatte. Und so musste sich der Kommandant wohl oder übel tags darauf auch für Florence statt für Zwangsernährung entscheiden. Ohne dass sie es wusste, hatte Robbins sich geweigert, Nahrung anzurühren, wenn sie nicht von ihr gebracht wurde. Der Kommandant fand es zwar unsagbar erniedrigend, einer solchen Forderung nachzugeben, hatte aber keine andere Wahl. Florence konnte all das nicht wissen, doch Katschak war, indem er den Piloten nicht ans MGB-Hauptquartier in Moskau übergeben hatte, bereits ein hohes persönliches Risiko eingegangen. Berija würde nur so lange wegschauen, wie es ihm nützte. Und falls Katschak keine Ergebnisse lieferte oder, noch schlimmer, den Mann unter seiner Aufsicht sterben ließ, wurde seine vorherige »Unbotmäßigkeit« umgehend publik gemacht und seine Verbannung nach Perm, wenn man es so nennen wollte, noch sehr, sehr lange dauern. Oder er wurde auf die andere Seite des Stacheldrahtzauns verlegt. Dergleichen war schon vorgekommen.

Katschak war dieses Risiko offenen Auges eingegangen. In Moskau hatte er mit Folter aus Hunderten von Gefangenen die gewünschten Geständnisse herausgeholt. Aber das hier war anders – nicht die übliche »Flickschusterei«, bei der man die passende Version vorher zu Papier brachte und sich vom Gefangenen bestätigen ließ, während man ihm die Fingernägel herausriss. Ein *wahres Geständnis* zu erlangen – echte *Informationen* – war ein heikleres Unterfangen. Katschak hatte keine Ahnung, was er zu ermitteln hoffte; mit Gyroskopen, Radar oder Optik kannte er sich nicht aus. Was immer der Pilot auch zu gestehen hatte, es musste den Schlaubergern im MiG-Entwicklungsbüro einleuchten, die so versessen darauf waren, die F-86-Technologie zu plagiieren. Es mussten verlässliche, nachprüfbare Informationen sein, nicht der übliche Schwachsinn. Katschak gefiel dieser Robbins nicht, der wie ein sterbender König auf seiner Pritsche lag und *ihm* Anweisungen erteilte. Aber er musste bei der »weichen Taktik« bleiben, vorläufig, bis es wieder Zeit für die harte war.

In seiner Mönchszelle ließ Robbins sich bereitwillig von der alten Frau füttern. Während sie ihm Erbsenbrei in den Mund löffelte, kam Florence nicht umhin, die kauenden, von Bartstoppeln bedeckten Wangen des Gefangenen zu sehen, den beim Schlucken auf und ab hüpfenden Adamsapfel. Die grausame Ironie der Genesung lag darin, dass sie, je mehr sie auf der Krankenstation zu essen bekam, desto mehr essen wollte.

»Wie alt sind Sie eigentlich?« Es schien, als hätte Robbins diese Frage schon einige Zeit zurückgehalten.

»Einundvierzig.«

Seine Miene verfinsterte sich. Er bemühte sich erst gar nicht, seine Erschütterung zu verbergen. Auf wie alt mochte er sie, so wie er jetzt schaute, geschätzt haben? Fünfzig? Vielleicht sechzig.

»Allmächtiger.« Er blickte auf ihre Hände, die graue, schuppige Haut. Die erfrorenen, mit Blasen bedeckten Spitzen ihrer Mittel- und Ringfinger waren in der Zeit auf der Krankenstation dunkel angeschwollen. Sie konnte sie noch immer nicht richtig beugen. »Was mussten Sie hier arbeiten?«

»Bäume sägen im Wald hauptsächlich. Holz tragen.«

»Sie sehen aus, als könnten Sie nicht mal einen Zweig ziehen.«

Florence zuckte die Achseln.

»Und Sie wussten wirklich nichts von diesem Krieg?«

»Ich weiß kaum, welchen Monat wir gerade haben.«

»Na ja, ein richtiger Krieg ist es sowieso nicht, eher eine Messerstecherei, bei der man den ganzen Tag mit großem Schwung auf Arme und Beine des Gegners zielt, aber ja keine lebenswichtigen Organe treffen darf.«

Sie verstand nicht, was genau er damit meinte. Es klang, als phantasiere Robbins noch, erschöpft und ausgezehrt, wie er war. Florence schielte zum Gitter in der Tür. Der Aufseher war nicht zu sehen. »Sie sagten, Sie seien mit anderen amerikanischen Offizieren zusammen gewesen…«, flüsterte sie.

»Wir waren zu fünft. Noch zwei andere aus Korea. Zwei aus Ostberlin. Sie waren dort stationiert. Keine Kriegsgefangenen wie wir – entführt von Ihrer Geheimpolizei. Den einen haben sie in einer Bar im Ostsektor geschnappt, als er auf Besuch bei seiner Freundin war. Haben ihn in ein Auto gezerrt, und das war's für ihn. Sie behaupten, wir wären alle Spione. Das ist ein Verstoß gegen sämtliche internationalen Gesetze. Sie haben die Pflicht, Kriegsgefangene den betreffenden Ländern zu melden. Aber keiner weiß, dass wir hier sind.«

Sie kratzte den letzten Rest Brei zusammen und schob ihm den Löffel in den Mund. »Der Kommandant wird nicht mehr lange erlauben, dass ich allein zu Ihnen komme, Hauptmann.«

»Ich heiße Henry.«

»Ich muss ihm irgendetwas berichten.«

»Sie können ihm berichten, dass ich ihm nichts zu sagen habe, bevor nicht meine Regierung über meinen Status als Kriegsgefangener in der UdSSR in Kenntnis gesetzt wurde.«

»Zucker?«

»Ja, bitte.« Florence war sprachlos. Sie saß in Katschaks Büro, und er bot ihr Tee an.

»Wie viele Löffel?«

»Zwei«, sagte sie, als wäre sie wieder zu Hause.

Er hatte ein fleischiges Gesicht, markant, aber nicht unbedingt attraktiv. Sein Hemd war heute bis zum Hals zugeknöpft.

»Du hast Fortschritte gemacht.«

War das nun eine Frage oder ein Lob? »Ja«, sagte sie. »Er hat regelmäßig gegessen. In ein paar Tagen dürfte er wieder halbwegs bei Kräften sein.«

»Morgen setzen wir die Vernehmung fort.«

»Nein.« Es war ihr einfach herausgerutscht.

Katschak blinzelte. »Nein?«

»Ich wollte sagen«, korrigierte sie sich, »ich glaube nicht, dass er unter Druck nachgeben wird. Das hat er vorher auch nicht getan. Und er besteht immer noch darauf, dass seine Forderung, die amerikanische Regierung zu benachrichtigen, erfüllt wird.«

»Verstehe«, sagte Katschak. »Er hat eine Fürsprecherin gefunden.«

In ihren beiden erfrorenen Fingerspitzen begann es zu pochen. Oder war es nur ihre Angst? »Ich bin nicht mehr als eine Dolmetscherin«, sagte sie.

»Ach, bist du das?« Er starrte ihr ins Gesicht, eine üppige Augenbraue zweifelnd hochgezogen, fingerte eine Zigarette aus der Brusttasche, ohne die Packung herauszuziehen, und zündete sie an. »Ich habe hier *ein Dutzend* Dolmetscher. Ich habe genug Iwan Iwanowitsche, um den ganzen Shakespeare übersetzen zu lassen.« Er nahm einen kurzen Zug, um die kirschrote Glut anzufachen, und ließ den Rauch schweigend durch die Nase entweichen. Seine Augen verrieten ihr nicht, was er in der Hinterhand hatte; sie wollten wissen, was *sie* hatte.

Und sie hatte immer noch: nichts.

Oder?

Sie hatte einmal, es war so lange her, Mathematik studiert, Logik. Was sie davon im Gedächtnis behalten hatte, war eine einzige Erkenntnis: Ein negatives Ergebnis konnte für eine Aufgabe ebenso nützlich sein wie ein positives. Dieses Wissen blitzte so flüchtig in Florence auf, dass sie es nicht einmal als Gedanken wahrnahm. Doch zu Katschak sagte sie: »Ich habe den Eindruck, dass Robbins' Bedingungen sich geändert haben. Sicher, die Forderung, seine Regierung in Kenntnis zu setzen, bleibt bestehen, aber er verlangt nicht mehr, mit den anderen Amerikanern zusammengelegt zu werden.«

Katschak ließ den Rauch aus Mund und Nase quellen. Er hörte zu. »Seine Lage ist nicht so, dass er Forderungen stellen kann.«

»Vielleicht nicht. Aber ich vermute, sein früherer Wunsch, mit seinen Kameraden wiedervereinigt zu werden, rührte von seiner Isolation her. In Einzelhaft sehnt sich jeder nach Kontakt zu anderen Menschen.«

»Was schlägst du also vor?«

»Ihn weiterreden zu lassen ...«

»Mit dir.«

»Vorläufig ja. Er wünscht sich dringend jemanden zum Reden. Das spüre ich.«

Katschak blickte zur Gewölbedecke hinauf und lächelte. »Und das Weib sprach: Die Schlange betrog mich, so dass ich aß ...«

Er gab ihr Zeit bis zum Ende der Woche.

Ihre Verbindung zur Welt des Verbrechens – auch wenn es sich um erfundene Verbrechen in Amerika handelte – war ihr auch im Lager nützlich gewesen. Sie war zwar immer noch eine »Faschistin«, doch als sich herumsprach, dass sie die Tochter eines Schwarzhändlers war, wurde sie in die von den *blatnyje* bewohnten Baracken bestellt, wo die weiblichen Kriminellen, bis auf die schmutzigen Büstenhalter völlig nackt, auf ihren Kojen in der behaglichen Wärme von Ofen- oder Herdfeuern lagerten, regelmäßig geschürt von ihrem Hofstaat aus Häftlingslakaien – Zivilen oder Politischen wie Florence selbst –, die den Kriminellen im Tausch gegen Schutz oder eine Krume Brot jeden Wunsch von den Augen ablasen. Florence wurde gefragt, ob sie jemals Bonnie Parker begegnet sei. Oder Al Capone zu Gesicht bekommen habe. Die Legenden von diesen Schwerverbrechern waren bis hierher gelangt, ohne an Glanz einzubüßen. Sie gab offen zu, dass sie keinen dieser Verbrecher je von Angesicht zu Angesicht gesehen hatte, erzählte aber die Geschichten, die sie aus der Zeitung kannte, etwa die Serie von Raubüberfällen und Morden, die Bonnie und Clyde begangen hatten, während sie mit gestohlenen Autos durch das Land rasten. So detailreich, wie es über zwanzig Jahre später aus dem Gedächtnis nur möglich war, schilderte Florence auch die blutigen Massaker, die sich Capones italienische und Bugs Morans irische Gang lieferten, vor allem das eine, bei dem Capones Männer die Iren in ein Lagerhaus voller kanadischem Billigwhiskey gelockt hatten, wo sie das Feuer eröffneten und anschließend als Polizisten verkleidet entkamen – das berühmte Valentins-Massaker, begangen am amerikanischen Feiertag zu Ehren der Liebe.

Beim nächsten Besuch wurde sie aufgefordert, von anderen Gangstern zu erzählen, von John Dillinger und Babyface Nelson. Die halb entkleideten *djewkas* hörten ihr zu, während sie auf ihren schmierigen Kissen Karten spielten oder sich wie Affen unter den Achselhöhlen lausten und ihre Ausbeute anschließend im Feuer zischen ließen. Von den Aufsehern wurden sie liebevoll oder sarkastisch »Mädchen« genannt, und manche hatten tatsächlich auch mädchenhafte Körper und Greisinnengesichter. Manchmal kommentierten sie Florences Erzählungen mit lautstarken Obszönitäten, bei denen Florence kaum ein Wort verstand. Außerhalb der Baracke ließ man sie jetzt mehr oder weniger in Ruhe, denn sie war nun in die zwielichtige Riege der »Geschichtenerzähler« aufgestiegen – der Gefangenen, die die Kriminellen mit Nacherzählungen berühmter Klassiker unterhielten, Dumas oder Dostojewski etwa. Bei ihren »Romanen« handelte es sich allerdings um Nacherzählungen von Kinofilmen, die sie vor Jahren gesehen hatte, zusammen mit Sidney im Brooklyn Paramount oder im RKO Albee – *Tarzan, Mantrap: Der Weiberfeind, Es war, Der öffentliche Feind* –, Gangsterstreifen und rührselige Liebesfilme, beides gierig aufgenommen von den Kriminellen. Die Hälfte der Zeit musste sie improvisieren und dachte sich den Verlauf der Handlung aus, während sie erzählte, wie sie es nun auch gegenüber Robbins und Katschak tat, fügte farbige Ausschmückungen hinzu, um das Publikum zu unterhalten oder zu erfreuen.

Wenn sie nicht bei Robbins war, blieb Florence auf der Krankenstation, befeuerte die Öfen, putzte die Latrinen, wischte Blut auf – privilegierte, leichte Arbeiten, die ihr im Frauenlager niemals zugeteilt worden wären. Sie war sich fast sicher, dass man ihr, sobald sie als Dolmetscherin nicht mehr gebraucht wurde, wegen »Fraternisierung mit dem Feind« noch einmal zehn Jahre aufbrummen würde. Oder sie einfach erschoss. Es war ihr gleichgültig. Solange sie Schonarbeit machen durfte und achthundert Gramm Brot pro Tag bekam und dazu noch etwas Suppe und Fisch, solange sie im Warmen bleiben konnte und nicht in den eisigen Wald musste, solange würde sie tun, was man von ihr verlangte.

»Heute sehen Sie eher aus, wie Sie heißen, Miss Fein«, sagte Robbins fast zwei Wochen später unvermittelt. Er kannte sie unter ihrem Mädchennamen. »Sie haben wieder ein bisschen Farbe im Gesicht.«

Florence errötete. Am liebsten hätte sie ihm gesagt, dass sie das nur ihm zu verdanken habe. Er hatte ihr einen Monat Leben erkauft, mindestens. Sagte stattdessen aber: »Sie haben mir noch nicht gesagt, wie alt Sie sind.«

»Ich bin vierunddreißig. Vielleicht inzwischen schon fünfunddreißig. Ist schwer, die Tage abzuhaken, wenn man keinen Kalender und keine Fenster hat.«

»Nicht gerade jung für einen Kampfpiloten.«

»Ah, ich verstehe, was Sie denken. Man hat Ihnen erzählt, ich sei ein Spion. Tja, ich bin so wenig ein Spion, wie Sie eine Holzfällerin sind. Ich bin halt nur nicht das erste Mal dabei.«

»Sie waren Flieger im letzten Krieg?«

»254ste Jagddivision«, sagte Robbins nicht ohne Stolz. Er wischte die Reste in seiner Schüssel mit dem Brot auf, mittlerweile kräftig genug, um selbständig zu essen.

»Muss Ihnen ja sehr gefallen haben, wenn Sie sich gleich wieder gemeldet haben.«

»Wer sagt, ich hätte mich freiwillig gemeldet?«

»Haben Sie nicht?«

»Ich war Reservist. Wäre längst aus dem Laden raus, wenn ich das Kleingedruckte gelesen hätte... Hab nur nicht damit gerechnet, dass wir so schnell wieder in einen neuen Konflikt hineingeraten.«

Das war schon mal etwas. Dieser Patriot hatte mit Onkel Sam also doch ein Hühnchen zu rupfen. Florence steckte versuchsweise einen Finger in die Wunde. »Das klingt nicht gerade fair.«

»Was ist im Leben schon fair.«

Diese Einstellung war ihr nicht unbekannt. Robbins war bereitwillig, aber nicht freudig in den Krieg gezogen. Das gab ihr Hoffnung. Es war, als hätte sie einen kostbaren Edelstein in ihrer Tasche gefunden, an dem sie sich jetzt heimlich wärmte.

Nach einer Weile sagte Robbins: »Sei's drum, wenn alles vorbei ist und die Kommunisten oder sonst wer kapieren, dass sie nicht einfach in ein anderes Land einmarschieren und es besetzen können, hat das Ganze doch noch ein Gutes gehabt.«

Sie versuchte sich an etwas, das als freundliche Miene durchging. »Wird es leichter, wenn man das glaubt?«

»Was?«

»Dass Amerika für die Freiheit anderer Nationen eintritt, ihr Schicksal selbst zu bestimmen? Denn wenn es so ist, nun ja« – sie lächelte entwaffnend –, »dann befürwortet es dieses Selbstbestimmungsrecht nicht überall. Manila? Mexiko? Und, übrigens, auch Hawaii?«

Sie glaubte selbst nicht immer an das, was sie da sagte. Für Politik interessierte sie sich schon lange nicht mehr, und ihre Worte klangen jetzt wie vom Gespenst eines früheren Ichs gesprochen. Dennoch spürte sie, dass Robbins vom Leiden genug hatte, dass er nur das Placet brauchte, sich von Pflicht und Gehorsam zu verabschieden. Das wollte sie ihm geben. »Ich glaube ja eher«, sagte sie, »junge Männer wie Sie mussten ihr Leben und ihre Zukunft nur aus einem Grund drangeben, nämlich dem, einigen wenigen Ruhm und Profit zu bescheren. Und ich glaube, so sehen Sie das auch.«

Der Hauptmann schien ihre Worte abzuwägen. »Sieh an, sieh an!«, sagte er schließlich. »Was sind Sie doch gut informiert.« Mit den fehlenden Zähnen wirkte sein Lächeln teuflisch. »Wie hat es sich für Sie ausgezahlt, so gut informiert zu sein?«

Jetzt war sie um eine Antwort verlegen.

»Ich weiß ja nicht, mit was für einer Religion Sie hier hausieren gehen, Miss Fein, aber ich habe sturzbesoffene Pfarrer schon überzeugender predigen hören.«

Er fand, sie mache sich lächerlich. Natürlich, was auch sonst?

»Und ich sage Ihnen noch etwas«, sagte Robbins. »Amerika hat kein Interesse an einem verkommenen, unbedeutenden Stück Asien namens Korea. Wir stecken bloß in diesem Schlamassel, weil Ihre Sowjets jetzt die A-Bombe haben. Das wussten Sie nicht, was? Tja. Ein paar Dinge haben sich verändert, seit Sie hier angekommen sind, Dornröschen. Und, wollen Sie nicht auch wissen, wie die Russen da drangekommen sind? Aber sicher. Ein cleveres

Pärchen, Mann und Frau, – jiddische Yankees wie Sie –, hat ihnen das Rezept für ein Tütchen Wunderbohnen verkauft. Dachten, sie würden so das Gleichgewicht wiederherstellen. Und wir zwei, Sie und ich, sitzen nun in der Patsche. Wie wär's, wenn Sie Ihr rotes Mundwasser einpacken und woanders verkaufen?«

Was war sie für ein Dummkopf gewesen! Ihm so einen idiotischen, albernen Vortrag zu halten, als hätte sie einen Jungkommunisten vor sich, der ideologisch geschult werden musste. Wieder in der Zone des Schweigens, war ihr sofort klar, dass sie sich keine Fehler mehr erlauben durfte, und jetzt hatte man sie schon vier Tage nicht mehr zu Robbins bestellt.

Macht, dass sie mich nicht zurückschicken. Bitte, lasst es nicht zu … Wie kindisch, ständig im Geiste die Schicksalsgöttinnen anzuflehen! Was war sie doch für eine Heuchlerin. Ihr ganzes Leben lang betete sie schon so, wirr und hektisch, und glaubte nicht einmal an irgendetwas. *Warum habt ihr mich aus dem Abgrund gezogen, nur um mich dann wieder hineinzustoßen?* Aus den entlegensten Winkeln der Erinnerung zog sie vergessene Gebete aus Kindertagen hervor: *Baruch atta adonai, elohenu melech ha'olam, hagomel lechajawim towot, schegemalani kol tow.* Aber solche Gebete waren für sie nicht Ausdruck von Glauben oder Erwartung, sondern der Hilfeschrei der gequälten Kreatur. Wenn sie nachts wachlag, aufgestört von dem durchs Fenster dringenden silbrigen Licht, hörte sie, wie ihr Herz mit emporgereckter Schnauze den Mond anheulte.

Könnte ihr doch nur alles vergeben werden, was sie getan hatte …

Florence wusste nichts von den Anrufen, die zwischen Katschak und Berija hin- und hergingen. Auch konnte sie nicht wissen, dass der unbezeichnete, mit der in Teilen zerstörten und zerlegten F-86 Sabre beladene Güterzug sich Moskau näherte. Und noch ahnte sie nichts davon, dass Katschak immer weniger darauf hoffte, wertvolle Informationen aus Robbins herauszupressen, bevor er gezwungen war, den Piloten seinen Vorgesetzten in Moskau zu überlassen.

Und daher schrieb Florence, als Katschak sie wieder in den Verhörraum bestellte, sein neues Verhalten und seinen plötzlich veränderten Ton einer übernatürlichen Wende des Schicksals zu. »Sag ihm, dass ich die Absicht habe, ihn nach Moskau zu schicken«, sagte er zu Florence, die an seiner Seite dem stummen Robbins gegenübersaß. »Ich bin es ziemlich leid, Wasser aus diesem Stein zu pressen. Ich vertraue darauf« – wandte er sich an Robbins –, »dass meine Kameraden in der Lubjanka mehr Erfolg bei Ihnen haben werden.«

Gehorsam übersetzte Florence. Robbins konnte nicht wissen, was die Haftanstalt Lubjanka war, und jetzt war nicht die Gelegenheit, es ihm zu erklären. Sie spürte, dass Katschaks Mitteilung ebenso an sie wie an Robbins gerichtet war.

»Wenn Sie allerdings glauben sollten, dass Sie in deren Händen eine freundlichere Behandlung erwartet als bei uns, dann täuschen Sie sich gewaltig. Das hier ist ein Kinderpark verglichen damit, was man dort mit Ihnen anstellen wird.«

Wieder übersetzte sie. Von Robbins keinerlei Reaktion.

»Sie sollten nicht denken, dass es mir Freude macht, Sie in weniger gnädige Hände zu übergeben. Man könnte sogar sagen, dass ich durchaus Bewunderung hege für Ihre ... Beharrlichkeit. Sie wird Ihnen natürlich nichts nützen. Ich habe Sie nur hierbehalten, weil ich Ihnen das schlimme Schicksal ersparen wollte, das Ihnen dort blüht. Ich war von Anfang an nicht begeistert von den sadistischen Foltermethoden, die eigentlich nicht dem russischen Charakter entsprechen, sondern durch die Mongolen eingesickert sind.« Er machte eine Pause und gab Florence Gelegenheit, das Gesagte zu übermitteln. Sie rechnete fest damit, dass Katschak fortfahren und die mongolischen Folterungen näher beschreiben würde, denen Robbins entgegensehen durfte, doch er tat es nicht, sondern vertraute wohl darauf, dass Robbins sie sich selber ausmalen konnte.

»Wenn Sie weiterhin schweigen wollen, was die F-86 angeht, ist das Ihre Sache. Sie unterliegen nicht mehr meiner Verantwortlichkeit. Falls Sie sich allerdings zu einer realistischen Einschätzung Ihrer Lage entschließen und mir geben, was ich haben will« – er wandte sich nun Florence zu, so als sei für den Transport dessen, was er nun anbieten würde, eine Brücke nötig, die tragfähiger war als bloße Sprache –, »werde ich mich persönlich für ihn einsetzen. Er bekommt eine Wohnung. Medizinische Versorgung. *Falls* sich die Information als wertvoll erweist, lässt sich alles einrichten. Eine neue Identität. Er kann sogar an unserer Militärakademie der Luftstreitkräfte lehren – Techniken des Luftkampfs, Taktik –, das Innenministerium kann den Weg dafür frei machen.«

Katschak sprach in aufgeräumtem und (dachte sie im Nachhinein) erschreckend zuvorkommendem Ton, als könne er selbst nicht recht glauben, dass diese Worte aus seinem Mund strömten. Florence dolmetschte, so gut sie es vermochte.

Dann sprach Robbins: »Schön, warum mich dann nicht noch heute nach Moskau verfrachten?«

Es war ein höhnischer Test. Ziemlich riskant. Sie hatte keine Lust, ihn für den Kommandanten zu übersetzen, dessen Offerte das Aroma der Verzweiflung anhaftete. Robbins roch es genauso wie sie selbst. Florence zögerte aber noch aus einem anderen Grund: Sie wollte nicht, dass Robbins nach Moskau gebracht wurde, denn mit ihm entschwand ihre einzige Hoffnung, den verheerenden Folgen des Lagers zu entgehen.

Am Ende brauchte sie nicht zu übersetzen. Katschak hatte das Wesentliche auch so verstanden. Er sagte: »Ganz so einfach ist es nicht. Er muss zeigen, dass er es ernst meint. Mir Informationen geben, die ich von Fachleuten überprüfen lassen kann. Dann gebe ich ihm mein Wort.«

Der Kommandant forderte Robbins auf, es sich zu überlegen. Ein neues Leben, wenn er wollte.

Doch am nächsten Morgen, nachdem er es sich »überlegt« hatte, ließ Robbins ausrichten, er wolle nicht mit Katschak, sondern mit Florence allein sprechen.

Diesmal bot Katschak Florence keinen Tee an.

»Du hattest jetzt einen schönen Urlaub, nicht wahr?«

»Ich bin aus tiefstem Herzen dankbar, wenn ich Ihnen nützlich sein kann, Kommandant.«

»Tatsächlich.« Er erhob sich und warf einen Blick auf den schmutzigen Schneematsch draußen. Im Hof des Klosters lagen Steine, Bruchstücke einer eingefallenen Mauer. Florence konnte die Stelle ausmachen, an der sie sich hatte fallen lassen, genau vor den Laster, der sie ins Frauenlager zurückbringen sollte. »Ich hasse diese Gegend.« Er sprach wie zu sich selbst. »Kolyma wäre besser gewesen. Dort ist der Boden auch das ganze Jahr über gefroren, aber man hat das lästige Aufgraben nicht, weil es die Minenschächte gibt.«

Sie begriff, dass es darum ging, was man mit den Toten machen sollte.

»Aufgelassene Schächte – vorzüglich geeignet, um die

Leichen zu entsorgen. Hier hat man die Gruben kaum ausgehoben, schon sind sie voll. Ich muss mich mit der Arbeit eines Leichenbestatters herumplagen. Es ist öde und widerwärtig.«

Er klagte mit Kalkül. Sie hatte sich an Katschaks aufbrausende, pompöse Art gewöhnt. Aus ihm, überlegte sie, wäre vielleicht kein schlechter Bühnenschauspieler geworden, doch der Gedanke nahm ihr nichts von ihrer Angst. Katschak wandte sich zu ihr um. »Ich erwarte, dass Robbins mir die richtige Antwort gibt. Hast du verstanden?«

Sie nickte kläglich.

»Ich habe dir reichlich Gelegenheit gegeben, an seine Vernunft zu appellieren«, sagte er jetzt ohne Umschweife. »Und du hast dich weniger einfallsreich gezeigt als versprochen. Oder soll ich sagen, nicht so sehr darauf bedacht, etwas aus ihm herauszuholen, als vielmehr aus mir?« Sein Atem roch deutlich nach Whiskey.

»Das stimmt nicht. Ich habe mir wirklich Mühe gegeben, nein, ich gebe mir alle Mühe.«

»Es sind nicht nur die Toten, weißt du, die wir in die Schächte werfen. Unsere sind vielleicht nicht so tief wie die in Kolyma, aber mit zwei gebrochenen Armen hat sich noch keine wieder ausgegraben!«

Tränen quollen aus ihren Augen. Sie weinte ungeniert, ohne Rücksicht auf die Folgen.

»Hör auf mit der Heulerei!«

Sie hatte nichts, was man als Taschentuch bezeichnen konnte. Wollte von ihm nicht dabei beobachtet werden, wie sie sich die Nase am Ärmel abwischte. »Ich werde mir noch mehr Mühe geben«, sagte sie mit eifrigem, unterwürfigem Nicken.

Aber es war nicht die Drohung, mit gebrochenen Armen auf einem Berg von Leichen zu sterben, die sie so aus der Fassung gebracht hatte. Sondern etwas, dem sie kaum ins

Auge sehen konnte, ohne gleich wieder in Tränen auszubrechen: Diese Quälerei würde *nie* ein Ende haben. Bis zu ihrem letzten Atemzug würde sie Zugeständnisse machen, denunzieren, schmeicheln, Verrat begehen und sich jeder noch so gemeinen und unmöglichen Forderung beugen, die sie ihr stellten. Sie hatte vom Leben nicht mehr gewollt, als freie Luft zu atmen. Und hatte nur Versklavung bekommen. Denn sie war nicht wie Robbins. Ihr fehlte der Mut, sich zu verweigern – der Preis, der für wahre Freiheit zu zahlen ist.

»Genug!«, sagte Katschak. »Geh. Du weißt, was du zu tun hast.«

Als sie in die Zelle geführt wurde, lag Robbins auf dem Rücken und blickte zur Decke. Die Mauersteine, bemerkte Florence, wurden nach oben hin kleiner und schmaler und waren in den Deckenwölbungen am dünnsten, fast wie Parkettfliesen, versengt und rußgeschwärzt – zweifellos von dem Feuer, das die Mönche nachts entzündet hatten.

Zum Glück sprach Robbins als Erster. »Haben Sie Kinder, Florence?«

Ihr war, als führe ein Stromstoß durch ihren Körper. »Ja«, sagte sie ruhig. »Einen Sohn. Er ist acht. Und Sie?«

Er antwortete nicht. »Ist er bei Ihrer Familie?«

»Ich habe keine Familie hier, Henry. Nicht mehr«, stellte sie schnell klar, als ihr einfiel, was sie ihm über ihren Vater, den angeblichen Alkoholschmuggler, erzählt hatte. »Mein Sohn ist in einem Kinderheim.«

»Was ist das, ein Waisenhaus?«

»Mehr oder weniger.«

»Muss elend sein, so aufzuwachsen, ohne Mama.«

»Ich weiß, was Sie durchmachen, Henry. Ihre Familie fehlt Ihnen.«

»Sie wissen überhaupt nichts«, sagte er heftig, aber im

Grunde nicht boshaft. Er sah sie noch immer nicht an. »Meine Frau Judith – ihre Eltern sind gestorben, als sie zehn war. Sie wurde in der Verwandtschaft herumgereicht, nicht gerade ein Zuckerschlecken. Wir haben eine kleine Tochter, Bertha. Das zweite Kind war unterwegs, als ich einberufen wurde. Wir wollten ihn Virgil nennen, falls es ein Junge wird. Jetzt werde ich es wohl nie erfahren. Dieser *Vorschlag*, von dem Katschak spricht… Das sind nur Ausflüchte, oder?«

»Ich weiß es nicht, Henry. Es könnte wirklich ein Ausweg sein.«

»Sie glauben ihm?«

»Ich glaube«, sagte sie, »dass Katschak genauso hier wegwill wie alle anderen. Wenn Sie Ihren Teil tun, dann…«

»Verdammt noch mal!«

»Ein neues Leben. In Moskau…«

»Aber nicht *meines*. Ich würde meine Familie nie mehr wiedersehen… Sie würde nie erfahren, was geschehen ist…«

»Sie werden wissen, dass Sie ehrenhaft gestorben sind, als Hauptmann Henry Robbins. Und es stimmt. Hier werden Sie ein anderer sein.«

»Wenn ich Verrat…«

»Betrachten Sie es nicht so. Ganz gleich, was Sie über dieses Flugzeug wissen, die Russen wissen es bald auch, früher oder später. Die Zeit schreitet voran. Besteigen Sie den Bus, bevor er abfährt.«

»Ich bin Amerikaner, Florence.«

Heißer Zorn kroch ihr den Nacken hinauf. Er war genau wie sie vor siebzehn Jahren, unfähig, die Situation nüchtern zu betrachten und die Scheuklappen seiner Prinzipien abzulegen. »Henry, hören Sie.« Sie griff nach seiner eisigen Hand. »Ich habe jahrelang versucht, dieses Land zu verlassen – wirklich. Irgendeine Möglichkeit zu finden, wieder nach Hause zu kommen. Russland hielt uns fest, dachte ich. Aber es ist mir nicht einmal gelungen, den Fuß in die amerikanische Botschaft zu setzen. Und da habe ich etwas gelernt über unser großartiges Land der Freiheit ... Amerika wollte uns nicht zurückhaben – für die waren wir ja alle von der Fahne gegangen. Sie glauben, bei Ihnen ist es anders, weil Sie Soldat sind. Aber ich sage Ihnen, Henry, selbst wenn die zu Hause wüssten, wo Sie sind ... Wir sind jetzt heimatloses Treibgut. Für unser Volk sind wir gestorben.«

Er musterte sie, der Ausdruck in seinem trüben, verletzten Auge ernst, der des heilen seltsam belustigt. »Sie können Ihrem Kommandanten mitteilen, ich sage kein Wort mehr zu ihm, bevor er der Regierung der Vereinigten Staaten nicht mitteilt, dass US-Luftwaffenhauptmann Henry Robbins Kriegsgefangener in der Sowjetunion ist.«

»Verflucht, Henry!« Mit seiner starrköpfigen Weigerung machte er ihr verzweifeltes Wollen komplett zunichte. »*Hol Sie der Teufel*, Henry. Es spielt nicht die geringste Rolle, ob die Ver-ei-nig-ten Staa-ten wissen, dass Sie Kriegsgefangener sind.« Höhnisch ahmte sie seinen Akzent nach. »Selbst wenn dieser Krieg jemals zu Ende geht, kommen *Sie* nicht nach Hause zurück. Nicht, nachdem Sie einen Einblick in unser dichtes Netz von Kurzentren nehmen konnten. *Das hier* – genau das – ist das Geheimnis des sowjetischen Wunders. Glauben Sie im Ernst, die lassen zu, dass dieses Fitzelchen Propaganda nach außen dringt?« Es kümmerte sie nicht, dass ihre Stimme immer schriller wurde. »Aber Sie können *heute* leben. Und *heute* haben Sie Macht über die ... Nutzen Sie sie, um Himmels willen!«

Er betrachtete sie aus seinem leichenhaften Angelsachsengesicht. Und sagte schließlich: »Sie kapieren's immer noch nicht. Es geht mir nicht darum, nach Hause zu kommen. Glauben Sie, ich wüsste nicht, dass ich Carolina und meine Familie nie mehr wiedersehe? Ob ich *lebe*, interessiert mich nicht. Mir geht es einzig und allein um sie – Judy und die Kinder werden nie erfahren, was mit mir geschehen ist. Sie wird warten und warten. ›Beim Einsatz verschollen‹, mehr wird sie nicht zu hören bekommen. Ich kann sie nicht so im Ungewissen lassen. Ich erwarte nicht, dass Sie das verstehen, aber ich mache den Mund erst wieder auf, wenn ich die Eingangsbestätigung von Uncle Sam zu Gesicht kriege.«

»Wie Sie wünschen«, sagte sie.

»Nun«, sagte Katschak. »Welche Antworten dürfen wir heute erwarten?«

»Er will, dass die Amerikaner benachrichtigt werden. Er will, dass seine Familie Bescheid weiß«, sagte sie. Es war ihr egal, ob er ihr die Arme brach und sie auf einen Leichenhaufen warf. Wenn sie hier sterben sollte, war es eben so. »Und er will eine Bestätigung«, sagte sie. »Ein offizielles Antwortschreiben seiner Regierung.«

»Dann schreib ihm eins.«

Sie gestattete sich, ihm in die Augen zu sehen. Sein Blick war völlig klar und heiter. War er wieder nüchtern?

»Du kannst es selbst aufsetzen«, sagte er grienend.

»Sie wollen nicht sagen, dass…«

»Da wird es doch Standardformulierungen geben… Unsere Sicherheitsorgane können dir amerikanisches Behördenbriefpapier besorgen. Aber eine Frage: Wie geht es weiter, wenn er seine ›Bestätigung‹ bekommen hat, was glaubst du? Wird er *dann* auspacken?«

»Er will nur, dass seine Frau weiß, was aus ihm geworden ist.«

»Rührend.« Katschak schüttelte den Kopf. »Du dummes Stück. Der redet nie im Leben, wenn er erst mal glaubt, dass die Amerikaner von seiner Gefangenschaft wissen! Ganz gleich, welche Informationen er uns gibt – seine Regierung weiß dann, aus welcher Quelle sie stammen. Aber sicher. Seine *Familie*? Die erhält nur eine einzige Information: Robbins war ein Verräter. Er hat dich am Nasenring herumgeführt, du sentimentale Kuh. Ich hätte das von Anfang an selbst in die Hand nehmen sollen. Und das tu ich jetzt auch.«

Sie wollte antworten, stellte jedoch fest, dass sie wegen der zitternden Muskeln in ihren Lippen vorläufig keine Worte bilden konnte. Es war von Anfang an ein vergeblicher Kampf gewesen, und ihre widersinnigen Hoffnungen hatten ihr nur etwas anderes vorgegaukelt. Ja, sie war ein Dummkopf. Aber nicht so, wie Katschak glaubte. Es war nicht das Anrührende in Robbins' aussichtsloser Forderung, von dem ein Licht in einen dunklen Winkel ihrer Seele gefallen war, sondern ein Aufschein von etwas, was ihr vertraut war – was sie einst selbst empfunden hatte, als sie sehenden Auges ihre beste Freundin Essie im Stich ließ. Aus Liebe zu ihrer Familie war sie bereit gewesen, jede Grenze zu überschreiten.

Doch sie hatte einen Fehler gemacht. Sie hatte Katschak gegenüber von »Heimatland« und »Familie« gesprochen, als wäre das für Robbins ein und dasselbe. Das war ihr Irrtum gewesen. Sie hatte ihn missverstanden. Er folgte nicht blind Prinzipien, wie sie angenommen hatte. Seinem Land tat er notfalls unrecht, niemals aber seiner Familie. Und das hatte er ihr die ganze Zeit nahebringen wollen, auch wenn es ihm selber womöglich noch nicht bewusst war.

»Lassen Sie mich noch einmal mit ihm sprechen«, sagte sie. »Ich weiß, wie ich ihn umstimmen kann.«

»Du hast es lange genug probiert.« Katschak gab dem Aufseher hinter der Tür ein Zeichen.

Aber Florence blieb sitzen. »Ich kann ihm etwas anbieten, was Sie nicht haben.«

Katschak schien verärgert, dass er sich nach ihrem Köder strecken musste. »Und was soll das sein?«

»Darüber kann ich nicht sprechen. Sie müssen mir vertrauen.«

Bei so viel Unverschämtheit funkelte der Zorn in seinen Augen. Seine Miene drückte aus, er könne sie zwischen zwei Schlucken Tee erschießen, wenn er wollte. Und doch blieb sie standhaft. »Wenn er jetzt nach Moskau gebracht wird«, sagte sie, »kommen Sie nie wieder dorthin.«

Man gestattete ihr, sich von Robbins zu verabschieden. Er blickte nicht auf, als sie in die Zelle eintrat, sondern wiederholte seine Forderung in unverändertem Wortlaut wie eine Beschwörungsformel.

»Das ist sinnlos, Henry«, sagte sie. »Die versprechen Ihnen alles Mögliche und teilen Ihrer Regierung trotzdem mit, dass Sie tot sind. Und das sind Sie auch bald, wenn Sie so weitermachen.«

»Tja, Ma'am.« Er grinste unfreundlich. »So oder so, ich komme hier nicht lebend heraus, richtig?«

Sie schwieg.

»Sie können mir die Wahrheit ruhig sagen, Florence.«

»Nein, Sie haben recht.«

»Danke«, sagte er. »Dafür danke ich Ihnen. Das ist alles, was ich will. Die Wahrheit. Auch für meine Familie.«

»Sie kommen hier nicht lebend raus«, wiederholte sie, »aber ich.«

Er fixierte sie. Mit dem linken, fast geheilten Auge.

»Ich kann hier rauskommen. Und das werde ich. Wenn ich draußen bin, suche ich Ihre Familie – ich schreibe ihnen und berichte, was Ihnen zugestoßen ist. Es wird etwas dauern, aber ich finde einen Weg. Allein schaffe ich es aber nicht. Wenn Sie sich schon nicht helfen wollen, helfen Sie *mir*. Sagen Sie mir *irgendetwas*. Etwas, was ich an den

748

Kommandanten weitergeben kann. Ich bin nur am Leben, Henry, weil Sie noch mit mir sprechen. Und wenn Sie damit aufhören« – sie hustete –, »werfen die mich zurück in diesen Abgrund aus Dreck und Qual ... in dieses Land der Leichen. Dann sterbe auch ich. Und damit jede Aussicht, dass Ihre Familie je erfährt, was wirklich aus Ihnen geworden ist. Aber wenn Sie Aussagen machen – sie um meinetwillen in die Länge ziehen, damit ich überlebe –, dann nehme ich Kontakt auf. Ich berichte ihnen alles, was Sie wollen.«

Am Abend packte sie die paar armseligen, unschätzbaren Dinge zusammen, die sie in den Wochen ihres Aufenthalts auf der Krankenstation erbeutet hatte. Ein paar Mullbinden für ihre Füße. Eine stumpfe Injektionsnadel, mit der sie ihre Steppjacke und die Stiefel behelfsmäßig geflickt hatte. Ein winziges Fläschchen, das noch ein paar Tropfen Jod enthielt. Eine halbvolle Flasche Reinigungsalkohol. Ein aus der Stationsküche stibitzter Aluminiumlöffel. Den Vitaminsirup, den sie nach wie vor hütete wie ihren Augapfel. Baumwollfetzen. Ihr Schatz, den sie bei der Rückkehr ins Frauenlager verkaufen oder tauschen konnte. Den Reinigungsalkohol wollte sie gleich als Erstes der Frau anbieten, die bei den *blatnyje* das Sagen hatte; die würde ihn auf der Stelle trinken und sie anschließend hoffentlich in Ruhe lassen. Es war ihr recht, dass diese nervösen, taktischen Überlegungen die quälenden anderen Gedanken in den Hintergrund drängten – Gedanken an ihre verkürzte Zukunft, so sie denn eine hatte. Und die Gedanken an Robbins, der zu ihrem wahnwitzigen Angebot geschwiegen hatte.

Ein Wachmann holte sie am Morgen ab, und Florence sagte sich immer wieder, dass sie getan hatte, was sie konnte. Draußen war der eisige Nebel so dicht, dass der olivfarbene Rücken des Wachmanns wenige Schritte vor ihr kaum zu erkennen war. Ihr kratzender Atem verriet ihr, dass fünfzig Grad minus herrschten. Aber statt zum Laster wurde sie ein weiteres Mal zum Verhörraum im Kloster geführt. Es dauerte einen Moment, bis ihre Augen, wässrig von der Kälte, den hageren Mann identifizierten, der bei Katschak saß. Erst als sie die gefrorenen Tränen weggeblinzelt hatte, sah sie, dass es Finkleman sein musste, der Physikingenieur. Auch Robbins war anwesend, ohne Handschellen lehnte er schlaff über dem Holztisch. »Fangen wir an«, sagte Katschak.

In den folgenden zehn Wochen kam sie jeden Tag und übersetzte für den Kommandanten, der Robbins mit überraschender Geduld und Kenntnis die Geheimnisse der radargestützten Zieleinrichtung der Sabre entlockte. Das Visier war so ausgelegt, dass es Vorhaltepunkte auf eine Entfernung von bis zu fünfzehnhundert Yards berechnete. Wegen der vergleichsweise langen Rechenzeit reagierte das Zielgerät empfindlich auf Flugzeugbewegungen bei großen Entfernungen, so dass es für den Piloten schwierig war, das »Ziel im Fadenkreuz zu behalten«, wenn er in der Nähe feindlicher Flugzeuge manövrierte. Vieles von dem, was Henry sagte, grenzte für Florence an unverständliches Kauderwelsch, doch mit der Zeit begann sie sein differenziertes Lob des Potenzials der Maschine und sogar das zärtliche Gestichel über ihre Macken zu verstehen. Eine gute Schülerin war sie schon immer gewesen, und so gebrauchte sie innerhalb weniger Wochen Ausdrücke wie »ballistische Berechnungen«, »Reichweitenvorwahl« oder »Radarwerte«, mit denen der »Rechner gefüttert« wurde, ebenso versiert wie der Physikingenieur. Aus Robbins' Gedächtnis wurden schematische Darstellungen der zerstörten Bedientafeln der F-86 rekonstruiert. Und als man diese nach Moskau schickte, wo der erbeutete Jagdflieger auseinandergenommen und nachgebaut wurde, wies Robbins auf die Vielzahl der Wartungsprobleme hin, mit denen sie zu rechnen hatten, auf die empfindliche Elektronik, die bereits eine unebene Piste erschüttern konnte, und bei welchen Arten von unerwünschten Bodenechos der Radar in Höhen von unter sechstausend Fuß mitunter ausfiel. Das alles hätte er ihnen nicht zu erzählen brauchen, vermutete Florence. Vielleicht verlängerte er die Liste der technischen Details nur um ihretwillen, kramte immer wieder Neues hervor, damit sie den Winter heil überstand. Sie dachte unwillkürlich an Robbins' junge Familie und dass er aus Treue zu ihr diesen geradezu überschwänglichen anderen Treuebruch beging, durch ihre Vermittlung. Florence hatte zu ihrer amerikanischen Familie seit fast fünf Jahren keinen Briefkontakt gehabt. Vor zehn Monaten war ihr Vater an einem Herzinfarkt gestorben, war abends schlafen gegangen und nicht wieder aufgewacht. Das aber sollte Florence erst Jahre später erfahren.

Und dann, eines Tages im April, als das im Schnee glitzernde Sonnenlicht das Auge fast blendete, wurde sie noch einmal in Katschaks Büro gerufen. Er trug seine Militärmütze, lässig schräg auf den Kopf gesetzt, um die Augen vor der Sonne zu schützen, aber offenbar auch wegen seiner aufgeräumten Stimmung. Er spürte wohl wie sie, dass der Frühling im Anmarsch war. »Mach dich bereit, Abschied von deinem Amerikaner zu nehmen«, verkündete er mit sichtlicher Freude über ihre besorgte Miene. »Ich bringe deinen Piloten nach Moskau. Er wird den Ingenieuren in der MiG-Fertigung helfen, ihre neuen Maschinen zu testen. Für ihn beginnt ein neues Leben, genau wie für mich. Du siehst nicht sehr fröhlich aus, Flora.«

»Ich bin nur überrascht, Herr Oberst.«

»Du hast nicht geglaubt, dass ich zu meinem Wort stehe?

Du beleidigst mich, Flora Solomonowna. Robbins hat seinen Teil der Abmachung erfüllt, jetzt erfülle ich meinen. Ich kann nicht behaupten, dass es ein großes Opfer wäre. In Moskau werde ich den Posten für technische Aufklärung übernehmen. Ich lasse diese Einöde für immer hinter mir, zu einem nicht geringen Teil deinetwegen. Ich würde mich gern bei dir bedanken.«

»Bedanken?«

»Für deinen Dienst am Vaterland. Man wird es berücksichtigen, wenn nach Ablauf deiner Strafe darüber entschieden wird, ob du auf Bewährung freigelassen wirst.«

Ihr wurde wieder schwer ums Herz.

»Es steht nicht in meiner Macht, Strafen für politische Verräter wie deinesgleichen umzuwandeln. Trotzdem möchte ich etwas für dich tun, damit deine Mühe nicht unbelohnt bleibt.«

»Lassen Sie mich weiter auf der Krankenstation arbeiten. Als Pflegerin. Ich habe gelernt, mich dort nützlich zu machen.«

»Du willst nicht in dein altes Lager zurückgeschickt werden?«

»Lieber nicht.«

»Schön. Wir können dafür sorgen, dass alles bleibt, wie es ist.«

»Danke, Herr Oberst.« Sie erhob sich, da auch er es tat.

»Eins noch.«

»Ja.«

»Du kannst gehen und dich von deinem Freund Robbins verabschieden, wenn du möchtest.«

»Ja.«

»Er ist jetzt immerhin dein Genosse, sozusagen.«

Darüber schmunzelte Katschak noch, als Florence hinaustrat.

Henrys Augen, obwohl vollständig geheilt, wirkten blut-
unterlaufen. Er gab dem Aufseher ein Zeichen, ihn und
Florence bei ihrer letzten Zusammenkunft allein zu lassen.

»Hallo, Henry.«

»Florence.«

»Der Kommandant sagt, Sie machen sich morgen auf die
Reise.«

Er hielt den Blick gesenkt, sah sie nicht an.

»Henry.« Sie berührte seine Hand. »Das ist doch gut.
Bitte, seien Sie nicht traurig.«

»Ich habe ein entsetzliches Unrecht begangen, Florence.«

»Nein.«

»Ich bin ein Verräter. Ich habe mein Land verraten.«

»Fahren Sie und blicken Sie nicht zurück. Ich setze
große Hoffnungen auf Sie.«

Er schüttelte den Kopf, als wollte er den bloßen Gedanken daran vertreiben. »Ich habe getan, was ich geschworen
hatte, niemals zu tun.« Er ergriff ihre Hände. »Versprechen
Sie, dass Sie ihnen nicht sagen, was ich getan habe – nur,
was aus mir geworden ist. Wenn Sie rauskommen, sagen Sie
ihnen, ich sei als Amerikaner gestorben. Denn für Henry
Robbins ist hier und jetzt Endstation.«

Sie glaubte, er wolle ihr damit zu verstehen geben, dass
er einen neuen Namen bekam. Dass seine alte Identität ausgelöscht, eine Verbindung zur Vergangenheit nicht
mehr möglich war.

»Natürlich.«

»Die Adresse haben Sie im Kopf.«

»Die kann ich nicht vergessen.«

»Der Herr möge Ihnen ein langes Leben bescheren.«
Er legte die rauen, knochigen Hände auf ihren Kopf, als
wollte er ihr einen Segen erteilen, verharrte in dieser Haltung aber länger, als ein Geistlicher es tun würde, so lange,

bis seine und ihre Augen sich mit Tränen füllten. »Leben Sie wohl, Florence.«

Was danach geschah, erfuhr Florence erst mehrere Tage später. Überbracht wurde ihr die Nachricht von Konstantin, einem der Pfleger, der ihr auf Anweisung des Arztes gezeigt hatte, wie man die Venen im Arm von Tuberkulosepatienten findet und dann Calziumchlorid injiziert.

»Dein Amerikaner ist tot«, sagte er. Sie befanden sich in dem Raum, wo den Toten die Fingerabdrücke abgenommen wurden, bevor man sie ins Leichenhaus schaffte.

Mit Mühe heuchelte Florence Unverständnis. Ihr war eingeschärft worden, niemals über das Geschehene zu sprechen. Woher wussten sie Bescheid?

»Tot, tot«, sagte Konstantin, der Krankenpfleger. »Gewehr in den Mund gesteckt und abgedrückt... Ach, komm schon, du kanntest ihn ja.«

»Aber... er sollte doch nach Moskau.«

»Ich habe nur gehört, dass alles vorbereitet war, ihn irgendwohin zu schicken. Der Aufseher hat ihn aus der Zelle in den Gang geführt. Kaum haben sie ein paar Schritte gemacht, dreht er sich um und schnappt sich das Gewehr, überrumpelt den Aufseher einfach und schießt sich durch den Mund. Das ganze Gehirn weggeschossen.«

Ein schwarzes Loch tat sich in ihrem Herzen auf, ein konischer Hohlraum ohne Boden. »Dafür war er doch gar nicht kräftig genug.«

»Hat es wohl schon eine Weile geplant. Und den richtigen Moment abgewartet. Auf dem Gang war sonst niemand, der ihn hätte hindern können. Der Aufseher war jung und unerfahren, kam ihm auch zupass. Seine Kraft hat jedenfalls dafür gereicht, ihm die Waffe zu entwinden.«

»Das kann nicht sein.«

Es war aber so. Die Neuigkeit stammte von dem Fahrer, der die Toten aus dem Leichenhaus abholte und in die Massengräber warf. Der Fahrer hatte den Leichnam mit eigenen Augen gesehen. »Aber behalt das bloß für dich«, sagte Konstantin. »Hat er dir gegenüber irgendwas davon erwähnt?«

»Wer?«

»Der Amerikaner!«

»Himmel, nein!«

... Versprechen Sie, dass Sie ihnen nicht sagen, was ich getan habe – nur, was aus mir geworden ist.

Sie schüttelte heftig den Kopf.

Denn für Henry Robbins ist hier und jetzt Endstation.

Hatte er denn nicht die amerikanische Haut gemeint, die er abwerfen und in Perm zurücklassen würde, um in der Hauptstadt ein anderer zu werden? Oh, wie dumm sie doch war. Er *hatte* ihr einen unmissverständlichen Hinweis auf seinen Plan gegeben.

»Er hat mir nichts gesagt.«

»Ist auch besser so«, sagte Konstantin. »Der Kommandant ist fuchsteufelswild und verhört alle.«

Sie begriff, dass Konstantin sie warnen wollte.

Doch das Verhör blieb aus. Durch ein gütiges Schicksal blieb sie wieder einmal verschont.

Noch Wochen später zerbrach sich Florence den Kopf, ob der Vorfall Katschak die ersehnte Versetzung nach Moskau kosten würde – und sie die Begnadigung, die er ihr versprochen hatte. Doch welche Zugeständnisse es auch sein mochten, die er den Höhergestellten im MGB abgerungen hatte, sie wurden eingelöst. Er hielt sein Wort. Sie wurde weiter als Pflegekraft auf der Krankenstation geführt. Bis sie eines Tages im März des folgenden Jahres aus dem im großen Krankensaal angeschlossenen Radiolautsprecher Klänge vernahm, die ihr Ohr vergessen hatte. Klassische Musik! Keine Marschrhythmen zur Feier irgendeines Anlasses, sondern etwas Ernstes, Getragenes, wie Engelsstimmen. War das Beethoven? Händel? Nach der Musik wurde ein ärztliches Bulletin verlesen, ein vollständiger Bericht über Stalins Vitalwerte einschließlich einer Analyse seines Urins. Seines Urins! Die Stimmen bekundeten Trauer, wie die Musik, und zitterten zugleich vor Wonne – als sie über einen Gott sprachen, der scheißen und pissen musste wie der Rest der gemeinen Menschheit auch. Da wusste sie, lange würde es nicht mehr dauern.

41.

Die wundersame Flucht

In den sechziger Jahren hatte die Eiche Moskau ihrem Stamm einen weiteren Ring hinzugefügt – den Autobahnring. Wer 1975 auf einem der vier Fahrstreifen unterwegs war, konnte von einem herrlichen Ausblick berichten: Wie Wiesenpilze schossen bleiche Gebilde in Halbkreisen um vorgeplante Höfe in die Höhe und wucherten unübersehbar mit ihrer wuchtigen Körperlichkeit auf den für weitere künftige Bauten ausersehenen Gebieten. Unsere neuen Wohnbezirke – die *mikrorajoni* –, einst Dörfer mit hundert Einwohnern, wurden nun für hunderttausend in Zonen aufgeteilt.

Die Leute sagten den überfüllten, heruntergekommenen *kommunalki* Lebewohl, verließen die schäbigen Einzimmerwohnungen in bröckeligen Chruschtschowkas aus Betonfertigteilen und zogen in Neun-, Sechzehn- und Fünfundzwanziggeschosser am Stadtrand, hinaus ins Neuland! Und 1975 schloss sich meine Familie dem Treck an. Luzia, die Kinder und ich reihten uns ein bei den Optimisten, die sich eine jugoslawische Schrankwand, ein polnisches Schlafzimmer und bulgarische Küchenschränke aussuchten und damit die Fläche von drei Zimmern füllten. Auf der neuen halbautomatischen Waschmaschine, die in der

Küche Platz fand und die Luzia mit einem Makramee-Deckchen wohnlicher zu machen versuchte, stand unser deutsches Grundig-Kurzwellenradio. Eine japanische Stereoanlage prunkte in der jugoslawischen *stenka* stolz hinter Glas. Der Handel zwischen Ost- und Westblock erlebte einen Aufschwung. Das Wort »Entspannung« war in aller Munde. Im Weltraum verkoppelten die Astronauten der Apollo-Mission und die Kosmonauten der Sojus ihre beiden Raumschiffe zu einem schwerelosen Tango im All. Die Nachricht von dieser großartigen Kooperation empfingen wir auf unserem neuen Fernsehapparat Marke Horizont, vor dem wir Monate später auch erfuhren, dass Ford und Breschnew, der sprach, als hätte er den Mund voller Wurst, bei den Marschflugkörpern und Überschallbombern keine Übereinkunft erzielt hatten. Es war natürlich nicht von Dauer, das gegenseitige Wangenküssen in Helsinki. Am Ende des Jahrzehnts war die Party nach Afghanistan umgezogen.

All das kam erst Jahre später. Im Sommer 1975 widmete ich mich anderen heiklen Entspannungfragen. Seit Jahren wahrten meine Mutter und ich einen Waffenstillstand – was so viel heißt wie, wir »kamen zurecht«, was so viel heißt wie, wir klammerten die Politik aus. Florence sagte nicht mehr, in der Theorie sei der Sozialismus eine wunderbare Idee, und ich erwiderte nicht mehr, dasselbe könne man auch über Frühsport sagen, bei dem man mit flatternden Armen ein paar Runden ums Haus flog. Der prekäre Frieden scheiterte schließlich nicht an Staatsaffären, sondern an dem für Moskauer typischsten Konflikt: der Wohnungsfrage.

»Nicht für mich«, war Florences ständige Rede. »Mir geht es sehr gut, wo ich bin. Ich komme zurecht.«

Ich komme zurecht. Einer der Lieblingssätze meiner Mutter, neben *Kein Grund, Schwierigkeiten zu machen.*

»Nein, kommst du nicht«, sagte ich. »Oder vielleicht doch, aber warum solltest du es müssen?« Ich rief ihr in Erinnerung, dass ich sie im vorigen Monat zweimal ins Krankenhaus bringen musste, weil ihr Bein nach dem Bandscheibenvorfall, den sie sich im Lager zugezogen hatte, fast gelähmt war. »Und wenn der Schmerz wiederkommt und du dich nicht bewegen kannst?«

»Von da draußen, wo sich Fuchs und Hase gute Nacht sagen, hab ich's noch weiter zu den Ärzten.«

»Aber du bist in *unserer* Nähe, in meiner – das will ich dir sagen.«

Sie hauste nach wie vor in der engen *kommunalka*, in der wir zwei seit 1956 gelebt hatten – dem Jahr ihrer Rückkehr aus den Lagern und meiner aus dem Kinderheim.

»Die vielen Treppen kann ich nicht steigen.«

»Die Häuser haben Fahrstühle!«

»Nein, nein… Ich hab die Wohnungen gesehen. Sehr niedrige Decken. Ich hab mein Leben lang mit hohen Decken gewohnt.«

»Aber, Mutter, du hast dort *mehr* Platz, nicht weniger. Jetzt wohnst du in einem Kämmerchen. Alles ist übereinandergetürmt. Du hast nicht mal Platz, ein Bild aufzuhängen! Zwei Schritte vom Waschbecken bis zur Küche. Wie kannst du da einen Gedanken fassen?«

»Mir ist es recht so.«

Wenn es am Geld liege, sagte ich zu ihr, wäre ich überglücklich, eine Anzahlung für eine Zweizimmergenossenschaftswohnung in unserem Haus zu leisten. Zugegeben, das Angebot war unaufrichtig. Aber nicht, weil ich nicht bereit gewesen wäre, etwas zu einer Genossenschaftswohnung für meine Mutter beizusteuern, sondern weil ich genau wusste, dass sie das Geld dafür selbst besaß. Denn als ich sie zwei Jahre zuvor gefragt hatte, ob sie mir ein bisschen Geld für unsere Anzahlung leihen könne, verblüffte

Florence mich damit, dass sie mir wie von Zauberhand ein halbes Dutzend dicke Rollen Hundertrubelscheine präsentierte – fast viertausend Rubel – , so straff gerollt und fest mit Gummiband umwickelt, dass wir das Papier nur mit dem Bügeleisen wieder glatt bekamen. Das sei kein Darlehen, sagte sie entschieden und antwortete auf mein Versprechen, es ihr zurückzuzahlen, mit der Frage: »Bin ich Ägypterin, dass ich es ins Grab mitnehmen muss?«

Wie hatte eine Fünfundsechzigjährige, die nur eine karge staatliche Rente bezog, so viel Geld zusammensparen können? Sie behauptete, weil sie sich ausschließlich von Sardinen und schwarzem Kaffee ernährte, sich nur selten einmal einen neuen Mantel kaufte und ihre Schuhe Winter für Winter frisch besohlen ließ. Aber wie sie überhaupt an das Geld gekommen war, das ist die interessantere Frage, und die beantworte ich am besten, indem ich von den einträglichen Nebeneinkünften erzähle, die sich meine Mutter nach zwei Jahrzehnten im poststalinistischen Moskau verschafft hatte.

Tagsüber arbeitete sie bis zu ihrem offiziellen Renteneintritt mit fünfundsechzig als Verkaufshilfe in einer Buchhandlung, dem Haus des Buches – genauer gesagt, in dem kleineren Seitenflügel, dem sogenannten Haus des fremdsprachigen Buches. Es war eine der wenigen Stellen in der Stadt, wo man ausländische Literatur erhielt – Wörterbücher, englische Übersetzungen von Pasternak und Tschechow genauso wie populäre Taschenbücher von Jack London, Ernest Hemingway, Arthur Hailey und Erich Maria Remarque. Außerdem englisches Lehrmaterial, das sehr gefragt war bei den ehrgeizigen Müttern einer neuen Generation von Jugendlichen, der MGIMO-Kaste, die in schwarzen Wolgas zum Unterricht chauffiert wurde. Die so aufgerüschten wie kämpferischen Gattinnen der neuen Nomenklatura wollten ihre Kinder mit aller Gewalt auf eine Diplomatenlaufbahn schicken, doch dafür mussten sie »richtiges« Englisch können, nicht bloß das verstümmelte der staatlichen Lehrer, die es unterrichteten, ohne die Sprache jemals gesprochen gehört zu haben.

Die Arbeit in der Buchhandlung brachte Mama kaum etwas ein, gab ihr aber Gelegenheit, ihre Kenntnisse vorzuführen. Sie erkannte die Frauen immer gleich, wenn sie in importierten kniehohen Stiefeln hereinstolziert kamen und nach Anfängerlehrbüchern und Sprachführern suchten, und lotste sie höflich in den dunkleren hinteren Teil des Geschäfts, wo sie sich über Vorzüge und Besonderheiten der verschiedenen Sprachwerke ausließ und zur Demonstration in makellosem Englisch selbst ein paar Zeilen vorlas, bis die Mütter den Mut fassten, nach ihrer »Geschichte« zu fragen, und Mutter sie ihnen lächelnd in Kürzestfassung gab – und ihre Telefonnummer gleich mit, falls sie noch »irgendwelche Fragen« zu dem gekauften Buch hatten. Dann folgte die erste Einladung zum Tee. Binnen kurzem gab sie jeden Abend in der Woche Privatstunden, und ihre Warteliste wurde monatlich länger. Wenn ich sonntags selber für die Prüfungen zur Aufnahme an die Hochschule büffelte, machte meine Mutter ihre Runde zu den gut eingerichteten Wohnungen auf den Leninbergen, die sie mit fotokopierten Lektionen betrat und mit Bargeld verließ. Ihr säuerliches Verdikt über die Häuser, die sie aufsuchte, verkniff sie sich vor ihren Kunden, die ihr mit bangem Eifer begegneten. Insgeheim aber echauffierte sie sich über den französischen Cognac und die belgische Schokolade, die man ihr anbot, spottete über das bäuerliche Benehmen der Ehemänner und den Lyzeumsdünkel der Ehefrauen, verdrehte die Augen über die Lackmöbel und die wie Ikebana arrangierten Blumen. Einmal, das weiß ich noch, sagte sie über eine Kundin, eine angesehene Kreml-Ärztin: »Ob sie als Medizinerin etwas taugt, weiß ich nicht, aber ihr Arztkittel ist so geschneidert, dass die Taschen schön tief sind.« Nach Mamas Ansicht war von diesen Leuten niemand ein »wahrer Kommunist«. Die waren alle schon tot.

Doch sogar die herben Urteile – zu denen sie sich, da bin ich mir sicher, nur mir gegenüber hinreißen ließ – waren im Grunde nur Ausdruck ihrer Freude über die sehr spät erlangte Unabhängigkeit. Sie war nicht mehr die Magd dieser Leute; sie teilte sich ihre Zeit selbst ein, suchte sich die Kinder aus, denen sie Unterricht gab, und beendete ihn auch, wenn der Schüler nicht mit dem angemessenen Ernst bei der Sache war – und rollte unterdessen die blauen, bräunlich roten und lila Rubelscheine zu kompakten kleinen Bündeln, die sie im Schrank zwischen die Bettwäsche und die Handtücher stopfte. Ihr Amerikanertum – der Unterschied, durch den sie sich früher so unheilvoll abhob – war jetzt der Schlüssel zu ihrer Freiheit.

War es diese Freiheit, von der sie glaubte, ich wolle sie ihr nehmen?

»Ich möchte nicht aus dem Zentrum wegziehen.«

»Wir wollen dich doch nicht aufs Dorf holen, bloß in unsere Nähe. In die Nähe deiner Familie. Hast du es nicht satt, dir mit elf Personen ein Bad zu teilen?«

»Ich hab Schlimmeres überlebt.«

»Wenn dir mal was passiert, kann ich dir nicht versprechen, dass ich jeden Tag da sein kann. Nicht, wenn wir an entgegengesetzten Enden der Stadt wohnen. Ich arbeite! Und Luzia auch.«

»Ich hab meine Nachbarn. Die sind anständig. Niemand schreit herum, niemand trinkt. Und ich mag die Leute nicht, die in den Außenbezirken herumzigeunern.«

»Was redest du da? Das sind ganz normale Leute, genau wie wir.«

»Mir brauchst du nichts zu erzählen… Ich hab sie gesehen… gewöhnliche Arbeiter, Trinker… das ganze

Viertel... ohne jede Kultur. Keine Theater, keine Buchhandlungen – das ist kein Leben, das ist Vegetieren. Eine Strafe.«

»Du wärst vom Zentrum nicht weiter entfernt als jetzt. Wir wohnen direkt an einer Metrostation. Und Nachbarn sind nicht dasselbe wie eine Familie. Jetzt ist es zum Kaufen gerade günstig – und jünger wirst du auch nicht, falls ich dich daran erinnern darf.«

»Willst du mich schon begraben?«

Ich redete, bis ich heiser war. Vergeblich.

All das hätte mir Warnung genug sein müssen, als wir uns zwei Jahre später auf ein völlig anderes Territorium begaben und es nicht mehr um den Umzug meiner Mutter in den Speckgürtel ging, sondern um eine viel weitere Reise. Inzwischen hatte sich einiges geändert. Ich war von einem vielversprechenden Doktoranden zu einem weiteren Juden geworden, den man keinen Abschluss machen ließ, und hatte schließlich begriffen, dass keine frische Brise kultureller Veränderungen, die ich zu schnuppern geglaubt hatte, den Gestank der Fäulnis meines Landes überdecken konnte. Wie viele hatte ich mir zu hoffen erlaubt und für meinen Optimismus bezahlen müssen.

Doch ebenso schnell, wie sich mein Horizont verdüsterte, hellte er sich auch wieder auf. Amerikanisches Getreide, fuderweise importiert, um die Blamage unserer Kolchosen aufzufangen, sicherte meiner Familie jetzt den ungehinderten Auszug aus bedrückender Gefangenschaft. Ich hätte nie und nimmer gedacht, dass meine Mutter das größte Hindernis für meine Ausreise darstellen würde.

»Haben wir das alles nicht schon besprochen?«, sagte sie jedes Mal mit Unschuldsmiene, wenn ich sie fragte, ob sie vorhabe, mit uns nach Amerika oder, wie sie es nannte, »dorthin« zu kommen. Sie mied das Wort so beharrlich, dass ein Zuhörer hätte meinen können, sie und ich debattierten immer noch über ihre Verschleppung in die Moskauer Vororte. »Mama, wir gehen nicht ohne dich.«

»Nein, nein.« Kurzes ablehnendes Kopfschütteln. »Mein Leben ist, wo es ist.«

»Ich kann dich aber nicht hierlassen, so ganz allein.«

»Ich komm schon zurecht.«

»Darum geht es nicht. Wir beantragen die Dokumente. Wir betreiben unsere Ausreise. Verstehst du, was das bedeutet?«

»Ich habe nicht vor, dir in die Quere zu kommen«, sagte sie, so als sei das alles bloß ein unschönes Missverständnis. »Wenn ich irgendwas unterschreiben soll, ich leg dir keine Steine in den Weg.«

Dieses groteske Hindernis war in der Sowjetunion nach wie vor Gesetz: Jeder emigrationswillige Erwachsene benötigte eine schriftliche Zustimmung seiner Mutter oder seines Vaters. Mamas Zustimmung hatte ich, nicht aber ihre Mitwirkung. Eines Nachmittags erschien sie in unserer Wohnung und unterschrieb die Dokumente, die Luzia und mir erlaubten, das Land zu verlassen.

»Mutter, das ist deine letzte Chance«, sagte ich. »Du wirst von mir und von den Kindern getrennt sein – für immer. Möchtest du das wirklich?«

Sie bebte sichtlich, trotz aller Selbstbeherrschung. Es war mir egal. Das begütigende Zureden hatte ich hinter mir. Ich wollte sie aufrütteln.

»Möchtest du das?«

Der Fall der Berliner Mauer war noch elf Jahre entfernt. Jimmy Carter war Präsident. Gorbatschow, Perestroika, durchlässige Grenzen, Skype, Vielfliegermeilen, das alles war noch in weiter Ferne. Ausreisen hieß ausreisen. Weggehen hieß weg sein.

Von Mama aber wieder nur Schweigen.

Es war nicht Zorn, was das in mir auslöste. Auch nicht Wut. Sondern etwas, das tiefer ging als Wut. Etwas, das unter den zivilisierenden Hemmungen der Erziehung hervorbrach. Ich wollte es mit einfühlsamem Zuhören kaschieren. »Ist es so schrecklich, worum ich dich bitte?«, fragte ich sie.

»Was – sage mir das – tue ich *dort*?«

»Du wirst eine Rente haben, genau wie hier.«

»Ich muss stempeln gehen, Däumchen drehen. Hier habe ich meine Arbeit, meine Schüler.«

»Du bist siebenundsechzig! Wie lange willst du noch arbeiten? Es gibt mehr im Leben als Arbeit, Mama. Ich sorge für uns alle.«

»Ich hatte nie vor, dass du für mich sorgen musst.«

»Aber ich möchte es!«

»Warum quälst du mich so?«

»Was tue ich?«

»Du willst einen Pflegefall aus mir machen!«

»Ich möchte gar nichts aus dir machen.«

»Du willst mich überflüssig machen. Damit mich niemand mehr braucht.«

»Das ist nicht wahr – *ich* brauche dich, das versuche ich dir doch zu sagen.«

»Und willst mir meine Unabhängigkeit nehmen. Habe ich nicht wenigstens *die* verdient, nach allem, was war? Habe ich kein Recht auf ein bisschen Freiheit in dieser Welt?«

»Das nennst du frei sein? In diesem Land zu leben, mit seinen Lügen, seiner Heuchelei und seinen abscheulichen Quoten…«

Von der mir verwehrten Promotion wusste sie natürlich, ihre Augen konnten es nicht verbergen, auch wenn ihr Mund seinen Lieblingssatz sprach: »Ich hab Schlimmeres durchgemacht.«

Ich hörte die Kinder im Wohnzimmer, wo meine Frau sie zu beschäftigen versuchte, und hörte meine Tochter fragen, warum Papa Oma anschrie. Voller Panik kam Luzia herein und wollte übereilt Frieden zwischen uns stiften, aber wir waren blind und in voller Fahrt, es gab jetzt kein Halten. »Der Müll«, brüllte ich weiter, »den wir von morgens bis abends schlucken sollen ... noch dazu mit seligem Grinsen im Gesicht ... ich werf doch hier mein Leben weg!«, schrie ich. »Mein Leben!«

»Ich hatte nie vor, dich vom Gehen abzuhalten ...«

»Du hast Angst zurückzugehen, ist es das?«

»Hör auf!«

Ich hatte einen wunden Punkt getroffen.

»Du hast dein Leben weggeworfen, und du kannst es nicht ertragen ...«

»Das höre ich mir nicht an ...«

Du kannst es nicht ertragen, einen Fehler einzugestehen! wollte ich zu ihr sagen. *Kannst nicht zugeben, dass deine erhabenen Ideale, deine sogenannten Prinzipien, deine Kämpfe, was du alles aufgegeben hast – dass das alles umsonst war!*

Das sagte ich jedoch nicht, als ich meiner Mutter in die ängstlichen blauen Augen sah – diese unergründlichen Augen, die im Alter zwar etwas von ihrer Lebendigkeit eingebüßt hatten, trotzdem aber der Anziehungspunkt ihres Gesichts waren. All dies auszusprechen war ich denn doch nicht grausam und herzlos genug.

Tatsächlich wählte ich dann weniger couragierte Worte, die für eine Frau von bereits angeschlagener Gemütsverfassung nicht minder schmerzlich gewesen sein dürften.

»Möchtest du allein sterben, Mama? Denn das wird passieren. Du wirst allein in dem schäbigen Kämmerchen sterben, das du so liebst, einen Steinwurf von deinen ›Theatern‹ und deiner ›Kultur‹ entfernt – wirst sterben, und niemand wird es merken oder bei dir klopfen, bis eine Katze aus dem Haus an der Tür kratzen wird wegen des Geruchs. Hörst du mich?«

»Das lasse ich nicht zu!« Ihre Stimme zitterte jetzt, während sich ihre Augen bis zum Rand mit zornigen Tränen füllten. »Ich lasse mich nicht ... von dir zwingen, alles aufzugeben, was ich ... *ich* ...« Sie brachte kein weiteres Wort mehr hervor. Floh aus dem Zimmer, floh vor mir und zur Haustür hinaus, bevor ich auf den Gedanken kam, ihr nachzulaufen.

Sie wartete nicht auf den Fahrstuhl. Wie schnell lief sie die Treppe hinunter, um von mir fortzukommen?

Als ich den Tumult ein paar Etagen tiefer hörte, begriff ich zuerst nicht, was passiert war, kannte aus den durch das Treppenhaus hallenden Stimmen nicht gleich das erstickte Stöhnen meiner Mutter heraus.

Als ich auf dem Absatz im siebten Stock ankam, bemühten sich schon zwei Hausbewohner um sie – ein Paar, das auf dem Weg in seine Wohnung war. Der bärtige Mann hob sie an den Unterarmen hoch, während die Frau Mamas rechten Fuß in der Hand hielt, als hebe sie ein zerbrochenes Ei vom Boden auf.

Es war ein schwerer Sturz gewesen, obwohl Mama es anscheinend nicht wahrhaben wollte. »Es ist nichts passiert«, beteuerte sie zwischen gepressten Schmerzenslauten immer wieder. Vielleicht dachte sie, auch wenn sie erschrocken war und Schmerzen hatte, sie sei bloß gestolpert, und schämte sich. Sie wollte mich partout nicht ansehen. Ich ging um sie herum und legte ihren Arm um mich. Er war gewichtslos wie der eines Kinds. »Das sieht aber anders aus«, sagte die Frau und ließ Mamas Knöchel los. Unter dem zerrissenen Nylonstrumpf quoll Mamas Fuß auf wie ein Würstchen im Tiegel. Als ich ihre Ferse berührte, heulte sie auf vor Schmerz.

Die alten Griechen glaubten, das eigene Schicksal ereile einen dann, wenn man ihm entfliehen wollte. Genauso war es mit Mama. Was sie am meisten fürchtete, war eingetroffen: Sie war zum Pflegefall geworden.

42.

Die Dialektik der Florence Fein

Sich auf die am Fußende des Betts abgestellten Krücken hochzuziehen war in den ersten Wochen von Florences Genesung eine so mühsame Tortur, dass an eine Rückkehr in ihr altes Zimmer in der Tschechowskaja nicht zu denken war. Das konnten sie nicht riskieren. In seinem Wohnzimmer, in dem die Möbel bereits abgebaut und verpackt wurden, richtete Julian ihr ein provisorisches Bett auf der ausklappbaren Couch ein. Hier lagerte sie wie ein Flüchtling, während sich die Familie aufs Auswandern ohne sie vorbereitete.

Trotz der Situation waren alle in der Wohnung fürsorglich und zuvorkommend. Ihre neunjährige Enkelin brachte Florence morgens das Frühstück auf einem Tablett – Buchweizen-Kascha, schwarzen Tee, Schmerztabletten. Julian war besiegt und bedrängte sie nicht mehr. Wenn er fragte, was ihr Fuß mache, flackerten seine Augen immer noch vor Zerknirschung und schlechtem Gewissen. Luzia ging es nicht anders. Bei so viel Gewese kam sich Florence vor wie eine Patientin in einer Irrenanstalt. Nur der kleine Lenny, der ihr auf den Schoß hüpfte, wenn sie im Sessel saß, und fröhlich lärmte, obwohl seine Mutter ihn zum Stillsein ermahnte, »damit Omi schlafen kann«, war immun gegen die lähmende Höflichkeit. Und darum war er ihr der Liebste.

Dennoch war sie froh, wenn nach der Hast der morgendlichen Verrichtungen – Haare kämmen, Essen verteilen, überhaupt die Kinder für die Schule fertig machen – schließlich alle davonstoben und sie allein ließen. Die Teetasse in der Hand, schaute Florence durch das Küchenfenster dem Herbst zu, der mit endlosem Regen die letzte Sommerwärme vertrieb. Ein feuchter Dunst umhüllte die Wohnhochhäuser in dem gesichtslosen neuen Viertel. Der Regen wusch die löchrigen Straßen, und die neue Metro neun Stockwerke tiefer verschluckte Pendler und würgte sie wieder heraus. Solange ihr gebrochener Knöchel unter dem Gips noch heilte, hatte sie den Großteil ihrer Stunden absagen müssen. Für eine gewisse Zeit war ein Teil der Schüler bereit gewesen, in Julians Wohnung zu kommen und sich an dem kleinen Sprelacart-Tisch in der winzigen Küche unterrichten zu lassen, an dem sie jetzt allein saß. Doch in der ständigen Unordnung einer Wohnung, in der zwei kleine Kinder herumwuselten, konnte sie sich nicht richtig vorbereiten.

Ihr ganzes Leben lang hatte sie sich immer beschäftigt und war so unerwünschten Gedanken einen Schritt voraus. Doch jetzt, wo sie nur gesund zu werden brauchte, konnte Florence außer grübeln wenig tun. Geschwächt, wie sie war, machten die Schmerztabletten sie schon nachmittags müde. In diesen toten Stunden war ihr das Abtauchen in den künstlichen Schlaf recht. Doch die erzwungene Ruhe hatte auch seltsame Auswirkungen. Wenn sie aus dem Nebel eines Nickerchens auftauchte, geschah das mit einem körperlichen Empfinden, als stünde sie an der Reling eines schaukelnden Schiffs. Andere Male schreckte sie regelrecht auf, hörte in ihren Träumen eine Stimme: »Wie kann ein Mädchen seine Familie verlassen?«, fragte sie. »Wer würde so etwas Wahnsinniges tun?« Eine so deutliche Erinnerung an die Stimme ihres Vaters hatte sie schon lange nicht mehr gehabt. Im schwindenden Licht des Nachmittags war es nicht die Enttäuschung ihres Sohns, sondern die ihres Vaters, die sie am stärksten spürte.

Aber sie hatte gehen *müssen*. Dort, vor so langer Zeit und mit der vielen Schuld der Ahnen im Nacken, wollte sie ihre Sehnsüchte nicht von stupider Rechtschaffenheit kanalisieren lassen. Nicht dass sie nicht an Veränderungen in Amerika geglaubt hätte – es änderte sich ringsum ja vieles, sogar damals. Aber wer hätte vorhersehen können, was alles kam: die Spaltungen, die Kriege, die Rassenunruhen, die gesamte Epoche von »Sexus und Herrschaft«, von der sie heute schrieben. Die Frauenrechtlerinnen. Wer hätte die Pille vorhergesehen – die Frauen von einer jahrtausendelang getragenen Last befreite. Ja, sie hätte bleiben und darauf warten können, bis all diese Veränderungen kamen – ein jahrzehntelanger Weg in den Fortschritt. Sie hätte bleiben und diesen Weg mitgehen können. Aber dafür hatte ihr die Geduld gefehlt. Sie wollte all die Verbote und Hindernisse, die Vorurteile und Lebensregeln überspringen und sich gleich in die Zukunft stürzen. Und die verkörperte für sie damals die Sowjetunion – ein Land, in dem die Zukunft bereits gelebt wurde. Sie war aus dem Land der Freien geflohen, um sich frei zu *fühlen*. Und sie hatte die Entscheidung allein treffen müssen, sonst hätte sie sie nicht getroffen.

Wie kann ein Mädchen seine Familie verlassen? Sie hatte damals nicht darüber nachgedacht, was es bedeutete, selbst ein Kind zu haben. Oder was es bedeutete, sein Kind zu verlieren. Das alles begriff sie später.

Immer öfter musste sie an Leon denken. Wenn sie geahnt hätte, wie wenig Zeit sie zusammen haben würden, wäre sie dann auch so rastlos gewesen, so knauserig mit ihrer Zuneigung? Eine schlechte Frau war sie ihm gewesen, ihm, der so beständig war in seiner Liebe, der ihr das Unverzeihliche verzieh, den Schlamassel rechtfertigte, in den sie sich mit der Geheimpolizei gebracht hatte, die Verstrickungen, die sie heute kaum noch vor sich selbst rechtfertigen konnte. Sie hatten keine Ruhe gehabt in diesen Tagen, den Jahren der Demütigung und des Terrors. Doch wie viel schrecklicher wäre alles gewesen ohne Leon an ihrer Seite? Wäre er auch umgekommen, wenn sie umsichtiger gewesen wäre? Nicht mit Subotin über die Kundgebung für Meyerson gesprochen, ihm nichts über ihren Freund Seldon erzählt hätte? Ja, manchmal sann sie auch darüber nach. Hatten ihre Verwicklungen das Schicksal der beiden hinausgezögert oder sie im Gegenteil schneller in den Tod geführt?

Unmöglich, das zu wissen. Das Alter bescherte einem die Einsicht, dass nicht die großen Fehler, sondern die kleinen einen Anspruch auf Reue geltend machten. Dass sie Leon nicht mehr Freude im Leben bereitet hatte – das schmerzte sie jetzt mehr als alles, was sie hätte tun oder lassen können, um sein Leben zu retten. Dass sie mit ihrer Zeit gegeizt hatte und immer schnell davongerannt war, wenn er wollte, dass sie sich setzte und einen Witz anhörte. Dass sie die Augen verdreht hatte bei seinen Späßen, seiner »Frivolität«, obwohl er ja immer nur sie zum Lachen bringen wollte. Wie knauserig, ihn nicht öfter geliebt, sich von ihm weggedreht zu haben, weil sie müde war, ihm nicht bei jeder Gelegenheit gesagt zu haben, wie viel er ihr bedeutete.

Doch all ihren Missgeschicken zum Trotz hatte das Leben ihr in mancher Hinsicht auch Gutes beschert – vor allem hatte es ihr ein gutes Kind geschenkt. Als sie ohne Leon aus den Lagern zurückkam, sehnte sie sich vor allem danach, die verlorene Zeit aufzuholen und Julian so großzuziehen und zu beschützen, wie eine Mutter es tun sollte. Allerdings brauchte er zu dem Zeitpunkt ihren Schutz nicht mehr und war es gewohnt, selber für sich zu sorgen. Er machte morgens sein Bett allein, nähte sich Knöpfe am Hemd an, bürstete seine Schuhe wie ein Soldat. Bereits ein kleiner Mann – der nur aus Ellbogen und Knien bestand –, kochte er sich nach der Schule Makkaroni. In den vielen Jahren, die sie versäumt hatte, war er zu einem selbständigen und unabhängigen Jungen geworden. Mit seinen dreizehn Jahren war er herzlich zu ihr, sprach sie respektvoll mit »Mama« an, auch wenn ihm das Wort nur schwer über die Lippen kam. Auch ihr fiel es nach den Jahren der Einsamkeit nicht leicht, wieder Mutter zu sein. Einige seiner Erinnerungen waren unversehrt geblieben. Aber es dauerte, bis wieder eine natürliche Zuneigung zwischen ihnen entstand. Trotzdem nahm er ihr anscheinend nichts übel. Eine Weile zumindest. Die Spannungen entluden sich erst später, in seinem letzten Jahr an der Oberschule, als der große Gegenschlag kam, bemäntelt mit politischen und philosophischen Ansichten, mit permanenter Kritik, einer Verachtung für alles, was sie zu verteidigen wagte oder nur neutral betrachtete. Die Verletzungen, die in den versäumten Jahren Wurzeln geschlagen hatten, brachen schließlich auf.

Vielleicht war das nur gerecht nach der Geringschätzung, mit der sie ihren eigenen Eltern begegnet war. Ihr Sohn sezierte genussvoll jeden ihrer ideologischen »Widersprüche«, wie er es nannte. Wenn sie auch nur über die Alkoholfahne eines Busfahrers oder Kassierers klagte, sagte er mokant: »Du sprichst von *Werktätigen*, Mama?« Wenn er empört davon berichtete, dass er und seine Kommilitonen gezwungen wurden, am Wahltag mit ihren hölzernen Wahlkästchen im Viertel herumzulaufen, an Türen anzuklopfen und die Bewohner zu beschwören, ihre Stimme für den einen Kandidaten abzugeben, der auf dem Zettel stand, damit nur ja eine neunundneunzigprozentige Wahlbeteiligung herauskam, erwiderte sie, er gebe zumindest jedem die Gelegenheit zu wählen. Woraufhin er sie ansah, als ob sie den Verstand verloren hätte. Und er hörte gar nicht wieder auf zu lachen, als sie (nur ein einziges Mal!) einwandte, er solle stolz darauf sein, dass es in seinem Land keine Arbeitslosigkeit gebe. »Weißt du, wo es noch null Arbeitslosigkeit gab, Ma?«, stichelte er. »In Bergen-Belsen.« Als sie sagte, er könne doch wenigstens dankbar sein für die kostenlose Hochschulbildung, durch die er zu so einem Großmeister der Logik geworden war, hielt er ihr die drei Pflichtjahre für jeden Absolventen vor, die er in einem rückständigen Nest ableisten musste, und daran, dass er als Ingenieur mit akademischer Ausbildung immer noch schlechter bezahlt wurde als ein betrunkener Arbeiter am Fließband.

Eltern und Kinder hatten Streit, natürlich, mit Julian war es aber anders. Ohne es zuzugeben, machte er sie dafür verantwortlich, dass sie ihn als Kind alleingelassen hatte. Für ein Kinderherz spielten die Gründe keine Rolle. Doch diese schlichte Wahrheit blieb dem Verstand des Erwachsenen verborgen. Dass sie ihn im Stich gelassen hatte, sollte sie wiedergutmachen, indem sie sich rigoros von der Gesellschaftsordnung distanzierte, die sie ihm entrissen hatte. Es genügte Julian nicht, dass er recht und sie unrecht hatte. Wenn er damit zufrieden gewesen wäre, hätte sie ihm den Gefallen tun können. Aber nein. Er wollte, dass sie *alles* verwarf, allen schönen Ideen abschwor, die sie jemals hochgehalten hatte – ein Bedürfnis, das ihr so maßlos vorkam, so viel stärker als der schlichte Wunsch, sie intellektuell zu übertreffen, dass sie nicht wusste, wie sie es erfüllen sollte.

In solchen Momenten schmerzte sie der Verlust Leons am stärksten. Leon hätte bei Julian die richtigen Worte gefunden. Er hätte das unedle Metall von Juliks beißendem Spott in das Gold der Komödie umgeschmolzen. Sie aber wusste nicht, wo sie so schöne Worte hernehmen sollte. »Mit deiner flinken Zunge komme ich nicht mit«, sagte sie jedes Mal, wenn er sie wieder rhetorisch in die Enge trieb. Irgendwann hatten beide gelernt, das Schweigen des anderen auszuhalten; mehr konnten sie füreinander nicht tun.

Jetzt, da Julian den Namen des Landes, in das er ging, nicht mehr aussprach, führte nur noch das allmähliche Leeren der Wohnung Florence die unabänderliche Tatsache seines Fortgehens vor Augen.

Sie machten ihre Sachen zu Geld. Abends sah Florence ihren Sohn Listen der Bücher und Schallplatten schreiben, die er verkaufen oder Freunden geben wollte, die Finger ständig lila verfärbt von dem Durchschlagpapier zwischen den Bögen. Im Lauf mehrerer Wochen wurden aus dem Bücherregal im Wohnzimmer, in dem Florence schlief, die unbescholtenen Autoren ausgeräumt, die ihr während der Genesung treue Freunde gewesen waren. Die gebundenen Bände Tolstoi und Puschkin, sie verschwanden. Fort waren Gogol und Lermontow. Es verschwand der Plattenspieler, auf dem sie Strawinski und die Gedichte der Zwetajewa gehört hatte. Die Regale füllten sich mit anderen Dingen: schwarzlackierten Holzschüsseln, von Hand mit goldenem Laub und roten Beeren bemalt, mit Holzlöffeln und Salzstreuern, verziert mit grünen und goldenen Blütenblättern und Erdbeermotiven – dekoratives Chochloma, das es Florence in all ihren Jahren in Russland nie zu kaufen gereizt hatte. Es war eine Idee ihrer Schwiegertochter. Luzia, ein übereifriges, praktisches Mädchen, wollte diese bäuerlichen *tschotschkes*, in Hemden und Socken gewickelt, in die Koffer packen und als Geschenke nach Amerika mitschleppen, um sie an alle zu verteilen, die ihnen weiterhalfen. Was hätten sie ihren amerikanischen Wohltätern sonst auch anbieten können? Wie seltsam, dachte Florence, wenn sie sich vorstellte, dass ihr Sohn, ein Russe, mit Geschenken aus der Alten Welt an ihrem Geburtsort eintraf.

Wenn sie die Schlaftabletten absetzte, hoffte sie, würde die Stimme ihres Vaters sie nicht mehr verfolgen, doch als es Florence allmählich besserging und sie auf eigene Faust durch die Wohnung tigerte, schien sie noch deutlicher zu werden. Abermals zerriss Florence das Band zwischen sich und der Familie. Vage hatte sie immer gewusst, dass der Tag kommen würde. Sie hatte für Julians Befreiung gebetet, sich dafür gewappnet, ihn gehen zu lassen. Konnte ihr Sohn denn nicht verstehen, dass sie ihm, gerade weil sie ihm so vieles schuldig geblieben war – und ihm auch jetzt nichts Wesentliches geben konnte –, die Last ersparen wollte, die sie im Alter in Amerika für ihn wäre? *Ich kann nicht, Papa*, sagte sie zu Solomon. *Ich kann ihn nicht zwingen, sich ewig um mich zu kümmern.* Doch nun verblüffte ihr Vater sie mit seiner Antwort: *Er ist derjenige, um den sich jemand kümmern muss, siehst du das denn nicht? Genügt es nicht, dass du ihn schon einmal im Stich gelassen hast?* Und da wusste sie: Nicht mit Worten, aber mit Taten konnte sie sich mit Julian aussöhnen.

Doch welches Recht hatte sie, von der Erde zu flüchten, die Leon, Seldon und Essie verschlungen hatte? Solange sie sicher sein konnte, dass sie dereinst neben ihnen begraben wurde, konnte sie die endgültige Abrechnung aufhalten. Solange sie nirgendwohin ging, konnte sie sich weiter sagen, dieses verfluchte Land habe sie alle verschlungen, und nicht sie sei es gewesen, die sie für ihre eigene Rettung geopfert hatte. Nach vierzig Jahren in der Wüste hatte sogar Moses das Heilige Land nicht mehr betreten dürfen.

Nun, da ihre Schüler sie nicht mehr auf Trab hielten, übte sie mit ihren Enkeln Englisch, las Mascha aus den englischen Bilderbüchern vor, die Luzia aufgetrieben hatte. Mascha war ein fixes, aufmerksames Kind, genau wie Julian früher, doch es war der Lockenkopf Ljonja, der kleine Lenny, den Florence vergötterte, das Kind, das sie nach ihrem Leon genannt hatten. Er war es, der sich auf dem Sofabett an sie kuschelte oder, die Beine in den Wollstrümpfen unter sich geschlagen, bei ihr saß und mit offenem Mund lauschte, wenn sie ihm von den Krokodilen erzählte, die in der Metro in New York ihr Unwesen trieben.

»Muss ich vor denen Angst haben?«, wollte er von ihr wissen.

»Nur wenn du allein bist, aber das wirst du nicht.«

»Weil Baba mit mir da ist.«

Sie war in Verlegenheit, was sie darauf antworten sollte. »Dein Vater und deine Mutter werden bei dir sein, Hase.«

Er war anscheinend nicht überzeugt, als ahne er schon, dass sich seine eingewanderten Eltern in dem düsteren Labyrinth der U-Bahn verlaufen würden.

Seine Großmutter hingegen – die kannte sich überall aus. »Aber du wirst ja auch da sein«, sagte er, wieder mit größerer Gewissheit.

Und die Kraft, ihm zu widersprechen, brachte sie nicht auf.

43.

Avalon

Die Angestellten in der Seniorenresidenz hatten bis auf unsere zwei alle Liegestühle zusammengeklappt und fortgeräumt. Sidney und ich saßen auf unseren Polsterliegen auf der Wiese und schauten in den letzten Sonnenschein. Das Blau wurde zu hellem Bernstein, fast wie die Farbe der Amstel Lights, die wir tranken. Die mögliche Wirkung des Biers auf den Darm meines Onkels hatte mich etwas nervös gemacht, aber er beteuerte, es gehe ihm seit der Operation schon viel besser, und er trank eh bloß alle fünf Minuten ein Schlückchen. Sidneys Handgelenke waren zwar noch erschreckend dünn, doch ich war erleichtert, dass sein Gesicht nicht mehr so ausgemergelt aussah wie beim letzten Mal. Da hatte ich mir wirklich Sorgen gemacht.

Es war Ende September in New Jersey, das Wetter warm genug, dass wir noch ein Weilchen draußen bleiben konnten. In der Luft lag der Geruch von Sumpfkiefern, sie warfen gerade die ersten Nadeln ab, und, etwas schwächer, der säuerliche und etwas kotige Hauch der Algen, die den Teich an der Grundstücksgrenze bedeckten. Sidney hatte sich nach der Familie erkundigt, und ich hatte erzählt, dass Lenny sich jetzt rund um den Globus bei Beteiligungsgesellschaften bewarb, von Prag bis Pretoria, überall, wo man von Wachstumsmärkten sprechen konnte.

»Nicht unehrenhaft, dem Geld zu folgen«, sagte Sidney nickend. »Ganz und gar nicht. Aber keine Rede, dass er bald nach Hause kommt, was?«

Wenn Lenny noch im Ausland blieb, sagte ich, würden Luzia und ich vielleicht endlich doch mal richtig Urlaub machen. Wir mussten uns langsam mal den amerikanischen Babyboomern anpassen und lernen, jeden Lebensabschnitt voll auszukosten. »Gut möglich, dass wir uns dann alle zur Safari in Kapstadt treffen.«

»Und du? Irgendwelche Pläne, wieder nach Moskau zu gehen?«

Ich war mir nicht sicher, wie ich antworten sollte. »Ich weiß es nicht«, sagte ich wahrheitsgemäß. Das Joint Venture war auf den Weg gebracht; ich hatte das Meine dazu getan. Dann erzählte ich ihm die andere Neuigkeit: Ich hatte wieder Kontakt zu meinen Kollegen von Herbert Engineering, wo ich gearbeitet hatte, bevor Continental Oil mich abwarb. Die Neuigkeit war, dass einer von meinen Eisbrechern in einem halben Jahr von Neuseeland in die Antarktis aufbrach und Versorgungsschiffe zur Polarstation in McMurdo begleitete, eine Fahrt, die nur einmal pro Jahr stattfand. Wie üblich wurde das Forschungsvorhaben von der National Science Foundation gesponsert, und dieses Jahr hatte der Projektleiter mich gefragt, ob ich mit den anderen Forschern und Exzentrikern mit an Bord sein wolle. Es bot die Gelegenheit, das Schiff unter realen Bedingungen zu testen. Der einzige Haken war, dass ich als unabhängiger Ingenieur mitfahren müsste, nicht als Angestellter auf der Gehaltsliste einer großen Ölfirma.

»Du möchtest also dein Gehalt halbieren für die Chance, ein paar Eisbären zu sehen?«, sagte Sidney.

»Es gibt dort keine Eisbären, aber...« Ich hörte, wie

meine Stimme vor Erregung in die Höhe ging. »Das ist eine ganz andere Welt da unten, Onkel Sid.« Ich erzählte ihm, was ich über die Träumer und komischen Käuze gelesen hatte, die Monate am Stück in der Antarktis arbeiteten. Das waren Leute nach meinem Geschmack. Ich würde die Außenposten der großen Entdecker Scott und Shackleton zu sehen bekommen, der Abenteurer und Helden, deren Geschichten ich als Kind verschlungen hatte. In ihren Hütten hatte man alles so bewahrt, wie es vor hundert Jahren gewesen war – perfekt konserviert im ewigen Eis. »Es ist der äußerste Vorposten der Welt«, sagte ich und hoffte, nicht zu pubertär zu klingen. »Ein Ort, an dem die Zeit stillsteht.«

Sidney nickte verständnisvoll. »Und deine eigenen Forschungen? Hast du gefunden, wonach du gesucht hast?«

Ich wusste, er meinte unser letztes Gespräch, als ich ihn um drei Uhr nachts angerufen hatte. »Nicht alles«, sagte ich.

Im zweiten Stock schaltete jemand eine Jazz- und Blues-Sendung im Lokalradio ein, und eine Weile schwiegen wir beide, während dissonante zarte Pianoakkorde sich schließlich zu einer silbrigen, langsamen Melodie fügten.

»Onkel Sidney, wann genau hast du geahnt, dass sie aus dem Land fliehen wollte?«

»Ich wusste es.« Sidney schloss die Augen. »Spätestens 47 wusste ich es. Vielleicht sogar schon vor dem Krieg, aber damals war ich zu jung, um es zu verstehen. Sie hat der Familie geschrieben.«

Ich sah ihn mit großen Augen an. »Sie hat *geschrieben*, was sie vorhatte?«

»Die Sprache war sehr verklausuliert. Man musste zwischen den Zeilen lesen, und darin waren meine Eltern nicht besonders geschickt.«

»Wie meinst du das?«

»Na ja, sie hat Andeutungen gemacht. In einem Brief erzählte sie von dem einen Mal auf der Farm, als wir Kinder waren und sie in den Brunnen gefallen war, ich war in die Stadt gerannt, um Hilfe zu holen und sie zu retten, und sie schrieb, sie wüsste, dass ich das immer wieder für sie tun würde.«

»Ist das denn wirklich passiert?«

»Ach was! Was denn für eine Farm? Wir wohnten in Brooklyn!«

»Du meinst, es war ein Kode?«

»Das hab ich begriffen, nachdem ich den Krieg durchgemacht hatte und mehr Verstand besaß. Es war verschlüsselt. Sie wusste ja, dass die Zensoren alle Briefe lasen.« Sidney atmete schwer. Das mühsame Erinnern kostete ihn wohl Kraft. »Nach dem Krieg hab ich ans Außenministerium geschrieben, erst an Byrnes und danach an Marshall. Ich schickte einen handschriftlichen Brief und legte dar, dass meine Schwester Florence Fein Brink, die seit 1934 in Russland lebte, gegen ihren Willen in der Sowjetunion festgehalten wurde. Erkundigte mich, ob das Außenministerium durch unsere Botschaft in Moskau in der Angelegenheit nachforschen könne.«

»Hast du eine Antwort erhalten?«

»Nach dem zweiten Brief ja.«

»Wie war die?«

»Sehr lapidar. ›Da Ihre Schwester nicht mehr den Status einer amerikanischen Staatsbürgerin besitzt, sieht sich das Außenministerium außerstande, bei der Beschaffung von Informationen in Bezug auf sie behilflich zu sein.‹ Ich kann dir den Wortlaut noch aufsagen.«

»Das war alles?«

»Ja.«

Jetzt musste ich tief durchatmen. »Mehr konntest du nicht tun.« Leichthin gesagt, aber in Anbetracht von Sidneys kraftlosem Ton wohl das Beste.

»Vielleicht nicht, vielleicht aber doch.«

Er hielt inne, so als wolle er einen Moment der Musik lauschen. »Jedenfalls«, fuhr er fort, »hat mich da der Mut verlassen. Ich hatte ihre Antwort und verfolgte die Sache nicht weiter. Ich war neununzwanzig, stand am Beginn meiner beruflichen Laufbahn, hatte eine Familie gegründet – ich war mit meinem eigenen Leben beschäftigt. Die amerikanische Regierung riet, die Sache ruhen zu lassen, und das tat ich. Ich kannte jemanden im Außenministerium, er war ein Schulfreund. Ich hätte ihn anrufen, hätte es dringend machen können. Aber wir schrieben 1948. McCarthy hatte schon überall die Finger drin. Das ganze Land sah sich Alger Hiss im Fernsehen an, als er vor dem Kongress aussagte, er sei kein Kommunist. Der Mann hatte unter Roosevelt einen hohen Posten in der Regierung innegehabt. Niemand war unangreifbar. Es wurden bereits schwarze Listen geführt. Meine Firma hatte umfangreiche Verträge mit der Regierung. Alle mussten Treueeide schwören. Schwierigkeiten konnte ich da nicht gebrauchen. Mich ans Telefon hängen und über meine rot angehauchte Schwester in der Sowjetunion lamentieren…? Die hatten mir den Brief geschickt, und dabei beließ ich es.«

»Es hätte ja auch nichts geändert«, sagte ich und wusste sofort, dass das nicht die richtige Antwort war. Wieso meinte ich, die Stürme beschwichtigen zu sollen, die in all den Jahren in seinem Innern getobt hatten?

»Der Knackpunkt, mein Freund«, gab Sidney scharf zurück, »ist, dass wir alle ziemlich eng an die Epoche gekettet sind, in der wir leben. An die Zwänge unserer Zeit. Sogar ich. Sogar du. Keiner ist so frei, wie er sich wähnt. Ich sage das nicht als Entschuldigung. Nur sehr wenige können sich dem Gewicht so vieler Wenns und Obs entgegenstemmen. Und diejenigen, die es tun – wer will behaupten, dass sie deswegen ein besseres Leben haben?«

Mir war klar, er sprach von Florence – die sich aus den einen Lebensumständen gelöst hatte, nur um von anderen wieder niedergedrückt zu werden.

»Aber genug …«, sagte er. Er war vom Ergründen dieser philosophischen Tiefen erschöpft und wollte, das spürte ich, auf etwas anderes zu sprechen kommen.

Das konnte ich aber nicht. »Gekettet kommt hin«, sagte ich. »Als sie schließlich gehen konnte, war sie verdammt stur.«

»Das hältst du deiner armen toten Mutter seit Jahren vor. So interessant ist die Frage nicht. Sie hatte ihr Leben dort! Ihre Theater, ihre Schüler. Interessanter ist, warum sie zuletzt doch einverstanden war.«

»Das ist leicht zu verstehen«, sagte ich. »Sie war gebrechlich. Sie hatte den Unfall gehabt. Sie wollte nicht allein für sich sorgen müssen.«

»So siehst du das – wir Alten fürchten uns alle davor, keinen zu haben, der uns begräbt? Also wirklich. Nach allem, was sie hinter sich hatte, war Alleinsein das Letzte, was ihr zu schaffen gemacht hat.«

»Warum dann?«

»Deinetwegen, Dummerchen. Du hättest es ihr doch nie verziehen, wenn sie nicht ausgereist wäre.«

Ich betrachtete die harten Linien seines mageren Gesichts, die jetzt im Dunkeln nur noch schlecht zu erkennen waren. »Das hat sie dir gesagt?«

»Nicht wortwörtlich. Sie sagte zu mir: ›Ich war eine schlechte Tochter, Sidney, und als Ehefrau war auch nicht viel mit mir los. Ich hatte die Bedeutung des Worts *Aufgabe* nicht verstanden. Ich wollte eine richtige Mutter sein, aber damals hatte ich keine Wahl.‹ Sie hat mich aus Moskau angerufen, ein Ferngespräch, um mir das zu sagen. Natürlich war ich begeistert, als ich hörte, dass sie mit der übrigen Familie in die Vereinigten Staaten kommt. Ich sagte:

›Florie, was hat sich geändert?‹ Und sie: ›Ich habe meinen Sohn schon einmal verwaist zurückgelassen, Sidney. Zweimal kann ich ihm das nicht antun.‹«

Mit einem Mal spürte ich ihre Worte körperlich, sie rüttelten mich durch und schwollen zu einem Kloß in meinem Hals an. Mein Empfinden in jener Nacht in dem Hotelzimmer, dass ich eigentlich in all den Jahren nur wenig Verständnis für sie aufgebracht hatte, überfiel mich als quälender Kummer jetzt aufs Neue. »Ich war sechsunddreißig«, sagte ich, und meine Stimme wurde dünn. »Ich hatte selbst Kinder. Ich wäre nicht am Boden zerstört gewesen, wenn Mama nicht …«

»*Mir* brauchst du das nicht zu sagen«, sagte Sidney und ließ mich den Satz nicht beenden.

Er hatte recht. Ich atmete die nach Kiefern duftende Luft tief ein. Ich verstand besser, als mir lieb war, was sie gemeint hatte. So hatten Sidney und ich bisher noch nie miteinander gesprochen. Er hatte mir noch nie von dem Mädchen erzählt, das sich von seiner Aufgabe abgewendet, und von der alten Frau, die für die früher versäumte Aufgabe ihre Freiheit aufgegeben hatte.

Sidney hatte die Augen zugemacht. Mit der sich niedersenkenden Dunkelheit war es auf der Wiese lauter geworden. Die Sinfonie der Insekten wetteiferte mit der vom Fenster herabschwebenden Musik. Wer immer dort am Radio saß, hatte es so laut gestellt, dass es die Geräusche der Natur übertönte, die Frösche und Grillen wollten sich aber nicht übertreffen lassen und hatten ihre Lautstärke erhöht. Ich saß in der Fast-Finsternis und hörte zu, als sich das Horn und das Klavier mit den zischenden Schlägen der Zikaden mischten und die Frösche im Takt dazu quakten – der orchestrierte Puls der ganzen natürlichen Welt, die vom Elend und Glanz unseres kurzen Lebens nichts wusste und nichts wissen wollte.

Sidney hatte die Augen immer noch zu, und für einen Moment dachte ich, er wäre auf seinem gepolsterten Stuhl eingeschlafen, unser Gespräch hätte ihn seinen letzten Tagesvorrat an Kraft gekostet, und ich müsste ihn nun wachrütteln. Doch als ich leise seinen Namen sprach, gingen seine Augen wieder auf, und das Weiß der leicht vorstehenden Augäpfel blitzte wie bei einem wachsamen nachtaktiven Tier.

Ich stützte ihn am Ellbogen und half ihm auf, führte ihn durch fast völlige Dunkelheit an den Stufen vorbei zum Hintereingang des Hauses, dessen Schiebetür offen gelassen worden war. »Trödel nicht zu lang am Südpol herum«, ermahnte er mich. »Vielleicht steht die Zeit dort ja still, hier, wo ich sitze, rast sie nur so.«

Ich gab ihm das Versprechen, ihn bald wieder zu besuchen, sah ihm nach, als er langsam hineinging, bis er die Schiebetür hinter sich zugemacht hatte. Dann ging ich die zwanzig Schritte durchs feuchte Gras zu meinem Auto und nahm den nur schwach befahrenen nächtlichen Highway nach Hause.

NEW YORK, 1981

44.

Brooklyn

Bei ihrer Erkundung der fremden neuen Stadt fiel ihr jede Woche etwas auf, was nicht da war. Die Polo Grounds. Die gewaltige Kuppel von Penn Station. Der großartige gotische Turm des Singer-Gebäudes, ersetzt durch einen weiteren funktional klotzigen Wolkenkratzer. Die Straßenbahnlinie über die Brooklyn Bridge. Sidneys geliebte Dodgers und deren altes Stadion, Ebbets Fields, jetzt ein Gewirr von Wohnsiedlungen.

In manche Gegenden konnte sie sich allein gar nicht hineinwagen. Brownsville, Bedford-Stuy, South Brooklyn, Viertel, in denen die Straßen durch Brandstiftungen und etwas, das »Smack« hieß, verwüstet worden waren. Graffiti verschandelten die Gebäude, in denen sie einst Maschineschreiben gelernt hatte. Fort waren die Hochbahntrassen, von denen Ruß auf die Fußgänger rieselte. Die Fulton Street war nicht von Schienensträngen durchschnitten, sondern licht und grün. Sogar die Straßenschilder waren schöner und präsentierten sich statt in tristem Gelb und Grau jetzt in einem zuversichtlich hellen chemischen Grün.

In den ersten Monaten hatten die Veränderungen Florence zu schaffen gemacht, bald aber fand sie Gefallen daran, dass von dem alten Brooklyn nicht mehr viel da war, was sie an die Vergangenheit erinnerte. Sie hielt sich zugute, dass Sehnsucht nach der Vergangenheit nie zu ihren Charakterzügen gehört hatte. Die Trostlosigkeit dieses armen Viertels konnte ihr keine Illusionen mehr nehmen.

Schon komisch, dachte Florence manchmal, wenn sie in der Küche saß und durch die Feuerleiter hindurch auf den Ocean Parkway hinabsah, dass sie nach der Großtat ihrer Flucht in jungen Jahren zuletzt nach Brooklyn zurückgekehrt war.

Die amerikanische Staatsangehörigkeit hatte man ihr bei der Rückkehr sofort gewährt (die Belohnung dafür, dass sie als Amerikanerin geboren war). Für andere Vergünstigungen war mehr Aufwand vonnöten. Mit Sidneys und Julians Hilfe hatte sie beim Bundesstaat New York und bei der Stadt die Anträge für den Bezug von ergänzenden Sozialleistungen und von Wohngeld eingereicht; sie hatte auch Anspruch auf eine Haushaltshilfe, eine Jamaikanerin, die zweimal pro Woche kam und ihr beim Kochen und Putzen half, ihr den Blutdruck maß und sie zum Arzt und zum Friseur begleitete. Doch abgesehen von dieser wöchentlichen Hilfe lebte sie jetzt wieder allein in einer Zweizimmerwohnung an der Kreuzung der Avenue C, wo Tag und Nacht Autosirenen jaulten und wo sie samstags zusah, wenn Juden mit schwarzen Hüten wie Gespenster einer alten Epoche mit ihren unzähligen Kindern zur *schul* gingen.

Anders als befürchtet, kam sie sich nicht überflüssig vor. Ihre neuen Nachbarn – die aus Odessa und Kiew mit den überquellenden Dekolletés und dem kürbisroten Haar; die Georgier, die Russisch mit noch stärkerem Akzent sprachen als sie selbst; die Tataren aus Aserbaidschan, die Kopftücher trugen und mit ihren langen Röcken den Schmutz von den Bodenfliesen ihrer Wohnungen fegen konnten – fanden zu allen Tageszeiten einen Grund, bei ihr anzuklopfen und um Hilfe beim Übersetzen der verwirrenden Schriftstücke zu bitten, die jede Woche von der Sozialversicherung, von Medicaid oder von Gewinnspielen eintrafen. Für die Betagteren sollte Florence Fürsprache bei den Haushaltshilfen einlegen, denn man verstand ja kein Wort bei diesen Frauen aus Jamaika oder Barbados, die ihre Nachbarn beharrlich »die Fremden« nannten, obwohl sie schon viel länger im Land waren als sie selbst.

Am meisten freute sich Florence aber, wenn ihr Bruder Sidney an die Tür klopfte. Er war es, der Florence aus dem Haus lockte und zu den Stellen im alten Brooklyn führte, an denen sie früher ihre kleinen Schätze erbeutet hatten: Tortenschneider, Bleistiftanhänger, Trillerpfeifen der Polizei, Lutschbonbons und kleine Blechvögel. Natürlich gab es keine Krämerläden mehr, die man nach solchen Kleinodien durchstöbern konnte. Für fünf oder zehn Cent bekam man nichts mehr. Sogar der Münzfernsprecher kostete jetzt einen Vierteldollar. Und nirgends bekam man ein anständiges Egg-cream-Soda. Und so saßen die Geschwister jetzt auf Bänken in Parks, unterhielten sich und sahen dem Straßenverkehr zu, redeten, bis die Kette der Worte einen Kokon um sie gebildet hatte, hinter dem das vergangene halbe Jahrhundert verschwand. Weißt du noch! Weißt *du* noch! »Weißt du noch, als du auch einen Job haben wolltest wie Eliza Weiss, die das ganze Weihnachten bei Martin's Uhren verkauft hat?«

»Eliza – großer Gott, kannte das arme Mädchen überhaupt schon die Uhr?«

»Weißt du noch, als Mama beim Spazierengehen mit uns extra an der Villa der Menkens vorbeigelaufen ist, weil sie einen Blick auf ihr neues ›orientalisches Zimmer‹ erhaschen wollte?«

»Freilich. Sie konnte sich gar nicht beruhigen über die Papierfächer und die Tapeten aus Seidendamast. Angeblich gab es vieles, wofür Mr. Menken um Entschuldigung bitten musste.«

»Ein Skandal?«

»Darüber haben doch alle geredet, Dummerchen. Du warst zu jung, um das zu verstehen.«

»Wer hat es dir denn erzählt?«

»Niemand, ich hatte aber davon gehört. Unsere Kinderfrau Sissy hat ja immer gesagt: Ein Reicher kann sich so wenig mit Gänseblümchen entschuldigen, wie ein Armer mit Juwelen um Verzeihung bitten kann.«

Heute spazierten sie an ihrer Lieblingsbank vorbei, gaben acht, langsam zu gehen, damit Florence ihr gutes Bein schonen konnte. Sie hatte sich bei Sidney untergehakt und ihre Handtasche zwischen ihnen hängen, damit kein Gangster in Versuchung kam, sie ihr zu entreißen, auch wenn außer zwanzig Dollar und einer Handvoll Busfahrscheine nichts Wertvolles drin war. Nichts Wichtiges, bis auf den Brief.

Ihr Bruder war der Einzige, der von dem ersten Brief je erfahren hatte. Dem Brief, den Florence, nachdem sie ihn fünf Jahre lang in Gedanken geschrieben hatte, 1959 endlich zu Papier brachte, im Juli, dem Monat, in dem Sidney sie in Moskau besuchen konnte, weil er sich einen Platz in der Delegation verschafft hatte, die zu der von Chruschtschow ausgerichteten Amerikanischen Landesausstellung fuhr.

Florence hatte ihren Piloten in all den Jahren niemals vergessen, den Mann, der wie ein Engel vom Himmel gefallen war und ihr die Chance auf ein zweites Leben eröffnete. Doch als sie versprach, Henrys Familie Nachricht über sein Schicksal zukommen zu lassen, war sie wieder unaufrichtig gewesen. Noch Jahre nach den Lagern, als sie sich ein neues Leben erkämpfte und ihren Sohn großzog, sagte sie sich, ihr Angebot konnte unter den gegebenen Umständen nicht verpflichtend gewesen sein. Ein Versprechen, erzwungen von Hunger und Verzweiflung und gegeben, als man sich eine Zukunft, in der man selbst noch am Leben war, nicht einmal vorstellen konnte – das musste doch null und nichtig sein. Gab sie so einen Brief in der Sowjetunion auf und wurde der von den Behörden geöffnet, musste sie sofort mit einem unangenehmen Besuch von Leuten rechnen, die immer noch die Macht besaßen, ihr und ihrem Sohn großen Schaden zuzufügen.

Hätte sie den Mut aufgebracht und den Brief tatsächlich geschrieben, überlegte sie, wenn ihr tollkühner Bruder nicht angeboten hätte, ihn in seiner Aktentasche außer Landes zu bringen? Als sie Sidney an jenem Nachmittag im Sokolniki-Park sah, äußerlich so verändert – er stand da in seiner vollen Größe, in Sportjackett und mit Sonnenbrille, das störrische Haar jetzt zu einer Tolle gegelt, an der Hand einen einfachen goldenen Ring –, geriet sie in Panik. Wie sicher er wirkte – seiner selbst und des Lebens. Wie *amerikanisch*, ein Bild der Gesundheit und Bestimmtheit. Ein Fremder. Aber sie hatte sich geirrt: In ihm brannte dieselbe Liebe und Loyalität wie eh und je. Er hatte einen dicken Stoß Fotografien mitgebracht – von ihren Eltern, ihrem älteren Bruder, von den Nichten und Neffen, die Florence niemals sehen würde – und erzählte ihr stundenlang von dem Leben, an dem sie nicht teilgehabt hatte. Die Idee, den Brief an Henry Robbins' Familie an der Brust seines Flanellanzugs ins Futter einzunähen, kam zuletzt von ihm. Sidney redete ihr zu, ihren richtigen Namen zu verwenden, aber dafür war sie noch zu misstrauisch. Und es hatte Florence nicht behagt, als ihr an dem Tag, an dem sie und Julian Sidney zum Moskauer Flughafen brachten, klar wurde, dass dieses wider besseres Wissen gegebene Versprechen das einzige in ihrem Leben war, das sie hatte halten können.

In der Albemarle Road befand sich die baptistische Kirche, die einmal ihre Synagoge gewesen war, der Davidstern auf der Torbrüstung noch sichtbar. Die Leute strömten heraus, und die Dialekte, die sie jetzt hörte, waren kreolisch und nicht mehr jiddisch. Julian mochte es nicht, wenn sie in diesen Vierteln unterwegs war, nicht einmal mit Sidney an ihrer Seite. Ihr Sohn hatte, so schnell es ihm möglich war, New York verlassen und war nach Westchester gezogen. Aber was er nicht weiß, macht ihn nicht heiß. Außerdem hatte sich nicht alles verändert. Die Erasmus Hall war immer noch dieselbe weiße Festung wie in ihrer Erinnerung, die Kiefern vor dem Gebäude jetzt so groß, dass sie die oberen Fenster der Highschool verdeckten. Das Loew's King Theater stand nach wie vor in der Flatbush Avenue wie ein riesiges altes Opernhaus, die schäbige Pracht seiner Barockfassade rußverschmiert und durch Wasser beschädigt. Auch das Postamt sah noch genauso aus wie das Bild in ihrem Kopf, ein alter Backsteinbau, bis auf ein paar Schmierereien nicht angenagt vom Zahn der Zeit.

Der Brief, den sie heute abschicken wollte, enthielt mehr Details als der 1959 geschriebene, ihren wahren Namen zum Beispiel, den sie beim ersten Mal aus Angst nicht mitgeteilt hatte, Einzelheiten über das Lager, in dem sie Henry begegnet war. Wenn seine Familie mehr wissen wollte, konnte sie anrufen. Sie hatte ihre Telefonnummer beigelegt.

Ganz wohl war ihr aber immer noch nicht bei dem Gedanken, so viel von sich preiszugeben, zumal Sidney sie gedrängt hatte, eine Kopie des Briefs an die Vermisstenstelle beim Kriegsveteranenministerium in Washington zu schicken. Wenn ihre Jahre in Russland sie eines gelehrt hatten, dann dass man stets einen hohen Preis dafür bezahlte, wenn man zu viel verriet.

Aber was für eine Erleichterung, sich darüber hinwegzusetzen! Das reuevolle Schweigen zu brechen.

Im Postamt war keine Schlange. Die Angestellte, eine korpulente Frau mit dicken Brillengläsern, nahm Florences Umschläge entgegen, stempelte sie ab und reichte ihr die Quittung für beide.

Draußen wirbelte ein Aprilwind Orangenschalen und nasses Zeitungspapier herum. In der Helle der Mittagsstunde reckte Florence das Kinn und ließ sich von der Sonne das Gesicht wärmen. Sie sah ihn im Geiste noch vor sich – den Mann, dessen blutunterlaufene schwarze Augen geleuchtet hatten, so stark war sein unwahrscheinlicher und unzerstörbarer Glaube an sie gewesen. Dornröschen hatte Robbins sie genannt, und heute, so empfand es Florence, erwachte sie endlich aus ihrem langen Schlaf.

Sidney wartete am Bordstein auf sie. »Fertig für den Heimweg, Florie?« Warm lag seine trockene Hand auf ihrem Ellbogen.

»Ja«, sagte sie, »gehen wir.«

Danksagung

Dieses Buch existierte nicht, wenn es Timothy Friedman, Aleksander Yeruzalimskyi und Ilja Ponorovsky nicht gäbe. Sie sind meine Helden in jedem Sinne des Worts, ihre Erzählungen und ihre Einsichten waren der Boden, auf dem meine Figuren gediehen. Dankbar bin ich meiner Familie, die darauf achtete, dass ich das Anliegen dieses Buchs an keiner Stelle gefährde: Sophia Krasikov, meiner hellsichtigen Mutter, die jede Seite las und mir keinen falschen Ton durchgehen ließ; Gregory Warner, meinem Ehemann, Compañero im Leben und Geschichtenerzählen und mein bester Lektor.

Ich bin dankbar für die Freunde, die das ursprüngliche Manuskript mit scharfem Blick lasen und mir phantastische Hinweise gaben: Alexis Calice, Aoife Naughton und Laura Starecheski. Danke an meinen Vater Jacob Krasikov für seine kompromisslosen Streichungen und an meine Schwester Tatiana, meinen Anker. An die Freunde, die in den Jahren des Schreibens Teil meiner größeren Familie geworden sind: Natascha Iyerusalimskaya und Olga und Anya Ponorovsky. An meine Freunde und Führer durch Moskau: Olga Ladygina, Olga Osnovskaja, Sergey Zhuravlev und Tatiana Smirnova. Zu danken habe ich der Stiftung der Familie Rohr für ein unschätzbares Geschenk – Zeit – und Caroline Hessel für ihre engagierte Förderung dieser Arbeit, als Gespräche ihre Fortsetzung in Prosa fanden. Danke an meine Lektorin Cindy Spiegel, an meinen Agenten Richard Abate und an die umsichtigen frühen Leser Judy Sternlight, Laura Van der Veer, Caitlin McKenna, Louis Pelosi, Jackie Stapleton, Lynn Lovett, Michael Meyer, Walter und Betty Grey, Carol Christian, Robert Herz und Rosalind Fink.

Zu tiefem Dank verpflichtet bin ich den Hunderten von Artikeln, Interviews und Büchern, die mein Wissen über die bewegte und tragische Ära des Stalinismus erweiterten und mir halfen, Lücken im Leben meiner Figuren zu schließen. Zwei Bände waren besonders hilfreich zum Verständnis der politischen Ursachen und Bedingungen ihrer Bedrängnis: Tim Tzouliadis' exzellentes Buch *The Forsaken: An American Tragedy in Stalin's Russia* und *Stalin's Secret Pogrom: The Postwar Inquisition of the Jewish Anti-Fascist Committee*, herausgegeben von Joshua Rubenstein und Vladimir P. Naumov.

Mein abschließender Dank gilt meinem Vorbild Pauline Friedman, einer der mutigen Frauen, die die Welt am Laufen halten.

Glossar

am Israel chaj – hebr., das Volk Israel lebt
Arbeterring – gemeinnützige jüd. Organisation in den USA

babka – russ., Großmutter, Mütterchen, umgangssprachl.
  eine »Olle«
banja – russ., Dampfbad, Sauna, Badehaus
barbariski – russ., Bonbons
baruch atta adonai ... – hebr., jüdisches Gotteslob
blatnyje – russ., Begriff aus der internen Lagerhierarchie,
  etwa: echte Kriminelle
B'nai B'rith – internationale jüdische Organisation,
  gegr. 1843 in New York

cheder – hebr., jüd. Religionsunterricht
Chochloma – tradit. russ. Kunsthandwerk, dekorative
  Holzmalerei
Chruschtschowka – russische Plattenbauten

dialektika – russ., Dialektik
djewiza – russ., Mädchen
djewka – russ., Mädchen
dobry wetscher – russ., guten Abend

drushba drushboi a tabatschok wros – russ., sinngemäß: beim Tabak hört die Freundschaft auf

FSB – russ. Inlandsgeheimdienst, dem der KGB unterstellt war

Genschtab – Generalstab
GMAT – Graduate Management Admission Test
golubuschka – russ., meine Liebe, meine Beste
Gosbank – russ. Kurzform für Staatsbank
Gosplan – staatl. Planungskomitee der UdSSR
gospodin – russ., Herr
grejt sich zu – jidd., mach dich bereit

Hadassah – zionistische Frauenorganisation in den USA

IFLI – Philologische Universität
indukzia – russ., Induktion
Insnab – russ. Kürzel für Versorgung von Ausländern mit Lebensmitteln, sowjet. Staatsbetrieb, gegr. 1932
isba – russ., Bauernhaus aus Holz

jasnoje delo – russ., klarer Fall

kafka – russ., Diaphragma
karman – russ., Tasche
kischkes – jidd., Eingeweide, Gedärm
klass – russ., Klasse
klopi – russ., Wanzen
kolchosniza – russ., Kolchosbäuerin
kto-to – russ., ein Soundso, jemand
Kulak – wohlhabender (privater) Bauer
kurat – russ., Schimpfwort für Esten, Teufel
Kwas – schäumendes, leicht alkoholisches Brotgetränk

ligner – jidd., Lügner
ljuli – russ., von *ljulka* – russ., Wiege

mame-loschn – jidd., Muttersprache; Jiddisch im Ggs. zur
  Vatersprache Hebräisch
mamser – jidd., Schimpfwort, etwa Schweinehund,
  Mistkerl
materialism – russ., Materialismus
meshdu protschim – russ., unter anderem, nebenbei
MGIMO – Universität zur Ausbildung von Diplomaten
mikrorajoni – russ., neue Wohnbezirke
mischpocha – jidd., Familie
MWD – Ministerium für innere Angelegenheiten, ab 1946

nafka – jidd., Schlampe, Hure
narod – russ., Volk
naschi ljudi – russ., unsere Leute
na sdarowje – russ., wohl bekomm's, gern geschehen
natschalnik – russ., Vorgesetzter, Chef
na wolosjanku – russ., von *wolos*, das einzelne Haar;
  Kinderwort für das spielerische Haareziehen
NKWD – 1934–1946 Kürzel für Innenministerium
  der UdSSR oder Volkskommissariat für innere
  Angelegenheiten, dem die GPU, Geheimpolizei der
  Sowjetunion, eingegliedert war
noshiki – russ., Messerspicken (das Kinderspiel)
nowostroiki – russ., Neubauten

OGPU – Vorläuferorganisation des KGB bis 1934
OWIR – dt. Umschrift des Kürzels für: Abteilung für Visa
  und Registrierung

padlo – russ., Trampel
pelmeni – russ., mit Fleisch gefüllte Teigtaschen

pochoronka – russ., Todesnachricht
posjolok – russ., Siedlung
posor – russ., Schmach, Schande
prikolny – russ., ulkig, witzig
propiska – russ., Anmeldung über Aufenthalt, Eintragung
  im Ausweis

radiofikazia – russ., Rundfunkisierung
rasstrel – russ., Todesstrafe durch Erschießen
Refusenik – sowjet. Juden, denen die Emigration
  verweigert wurde
ryshik – russ., Pilz aus der Familie der Reizker

sai gesunt – jidd., lebewohl, Gesundheit, aber auch: wach
  auf, geht's noch
sakuski – russ., Imbiss, heiße und kalte Vorspeisen
sa nas – russ., auf uns
sa nas, sa was, sa neft i gas – russ., auf uns, auf euch, auf
  das Erdöl und das Gas
Sanduny – volkstüml. Bezeichnung des Moskauer
  Badehauses Sandunow
sarabotat na kusok chleba – russ., arbeiten für das tägliche
  Brot
sdrawstwuj, dorogaja mamotschka – russ., guten Tag, liebe
  Mamma
schicker – jidd., Trinker
schkotzim – jidd., nicht-jüdische Lümmel
schto – russ., was
sek – russ., Häftling
snatschok, pl. *snatschki* – russ., Abzeichen, Anstecknadel
SowInformbüro – Kurzform für Sowjetisches
  Informationsbüro, gegr. 1941
Spezna – Kürzel für Spezialeinheit des russ. mil.
  Nachrichtendienstes GRU

stenka – russ., Schrankwand
subbotniks – russ., freiwillige Arbeitseinsätze
suki – russ., Hunde

tjolka, pl. *tjolki* – russ., wörtl. Färse, hier: Weiber
Torgsin-Läden – Kürzel für Handel mit Ausländern
    (gegen Devisen und Gold), 1930–1936
towarischtsch – russ., Genosse
tsatske – jidd., attraktive, unkonventionelle Frau, auch:
    Kram, Plunder
Tscheka – Geheimpolizei
Tschekist – Geheimpolizist
tschernuschki – russ., Lactarius necator, Olivbrauner
    Milchling
tschjort – russ., wörtl. Teufel, svw. verflixt!
tschotschkes – jidd., Krimskrams

ushas – russ., o weh
urki – russ., clanartig org. Berufsverbrecher
urod – russ., Versager, Missgeburt

walenki – russ., Filzstiefel
welkom daheim – jidd., willkommen zu Hause
Wneschtorg – russische Pharmafirma
wsjo spokojno – russ., alles in Ordnung

Quellen:

S. 123 – George Eliot, *Middlemarch*, in 2 Bd., Deutsch v. Irmgard Nickel.
© Dieterich'sche Verlagsbuchhandlung, Leipzig/Mainz 1979.

S. 291 f. – Eric Hoffer, *Der Fanatiker und andere Schriften*, Deutsch v.
Christoph D. Maucy, Wolfram Wagmuth und Wolfgang Heuer.
© Rowohlt Verlag, Reinbek 1999. S. 99 f.

S. 420 – Mark Twain, Gesammelte Werke in zehn Bänden. Band 6,
Leben auf dem Mississippi, Deutsch v. Helene Rizzerfeld
© Insel Verlag, Frankfurt am Main 1985. S. 61.

S. 525 – Aus dem Gedicht »Ein ewiges Licht am Sarg. Solomon Mich'oels zum
Gedenken« von Perez Markisch (Strophen 6 u. 7).
Aus dem Jiddischen v. © Andrej Jendrusch.

S. 627 – Wassili Grossman, *Alles fließt*, Deutsch v. Annelore Nitschke.
© Ullstein Buchverlage GmbH, Berlin 2010. S. 206.